CUENTOS COMPLETOS

CUENTOS COMPLETOS

Bryce Echenique

ALFAGUARA

ALFAGUARA

© 1995, Alfredo Bryce Echenique
© De esta edición:
1995, Santillana, S. A.
Juan Bravo, 38. 28006 Madrid
Teléfono (91) 322 47 00
Telefax (91) 322 47 71

• Aguilar, Altea, Taurus, Alfaguara S. A.
Beazley 3860. 1437 Buenos Aires
• Aguilar, Altea, Taurus, Alfaguara S. A. de C. V.
Avda. Universidad, 767, Col. del Valle,
México, D.F. C. P. 03100

ISBN: 84-204-2824-8
Depósito legal: M. 31.957-1995
© Diseño de colección:
José Crespo, Teresa Pereletegui y Rosa Marín
© Cubierta:
Luis Pita
© Foto: Manuel Zambrana

Índice

Prólogo

El extraordinario favor que los públicos de España y América Latina dispensan actualmente a la obra narrativa de Alfredo Bryce Echenique requiere, en sí mismo, atención. Las novelas de este autor son algo más que extensas, suelen ser exhaustivas; y en tanto biografías imaginarias, aunque probables, se deben al arte del sujeto disgresivo: y, en fin, se demoran en personajes peruanos y latinoamericanos, cuyas aventuras trashumantes son, por los menos, una licencia de la fábula y la argumentación.

No en vano, la estética de la «exageración» en estos libros presupone la libertad de recomenzar, pero sobre todo la de no acabar; esto es, la condición procesal, abierta, indeterminada, de la subjetividad en el relato. Parece evidente que los lectores que prefieren a Bryce Echenique, al punto de haberlo convertido en uno de los autores latinoamericanos más leídos de España y América Latina, no encuentran en ese arte de narrar dificultad o extrañeza. Más bien, gracias al humor anecdótico, a la autoironía emotiva, y a la comedia de las equivocaciones del sujeto antiheroico, responden con empatía, complicidad y afecto a la renovada conversación amena que estos libros convocan.

La fascinación que suelen producir estos libros parece remontarse a las virtudes arcaicas del arte del cuento, pero no de cualquier cuento sino del relato de la vida. En efecto, en la tradición del relato, allí donde se funden el hablante, el habla oral y la fábula, el cuento de lo vivido posee la poderosa apelación de la experiencia novelesca de la aventura hecha fabulación. Si el cuento salva la vida a Sherezada, el cuento de su propia vida le gana a Otelo el amor de su dama. En nuestras literaturas, por otra parte, la persuasión del yo (narrador narrado) es, de por sí, un proyecto romántico: a diferencia del yo en inglés o en francés, más dictaminados por la racionalidad pronominal y por la lógica de un sujeto probatorio; en castellano, el yo del relato suele abrir la historia alterna de una sujetividad que pone a prueba los órdenes de lo real. Se trata, evidentemente, de un yo más procesal que situado, más hipotético que canónico. En la narrativa de Bryce Echenique, además, el yo no es sólo antiheroico (al modo clásico del «fool», del *pharmacos*) sino que protagoniza la comedia de su propio nacimiento histriónico. Es construido contra la corriente (se forma en las rupturas del ciclo ritual iniciático), y es por eso un sujeto disociado, incluso desocializado. Pero se construye también en la corriente alterna del diálogo propicio (las alianzas del amor y la amistad, las reparaciones del recuento, la ternura de la memoria), uno de cuyos términos es el tú del lector. Esta comedia del yo, por lo demás, es enteramente novelesca: el yo es un cuento, el sujeto un discurso, la persona una comedia. Por eso, en la narrativa de Bryce Echenique más que de la socialización y de la personalización (esos dramas robustos de la novela, típicamente latinoamericana, dada a testimoniar la fractura del código social) se trata de la verbalización; esto es, de la conquista de un discurso cuya ductilidad sea capaz de abrir un espacio anímico propio dentro del mismo infierno de las clases sociales y la realidad brutal y trivial. Para sostener ese espacio se requiere de la complicidad del lector testigo del proceso de este nacimiento de un sujeto que para sobrevivir a la violencia intrínseca del orden sólo tiene a las palabras que lo rehacen al decirlo. Por lo tanto, su aventura, el desencadenamiento de su fábula (como si fuera un Quijote en pos de sí mismo) seguirá, no el esquema previsto de la formación del sujeto (novela de educación), sino el camino opuesto, el de la irónica comedia de su vida improbable y su fabulación sentimental.

Pero antes que en las historias mismas, la convocación al lector se da en el acto del habla como acto de vida. Es decir, en la contaminación novelesca. Ocurre, en efecto, que esta novela de lo vivido contra la corriente incluye al lector como sujeto novelesco o, al menos, novelable. Porque el principio biografista de estas novelas es que toda vida es, vivida contra la codificación social que la norma, cuento ella misma; y que, dados a contarnos los unos a los otros, el mundo sería una novela de Bryce Echenique, una biografía sin pérdida, capaz de recuperarnos como sujetos del habla mutua. Se diría que Bryce Echenique no ha requerido refutar lo real sino desatarlo para demostrar su arbitrariedad. Y lo ha hecho desde la conversión del mundo en biografía universal: si todo es vida, si cada quien es una novela, quiere decir que se ha impuesto una radical subjetividad y que, desde ella, no sólo el lector es más veraz; sobre todo, el autor, el sujeto liberado por esta discursividad inexhausta, termina siendo la mejor invención del arte de contar. Paradoja de la novela posmoderna: el sujeto más genuino es el más público; la intimidad más cierta se debe a la comedia más incierta. Otra ironía de este proceso de verbalización, de equivalencias, sustituciones y permutaciones, suscitado por la escritura multibiográfica.

Todo comienza en los cuentos. Pero en el principio no era el cuento sino su pérdida, literal y simbólica: Alfredo Bryce Echenique ha contado, en sus «antimemorias» (*Permiso para vivir*, esto es, licencia para hablar), cómo extravió, en un taxi, en París, el único manuscrito de su primer libro de relatos, *Huerto cerrado* (título adscrito por Julio Ramón Ribeyro, padrino putativo de esa péridad); y cómo, en una ceremonia de extraordinaria implicancia analítica, volvió a escribir, reconstruyó esos cuentos perdidos. Esta operación se nos revela, ahora, como la primera prueba de la peculiaridad biográfica de la escritura de Bryce Echenique. Si el olvido es una economía de la memoria, esta escritura en cambio, es un teatro nemótico sin sombra, sin desgaste, olvido o pérdida. Los límites de mi lenguaje son los de mi memoria, podría haber dicho Bryce Echenique, mientras recordaba (reescribía) esos cuentos cuya escritura reciente favorecía, justamente, el recuerdo. Recobrada una vez, la vida escrita podía ser reconstruida una vez más: entre el primer texto (perdido) y el nuevo texto (equivalente), el lenguaje de este autor pudo haber suscitado varias otras versiones (ocupando el registro posible del habla, del soliloquio al coro); ya que lo propio de lo vivido (cuanto más imaginado más vivido) es convertirse en discurso, en diálogo, en otra ruta abierta en las fronteras del lenguaje. Ese territorio expansivo es también el país de la memoria: hablar y recordar son los dos lados de la misma biografía: o en este caso, grafovida.

De cualquier modo, este acto de recuperación es central a la escritura de Bryce Echenique. Y su carácter operativo, su meticuloso re-nacimiento, sugiere un gesto autogenético, ya que la escritura no compite con el olvido sino con la memoria, a la que encarna y reproduce. Y tiene, por lo mismo, la función articulatoria, reticular, de una red que cala y recala en el lenguaje, como el mapa momentáneo de sus aguas clásicas y tormentas románticas. Si alguna evolución demuestran estos cuentos, es en la función tentativa de esa cala, en el sesgo imprevisto de ese mapa, y en el acopio más interior de esas redes. Por otra parte, reescribir cada relato en el palimpsesto de la memoria, convierte al mismo en ejemplar. No en vano, estos primeros relatos de *Huerto cerrado* (1968) dicen más de lo que dicen al nivel de la anécdota misma, que es toda una demostración. Mientras que los relatos de *La felicidad ja ja* (1974) son recuentos más prolijos, que ilustran la flexibilidad de la red sumaria pero, esta vez, también el repertorio de la tipicidad peruana, de sus máscaras de artificio en una sociedad que se representa como si fuese todo lo real. Si en los primeros cuentos se trata, entonces, de reconstruir la tipología de la vida peruana, como sintomatología del destino social del sujeto de la modernidad crítica: en los de la «felicidad» irónica se trata, más bien, de la tipología biográfica, de los balances de frustración y consolación de aquel sujeto construido como un espejismo de esa sociedad. Y en el tercer tomo de relatos, *Magdalena peruana* (1986), libre ya de las representaciones tópicas, Bryce Echenique se entrega, con mayor fruición y mejor libertad, a explorar formulaciones distintas, que van de la crónica a la anotación, del fragmento autobiográfico a la carta del lector. En estos últimos relatos, el autor incluso se complace en la autorreferencia, en la cita de su obra vuelta a contar, en el placer de la textualidad, que es el de la perspectiva lúdica, cuando la memoria a la mano se prodiga en las excelencias de su precisión. Es lo que ocurre con *El breve retorno de Florence este otoño*, que no sólo es un gran cuento por su factura y agudeza sino que es una verdadera poética narrativa, porque sus personajes dan la medida «del ángel o duende» que no deben perder «las historias». Al final, se trata de este encantamiento de lo vivo que es el contar.

Pues bien, ya en el primer libro, *Dos indios* y *Con Jimmy, en Paracas*, las dos primeras historias son de encanto y desencanto. En el primero, el drama de la memoria es el de la identidad. En el segundo, el de las lecciones de la iniciación social. No es casual que presidan la cuentística de Bryce Echenique estos dos paradigmas de la memoria como proyecto del sujeto (en este caso de la parte del yo que nos aguarda en el Otro) y de las paradojas de la socialización de su íntima violencia. Si en el primero el regreso al país natal abre un espacio simbólico de reconocimientos; en el segundo el destino social recusa la autoridad (paterna) del código y deja paso a la sensibilidad (moral) de la crítica. Los cuentos de *La felicidad ja ja* explorarán por su parte la arbitrariedad de esos códigos, la contradictoria hechura social del sujeto. En el caso de *Baby Schiaffino,* sintomático de las paradojas del acatamiento del código, de su costo, porque el personaje integrado ha vivido «una inalcanzable dimensión de la belleza», pero como «nada correspondía a su realidad», sólo puede resignarse al pacto social que lo hace triunfar, ya que, por lo demás, «dónde se ha visto un diplomático triste». Su libro de cuentos menos sujeto a escenario social, más libre en sus formas y calas, *Magdalena peruana,* se adentra en los espacios alternos de la subjetividad, donde lo social es una representación tal vez incólume pero canjeable, permutante; esto es, ahora el lenguaje es capaz no sólo de decir el entramado fatal de lo social sino también de desdecirlo, subvirtiendo su orden naturalizado. Es lo que ocurre en *El Papa Guido Sin Número*, donde la autoridad del padre, una vez más, es desmentida por la hipérbole del cuento dentro del cuento, por el puro ilusionismo sustitutivo que corresponde a la palabra disgregadora del hijo. En efecto, en la obra de Bryce Echenique el código es guardado por el padre, mientras que la digresión dialógica es el margen del hijo. Que la cuentística es una parte decisiva de la obra del autor lo vendrá a demostrar su última novela, *No me esperen en abril* (1995); porque esta formidable apoteosis contra el olvido, verdadera *summa* del arte de narrar bryceano, se remonta a algunas instancias matrices de esos relatos, aludidos y citados como claves de gestación interna.

Alfredo Bryce Echenique ha contado que el descubrimiento de los cuentos de Julio Cortázar está al comienzo del encuentro de su propia voz. Esa instancia de autorreconocimiento en la intimidad cortazariana, en ese espejo verbal de excepción, ocurre cuando escribía *Huerto cerrado*, entre 1965 y 1966; y, de otro modo, alude más que a una mera influencia literaria, a la latente pregunta por la identidad, planteada como una historia de la memoria (porque si la formación de la memoria postula la del sujeto, el cuento debe rehacer el camino por el vía crucis de la biografía socializada): si bien esta empresa, salvada por el humor, sólo podía terminar en el tropo del sujeto situado. Por eso, se puede especular que el encuentro de una voz más propia (un coloquio que lee lo social desde su trama subjetiva, y cuyo primer producto inmediato y ya distintivo es *Con Jimmy, en Paracas*) no supone solamente la mayor flexibilidad del habla narrativa sino, sobre todo, la posible libertad del sujeto de su correlato socialmente sancionado. Y, como es claro, lo más creativo de esta dicción bryceana (de este coloquio de la fruición de nostalgia e ironía, de crítica y simpatía) es, precisamente, la ruptura que practica en el muro de la representación social (que Vargas Llosa levantó como una verdadera prisión del sujeto condenado al trauma de la comunidad imposible, borrada su subjetividad por una realidad tan incólume como banal). Por eso, la memorable fractura bryceana deja paso al ligero, inquieto espacio de una subjetividad hipersensible, sentimental y vulnerable, donde el juego protagoniza su propio mundo como una licencia del habla contradictoria. Con arrebato poético, con hipérbole emotiva, esa dicción bryceana es, hoy por hoy, uno de los modos más gratuitos y más genuinos de contradecir la fatalidad determinista y traumática de las representaciones sociales, características del sociologismo latinoamericano, de sus versiones totalizadoras y mecanicistas (derivadas por igual de una Ilustración desmentida y de un Arielismo venido a menos; alimentadas por las izquierdas clásicas, primero; y después por el neoliberalismo homogenizador, intolerante con la diferencia cultural). Frente a esos robustos dictámenes de la supuesta negatividad social, el alegato de Bryce Echenique no sólo es más escéptico e irónico (como era ya el elegante escepticismo de Julio Ramón Ribeyro ante los reclamos por la verdad que practicaban, a costa de los demás, los guardianes de turno); ese alegato marginal es también más vivencial y, en los últimos cuentos, más arriesgado. Asume, en verdad, el mayor riesgo: lleva a su sujeto al corazón mismo del laberinto social (donde predomi-

nan la injusticia, la discriminación, la violencia moral) y logra
abrir allí espacios de existencia genuina; no la mera caricatura o
la fácil condena, sino la humanidad arbitraria y paradójica de lo
vivo. Esa complejidad anímica del coloquio maduro de este escritor registra, como un sismógrafo de la psiquis hispánica, la
suma discordante de la experiencia de este mundo en esta lengua, este final de siglo. Registro que en estos cuentos es ya un
ejercicio por darle a la palabra del Otro la función de espejo, la
revelación del yo. En el caso de Bryce Echenique, del y/o. Del
sujeto incorporativo y disyuntivo, de la identidad y de la alteri-
dad, nacido del relato.

Quizá sea revelador, por lo mismo, que el cuento que da
título a la última colección dialogue con otro de Julio Ramón Ribeyro, *El ropero, los viejos y la muerte* (1972). En este relato Ribeyro practica una de las operaciones más sensibles de la indagación
por la identidad peruana: reconstruir la arbitraria subjetividad
del padre. En esa operación autorreflexiva, la escena original del
habla se levanta como el teatro de la memoria, matriz del sujeto
y modelo de la representación social. Allí la figura paterna cumple el verdadero acto aristocrático: asumir una causa perdida. Su
identidad ya no tiene lugar en la sociedad modernizante, y su
renuncia le devuelve a su linaje fantasmático. Bryce Echenique
responde a la aguda pertinencia de ese cuento con *Magdalena
peruana* (1986), donde la figura paterna, no menos arbitraria
pero más estrambótica, extrema ese gesto aristocrático: asume
la renuncia radical al país de origen, donde ni siquiera el lenguaje sirve para nombrar a las cosas, entrampado como está en
el eufemismo y la verdad a medias. Sólo que en una hipérbole
humorística y grotesca, la magdalena proustiana se ha transformado en otra, peruana, que convoca por la flatulencia un recuerdo del valor inverso. Predestinado, por lo tanto, no al habla sino
a su inversión sarcástica, este anciano veraz demuestra que en la
sociabilidad peruana se han perdido hasta las causas perdidas.

Y, con todo, aun en la tiranía feroz de las clases, aun
entre las pestes ideológicas del racismo y el machismo, las
historias de Alfredo Bryce Echenique recomienzan y ensayan
la posibilidad de que el diálogo, la identificación del otro, no
ilustre solamente un trauma social condenado a repetirse
sino, más bien, el encuentro y hasta el encantamiento de la

palabra mutua, de la mutua humanidad, casi siempre indeterminada y, a veces, milagrosa.

JULIO ORTEGA
Providence, mayo de 1995

Huerto cerrado

A Mercedes y Antonio Linares, por amigos.

Dos indios

Hacía cuatro años que Manolo había salido de Lima, su ciudad natal. Pasó primero un año en Roma, luego, otro en Madrid, un tercero en París, y finalmente había regresado a Roma. ¿Por qué? Le gustaban esas hermosas artistas en las películas italianas, pero desde que llegó no ha ido al cine. Una tía vino a radicarse hace años, pero nunca la ha visitado y ya perdió la dirección. Le gustaban esas revistas italianas con muchas fotografías en colores; o porque cuando abandonó Roma la primera vez, hacía calor como para quedarse sentado en un Café, y le daba tanta flojera tomar el tren. No sabía explicarlo. No hubiera podido explicarlo, pero en todo caso, no tenía importancia.

Cuando salió del Perú, Manolo tenía dieciocho años y sabía tocar un poco la guitarra. Ahora al cabo de casi cuatro años en Europa, continuaba tocando un poco la guitarra. De vez en cuando escribía unas líneas a casa, pero ninguno de sus amigos había vuelto a saber de él; ni siquiera aquel que cantó y lloró el día de su despedida.

El rostro de Manolo era triste y sombrío como un malecón en invierno. Manolo no bailaba en las fiestas: era demasiado alto. No hacía deportes: era demasiado flaco, y sus largas piernas estaban mejor bajo gruesos pantalones de franela. Alguien le dijo que tenía manos de artista, y desde entonces las llevaba ocultas en los bolsillos. Le quedaba mal reírse: la alegre curva que formaban sus labios no encajaba en aquel rostro sombrío. Las mujeres, hasta los veinte años, lo encontraban bastante ridículo; las de más de veinte, decían que era un hombre interesante. A sus amigos les gustaba palmearle el hombro. Entre el criollismo limeño, hubiera pasado por un cojudote.

Yo acababa de llegar a Roma cuando lo conocí, y fue por la misma razón por la que todos los peruanos se conocen en el extranjero: porque son peruanos. No recuerdo el nombre de la persona que me lo presentó, pero aún tengo la impresión de que trataba de deshacerse de mí llevándome a aquel Café, llevándome donde Manolo.

—Un peruano —le dijo. Y agregó—: Los dejo; tengo mucho que hacer —desapareció.

Manolo permaneció inmóvil, y tuve que inclinarme por encima de la mesa para alcanzar su mano.

—Encantado.

—Mucho gusto —dijo, sin invitarme a tomar asiento, pero alzó el brazo al mozo, y le pidió otro café. Me senté, y permanecimos en silencio hasta que nos atendieron.

—¿Y el Perú? —preguntó, mientras el mozo dejaba mi taza de café sobre la mesa.

—Nada —respondí—. Acabo de salir de allá y no sé nada. A ver si ahora que estoy lejos empiezo a enterarme de algo.

—Como todo el mundo —dijo Manolo, bostezando.

Nos quedamos callados durante una media hora, y bebimos el café cuando ya estaba frío. Extrajo un paquete de cigarrillos de un bolsillo de su saco, colocó uno entre sus labios, e hizo volar otro por encima de la mesa: lo emparé. «Muchas gracias; mi primer cigarrillo italiano.» Cada uno encendió un fósforo, y yo acercaba mi mano hasta su cigarrillo, pero él ya lo estaba encendiendo. No me miró; ni siquiera dijo «gracias»; dio una pitada, se dejó caer sobre el espaldar de la silla, mantuvo el cigarrillo entre los labios, cerró los ojos, y ocultó las manos en los bolsillos de su pantalón. Pero yo quería hablar.

—¿Viene siempre a este café?

—Siempre —respondió, pero ese siempre podía significar todos los días, de vez en cuando, o sabe Dios qué.

—Se está bien aquí —me atreví a decir. Manolo abrió los ojos y miró alrededor suyo.

—Es un buen café —dijo—. Buen servicio y buena ubicación. Si te sientas en esta mesa mejor todavía: pasan mujeres muy bonitas por esta calle, y de aquí las ves desde todos los ángulos.

—O sea, de frente, de perfil, y de culo —aclaré. Manolo sonrió y eso me dio ánimos para preguntarle—: ¿Y te has enamorado alguna vez?

—Tres veces —respondió Manolo, sorprendido—. Las tres en el Perú, aunque la primera no cuenta: tenía diez años y me enamoré de una monja que era mi profesora. Casi me mato por ella —se quedó pensativo.

—¿Y te gustan las italianas?

—Mucho —respondió—, pero cuando estoy sentado aquí sólo me gusta verlas pasar.

—¿Nada te movería de tu asiento?

—En este momento mi guitarra —dijo Manolo, poniéndose de pie y dejando caer dos monedas sobre la mesa.

—Deja —exclamé, mientras me paraba e introducía la mano en el bolsillo: buscaba mi dinero.

Manolo señaló el precio del café en una lista colgada en la pared, volvió la mirada hacia la mesa, y con dedo larguísimo golpeó una vez cada moneda. Sentí lo ridículo e inútil de mi ademán, una situación muy incómoda, realmente no podía soportar su mirada, y estábamos de pie, frente a frente, y continuaba mirándome como si quisiera averiguar qué clase de tipo era yo.

—¿Tocas la guitarra? —escuché mi voz.

—Un poco —dijo, como si no quisiera hablar más de eso.

Abandonamos el café, y caminamos unos doscientos metros hasta llegar a una esquina.

—Soy un pésimo guía para turistas —dijo—. Si vas por esta calle, me parece que encontrarás algo que vale la pena ver, y creo que hasta un museo. Soy un pésimo guía —repitió.

—Soy un mal turista, Manolo. Además, no me molesta andar medio perdido.

—Podemos vernos mañana, en el café —dijo.

—¿A las cinco de la tarde?

—Bien —dijo, estrechándome la mano al despedirse. Iba a decirle «encantado», pero avanzaba ya en la dirección contraria.

Al día siguiente, me apresuré en llegar puntual a nuestra cita. Entré al café minutos antes de las cinco de la tarde, y encontré a Manolo, las manos en los bolsillos, sentado en la misma mesa del día anterior. Tenía una copa de vino delante suyo, y el cenicero lleno de colillas indicaba que hacía bastante rato que había llegado. Me senté.

—¿Qué tal si tomamos vino, en vez de café? —preguntó.

—Formidable.

—Mozo —llamó—. Mozo, un litro de vino rojo.

—Sí, señor.

—Rojo —repitió con energía—. ¿Te gustan las artistas italianas? —sonreía.

—Me encantan. ¿Qué te parece si vamos un día a Cinecittà?

—Eso de ir hasta allá —dijo Manolo, y su entusiasmo se vino abajo fuerte y pesadamente como un tablón.

—Tienes razón —dije—. Ya pasará alguna por aquí.

—Se está bien en este café —dijo, mirando alrededor suyo—. Tiene que pasar alguna.

—Y la guitarra, ¿qué tal?

—Como siempre: bien al comienzo, luego me da hambre, y después de la comida me da sueño. Cojo nuevamente la guitarra... La guitarra es mi somnífero.

Trajeron el vino, y llené ambas copas, pues Manolo, pensativo, no parecía haber notado la presencia del mozo. «Salud», dije, y bebí un sorbo mientras él alargaba lentamente el brazo para coger su copa. Era un hermoso día de sol, y ese vino, ahí, sobre la mesa, daba ganas de fumar y de hablar de cosas sin importancia.

—No está mal —dijo Manolo. Miraba su copa y la acariciaba con los dedos.

—Me gusta —afirmé—. ¡Salud!

—Salud —dijo; bebió un trago, tac, la copa sobre la mesa, cerró los ojos, y la mano nuevamente al bolsillo.

Estuvimos largo rato bebiendo en silencio. Era cierto lo que me había dicho: por esa calle pasaban mujeres muy hermosas, pero él no parecía prestarles mayor atención. Sólo de rato en rato, abría los ojos como si quisiera comprobar que yo seguía ahí: bebía un trago, me miraba, luego a la botella, volvía a mirarme...

—Me gusta mucho el vino, Manolo. Terminemos esta botella; la próxima la invito yo.

—Bien —dijo, sonriente, y llenó nuevamente ambas copas.

Aún no habíamos terminado la primera botella, pero el mozo pasó a nuestro lado, y aprovechamos la oportunidad para pedir otra.

—Y tú, ¿qué tal ayer? —preguntó Manolo.

—Nada mal. Caminé durante un par de horas, y sin saberlo llegué a un cine en que daban una película peruana.

—¿Peruana? —exclamó Manolo sorprendido.

—Peruana. Para mí también fue una sorpresa.

—Y ¿qué tal? ¿De qué trataba?

—Llegué muy tarde y estaba cansado —dije, excusándome—. Me gustaría volver... Creo que era la historia de dos indios.

—¡Dos indios! —exclamó Manolo, echando la cabeza hacia atrás—. Eso me recuerda algo... Pero, ¿a qué demonios? Dos indios —repitió, cerrando los ojos y manteniéndolos así durante algunos minutos.

Vaciamos nuestras copas. Habíamos terminado la primera botella, y estábamos bebiendo ya de la segunda. Hacía calor. Yo, al menos, tenía mucha sed.

—Tengo que recordar lo de los indios.

—Ya vendrá; cuando menos lo pienses.

—¡Nunca puedo acordarme de las cosas! Y cuando bebo es todavía peor. Es el trago: me hace perder la memoria, y mañana no recordaré lo que estoy diciendo ahora. ¡Tengo una memoria campeona!

Manolo parecía obsesionado con algo, y hacía un gran esfuerzo por recordar. Bebíamos. La segunda botella se terminaría pronto, y la tercera vendría con la puesta del sol y los cigarrillos, con los indios de Manolo, y con mi interés por saber algo más sobre él.

—¡Salud!

—No pidas otra —dijo Manolo—. Sale muy caro. Vamos al mostrador; allá los tragos son más baratos.

Nos acercamos al mostrador y pedimos más vino. A mi lado, Manolo permanecía inmóvil y con la mirada fija en el suelo. No lograba verle la cara, pero sabía que continuaba esforzándose por recordar.

—¡Siempre me olvido de las cosas! —sus dientes rechinaron, y sus manos, muy finas, parecían querer hundir el mostrador; tal era la fuerza con que las apoyaba.

—Manolo, pero...

—Siempre ha sido así; siempre será así, hasta que me quede sin pasado.

—Ya vendrá...

—¿Vendrá? Si sintieras lo que es no poder recordar algo; es mil veces peor que tener una palabra en la punta de la lengua; es como si tuvieras toda una parte de tu vida en la punta de la lengua, ¡o sabe Dios dónde! ¡Salud!

Estuvo largo rato sin hablarme. Miré hacia un lado, vi la puerta del baño, y sentí ganas de orinar. «Ya vengo, Manolo.» En el baño no había literatura obscena: olía a pintura fresca, y me consolaba pensando que hubiera sido la misma que en cualquier otro baño del mundo: «Los hombres cuando quieren ser groseros son como esos perros que se paran en dos patas; como todos los demás perros». Pensé nuevamente en Manolo, y salí del baño para volver a su lado. Todas las mesas del café estaban ocupadas, y me pareció extraño oír hablar en italiano. «Estoy en Roma», me dije. «Estoy borracho.» Caminé hasta el mostrador, adoptando un aire tal de dignidad y de sobriedad, que todo el mundo quedó convencido de que era un extranjero borracho.

—Aquí me tienes, Manolo.

Volteó a mirarme y noté que tenía los ojos llenos de lágrimas. «Le está dando la llorona. Me fregué.» Puso la mano sobre mi hombro. «Toca un poco la guitarra.» Me estaba mirando.

—Sólo he amado una vez en mi vida...

—¡Uy!, compadre. A usted sí que el trago le malogra la cabeza. Ayer me contaste que te has enamorado dos veces; dos, si descontamos a la monjita.

—No se trata de eso... Esta muchacha no quiso, o no pudo quererme.

—¿Cómo fue lo de la monja? Eso de intentar matarse por una monja debe ser para cagarse de risa.

—¡No jodas!

—Está bien, Manolo. Estaba bromeando; creí que así todo sería mejor.

También yo empezaba a entristecer. Sería tal vez que me sentía culpable por haberlo hecho beber tanto, o que lo estaba recordando ayer, hace unas horas, tan indiferente, como oculto en su silla, y escondiendo las manos en los bolsillos entre cada trago. Ya no se acordaba de sus manos, una sobre mi hombro con los dedos tan largos cada vez que la miraba de reojo, y la otra, flaca, larga, desnuda sobre el mostrador, los dedos nerviosos, y se comía las uñas. Puse la mano sobre su hombro.

—¿Qué pasó con esa muchacha? ¿Te dejó plantado?

—Eso no es lo peor —dijo Manolo—. Ni siquiera se trata de eso. Lo peor es haber olvidado... No sé cómo empezar... Hubo un día que fue perfecto, ¿comprendes? Un momento. Un instante... No sé cómo explicarte... No me gustan los museos, pero ella llegó a París y yo la llevaba todas las tardes a visitar museos...

—¿Fue en París? —pregunté tratando de apresurar las cosas.

—Sí —dijo Manolo—. Fue en París —mantenía su mano apoyada en mi hombro—. La guitarra... No es verdad... No la tengo... La...

—Vendiste, para seguir invitándola. ¡Salud!

—Salud. Era linda. Si la vieras. Tenía un perfil maravilloso. La hubieras visto... Se reía a carcajadas y decía que yo estaba loco. Yo bebía mucho... Era la única manera... Dicen que soy un poco callado, tímido... Se reía a carcajadas y yo le pedí que se casara conmigo. Hubieras visto lo seria que se puso...

Se golpeaba la frente con el puño como golpeamos un radio a ver si suena. Ya no nos mirábamos; no volteábamos nunca para no vernos. Todo aquello era muy serio. Sentía el peso de su mano sobre mi hombro, y también yo mantenía mi mano sobre su hombro. Todo aquello tenía algo de ceremonia.

—Es como lo de los indios —dijo Manolo—. Jamás podré acordarme.

—¿Acordarte de qué, Manolo?

—Los recuerdos se me escapan como un gato que no se deja acariciar.

—Poco a poco, Manolo.

—Un día —continuó—, ella me pidió que la llevara a Montmartre; ella misma me pidió que la llevara... Me hubieras visto; ¡ay caray! La hubieras visto... Morena... Sus ojazos negros... Su nombre se me atraca en la garganta; cuando lo pronuncio se me hace un nudo, y todo se detiene en mí. Es muy extraño; es como si todo lo que me rodea se alejara de mí...

—En Montmartre —dije, como si lo estuviera llamando.

—Yo estaba feliz. Nunca me he reído tanto. Ella me decía que parecía un payaso, y yo la hacía reír a carcajadas, y le decía que sí, que era el bufón de la reina, y que ella era una reina. Y ella se paraba así, y se ponía la mano aquí, y se reía a carcajadas. Entramos en un café. Vino y limonada. Vino para mí. Hablábamos. Ella tenía un novio. Había venido a pasear, pero iba a regresar donde el novio. Cuando hablábamos de amor, hablábamos solamente del mío, de mi amor... Amaba la forma de sus labios dibujada en el borde de su vaso. Empezaba a amar tan sólo aquellas cosas que podían servirme de recuerdo. Ahora que pienso, todo eso era bien triste... La música. Conocíamos todas las canciones, y empezábamos a estar de acuerdo en casi todo lo que decíamos... Estaba contenta. Muy contenta. No quería irse. El perfil. Su perfil. Yo estaba mirando su perfil... Lo recuerdo. Lo veo... De eso me acuerdo. Hasta ahí. Hasta ese instante. Y ella empezó a hablar: «Eres un hombre...». ¿Qué más...? ¿Qué más...?

—Comprendo, Manolo. Comprendo. Te gustan tus recuerdos y por eso te gusta pasar las horas sentado en un café. Si tu recuerdo está allí, presente, todo va bien. Pero si los recuerdos empiezan a faltar, y si no hay nada más...

—¡Exacto! —exclamó Manolo—. Es el caso de esas palabras. Me he olvidado de esas palabras, y son inolvidables porque creo que me dijo... ¡No, no sé!

—¿Y lo de los indios?

Manolo me miró fijamente y sonrió. La ceremonia había terminado, y bajamos nuestros brazos. Aún había vino en las copas, y terminarlo fue cosa de segundos. Podríamos haber estado más borrachos.

—Paguemos —dijo Manolo—. En mi casa tengo más vino, y puedes quedarte a dormir, si quieres.

—Formidable.

Sonreíamos al pagar la cuenta. Sonreíamos también mientras nos tambaleábamos hasta la puerta del café. Creo que eran las once de la noche cuando salimos.

Creo que fue una caminata de borrachos. Orinamos una o dos veces en el trayecto, y me parece haber dicho «ningún peruano mea solo», y que a Manolo le hizo mucha gracia. Después de eso, ya estábamos en su cuarto. No encendimos la luz. Nos dejamos caer, él en una cama, y yo sobre un colchón que había en el suelo.

—Una botella para ti, y otra para este hombre —dijo Manolo.

—Gracias.

Abrir las botellas fue toda una odisea. Nuevamente fumábamos, bebíamos, y yo empecé a sentir sueño, pero no quería dormirme.

—La historia de la monja, Manolo —dije—. Debe ser muy graciosa.

—También un día me costó trabajo acordarme de eso. Es un recuerdo de cuando era chico; tenía diez años y estaba en un colegio de monjas. Había una que me traía loco. Un día me castigó y era para pegarse un tiro. Quise vengarme, y rompí un florero que estaba siempre sobre una mesa, en la clase, pero nunca falta un hijo de puta que viene a decirte que la madre lo guardaba como recuerdo de no sé quién. Me metieron el dedo; me dijeron que la monja había llorado, y me entró tal desesperación, que me trepé al techo del colegio. Te juro que quería arrojarme.

—¿Y?

—Nada: era la hora de tomar el ómnibus para regresar a casa, y bajé corriendo para no perderlo. A esa edad lo único que uno sabe es que no se va a morir nunca.

—Y que no debe perder el ómnibus —agregué, riéndome.

—¡El ómnibus! —exclamó Manolo—. Espérate... Eso me recuerda... ¡Los indios! Los dos indios. ¡Espérate...! Lentamente... Desde el comienzo. Déjame pensar...

Sentía que el sueño me vencía. El sueño y el vino y los cigarrillos. Encendí otro cigarrillo, y empecé a llevar la cuenta de las pitadas para no dormirme.

—El ómnibus del colegio me llevaba hasta mi casa —dijo Manolo—. Llegaba siempre a la hora del té... Sí, ya voy recordando... Sí, ahora voy a acordarme de todo... Había una construcción junto a mi casa... Pero, ¿los dos indios...? No, no eran albañiles... Espérate... No eran albañiles... Recuerdo hasta los nombres de los albañiles... Sí: el Peta; Guardacaballo; Blanquillo, que era hincha de la «U»; el maestro Honores, era buena gente, pero con él no se podía bromear... Los dos indios... No. No trabajaban en la construcción... ¡Ya! ¡Ya me acuerdo! ¡Claro! Eran amigos del guardián, que también era serrano. Sí. ¡Ya me acuerdo! Pasaban el día encerrados, y cuando salían, era para que los albañiles los batieran: «Chutos», «serruchos», les decían. Pobres indios...

Me quemé el dedo con el cigarrillo. Estaba casi dormido. «Basta de fumar», me dije. Sobre su cama, Manolo continuaba armando su recuerdo como un rompecabezas.

—Tomaba el té a la carrera —las palabras de Manolo parecían venir de lejos—. Escondía varios panes con mantequilla en mi bolsillo, y corría donde los indios. Ahora lo sé todo. Recuerdo que los encontraba siempre sentados en el suelo, y con la espalda apoyada en la pared. Era un cuarto oscuro, muy oscuro, y ellos sonreían al verme entrar. Yo les daba panes, y ellos me regalaban cancha. Me gusta la cancha con cebiche. Los indios... Los indios... Hablábamos. Qué diferentes eran a los indios de los libros del colegio; hasta me hicieron desconfiar. Éstos no tenían gloria, ni imperio, ni catorce incas. Tenían la ropa vieja y sucia, unas uñas que parecían de cemento, y unas manos que parecían de madera. Tenían, también, aquel cuarto sin luz y a medio construir. Allí podían vivir hasta que estuviera listo para ser habitado. Me tenían a mí: diez años, y los bolsillos llenos de panes con mantequilla. Al principio eran mis héroes; luego, mis amigos, pero con el tiempo, empezaron a parecerme dos niños. Esos indios que podían ser mis padres. Sentados siempre allí, escuchándome. Cualquier cosa que les contara era una novedad para ellos. Recuerdo que a las siete de la noche, regresaba a mi casa. Nos dábamos la mano. Tenían manos de madera. «Hasta mañana.» Así, durante meses, hasta que los dejé de ver. Yo partí. Mis padres decidieron mudarse de casa. ¿Qué significaría para ellos que yo me fuera? Estoy seguro de que les prometí volver, pero me fui a vivir muy lejos y no los vi más. Mis dos indios... En mi recuerdo se han quedado, allí, sentados en un cuarto oscuro, esperándome... Voy a...

Eran las once de la mañana cuando me desperté. Manolo dormía profundamente, y junto a su cama, en el suelo, estaba su botella de vino casi vacía. «Sabe Dios hasta qué hora se habrá quedado con su recuerdo», pensé. Mi botella, en cambio, estaba prácticamente llena, y había puchos y cenizas dentro y fuera del cenicero. «Me siento demasiado mal, Manolo. Hoy no puedo ocuparme de ti.» Me dolía la cabeza, me ardía la garganta, y sentía la boca áspera y pastosa. Todo era un desastre en aquel pequeño y desordenado cuarto de hotel. «He fumado demasiado. Tengo que dejar de fumar.» Cogí un cigarrillo, lo encendí, ¡qué alivio! El humo, el sabor a tabaco, ese olor: era un poco la noche anterior, el malsano bienestar de la noche anterior, y ya podía pararme. Manolo no me sintió partir.

Pasaron tres días sin que lo viera. No estaba en el café; no estaba tampoco en su hotel. Lo buscaba por todas partes. «Lo habrá ligado un lomito italiano», me decía riéndome al imaginarlo en tales circunstancias. Finalmente apareció: regresaba a mi hotel una tarde, y encontré a Manolo parado en la puerta. Me esperaba impaciente.

—Te he estado buscando.

—Yo también, Manolo; por todas partes.

—Regreso al Perú —dijo, sonriente, y optimista. La sonrisa y el optimismo le quedaban muy mal.

—Cómo, ¿y las italianas?

—Déjate de cojudeces, y dime cuánto vale un pasaje de regreso, en avión.

—Ni idea. Ni la menor idea.

—Cómo, ¡pero si tú acabas de viajar!

—Gratis.

—¿Gratis?

—Tengo una tía que es querida del gerente de una compañía de aviación.

—Guárdate tus secretos.

—¿Por qué, Manolo? —dije, cogiéndole el brazo, y mirándolo a la cara—. ¿Por qué? Es una manera de tomar la vida: yo quería mucho a mi tía. Sin embargo, crecí para darme cuenta que era poco menos que una puta. No lo callo. Por el contrario, lo repito cada vez que puedo, y cada vez me da menos pena. Yo creo que ni me importa. A eso le llamo yo exorcismo.

—Y sacarle el pasaje gratis se llama inmundicia —agregó Manolo.

—Se llama el colmo del exorcismo —dije, con tono burlón.

—No me interesa —dijo Manolo—. Sólo me interesa regresar al Perú, y en este momento, voy a una agencia de viajes para averiguar los precios.

—Yo voy a pegarme un duchazo caliente.

—Bien. Estaré de regreso dentro de una hora, y comeremos juntos. Me ayudarás a hacer mis maletas.

—Sí, Manolo. Y llegado el gran día, te las cargaré hasta el avión —dije, con tono burlón.

—Creo que esto también se llama exorcismo —dijo Manolo, soltando la carcajada. Ya no le quedaba tan mal reírse. Partió.

«Piernas muy largas. Demasiado flaco. El saco le queda mal. Los pantalones muy cortos.» Veía a Manolo alejarse con dirección a la agencia de viaje. «Una espalda para ser palmeada.»

Entré. Mi hotel era pequeño y barato. Una escalera muy estrecha conducía hasta el tercer piso en que estaba mi habitación. Subía. «¿Por qué se va?» Aquella noche del vino y de los recuerdos había terminado demasiado pronto para mí. Me había dormido mientras Manolo continuaba hablando, seguro que entonces tomó su decisión, algo le oí decir, lo último, algo de que los indios se habían quedado sentados en un cuarto oscuro, «esperándome», creo que dijo.

Con Jimmy, en Paracas

Lo estoy viendo realmente; es como si lo estuviera viendo; allí está sentado, en el amplio comedor veraniego, de espaldas a ese mar donde había rayas, tal vez tiburones. Yo estaba sentado al frente suyo, en la misma mesa, y, sin embargo, me parece que lo estuviera observando desde la puerta de ese comedor, de donde ya todos se habían marchado, ya sólo quedábamos él y yo, habíamos llegado los últimos, habíamos alcanzado con las justas el almuerzo.

Esta vez me había traído; lo habían mandado sólo por el fin de semana, Paracas no estaba tan lejos: estaría de regreso a tiempo para el colegio, el lunes. Mi madre no había podido venir; por eso me había traído. Me llevaba siempre a sus viajes cuando ella no podía acompañarlo y cuando podía volver a tiempo para el colegio. Yo escuchaba cuando le decía a mamá que era una pena que no pudiera venir, la compañía le pagaba la estadía, le pagaba hotel de lujo para dos personas. «Lo llevaré», decía, refiriéndose a mí. Creo que yo le gustaba para esos viajes.

Y a mí, ¡cómo me gustaban esos viajes! Esta vez era a Paracas. Yo no conocía Paracas, y cuando mi padre empezó a arreglar la maleta, el viernes por la noche, ya sabía que no dormiría muy bien esa noche, y que me despertaría antes de sonar el despertador.

Partimos ese sábado muy temprano, pero tuvimos que perder mucho tiempo en la oficina, antes de entrar en la carretera al sur. Parece que mi padre tenía todavía cosas que ver allí, tal vez recibir las últimas instrucciones de su jefe. No sé; yo me quedé esperándolo afuera, en el auto, y empecé a temer que llegaríamos mucho más tarde de lo que habíamos calculado.

Una vez en la carretera, eran otras mis preocupaciones. Mi padre manejaba, como siempre, despacísimo; más despacio de lo que mamá le había pedido que manejara. Uno tras otro, los automóviles nos iban dejando atrás, y yo no miraba a mi padre para que no se fuera a dar cuenta de que eso me fastidiaba un poco, en realidad me avergonzaba bastante. Pero nada había que hacer, y el viejo Pontiac, ya muy viejo el pobre, avanzaba lentísimo, anchísimo, negro e inmenso, balanceándose como una lancha sobre la carretera recién asfaltada.

A eso de la mitad del camino, mi padre decidió encender la radio. Yo no sé qué le pasó; bueno, siempre sucedía lo mismo, pero sólo probó una estación, estaban tocando una guaracha, y apagó inmediatamente sin hacer ningún comentario. Me hubiera gustado escuchar un poco de música, pero no le dije nada. Creo que por eso le gustaba llevarme en sus viajes; yo no era un muchachillo preguntón; me gustaba ser dócil; estaba consciente de mi docilidad. Pero eso sí, era muy observador.

Y por eso lo miraba de reojo, y ahora lo estoy viendo manejar. Lo veo jalarse un poquito el pantalón desde las rodillas, dejando aparecer las medias blancas, impecables, mejores que las mías, porque yo todavía soy un niño; blancas e impecables porque estamos yendo a Paracas, hotel de lujo, lugar de veraneo, mucha plata y todas esas cosas. Su saco es el mismo de todos los viajes fuera de Lima, gris, muy claro, sport; es norteamericano y le va a durar toda la vida. El pantalón es gris, un poco más oscuro que el saco, y la camisa es la camisa vieja más nueva del mundo; a mí nunca me va a durar una camisa como le duran a mi padre.

Y la boina; la boina es vasca; él dice que es vasca de pura cepa. Es para los viajes; para el aire, para la calvicie. Porque mi padre es calvo, calvísimo, y ahora que lo estoy viendo ya no es un hombre alto. Ya aprendí que mi padre no es un hombre alto, sino más bien bajo. Es bajo y muy flaco. Bajo, calvo y flaco, pero yo entonces tal vez no lo veía aún así, ahora ya sé que sólo es el hombre más bueno de la tierra, dócil como yo, en realidad se muere de miedo de sus jefes; esos jefes que lo quieren tanto porque hace siete millones de años que no llega tarde ni se enferma ni falta a la oficina; esos jefes que yo he visto cómo le dan palmazos en la espalda y se pasan la vida felicitándolo en la puerta de la iglesia los domingos; pero a mí hasta ahora no me saludan, y mi padre se pasa la vida diciéndole a mi madre, en la puerta de la iglesia los domingos, que las mujeres de sus jefes son distraídas o no la han visto, porque a mi madre tampoco la saludan, aunque a él, a mi padre, no se olvidaron de mandarle sus saludos y felicitaciones cuando cumplió un millón de años más sin enfermarse ni llegar tarde a la oficina, la vez aquella en que trajo esas fotos en que, estoy seguro, un jefe acababa de palmearle la espalda, y otro estaba a punto de palmeársela; y esa otra foto en que ya los jefes se habían marchado del cóctel, pero habían asistido, te decía mi padre, y volvía a mostrarte la primera fotografía.

Pero todo esto es ahora en que lo estoy viendo, no entonces en que lo estaba mirando mientras llegábamos a Paracas en el Pontiac. Yo me había olvidado un poco del Pontiac, pero las paredes blancas del hotel me hicieron verlo negro, ya muy viejo el pobre, y tan ancho. «Adónde va a acabar esta mole», me preguntaba, y estoy seguro de que mi padre se moría de miedo al ver esos carrazos, no lo digo por grandes, sino por la pinta. Si les daba un topetón, entonces habría que ver de quién era ese carrazo, porque mi padre era muy señor, y entonces aparecería el dueño, veraneando en Paracas con sus amigos, y tal vez conocía a los jefes de mi padre, había oído hablar de él, «no ha pasado nada, Juanito» (así se llamaba, se llama mi padre), y lo iban a llenar de palmazos en la espalda, luego vendrían los aperitivos, y a mí no me iban a saludar, pero yo actuaría de acuerdo a las circunstancias y de tal manera que mi padre no se diera cuenta de que no me habían saludado. Era mejor que mi madre no hubiera venido.

Pero no pasó nada. Encontramos un sitio anchísimo para el Pontiac negro, y al bajar, así sí que lo vi viejísimo. Ya estábamos en el hotel de Paracas, hotel de lujo y todo lo demás. Un muchacho vino hasta el carro por la maleta. Fue la primera persona que saludamos. Nos llevó a la recepción y allí mi padre firmó los papeles de reglamento, y luego preguntó si todavía podíamos «almorzar algo» (recuerdo que así dijo). El hombre de la recepción, muy distinguido, mucho más alto que mi padre, le respondió afirmativamente: «Claro que sí, señor. El muchacho lo va a acompañar hasta su bungalow, para que usted pueda lavarse las manos, si lo desea. Tiene usted tiempo, señor; el comedor cierra dentro de unos minutos, y su bungalow no está muy alejado». No sé si mi papá, pero yo todo eso de bungalow lo entendí muy bien, porque estudio en colegio inglés y eso no lo debo olvidar en mi vida y cada vez que mi papá estalla, cada mil años, luego nos invita al cine, grita que hace siete millones de años que trabaja enfermo y sin llegar tarde para darle a sus hijos lo mejor, lo mismo que a los hijos de sus jefes.

El muchacho que nos llevó hasta el bungalow no se sonrió mucho cuando mi padre le dio la propina, pero ya yo sabía que cuando se viaja con dinero de la compañía no se puede andar derrochando, si no, pobres jefes, nunca ganarían un céntimo y la compañía quebraría en la mente respetuosa de mi padre, que se estaba lavando las manos mientras yo abría la maleta y sacaba alborotado mi ropa de baño. Fue entonces que me enteré, él me lo dijo, que nada de acercarme al mar, que estaba plagado de rayas, hasta había tiburones. Corrí a lavarme las manos, por eso de que dentro de unos minutos cierran el comedor, y dejé mi ropa de baño tirada sobre la cama. Cerramos la puerta del bungalow y fuimos avanzando hacia el comedor. Mi padre también, aunque menos, creo que era observador; me señaló la piscina, tal vez por eso de la ropa de baño. Era hermoso Paracas; tenía de desierto, de oasis, de balneario; arena, palmeras, flores, veredas y caminos por donde chicas que yo no me atrevía a mirar, pocas ya, las últimas, las más atrasadas, se iban perezosas a dormir esa siesta de quien ya se acostumbró al hotel de lujo. Tímidos y curiosos, mi padre y yo entramos al comedor.

Y es allí, sentado de espaldas al mar, a las rayas y a los tiburones, es allí donde lo estoy viendo, como si yo estuviera en la puerta del comedor, y es que en realidad yo también me estoy viendo sentado allí, en la misma mesa, cara a cara a mi padre y esperando al mozo ese, que a duras penas contestó a nuestro saludo, que había ido a traer el menú (mi padre pidió la carta y él dijo que iba por el menú) y que según papá debería habernos cambiado de mantel, pero era mejor no decir nada porque, a pesar de que ése era un hotel de lujo, habíamos llegado con las justas para almorzar. Yo casi vuelvo a saludar al mozo cuando regresó y le entregó el menú a mi padre que entró en dificultades y pidió, finalmente, corvina a la no sé cuántos, porque el mozo ya llevaba horas esperando. Se largó con el pedido y mi padre, sonriéndome, puso la carta sobre la mesa, de tal manera que yo podía leer los nombres de algunos platos, un montón de nombres franceses en realidad, y entonces pensé, aliviándome, que algo terrible hubiera podido pasar, como aquella vez en ese restaurante de tipo moderno, con un menú que parecía para norteamericanos, cuando mi padre me pasó la carta para que yo pidiera, y empezó a contarle al mozo que él no sabía inglés, pero que a su hijo lo estaba educando en colegio inglés, a sus otros hijos también, costara lo que costara, y el mozo no le prestaba ninguna atención, y movía la pierna porque ya se quería largar.

Fue entonces que mi padre estuvo realmente triunfal. Mientras el mozo venía con las corvinas a la no sé cuántos, mi padre empezó a hablar de darnos un lujo, de que el ambiente lo pedía, y de que la compañía no iba a quebrar si él pedía una botellita de vino blanco para acompañar esas corvinas. Decía que esa noche a las siete era la reunión con esos agricultores, y que le comprarían los tractores que le habían encargado vender; él nunca le había fallado a la compañía. En ésas estaba cuando el mozo apareció complicándose la vida en cargar los platos de la manera más difícil, eso parecía un circo, y mi padre lo miraba como si fuera a aplaudir, pero gracias a Dios reaccionó y tomó una actitud bastante forzada, aunque digna, cuando el mozo jugaba a casi tirarnos los platos por la cara, en realidad era que los estaba poniendo elegantemente sobre la mesa y que nosotros no estábamos acostumbrados a tanta cosa. «Un blanco no sé cuántos», dijo mi padre. Yo casi lo abrazo por esa palabra en francés que acababa de pronunciar, esa marca de vino, ni siquiera había pedido la carta para consultar, no, nada de eso; lo había pedido así no más, triunfal, conocedor, y el mozo no tuvo más remedio que tomar nota y largarse a buscar.

Todo marchaba perfecto. Nos habían traído el vino y ahora recuerdo ese momento de feliz equilibrio: mi padre sentado de espaldas al mar, no era que el comedor estuviera al borde del mar, pero el muro que sostenía esos ventanales me impedía ver la piscina y la playa, y ahora lo que estoy viendo es la cabeza, la cara de mi padre, sus hombros, el mar allá atrás, azul en ese día de sol, las palmeras por aquí y por allá, la mano delgada y fina de mi padre sobre la botella fresca de vino, sirviéndome media copa, llenando su copa, «bebe despacio, hijo», ya algo quemado por el sol, listo a acceder, extrañando a mi madre, buenísima, y yo ahí, casi chorreándome con el jugo ese que bañaba la corvina, hasta que vi a Jimmy. Me chorreé cuando lo vi. Nunca sabré por qué me dio miedo verlo. Pronto lo supe.

Me sonreía desde la puerta del comedor, y yo lo saludé, mirando luego a mi padre para explicarle quién era, que estaba en mi clase, etc.; pero mi padre, al escuchar su apellido, volteó a mirarlo sonriente, me dijo que lo llamara, y mientras cruzaba el comedor, que conocía a su padre, amigo de sus jefes, uno de los directores de la compañía, muchas tierras en esa región...

—Jimmy, papá —y se dieron la mano.

—Siéntate, muchacho —dijo mi padre, y ahora recién me saludó a mí.

Era muy bello; Jimmy era de una belleza extraordinaria: rubio, el pelo en anillos de oro, los ojos azules achinados, y esa piel bronceada, bronceada todo el año, invierno y verano, tal vez porque venía siempre a Paracas. No bien se había sentado, noté algo que me pareció extraño: el mismo mozo que nos odiaba a mi padre y a mí, se acercaba ahora sonriente, servicial, humilde, y saludaba a Jimmy con todo respeto; pero éste, a duras penas le contestó con una mueca. Y el mozo no se iba, seguía ahí, parado, esperando órdenes, buscándolas, yo casi le pido a Jimmy que lo mandara matarse. De los cuatro que estábamos ahí, Jimmy era el único sereno.

Y ahí empezó la cosa. Estoy viendo a mi padre ofrecerle a Jimmy un poquito de vino en una copa. Ahí empezó mi terror.

—No, gracias —dijo Jimmy—. Tomé vino con el almuerzo —y sin mirar al mozo, le pidió un whisky.

Miré a mi padre: los ojos fijos en el plato, sonreía y se atragantaba un bocado de corvina que podía tener millones de espinas. Mi padre no impidió que Jimmy pidiera ese whisky, y ahí venía el mozo casi bailando con el vaso en una bandeja de plata, había que verle sonreírse al hijo de puta. Y luego Jimmy sacó un paquete de Chesterfield, lo puso sobre la mesa, encendió uno, y sopló todo el humo sobre la calva de mi padre, claro que no lo hizo por mal, lo hizo simplemente, y luego continuó bellísimo, sonriente, mirando hacia el mar, pero ni mi padre ni yo queríamos ya postres.

—¿Desde cuándo fumas? —le preguntó mi padre, con voz temblorosa.

—No sé; no me acuerdo —dijo Jimmy, ofreciéndome un cigarrillo.

—No, no, Jimmy; no...

—Fuma no más, hijito; no desprecies a tu amigo.

Estoy viendo a mi padre decir esas palabras, y luego recoger una servilleta que no se le había caído, casi recoge el pie del mozo que seguía ahí parado. Jimmy y yo fumábamos, mientras mi padre nos contaba que a él nunca le había atraído eso de fumar, y luego de una afección a los bronquios que tuvo no sé cuándo, pero Jimmy empezó a hablar de automóviles, mientras yo observaba la ropa que llevaba puesta, parecía toda de seda, y la camisa de mi padre empezó a envejecer lastimosamente, ni su saco norteamericano le iba a durar toda la vida.

—¿Tú manejas, Jimmy? —preguntó mi padre.

—Hace tiempo. Ahora estoy en el carro de mi hermana; el otro día estrellé mi carro, pero ya le va a llegar otro a mi papá. En la hacienda tenemos varios carros.

Y yo muerto de miedo, pensando en el Pontiac; tal vez Jimmy se iba a enterar de que ése era el de mi padre, se iba a burlar tal vez, lo iba a ver más viejo, más ancho, más feo que yo. «¿Para qué vinimos aquí?» Estaba recordando la compra del Pontiac, a mi padre convenciendo a mamá «un pequeño sacrificio», y luego también los sábados por la tarde, cuando lo lavábamos, asunto de familia, todos los hermanos con latas de agua, mi padre con la manguera, mi madre en el balcón, nosotros locos por subir, por coger el timón, y mi padre autoritario: «Cuando sean grandes, cuando tengan brevete», y luego, sentimental: «Me ha costado años de esfuerzo».

—¿Tienes brevete, Jimmy?

—No; no importa; aquí todos me conocen.

Y entonces fue que mi padre le preguntó que cuántos años tenía y fingió creerle cuando dijo que dieciséis, y yo también, casi le digo que era un mentiroso, pero para qué, todo el mundo sabía que Jimmy estaba en mi clase y que yo no había cumplido aún los catorce años.

—Manolo se va conmigo —dijo Jimmy—; vamos a pasear en el carro de mi hermana.

Y mi padre cedió una vez más, nuevamente sonrió, y le encargó a Jimmy saludar a su padre.

—Son casi las cuatro —dijo—, voy a descansar un poco, porque a las siete tengo una reunión de negocios —se despidió de Jimmy, y se marchó sin decirme a qué hora debía regresar, yo casi le digo que no se preocupara, que no nos íbamos a estrellar.

Jimmy no me preguntó cuál era mi carro. No tuve por qué decirle que el Pontiac ese negro, el único que había ahí, era el carro de mi padre. Ahora sí se lo diría y luego, cuando se riera sarcásticamente le escupiría en la cara, aunque todos esos mozos que lo habían saludado mientras salíamos, todos esos que a mí no me hacían caso, se me vinieran encima a matarme por haber ensuciado esa maravillosa cara de monedita de oro, esas manos de primer enamorado que estaban abriendo la puerta de un carro del jefe de mi padre.

A un millón de kilómetros por hora, estuvimos en Pisco, y allí Jimmy casi atropella a una mujer en la Plaza de Armas; a no sé cuántos millones de kilómetros por hora, con una cuarta velocidad especial, estuvimos en una de sus haciendas, y allí Jimmy tomó una Coca-Cola, le pellizcó la nalga a una prima y no me presentó a sus hermanas; a no sé cuántos miles de millones de kilómetros por hora, estuvimos camino de Ica, y por allí Jimmy me mostró el lugar en que había estrellado su carro, carro de mierda ese, dijo, no servía para nada.

Eran las nueve de la noche cuando regresamos a Paracas. No sé cómo, pero Jimmy me llevó hasta una salita en que estaba mi padre bebiendo con un montón de hombres. Ahí estaba sentado, la cara satisfecha, ya yo sabía que haría muy bien su trabajo. Todos esos hombres conocían a Jimmy; eran agricultores de por ahí, y acababan de comprar los tractores de la compañía. Algunos le tocaban el pelo a Jimmy y otros se dedicaban al whisky que mi padre estaba invitando en nombre de la compañía. En ese momento mi padre empezó a contar un chiste, pero Jimmy lo interrumpió para decirle que me invitaba a comer. «Bien, bien»; dijo mi padre. «Vayan nomás.»

Y esa noche bebí los primeros whiskies de mi vida, la primera copa llena de vino de mi vida, en una mesa impecable, con un mozo que bailaba sonriente y constante alrededor de nosotros. Todo el mundo andaba elegantísimo en ese comedor lleno de luces y de carcajadas de mujeres muy bonitas, hombres grandes y colorados que deslizaban sus manos sobre los anillos de oro de Jimmy, cuando pasaban hacia sus mesas. Fue entonces que me pareció escuchar el final del chiste que había estado contando mi padre, le puse cara de malo, y como que lo encerré en su salita con esos burdos agricultores que venían a comprar su primer tractor. Luego, esto sí que es extraño, me deslicé hasta muy adentro en el mar, y desde allí empecé a verme navegando en un comedor en fiesta, mientras un mozo me servía arrodillado una copa de champán, bajo la mirada achinada y azul de Jimmy.

Yo no le entendía muy bien al principio; en realidad no sabía de qué estaba hablando, ni qué quería decir con todo eso de la ropa interior. Todavía lo estaba viendo firmar la cuenta; garabatear su nombre sobre una cifra monstruosa y luego invitarme a pasear por la playa. «Vamos», me había dicho, y yo lo estaba siguiendo a lo largo del malecón oscuro, sin entender muy bien todo eso de la ropa interior. Pero Jimmy insistía, volvía a preguntarme qué calzoncillos usaba yo, y añadía que los suyos eran así y asá, hasta que nos sentamos en esas escaleras que daban a la arena y al mar. Las olas reventaban muy cerca y Jimmy estaba ahora hablando de órganos genitales, órganos genitales masculinos solamente, y yo, sentado a su lado, escuchándolo sin saber qué responder, tratando de ver las rayas y los tiburones de que hablaba mi padre, y de pronto corriendo hacia ellos porque Jimmy acababa de ponerme una mano sobre la pierna, «¿cómo la tienes, Manolo?», dijo, y salí disparado.

Estoy viendo a Jimmy alejarse tranquilamente; regresar hacia la luz del comedor y desaparecer al cabo de unos instantes. Desde el borde del mar, con los pies húmedos, miraba hacia el hotel lleno de luces y hacia la hilera de bungalows, entre los cuales estaba el mío. Pensé en regresar corriendo, pero luego me convencí de que era una tontería, de que ya nada pasaría esa noche. Lo terrible sería que Jimmy continuara por allí, al día siguiente, pero por el momento, nada; sólo volver y acostarme.

Me acercaba al bungalow y escuché una carcajada extraña. Mi padre estaba con alguien. Un hombre inmenso y rubio zamaqueaba el brazo de mi padre, lo felicitaba, le decía algo de eficiencia, y ¡zas!, le dio el palmazo en el hombro. «Buenas noches, Juanito», le dijo. «Buenas noches, don Jaime», y en ese instante me vio.

—Mírelo; ahí está. ¿Dónde está Jimmy, Manolo?

—Se fue hace un rato, papá.

—Saluda al padre de Jimmy.

—¿Cómo estás, muchacho? O sea que Jimmy se fue hace rato; bueno, ya aparecerá. Estaba felicitando a tu padre; ojalá tú salgas a él. Le he acompañado hasta su bungalow.

—Don Jaime es muy amable.

—Bueno, Juanito, buenas noches —y se marchó, inmenso.

Cerramos la puerta del bungalow detrás nuestro. Los dos habíamos bebido, él más que yo, y estábamos listos para la cama. Ahí estaba todavía mi ropa de baño, y mi padre me dijo que mañana por la mañana podría bañarme. Luego me preguntó que si había pasado un buen día, que si Jimmy era mi amigo en el colegio, y que si mañana lo iba a ver; y yo a todo: «Sí, papá, sí, papá», hasta que apagó la luz y se metió en la cama, mientras yo, ya acostado, buscaba un dolor de estómago para quedarme en cama mañana, y pensé que ya se había dormido. Pero no. Mi padre me dijo, en la oscuridad, que el nombre de la compañía había quedado muy bien, que él había hecho un buen trabajo, estaba contento mi padre. Más tarde volvió a hablarme; me dijo que don Jaime había estado muy amable en acompañarlo hasta la puerta del bungalow y que era todo un señor. Y como dos horas más tarde, me preguntó: «Manolo, ¿qué quiere decir bungalow en castellano?».

El camino es así

(Con las piernas, pero también con la imaginación)

Todo era un día cualquiera de clases, cuando el hermano Tomás decidió hacer el anuncio: «El sábado haremos una excursión en bicicleta, a Chaclacayo». Más de treinta voces lo interrumpieron, gritando: «Rah». «¡Silencio! Aún no he terminado de hablar: dormiremos en nuestra residencia de Chaclacayo, y el domingo regresaremos a Lima. Habrá un ómnibus del colegio, para los que prefieran regresar en él. ¡Silencio! Los que quieran participar, pueden inscribirse hasta el día jueves.» Era lunes. Lunes por la tarde, y no se hace un anuncio tan importante en plena clase de geografía. «¡Silencio!, continúo dictando, la meseta del Collao es... ¡Silencio!»

Era martes, y alumnos de trece años venían al colegio con el permiso para ir al paseo, o sin el permiso para ir al paseo. Algunos llegaban muy nerviosos: «Mi padre dice que si mejoro en inglés, iré. Si no, no». «Eso es chantaje.» El hermano Tomás se paseaba con la lista en el bolsillo, y la sacaba cada vez que un alumno se le acercaba para decirle: «Hermano, tengo permiso. Tengo permiso, hermano».

Miércoles. «Mañana se cierran las inscripciones.» El amigo con permiso empieza a inquietarse por el amigo sin permiso. Era uno de esos momentos en que se escapan los pequeños secretos: «Mi madre dice que ella va a hablar con mi papá, pero ella también le tiene miedo. Si mi papá está de buen humor... Todo depende del humor de mi papá». (Es preciso ampliar, e imaginarse toda una educación que dependa «del humor de papá».) Miércoles por la tarde. El enemigo con permiso empieza a mirar burlonamente al enemigo sin permiso: «Yo iré. Él no.» Y la mirada burlona y triunfal. Miércoles por la noche: la última oportunidad. Alumnos de trece años han descubierto el teléfono: sirve para comunicar la angustia, la alegría, la tristeza, el miedo, la amistad. El colegio en la línea telefónica. El colegio fuera del colegio. Después del colegio. El colegio en todas partes.

—¿Aló?

—¿Juan?

—He mejorado en inglés.

—Irás, Juan. Iremos juntos. Tu papá dirá que sí. Le diré a mi papá que hable con el tuyo. Iremos juntos.

—Sí. Juntos.

—Yo siempre le hablo a mis padres de ti. Ellos saben que eres mi mejor amigo —un breve silencio después de estas palabras. Ruborizados, cada uno frente a su teléfono, Juan y Pepe empezaban a darse cuenta de muchas cosas. ¿Hasta qué punto esa posible separación los había unido? ¿Por qué esas palabras: «Mi mejor amigo»? La angustia y el teléfono.

—Mi padre llegará a las ocho.

—Te vuelvo a llamar. Chao.

Miércoles, aún, por la noche. Alegría y permiso. Tristeza porque no tiene permiso. Angustia. Angustia terrible porque quiere ir, y su padre aún no lo ha decidido.

—¿Aló?

—¿Octavio? No, Octavio. No me dejan ir.

«Yo también me quedo. Tengo permiso, pero no iré...», pensó Octavio.

—Si prefieres mi bicicleta, puedes usarla.

—Usaré la mía —fue todo lo que se atrevió a decir.

—Chao.

Jueves. Van a cerrar las inscripciones. Tres nombres más en la lista. Las inscripciones se han cerrado. Nueve no van. Van veinticinco. El hermano Tomás, ayudado por un alumno de quinto de media, tendrá a su cargo la excursión. «¡Rah!» El hermano Tomás es buena gente. Instrucciones: un buen desayuno, al levantarse. Reunión en el colegio a las ocho de la mañana. Llevar el menor peso posible. Llevar una cantimplora con jugo de frutas para el camino. Llegaremos a Chaclacayo a la hora del almuerzo. «¡Rah!»

Jueves: aún. Ya no se habla de permisos. Todo aquello pertenece al pasado, y son los preparativos los que cuentan ahora. «Afilar las máquinas.» Alumnos de trece años consultan y cambian ideas. Piensan y deciden. Se unen formando grupos, y formando grupos se desunen. «Tengo dos cantimploras: te presto una.» Pero, también: «Mi bicicleta es mejor que la tuya. Con ésa no llegas ni a la esquina». Víctor ha traído un mapa del camino. ¡Viva la geografía!

Pero es jueves aún. Todo está decidido. Las horas duran como días. Jueves separado del sábado por un inmenso viernes. Un inmenso viernes cargado de horas y minutos. Cargado de horas y minutos que van a pasar lentos como una procesión. En sus casas, veinticinco excursionistas, con las manos sucias, dejan caer gotas de aceite sobre las cadenas de sus bicicletas. Las llantas están bien infladas. El inflador, en su lugar.

Viernes en el timbre del reloj despertador: unas sábanas muy arrugadas, saliva en la almohada, y una parte de la frazada en el suelo, indican que anoche no se ha dormido tranquilamente. Se busca nuevamente la almohada y su calor, pero se termina de pie, frente a un lavatorio. Agua fresca y jabón: «Hoy es viernes». Una mirada en el espejo: «La excursión». El tiempo se detiene, pesadamente.

Viernes en el colegio. Este viernes se llama vísperas. Imposible dictar clase en esa clase. El hermano Tomás lo sabe, pero actúa como si no lo supiera. «La disciplina», piensa, pero comprende y no castiga. Hacia el mediodía, ya nadie atiende. Nadie presta atención. Los profesores hablan, y sus palabras se las lleva el viento. El reloj, en la pared de la clase, es una tortura. El reloj, en la muñeca de algunos alumnos, es una verdadera tortura. Un profesor impone silencio, pero inmediatamente empiezan a circular papelitos que hablan en silencio: «Voy a sacarle los guardabarros a mi bicicleta para que pese menos». Otro papelito: «Ya se los saqué. Queda bestial».

Todo está listo, pero recién es viernes por la tarde. Imposible dictar clase en esa clase. El hermano Tomás lo sabe, pero actúa como si no lo supiera. Las horas se dividen en minutos; los minutos, en segundos. Los segundos se niegan a pasar. ¡Maldito viernes! Esta noche se dormirá con la cantimplora al lado, como los soldados con sus armas, listos para la campaña. Pero aún estamos en clase. ¡Viernes de mierda! Barullo e inquietud en esa clase. El hermano Tomás se ha contagiado. El hermano Tomás es buena gente y ha sonreído. ¡Al diablo con los cursos! «Aquí hay un mapa.» El hermano Tomás sonríe. Habla, ahora del itinerario: «Saldremos hacia la carretera por este camino...».

Suena el despertador, y muchos corren desde el baño para apagarlo. ¡Sábado! El desayuno en la mesa, jugo de frutas en la cantimplora, y la bicicleta esperando. Hoy todo se hace a la carrera. «Adiós.»

Veinticinco muchachos de trece años. Veinticinco bicicletas. De hermano, el hermano Tomás sólo tiene el pantalón negro: camisa sport verde, casaca color marrón, y pelos en el pecho. El hermano Tomás es joven y fuerte. «Es un hombre.» Veintiséis bicicletas con la suya. Veintisiete con la de Martínez, alumno del quinto año de media que también parte. «Ocho de la mañana. ¿Estamos todos? Vamos.»

Cinco minutos para llegar hasta la avenida Petit Thouars. Por Petit Thouars, desde Miraflores hasta la prolongación Javier Prado Este. Luego, rumbo a la Panamericana Sur y hacia el camino que lleva a la Molina. Por el camino de la Molina, hasta la carretera central, hasta Chaclacayo. Más de treinta kilómetros, en subida. «Allá vamos.»

Una semana había pasado desde aquel día. Desde aquel sábado terrible para Manolo... Aquel sábado en que todo lo abandonó, en que todo lo traicionó. El profesor de castellano les había pedido que redactaran una composición: «Un paseo a Chaclacayo», pero él no presentó ese tema. Manolo se esforzaba por pensar en otra cosa. Imposible: no se olvida en una semana lo que tal vez no se olvidará jamás.

Se veía en el camino: las bicicletas avanzaban por la avenida Petit Thouars, cuando notó que le costaba trabajo mantenerse entre los primeros. Empezaba a dejarse pasar, aunque le parecía que pedaleaba siempre con la misma intensidad. Llegaron a la prolongación Javier Prado Este, y el hermano Tomás ordenó detenerse: «Traten de no separarse», dijo. Manolo miraba hacia las casas y hacia los árboles. No quería pensar. Partieron nuevamente con dirección a la Panamericana Sur. Pedaleaba. Contaba las fachadas de las casas: «Ésta debe tener unos cuarenta metros de frente. Ésta es más ancha todavía». Pedaleaba. «Estoy a unos cincuenta metros de los primeros.» Pero los de atrás eran cada vez menos. «Las casas.» Le fastidió una voz que decía: «Apúrate, Manolo», mientras lo pasaba. Sentía la cara hirviendo, y las manos heladas sobre el timón.

Lo pasaron nuevamente. Miró hacia atrás: nadie. Los primeros estarían unos cien metros adelante. Más de cien metros. Miró hacia el suelo: el cemento de la pista le parecía demasiado áspero y duro. Presionaba los pedales con fuerza, pero éstos parecían negarse a bajar. Miró hacia adelante: los primeros empezaban a desaparecer: «Algunos se han detenido en un semáforo». Pedaleaba con fuerza y sin fuerza; con fuerza y sin ritmo. «Mi oportunidad.» Se acercaba al grupo que continuaba detenido en el semáforo. «El hermano Tomás.» Pedaleaba. «Luz verde. ¡Mierda!» Partieron, pero el hermano Tomás continuaba detenido. Lo estaba esperando.

—¿Qué pasa, Manolo?

—Nada, hermano —pero su cara decía lo contrario.

—Creo que sería mejor que regresaras.

—No, hermano. Estoy bien —pero el tono de su voz indicaba lo contrario.

—Regresa. No llegarás nunca.

—Hermano...

—No puedo detenerme por uno. Tengo que vigilar a los que van delante. Regresa. Vamos, quiero verte regresar.

Manolo dio media vuelta a su bicicleta, y empezó a pedalear en la dirección contraria. Pedaleaba lentamente. «Ya debe haberse alejado. No me verá.» Había tomado una decisión: llegar a Chaclacayo. «Aunque sea de noche.» Cambió nuevamente de rumbo. Pedaleaba. «Ya me las arreglaré con el hermano Tomás; también con los de la clase.» Se sentía bastante mejor, y le parecía que solo estaría más tranquilo. Además, podría detenerse cuando quisiera. Pedaleaba, y las casas empezaban a quedarse atrás. Cada vez había menos casas. «Jardines. Terrenos. Una granja.» El camino empezaba a convertirse en carretera para Manolo. Carretera con camiones en la carretera. «Interprovinciales.» Pedaleaba, y un carro lo pasó veloz. «Carreteras.» Pedaleaba. Alzó la mirada: «Estoy solo».

Estaba en el camino de la Molina. «Es por aquí.» Lo había recorrido en automóvil. No se perdería. Perderse no era el problema. «Mis piernas», pero trataba de no pensar. A ambos lados de la pista, los campos de algodón le parecían demasiado grandes. Miraba también algunos avisos pintados en los muros que encerraban los cultivos: «Champagne Poblete».

Los leía en voz alta. «¿Cuántos avisos faltarán para llegar a Chaclacayo?» Pedaleaba. «El Perú es uno de los primeros productores de algodón en el mundo. Egipto. Geografía.» Nuevamente empezó a contar los avisos: «Vinos Santa Marta», pero su pie derecho resbaló por un costado del pedal, y sintió un ardor en el tobillo. Se detuvo, y descendió de la bicicleta: tenía una pequeña herida en el tobillo, bajo la media. No era nada. Descansó un momento, montó en la bicicleta, y le costó trabajo empezar nuevamente a pedalear.

Había llegado a la carretera Central. Eran las once de la mañana, y tuvo que descansar. Descendió de la bicicleta, dejándola caer sobre la tierra, y se sentó sobre una piedra, a un lado del camino. Desde allí veía los automóviles y camiones pasar en una y otra dirección: subían hacia la sierra, o bajaban hacia la costa, hacia Lima. Le hubiera gustado conversar con alguien, pero, a su lado, la bicicleta descansaba inerte. Pensaba en su perro, y en cómo le hablaba, a veces, cuando estaban solos en el jardín de su casa. Cogió una piedra que estaba al alcance de su mano, y vio salir de debajo de ella una araña. Era una araña negra y peluda, y se había detenido a unos cincuenta centímetros a su derecha. La miraba: «Pica», pensó. Vio, hacia su izquierda, otra piedra, y decidió cogerla. Estiró el brazo, pero se detuvo. Volteó y miró a la araña nuevamente: continuaba inmóvil, y Manolo ya no pensaba matarla. Era preciso seguir adelante, pues se hacía cada vez más tarde, y aún faltaba la subida hasta Chaclacayo. «La peor parte.» Se puso de pie, y cogió la bicicleta. Montó, pero antes de empezar a pedalear, volteó una vez más para mirar a la araña: negra y peluda; la araña desaparecía bajo la piedra en que acababa de estar sentado. «No la he matado», se dijo, y empezó a pedalear.

Pedaleaba buscando un letrero que dijera «Vitarte». No recordaba a partir de qué momento había empezado a hablar solo, pero oír su voz en el camino le parecía gracioso y extraño. «Ésta es mi voz», se decía, pronunciando lentamente cada sílaba: «És-ta-es-mi-voz». Se callaba. «¿Es así como los demás la oyen?», se preguntaba. Un automóvil pasó a su lado, y Manolo pudo ver que alguien le hacía adiós, desde la ventana posterior. «Nadie que yo conozca. Me hubieran podido llevar», pensó, pero ése no era un paseo en automóvil, sino un paseo en bicicleta. «Cobarde», gritó, y se echó a pedalear con más y menos fuerza que nunca.

«Te prometo que sólo es hasta Vitarte. Te lo juro. En Vitarte se acaba todo.» Trataba de convencerse; trataba de mentirse, y sacaba fuerzas de su mentira convirtiéndola en verdad. «Vamos, cuerpo.» Pedaleaba y Vitarte no aparecía nunca. «Después de Vitarte viene Ñaña. ¡Cállate idiota!» Avanzaba lentamente y en subida; avanzaba contando cada bache que veía sobre la pista, y ya no alzaba los ojos para buscar el letrero que dijera «Vitarte». Tampoco miraba a los automóviles que escuchaba pasar a su lado. «Manolo», decía, de vez en cuando. «Manolo», pero no escuchaba respuesta alguna. «¡Manolo!», gritó, «¡Manolo! ¡Vitarte!». Era Vitarte. «Ñaña», pensó, y estuvo a punto de caerse al desmontar.

Descansaba sentado sobre una piedra, a un lado del camino. De vez en cuando miraba la bicicleta tirada sobre la tierra. «¿Qué hora será?», se preguntó, pero no miró su reloj. No le importaba la hora. Llegar era lo único que le importaba, sentado allí, agotado, sobre una piedra. El tiempo había desaparecido. Miraba su bicicleta, inerte sobre la tierra, y sentía toda su inmensa fatiga. Volteó a mirar, y vio, hacia su izquierda, tres o cuatro piedras. Una de ellas estaba al alcance de su mano. Miró nuevamente hacia ambos lados, hacia la tierra que lo rodeaba, y una extraña sensación se apoderó de él. Le parecía que ya antes había estado en ese lugar. Exactamente en ese lugar. Se sentía terriblemente fatigado, y le parecía que todo alrededor suyo era más grande que él. Escuchó cómo pronunciaba el nombre de su mejor amigo, aunque sin pensar que ya debería estar cerca de Chaclacayo. No relacionaba muy bien las cosas, pero continuaba sintiendo que había estado antes en ese lugar. Cogió un puñado de tierra, lo miró, y lo dejó caer poco a poco. «Exactamente en este lugar.» A su derecha, al alcance de su mano, había una piedra. Manolo la levantó para ver qué había debajo, y luego, al cabo de unos minutos, la dejó caer nuevamente. Tenía que partir. Era preciso volver a creer que ésta era la última etapa; que Ñaña era la última etapa. Se puso de pie, y se dio cuenta de hasta qué punto estaban débiles sus piernas. Cogió la bicicleta, la enderezó, y montó en ella. Ponía el pie derecho sobre el pedal, cuando algo lo hizo voltear y mirar atrás: «Qué tonto», pensó, recordando que la araña estaba bajo la piedra que le había servido de asiento. Empezó a pedalear, a pedalear...

Pedaleaba buscando un letrero que dijera «Ñaña». Miró hacia atrás, leyó «Vitarte» en un letrero, y sintió ganas de reírse: de reírse de Manolo. Ya no le dolían las piernas. Ahora, era peor: ya no estaban con él. Estaban allá, abajo, y hacían lo que les daba la gana. Eran ellas las que parecían querer reírse por boca de Manolo. «Cojudas», les gritó, al ver que una de ellas, la izquierda, se escapaba resbalando por delante del pedal. «¡Van a ver!» Manolo se puso de pie sobre los pedales, y los hizo descender, uno y otro, con todo el cuerpo, pero la bicicleta empezó a balancearse peligrosamente, y sus manos no lograban controlar el timón. «También ellas se me escapan», pensó Manolo, a punto de perder el equilibrio; a punto de caerse. Se sentó, y empezó a pedalear como si nada hubiera pasado; como si siempre fuera dueño de sus piernas y de sus manos. «No descansaré hasta llegar a Ñaña.» Pero Ñaña estaba aún muy lejos, y él parecía saberlo. «¿Qué hacer?» Se sentía prisionero de unas piernas que no querían llevarlo a ningún lado. No debía ceder. ¿Qué hacer? Las veía subir y bajar: unas veces lo hacían presionando los pedales, pero otras resbalaban por los lados como si se negaran a trabajar. Aquello que pasaba por su mente no llegaba hasta allá abajo, hasta sus piernas. «¡Manolo!», gritó, y empezó nuevamente a ser el jefe. Pedaleaba...

Caminaba. Había decidido caminar un rato, llevando la bicicleta a su lado. Se sentía muy extraño caminando, pero después de la segunda caída, no le había quedado otra solución. Desde la caseta de un camión que pasaba lentamente a su lado, un hombre lo miraba sorprendido. Manolo miró hacia las ruedas del camión, y luego hacia las de su bicicleta. Leyó la placa del camión que se alejaba lentamente, y pensó que tardaría aún en desaparecer, pero que llegaría a Ñaña mucho antes que él. Ya no distinguía los números de la placa. Le costaba trabajo pasar saliva.

«¡Manolo!», gritó. Saltó sobre la bicicleta. Se paró sobre los pedales. Se apoyó sobre el timón. Cerró los ojos, y se olvidó de todo. El viento soplaba con dirección a Lima; soplaba llevando consigo esos alaridos furiosos que en la carretera nadie escucharía: «¡Aaaa! ¡Aaaaaah! ¡Aaaaaaah!».

Estaba caído ante una reja abierta sobre un campo de algodón. A ambos lados de la reja, el muro seguía la línea de la carretera. Detrás suyo, la pista, y la bicicleta al borde de la pista, sobre la tierra. No podía recordar lo que había sucedido. Buscaba, tan sólo, la oscuridad que podía brindarle su cabeza oculta entre sus brazos, contra la tierra. Pero no podía quedarse allí. No podía quedarse así. Trató de arrastrarse, y sintió que la rodilla izquierda le ardía: estaba herido. Sintió también que la pierna derecha le pesaba: al caer, el pantalón se le había enganchado en la cadena de la bicicleta. Avanzaba buscando esconderse detrás del muro, y sentía que arrastraba su herida sobre la tierra, y que la bicicleta le pesaba en la pierna derecha. Buscaba el muro para esconderse, y entró en el campo de algodón. Sabía que ya no resistiría más. Imposible detenerlo. «El muro.» Sus manos tocaron el muro. Había llegado hasta ahí, hasta ahí. Ahí nadie lo podría ver. Nadie lo veía. Estaba completamente solo. Vomitó sobre el muro, sobre la tierra y sobre la bicicleta. Vomitó hasta que se puso a llorar, y sus lágrimas descendían por sus mejillas, goteando sobre sus piernas. Lloraba detrás del muro, frente a los campos de algodón. No había nadie. Absolutamente nadie. Estaba allí solo, con su rabia, con su tristeza y con su verdad recién aprendida. Buscó nuevamente la oscuridad entre sus brazos, el muro, y la tierra. No podría decir cuánto tiempo había permanecido allí, pero jamás olvidaría que cuando se levantó, había al frente suyo, al otro lado de la pista, un letrero verde con letras blancas: «Ñaña».

Estaba parado frente a la residencia que los padres de su colegio tenían en Chaclacayo. Oscurecía. No recordaba muy bien cómo había llegado hasta allí, ni de dónde había sacado las fuerzas. ¿Por qué esta parte del camino le había parecido más fácil que las otras? Siempre se haría las mismas preguntas, pero se trataba, ahora, de ingresar a la residencia, de explicar su conducta, y de no dejar que jamás «nadie sepa...». A través de las ventanas encendidas, podía ver a sus compañeros moverse de un lado a otro de las habitaciones. Estaban aún en el tercer piso. «Comerán dentro de un momento», pensó. De pronto, la puerta que daba al jardín exterior se abrió, y Manolo pudo ver que el hermano Tomás salía. Estaba solo. Lo vio también coger una manguera y desplazarla hacia el otro lado del jardín. Tenía que enfrentarse a él. Avanzó llevando la bicicleta a su lado.

—Hermano Tomás...

—¿Tú?

—Llegué, hermano.

—¿Es todo lo que tienes que decir?

—Hermano...

—Ven. Sígueme. Estás en una facha horrible. Es preciso que nadie te vea hasta que no te laves. Por la puerta falsa. Ven.

Manolo siguió al hermano Tomás hasta una escalera. Subieron en silencio y sin ser vistos. El hermano llevaba puesta su casaca color marrón, y Manolo empezó a sentirse confiado. «Llegué», pensaba sonriente.

—Allí hay un baño. Lávate la cara mientras yo traigo algo para curarte.

—Sí, hermano —dijo Manolo, encendiendo la luz. Se acercó al lavatorio, y abrió el caño de agua fría. Parecía otro, con la cara lavada. Se miraba en el espejo: «No soy el mismo de hace unas horas».

—Listo —dijo el hermano—. Ven, acércate.

—No es nada, hermano.

—No es profunda —dijo el hermano Tomás, mirando la herida—. La lavaremos, primero, con agua oxigenada. ¿Arde?

—No —respondió Manolo, cerrando los ojos. Se sentía capaz de soportar cualquier dolor.

—Listo. Ahora, esta pomada. Ya está.

—No es nada, hermano. Yo puedo ponerme el parche.

—Bien. Pero apúrate. Toma el esparadrapo.

—Gracias.

Manolo miró su herida por última vez: no era muy grande, pero le ardía bastante. Pensaba en sus compañeros mientras preparaba el parche. Era preciso que fuera un señor parche. «Así está bien», se dijo, al comprobar que estaba resultando demasiado grande para la herida. «No se burlarán de mí», pensó, y lo agrandó aún más.

Cuando entró al comedor, sus compañeros empezaban ya a comer. Voltearon a mirarlo sorprendidos. Manolo, a su vez, miró al hermano Tomás, sentado al extremo de la mesa. Sus ojos se encontraron, y por un momento sintió temor, pero luego vio que el hermano sonreía. «No me ha delatado.» Avanzó hasta un lugar libre, y se sentó. Sus compañeros continuaban mirándolo insistentemente, y le hacían toda clase de señas, preguntándole qué le había pasado. Manolo respondía con un gesto de negación, y con una sonrisa en los labios.

—Manolo —dijo el hermano Tomás—, cuando termines de comer, subes y te acuestas. Debes estar muy cansado, y es preciso que duermas bien esta noche.

—Sí, hermano —respondió Manolo. Cambiaron nuevamente una sonrisa.

—¿Qué te pasó? —preguntó su vecino.

—Nada. Hubo un accidente, y tuve que ayudar a una mujer herida.

—¿Y la rodilla? —insistió, mientras Manolo se miraba el parche blanco, a través del pantalón desgarrado.

—No es nada —dijo. Conocía a sus compañeros, y sabía que ellos se encargarían del resto de la historia. Hablarían de ello hasta dormirse. «Mañana también hablarán, pero menos. El lunes ya lo habrán olvidado.» Conocía a sus compañeros.

Poco antes de terminar la comida, Manolo vio que el hermano Tomás le hacía una seña: «Anda a dormir, antes de que se te tiren encima con sus preguntas». Obedeció encantado.

Dormía profundamente. Estaba solo en una habitación, que nadie salvo él ocuparía esa noche. Había tratado de pensar un poco, antes de dormirse, pero el colchón, bajo su cuerpo, empezaba a desaparecer, hasta que ya casi no lo sentía. Sus hombros ya no pesaban sobre nada, y las paredes, alrededor suyo, iban desapareciendo en la noche negra e invisible del sueño... Miles de bicicletas se deslizaban fácilmente hacia el sol de Chaclacayo. Se veía feliz al frente de tantos amigos, de tantas bicicletas, de tanta felicidad. El sol se perdía detrás de cada árbol, y reaparecía nuevamente detrás de cada árbol. Estaba tan feliz que le era imposible llevar la cuenta de los amigos que lo seguían. Todos iban hacia el sol, y él siempre adelante, camino del sol. De pronto, escuchó una voz: «¡Manolo! ¡Manolo!». Se detuvo. ¿De dónde vendría esa voz? «Continúen. Continúen», gritaba Manolo, y sus amigos pedaleaban sin darse cuenta de nada. «Continúen.» Buscaba la voz. «Llegaré de noche, pero también mañana brillará el sol.» Buscaba la voz entre unas piedras, a los lados del camino. La escuchó nuevamente, detrás suyo, y volteó: su madre llevaba un prendedor en forma de araña, y el hermano Tomás sonreía. Estaban parados junto a su bicicleta...

Una semana había transcurrido, y ya nadie hablaba del paseo. Manolo se esforzaba por pensar en otra cosa. Imposible: no se olvida en una semana, etcétera.

Su mejor negocio

Esperaba impaciente y nervioso la hora de la cita. Encerrado en su dormitorio, contaba los minutos que faltaban para las dos de la tarde. Por momentos se sentaba sobre la cama, por momentos se acercaba a la ventana, y miraba hacia el jardín de enfrente. Miraba también hacia ambos lados de la calle, pero Miguel no aparecía aún. Miguel era el jardinero de muchos jardines en ese barrio. «Un artista», pensaba Manolo, mirando hacia el jardín de la casa de enfrente.

«Si no se atrasa, llegará dentro de un cuarto de hora», pensó. Estaba nuevamente sentado sobre su cama, y pensaba que aquel negocio sería cosa de unos minutos. Luego, a Lima. De frente a Lima, y hasta esa tienda, hasta esa vidriera. Aquel saco de corduroy marrón parecía esperarlo ya demasiado tiempo. Hacía tres semanas que lo habían puesto en exhibición, y era un riesgo dejar pasar un día más: alguien podía anticipársele. Manolo sentía que el sastre lo había cortado para él; a su medida. Ese saco de corduroy marrón era suyo; suyo desde que decidió vender su bicicleta para obtener el dinero. No quería ni un real más (Miguel era su amigo), pero tampoco podía aceptar un real menos, y temblaba al pensar que Miguel no tardaría en llegar.

Hacía años que se conocían. Cuando la familia de Manolo vino a vivir a ese barrio, ya Miguel se encargaba de muchos jardines. Lo veía trabajar cuando regresaba del colegio, pero no recordaba bien cómo habían empezado a hablar. Recordaba, eso sí, cómo le enseñaba a manejar unas viejas tijeras para podar, en cuyas asas de madera el uso parecía haber grabado la forma de sus manos. Recordaba, también, que no le permitía jugar con la máquina para cortar el pasto: «Es muy peligroso», le decía. «Cuando seas más grande.» Miguel le llamaba Manolo. Manolo, al comienzo, le decía «Maestro», pero luego también empezó a llamarlo por su nombre.

Jugaban al fútbol, por las tardes, cuando Manolo regresaba del colegio. Venían, también, dos mayordomos de casas vecinas, y algunos muchachos del barrio con sus amigos. Cuando no eran suficientes para un «partidito», jugaban a «ataque y defensa». La pelota era de Manolo. Jamás formaron un club, ni siquiera pensaron en ello, pero durante años fueron los mismos los que se reunieron para el partido. A veces, pasaban por allí grupos de muchachos extraños al barrio, y entonces era «nosotros contra ustedes». Al comienzo, Manolo tuvo alguna dificultad para ponerse al día en cuestión lisuras, pero con el tiempo, las usaba hasta por gusto. Miguel lo escuchaba sonriente: «Tu mamá nos va a echar la culpa», decía, sin darle mayor importancia al asunto.

Un día, Manolo regresó del colegio, y como de costumbre, encontró a todo el equipo esperándolo en la puerta de su casa. «Hoy no puedo jugar», les dijo. «Voy al cine con unos amigos.» Lo miraron desconcertados. «No se vayan. Voy a sacar la pelota. Jueguen ustedes.» Aquel día, Miguel y los demás pelotearon un rato, hasta que lo vieron partir al cine. Luego, devolvieron el balón, y se marcharon.

Los días llegaron en que Manolo se reunía a menudo con sus amigos del colegio. Miguel, por su parte, tenía más jardines que cuidar, y los partidos callejeros eran menos y menos frecuentes. Rara vez estaba el equipo completo, aunque Miguel no faltaba nunca cuando había partido. Parecía adivinar los días en que Manolo podía jugar. Pero un día pasó por el barrio una patota de palomillas de todas las edades, y el desafío se produjo. Manolo, Miguel y los suyos, tomaron las cosas como si hasta ese día, y desde que empezaron a jugar, se hubieran estado entrenando para esa ocasión. Se jugaba fuerte. Demasiado fuerte. Las lisuras resonaban en las casas vecinas hasta que Manolo rodó por tierra, cogiéndose la pierna con un gesto terrible de dolor. Alcanzó, sin embargo, a ver cómo Miguel se abalanzaba furioso contra el que lo había pateado. Luego, todo fue una gresca, una pelea callejera, que él contemplaba sin poder intervenir. No olvidaría el rostro de Miguel bañado en sangre, ni olvidaría tampoco cómo la gente salía de sus casas mientras los palomillas huían despavoridos. Poco tiempo después, dejaron de jugar. Manolo salía casi a diario con sus amigos del colegio, y ya nadie venía a esperarlo. Un día, la pelota amaneció desinflada, y nadie se encargó de repararla.

Miguel no venía a verlo. Por ahí decían que tenía demasiado trabajo, y que necesitaba una bicicleta para desplazarse de un jardín a otro. Manolo lo recordaba siempre, y a veces, cuando caminaba por el barrio, lo veía regando un jardín o podando plantas. «Miguel», le decía, y éste volteaba sonriente, pero ya nunca lo llamaba por su nombre: «Trabajando, trabajando», le respondía. Una tarde Manolo escuchó que le decía: «Trabajando, niño», como si ya no se atreviera a llamarlo Manolo, como si el «usted» no viniera al caso, y como si tratara de detenerlo en la época en que jugaban al fútbol juntos.

«Miguel», pensaba Manolo, mientras comprobaba que eran las dos de la tarde. Miraba hacia el jardín de enfrente, y le parecía ver a Miguel en cuclillas, regando cuidadosamente una planta. Le parecía verlo vestido siempre con un comando color kaki, con el cuello abierto, y el rostro color tierra seca. Recordaba sus cabellos, negros, brillantes y lacios, perfectamente peinados como actor de cine mejicano. Nunca se puso otra ropa, nunca dejó de tener el cuello abierto, nunca estuvo despeinado. A veces, cuando hacía calor, dejaba caer el agua fresca de la manguera sobre su cabeza y sobre la nuca. Inmediatamente después, sacaba un peine del bolsillo posterior del pantalón, y se peinaba nuevamente sin secarse.

Estaba mirando hacia el jardín de enfrente, cuando escuchó el timbre. Miró hacia abajo: Miguel, perfectamente peinado como un actor de cine mejicano, llevaba puesta una corbata color kaki. «El saco de corduroy», pensó Manolo, y corrió con dirección a la escalera. «Y si quiere pagarme menos.»

Estaban en el garaje de la casa y Manolo tenía la bicicleta cogida por el timón, mientras Miguel, en cuclillas, la examinaba detenidamente. Se habían saludado dándose la mano, pero desde entonces, habían permanecido en un silencio que empezaba a ser demasiado largo.

—¿Qué te parece, Miguel?

—Está bien, niño.

—Está recién pintada, y las llantas son nuevas —se atrevió a decir Manolo.

—Está bien, niño —dijo Miguel, permaneciendo en cuclillas, y sin alzar la cabeza.

Manolo lo observaba: sus cabellos negros y brillantes estaban perfectamente bien peinados. Sabía que le sería imposible regatear, y que aceptaría cualquier suma de dinero, aunque no fuese lo suficiente para el saco de corduroy. Sólo le interesaba terminar con el asunto lo más rápido posible. Estaba en un aprieto, pero Miguel no parecía darse cuenta de ello: continuaba examinando detenidamente la bicicleta.

—Sabes, niño —dijo—, a mí me va a servir para trabajar.

—Todos dicen que está como nueva, Miguel.

—Está bien, niño —asintió. Continuaba en cuclillas, y hablaba sin alzar la mirada—. ¿El precio?

—Doscientos cincuenta soles —dijo Manolo, con voz temblorosa. «Se la regalaría», pensó, pero sabía que luego sería imposible comprar el saco de corduroy.

Miguel se incorporó. Nada en su rostro indicaba si estaba o no de acuerdo con el precio. Permanecía mudo. Miraba, ahora, hacia el techo, y Manolo sentía que eso ya no podía durar un minuto más.

—Está bien —dijo Miguel. Introdujo la mano en el bolsillo posterior del pantalón, y sacó una viejísima billetera negra. Al hacerlo, dejó caer su peine sobre el suelo, y Manolo se agachó instintivamente para recogerlo.

—Gracias —dijo Miguel, mientras recibía con una mano el peine, y entregaba el dinero con la otra—. Gracias, niño.

—Ya me estaba cansando de tanto caminar.

No encontraban las palabras necesarias para concluir. Era Miguel, ahora, quien tenía la bicicleta cogida por el timón, mientras Manolo buscaba alguna fórmula para liquidar el asunto. Fue en ese momento que ambos miraron hacia el mismo rincón, y que sus ojos coincidieron sobre una vieja pelota de fútbol, desinflada y polvorienta. Manolo se lanzó sobre la puerta del garaje, abriéndola para que Miguel saliera por allí. Sus ojos se encontraron un instante, pero luego, cuando se despidieron, uno miraba a la bicicleta, y el otro hacia la calle. «Y ahora, a Lima», pensó Manolo, y esa misma tarde, compró el saco de corduroy marrón.

Sábado en el espejo de su dormitorio. Sábado en su mente, y sábado en su programa para esa tarde. El espejo le mostraba qué bien le quedaban su saco de corduroy marrón, su pantalón de franela gris, su camisa color verde oscuro, y su pañuelo guinda al cuello (él creía que era de seda). Alguien diría que era demasiado para sus catorce años, pero no era suficiente para su felicidad.

—¡Manolo! —llamó su madre—. Tus amigos te esperan en la puerta.

—¡Ya voy! —gritó, mientras se despedía de Manolo en el espejo. Corrió hasta la escalera, y bajó velozmente hasta la puerta de calle.

Sus amigos lo esperaban impacientes. De pronto, la puerta se abrió, y apareció para ellos Manolo, con su confianza en el saco de corduroy marrón, y su sonrisa de colegial en sábado.

—Apúrate —dijo uno de los amigos.

—Kermesse en el Raimondi —añadió otro.

—Irán también chicocas del Belén. Apúrate. Sábado.

Las notas que duermen en las cuerdas

Mediados de diciembre. El sol se ríe a carcajadas en los avisos de publicidad. ¡El sol! Durante algunos meses, algunos sectores de Lima tendrán la suerte de parecerse a Chaclacayo, Santa Inés, Los Ángeles, y Chosica. Pronto, los ternos de verano recién sacados del ropero dejarán de oler a humedad. El sol brilla sobre la ciudad, sobre las calles, sobre las casas. Brilla en todas partes menos en el interior de las viejas iglesias coloniales. Los grandes almacenes ponen a la venta las últimas novedades de la moda veraniega. Los almacenes de segunda categoría ponen a la venta las novedades de la moda del año pasado. «Pruébate la ropa de baño, amorcito.» (¡Cuántos matrimonios dependerán de esa prueba!) Amada, la secretaria del doctor Ascencio, abogado de nota, casado, tres hijos, y automóvil más grande que el del vecino, ha dejado hoy, por primera vez, la chompita en casa. Ha entrado a la oficina, y el doctor ha bajado la mirada: es la moda del escote ecran, un escote que parece un frutero. «Qué linda su medallita, Amada (el doctor lo ha oído decir por la calle). Tengo mucho, mucho que dictarle, y tengo tantos, tantos deseos de echarme una siestecita.»

Por las calles, las limeñas lucen unos brazos de gimnasio. Parece que fueran ellas las que cargaran las andas en las procesiones, y que lo hicieran diariamente. Te dan la mano, y piensas en el tejido adiposo. No sabes bien lo que es, pero te suena a piel, a brazo, al brazo que tienes delante tuyo, y a ese hombro moreno que te decide a invitarla al cine. El doctor Risque pasa impecablemente vestido de blanco. Dos comentarios: «Maricón» (un muchacho de dieciocho años), y «exagera. No estamos en Casablanca» (el ingeniero Torres Pérez, cuarenta y tres años, empleado del Ministerio de Fomento). Pasa también Félix Arnolfi, escritor, autor de *Tres veranos en Lima,* y *Amor y calor en la ciudad.* Viste de invierno. Pero el sol brilla en

Lima. Brilla a mediados de diciembre, y no cierre usted su persiana, señora Anunciata, aunque su lugar no esté en la playa, y su moral sea la del desencanto, la edad y los kilos...

El sol molestaba a los alumnos que estaban sentados cerca de la ventana. Acababan de darles el rol de exámenes y la cosa no era para reírse. Cada dos días, un examen. Matemáticas y química seguidos. ¿Qué es lo que pretenden? ¿Jalarse a todo el mundo? Empezaban el lunes próximo, y la tensión era grande. Hay cuatro cosas que se pueden hacer frente a un examen: estudiar, hacer comprimidos, darse por vencido antes del examen, y hacerse recomendar al jurado.

Los exámenes llegaron. Los primeros tenían sabor a miedo, y los últimos sabor a Navidad. Manolo aprobó invicto (había estudiado, había hecho comprimidos, se había dado por vencido antes de cada examen y un tío lo había recomendado, sin que él se lo pidiera). Repartición de premios: un alumno de quinto año de secundaria lloró al leer el discurso de *Adiós al colegio,* los primeros de cada clase recibieron sus premios, y luego, terminada la ceremonia, muchos fueron los que destrozaron sus libros y cuadernos: hay que aprender a desprenderse de las cosas. Manolo estaba libre.

En su casa, una de sus hermanas se había encargado del Nacimiento. El árbol de Navidad, cada año más pelado (al armarlo, siempre se rompía un adorno, y nadie lo reponía), y siempre cubierto de algodón, contrastaba con el calor sofocante del día. Manolo no haría nada hasta después del Año Nuevo. Permanecería encerrado en su casa, como si quisiera comprobar que su libertad era verdadera, y que realmente podía disponer del verano a sus anchas. Nada le gustaba tanto como despertarse diariamente a la hora de ir al colegio, comprobar que no tenía que levantarse, y volverse a dormir. Era su pequeño triunfo matinal.

—¡Manolo! —llamó su hermana—. Ven a ver el Nacimiento. Ya está listo.

—Voy —respondió Manolo, desde su cama.

Bajó en pijama hasta la sala, y se encontró con la Navidad en casa. Era veinticuatro de diciembre, y esa noche era

Nochebuena. Manolo sintió un escalofrío, y luego se dio cuenta de que un extraño malestar se estaba apoderando de él. Recordó que siempre en Navidad le sucedía lo mismo, pero este año, ese mismo malestar parecía volver con mayor intensidad. Miraba hacia el Nacimiento, y luego hacia el árbol cubierto de algodón. «Está muy bonito», dijo. Dio media vuelta, y subió nuevamente a su dormitorio.

Hacia el mediodía, Manolo salió a caminar. Contaba los automóviles que encontraba, las ventanas de las casas, los árboles en los jardines, y trataba de recordar el nombre de cada planta, de cada flor. Esos paseos que uno hace para no pensar eran cada día más frecuentes. Algo no marchaba bien. Se crispó al recordar que una mañana había aparecido en un mercado, confundido entre placeras y vendedores ambulantes. Aquel día había caminado mucho, y casi sin darse cuenta. Decidió regresar, pues pronto sería la hora del almuerzo.

Almorzaban. Había decidido que esa noche irían juntos a la misa de Gallo, y que luego volverían para cenar. Su padre se encargaría de comprar el panetón, y su madre de preparar el chocolate. Sus hermanos prometían estar listos a tiempo para ir a la iglesia y encontrar asientos, mientras Manolo pensaba que él no había nacido para esas celebraciones. ¡Y aún faltaba el Año Nuevo! El Año Nuevo y sus cohetones, que parecían indicarle que su lugar estaba entre los atemorizados perros del barrio. Mientras almorzaba, iba recordando muchas cosas. Demasiadas. Recordaba el día en que entró al Estadio Nacional, y se desmayó al escuchar que se había batido el récord de asistencia. Recordaba también, cómo en los desfiles militares, le flaqueaban las piernas cuando pasaban delante suyo las bandas de música y los húsares de Junín. Las retretas, con las marchas que ejecutaba la banda de la Guardia Republicana, eran como la atracción al vacío. Almorzaban: comer, para que no le dijeran que comiera, era una de las pequeñas torturas a las que ya se había acostumbrado.

Hacia las tres de la tarde, su padre y sus hermanos se habían retirado del comedor. Quedaba tan sólo su madre, que leía el periódico, de espaldas a la ventana que daba al patio. La plenitud de ese día de verano era insoportable. A través de la ventana, Manolo veía cómo todo estaba inmóvil en el jardín. Ni siquiera el vuelo de una mosca, de esas moscas que se estrellan contra los vidrios, venía a interrumpir tanta inmovilidad. Sobre la mesa, delante de él, una taza de café se enfriaba sin que pudiera hacer nada por traerla hasta sus labios. En una de las paredes (Manolo calculaba cuántos metros tendría), el retrato de un antepasado se estaba burlando de él, y las dos puertas del comedor que llevaban a la otra habitación eran como la puerta de un calabozo, que da siempre al interior de la prisión.

—Es terrible —dijo su madre, de pronto, dejando caer el periódico sobre la mesa—. Las tres de la tarde. La plenitud del día. Es una hora terrible.

—Dura hasta las cinco, más o menos.

—Deberías buscar a tus amigos, Manolo.

—Sabes, mamá, si yo fuera poeta, diría: «Eran las tres de la tarde en la boca del estómago».

—En los vasos, y en las ventanas.

—Las tres de la tarde en las tres de la tarde. Hay que moverse.

«Ante todo, no debo sentarme», pensaba Manolo al pasar del comedor a la sala, y ver cómo los sillones lo invitaban a darse por vencido. Tenía miedo de esos sillones cuyos brazos parecían querer tragárselo. Caminó lentamente hacia la escalera, y subió como un hombre que sube al cadalso. Pasó por delante del dormitorio de su madre, y allí estaba, tirada sobre la cama, pero él sabía que no dormía, y que tenía los ojos abiertos, inmensos. Avanzó hasta su dormitorio, y se dejó caer pesadamente sobre la cama: «La próxima vez que me levante», pensó, «será para ir al centro».

A través de una de las ventanas del ómnibus, Manolo veía cómo las ramas de los árboles se movían lentamente. Disminuía ya la intensidad del sol, y cuando llegara al centro de la ciudad, empezaría a oscurecer. Durante los últimos meses, sus viajes al centro habían sido casi una necesidad. Recordaba que, muchas veces, se iba directamente desde el colegio, sin pasar por su casa, y abandonando a sus amigos que partían a ver la salida de algún colegio de mujeres. Detestaba esos grupos de muchachos que hablan de las mujeres como de un producto alimenticio: «Es muy rica. Es un lomo». Creía ver algo distinto en aquellas colegialas con los dedos manchados de tinta, y sus uniformes de virtud. Había visto cómo uno de sus amigos se había trompeado por una chica que le gustaba, y luego, cuando le dejó de gustar, hablaba de ella como si fuera una puta. «Son terribles cuando están en grupo», pensaba, «y yo no soy un héroe para dedicarme a darles la contra».

El centro de Lima estaba lleno de colegios de mujeres, pero Manolo tenía sus preferencias. Casi todos los días, se paraba en la esquina del mismo colegio, y esperaba la salida de las muchachas como un acusado espera su sentencia. Sentía los latidos de su corazón, y sentía que el pecho se le oprimía, y que las manos se le helaban. Era más una tortura que un placer, pero no podía vivir sin ello. Esperaba esos uniformes azules, esos cuellos blancos y almidonados, donde para él, se concentraba toda la bondad humana. Esos zapatos, casi de hombres, eran, sin embargo, tan pequeños, que lo hacían sentirse muy hombre. Estaba dispuesto a protegerlas a todas, a amarlas a todas, pero no sabía cómo. Esas colegialas que ocultaban sus cabellos bajo un gracioso gorro azul, eran dueñas de su destino. Se moría de frío: ya iba a sonar el timbre. Y cuando sonara, sería como siempre: se quedaría estático, casi paralizado, perdería la voz, las vería aparecer sin poder hacer nada por detener todo eso, y luego, en un supremo esfuerzo, se lanzaría entre ellas, con la mirada fija en la próxima esquina, el cuello tieso, un grito ahogado en la garganta, y una obsesión: alejarse lo suficiente para no ver más, para no sentir más, para descansar, casi para morir. Los pocos días en que no asistía a la salida de ese colegio, las cosas eran aún peor.

El ómnibus se acercaba al jirón de la Unión, y Manolo, de pie, se preparaba para bajar. (Le había cedido el asiento a una señora, y la había odiado: temió, por un momento, que hablara de lo raro que es encontrar un joven bien educado en estos días, que todos los miraran, etc. Había decidido no volver a viajar sentado para evitar esos riesgos.) El ómnibus se detuvo, y Manolo descendió.

Empezaba a oscurecer. Miles de personas caminaban lentamente por el jirón de la Unión. Se detenían en cada tienda, en cada vidriera, mientras Manolo avanzaba perdido entre esa muchedumbre. Su única preocupación era que nadie lo rozara

al pasar, y que nadie le fuera a dar un codazo. Le pareció cruzarse
con alguien que conocía, pero ya era demasiado tarde para voltear a saludarlo. «De la que me libré», pensó. «¿Y si me encuentro con Salas?» Salas era un compañero de colegio. Estaba
en un año superior, y nunca se habían hablado. Prácticamente
no se conocían, y sería demasiada coincidencia que se encontra-
ran entre ese tumulto, pero a Manolo le espantaba la idea.
Avanzaba. Oscurecía cada vez más, y las luces de neón empezaban
a brillar en los avisos luminosos. Quería llegar hasta la Plaza
San Martín, para dar media vuelta y caminar hasta la Plaza de
Armas. Se detuvo a la altura de las Galerías Boza, y miró hacia
su reloj: «Las siete de la noche». Continuó hasta llegar a la
Plaza San Martín, y allí sintió repugnancia al ver que un grupo
de hombres miraba groseramente a una mujer, y luego se reían
a carcajadas. Los colectivos y los ómnibus llegaban repletos de
gente. «Las tiendas permanecerán abiertas hasta las nueve de la
noche», pensó. «La Plaza de Armas.» Dio media vuelta, y se
echó a andar. Una extraña e impresionante palidez en el rostro
de la gente era efecto de los avisos luminosos. «Una tristeza
eléctrica», pensaba Manolo, tratando de definir el sentimiento
que se había apoderado de él. La noche caía sobre la gente, y las
luces de neón le daban un aspecto fantasmagórico. Cargados de
paquetes, hombres y mujeres pasaban a su lado, mientras avanzaba hacia la Plaza de Armas, como un bañista nadando hacia
una boya. No sabía si era odio o amor lo que sentía, ni sabía
tampoco si quería continuar esa extraña sumersión, o correr
hacia un despoblado. Sólo sabía que estaba preso, que era el prisionero de todo lo que lo rodeaba. Una mujer lo rozó al pasar, y
estuvo a punto de soltar un grito, pero en ese instante hubo
ante sus ojos una muchacha. Una pálida chiquilla lo había
mirado caminando. Vestía íntegramente de blanco. Manolo se
detuvo. Ella sentiría que la estaba mirando, y él estaba seguro
de haberle comunicado algo. No sabía qué. Sabía que esos ojos
tan negros y tan grandes eran como una voz, y que también le
habían dicho algo. Le pareció que las luces de neón se estaban
apoderando de esa cara. Esa cara se estaba electrizando, y era
preciso sacarla de allí antes de que se muriera. La muchacha se
alejaba, y Manolo la contemplaba calculando que tenía catorce
años. «Pobre de ti, noche, si la tocas», pensó.

Se había detenido al llegar a la puerta de la iglesia de la Merced. Veía cómo la gente entraba y salía del templo, y pensaba que entraban más para descansar que para rezar, tan cargados venían de paquetes. Serían las ocho de la noche, cuando Manolo, parado ahora de espaldas a la iglesia, observaba una larga cola de compradores, ante la tienda Monterrey. Todos llevaban paquetes en las manos, pero todos tenían aún algo más que comprar. De pronto, distinguió a una mujer que llevaba un balde de playa y una pequeña lampa de lata. Vestía un horroroso traje floreado, y con la basta descosida. Era un traje muy viejo, y le quedaba demasiado grande. Le faltaban varios dientes, y le veía las piernas chuecas, muy chuecas. El balde y la pequeña lampa de lata estaban mal envueltos en papel de periódico, y él podía ver que eran de pésima calidad. «Los llevará un domingo, en tranvía, a la playa más inmunda. Cargada de hijos llorando. Se bañará en fustán», pensó. Esa mujer, fuera de lugar en esa cola, con la boca sin dientes abierta de fatiga como si fuera idiota, y chueca chueca, lo conmovió hasta sentir que sus ojos estaban bañados en lágrimas. Era preciso marcharse. Largarse. «Yo me largo.» Era preciso desaparecer. Y, sobre todo, no encontrar a ninguno de sus odiados conocidos.

Desde su cama, con la habitación a oscuras, Manolo escuchaba a sus hermanas conversar mientras se preparaban para la misa de Gallo, y sentía un ligero temblor en la boca del estómago. Su único deseo era que todo aquello comenzara pronto para que terminara de una vez por todas. Se incorporó al escuchar la voz de su padre que los llamaba para partir. «Voy», respondió al oír su nombre, y bajó lentamente las escaleras. Partieron.

Conocía a casi todos los que estaban en la iglesia. Eran los mismos de los domingos, los mismos de siempre. Familias enteras ocupaban las bancas, y el calor era muy fuerte. Manolo, parado entre sus padres y hermanos, buscaba con la mirada a alguien a quien cederle el asiento. Tendría que hacerlo, pues la iglesia se iba llenando de gente, y quería salir de eso lo antes posible. Vio que una amiga de su madre se acercaba, y le dejó su lugar, a pesar de que aún quedaban espacios libres en otras bancas.

Estaba recostado contra una columna de mármol, y desde allí paseaba la mirada por toda la iglesia. Muchos de los asistentes, bronceados por el sol, habían empezado a ir a la playa. Las muchachas le impresionaban con sus pañuelos de seda en la cabeza. Esos pañuelos de seda, que ocultando una parte del rostro, hacen resaltar los ojos, lo impresionaban al punto de encontrarse con las manos pegadas a la columna; fuertemente apoyadas, como si quisiera hacerla retroceder. «Sansón», pensó.

Había detenido la mirada en el pálido rostro de una muchacha que llevaba un pañuelo de seda en la cabeza, y cuyos ojos resaltaban de una manera extraña. Miraban hacia el altar con tal intensidad, que parecían estar viendo a Dios. La contemplaba. Imposible dejar de contemplarla. Manolo empezaba a sentir que todo alrededor suyo iba desapareciendo, y que en la iglesia sólo quedaba aquel rostro tan desconocido y lejano. Temía que ella lo descubriera mirándola, y no poder continuar con ese placer. ¿Placer? «Debe hacer calor en la iglesia», pensó, mientras comprobaba que sus manos estaban más frías que el mármol de la columna.

La música del órgano resonaba por toda la iglesia, y Manolo sentía como si algo fuera a estallar. «Los ojos. Es peor que bonita.» En las bancas, los hombres caían sobre sus rodillas, como si esa música que venía desde el fondo del templo, los golpeara sobre los hombros, haciéndolos caer prosternados ante un Dios recién descubierto y obligatorio. Esa música parecía que iba a derrumbar las paredes, hasta que, de pronto, un profundo y negro silencio se apoderó del templo, y era como si hubieran matado al organista. «Tan negros y tan brillantes.» Un sacerdote subió al púlpito, y anunció que Jesús había nacido, y el órgano resonó nuevamente sobre los hombros de los fieles, y Manolo sintió que se moría de amor, y la gente ya quería salir para desearse «feliz Navidad». Terminada la ceremonia, si alguien le hubiera dicho que se había desmayado, él lo hubiera creído. Salían. El mundo andaba muy bien aquella noche en la puerta de la iglesia, mientras Manolo no encontraba a la muchacha que parecía haber visto a Dios.

Al llegar a su casa, sin pensarlo, Manolo se dirigió a un pequeño baño que había en el primer piso. Cerró la puerta, y se dio cuenta de que no era necesario que estuviera allí. Se miró en el espejo, sobre el lavatorio, y recordó que tenía que besar a sus padres y hermanos: era la costumbre, antes de la cena. ¡Feliz Navidad con besos y abrazos! Trató de orinar. Inútil. Desde el comedor, su madre lo estaba llamando. Abrió la puerta, y encontró a su perro que lo miraba como si quisiera enterarse de lo que estaba pasando. Se agachó para acariciarlo, y avanzó hasta llegar al comedor. Al entrar, continuaba siempre agachado y acariciando al perro que caminaba a su lado. Avanzaba hacia los zapatos blancos de una de sus hermanas, hasta que, torpemente, se lanzó sobre ella para abrazarla. No logró besarla. «Feliz Navidad», iba repitiendo mientras cumplía con las reglas del juego. Los regalos.

Cenaban. «Esos besos y abrazos que uno tiene que dar...», pensaba. «Ésos cariños.» Daría la vida por cada uno de sus hermanos. «Pero uno no da la vida en un día establecido...» Recordaba aquel cumpleaños de su hermana preferida: se había marchado a la casa de un amigo para no tener que saludarla, pero luego había sentido remordimientos, y la había llamado por teléfono: «Qué loco soy». Cenaban. El chocolate estaba demasiado caliente, y con tanto sueño era difícil encontrar algo de qué hablar mientras se enfriaba. «No es el mejor panetón del mundo, pero es el único que quedaba», comentó su padre. Manolo sentía que su madre lo estaba mirando, y no se atrevía a levantar los ojos de la mesa. A lo lejos, se escuchaban los estallidos de los cohetes, y pensaba que su perro debía estar aterrorizado. Bebían el chocolate. «Tengo que ir a ver al perro. Debe estar muerto de miedo.» En ese momento, uno de sus hermanos bostezó, y se disculpó diciendo que se había levantado muy temprano esa mañana. Permanecían en silencio, y Manolo esperaba que llegara el momento de ir a ver a su perro. De pronto, uno de sus hermanos se puso de pie: «Creo que me voy a acostar», dijo dirigiéndose lentamente hacia la puerta del comedor. Desapareció. Los demás siguieron el ejemplo.

En el patio, Manolo acariciaba a su perro. Había algo en la atmósfera que lo hacía sentirse nuevamente como en la iglesia. Le parecía que tenía algo que decir. Algo que decirle a alguna persona que no conocía; a muchas personas que no conocía. Escuchaba el estallido de los cohetes, y sentía deseos de salir a caminar.

Hacia las tres de la madrugada, Manolo continuaba su extraño paseo. Hacia las cuatro de la madrugada, un hombre quedó sorprendido, al cruzarse con un muchacho de unos quince años, que caminaba con el rostro bañado en lágrimas.

Una mano en las cuerdas
(Páginas de un diario)

El Country Club es uno de los hoteles más elegantes de Lima, y dicen que tiene más de cien habitaciones. Está situado en San Isidro, barrio residencial, a unos veinte minutos en automóvil del centro de Lima, y rodeado de hermosos jardines. Durante el verano, mucha gente viene a bañarse en las piscinas del club, y a jugar tenis. Para los muchachos en vacaciones escolares o universitarias, es un entretenido centro de reunión.

3 de enero

Esta mañana he ido al Country por primera vez en estas vacaciones. Encontré, como siempre, a muchos amigos. Todos fuman, y me parece que Enrique fuma demasiado. Enrique me ha presentado a su enamorada. Es muy bonita, pero cuando me mira parece que se burlara de mí. Se besan todo el tiempo, y es muy incómodo estar con ellos. Yo sé que a Enrique le gusta estar conmigo, pero si siguen así, no voy a poder acercarme. Enrique no hace más que fumar y besar a Carmen. Carlos también tiene enamorada, pero creo que lo hace por pasar el verano bien acompañado. No es ni bonita, ni inteligente. Es fea. Los demás no tenemos enamorada. Este verano empieza bien. Hay muchas chicas nuevas, y algunas mocosas del año pasado se han puesto muy bonitas. Veremos. Regresaré como siempre a almorzar a mi casa...

11 de enero

Hoy he visto a la chica más maravillosa del mundo. Es la primera vez que viene a la piscina, y nadie la conoce. Llegó cuando ya iban a cerrar la puerta. Sólo vino a recoger a un chiquillo que debe ser su hermano. Me ha encantado. ¿Qué puedo hacer? No me atreví a seguirla. ¿Quién será? Todo sucedió tan rápido que no tuve tiempo para nada. Me puse demasiado nervioso. Hacía rato que estaba sentado en esa banca, sin saber que ella estaba detrás de mí. No sé cómo se me ocurrió voltear. Se ha dado cuenta de que la he mirado mucho, pero no nos hemos atrevido a mirarnos al mismo tiempo. Si no regresa, estoy perdido. Tengo que ir a la piscina todos los días, por la mañana y por la tarde. Tengo que...

15 de enero

Parece que seguirá viniendo todos los días. Nadie la conoce, y tengo miedo de pedirle ayuda a Carlos o a Enrique. Serían capaces de tomarlo a la broma...

16 de enero

La he seguido. No se ha dado cuenta de que la he seguido. Vive cerca de mi casa. No me explico cómo no la he visto antes. Tal vez sea nueva por aquí... ¡Qué miedo me dio seguirla! Ya sé donde vive. Tengo que conocerla. Mañana...

20 de enero

¡Se llama Cecilia!
No sé qué pensar de Piltrafa. Todos dicen que es un ladrón, que es maricón, y que es un hipócrita. No sé qué pensar, porque a mí me ha hecho el más grande favor que se me podía hacer. Me la ha presentado. Y, sin embargo, tengo ganas de matarlo. Me cobró un sol. Yo hubiera pagado mil. Fue la forma en que me la presentó, lo que me da ganas de matarlo. Me traicionó. Le dijo que yo le había pagado un sol para que me la presentara. Ella se rió, y yo no sabía qué cara poner. Se ha dado cuenta de que me gusta. La quiero mucho, pero me molesta

que lo sepa desde ahora. Mis amigos dicen que eso me ayudará. No sé...

30 de enero

¡La adoro! La veo todos los días. Viene a la piscina por las mañanas y por las tardes. Tenemos nuestra banca, como Enrique y como Carlos. Los mocosos son una pesadilla. Nos miran y se ríen de nosotros. Ella tiene miedo de que su hermano nos vea. Se la he presentado a Carlos y a Enrique. Dicen que es muy bonita, pero no me gusta cuando Carlos dice que tiene muy buenos brazos. Lo dice en broma, pero no me gusta. Carmen, la enamorada de Enrique, me ha prometido hacerme el bajo. Ella es mayor y entiende de esas cosas. ¡Qué complicado es todo! Ahora me dicen que disimule; que no la deje entender que estoy templado. ¡Qué difícil! Además ella ya lo sabe. Mañana voy a decirle para acompañarla hasta su casa...

31 de enero

Hoy la acompañé hasta su casa. Nadie sabe cuánto la quiero.

Salieron. Habían estado toda la mañana sentados en su banca, y por la tarde se habían bañado juntos. Ahora, él la acompañaba hasta su casa por primera vez. Cecilia se moría de miedo de que su hermano le acusara a su mamá. Manolo también tenía miedo. «Ese mocoso es una pesadilla», pensaba, pero al mismo tiempo se sentía feliz de acompañarla. ¡Cuánto la quería mientras caminaba a su lado! La veía con su traje blanco y sus zapatos blancos, y eso de que fuera hija de austríacos le parecía la cosa más exótica del mundo. La adoraba mientras la miraba de perfil y comprobaba que su nariz era muy respingada, y que tenía las manos muy blancas y limpias. Adoraba el movimiento de sus pies al caminar. «Es linda. Debe ser buenísima. Parece un pato.» Y desde entonces la llamó «pato», y a ella no le molestaba porque le gustaban los patos, y le gustaban las bromas. La adoraba cuando se reía, y se le arrugaba la nariz: «Es tan linda». Al llegar a una esquina, Cecilia le señaló su casa, y le dijo que era mejor que se despidieran allí. Manolo le confesó que ya conocía la casa, y que la había seguido un día. Ella sonrió, y le dijo que mañana también iría a la piscina.

7 de febrero

La acompaño todos los días hasta la puerta de su casa. Su mamá nos ha visto, pero se hace la que no se da cuenta, y no se molesta. Creo que es buena gente. ¡Cecilia no sabe cuánto la quiero! Es tan difícil decir todo lo que uno siente. Hoy, por ejemplo, cuando regresábamos de la piscina, ella me dijo que sus padres la habían amenazado con ponerla interna porque sus notas no habían sido muy buenas. Me di cuenta de que eso la preocupaba mucho. Hubiera querido abrazarla. Hubiera querido decirle que si la mandaban interna, yo iría a verla todos los días por la ventana del colegio (no sé cómo, porque yo también estoy interno). Quise decirle tantas cosas, y sólo me atreví a decir que no se preocupara, que todos los padres dicen lo mismo. Es terrible lo poco que uno dice, y lo mucho que siente. La quiero tanto...

10 de febrero

Podría morirme. Ayer Cecilia no vino a la piscina porque una compañera de clase la había invitado. La extrañé mucho. Carlos y Enrique se burlaban. Hoy la he visto nuevamente. ¡Qué maravilloso fue verla entrar! Parecía un pato. Ya todos mis amigos la llaman «pato», y yo le he regalado una figura de un pato que hizo uno de mis hermanos. Pero Cecilia me ha contado algo terrible. Ayer, en casa de su amiga, estuvo con César. César es el donjuán de mi colegio. Es el mayor de todo el colegio y un matón. No puedo tolerarlo. Me parece que me voy a volver loco encerrado aquí, en mi cuarto. ¿Cómo hacer para que no regrese donde esa amiga? Tengo que hablar con Carmen. No debo escribir más. Esto no es de hombre. Pero podría morirme...

12 de febrero

Hoy Cecilia y yo casi nos hemos muerto de vergüenza. Estábamos regresando a su casa. No sé por qué me sentía tan decidido. Me parecía que de un momento a otro me iba a declarar. ¡Si no hubiera sido por esos malditos perros! Casi nos hemos muerto de vergüenza. Estaba uno montado sobre el otro. Yo los vi desde que entramos a esa calle, pero no sabía qué hacer. Quería regresar, pero cómo le explicaba a Cecilia. No podía pensar, y cuando traté de hablar ya ella estaba más colorada que yo. Los perros seguían. Estaban cachando... No pudimos hablar hasta que llegamos a su casa. Pero «no hay mal que por bien no venga», porque Cecilia me presentó a su mamá, y con lo confundido que estaba casi no me importó. Creo que la señora...

15 de febrero

Y ahora tengo que invitar a Cecilia al cine. Mis amigos están preparando todo. En el cine, tengo que pasarle el brazo un rato después de que empiece la película. Si no protesta, debo tratar de acariciarle el hombro. En la fila de atrás estarán Enrique con Carmen y Carlos con Vicky. Ellos se encargarán de darme valor. Pepe y el Chino se sentarán, uno a cada lado nuestro, y hacia la mitad de la película cambiarán de asiento, alegando no ver bien. Así podré actuar sin que los vecinos me molesten. Ellos llegarán antes que yo, para coger asiento. Todo esto me parece imposible. Si Cecilia se da cuenta podría molestarse. Hasta cuándo durará todo esto. Sería tan fácil que la llamara por teléfono en este instante y le dijera cuánto la quiero. ¡Qué manera de complicarme la vida! Si todo terminara en el cine; pero no: por la noche, iremos al Parque Salazar, y allí tengo que declararme.

16 de febrero

¡Estoy feliz! Estoy muy nervioso. Cecilia ha aceptado mi invitación. Iremos todos al cine Orrantia. Sus padres la llevarán, y yo debo esperarla en la puerta a las tres y media de la tarde. Mis amigos entrarán un rato antes para coger los asientos. Dice Cecilia que después irá a tomar el té a casa de una amiga, en Miraflores, y que luego irán al Parque Salazar juntas. Creo que la primera parte ha salido bien. Estoy muy nervioso, pero estoy contento.

17 de febrero

Soy el hombre más feliz de la tierra. Cecilia. ¡Cecilia! No puedo escribir. No podré dormir. ¡No importa!

No se hizo esperar. A las tres y media, en punto, Manolo la vio descender del automóvil de sus padres, en la puerta del cine. ¡Qué linda! ¡Qué bien le quedaba aquel traje verde! Era la primera vez que la veía con tacón alto. Más alta, más bonita, más graciosa. Parecía un pato en una revista en colores para niños.

—Cecilia.

—Hola, Manolo. ¿Y tus amigos?

—Nos esperan adentro. Están guardándonos sitio. Ya tengo las entradas.

—Gracias.

Manolo sabía dónde estaban sus amigos. Avanzó hacia ellos, y esperó de pie, mientras Cecilia los saludaba. Se sentía incapaz de hacer lo que tenía que hacer, pues temía que ella se diera cuenta de que todo aquello estaba planeado. Sin embargo, Cecilia muy tranquila y sonriente, parecía ignorar lo que estaba pasando. Se sentaron.

—No se vayan —le decía Manolo al Chino, que estaba a su izquierda. Pero el Chino no le hacía caso—. No te vayas, Pepe.

—No te muñequees, Manolo —dijo Pepe, en voz baja, para que Cecilia no lo escuchara.

Las luces se apagaron, y empezó la función. Manolo sentía que alguien golpeaba su butaca por detrás: «Es Carlos». Cecilia miraba tranquilamente hacia el ecran, y no parecía darse cuenta de nada. Estaban pasando un corto de dibujos animados. Faltaba aún el noticiario, y luego el intermedio. Manolo no sabía cómo se llamaba la película que iban a ver. Había enmudecido.

Durante el intermedio, Cecilia volteó a conversar con Carmen y Vicky, sentadas ambas en la fila de atrás. Manolo, por su parte, conversaba con Carlos y Enrique. Le parecía que todo eso era un complot contra Cecilia, y se ponía muy nervioso al pensar que podía descubrirlo. Miró a Carmen, y ella le guiñó el ojo como si quisiera decirle que las cosas marchaban bien. Cecilia, muy tranquila, parecía no darse cuenta de lo que estaba pasando. De vez en cuando miraba a Manolo y sonreía. Las luces se apagaron por segunda vez, y Manolo se cogió fuertemente de los brazos de su asiento.

No podía voltear a mirarla. Sentía que el cuello se le había endurecido, y le era imposible apartar la mirada del ecran. Era una película de guerra y ante sus ojos volaban casas, puentes y tanques. Había una bulla infernal, y, sin embargo, todo aquello parecía muy lejano. No lograba comprender muy bien lo que estaba ocurriendo, y por más que trataba de concentrarse, le era casi imposible seguir el hilo de la acción. Recordó que Pepe y el Chino se iban a marchar pronto, y sintió verdadero terror. Cecilia se iba a dar cuenta. Se iba a molestar. Todo se iba a arruinar. En el ecran, un soldado y una mujer se besaban cinematográficamente en una habitación a oscuras.

—No veo nada —dijo Pepe—. Voy a cambiarme de asiento.

—Yo también —agregó el Chino, pidiendo permiso para salir.

«Se tiene que haber dado cuenta. Debe estar furiosa», pensó Manolo, atreviéndose a mirarla de reojo: sonriente, Cecilia miraba al soldado, que continuaba besando a la mujer en el ecran. «Parece que no se ha dado cuenta», pensó mientras sentía que sus amigos, atrás, empezaban nuevamente a golpear su butaca. «Tengo que mirarla.» Pero en ese instante estalló una bomba en el ecran y Manolo se crispó. «Tengo que mirarla.» Volteó: en la oscuridad, Cecilia era la mujer más hermosa del mundo. «No pateen, desgraciados.» Pero sus amigos continuaban. Continuaron hasta que vieron que el brazo derecho de Manolo se alzaba lentamente. Lenta y temblorosamente. «¿Por qué no patean ahora?», se preguntaba suplicante. Se le había paralizado el brazo. No podía hacerlo descender. Se le había quedado así, vertical, como el asta de una bandera. Alguien pateó su butaca por detrás, y el brazo empezó a descender torpemente, y sin dirección. Manolo lo sintió resbalar por la parte posterior del asiento que ocupaba Cecilia, hasta posarse sobre algo suave y blando: «La pierna de Vicky», se dijo, aterrorizado. Pero en ese instante, sintió que alguien lo levantaba y lo colocaba sobre el hombro de Cecilia. La miró sonriente, la mirada fija en el ecran, Cecilia parecía no haberse dado cuenta de todo lo que había ocurrido.

La moda: formidable solución para nuestra falta de originalidad. El Parque Salazar estaba tan de moda en esos días, que no faltaban quienes hablaban de él como del «parquecito». Hacía años que muchachos y muchachas de todas las edades venían sábados y domingos en busca de su futuro amor, de su actual amor, o de su antiguo amor. Lo importante era venir, y si uno vivía en el centro de Lima y tenía una novia en Chucuito, la iba a buscar hasta allá, para traerla hasta Miraflores, hasta el «parquecito» Salazar. Incomodidades de la moda: comodidades para nuestra falta de imaginación. Esta limeñísima institución cobró tal auge (creo que así diría don Ricardo Palma), que fue preciso que las autoridades intervinieran. Se decidió ampliar y embellecer el parque. Lo ampliaron, lo embellecieron, y los muchachos se fueron a buscar el amor a otra parte.

Manolo no comprendía muy bien eso de ir al Parque Salazar. Le incomodaba verse rodeado de gente que hacía exactamente lo mismo que él, pero no le quedaba más remedio que someterse a las reglas del juego. Y dar vueltas al parque, con Cecilia, hasta marearse, era parte del juego. No podía hablarle, y tenía que hablarle antes de que se enfriara todo lo del cine. «Esperaré unos minutos más, y luego le diré para regresar a casa de su amiga», pensó. Era la mejor solución. Ella no se opondría, pues, allí la iban a recoger sus padres, y en cuanto a la amiga, lo único que le interesaba era estar a solas con su enamorado. Tampoco se opondría. Sus amigos habían decidido dejarlo en paz esa noche. Les había prometido declararse, y estaba dispuesto a hacerlo.

Caminaban hacia la quebrada de Armendáriz. Cecilia había aceptado regresar a casa de su amiga, y pasarían aún dos horas antes de que vinieran a recogerla. Tendrían tiempo para estar solos y conversar. Manolo sabía que había llegado el momento de declararse, pero no sabía cómo empezar, y todo era cosa de empezar. Después, sería fácil.

—Llegamos —dijo Cecilia.

—Podemos quedarnos aquí, afuera.

Era una casa de cualquier estilo, o como muchas en Lima, de todos los estilos. Un muro bastante bajo separaba el jardín exterior de la vereda. Al centro del muro, entre dos pilares, una pequeña puerta de madera daba acceso al jardín. Manolo y Cecilia se habían sentado sobre el muro, y permanecían en silencio mientras él buscaba las palabras apropiadas para declararse, y ella estudiaba su respuesta. Una extraña idea rondaba la mente de Manolo.

—Cecilia. ¿Me permites hacer una locura?

—Todo depende de lo que sea.

—Di que sí. Es una tontería.

—Bueno, pero dime de qué se trata.

—¿Lo harás?

—Sí, pero dímelo.

—¿Podrías subirte un momento sobre este pilar?

—Bueno, pero estás chiflado.

La amaba mientras subía al muro, y le parecía que era una muchacha maravillosa porque había aceptado subir. Desde la vereda, Manolo la contemplaba mientras se llevaba ambas manos a las rodillas, cubriéndolas con su falda para que no le viera las piernas.

—Ya, Manolo. Apúrate. Nos van a ver, y van a pensar que estamos locos.

—Te quiero, Cecilia. Tienes que ser mi enamorada.

—¿Para eso me has hecho subirme aquí?

Cecilia dio un salto, y cayó pesadamente sobre la vereda como una estatua que cae de su pedestal. Lo miró sonriente, pero luego recordó que debía ponerse muy seria.

—Cecilia...

—Manolo —dijo Cecilia, en voz muy baja, y mirando hacia el suelo—. Mis amigas me han dicho que cuando un muchacho se te declara, debes hacerlo esperar. Dicen que tienes que asegurarte primero. Pero yo soy distinta, Manolo. No puedo mentir. Hace tiempo que tú también me gustas y te mentiría si te dijera que... Tú también me gustas, Manolo...

A las nueve de la noche, los padres de Cecilia vinieron a recogerla. Manolo la vio partir, y luego corrió a contarle a sus amigos por qué esa noche era la noche más feliz de su vida.

2 de marzo

Nos vemos todos los días, mañana y tarde, en la piscina. Tenemos nuestra banca, y ahora tenemos derecho a permanecer largo rato con Carmen y con Enrique, con Carlos y con Vicky. Hoy le he cogido la mano por primera vez. Sentí que uno de los más viejos sueños de mi vida se estaba realizando. Sin embargo, después sentí un inmenso vacío. Era como si hubiera despertado de un sueño. Creo que es mejor soñar. Me gustaría que las cosas vinieran con más naturalidad. Todavía me falta besarla. Según Carlos, debo besarla primero disimuladamente, mientras estamos en nuestra banca. Después tendré que llevarla a pasear por los jardines, entre los árboles. ¿Hasta cuándo no podré quererla en paz? La adoro. Tenemos nuestra banca. Tenemos nuestro cine, pero nada es tan importante como la calle y el muro que tenemos en Miraflores...

6 de marzo

Hoy llevé a Cecilia por los jardines. Nos escondimos entre unos árboles, y la besé muchas veces. Nos abrazábamos con mucha fuerza. Ella me dijo que era el primer hombre que la besaba. Yo seguí los consejos de Enrique, y le dije que ya había besado a otras chicas antes. Enrique dice que uno nunca debe decirle a una mujer que es la primera vez que besa, o cualquier otra cosa. Me dio pena mentirle. Hacía mucho rato que nos estábamos besando, y yo tenía miedo de que alguien viniera. Cecilia no quería irse. Un jardinero nos descubrió y fue terrible. Nos miraba sin decir nada, y nosotros no sabíamos qué hacer. Regresamos corriendo hasta la piscina. Todo esto tiene algo de ridículo. Cecilia se quedó muy asustada, y me dijo que teníamos que ir a misa juntos y confesarnos...

7 *de marzo*

Hoy nos hemos confesado. No sabía qué decirle al padre. Enrique dice que no es pecado, pero Cecilia tenía cada vez más miedo. A mí me provocaba besarla de nuevo para ver si era pecado. No me atreví. Gracias a Dios, ella se confesó primero. Yo la seguí y creo que el padre se dio cuenta de que era su enamorado. Me preguntó si besaba a mi enamorada, antes de que yo le dijera nada. Al final de la misa nos vio salir juntos y se sonrió.

Cecilia me ha pedido que vayamos a misa juntos todos los domingos. Me parece una buena idea. Iremos a misa de once, y de esa manera podré verla también los domingos por la mañana. Además, estaba tan bonita en la iglesia. Se cubre la cabeza con un pañuelo de seda blanco, y su nariz respingada resalta. Se pone linda cuando reza, y a mí me gusta mirarla de reojo. Tiene un misal negro, inmenso, y muy viejo. Dice que se lo regaló una tía que es monja, cuando hizo su primera comunión. Lo tiene lleno de estampas, y entre las estampas hay una foto mía. Me ha confesado que le gusta mirarla cuando reza. Cecilia es muy buena...

14 *de marzo*

No me gusta tener que escribir esto, pero creo que no me queda más remedio que hacerlo. Dejar de decir una cosa que es verdad, es casi como mentir. Nunca dejaré que lean esto. Sólo sé que ahora odio a César más que nunca. Lo odio. Si Cecilia lo conociera mejor, también lo odiaría.

La estaba esperando en la puerta del cine Orrantia (nuestro cine). Todo marchaba muy bien hasta que pasó el imbécil de César. Me preguntó si estaba esperando a Cecilia. Le contesté que sí. Se rió como si se estuviera burlando de mí, y me preguntó si alguna vez me había imaginado a Cecilia cagando. Luego se largó muerto de risa. No sé cómo explicar lo que sentí. Esa grosería. La asquerosidad de ese imbécil. Me parecía ver imágenes. Rechazaba todo lo que se me venía a la imaginación. Sólo sé que cuando Cecilia llegó, me costaba trabajo mirarla. Le digo que la adoro, y siento casi un escalofrío. Pero la voy a querer toda mi vida.

La amaba porque era un muchacho de quince años, y porque ella era una muchacha de quince años. Cuando hablaba de Cecilia, Manolo hablaba siempre de su nariz respingada y de sus ojos negros; de sus pecas que le quedaban tan graciosas y de sus zapatos blancos. Hablaba de las faldas escocesas de Cecilia, de sus ocurrencias y de sus bromas. Le cogía la mano, la besaba, pero todo eso tenía para él algo de lección difícil de aprender. De esas lecciones que hay que repasar, de vez en cuando, para no olvidarlas. No prestaba mucha atención cuando sus amigos le decían que Cecilia tenía brazos y bonitas piernas. Su amor era su amor. Él lo había creado y quería conservarlo como a él le gustaba. Cecilia tenía más de pato, de ángel, y de colegiala, que de mujer. Cuando le cogía la mano era para acariciarla. Le hablaba para que ella le contestara, y así poder escuchar su voz. Cuando la abrazaba, era para protegerla (casi nunca la abrazaba de día). No conocía otra manera de amar. ¿Había, siquiera, otra manera de amar? No conocía aún el amor de esa madre, que sonriente, sostenía con una mano la frente del hijo enfermo, y con la otra, la palangana en que rebalsaba el vómito. Sonreía porque sabía que vomitar lo aliviaría. Manolo no tenía la culpa. Cecilia era su amor.

18 de marzo

Hoy castigaron a Cecilia, pero ella es muy viva, y no sé qué pretexto inventó para ir a casa de una amiga. Yo la recogí allí, y nos escapamos hasta Chaclacayo. Somos unos bárbaros, pero ya pasó el susto, y creo que ha sido un día maravilloso. Llegamos a la hora del almuerzo. Comimos anticuchos, choclos, y picarones, en una chingana. Yo tomé una cerveza, y ella una gaseosa. Por la radio, escuchamos una serie de canciones de moda. Dice Cecilia que cuando empiece el colegio, nos van a invitar a muchas fiestas, y que tenemos que escoger nuestra canción. La chingana estaba llena de camioneros, y a mí me daba vergüenza cuando decían lisuras, pero Cecilia se reía y no les tenía miedo. Ellos también se rieron con nosotros. Nos alcanzó la plata con las justas, pero pudimos guardar lo suficiente para el regreso. Al salir, caminamos hasta Santa Inés. Es un lugar muy bonito, y el sol hace que todo parezca maravilloso. Nos paseamos un rato largo, y luego decidimos bajar hasta el río. Allí nos quitamos los zapatos y las medias, y nos remangamos los pantalones. Nos metimos al río, hicimos una verdadera batalla de agua. Somos unos locos. Salimos empapados, pero nos quedamos sentados al borde del río, y nuestra ropa empezó a secarse. Cazamos algunos renacuajos, pero nos dio pena, y los devolvimos al río antes de que se murieran. Debe haber sido en ese momento que la empecé a besar. Estaba echada de espaldas, sobre la hierba. Sentía su respiración en mi pecho. Cecilia estaba muy colorada. Hacía un calor bárbaro. Nos besamos hasta que el sol empezó a irse. Nos besamos hasta que nos dio mucho miedo. Nos quedamos mudos un rato largo. Cecilia fue la primera en hablar. Me dijo que nuestra ropa ya se había secado.

Era ya de noche cuando regresamos a Lima. Nadie sabrá nunca cuánto nos queríamos en el ómnibus. Nos dio mucha risa cuando ella encontró un pedazo de pasto seco entre sus cabellos. La quiero muchísimo. Volveremos a Chaclacayo y a Santa Inés.

25 de marzo

Detesto esas tías que vienen de vez en cuando a la casa, y me dicen que he crecido mucho. Sin embargo, parece que esta vez es verdad. Cecilia y yo hemos crecido. Hoy tuvimos que ir, ella donde la costurera, y yo donde el sastre, para que le bajen la basta a nuestros uniformes del colegio. La adoraba mientras me probaba el uniforme, y me imaginaba lo graciosa que quedaría ella con el suyo. Le he comprado una insignia de mi colegio, y se la voy a regalar para que la lleve siempre en su maleta. Estoy seguro de que ella también pensaba en mí mientras se probaba su uniforme.

11 de abril

Es nuestro último año de colegio. Vamos a terminar los dos de dieciséis años, pero yo los cumplo tres meses antes que ella. Estoy nuevamente interno. Es terrible. No nos han dejado salir el primer fin de semana. Dicen que tenemos que acostumbrarnos al internado. Recién la veré el sábado. Tengo que hacerme amigo de uno de los externos para que nos sirva de correo.

Estoy triste y estoy preocupado. Estaba leyendo unos cuentos de Chéjov, y he encontrado una frase que dice: «Porque en el amor, aquel que más ama, es el más débil». Me gustaría ver a Cecilia.

Un amigo de cuarenta y cuatro años

Aún recuerda los días pasados en aquel colegio. Los amigos. Las fotografías de las enamoradas de los amigos. Las lavanderas tan feas. Los jardines y sus jardineros. Los profesores. Un profesor. Las pocas muchachas que pasaban por allí. El pescado de los viernes. La salida de los sábados. ¿Los libros? Aún recuerda... Pero, ¿por qué dice que «aún recuerda»?, cuando jamás olvidará que allí vivió intensamente, y vivir intensamente es lo único que le interesa.

Los Ángeles. Todo alrededor del colegio de San E. empezaba a perder importancia. Se habían llevado a Huampaní el antiguo puente sobre el Rímac, que traía el tráfico hasta la puerta del colegio. No recuerda qué trenes se detenían, y cuáles no se detenían en la garita, frente al San E. Sólo recuerda que siempre bajaban aquellos postes sobre la pista, y que rara vez veían un automóvil esperar el paso del tren. Las casas que rodeaban el colegio, entre los cerros, y entre los árboles, parecían estar siempre cerradas. Decían que un famoso diputado tenía una querida francesa, y que venían siempre a una de esas casas, pero él, que se interesaba en la historia del San E., nunca los llegó a ver. Los jardineros hablaban de jardines muy bellos, pero eran otros jardines. Hotel de lujo en sus buenos tiempos, el local del San E., colegio inglés, parecía una de esas británicas chaquetas de tweed con varios años de uso, pero que aún durarán muchos años más (sobre todo si se les pone unos parches de cuero en los codos). Paredes blancas, tejas, y ventanas verdes. Era el color de esas ventanas el que los alentaba a escaparse, de vez en cuando. Rodeaban el local pequeñas casas, muchas de las cuales habían pertenecido al hotel, y habían sido destinadas, en sus buenos tiempos, a las parejas que venían en luna de miel. En algunas vivían los profesores internos, y en otras, viejos. Ruidos: el río Rímac, y los trenes que pasaban. Pero se acostumbraban, y los ruidos desaparecían. Silencio. Una solitaria mujer, demasiado hermosa, demasiado grande, y demasiado mujer para ellos. La llamaban «la Viuda», mientras esperaban que su hija, demasiado pequeña aún, creciera para ellos. Sobre todos estos seres, y sobre todas estas cosas, brillaba el sol de Los Ángeles. Por las noches, era un frío casi serrano el que se filtraba entre sus frazadas.

Míster Davenhock era el director y el profesor de inglés. En esos días, la suerte de los alumnos dependía enteramente del lechero: si llegaba a tiempo, Mr. Davenhock tenía algo que arrojarle a su esposa en el diario pleito matinal. Estaban salvados: se desahogaba. Pero cuando no venía a tiempo... Un día su esposa partió de viaje, y Mr. Davenhock empezó a ser un hombre muy interesante. Manolo lo observaba: tendría unos cuarenta y cuatro años. Alto, británicamente distinguido, y narigón, las madres de algunos alumnos lo encontraban buen mozo. La única vez que entró en su casa, lo encontró escuchando unos discos de Marlene Dietrich. «Tú no sabes lo que es eso», le dijo. «Ustedes los jóvenes...» Pero Manolo no entendió muy bien lo que quería decir. Leía *Time,* la revista norteamericana, y uno que otro periódico inglés. Jamás lo olvidaría con su invariable saco de tweed color café, con su pantalón siempre plomo, y con sus llamativas corbatas escocesas. Venía muy bien peinado desde que se había marchado su esposa. Sus zapatos nunca brillaron, pero nunca estuvieron sucios. Después del almuerzo, sacaba una silla al jardín exterior de su casa. Se sentaba, fumaba una pipa, y leía *Time,* bajo el sol. En esas ocasiones, llevaba siempre un pañuelo de seda al cuello. Manolo lo observaba desde la ventana de su dormitorio, y le daba la impresión de un hombre que ya se ha instalado en la vida. Amaba el sol, y se ponía el pañuelo de seda al cuello cuando visitaba a la Viuda.

Los veía regresar a sus casas aquel sábado, por la mañana. Los veía correr hacia el paradero del ómnibus (los que no tenían enamorada), y hacia los colectivos (más rápidos, pero más caros, los que tenían enamorada). Se iban a Lima, y no podía negarse la tortura de mirarlos, pues esa tortura lo haría odiar aún más a aquel imbécil de profesor que lo había castigado. Quería odiarlo de tal manera, que le fuera posible quemar su casa, con su mujer, con sus hijos, y con todo adentro. Se había puesto el saco del uniforme. Se había limpiado los zapatos. Se había peinado. Estaba listo para salir, y se había sentado a verlos partir: sus amigos, sus compañeros que no estaban castigados.

Se habían marchado. Caminó hacia la casa del profesor que lo había castigado, pero al llegar se dio cuenta de que no estaba loco, y no estar loco le dio más cólera aún. No iba a quemar la casa. Además, también ese profesor se había marchado a Lima. Quedaban Mr. Davenhock, que estaba de turno, algunos provincianos que no tenían adónde ir, siete castigados, y él sin ella.

Era como creer que hemos ganado la lotería, correr a cobrarla, y descubrir que hemos leído mal nuestro número: lo habían castigado por festejar el sábado; por celebrar la partida. Se había parado sobre la silla y había gritado: «¡Viva el sábado! ¡Viva ella!». Y ese imbécil lo había castigado porque faltaban cinco minutos para que terminase la clase. «Voy a matarlo. Se ha ido a Lima.» No tenía nada que hacer. Aceptó la realidad, y casi se muere de pena. Se dio cuenta de que el tiempo se había detenido, y de que se quedaría así, detenido, hasta el lunes. Luego, avanzaría nuevamente, lentamente, hacia el próximo sábado. «No llegará nunca.» Era demasiado orgulloso para escaparse, pero no toleraba ver la puerta por donde se salía para ir a Lima. Decidió encerrarse en su dormitorio.

«Jamás creí que me castigarían.» Estaba echado sobre su cama, y desde allí escuchaba el timbre que llamaba a los demás castigados a filas: iban a almorzar. No iría. No podría soportarlos. Era un colegio inglés: ¿por qué entonces no le habían pegado con el palo de hockey o con la zapatilla? Pero pensar en todas esas cosas lo apartaba más y más de ella. Ella estaba allá, en Lima. Él, aquí, castigado, y su pena, su desesperación, en medio, entre los dos, como un muro. No podía verla. «¿Comprenderá? ¿Me perdonará? ¿Se quedará encerrada como yo?» Movía la cabeza hacia uno y otro lado: «¡Bah! ¡Colegio inglés! Nada más criollo que saber que uno tiene enamorada y castigarlo para que no la vea».

El tiempo se había detenido en las ramas inmóviles de una palmera, y a través de la ventana, Manolo la contemplaba como si de ella viniera todo su sufrimiento. Más allá, estaban los cipreses verdes, y al fondo, los cerros como inmensas murallas. A un lado de su cama, en el suelo, una fotografía de ella, que había dejado caer casi sin darse cuenta, como si se hubiera resignado, como si ya no le quedara más que su dolor. Había olvidado al profesor que lo había castigado. Había olvidado el castigo. Pensaba en ella con cierto fastidio, pues era de ella de quien venía todo ese sufrimiento. «¿Sufre, también? ¿Tanto como yo?» Le hubiera gustado saber que sufría tanto como él. Sólo así lograría mantener un triste equilibrio. Pero ni aquella inmóvil palmera, ni los cipreses verdes, ni los cerros como inmensas murallas, lograban darle una respuesta. Los contemplaba, cuando una voz lo sorprendió: Mr. Davenhock. Volteó a mirarlo, pero no se incorporó al verlo.

—¿Puedes explicar tu conducta?

Miraba a Mr. Davenhock como si quisiera averiguar de qué se trataba todo eso. Se sentía lejano a toda disciplina, y le parecía imposible que alguien pudiera venir a darle una orden. No temía nada. Ya estaba castigado, y sólo quería que lo dejaran en paz con su castigo.

—¿Puedes explicarme tu conducta? —repitió, asombrado al ver que Manolo parecía no entenderle.

—No puedo hablar. No quiero hablar con nadie.

—¿Te has vuelto loco?

Manolo permaneció mudo. Había volteado nuevamente la cara hacia la ventana, y miraba a la palmera.

—¿Por qué no has ido a almorzar como todos los demás castigados? —preguntó, a punto de perder la paciencia—. ¿Quieres que te expulsen del colegio? ¿Quieres que llame a tus padres?

—Todos saben lo que quiero —respondió Manolo, sin voltear. Continuaba con la mirada fija en la palmera, como si tratara de evitar toda esa escena. Quería que lo dejaran en paz.

—¿Estás loco? —gritó Mr. Davenhock—. ¿Tú crees que porque tienes una... una enamo... una ridícula novia, tienes el derecho de hacer lo que te dé la gana? Crees que puedes prescindir de la disciplina.

No pudo continuar: Manolo había volteado la cara al escuchar lo de «ridícula novia». Le había clavado los ojos, y ahora Mr. Davenhock no sabía hacia dónde mirar. Había algo intolerable en el rostro de Manolo: una extraña palidez, una mueca de dolor, de dolor y de furia. Le era imposible mirarlo cara a cara. Avanzó hacia el otro lado de la habitación, y se detuvo frente a la ventana. Manolo lo seguía con la mirada. Estaba de espaldas, y le impedía ver la palmera.

—Manolo —le dijo, con voz temblorosa—. Es preciso que sepas, Manolo, que no debes ponerte en ese estado. Cuando un hombre quiere a una persona, debe estar preparado... Preparado. Aprende a sufrir sin que los demás se den cuenta. ¿Por qué esa actitud de desprecio hacia los que no sufren? No se es feliz a tu edad. No se es feliz nunca —estaba mintiendo—, pero sobre todo no se es feliz a tu edad. La adolescencia es algo terrible, y yo creo que tú serás un adolescente durante largo tiempo aún.

Lo escuchaba en silencio, y ya no buscaba la palmera. Ahora, sus ojos se habían detenido tranquilamente en Mr. Davenhock, que continuaba de espaldas, y mirando hacia afuera. Lo escuchaba.

—Y esa chica, Manolo. La verás tantas veces aún. Tantos sábados. Tantos domingos.

—¡No pienso sufrir ni el próximo sábado, ni el próximo domingo, ni nunca más! Se trata de hoy, y de mañana, domingo. Nadie volverá a castigarme, Mr. Davenhock. Tendrá usted su disciplina, y yo la tendré a ella. ¡Pero hoy! ¡Hoy y mañana! ¡Déjeme en paz!

Mr. Davenhock había apoyado ambos brazos, uno a cada lado de la ventana. Sabía que ya no podría hablarle como profesor. Como profesor había aceptado que lo castigaran, pero como hombre, no toleraba verlo castigado.

—Escucha, Manolo: durante la guerra, yo era piloto de la Real Fuerza Aérea Inglesa. Tenía una novia alemana, y estaba en su ciudad cuando me llamaron. Regresé a Inglaterra para enrolarme. Nos escribíamos cuando era posible. Pero un día nos ordenaron bombardear esa ciudad. La guerra terminó, y yo corrí a buscarla. Había muerto.

Un silencio total se apoderó de la habitación. Mr. Davenhock había introducido ambas manos en los bolsillos de su saco, y miraba hacia la palmera. Manolo lo observaba pensativo. Veía el pañuelo de seda que aparecía sobre el cuello de su camisa, y recordaba la única vez que había entrado a su casa: «Las canciones de Marlene Dietrich». «Tú no sabes lo que es eso», le había dicho. ¿Lo sabía? Nunca había visto una película de Marlene Dietrich, pero había oído hablar mucho de ella. «El ángel azul», se decía. «Una corista y un profesor.» Le gustaría ver esa película. «Canta. En alemán. En inglés.» Continuaba mirando a su profesor. «Las mejores piernas.» Mr. Davenhock continuaba inmóvil. «Cantaba para los soldados. En la guerra. Era muy hermosa.» No quería verle la cara. «Marlene Dietrich», se dijo, y apartó la mirada de la ventana.

Estaban en un aprieto. No querían mirarse, y Mr. Davenhock tenía que salir. Dio media vuelta, y al ver que Manolo tenía la vista fija en el techo, aprovechó para escaparse. Manolo escuchaba sus pasos mientras se perdían en el corredor que llevaba a las aulas.

Había permanecido el resto de la tarde echado en su cama, y con la mirada fija en el techo. Hacia las ocho de la noche, escuchó el timbre que llamaba a los alumnos a filas para comer. Se incorporó lentamente, y caminó hasta el baño. Allí se lavó la cara, se peinó, y se puso la corbata. Luego, regresó nuevamente a su dormitorio, se puso el saco, y se dirigió al comedor. Entró cuando sus compañeros ya estaban comiendo. Era una gran sala rectangular, y a ambos lados estaban las mesas de los alumnos. Sólo una estaba ocupada. Al fondo, dominando todo el comedor, estaba la mesa de los profesores. Sólo el asiento de Mr. Davenhock estaba ocupado. Escuchó la voz de algunos compañeros mientras avanzaba hacia aquella mesa: «Te está sacando la vuelta», dijo uno. Y Arroyo, que sólo tenía trece años: «Te debe estar poniendo los cuernos». No les hacía caso. Continuaba avanzando.

—Mr. Davenhock...

—¿Manolo?

—¿Podría sentarme a comer con usted?

—Ramírez —ordenó Mr. Davenhock al mayordomo—: Ponga otro asiento aquí, a mi derecha.

En el inmenso comedor, casi vacío, los castigados y los provincianos que no tenían adónde salir comían bulliciosamente. Al fondo, en la mesa de profesores, Mr. Davenhock y Manolo comían sin hablar.

Escuchaba la música que venía desde el salón. Bailaban y el piso de madera crujía bajo sus pies, mientras Manolo
trataba de imitar los pasos de un bolero: «Dos hacia la derecha; dos hacia la izquierda». Vestía un viejo saco de corduroy
marrón, y sentía que bajo su pantalón de franela gris, las cosas
no marchaban como era de esperarse. Se esforzaba por recordar, por *ver* las fotografías de unas artistas desnudas, en una
revista pornográfica que le habían prestado. Tenía que verlas.
Pero la Nylon se lo impedía: lo apretaba: sobaba su barriga
contra la suya, y le imponía su ritmo de bolero arrabalero,
burdelero, chuchumequero.

«Agua pal cuatro», chilló la Nylon. El cuatro era un
pequeño cuarto íntegramente pintado de celeste. En un rincón
estaba la cama, vieja, usada, con una mesa de noche al lado,
vieja, descharolada. Del techo muy alto de casa antigua, colgaba una bombilla eléctrica que iluminaba a medias la habitación. En la pared, sobre la cama, alguien había pegado la fotografía de una Miss Universo de tres años atrás. Había también
una pequeña estampa, pero Manolo no sabía qué santo era.

«El agua», chilló una voz histérica, desde el corredor. La
Nylon abrió la puerta, y un ser increíble le entregó una vasija
blanca y desportillada. «Toma la toalla y el jabón», agregó,
mientras Manolo lo miraba asombrado. Un ser increíble. La
caricatura de un bailarín de flamenco. Grotesca, goyesca. El más
cadavérico de todos los bailarines de flamenco. Vestía íntegramente de negro, y tenía los dientes superiores inmensos y sali-
dos. Jamás podría cerrar la boca. Jamás podría quitarse los pantalones, tan apretados los llevaba. No tenía caderas, y quería
tener caderas. El cuello de la camisa abierto, dejaba entrever una
piel excesivamente blanca, excesivamente seca; un pellejo que
anunciaba los huesos. Hubiera querido tener senos. Pálido

como si se fuera a morir, y con los ojos tan inmensos, tan saltados, y con una expresión tal de angustia, que parecía que se iba a volver loco en cualquier momento. «Búscate un zambo», le dijo la Nylon, riéndose histéricamente a carcajadas. Cerró la puerta, pero a Manolo le parecía que aún estuviera allí. «Otro boleracho», dijo la Nylon, y Manolo se esforzó por recordar a las artistas desnudas de la revista pornográfica.

Bailaban. Lo había cogido por el cuello, y lo besaba sin cesar. Cada beso era como si le aplicara una ventosa. Luego, le metía la lengua entre la boca, y la sacudía rápidamente hacia ambos lados. Manolo sentía un extraño cosquilleo cerca de los oídos. La Nylon sacaba la lengua, pasaba saliva, y le aplicaba otra ventosa. Manolo le amasaba las nalgas (lo había visto hacer en el salón, al entrar al burdel). La pellizcaba, subía las manos para cogerle los senos, y las bajaba suavemente para amasarle las nalgas. Repetía este movimiento con regularidad. No *veía* a las artistas desnudas. No lo dejaba. Giraban, vientre contra vientre, fuertemente apretados. No lograba *ver* a las artistas. Giraban. Trataba de concentrarse. No la miraba. Las paredes celestes, casi desnudas, parecían girar lentamente alrededor suyo. «Las artistas», pensó. Miss Universo y la estampa era todo lo que lograba ver.

—¿Qué te pasa? —preguntó la Nylon—. ¿La tienes muy chiquita? —soltó una carcajada histérica.

—Tengo suspensorio —respondió Manolo, creyendo que se había salvado.

—Se te va a quebrar, ja ja ja... Te va a salir un callo, ja ja ja ja ja.

—Ja ja —pero se sentía perdido.

—Al catre.

—Al catre.

Se desvestían. Manolo no sabía a cuál de los dos mirar: al santo desconocido, o a Miss Universo. Cada uno, a su manera, podía ayudarlo. «El infierno», pensó, mientras se bajaba el pantalón y veía cómo temblaban sus piernas. Había colgado el saco de corduroy en una percha de madera. «Ya pues carajo», dijo la Nylon, «termina de calatearte. Es sábado, y no pienso pasarme la noche contigo. Hoy me como kilómetros de pinga ja ja ja ja ja...».

Era muy tarde para escaparse. Volteó. «Cecilia» (era su enamorada) pensó, mientras golpeaban sus ojos las dos tetas de la Nylon que colgaban inmensas. Fue cosa de un instante. «Pezones. Chupones.» Se había afeitado el sexo, pero tenía pelos como cerdas en los sobacos. Perfume de chuchumeca. Perfume y sobaco, y la Nylon avanzaba lentamente hacia la cama, se dejaba caer, y se incorporaba nuevamente: «Nada de cojudeces, conmigo pinga muerta», dijo. «¿No tendrás chancro? Déjame ver.» Y Manolo sentía mientras la dejaba ver, y todo le temblaba porque las piernas le temblaban, y Miss Universo ya no podía ayudarlo, ni tampoco el santo. Quería robarse la estampa, pero las putas también rezan y tienen su corazoncito. «¿Qué pensarán los curas de las putas? Dios.» Era un muñeco, y ya no pensaba encontrar una excusa. Escuchaba la música que venía desde el salón.

No. No podría quejarse de la Nylon. Era, probablemente, una buena puta. Lo había bailado bonito, pero él no se la había punteado. Y allí estaba bajo su cuerpo, como una máquina recién enchufada que empieza a funcionar. Y él no hacía nada por no aplastarla torpemente. Él no existía. «Auuu», gimió la mujer, y Manolo tuvo su pequeña satisfacción. «Si en vez de zamparme el codo...», y Manolo empezaba a subir y a bajar. Miraba a Miss Universo, y recordaba los sucesos que acompañaron a ese concurso, y miraba al santo, y sentía un poco de miedo porque el santo lo estaba mirando, y la Nylon trabajaba bien, y él la sentía removerse como una culebra y la cama crujía y él subía, y sentía que le sobaba el pene con ambas manos, y ahora con una, así, así, más rápido assíi, asssíiii, asssssíiiii, y casi asssssíiiiii, pero nada en el mundo, ni Miss Universo, ni nada en el mundo esa noche, ese sábado por la noche, y la Nylon empezaba a hartarse, y era como una batidora recién desenchufada, y se movía cada vez menos, y Manolo subía y bajaba cada vez más lentamente, hasta que ya no volvió a sentir que se elevaba, y la cama dejó de crujir...

—Más muerta que mi abuelita que en paz descanse —dijo la Nylon, echándole el aliento en la cara.

—Vamos a lavarnos.

—Eso de lavar muertos, ja ja ja ja ja... ¿Estás enfermo?

—No pasa nada —respondió Manolo, pero era como si estuviera viendo chupones, navajas, sobacos de ésos, cordones umbilicales, sangre. Pensaba en su enamorada, y se crispaba. Resonaban en sus oídos «calatear, cojudeces, chancro, gonorrea, seborrea, diarrea», y otras palabras como apellidos vascos, que le habían clavado el puntillazo. «No pasa nada», repitió, mientras sentía el agua tibia que le salpicaba entre las piernas.

Se vestían. Observaba cómo todo en el cuerpo de la Nylon regresaba a su lugar, conforme se iba vistiendo. Nuevamente parecía una mujer y hasta podría pasearse por la calle. «Por donde se pasearían las putas.» Se equivocó de pierna al ponerse el pantalón, y estuvo a punto de caerse. Trataba de apresurarse, pues veía que la Nylon iba a terminar antes que él. «Qué tal práctica», pensó. Se ponía la corbata, mientras ella sacaba un pequeño espejo de su cartera, y empezaba a pintarse los labios. Instintivamente, Manolo se pasó el brazo por la boca. Lo miró: se le había manchado de rojo. Lo volvió a pasar, dos y tres veces, mientras ella continuaba pintándose los labios, y la habitación empezaba a oler a rouge barato. Y ahora, con gran habilidad, la Nylon se arreglaba las cejas, mientras Manolo no lograba hacerse el nudo de la corbata. «¿Y si le pido el espejo?», se preguntó, pero hacía demasiado rato que estaban en silencio. La Nylon lo miró: «Ja ja ja... Toma el espejo». «Gracias», pero no sabía dónde colgarlo, y seguía sin hacerse el nudo, hasta que ella cogió el espejo riéndose histéricamente, y pudo amarrarse muy mal la corbata. «La lana», le dijo, mientras Manolo se ponía el saco. Introdujo la mano en uno de los bolsillos, y extrajo un billete de cincuenta soles que traía preparado. Estaban listos. Le hubiera gustado conversar un poco, ahora que ya estaba vestida. Le hubiera gustado conversar un poco, pero la Nylon abrió la puerta que daba a uno de los corredores: «Vamos», dijo.

Avanzaban por el corredor que llevaba hasta el salón. Un negro pasó inmenso a su lado, y la Nylon trató de cogerlo por el brazo, pero el negro, sin mirarla, hizo un quite y siguió de largo. Entraron en el salón, Manolo se detuvo, y la vio perderse entre las parejas que bailaban a media luz.

Era una habitación bastante grande, y cuadrada. Al frente, estaba la puerta que daba a la avenida Colonial. Un hombre miraba por una pequeña ventanilla, cada vez que alguien tocaba, y según eso, abría o no la puerta. Al lado derecho del salón, estaba la radiola tragamonedas, y al lado izquierdo, el bar. Rudy, un inmenso rubio, dueño o encargado del burdel, servía el licor. Las llamaba. Las putas venían. Les decía algo al oído. Lo obedecían. Se acercaban a las mesas pegadas a las paredes, y se sentaban a beber con los hombres. Los hombres encendían un cigarrillo, brindaban, y las jalaban a bailar. A ambos lados del salón, estaban los corredores con numerosas puertas: eran los cuartos. Todo esto teñido de un color rojizo, deprimente, decadente. Impregnado de un olor nuevo para Manolo. No apestaba. La gente soportaba ese olor. Parecían estar acostumbrados a ese olor. Olía a placeres rebajados. A mezclas viejas de placeres. A años de placeres. A excesos. Olía a vicio y a humedad. Era como si alguien hubiera vomitado, pero no olía a vómito. No daba con el olor. En un desvencijado sofá de terciopelo azul, un hombre manoseaba a una prostituta, somnolienta. El hombre miraba a otra prostituta, y la mujer no miraba a ninguna parte.

El negro inmenso introdujo una moneda en la radiola, y dio media vuelta para dirigirse al bar. Caminaba entre las parejas que bailaban, sin topar con ninguna, y Manolo veía cómo su cabeza sobresalía entre todos. Se detuvo frente al mostrador, y Rudy le puso una cerveza delante, sin que se la pidiera. Luego le alcanzó un vaso. No se hablaban, pero parecía que entre ellos hubiera un silencioso acuerdo. «¿A qué hora saldrán?», se preguntaba Manolo, pensando en sus dos amigos. Habían venido con él; lo habían traído y luego se habían marchado con dos mujeres. Los esperaba impaciente, y no sabía qué hacer. Veía a los hombres pasar a su lado, y caminar por los corredores. «Buscan una a su gusto», se dijo, y decidió mirar un poco. Iba de puerta en puerta. Algunas estaban cerradas, y adentro se escuchaban risas y gemidos. Otras, abiertas, pero la habitación vacía y a oscuras. Al fondo del corredor, un hombre miraba sonriente hacia una de las habitaciones. Manolo se acercó. Miró. Iba a dar media vuelta, pero alguien le estaba hablando:

—Es una institución —dijo el desconocido.

—Humm...

—Fue la puta más famosa del burdel, en sus tiempos.

—¿Y ahora? —preguntó Manolo con desgano y con asco. Quería marcharse.

—Está vieja —respondió—. Tiene una cicatriz en la cara. Sólo le queda el culo. Deja la puerta entreabierta, y exhibe el culo. Siempre está de espaldas. Háblale.

—Acabo de salir —dijo Manolo. La conversación se le hacía intolerable. Tenía que marcharse.

—Fue un gran culo —dijo el desconocido, palpándolo como si no fuera de nadie.

Pero Manolo se alejaba y no volteó a contestarle. Pensaba que podía ser un degenerado, y que era mejor regresar al bar. Frente al mostrador, el negro continuaba inmenso y bebiendo su cerveza. Permanecía mudo. La Nylon se le acercó, y trató nuevamente de llevarlo del brazo, pero el negro, imperturbable, repitió el quite y la Nylon se marchó en silencio. Hubiera querido invitarla a una cerveza, pero no se atrevió a llamarla: «¿Y si les cuenta a Leonidas y a Sixto?». Nada podía hacer. Tenía que dejarlo a la suerte. Lo mejor era pedir una cerveza, y esperar tranquilamente a sus amigos. «Una cerveza», dijo. No se atrevió a decir por favor. Rudy destapó la botella, y la puso delante suyo, sobre el mostrador. Le alcanzó un vaso. Manolo lo llenó. Escuchaba una voz conocida en la radiola: «Claro. Es Carlos Gardel. Leonidas le llama Carlitos. Ya es hora de que salgan». Y en la radiola:

Deliciosas criaturas perfumadas
Quiero el beso de sus boquitas pintadas...

Era Gardel. Inconfundible. Volteó a mirar al negro: inmenso, imperturbable, iba ya por su segunda cerveza, y el vaso desaparecía en su mano cada vez que lo cogía. Llevaba puesta una camisa blanca, impecable, y se la había remangado. Ese brazo le hacía recordar al brazo de una escultura; una de esas inmensas esculturas de bronce que uno ve en los museos, y que nunca se explica cómo pudieron cargarla hasta allí. Cada vez que el negro llevaba el vaso a sus labios, Manolo veía cómo se movían sus músculos. No lograba verle el otro brazo. Nuevamente un tango en la radiola, y dio media vuelta para mirar a los que bailaban. Una sola pareja. Sabían bailar. Seguía con sus ojos los arabescos que dibujaban en el piso. Se enlazaban, parecía que se iban a tropezar, pero un quite del hombre, un movimiento de la mujer, y nuevamente dibujaban un arabesco. Perfecto. Se llevaban perfectamente, y en sus ojos se veía que ése era el último baile; esos ojos buscaban al animal detrás del baile. El negro no había volteado a mirarlos.

Llenó nuevamente su vaso, pero aún le quedaba media botella y hubiera preferido compartirla con sus amigos. Detrás suyo, las parejas bailaban nuevamente, y Manolo escuchaba las carcajadas histéricas de las prostitutas. «A qué hora saldrán.» Volteó. En la radiola, la voz de Bienvenido Granda:

> *Ooyeeméee mammáa*
> *Tarán pam pam*
> *Qué sabroso estáa*
> *para ra ra ra ra ra ra ra ra*
> *Este nuevo ritmo*
> *Que se llama cha cha chaaa...*

Y cada vez que pronunciaba «mammáa», los hombres que bailaban ponían cara de arrechos. Volteó nuevamente para beber un trago, y vio que Rudy le servía la tercera botella al negro. Era como si hubiera telepatía entre ambos: no se hablaban, el negro nunca pedía nada, pero tenía siempre su cerveza a tiempo. Manolo observaba a Rudy: muy grande, tan grande como el negro inmenso, llevaba puesta una camisa verde de manga corta, y sus brazos, un poco gordos, y demasiado blancos, eran los brazos de un hombre muy fuerte pero no muy ágil.

—¡Negro ladrón! —gritó una mujer. Manolo volteó rápidamente. No había visto moverse al negro, y, sin embargo, lo encontró de espaldas al mostrador, y mirando fijamente a la mujer.

—¡Negro ladrón! —volvió a gritar la mujer.

—¡Cállate, China! —ordenó Rudy—. Estás borracha.

—¡Negro hijo de puta! Anda a robarle a tu madre.

—... (El negro imperturbable.)

—¡Cállate! —gritó Rudy.

—¡Mi plata! —chilló la mujer—. Ha querido robarme mi plata.

—...

—¡Hijo de puta!

—La plata se te ha caído del escote, y ha rodado hasta sus pies —dijo Rudy, con voz serena.

—¡Mentira! ¡Negro, concha tu madre!

—¡Cállate, borracha! ¡Llévesela! —ordenó Rudy—. ¡Vete!

Pero nadie intervenía. Nadie quería intervenir, y todos miraban al negro como si esperaran una reacción. El negro, inmenso, continuaba imperturbable, y Manolo observó que mantenía la mano izquierda en el bolsillo del pantalón. La puta seguía gritando, pero no se le acercaba, y el negro la miraba fijamente, sin que Manolo lograra captar la expresión de sus ojos.

—¡Mi cabrón te va a sacar la mierda, negro mano muerta!

—...

—¡Rosquete, contesta!

—...

—¡Contesta, concha tu madre!

—...

—¡Habla, mierda! ¡Ladrón!

—...

—¡Mano muerta! —chilló, con voz llorosa.

—...

—¡Haaaablaaaaaa! —fue un alarido que se convirtió en llanto.

El negro no le quitaba los ojos de encima, y la puta había escondido la cara entre su manos. Lloraba a gritos. Nadie se había movido, hasta que Rudy se acercó, y la cogió por la espalda: «Vamos, China», dijo, conduciéndola hacia uno de los corredores. Desaparecieron, pero aún se escuchaban los sollozos. «¡Negro mano muerta!», gritó desde el fondo del corredor. Luego, un portazo. Y en la radiola:

Cuatro puertas hay abiertas
pal que no tiene dinero:
el hospital y la cárcel,
la iglesia y el cementerio

Era Daniel Santos, y se bailaba nuevamente. Manolo observó al negro dar media vuelta y coger su vaso. El brazo izquierdo no era como el brazo de una escultura, y la mano izquierda la llevaba siempre en el bolsillo. Bebía imperturbable cuando Rudy regresó, y le ofreció otra cerveza, sin decir una sola palabra. Sus rostros permanecían inalterables, y todo era como si nada hubiera pasado.

Manolo llenó nuevamente su vaso. Pensaba que si Leonidas y Sixto no terminaban pronto, tendría que pedir otra cerveza. Estaba cansado de esperarlos, y no se explicaba por qué se demoraban tanto. «Son unos burdeleros», se dijo. Y en la radiola, Bienvenido Granda:

Esas palabras tan duuuulllcess
que brotan de un corazón sin fe...

Cada vez eran menos los que bailaban. En las mesas, los hombres que no tenían una mujer, cabeceaban semiborrachos frente a las botellas de cerveza. Un hombre dormía en el sofá. En los corredores, casi todos los cuartos estaban ocupados. La música era música lenta.

—¿Quién la dejó abierta? —preguntó Rudy, mirando hacia la puerta de entrada.

Manolo volteó. La puerta estaba abierta de par en par, y un cholo borracho se tambaleaba en la entrada del salón. Su corbata colgaba de una de sus manos, y al moverse la arrastraba por el suelo. Unas cerdas negras, brillantes, y grasientas, le chorreaban sobre la frente. La mirada extraviada. Rudy lo observaba.

—¡La Nylon! —gritó el cholo—. ¿Dónde está la puta ésa?

—Te callas, cholo —dijo Rudy, midiendo sus palabras.

—¡Es mi mujer!

—Ya te he dicho que no vengas por aquí. ¿Quién lo dejó entrar?

—¡Es mi mujer! ¡Carajo! —gritó el cholo, alzando el brazo con el puño cerrado, y tambaleándose como si el peso de ese puño lo arrastrara consigo.

—Mejor te callas, cholo —dijo Rudy, imperturbable. Cogió unos vasos, y empezó a secarlos.

—¡Esa chuchumeca va a ver quién soy yo! —gritó el cholo. Cruzó el salón, y se detuvo al llegar a uno de los corredores. «En el cuatro está la Nylon», pensó Manolo, mientras lo observaba tambalearse.

—¡Soy tu patrón! —gritó, a punto de caerse. Rudy lo seguía con la mirada, pero continuaba secando tranquilamente los vasos.

—¡Sal pa' que veas a tu patrón!

En ese instante se abrió una puerta al fondo del corredor, y se escuchó la voz de la Nylon. Rudy dejó de secar.

—¡Cholo rosquete! —gritó—. ¡Ven pa' que conozcas a mi cabrón!

—Ya vas a ver quién es tu cabrón —gritó el cholo, mientras avanzaba apoyándose en las paredes del corredor. Rudy dejó caer el secador. Manolo miró al negro: bebía su cerveza imperturbable.

—¡Carajo! ¡Ya vas a ver que en este burdel yo soy el rey! —gritó el cholo. Se había detenido a unos tres metros de la Nylon.

—¡Calla, cholo rosquete!

—¡Soy el rey, carajo! —gritó abalanzándose sobre la Nylon.

Rodaron por el suelo, y Manolo no alcanzaba a ver lo que estaba pasando. Escuchó un gemido, pero luego Rudy se le interpuso. «¡Yo soy el rey!», gritaba el cholo. «¡Rosquete!», gritaba la Nylon, y Manolo escuchó una voz que no era la de Rudy: «Te vas a joder conmigo, cholo de mierda». Era el hombre que había estado en el cuarto con la Nylon. «¡Soy el rey!», gritaba el cholo, mientras Rudy lo arrastraba por el corredor. «¡Rosquete!», chillaba la Nylon. «¡Yo soy el rey! ¡Soy el rey, carajo!» Manolo alcanzó a verle la cara mientras Rudy lo arrastraba a través del salón, con dirección a la puerta. Era la cara de un loco, y sus cerdas brillantes y grasientas colgaban hasta el suelo. En ese momento, el negro dejó su vaso sobre el mostrador y volteó ligeramente para mirar al cholo. Fue una mirada de desprecio. Cosa de segundos. Luego cogió nuevamente su vaso, y bebió un sorbo. Rudy regresaba al mostrador. Había arrojado al rey a la calle, pero aún se escuchaban sus gritos: «¡Soy el rey! ¡Soy el rey!». Y se iban perdiendo: «¡Soy rey..., carajo, rey!», mientras el negro bebía inmenso su cerveza. Y en la radiola:

Por siempre se me ve
Tomando en esta barra
Tratando de olvidarla
Por mucho que la amé...

Manolo sintió que le palmeaban el hombro.
—¡Al fin!, hombre.
—¿Cuántas te has tomado? —preguntó Leonidas.
—Una. Pero ya era hora.
—Y ¿qué tal la Nylon?
—Bien. Bien.
—¿Se dio cuenta?
—No lo creo.
—¿Le dijiste que habías estado en otros burdeles?
—No le dije nada, pero no se dio cuenta.
—Ya viene Sixto. Lo vi despidiéndose.
—Voy a pagar —dijo Manolo, extrayendo el dinero de uno de sus bolsillos—. ¿Quieres terminar la botella?
—Bueno, gracias —dijo Leonidas. Y añadió en voz muy baja—: Qué tal brazo el del negro.
—Rudy también es una bestia —dijo Manolo, cuidando de que sólo lo oyera su amigo.
—Es uno de los pocos rosquetes a quien nadie puede darse el lujo de decírselo —añadió Leonidas—. Te parte en cuatro.
Pero Manolo no le creyó lo de rosquete. Nuevamente sintió que le palpaban el hombro.
—Mira el brazo del negro, Sixto.
—Ya lo conozco. Pero tiene la otra mano muerta.
—Vamos —dijo Manolo.
—Vamos.
Salieron. Lloviznaba. Serían las tres de la madrugada, y la avenida Colonial estaba desierta. Sixto había parqueado el automóvil de su padre dos cuadras más allá del burdel, por temor a que alguien lo viera.
—Apúrense —dijo Leonidas—. Hace frío.
—¿Y, Manolo? —preguntó Sixto.
—Bien —respondió, echándose a correr con dirección al automóvil.

—Tenía miedo de que me hubieran robado los vasos —dijo Sixto, que había corrido detrás—. Me hubiera jodido con mi padre.

—Vas a tener que pasarle una franela —añadió Manolo, mientras abría una de las puertas—. Se ha mojado con la lluvia.

—Sí, hombre. Y me caigo de sueño, pero si no, mi padre se va a dar cuenta de que me lo he tirado. Saca los limpiabrisas de la guantera.

—No es necesario —dijo Leonidas—. Ya casi no llueve. ¿Nunca se ha dado cuenta?

—Hace años que me lo robo todos los sábados —respondió Sixto, mientras encendía los faros.

—Mira ese borracho tirado en la tierra —dijo Leonidas—. Está todo buitreado.

—Es el rey —dijo Manolo.

—¿Qué?

—Nada. Vamos...

El descubrimiento de América

América era hija de un matrimonio de inmigrantes italianos. Una de las muchachas más hermosas de Lima. ¡Qué bien le queda su uniforme de colegiala! Su uniforme azul marino de colegiala. De colegiala que ya se cansó de serlo. De colegiala con mentalidad pre-automovilística, pre-lujosa, y prematrimonial. De colegiala que se aburre en las clases de literatura, que jamás comprendió las matemáticas, y que piensa sinceramente que Larra se suicidó por cojudo, y no por romántico. Era su último año de colegio, y no sabía cómo ingeniárselas para que su uniforme pareciera traje de secretaria. Usaba las faldas bastante más cortas que sus compañeras de clase, y se ponía las blusas de cuando estaba en tercero de media. ¡América! ¡América! Si no hubieras estado en colegio de monjas, tus profesores te hubieran comprendido. Pero ¿para qué?, ¿para quién?, esas piernas tan hermosas debajo de la carpeta. Refregaba sus manos sobre sus muslos, y se llenaba de esperanzas. Las refregaba una y otra vez hasta que sonaba el timbre de salida. Tomaba el ómnibus en la avenida Arequipa, y se bajaba al llegar a la Plaza San Martín. Cruzaba la Plaza San Martín y sentía un poco de vergüenza de caminar con el uniforme azul. Pero a los hombres no les importaba: «Así vestidita de azul, la haría bailar», dijo un bongosero que salía de un night club. América sintió un escalofrío. Pero los músicos no eran su género, ni tampoco ese flaco con cara de estudiante de letras, que la veía pasar diariamente, rumbo a la bodega de sus padres, en el jirón Huancavelica. Pero ese flaco no estaba esperándola hoy día, y a América le fastidió un poco no verlo.

Hoy no la he visto pasar sin mirarme. Amor amor amor. Volverás. Vuelve amor vuelve. Con seguridad de amor. Vuelve amor. Porque no la he visto pasar sin mirarme y voy a pedir un café y no me estoy muriendo. Vuelve amor sentir amor amar sentir.

Antes. Como antes. Luchar por amar y no culos. Verla pasar amar.
No culos. Sentir amor. Me ve. No me mira. Me ve. Vuelve amor.
café café. Nervios. Nervioso. Ya debe haber pasado. No se había
parado a esperarla, y de acuerdo con su reloj ya debería haber pasado. Las cosas mejoraban: había sufrido un poco al no verla. Estaba
optimista. Quería amarla como amaba antes; como había amado
antes. «Es posible», se decía. «Es posible», y recordaba que una
vez se había desmayado al ver una muchacha demasiado todo lo
bueno para ser verdad. «Es posible.» Desde su mesa, en un café de
las Galerías Boza, Manolo veía a Marta que se acercaba sonriente.
«Marta la fea. Inteligente. Debería quererla. No.» Marta conocía a
Manolo; conocía también a América, y había aceptado presentár-
sela. Pero antes quería hablarle; aconsejarlo. Hablar al viento.

—Siéntate, Marta.

—Ya debe haber pasado.

—Hace cinco minutos. ¿Un café?

—Bueno, gracias. ¿Y, Manolo?

—¿Mañana?

—Estás loco, Manolo —dijo Marta, con voz maternal—. No sabes en lo que te metes.

—La quiero, Marta. La quiero mucho.

—No la conoces.

—Pero estoy seguro de lo que digo. No te rías, pero yo
tengo una especie de poder, una cierta intuición. No sé cómo
explicarte, pero cuando veo una cara que me gusta así, adivino
todo lo que hay dentro. Ya sé cómo es América. Me la imagino. La presiento.

—Y te arrojas a una piscina sin agua. Ya lo has hecho.

—Tú y tus fórmulas.

—Ya lo has hecho.

—Era otra cosa.

—Terco como una mula —dijo Marta—. Te la voy a
presentar. Después de todo, ¿por qué no? Allá tú.

—¡Gracias, Marta! ¡Gracias!

—Pero es preciso que te diga que América es todo lo
contrario de una chica inteligente.

—Uno no quiere a una persona porque es inteligente
—dijo Manolo, desviando la mirada al darse cuenta de que
había metido la pata.

—¿Y con el cuerpazo de América? ¿Tú crees que eso es amor?

—¡Nada de eso! —exclamó Manolo, fastidiado al comprobar que su mano no temblaba mientras cogía la taza de café—. Nada de eso. Sus ojos. Su cara maravillosa.

—Y esa blusita de su hermana menor...

—¡Nada de eso! Como antes.

—¿Como qué antes?

—No podría explicártelo —dijo Manolo—, pero tú comprendes.

—Me imagino que yo debo comprender todo.

Estas últimas palabras, pronunciadas con cierta tristeza y resignación, lo dejaron pensativo. Recordaba las veces que Marta lo había invitado a tomar té a su casa. ¿Cuántas veces le había mandado entradas para el teatro, o para el cine? ¿Y él? ¿Qué había hecho él por Marta? Era la primera vez que la invitaba y la invitaba para que le presentara a otra chica. «Hay dos tipos de mujeres», pensó: «las que uno ama, y las Martas. Las que lo comprenden todo». La miró: bebía su café en silencio. Una sola palabra suya, y la hubiera hecho feliz; la hubiera pasado al grupo de las que uno ama. Pero Manolo había nacido mudo para esas palabras. «Si un día termino con América», pensó. «América. América. Las piernas de América. No. No. Los ojos de América.»

—Toda la vida andas sin plata —dijo Marta. Y añadió—: A América le gustan los muchachos que gastan plata.

—No importa —dijo Manolo—. Vive en Chaclacayo, y allá no hay en qué gastar la plata. Sólo hay que gastar en cine o en helados, y tan pelado no estoy.

—¿Y qué vas a hacer con lo del automóvil? —le preguntó, mirándolo fijamente para observar su reacción—. ¿Te vas a comprar uno? Sin automóvil ni te mirará.

—Gracias por llamarla puta —dijo Manolo, indignado.

—No la he llamado eso. Ni siquiera lo he pensado, pero América es una chica alocada, y ya te dije que no es inteligente.

—Confío en mi suerte, y en mi imaginación.

—¿En tu imaginación?

—Ya verás —dijo Manolo, sonriente—. Si supieras todo lo que se me está ocurriendo.

—Veremos. Veremos.

—Mañana me la presentas. Será cosa de un minuto. Después, todo corre por mi cuenta.

—Mañana no puedo, Manolo —dijo Marta—. Tengo cita con el oculista. Parece que además de todo me van a poner anteojos.

—¿Entonces, cuándo? —preguntó Manolo, fingiendo no haber escuchado las últimas palabras de Marta.

—Pasado mañana. Espérame en la puerta del cine San Martín.

—Tú te encuentras con ella, y luego yo paso como quien no quiere la cosa. Me llamas, y ya está.

—No te preocupes —dijo Marta—. Será como tú quieras. Será fácil retenerla para que puedas conversar un rato con ella.

—Sí. Sí. Tengo que ganar tiempo. Pronto empezarán los exámenes finales, y ya no vendrá a clases.

—Te pasarás el verano en Chaclacayo.

—¡El verano es mío! —exclamó Manolo, sonriente—. Eres un genio, Marta.

—Bueno, Manolo. Este genio se va.

—No te vayas —dijo Manolo, satisfecho al darse cuenta de que la partida de Marta lo apenaba—. Vamos al cine.

—No hay una sola película en Lima que yo no haya visto —dijo Marta, con voz firme.

Manolo se puso de pie para despedirse de ella. Había comprendido el mensaje que traían sus últimas palabras, y sabía que era inútil insistir. Como de costumbre, Marta había «olvidado» su paquete de cigarrillos para que Manolo lo pudiera coger. No sabía qué decirle. Le extendió la mano.

—Adiós, Manolo. Hasta pasado mañana.

—Adiós, Marta.

—¿Vendrás mañana a verla pasar? —preguntó Marta.

—Es el último día que pasa sin conocerla —respondió Manolo—. ¿Tú crees que me voy a negar ese placer?

—Loco.

—Sí, loco —repitió Manolo, en voz baja, mientras Marta se alejaba. No era su partida lo que lo entristecía, sino el darse cuenta de que ya no tendría con quién hablar de América. Lla-

mó al mozo del café y le pagó. Luego, caminó hasta la calle
Boza, y se detuvo a contemplar la vereda por donde diariamente pasaba América hacia la bodega de sus padres. «Sus
caderas. No. No. Sus ojos. Mañana.»

América salía del colegio a las cinco de la tarde, y él salía
de la Universidad a las cinco de la tarde. Pero ella tenía que
tomar el ómnibus, y en cambio él estaba cerca de la Plaza de San
Martín. Caminaba lentamente y estudiando las reacciones de su
cuerpo: «Nada». Se acercaba a la Plaza San Martín, y no sentía
ningún temblor en las piernas. El pecho no se le oprimía, y respiraba con gran facilidad. No estaba muñequeado. Encendió
un cigarrillo, y nunca antes estuvo su mano tan firme al llevar
el fósforo hacia la boca. Llegó a la Plaza San Martín, y se detuvo
para contemplar, allá, al frente, el lugar en que la esperaba
todos los días. Vio llegar uno de los ómnibus de la avenida Arequipa, y no sintió como si se fuera a desmayar. «Todavía es muy
temprano», se dijo, arrojando el cigarrillo, y cruzando la plaza
hasta llegar a la esquina de la calle Boza. Se detuvo. Desde allí la
vería bajar del ómnibus, y caminar hacia él: como siempre. Se
examinaba. Le molestaba que América supiera que la miraba.
Hacía tanto tiempo que la miraba, que ya tenía que haberse
dado cuenta. «¿Y si se hace la sobrada? ¿Si Marta no viene mañana? ¿Si me deja plantado? ¿Si cambia de idea? ¿Si decide no
presentármela?» Estas preguntas lo mortificaban. «Te quiero,
América.» Sintió que la quería, y sintió también un ligero temblor en las piernas. Sin embargo, no sintió que perdía los papeles al ver que América bajaba del ómnibus, y eso le molestó:
perder los papeles era amor para Manolo. América avanzaba.
Distinguía su blusa blanca entre el chalequillo abierto de uniforme. Sus zapatos marrones de colegiala. Su melena castaña
rojiza de domadora de fieras. Avanzaba. Veía ahora el bulto de
sus senos bajo la blusa blanca. Los botones dorados del uniforme. Se acercaba, y Manolo no le quitaba los ojos de encima...
Linda. Linda. Linda. Te quiero tanto. Te siento. Cerca. Más
cerca. Yo te quiero tanto. Cigarrillo. ¿En qué momento encen-
dido? Sus ojos. Buenas piernas. Pero sus ojos. La blusa. Marta.
¡Mierda! Mañana mañana ven ven. La falda con las caderas.
Piernas. La quiero. Como antes. Y América estaba a su lado.

Pasaba a su lado, y su blusa se abultaba cada vez más al pasar de perfil, y ya no estaba allí, y él no volteó para no verle el culo, y porque la quería.

—¡Manolo! —llamó una voz de mujer, desde atrás. Manolo sintió que se derrumbaba. Le costó trabajo voltear.

—¡Marta! —exclamó, asombrado. Marta estaba con América.

—¿Qué ha sido de tu vida, Manolo? ¿Qué haces allí parado?

—Espero a un amigo.

—Ven, acércate —dijo Marta, sonriente—. Quiero presentarte a una amiga.

—Mucho gusto —dijo Manolo, acercándose y extendiendo la mano para saludar a América.

Era una mano áspera y caliente, y Manolo no sabía en qué parte del cuerpo había sentido un cosquilleo. América, ahí, delante suyo, lo miraba sin ruborizarse, y era amplia y hermosa. El uniforme no le quedaba tan estrecho, pero era como si le quedara muy estrecho. Esa piel morena, ahí, delante suyo, era como la tierra húmeda, y él hubiera querido tocarla. Marta sonreía confiada, pero a Manolo le parecía que era una mujer insignificante y la odiaba. América también sonreía, y Manolo hubiera querido coger esa cabellera larga; esas crines de muchacha malcriada y sucia que no se peinaba para fastidiar a los hombres. Y su blusa se inflaba cuando sonreía, y a Manolo le parecía que sus senos se le acercaban, y era como si los fuera a emparar.

—Vamos a tomar una Coca-Cola —dijo Marta.

—No puedo —dijo América—. Mis padres me esperan en la tienda (ella no la llamaba bodega).

—Yo tampoco —dijo Manolo—. Tengo que esperar a mi amigo (mentía porque quería huir).

—¿Cuándo empiezan tus exámenes, América? —preguntó Marta tratando de retenerla.

—Dentro de veinte días —respondió—. No sé cómo voy a hacer. No sé nada de nada.

—En quinto de media no se jalan a nadie —dijo Manolo.

—¿Tú crees? Ojalá.

—No te preocupes, América —dijo Manolo—. Ya verás como no se jalan a nadie.

—Y después, ¿qué piensas hacer?

—Nada. Descansar.

—¿Te quedas en Chaclacayo?

—Sí. ¿Qué voy a hacer? Es muy aburrido en verano, pero ¿qué voy a hacer?

—Todo el mundo se va a la playa —dijo Manolo.

—Yo sólo puedo ir los sábados y domingos.

—¿Y la piscina de Huampaní? —preguntó Manolo.

—Es el último recurso, aunque a veces vienen amigos con carro y me llevan a la playa.

—Yo tengo una casa muy bonita en Chaclacayo —dijo Manolo, ante la mirada de asombro de Marta, que sabía que estaba mintiendo—. Tiene una piscina muy grande —continuó—. Hace años que no vamos y está desocupada. Si quieres, te puedo invitar un día a bañarnos.

—Nunca te he visto en Chaclacayo —dijo América.

—Ya me verás.

América se despidió sonriente, y continuó su camino hacia la bodega de sus padres. Manolo la miraba alejarse, y pensaba que esa falda no hubiera aguantado otro año de colegio sin reventar. Estaba contento. Muy contento. Con América todo sería perfecto, porque había perdido los papeles en el momento en que Marta se la presentó y cuando él perdía los papeles, eso era amor. La amaba, y América sería como el amor de antes. Todo volvería.

—Perdóname —dijo Marta—. Piensa que ya saliste de eso. Yo también ya salí de eso.

—No estaba preparado —dijo Manolo—. ¿Por qué lo has hecho?

—Quería verte sufrir un poco —respondió Marta—. Ya que tenía que hacerlo, por lo menos sacar algún provecho de ello. Y te juro que nunca olvidaré la cara de espanto que pusiste. Era para morirse de risa.

—Te felicito —dijo Manolo, pero se arrepintió—: Gracias, Marta. Ahora ya todo es cosa mía.

—Avísame qué tal te va —dijo Marta, y se despidió.

Manolo la veía alejarse. «Si me va bien, no volverás a saber de mí», pensó, y se dirigió a las Galerías Boza para tomar un café. Al sentarse, escribió en una servilleta que había sobre la mesa: «El día 20 de noviembre, a las 5.30 de la tarde, Manolo conoció a América, y América conoció a Manolo. Te amo». No mencionó a Marta para nada.

Los fines que perseguía Manolo al tratar de conquistar a América eran dos: el primero, muy justo y muy bello: «Amar como antes»; el segundo, menos vago, menos bello, pero también muy humano: fregar a Marta. Sobre todo, desde aquel día en que lo encontró por la calle, y le preguntó si América ya lo había mandado a rodar por no tener automóvil. Los medios que utilizaba para lograr tales fines eran también dos: su imaginación de estudiante de letras y la falta de imaginación (léase inteligencia) de América. Cada vez que América decía una tontería, Manolo se inflaba de piedad, confundía este sentimiento con el amor que tenía que sentir por ella, y odiaba a Marta.

Había dejado de verla durante los veinte días que estuvo en exámenes, durante la Navidad, y el Año Nuevo. La extrañaba. Habían quedado en verse a comienzos de enero, en Chaclacayo.

Amaba Chaclacayo. Amaba todo lo que estuviera entre Ñaña y Chosica. Recordaba su niñez, y los años que había vivido en Chosica. No olvidaría aquellos domingos en que salía a pasear con su padre por el Parque Central. Caminaban entre la gente, y su padre lo trataba como a un amigo. Le costaba trabajo reconocerlo sin su corbata, sin su terno, sin su ropa de oficina, sin su puntualidad, y sin sus órdenes. No era más que un niño, pero se daba muy bien cuenta de que su padre era otro hombre. Un lunes, le hubiera dicho: «Anda a comer. Estudia. Haz tus temas». Pero era domingo, y le preguntaba: «¿Quieres regresar ya? Nos paseamos un rato más». Y él tenía que adivinar lo que su padre quería, y adivinar lo que su padre quería era muy fácil, porque siempre estaba de buen humor los domingos; porque era otro hombre, como un amigo que lo lleva de la mano; y porque estaba vestido de sport. Llevaría a América a Chosica, le contaría todas esas cosas, y ella sería un amor como antes, como quince años. Ya vería Marta cómo América era la que él creía y él tampoco había cambiado a pesar de haber aprendido tantas cosas. Sólo le molestaba saber que tendría que usar algunas tácticas imaginativas para lograr todo eso. Pero el sol de Chaclacayo, y el sol de Chosica lo ayudarían. Sí. El sol lo ayudaría como ayuda a los toreros. Este mismo sol que mantenía vivos sus recuerdos, y que brilla todo el año (menos el día en que uno lleva a un extranjero para mostrarle que a media hora de Lima el sol brilla todo el año).

Entre el día tres de enero, en que Manolo visitó por primera vez a América, en su casa de Chaclacayo, y el día primero de febrero en que, sorprendido, escuchó que ella le decía: «Mi bolero favorito (Manolo sintió una pena inmensa) es que te quiero, sabrás que te quiero», entre esas dos fechas, muchas cosas habían sucedido.

Bajó de un colectivo cerca a la casa de América, y se introdujo sin ser visto en el baño de un pequeño restaurante. Rápidamente se vendó una de las manos, y se colgó el brazo en un pañuelo de seda blanco, como si estuviera fracturado. Luego, se vendó un pie, y extrajo de un pequeño maletín un zapato, al cual le había cortado la punta para que asomaran por ella dos dedos. Traía también un viejo bastón que había pertenecido a su abuelo. Salió del baño, bebió una cerveza en el mostrador, y cojeó entrenándose hasta la casa de América. Hacía mucho calor, y sentía que la corbata que le había robado a su padre le molestaba. El cuello excesivamente almidonado de su flamante camisa, le irritaba la piel. Sus labios estaban muy secos mientras tocaba el timbre, y le temblaba ligeramente la boca del estómago. «Como antes», pensó y sintió que perdía los papeles, pero era que América aparecía por una puerta lateral, y que él pensaba que algo en su atuendo podía delatarlo.

—¡Manolo! ¿Qué te ha pasado?
—Me saqué la mugre.
—¿Cómo así?
—En una carrera de autos con unos amigos.
—¡Te has podido matar!

«¿Y tú, cómo sabes?», pensó Manolo, un poco sorprendido al ver que las cosas marchaban tan bien. Hubiera querido detener todo eso, pero ya era muy tarde.

—Pudo haber sido peor —continuó—. Era un carro sport, y no sé cómo no me destapé el cráneo.

—¿Y el carro?

—Ése sí que murió —respondió Manolo, pensando: «Nunca nació».

—Y ahora, ¿qué vas a hacer?

—Nada —dijo con tono indiferente—. Tengo que esperar que mis padres vuelvan de Europa. Ellos verán si lo arreglan o me compran otro. «No me creas, América», pensó, y dijo: No quiero arruinarles el viaje contándoles que he tenido un accidente. De cualquier modo —«allá va el disparo», pensó—, no podré manejar por un tiempo.

—Pero, ¿tu carro, Manolo?

—Pues nada —dijo, pensando que todo iba muy bien—. El problema está en conseguir taxis que quieran venir hasta Chaclacayo.

—Usa los colectivos, Manolo. («Te quiero, América.») No seas tonto.

—Ya veremos. Ya veremos —dijo Manolo, pensando que todo había salido a pedir de boca—. ¿Y tus exámenes?

—Un ensarte —dijo América, con desgano—. Me jalaron en tres, pero no pienso ocuparme más de eso.

—Claro. Claro. ¿Para qué te sirve eso? «¿Para ser igual a Marta?», pensó.

—¿Vamos a bañarnos a Huampaní?

—¡Bestial! —exclamó Manolo. Sentía que se llenaba de algo que podía ser amor.

—¿Y tus lesiones?

—¡Ah!, verdad. ¡Qué bruto soy...! Es que cuando no me duelen me olvido de ellas. De todas maneras, te acompaño.

—No. No importa, Manolo —dijo América, en quien parecía despertarse algo como el instinto maternal—. ¿Vamos al cine? Dan una buena película. Creo que es una idiotez, pero vale la pena verla. Cuando mejores, iremos a nadar.

—Claro —dijo Manolo. La amaba.

Durante diez días, Manolo cojeó al lado de América por todo Chaclacayo. Diariamente venía a visitarla, y diariamente se disfrazaba para ir a su casa. Sin embargo, tuvo que introducir algunas variaciones en su programa. Variaciones de orden práctico: tuvo, por ejemplo, que buscar otro vestuario, pues los propietarios del restaurante en que se cambiaba, se dieron cuenta de que entraba sano y corriendo, y salía maltrecho y cojeando. Se cambiaba, ahora, detrás de una casa deshabitada. Y variaciones de orden sentimental: debido a la credulidad de América. Le partía el alma engañarla de esa manera. Era increíble que no se hubiera dado cuenta: cojeaba cuando se acordaba, se quejaba de dolores cuando se acordaba, y un día hasta se puso a correr para alcanzar a un heladero. No podía tolerar esa situación. A veces, mientras se ponía las vendas, sentía que era un monstruo. No podía aceptar que ella sufriera al verlo tan maltrecho, y que todo eso fuera fingido. ¿Y cuando se acordaba de sus dolores? ¿Y cuando la hacía caminar lentamente a su lado, cogiéndolo del brazo sano? Era un monstruo. «Adoro su ingenuidad», se dijo un día, pero luego «¿y si lo hace por el automóvil?». «¿Y si cree que me van a comprar otro?» Pero no podía ser verdad. Había que ver cómo prefería quedarse con él, antes que ir a bañarse a la piscina de Huampaní. «Es mi amor», se dijo, y desde entonces decidió que tenía que sufrir de verdad, aunque fuera un poco, y se introducía piedrecillas en los zapatos para ser más digno de la credulidad de América, y de paso para no olvidarse de cojear.

Durante los días en que vino cubierto de vendas, Manolo y América vieron todas las películas que se estrenaron en Chaclacayo. Dos veces se aventuraron hasta Chosica, a pedido de Manolo. Fueron en colectivo (él se quejó de que no hubiera taxis en esa zona). Y se pasearon por el Parque Central, y recordaba su niñez. Recordaba cuando su padre se paseaba con él los domingos vestidos de sport, y qué miedo de que le cayera un pelotazo de fútbol en la cabeza. Porque no quería ver a su padre trompearse, porque su padre era muy flaco y muy bien educado, y porque él temía que algunos de esos mastodontes con zapatos que parecían de madera y estaban llenos de clavos y cocos, le fuera a pegar a su padre. Y entonces le pedía para ir a pasear a otro sitio, y su padre le ofrecía un helado, y le decía que no le contara a su mamá, y le hablaba sin mirarlo. Hubiera querido contarle todas esas cosas a América, y un día, la primera vez que fueron, trató de hacerlo, pero ella no le prestó mucha atención. Y cuando América no le prestaba mucha atención, sentía ganas de quitarse las piedrecillas que llevaba en los zapatos, y que tanto le molestaban al caminar. Recordaba entonces que un tío suyo, muy bueno y muy católico, se ponía piedrecillas en los zapatos por amor a Dios, y pensaba que estaba prostituyendo el catolicismo de su tío, y que si hay infierno, él se iba a ir al infierno, y qué bestial sería condenarse por amor a América, pero América, a su lado, no se enteraría jamás de esas cosas que Marta escucharía con tanta atención.

—América —dijo Manolo. Era la segunda vez que iban a Chosica, y tenía los pies llenos de piedrecillas.

—¿Qué?

—¿Cómo habrá venido a caer este poema en mi bolsillo?

—A ver...

> *Bajando el valle de Tarma,*
> *Tu ausencia bajó conmigo.*
> *Y cada vez más los inmensos cerros...*

Se detuvo. No quiso seguir leyendo: tres versos, y ya América estaba mirando la hora en su reloj. Guardó el poema en el bolsillo izquierdo de su saco, junto a los otros doce que había escrito desde que la había conocido. Poemas bastante malos. Generalmente empezaban bien, pero luego era como si se le agotara algo, y necesitaba leer otros poemas para terminarlos. Casi plagiaba, pero era que América... La invitó a tomar una Coca-Cola antes de regresar a Chaclacayo. Él pidió una cerveza, y durante dos horas le habló de su automóvil: «Era un bólido. Era rojo. Tenía tapiz de cuero negro, etc.». Pero no importaba, porque cuando su padre llegara de Europa seguro que le iba a comprar otro, y «¿qué marca de carro te gustaría que me comprara, América? ¿Y de qué color te gustaría? ¿Y te gustaría que fuera sport o simplemente convertible?». Y, en fin, todas esas cosas que iba sacando del fondo de su tercera cerveza, y como América parecía estar muy entretenida, y hasta feliz: «¡Imbécil! Marta», pensó.

El día catorce de enero, Manolo llegó ágil y elegantemente a casa de América. No había olvidado ningún detalle: hacía dos o tres meses que, por casualidad, había encontrado por la calle a Miguel, un jardinero que había trabajado años atrás en su barrio. Miguel le contó que ahora estaba muy bien, pues una familia de millonarios lo había contratado para que cuidara una inmensa casa que tenían deshabitada en Chaclacayo. Miguel se encargaba también de cuidar los jardines, y le contó que había una gran piscina; que a veces, el hijo millonario del millonario venía a bañarse con sus amigos; y que la piscina estaba siempre llena. «Ya sabes, niño», le dijo, «si algún día vas por allá...». Y le dio la dirección. Cuando tocó la puerta de casa de América, Manolo tenía la dirección en el bolsillo.

—¡Manolo! —exclamó América al verlo—. ¡Como nuevo!

—Ayer me quitaron las vendas definitivamente. Los médicos dicen que ya estoy perfectamente bien. (Había tenido cuidado de no hablar de heridas, porque le parecía imposible pintarse cicatrices.)

Y durante más de una semana se bañaron diariamente en Huampaní. Por las noches, después de despedirse de América, Manolo iba a visitar a Miguel, quien lo paseaba por toda la inmensa casa deshabitada. Se la aprendió de memoria. Luego, salían a beber unas cervezas, y Manolo le contaba que se había templado de una hembrita que no vivía muy lejos. Una noche en que se emborracharon, se atrevió a contarle sus planes, y le dijo que tendría que tratarlo como si fuera el hijo del dueño. «Pendejo», replicó Miguel, sonriente, pero Manolo le explicó que en Huampaní había mucha gente, y que no podía estar a solas con ella. «Pendejo, niño», repitió Miguel, y Manolo le dijo que era un malpensado, y que no se trataba de eso. «La quiero mucho, Miguel», añadió, pensando: «Mucho, como antes, porque la iba a volver a engañar».

Llegaban a Huampaní.

—Mañana iremos a bañamos a casa de mis padres —dijo Manolo—. He traído las llaves.

—Hubiéramos podido ir hoy —replicó América, mientras se dirigía al vestuario de mujeres.

Manolo la esperaba sentado al borde de la piscina, y con los pies en el agua. «Traje de baño blanco», se dijo al verla aparecer. Venía con su atrayente malla blanca, y caminaba como si estuviera delante del jurado en un concurso de belleza.

Avanzaba con su melena... Debería cortársela aunque sea un poco porque parece, y sus piernas morenas más tostadas por el sol con esos muslos. Esos muslos estarían bien en fotografías de periódicos sensacionalistas. Sufriría si viera en el cuarto de un pajero la fotografía de América en papel periódico. América se apoyó en su hombro para agacharse y sentarse a su lado. Vio cómo sus muslos se aplastaban sobre el borde de la piscina, y cómo el agua le llegaba a las pantorrillas. Vio cómo sus piernas tenían vellos, pero no muchos, y esos vellos rubios sobre la piel tan morena, lo hacían sentir algo allá abajo, tan lejos de sus buenos sentimientos... Qué pena, parece de esas con unos hombres que dan asco en unos carros amarillos que quieren ser último modelo los domingos de julio en el Parque Central de Chosica. Justamente cuando no me gusta ir al Parque de Chosica. Esos hombres vienen de Lima y se ponen camisas amarillas en unos carros amarillos para venir a cachar a Chosica.

—No me cierra el gorro de baño.

—No te lo pongas.

—Se me va a empapar el pelo.

—El sol te lo seca en un instante.

Había algo entre el sol y sus cabellos, y él no podía explicarse bien qué cosa era... Pero los tigres en los circos son amarillos como el sol y esa cabellera de domadora de fieras. América le pidió que le ayudara a ponerse el gorro, y mientras la ayudaba y forcejeaba, pensaba que sus brazos podían resbalar, y que iba a cogerle los senos que estaban ahí, junto a su hombro, tan pálido junto al de América... Y por cojudo y andar fingiendo accidentes de hijo de millonario no he podido ir a mi playa en los viejos Baños de Barranco, con el funicular y esas cosas de otros tiempos, cerca a una casa en que hay poetas. Esos Baños tan viejos con sus terrazas de madera tan tristes. Pero América no quedaría bien en esa playa de antigüedades porque aquí está con su malla blanca y las cosas sexys son de ahora o tal vez, eso no, acabo de descubrirlas. No porque la quiero. América. No voy a mirarle más los vellos, quiero tocarlos, son medio rubios. Me gustan sobre sus piernas, sus pantorrillas, sus muslos morenos.

«Al agua», gritó América, resbalándose por el borde de la piscina. Manolo la siguió. Nadaba detrás de ella como un pez detrás de otro en una pecera, y a veces, sus manos la tocaban al bracear, y entonces perdía el ritmo, y se detenía para volver a empezar. América se cogió al borde, al llegar a uno de los extremos de la piscina. Manolo, a su lado, respiraba fuertemente, y veía cómo sus senos se formaban y se deformaban, pero era el agua que se estaba moviendo.

—Ya no tengo frío —dijo América.

—Yo tampoco —dijo Manolo, pero continuaba temblando, y le era difícil respirar.

—Estás muy blanco, Manolo.

—Es uno de mis primeros baños en este verano.

—Yo tampoco me he bañado muchas veces. Siempre soy morena. ¿Te gustan las mujeres morenas?

—Sí —respondió Manolo, volteando la cara para no mirarla—. ¿Vamos a bucear?

Buceaban. Le ardían los ojos, pero insistía en mantenerlos abiertos bajo el agua, porque así podía mirarla muy bien y sin que ella se diera cuenta. Salían a la superficie, tomaban aire, y volvían a sumergirse. Ella se cogió de sus pies para que la jalara y la hiciera avanzar pero Manolo giró en ese momento y se encontró con la cara de América frente a la suya. La tomó por la cintura. Ella se cogió de sus brazos, y Manolo sentía el roce de sus piernas mientras volvían a la superficie en busca de aire. «Voy a descansar», dijo América, y se alejó nadando hasta llegar a la escalerilla. Manolo la siguió. Desde el agua, la veía subir y observaba qué hermosas eran sus piernas por atrás y cómo la malla mojada se le pegaba al cuerpo, y era como si estuviera desnuda allí, encima suyo. No salió. Desde el borde de la piscina, ella lo veía pensativo, cogido de la escalerilla... No me explico cómo ese tipo que me esperaba todos los días en la Plaza San Martín, y felizmente que ya acabó el colegio, ni tampoco me importan los exámenes en que me han jalado, ni me dio vergüenza cuando me preguntó qué tal me fue en los exámenes. Allá abajo tan flaco no me explico pero parece inteligente y sabe decir las cosas, pero tendré que darle ánimos y todo lo que dice cuando habla del accidente me gusta, ese carro fue muy bonito rojo no me importa por qué allá abajo tan flaco tan pálido me hace sentir segura. Pero mis amigas qué van a pensar tengo buen cuerpo y con mi cara esperan algo mejor porque los hombres me dicen tantos piropos, tantas cochinadas, más piropos que a otras y cuando fui a Lima con Mariana tan rubia tan bonita me dijeron más piropos te gané Mariana, pero el enamorado de Mariana es muy buen mozo pero Manolo se viste mejor, si paso un mal rato en una fiesta el carro mis amigas se acostumbrarán a que mi enamorado no es tan buen mozo. Me gusta mucho, me gusta más que otros enamorados no le he dicho he tenido, y algo pasa en mi cuerpo algo como ahora está allá abajo y siento raro en mi cuerpo, fue gracioso cuando me tocó la cintura mejor todavía que cuando Raúl me apretaba tanto.

—¿Quieres sentarte en esa banca? —preguntó Manolo, que subía la escalerilla.

—Sí —respondió América—. Ya no quiero bañarme más.

—Ven. Vamos antes que alguien la coja.

—Me molesta tanta gente. A partir de mañana tenemos que ir a tu casa.

—Sí. Allá todo será mejor.

—¿Qué tal es la piscina?

—Es muy grande, y el agua está más limpia que ésta.

—¿Nadie se baña nunca?

—Me imagino que el jardinero se debe pegar su baño, de vez en cuando.

—¿Y para qué la tienen llena?

—A veces, se me ocurría venir con mis amigos —dijo Manolo.

—Qué tales jaranas las que debes haber armado ahí —dijo América, tratando de insinuar muchas cosas.

—No creas —respondió Manolo, con tono indiferente. Estaba jugando su rol.

—¡A mí con cuentos! —exclamó América, sonriente.

—América —dijo Manolo, con voz suplicante—. América...

—¿Qué cosa? Dime, ¿qué cosa?

—Nada. Nada... Estaba pensando... «Te quiero mucho. A pesar de...»

—¿Qué cosa?, Manolo.

—Nada. Nada. Creo que ya está bien de piscina por hoy. Regresemos a tu casa.

—Vamos a cambiarnos.

Estaba listo. Cuando América salió del vestuario con sus pantalones pescador a rayas blancas y rojas, Manolo recordó que ella le había contado que aún no había ido a Lima a hacer sus compras por ese verano. Los pantalones le estaban muy apretados, y ahora, al caminar por las calles de Chaclacayo, todo el mundo voltearía a mirarle el rabo: «¿Y por qué no?», se preguntaba Manolo. «Lista», dijo América y caminaron juntos hasta su casa.

Nadie los molestaba. Sus padres estaban en la tienda (Manolo había aprendido a llamarla así), y la abuela, allá arriba, demasiado vieja para bajar las escaleras. Entraron a la sala. Él sacó unos discos. Ella puso los boleros. La miró. Ella le dijo para bailar. Él se disculpó diciendo que debido al accidente... Ella insistió. Cedió. Bailaban. Ella empezó a respirar fuertemente. Él empezó a mirarle los vellos rubios sobre sus antebrazos morenos, y a recordar... Ella cerró los ojos. Él le pegó la cara. Ella le apretó la mano. Terminó ese disco. Ella le dijo que su bolero favorito era *Sabrás que te quiero*. Le dijo que se lo iba a regalar, y se sentó. Ella lo notó triste, y se sentó a su lado. Tuvo un gesto de desesperación. Ella le preguntó si hacía mucho calor, y abrió la ventana. Le cogió la mano. Ella le puso la boca para que la besara. La iba a besar. Ella lo besó muy bien.

«Es inmensa. El agua está cristalina», dijo América, parada frente a la piscina, en casa de Manolo. «No está mal», agregó Manolo, cogiéndola de la mano, y diciéndole que la quería mucho, y que le iba a explicar muchas cosas. Estaba dispuesto a contarle todo lo que Marta le había dicho sobre ella. Estaba dispuesto a decirle que entre ellos todo iba a ser perfecto, y que él creía aún en tantas cosas que según la gente pasan con la edad. Estaba decidido a explicarle que con ella todo iba a ser como antes, aunque le parecía difícil encontrar las palabras para explicar cómo era ese «antes». «Vamos a ponernos la ropa de baño», dijo América. Manolo le señaló la puerta por donde tenía que entrar para cambiarse. Él se cambió en el dormitorio de Miguel. «El tiempo pasa, niño», le dijo Miguel. «Está como cuete.»

Habían extendido sus toallas sobre el césped que rodeaba la piscina, América se había echado sobre la toalla de

Manolo, y Manolo sobre la de América. Permanecían en silencio, cogidos de la mano, mientras el sol les quemaba la cara, y Manolo se imaginaba que los ojos negros e inmensos de América lagrimeaban también como los suyos. Volteó a mirarla: gotas de sudor resbalaban por su cuello, y sintió ganas de beberlas. Morena, América resistía el sol sobre la cara, sobre los ojos, y continuaba mirando hacia arriba como si nada la molestara. Había recogido ligeramente las piernas, y Manolo las miraba pensando que eran más voluminosas que las suyas. Le hubiera gustado besarle los pies. Le acariciaba el antebrazo, y sentía sus vellos en las yemas de los dedos. La malla blanca subía y bajaba sobre sus senos y sobre su vientre, obedeciendo el ritmo de su respiración. Hubiera querido poner su mano allí encima, que subiera y bajara, pero era mejor no aventurarse. En ese momento, América se puso de lado apoyándose en uno de sus brazos. Estaba a centímetros de su cuerpo, y le apretaba fuertemente la mano. Con la punta del pie, le hacía cosquillas en la pierna, y Manolo sentía su respiración caliente sobre la cara, y veía cómo sus senos aprisionados entre los hombros, rebalsaban morenos por el borde de la malla blanca como si trataran de escaparse. Le hablaría después. Era mejor bañarse; lanzarse al agua. Pero se estaba tan bien allí... Se incorporó rápidamente, y corrió hasta caer en el agua. América se había sentado para mirarlo. «¡Ven!», gritó Manolo. «Está riquísima.»

Tampoco ella tenía la culpa. Habían escuchado a Miguel cuando dijo que iba a salir un rato. Habían nadado, y eso había empezado por ser un baño de piscina. No podrían decir en qué momento habían comenzado, ni se habían dado cuenta de que era ya muy tarde cuando el agua empezó a molestarlos. Porque iban a continuar, y todo lo que no fuera eso había desaparecido, y los había dejado tirados ahí, al borde de la piscina, sobre el césped. Y Manolo la besaba y jugaba con sus cabellos, igual a esos tigrillos en los circos y en los zoológicos, que juegan, gruñen, y sacan las uñas como si estuvieran peleando. Y América se reía, y se dejaba hacer, y colocaba una de sus rodillas entre sus piernas, y él sentía el roce de sus muslos y paseaba sus manos inquietas por todo su cuerpo, hasta que ya había tocado todo, y sintió que esa malla blanca que tanto le gustaba lo estaba estorbando. Era como si estuvieran de acuerdo: no hablaban, y él no le había dicho que se la iba a bajar, pero ella lo había ayudado. Y entonces él había apoyado su cara entre esos senos como abandonándose a ellos, pero América lo buscaba con la rodilla, y él se había encogido y había besado ese vientre tan inquieto, donde la piel era tan suave y siempre morena. Luego, se había dejado caer sobre ese cuerpo caliente, y se había cogido de él como un náufrago a una boya, y no se había podido incorporar porque América y sus muslos lo habían aprisionado. Y luego él debió enceguecer porque ya no veía el césped bajo sus ojos, ni tampoco le veía la cara, ni veía las plantas alrededor, pero sentía que todo eso se estaba moviendo con violencia y dulzura, y ya no la escuchaba quejarse y entonces era como una suprema armonía, y el ritmo de la tierra y del mundo bajo sus cuerpos, alrededor de sus cuerpos, continuó un rato más allá del fin.

Lloraba sentada mirándose el sexo, y cubriéndose los senos pudorosamente con los brazos. Pensaba en las monjas de su colegio, en sus padres, en la bodega y en sus hermanos. Pensaba en sus amigas, y se miraba el sexo, y sentía que aquel ardor volvía. Hubiera querido amar mucho a Manolo, que parecía un muerto, a su lado, y que sólo deseaba que las lágrimas de América fueran gotas de agua de la piscina. Trataba de no pensar porque estaba muy cansado... Cuántos días. Soportar sin ver a Marta. Contarle. Todo. Hasta la sangre. Contar que estoy tan triste. Tan triste. ¿Qué después? ¿Qué ahora? Marta va a hablar cosas bien dichas. Si fuera hombre le pego. Mejor se riera de mí para terminar todo. Ahí. Aquí. Anda, lávate. ¡Cállate, mierda! No gimas. Te he querido tanto y ahora estoy tan triste y tú podrás decir que fue haciendo gimnasia y ya no volveré porque te hubiera querido. Antes antes antes. Mandar una carta. Explicarte todo. Desaparecer. Matarme en una carrera con mi auto nuevo. Simplemente desaparecer. Marta te cuenta todo. Cobarde. Decirte la verdad. Sobre todo irme. Si supieras lo triste perdonarías pero nunca sabrás y esto también pasará. Sí. No. Ándate. Ándate un rato. Vete. Cuando me ponga la corbata todo será distinto. Te llevaré a tu casa. No te veré más. Tal vez te des cuenta en la puerta de tu casa, y mañana irás a comprar ropa de verano y no veré tu ropa nueva más apretada. Culpa.

Cansancio. Se está vistiendo en ese cuarto de la casa. Soy amigo del jardinero ni mis padres están en Europa. Tal vez te escribiré, América. Con mi corbata. Mi padre no está en Europa. Mentiras. Culpa. Mi padre. Su corbata allá en el cuarto de Miguel. Te llevaré a tu casa, América. Tu casa de tus boleros donde también he matado he muerto. Mi corbata tan lejos. Morirme. Ser. *To be.* Dormir años. Marta. La corbata allá allá allá allá.

América se estaba cambiando.

La madre, el hijo y el pintor

Se había acostumbrado al sistema: de lunes a jueves, cuatro días con su madre. De viernes a domingo, tres días con su padre. Manolo tenía la ropa que usaba cuando estaba con su padre, y los libros que leía en el departamento de su madre. Una pequeña valija para el viaje semanal de Miraflores a Magdalena, de un departamento a otro. Su madre lo quería mucho los jueves, porque al día siguiente lo vería partir, y su padre era muy generoso los domingos, porque al día siguiente le tocaba regresar donde «ella». Se había acostumbrado al sistema. Lo encontraba lógico. «No soy tan viejo», le había dicho su padre, una noche, mientras cenaban juntos en un restaurante una mujer le había sonreído coquetamente. «Tienes diecisiete años, y eres un muchacho inteligente», le había dicho su madre una mañana. «Es preciso que te presente a mis amigos.»

Jueves. Sentado en una silla blanca, en el baño del departamento, Manolo contemplaba a su madre que empezaba a arreglarse para ir al cóctel.

—Es muy simpático, y es un gran pintor —dijo su madre.

—Nunca he visto un cuadro suyo.

—Tiene muchos en su departamento. Hoy podrás verlos. Me pidió que te llevara. Además, no me gusta separarme de ti los jueves.

—¿Va a ir mucha gente?

—Todos conocidos míos. Buenos amigos y simpáticos. Ya verás.

Manolo la veía en el espejo. Había dormido una larga siesta, y tenía la cara muy reposada. Así era cuando tomaban el desayuno juntos: siempre con su bata floreada, y sus zapatillas azules. Le hubiera gustado decirle que no necesitaba maquillarse, pero sabía cuánto le mortificaban esas pequeñas arrugas que tenía en la frente y en el cuello.

—¿Terminaste el libro que te presté? —preguntó su madre, mientras cogía un frasco de crema para el cutis.

—No —respondió Manolo—. Trataré de terminarlo esta noche después del cóctel.

—No te apures —dijo su madre—. Llévatelo mañana, si quieres. Prefiero que lo leas con calma, aunque no creo que allá puedas leer.

—No sé... Tal vez.

Se había cubierto el rostro con una crema blanca, y se lo masajeaba con los dedos, dale que te dale con los dedos.

—Pareces un payaso, mamá —dijo Manolo sonriente.

—Todas las mujeres hacen lo mismo. Ya verás cuando te cases.

La veía quitarse la crema blanca. El cutis le brillaba. De rato en rato, los ojos de su madre lo sorprendían en el espejo: bajaba la mirada.

—Y ahora, una base para polvos —dijo su madre.

—¿Una base para qué?

—Para polvos.

—¿Todos los días haces lo mismo?

—Ya lo creo, Manolo. Todas las mujeres hacen lo mismo. No me gusta estar desarreglada.

—No, ya lo creo. Pero cuando bajas a tomar el desayuno tampoco se te ve desarreglada.

—¿Qué saben los hombres de esas cosas?

—Me imagino que nada, pero en el desayuno...

—No digas tonterías, hijo —interrumpió ella—. Toda mujer tiene que arreglarse para salir, para ser vista. En el desayuno no estamos sino nosotros dos. Madre e hijo.

—Humm...

—A toda mujer le gusta gustar.

—Es curioso, mamá. Papá dice lo mismo.

—Él no me quería.

—Sí. Sí. Ya lo sé.

—¿Tú me quieres? —preguntó, agregando—: Voltéate que voy a ponerme la faja.

Escuchaba el sonido que producía el roce de la faja con las piernas de su madre. «Tu madre tiene buenas patas», le había dicho un amigo en el colegio.

—Ya puedes mirar, Manolo.

—Tienes bonitas piernas, mamá.

—Eres un amor, Manolo. Eres un amor. Tu padre no sabía apreciar eso. ¿Por qué no le dices mañana que mis piernas te parecen bonitas?

Se estaba poniendo un fustán negro, y a Manolo le hacía recordar a esos fustanes que usan las artistas, en las películas para mayores de dieciocho años. No le quitaba los ojos de encima. Era verdad: su madre tenía buenas piernas, y era más bonita que otras mujeres de cuarenta años.

—Y las piernas mejoran mucho con los tacos altos —dijo, mientras se ponía unos zapatos de tacones muy altos.

—Humm...

—Tu padre no sabía apreciar eso. Tu padre no sabía apreciar nada.

—Mamá...

—Ya sé. Ya sé. Mañana me abandonas, y no quieres que esté triste.

—Vuelvo el lunes. Como siempre...

—Alcánzame el traje negro que está colgado detrás de la puerta de mi cuarto.

Manolo obedeció. Era un hermoso traje de terciopelo negro. No era la primera vez que su madre se lo ponía, y, sin embargo, nunca se había dado cuenta de que era tan escotado. Al entrar al baño, lo colgó en una percha, y se sentó nuevamente.

—¿Cómo se llama el pintor, mamá?

—Domingo. Domingo como el día que pasas con tu padre —dijo ella, mientras estiraba el brazo para coger el traje—. ¿En qué piensas, Manolo?

—En nada.

—Este chachá me está a la trinca. Tendrás que ayudarme con el cierre relámpago.

—Es muy elegante.

—Nadie diría que tengo un hijo de tu edad.

—Humm...

—Ven. Este cierre es endemoniado. Súbelo primero, y luego engánchalo en la pretina.

Manolo hizo correr el cierre por la espalda de su madre. «Listo», dijo, y retrocedió un poco mientras ella se acomodaba el traje, tirándolo con ambas manos hacia abajo. Una hermosa silueta se dibujó ante sus ojos, y esos brazos blancos y duros eran los de una mujer joven. Ella parecía saberlo: era un traje sin mangas. Manolo se sentó nuevamente. La veía ahora peinarse.

—Estamos atrasados, Manolo —dijo ella, al cabo de un momento.

—Hace horas que estoy listo —replicó, cubriéndose la cara con las manos.

—Será cosa de unos minutos. Sólo me faltan los ojos y los labios.

—¿Qué? —preguntó Manolo. Se había distraído un poco.

—Digo que será cosa de minutos. Sólo me faltan los ojos y los labios.

Nuevamente la miraba, mientras se pintaba los labios.

Era un lápiz color rojo rojo, y lo usaba con gran habilidad. Sobre la repisa, estaba la tapa. Manolo leyó la marca: «Senso», y desvió la mirada hacia la bata que su madre usaba para tomar el desayuno. Estaba colgada en una percha.

—¿Quieres que la guarde en tu cuarto, mamá?

—Que guardes ¿qué cosa?

—La bata.

—Bueno. Llévate también las zapatillas.

Manolo las cogió, y se dirigió al dormitorio de su madre. Colocó la bata cuidadosamente sobre la cama, y luego las zapatillas, una al lado de la otra, junto a la mesa de noche. Miraba alrededor suyo, como si fuera la primera vez que entrara allí. Era una habitación pequeña, pero bastante cómoda, y en la que no parecía faltar nada. En la pared, había un retrato suyo, tomado el día en que terminó el colegio. Al lado del retrato, un pequeño cuadro. Manolo se acercó a mirar la firma del pintor: imposible leer el apellido, pero pudo distinguir claramente la D de Domingo. El dormitorio olía a jazmín, y junto a un pequeño florero, sobre la mesa de noche, había una fotografía que no creía haber visto antes. La cogió: su madre al centro, con el mismo traje que acababa de ponerse, y rodeada de un grupo de hombres y mujeres. «Deben ser los del cóctel», pensó. Hubiera querido quedarse un rato más, pero ella lo estaba llamando desde el baño.

—¡Manolo! ¿Dónde estás?

—Voy —respondió, dejando la fotografía en su sitio.

—Préndeme un cigarrillo —y se dirigió hacia el baño. Su madre volteó al sentirlo entrar. Estaba lista. Estaba muy bella. Hubiera querido abrazarla y besarla. Su madre era la mujer más bella del mundo. ¡La mujer más bella del mundo!

—¡Cuidado!, Manolo —exclamó—. Casi me arruinas el maquillaje —y añadió—: Perdón, hijito. Deja el cigarrillo sobre la repisa.

Se sentó nuevamente a mirarla. Hacía una serie de muecas graciosísimas frente al espejo. Luego, se acomodaba el traje tirándolo hacia abajo, y se llevaba ambas manos a la cintura, apretándosela como si tratara de reducirla. Finalmente, cogió el cigarrillo que Manolo había dejado sobre la repisa, dio una pitada, y se volvió hacia él.

—¿Qué le dices a tu madre? —preguntó, exhalando el humo.

—Muy bien —respondió Manolo.

—Ahora no me dirás que me prefieres con la bata del desayuno. ¿A cuál de las dos prefieres?

—Te prefiero, simplemente, mamá.

—Dime que estoy linda.

—Sí...

—Tu padre no sabe apreciar eso. ¡Vamos! ¡Al cóctel! ¡Apúrate!

Su madre conducía el automóvil, mientras Manolo, a su derecha, miraba el camino a través de la ventana. Permanecía mudo, y estaba un poco nervioso. Ella le había dicho que era una reunión de intelectuales, y eso le daba un poco de miedo.

—Estamos atrasados —dijo su madre, deteniendo el auto frente a un edificio de tres pisos—. Aquí es.

—Muy bonito —dijo Manolo mirando al edificio, y tratando de adivinar cuál de las ventanas correspondía al departamento del pintor.

—No es necesario que hables mucho —dijo ella—. Ante todo escucha. Escucha bien. Esta gente puede enseñarte muchas cosas. No tengas miedo que todos son mis amigos, y son muy simpáticos.

—¿En qué piso es?

—En el tercero.

Subían. Manolo subía detrás de su madre. Tenían casi una hora de atraso, y le parecía que estaba un poco nerviosa. «Hace falta un ascensor», dijo ella, al llegar al segundo piso. La seguía. «¿Va a haber mucha gente, mamá?» No le respondió. Al llegar al tercer piso, dio tres golpes en la puerta, y se arregló el traje por última vez. No se escuchaban voces. Se abrió la puerta y Manolo vio al pintor. Era un hombre de unos cuarenta años. «Parece torero», pensó. «Demasiado alto para ser un buen torero.» El pintor saludó a su madre, pero lo estaba mirando al mismo tiempo. Sonrió. Parecía estar un poco confundido.

—Adelante —dijo.

—Éste es Manolo, Domingo.

—¿Cómo estás, Manolo?

—¿Qué pasa? —preguntó ella.

—¿No recibieron mi encargo? Llamé por teléfono.

—¿Qué encargo?

—Llamé por teléfono, pero tú no estabas.

—No me han dicho nada.

—Siéntense. Siéntense.

Manolo lo observaba mientras hablaba con su madre, y lo notaba un poco confundido. Miró a su alrededor: «Ni gente, ni bocadillos. Tenemos una hora de atraso». Era evidente que en ese departamento no había ningún cóctel. Sólo una pequeña mesa en un rincón. Dos asientos. Dos sillas, una frente a la otra. Una botella de vino. Algo había fallado.

—Siéntate, Manolo —dijo el pintor, al ver que continuaba de pie—. Llamé para avisarles que la reunión se había postergado. Uno de mis amigos está enfermo y no puede venir.

—No me han avisado nada —dijo ella, mirando hacia la mesa.

—No tiene importancia —dijo el pintor, mientras se sentaba—. Comeremos los tres juntos.

—Domingo...

—Donde hay para dos hay para tres —dijo sonriente, pero algo lo hizo cambiar de expresión y ponerse muy serio.

Manolo se había sentado en un sillón, frente al sofá en que estaban su madre y el pintor. En la pared, encima de ellos, había un inmenso cuadro, y Manolo reconoció la firma: «La D del dormitorio», pensó. Miró alrededor suyo, pero no había más cuadros como ése. No podía hablar.

—Es una lástima —dijo el pintor ofreciéndole un cigarrillo a la madre de Manolo.

—Gracias, Domingo. Yo quería que conociera a tus amigos.

—Tiene que venir otro día.

—Por lo menos hoy podrá ver tus cuadros.

—¡Excelente idea! —exclamó—. Podemos comer, y luego puede ver mis cuadros. Están en ese cuarto.

—¡Claro! ¡Claro!

—¿Quieres ver mis cuadros, Manolo?

—Sí. Me gustaría...

—¡Perfecto! Comemos, y luego ves mis cuadros.

—¡Claro! —dijo ella sonriente—. Fuma, Manolo. Toma un cigarrillo.

—Ya lo creo —dijo el pintor, inclinándose para encenderle el cigarrillo—. Comeremos dentro de un rato. No hay problema. Donde hay para dos...

—¡Claro! ¡Claro! —lo interrumpió ella.

El hombre, el cinema y el tranvía

El jirón Carabaya atraviesa el centro de Lima, desde
Desamparados hasta el Paseo de la República. Tráfico intenso
en las horas de afluencia, tranvías, las aceras pobladas de gente,
edificios de tres, cuatro y cinco pisos, oficinas, tiendas, bares,
etc. No voy a describirlo minuciosamente, porque los lectores
suelen saltarse las descripciones muy extensas e inútiles.

Un hombre salió de un edificio en el jirón Pachitea, y
caminó hasta llegar a la esquina. Dobló hacia la derecha, con
dirección al Paseo de la República. Eran las seis de la tarde, y
podía ser un empleado que salía de su trabajo. En el cine República, la función de matiné acababa de terminar, y la gente que
abandonaba la sala, se dirigía lentamente hacia cualquier parte. Un hombre de unos treinta años, y un muchacho de unos
diecisiete o dieciocho, parados en la puerta del cine, comenta-
ban la película que acababan de ver. El hombre que podía ser
un empleado se había detenido al llegar a la puerta del cine, y
miraba los afiches, como si de ellos dependiera su decisión de
ver o no esa película. Se escuchaba ya el ruido de un tranvía
que avanzaba con dirección al Paseo de la República. Estaría a
unas dos cuadras de distancia. Los afiches colocados al lado izquierdo del hall de entrada no parecieron impresionar mucho
al hombre que podía ser un empleado. Cruzó hacia los del
lado izquierdo. El tranvía se acercaba, y los afiches vibraban
ligeramente. No lograron convencerlo, o tal vez pensaba venir
otro día, con un amigo, con su esposa, o con sus hijos. El ruido
del tranvía era cada vez mayor, y los dos amigos que comenta-
ban la película tuvieron que alzar el tono de voz. El hombre
que podía ser un empleado continuó su camino, mientras el
tranvía, como un temblor, pasaba delante del cine sacudiendo
las puertas. Una hermosa mujer que venía en sentido contrario atrajo su atención. La miró al pasar. Volteó para mirarle el

culo, pero alguien se le interpuso. Se empinó. Alargó el pescuezo. Dio un paso atrás, y perdió el equilibrio al pisar sobre el sardinel.

Voló tres metros, y allí lo cogió nuevamente el tranvía. Lo arrastraba. Se le veía aparecer y desaparecer. Aparecía y desaparecía entre las ruedas de hierro, y los frenos chirriaban. Un alarido de espanto. El hombre continuaba apareciendo y desapareciendo. Cada vez era menos un hombre. Un pedazo de saco. Ahora una pierna. El zapato. Uno de los rieles se cubría de sangre. El tranvía logró detenerse, y el conductor saltó a la vereda. Los pasajeros descendían apresuradamente, y la gente que empezaba a aglomerarse retrocedía según iba creciendo el charco de sangre. Ventanas y balcones se abrían en los edificios.

—No pude hacer nada por evitarlo —dijo el conductor, de pie frente al descuartizado.

—¡Dios mío! —exclamó una vieja gorda, que llevaba una bolsa llena de verduras—. En los años que llevo viajando en esta línea...

—Hay que llamar a un policía —interrumpió alguien.

La gente continuaba aglomerándose frente al descuartizado, igual a la gente que se aglomera frente a un muerto o a un herido.

—Circulen. Circulen —ordenó un policía que llegaba en ese momento.

—No pude hacer nada por evitarlo, jefe.

—¡Circulen! Que alguien traiga un periódico para cubrirlo.

—Hay que llamar a una ambulancia.

Lo habían cubierto con papel de periódico. Habían ido a llamar a una ambulancia. La gente continuaba llegando. Se habían dividido en dos grupos: los que lo habían visto descuartizado, y los que lo encontraron bajo el periódico; el diálogo se había entablado. El hombre que podía tener treinta años, y el muchacho que podía tener dieciocho caminaban hacia la Plaza de San Martín.

—Vestía de azul marino —dijo el muchacho.

—Está muerto.

—Es extraño.

—¿Qué es extraño? —preguntó el hombre de unos treinta años.

—Vas al cine, y te diviertes viendo morir a la gente. Se matan por montones, y uno se divierte.

—El arte y la vida.

—Humm... El arte, la vida... Pero el periódico...

—Ya lo sabes —interrumpió el hombre—. Si tienes un accidente y ves que empiezan a cubrirte de periódicos... La cosa va mal...

—Tú también vas a morirte...

—Por ejemplo, si te operan y empiezas a soñar con San Pedro... Eso no es soñar, mi querido amigo.

—¿Siempre eres así? —preguntó el muchacho.

—¿Conoces los chistes crueles?

—Sí, ¿pero eso qué tiene que ver?

—¿Acaso no vas a la universidad?

—No te entiendo.

—¿Sabes lo que es la catarsis?

—Sí. Aristóteles...

—Uno no ve tragedias griegas todos los días, mi querido amigo.

—Eres increíble —dijo el muchacho.

—Hace años que camino por el centro de Lima —dijo el hombre—. Como ahora. Hace años que tenía tu edad, y hace años que me enteré de que los periódicos usados sirven para limpiarse el culo, y para eso... Hace ya algún tiempo que vengo diariamente a tomar unas cervezas aquí —dijo, mientras abría la puerta de un bar—. ¿Una cerveza?

—Bueno —asintió el muchacho—. Pero no todos los días.

—Diario. Y a la misma hora.

Se sentaron. El muchacho observaba con curiosidad cómo todos los hombres en ese bar se parecían a su amigo. Tenían algo en común, aunque fuera tan sólo la cerveza que bebían. El bar no estaba muy lejos de la Plaza San Martín, y le parecía mentira haber pasado tantas veces por allí, sin fijarse en lo que ocurría adentro. Miraba a la gente, y pensaba que algunos venían para beber en silencio, y otros para conversar. El mozo los llamaba a todos por su nombre.

—Se está muy bien en un bar donde el mozo te llama por tu nombre y te trae tu cerveza sin que tengas que pedirla —dijo el hombre.

—¿Es verdad que vienes todos los días? —preguntó el muchacho.

—¿Y por qué no? Te sientas. Te atienden bien. Bebes y miras pasar a la gente. ¿Ves esa mesa vacía allá, al fondo? Pues bien, dentro de unos minutos llegará un viejo, se sentará, y le traerán su aperitivo.

—¿Y si hoy prefiere una cerveza?

—Sería muy extraño —respondió el hombre, mientras el mozo se acercaba a la mesa.

—¿Dos cervezas, señor Alfonso?

—No sé si quiero una cerveza —intervino el muchacho, mirando a un viejo que entraba, y se dirigía a la mesa vacía del fondo.

—Tengo que prepararle su aperitivo al viejito —dijo el mozo.

—Decídete, Manolo —dijo el hombre, y agregó mirando al mozo—: Se llama Manolo...

—Un trago corto y fuerte —ordenó el muchacho—. Un pisco puro.

Extraña diversión

Venía lejos. Debía venir desde muy lejos, porque su aspecto era el de un hombre fatigado; un hombre que ha caminado demasiado. Venía tal vez de otro distrito, aunque sus ojeras como cardenales indicaban un extremo cansancio, y uno pensaba que estaba muy lejano el día, o el lugar, en que esas ojeras habían empezado a concentrarse sobre su piel. ¿De dónde venía con sus zapatos cubiertos de barro, y con esa camisa mojada por las lluvias de julio? Ningún otro abrigo. Parado allí, en esa esquina, indefenso bajo las nubes pesadas. Las nubes pesadas, casi al alcance de sus manos, como un cielo raso. Sin abrigo, y ese día también llovía en el invierno de Magdalena, y estaba parado en una esquina cerca a la Pera del Amor, no muy lejos del Paraíso de los Suicidas, cerca al Puericultorio Pérez Araníbar, no muy lejos del Manicomio.

Parecía tomar muy en serio esa larga caminata, y era muy extraño todo lo que hacía. Cogía una piedra a este lado de la pista (estaba en la avenida del Ejército), y la cambiaba por otra que recogía al otro lado de la pista. De un bolsillo del pantalón, sacaba una libreta negra. Luego, sacaba también un pequeño lápiz amarillo, buscaba una página en blanco, y dibujaba ambas piedras. Abandonó esa esquina. Caminó unos metros, y se detuvo frente a una casa. Contó las puertas y las ventanas, y apuntó esos números en su libreta. Dibujó la casa. Cerró cuidadosamente la libreta, y la guardó en el mismo bolsillo de donde la había sacado. Apretó la punta del lápiz contra su pecho, y luego lo lanzó fuertemente hacia arriba, como si quisiera perforar las nubes. El lápiz cayó sobre la vereda, y lo estuvo mirando durante varios minutos. Luego, se puso en cuclillas para recogerlo, se incorporó con el lápiz en la mano, y lo miró nuevamente como si quisiera comprobar que la punta no se había roto. Lo limpió cuidadosamente y lo depositó en el mismo bolsillo de donde lo había sacado. Avanzaba. Se detenía. Nuevamente apuntaba y dibujaba cosas en la libreta. Lanzó el lápiz varias veces más contra las nubes, y lo limpiaba siempre antes de guardarlo. Tocó el timbre de una casa, y corrió a refugiarse detrás de un árbol. Alguien abrió la puerta, pero afuera no había nadie. Sacó una vez más su libreta, y estuvo largo rato dibujando esa casa. Luego, atravesó la pista, y avanzó por una calle hasta llegar al borde de un barranco, frente al mar. Se agachó para recoger un palo de escoba que encontró entre unas ramas. Contemplaba, alrededor suyo, la basura amontonada a través del tiempo. Montones y montones de basura alrededor suyo, y los estaba barriendo con su palo de escoba. Trataba de llevarlos hacia el borde del barranco, hacia el abismo, y hacia el mar, pero se detenía a mirar los nubarrones que avanzaban en sentido contrario, y que parecían venírsele encima. Alzó el brazo como si tratara de defenderse, pero giró violentamente como vencido por los nubarrones y dejó caer el palo de escoba. De espaldas al barranco, miraba hacia las casas, y allá, a lo lejos, vio que se abría una ventana y que alguien sacudía una alfombra en el aire. Sacó rápidamente su libreta, cuidadosamente su lápiz amarillo, y tomó nota de todo eso, hasta que la ventana se cerró. Guardó la libreta y el lápiz. Giró nuevamente, y se puso cara al barranco. Recogió el palo de escoba, y se dejó caer de rodillas, adoptando la posición de un tirador. Apuntó con el palo de escoba... Un hueco. Basta un hueco. Les voy a abrir un hueco. Uno. Todo se chorrea por un hueco. Un hueco. Nubarrones hijos de puta. Vengan vengan nubarrones. Desde aquí un hueco nubarrones. Nubarrones como todo. No volverán a hacer. No lo volverán a hacer. Bastante suficiente harto nubarrones. Montones. Basura. Montones de mierda basura. Montones. Cojones. Cojones míos. Délen délen délen cojones. Cajones. Mierda. Cagar mierdar mierdar merendar. Infinitivos. Amar sufrir aprender aguantar. No más no más no más no más. Morir no ver adulterar cojear tambalear matar morir amar bastar. No dar más no más no más no más aguantar. Infinitivos como vida. Mi vida. Hubiera querido mi vida y sólo sólo sólo sólo... Vengan nubarrones hijos de puta. «Ta ta ta ta ta ta tatata-tatata», gritaba, disparando entre la lluvia contra los nubarrones.

Había regresado a la avenida del Ejército. Había quebrado la punta de su lápiz escribiendo en uno de los muros del

Manicomio, y a través de las rejas, miraba ahora los jardines y los pabellones del hospital. Estuvo mirando durante un cuarto de hora, y luego siguió avanzando con dirección a la avenida Brasil, hasta detenerse en la esquina en que terminaba el muro del Manicomio. Prestaba mucha atención: «Un-dos-un-dos-un-dos» alguien marchaba. «28 de julio», pensó, y dobló a la derecha. Corría.

Había corrido unos cien metros, y ahora estaba bastante cerca y las veía muy bien. Marchaban. Cientos de muchachas marchaban. Marchaban alrededor de su colegio, y se preparaban para el desfile escolar. Entrenaban ahí, delante suyo. Y la parte posterior de ese colegio daba a esa calle. Y la pared lateral del Manicomio daba a esa misma calle. Y entre las dos paredes: «Un-dos-un-dos-un-dos-un-dos». Y él escuchaba cuando marcaban el paso, pero también escuchaba esas voces: «Un-dos-un-dos-un-dos-un-dos-un-dos», allí arriba sobre el muro, y los miraba, y eran unos hombres con caras muy graciosas y simpáticas. «Deberían peinarse mejor», pensó. Y esos hombres aplaudían y coreaban: «un-dos-un-dos-un-dos-un-dos», y no dejaban de aplaudir... Él había visto esa puerta. Esa puerta estaba abierta, y por allí entraban las visitas, o sabe Dios quién. Cualquiera podía entrar por esa puerta, y «un-dos-un-dos-un-dos-un-dos» de dónde había sacado fuerzas para treparse a ese muro, pero allí estaba él también, y su cara graciosa asomaba por arriba, mientras aplaudía feliz, y gritaba «un-dos-un-dos-un-dos». Y las chicas que desfilaban frente al Manicomio sonreían mirándolos de reojo, «un-dos-un-dos-un-dos-un-dos-un-dos-un-dos» gritaba Manolo, aplaudiendo al mismo tiempo, y en una de ésas logró ver la hora en su reloj, y pensó que en su casa estarían empezando a almorzar, y que tal vez debería volver, sería mejor si volviera, porque allá, en su casa, alguien podría preocuparse... «Un-dos-un-dos-un-dos-un-dos-un...»

La felicidad ja ja

La felicidad ja-ja, ja-ja...
Canción que andaba de moda

I only wanted absolute quiet to think out
why I had developed a sad attitude
towards sadness, a melancholy attitude
towards melancholy, and a tragic
attitude towards tragedy —why I had
become identified with the objects of my horror
or compassion.

F.S. FITZGERALD

Eisenhower y la Tiqui-tiqui-tín
A Denise y François Delprat

Te quiero, gordo, tú sabes muy bien que te quiero, que estoy inevitablemente unido a ti por algo que viene de muy lejos, pero tú tienes que respetarme, ¿has oído?, respetarme. Si no, no puede ser, cómo va a poder ser si cada vez más me miras con ironía, hay algo irónico en tu cara cuando estás conmigo, y además, cada vez estás menos conmigo. Nos estamos distanciando, ¿no es cierto? ¿O sea que la vida también puede en ese sentido conmigo? ¿Nos distancia?, ¿nos separa? No, gordo, a mí no me separará nunca de ti, no puedo, es más fuerte que todo, a veces me parece que voy a pasarme el resto de la vida sentado y hablándote, recordándote, maldito el daño que me está haciendo tu prosperidad. Eso es, tu prosperidad, tú entraste con el pie derecho en el asunto, yo no pude, pero no debes olvidar que también yo fui un día como tú, mejor que tú, maldito sea lo que empezó a hacerme sentir mal en el mundo. Tú, en cambio, qué bien te has sentido siempre en la vida. Siempre, gordo. Gordo, fuiste siempre gordo, fuimos la gran pareja, ¿no es cierto? Fuimos don Quijote y Sancho, Laurel y Hardy, Abbot y Costello, fuimos el gordo y su amigo el flaco, fuimos cojonudos juntos y ahora pienso que me pasaré el resto de la vida preguntándome en qué momento, ya sé que fue porque yo fallé, en qué momento se fue a la mierda todo eso. Debió ser en el colegio, pero no, cómo iba a ser en el colegio si allí recién nos conocimos. Entonces debió ser durante la universidad, sí, sí, fue entonces, fue durante la universidad, lo que pasa es que recién ahora se nota, bueno, ahora se nota terriblemente, más importante sería saber en qué momento empezó a notarse. Esto. Esto es lo que quiero discutir contigo pero claro, ya lo sé, tú no tienes tiempo para discutirlo, y además, no es importante. Nada es importante para ti, gordo, nada, y por eso el asunto se está poniendo feo y uno de estos días me vas a prestar dinero y ahí sí que se va a arruinar todo. Ya lo verás, el día que me prestes dinero todo se va a ir a la mierda definitivamente, todo, y no sólo porque seguro que no voy a poder pagarte, sino que un mes después me vas a prestar otra vez dinero y entonces cada vez que vaya a buscarte vas a creer que vengo por otro préstamo. Y como muchas veces va a ser verdad, se va a venir abajo lo poco de respetabilidad que me queda y ya me veo siempre consciente de que me puedes prestar dinero. No, gordo, no dejes que venga ese momento, te quiero, eso tú lo sabes, ya sé que no andas con mucho tiempo disponible para esa clase de sentimientos, pero tienes que tener un cuidado enorme conmigo, sobre todo tienes que impedir completamente que sea la quinta vez en que te pido dinero. Gordo, que eso no pase nunca, por favor, nunca me trates como el amigo al que le fue mal, y sobre todo, nunca seas conmigo el amigo al que le fue bien. Nunca, gordo, nunca por la sencilla razón de que ese día ya no seremos amigos, ¿comprendes?, seremos un viejo compromiso. ¡Ah!, qué difícil debe ser todo esto para ti, para ti con tu ironía famosa, con tu maldito sentido del humor, ese dejo corrosivo con el que tantas cosas destruimos mientras yo, humorista por excelencia, me iba destruyendo a tu lado, en silencio, con una carcajada que acompañaba a la tuya... ¡Ah!, gordo, cómo nos cagábamos en la humanidad entera. Por eso, fíjate bien, por eso hay que tener un cuidado enorme sobre este último punto. Si tú un día me prestas dinero por quinta vez será igualito que en el entierro de mi abuelo, yo tan nervioso y tú tan socialmente atento, gordo, cómo saludabas, cómo cumplías, cómo quedabas bien, cómo me quitaste hasta la pena de esa muerte cuando nos fuimos juntos a comentar el entierro a un café. Sinvergüenza, gordo de mierda, te veo pasearte por los salones de aquella maravillosa casa, la última de mi familia, la última gran casa de mi familia... La vendimos, gordo, bueno, eso tú ya lo sabes, era el fin, el principio del fin, había muerto el último de los grandes y no quedaba nadie para que la cosa volviera a empezar. ¿Quiénes quedábamos? Mi hermano y yo, dos tipos problemáticos, algo desadaptados ya; herederos de una fortuna en que había más recuerdos que fortuna, herederos de unos nombres que nos quedaban grandes; cansados, asustados, no muy bien acostumbrados a quedarnos solos. Pero a lo que iba, gordo, a lo que iba.

Al asunto del entierro... ¡Ah!, gordo, te veo pasearte por los salones evaluando los objetos que dejaba mi abuelo, uno a uno los fuimos vendiendo, bueno, eso tú ya lo sabes, lo sabes perfectamente porque fue tu papá el que se compró las estatuas de mármol. Eso, por ejemplo, no debieron hacerlo, y sin embargo todo Lima lo hizo. Cómo se ve que nunca has sentido lo mismo, cómo se ve que nunca has soñado como yo con la casa del abuelo, lo último, lo último que quedaba, cómo se ve que nunca has sentido que cada casa rica de Lima es hoy un pequeño museo en el que se exhiben cosas que fueron mías, que me pertenecían, gordo. Todas esas cosas que tú te paseabas tasando el día del entierro, segurito que estabas pensando a ver cuánto les queda a éstos. Cuánta gente más habrá venido a ese entierro con la misma idea, casi como futuros compradores. Pero después, lo otro, a lo que iba, se murió el hombre que más había querido en el mundo, y sin embargo esa misma noche me estaba riendo contigo en un café, cómo nos matamos de risa cuando los evocamos, cuando los recordamos visualmente, con ese humor tan nuestro. Recuerdo que tú los mencionaste y que los dos vimos exactamente lo mismo: los cinco viejitos formando grupo aparte en el entierro, alejados, distanciados de los otros, del edecán del Presidente de la República, del Ministro de Hacienda, de los altos representantes de la banca que tú ya reconocías uno por uno, hasta saludabas, mientras que a mí como me daban miedo. Y los cinco viejitos alejados, tímidos, sufriendo tal vez más que los otros, los que venían por los honores, por obligación, ellos en cambio no, gordo, ellos venían porque lo admiraban, porque seguro que alguna vez mi abuelo desde sus altos cargos les había prestado cinco veces dinero... Los evocaste ahí en el café, gordo, e inmediatamente los vimos y soltamos la carcajada cuando tú dijiste son los cinco compañeros de colegio a los que les fue mal en la vida. Ya ves, gordo, entiéndelo ahora, nunca me vayas a prestar cinco veces dinero porque entonces me vas a convertir en el compañero al que le fue mal en la vida, y en adelante sí que va a ser difícil que nos podamos seguir viendo. Ten cuidado, gordo, eso no te es difícil ni imposible, te sobra inteligencia, te sobra tacto, y no vayas a repetir escenas de las que los dos nos reíamos ahora que yo... Ten cuidado, gordo, mucho cuidado, cuida hasta el tono en que me contestas cuando te hablo por teléfono, la cara que le pones a tu secretaria cuando te dice es otra vez su amigo, señor, estoy viendo esa cara, gordo, y simplemente te digo que tienes que evitarla, que tienes que evitar la cara en sí y aquello que sientes que hace que pongas esa cara. Y no me digas que es la misma que le pones a todo el mundo, te quiero hace demasiado tiempo como para no conocerte, gordo, tus caras me las sé todas de memoria, no hay una sola que no hayamos perfeccionado los dos juntos en aquel café en que nos pasamos media vida en la época de la facultad... El café, gordo, aquel famoso café donde te conté, donde por lo menos traté de contarte qué exactamente era lo que sentía aquellas primeras veces en que no estuve conforme con lo que nos esperaba en la vida. Pero no te lo dije todo, gordo, como si yo mismo no supiera bien qué era lo que pasaba, no te lo dije todo porque decírtelo hubiera sido ponerme por primera vez entre los tipos de los que nos matábamos de risa. Eisenhower, por ejemplo. Déjame hablarte de él, por una vez en la vida déjame hablarte de él. No, no me salgas con que olvide eso y que piense más bien en la vez que pescamos a uno igualito a Tennessee Williams. Yo quiero hablarte de Eisenhower porque con él nos divertimos más que con cualquiera, pero también porque a causa de él fue que ocurrió eso, eso que tú no quieres ver, gordo, porque es tanto más agradable recordar a Tennessee Williams... ¡Ah!, qué buena vida... Años felices con propinas y sin más gastos que el café; años que pasamos sentados buscando gente que se pareciera a alguien, buscando lo que llamábamos las *Vidas Paralelas*, uno que por su pinta de judío nervioso y tembleque se pareciera a lo que por su teatro tenía que ser Tennessee Williams, cómo nos matamos de risa el día en que apareció el judío ése desesperado con sus propios gestos, Tennessee Williams, gritaste tú, y yo en el acto aprobé, sí sí, igualito, así tiene que ser, ¡ah!, cómo nos reímos... Sentados en el café mañana tras mañana, completamos mil tomos de las *Vidas Paralelas*, de las equivalencias universales, Lima como un museo de cera viviente en el que se paseaban Manolete, un .Winston Churchill exacto que pescamos aquella vez, ¿te acuerdas? ¿Y te acuerdas del Pío Baroja que encontramos una vez sentado en un banco de la Punta? Macanudo. Pero nunca encontramos uno mejor que Eisenhower, ni nos reímos del asombro porque ése no sólo era como debía ser Eisenhower, ése se le parecía de una manera realmente asombrosa, era su exacta repetición en el Perú. Lo perseguimos, le dimos vueltas alrededor, ése sí que nos encantó y qué suerte que fue precisamente paseándose por el café que lo encontramos. Siguió apareciendo, tarde tras tarde paseaba por ahí con cara de gringo viejo despistado, con una impresionante cara de loco, ni más ni menos que si alguien hubiera condenado al propio Eisenhower a no volver a salir más del invierno limeño... Raro tipo, para nuestra colección era de los mejores si no el mejor, nunca nos cansamos de mirarlo pasar, cada día, cada día hasta que sucedió eso, déjame hablarte de eso, gordo, no me digas que piense en Winston Churchill más bien, no no, déjame ahora hablarte de Eisenhower, aunque claro, es tan difícil, cuántas cosas más tendría que decirte para que comprendieras bien lo de Eisenhower. No me sentía bien, gordo, ésos eran días difíciles para mí, acababa de suceder lo del estudio, no me sentía bien, me habían herido botándome del estudio, pero cómo decírtelo, cómo explicarte lo que entonces sentía, ¿tú crees que si mi abuelo hubiera estado vivo me habrían botado? No, gordo, por lo menos no en la época en que todavía era poderoso, yo era un niño entonces, gordo, si supieras lo duro que es haber sido un niño rico... Y luego trata de ponerle fechas a las cosas, di por ejemplo que dejé de ser un niño rico sólo cuando me botaron del estudio, ese día me demostraron, me probaron que ya mi nombre no importaba, que no pesaba, ésa fue la fecha simbólica y sin embargo tantas cosas hacían que desde tiempo atrás algo me molestara muy por adentro, algo que me indicaba el peligro de haber dejado de ser lo que según mi nombre debía ser. Me estaba yendo al diablo, ¿no es cierto, gordo? ¿Y por qué no podía trabajar como tú en el estudio de algún famoso abogado?, ¿hacer carrera como tú?, ¿qué me impedía desde tan joven ser un futuro abogado eficiente? Los dos estudiábamos, los dos teníamos buenas notas, los dos éramos inteligentes. Y sin embargo no pude ser como tú. Según mi jefe era un cobarde, eso me dijo, un cobarde, un hombre sin coraje, un timorato incapaz de hacer cumplir la ley. No pude, gordo, qué quieres que haga, no pude, cuántos embargos te tocaron a ti y qué bien los llevaste a cabo. Ves, ahí creo que tuve mala suerte, que además de todo tuve mala suerte, a ti no te tocó un embargo como el mío, para empezar. Yo no pude hacerlo, gordo, sí, ya sé que tú te las habrías arreglado para quedar bien, pero yo no pude hacerlo, fue mala suerte, créeme, era un viejo compañero de colegio, era la oficina de su padre y estaban ahí los dos cuando llegué yo con el abogado y dos policías a embargarlo todo, no sabía dónde iba, gordo, sólo cuando vi el rótulo con el nombre de mi compañero supe a quién tenía que embargar. No pude, gordo, fue más fuerte que yo, me dio pena, me dio miedo, me faltó clase, si quieres, y por eso me botaron. Pero ¿fue por eso, gordo?, ¿o fue porque eso era el punto final de una práctica que dejaba mucho que desear? Ahí las dos cosas se mezclan, gordo, ya hacía tiempo que yo no andaba funcionando muy bien en el estudio, todo me hería, gordo, todo. Tú entrabas y salías de tu estudio, ibas y venías de donde el abogado al Palacio de Justicia, a donde los escribanos, te aprendiste su lenguaje, a deslizarles billetes entre los expedientes. Yo, en cambio, no pude, no di con las palabras necesarias, con la picardía usual. Y además había lo otro, lo de los señorones, lo de las reuniones del directorio a las que venían unos señores que habían estado en el entierro de mi abuelo, que lo habían reemplazado, que lo habían sustituido, que se lo habían comido vivo. Pero también había otra cosa, lo de la secretaria que botaron porque le olía el sobaco. Su mamá vino a reclamar y yo estuve ahí esa tarde cuando lo de la zamba vieja reclamando por su hija entre los señorones incómodos en pleno directorio, con mil quinientos soles la callaron, gordo, se la comieron viva, la dejaron parada sin palabras, llorando con el cheque entre las manos, convencida de que su hija era una secretaria muy mala, estoy seguro de que regresó a su casa y le pegó a la pobre Amada. Yo sé cuánto ganaba Amada, gordo, y ésa era una de las cosas que me hacía ser tan distinto, yo sé cuánto ganaba el abogado cada mes y cuánto le pagaba a su secretaria y eso me hacía sentirme profundamente avergonzado, me daba asco, pero claro, yo me callaba la boca, yo sufría en silencio. Ya ves, gordo, tenía unos sufrimientos que no debía tener, que tú no tenías, no paraba hasta la huachafería con tanto sentimentalismo y con la pena absurda que todo eso me daba. Y me gustaba Amada, gordo, qué quieres que haga, me gustaba. Era una zamba guapísima, riquísima, y ahí debieron quedarse mis intenciones, tú te la hubieses querido tirar, gordo. Y yo también quería tirármela, sí, yo también, pero de otra manera, yo quería saber de su vida, conocerla, yo quería acostarme con ella porque le tenía cariño y porque en el mundo de mis sentimientos entraba la posibilidad de casarme con ella. Sí, ya sé, ya sé que no era más que un medio pelo y que debía tratarla como tal, pero qué quieres que haga, a mí su huachafería me inspiraba ternura, yo no podía burlarme de lo que ella sentía aunque fuera todo muy ridículo, lo que ella sentía era serio para ella y yo quería respetarlo, gordo, un problema porque al mismo tiempo la deseaba como tú la habrías deseado. Y qué, qué te dije de todo eso, a duras penas que en el estudio había una secretaria que estaba buenísima. ¿Comprendes ahora que ya desde entonces el asunto era diferente para mí?, ¿que no era tan simple?, ¿que tenía los instintos de un niño bien cualquiera?, ¿que tenía los deseos de un hijo de puta y los sueños de un sentimental irremediable?, ¿que tenía sueños que a punta de ser equivocadamente tiernos eran huachafos? Nada de eso te decía gordo, y en cambio me reía de todo el mundo contigo, seguíamos teniendo un porvenir brillante y estábamos tan seguros de nosotros mismos. Pero ya ves, gordo, ya ves que algo fallaba desde entonces. En cambio tú, nada, sabías lo que querías, ni un solo sentimiento en ti de doble filo, tal vez en el fondo yo era un niño mucho más mimado que tú, a lo mejor yo resultaba un niño bien mucho más coherente que tú. Es una idea que se me viene a la cabeza porque ahora que te hablo recuerdo otro caso como el mío, sólo que más ridículo. Tú lo conoces, debes acordarte, juntos nos burlamos de él, un tecito a las seis en una casa muy humildita, así describías tú los sentimientos que Felipe Anderson le revelaba a todo Lima por esa época. Y yo me mataba de risa como si nunca hubiera sentido lo mismo, lo que pasa es que yo me callaba, gordo, nunca te dije que todo lo que Felipe Anderson contaba se parecía mucho a lo que yo sentía por Amada. Pobre Felipe Anderson, me imagino que habrá cometido las mismas burradas que yo, qué culpa tenía, era tan niño bien, pertenecía a una familia tan rica que sólo le quedaba una cosa por desear, la pobreza. Soñaba con eso, soñaba con la humildad, odiaba a las chicas que le correspondían y buscaba por todo Lima una muchachita. Ya sé que estaba medio loco, ya sé que era un problema para su familia, ya sé que tenía fama de pajero y de raro, pero déjame decirte ahora que yo lo comprendía por más loco que estuviera. A mí también me encontró por la calle, y a mí también me constó que deseaba una muchachita humilde, nada vanidosa, sin sobraderas, humildita, ésas eran sus palabras, soñaba con una casita pobre donde lo invitaran a tomar té con bizcocho por las tardes y lo quisieran mucho. Pero yo no me reí nunca de él, gordo, por el contrario lo escuché horas y horas y hasta llegué a tener mi teoría sobre él y a respetarlo por más loco que pareciera. Comprende, gordo, quería una casita chiquita, humildita, una costurerita, ¿acaso no había en eso una nostalgia infinita de alguna sirvienta, de un mundo de servidores, de mayordomos y cocineras que pasaron alguna vez por su vida? Ese mundo se reducía para él a una casita huachafa, ése era el símbolo, cuántas veces no se habrá masturbado el pobre Felipe Anderson soñando que estaba en una habitación antigua, pobre, con flores de plástico. Y ese sueño, gordo, ese sueño era el último lujo de un alma de rico, ésos son los sueños que se traen abajo a las grandes familias, gordo, esos sueños son el comienzo de la decadencia, son el germen del fin, imagínate a Felipe Anderson masturbándose en un baño de mármoles y porcelanas y soñando en su terrible soledad con una costurerita que zurce a la luz de un débil candil. Imagínatelo, te reirás seguro, yo en cambio no, y es que yo tengo un alma de doble filo, algo que a ti felizmente te falta por completo. No he vuelto a ver a Felipe Anderson, gordo, pero estoy seguro de que él tampoco ha encontrado la paz. Le fue muy duro ser un rico con sueños de pobreza y hoy debe serle peor ser un pobre con residuos de rico, la realidad debe serle un infierno, como para mí, gordo, para mí que nunca volví a practicar en un estudio, que nunca llegué a ejercer mi profesión. Qué se va a hacer, dijiste el día que llegué al café contándote que me habían botado del estudio, parece que de a verdad no te gusta. Claro que no te lo conté así, era yo quien había mandado a la mierda al abogado y me había meado en su alfombra además. Para ti era un rebelde, un inconformista, pero, ¿y la herida, gordo? De eso no te dije nada, mandar a la mierda es un asunto de rico, pero a mí de mandar a la mierda sólo me quedaba la costumbre, las palabras, cólera no me quedaba y en cambio sí tristeza, humillación, desconcierto, pero ésos son sentimientos pobres, deprimidos, y nada tienen del afán de venganza del joven con brillante porvenir. Nada te dije de eso tampoco, gordo, y para ti no era más que un inconformista, un rebelde, un tipo que prefería darse la gran vida y no trabajar, no luchar por labrarse un porvenir. ¿Qué porvenir me iba a labrar yo, gordo, si los sentimientos no me acompañaban? Es preciso que sepas ahora que mi risa era triste cuando nos burlábamos de Tennessee Williams o de Eisenhower. Esos tipos me preocupaban, gordo, Tennessee con su vagabundeo solitario y nervioso por el jirón de la Unión, Eisenhower con la tensión de su rostro, con su pequeño delito premeditado. Y ahora no me interrumpas, gordo, déjame hablarte de eso, no me digas que recuerde más bien a Winston Churchill, esta noche aunque necesite mil cervezas más te hablaré de eso. Y tú vas a dejarme, gordo, vas a dejarme que te diga por qué te pegué porque ahí está la clave de todo. Mira, los dos nos reímos de Eisenhower, cómo no reírnos si teníamos un porvenir brillante y si estábamos perfectamente de acuerdo con todo lo que el Perú nos ofrecía para el futuro. Él no, en cambio, él no estaba de acuerdo, él se paseaba solitario, buscando algo, deseando algo como yo deseo ahora otro trago. Déjame que me tome una cerveza más y te cuente todo lo que pasó. Déjame decirte que yo andaba contigo pero que mis sentimientos se preocupaban mucho por Eisenhower, déjame decirte que muchas veces te miré como él nos habría mirado y te escuché hablar juzgándote como él nos habría juzgado. Y es que simplemente ya no estaba de acuerdo con tu mundo, gordo. Y si no te lo dije entonces fue porque yo era el primer sorprendido con mis sentimientos, el que menos los entendía. Además, ¿no fue por aquella época que andábamos tan entusiasmados con lo de la Tiqui-tiqui-tín? Me daba bola a mí y no a ti, me envidiabas, ¿no es cierto, gordo? Era riquísima y me prefería a mí. Horas nos pasábamos sentados en el café vigilando la zapatería de enfrente, esperando que se quitara el mandil de vendedora y que saliera hacia su paradero de ómnibus con su faldita al cuete. Qué rica era, gordo, y cómo es una mierda la vida, cómo se limita a que una hembra sea rica, cómo lo que más has deseado en la vida puede convertirse en un infierno, hasta qué punto tienes razón siempre, qué gran hijo de puta eres, gordo. Y sin embargo yo era el de la suerte, eso creías tú, a mí me sonreía cuando salía de la zapatería y se iba tiqui-tiqui-tín, meneando riquísimo el culito risueño hacia su paradero, tú la bautizaste la Tiqui-tiqui-tín por su modito de andar, moviéndose así. A mí me daba bola, yo me la iba a tirar, tú me ibas a prestar tu carro y yo la iba a invitar a bailar y después me la iba a tirar. La Tiqui-tiqui-tín y Eisenhower... Teníamos sexo, humor y porvenir, nada nos faltaba en la vida... Sí, gordo, siguiendo tus consejos le metí letra una noche a la salida de su trabajo y me la llevé en tu carro. ¿Sabes lo que pasó? Ya sé que te dije que me la estaba tirando y que te pedí muchas veces más que me prestaras tu carro para sacarla. Pero eso no fue lo importante, lo importante fue que cuando aceptó hablar conmigo y subir al carro, a mí todo el asunto como que me conmovió, sentí ternura, gordo. Era tan huachafita, tan llena de curvitas, tan ridículamente provocativa, tenía un culito tan obviamente carnal, era socialmente tan poquita cosa al lado de un estudiante de derecho con un futuro brillante que me partió el alma, me ganó completamente la moral, de golpe como que me puse de lo más noble. Pero tenía que tirármela, para eso me habías prestado tu carro, y después de todo hacía meses que venía deseándola ahí sentado, en el café de enfrente. Entonces vino ese detalle, eso que te conté como cosa sin importancia, para reírnos un rato burlándonos de ella. Fue muy distinto, gordo, fue todo menos ganas de reírme lo que sentí cuando habló mal el castellano, sentí ternura, y por más que me dije estás conversando con una pendejita que quiere tirar contigo porque eres rubio, fue una profunda ternura lo que sentí. Recuerdo sus palabras ahí en el auto, yo me quejé del terrible embotellamiento que no nos dejaba avanzar y ella soltó de golpe lo de los tráficos, dijo los tráficos en vez de el tráfico, los tráficos a esta hora son muy fastidiosos. Eso fue lo que dijo, y ahí se vino abajo el futuro gran abogado. Nació en mí un Felipe Anderson incontenible. Ya sé que a ti te dije otra cosa, que me la había tirado, por ejemplo, pero tirármela ya no tenía ninguna importancia, lo importante entonces era entrar de lleno en su mundo, ir a tomar té con bizcocho a su casa los sábados y que ella se acostara conmigo porque me quería dentro de su óptica, dentro de su realidad, no porque era una pendejita, una planera que quería pescarme, sino porque sinceramente había alguna posibilidad de entendimiento, porque yo quería compartir sus sentimientos y sentir verdadero cariño por alguien que decía los tráficos. Pero claro, tú siempre has tenido razón. Lo cual no impide que seas una mierda, gordo, una mierda que acierta en las apuestas de la vida. Déjame decirte que no hay mucho coraje en eso de apostarle siempre a los favoritos, tal vez yo sea más valiente que tú, gordo, y no me digas que soy autodestructivo porque eso querría decir que no has entendido nada. ¡Ah!, gordo, te quiero, y ahora ya sabes por qué rompí con Susana, para poder disponer de más tiempo con la Tiqui-tiqui-tín, porque en vez de ir a los cines de estreno contigo y con nuestras enamoradas tan puras y tan santas quería ser un Felipe Anderson y sentirme amado en los transportes públicos que te llevan por barrios populares hasta un cine de mala muerte con lunes femenino y todo. Tal vez, ahora que lo pienso, he querido apresurar en mí, condensar la decadencia que lentamente iba a llegarle a mis nietos a través de mis hijos, así ellos nacerán tranquilos, sin contradicciones, en un solo sitio. En todo caso, ya sabes cuándo empezó todo, eso que tú llamabas rebeldía, inconformismo, eso que el médico una vez llamó desadaptamiento. Pero a mí qué diablos las etiquetas, las clasificaciones, lo que me importa es explicarte por qué te pegué cuando lo de Eisenhower. Pon atención, gordo, y trata de comprender. Para empezar te juro que yo creía que tanta risa a costa suya había hecho nacer en ti un sentimiento de simpatía, de piadosa simpatía o algo así, y nunca creí que ibas a reaccionar en esa forma. Pero claro, ahora lo comprendo todo, ahora sé que reaccionaste en nombre de la justicia, de la sociedad, de todas esas palabras con iniciales mayúsculas que tú defiendes y encarnas. No sabía que ya desde entonces estuvieras decidido a defenderlas así, tan airadamente. Era un pobre hombre, gordo, y probablemente tenía tanta necesidad de eso como yo tengo ahora de otro trago. Seguro que tú habías estado sospechando de sus caminatas mironas, observadoras, desde hacía tiempo. Tú y tu desconfianza, tú y tu tener razón siempre, tú y tu encontrarle el lado sucio a todo, tú y tu maldita perspicacia, tu maldito y sucio sexto sentido. Yo quería a Eisenhower, gordo, y voy a defenderlo siempre aunque no sea más que la última apuesta inútil que hago contra ti. Nada había pasado, la chiquita ni cuenta se había dado de que la habían tocado así, de nuevo estaba de la mano de su mamá. Pero tú lo habías visto todo, tú el justiciero, tú el noble, tú el que habrías masacrado a la misma chiquita en la cama si hubiese tenido unos años más y hubiese estado tan buena como la Tiqui-tiqui-tín. Supe, vi en tus ojos lo que ibas a hacer cuando te paraste, fue por eso que corrí detrás de ti, no quise pegarte, gordo, sólo quise impedir que le pegaras a Eisenhower y que corrieras a llamar a la policía. Nunca me dejaste que te explicara eso, y yo estoy pagando todavía el haberte pegado una sola vez en la vida, tenemos que hablar de eso, gordo, tenemos que discutirlo, tienes que comprender que sólo fue un asunto de punto de vista, tú te pusiste al lado del juez y yo no sé por qué, pero no tuve más remedio que ponerme al lado de aquel hombre que había llegado a eso por soledad, porque tipos como tú y yo que encarnábamos las buenas costumbres nos reíamos de él a carcajadas, como si condensáramos la burla, el maltrato que toda la ciudad respetable usa contra los unos cuantos que son Eisenhower. Ponte en su pellejo, gordo, siéntete mal una sola vez en la vida y me comprenderás. Odio que nunca quieras hablar de eso conmigo, odio que me faltes el respeto hasta el punto de no querer comprender cómo soy. Para ti es tanto más fácil que recordemos a Winston Churchill, y que fuimos felices en la facultad, y que desgraciadamente a mí no me está yendo muy bien en la vida. Voy a seguir llamándote, gordo; a tu estudio, a tu casa, sé que cada vez que me emborrache te volveré a llamar. Odio que me tengas compasión, que me creas un loco por lo que he hecho con mi vida, con mi porvenir limpio y decente, con lo que tenía de gente bien. Voy a llamarte inmediatamente y tú me vas a decir cuál de los dos es el tipo bien...

—Estamos cerrando. Debe usted diez cervezas grandes. No, no, no se puede servir más; estamos cerrando.

...De cualquier manera es muy tarde para llamarte; tu santa y pura esposa te negaría a estas horas. Y hablando de ella, ¿crees que este año dejará a tu hijita venir al santo de Carmencita? Después de todo eres su padrino, gordo, y mi compadre, el compadre de mi mujer, lazo que Carmen parece respetar enormemente. No, no la dejará venir y la comprendo, yo tampoco habría dejado ir a mis hijos a una fiesta así. Ya ves, todavía comprendo a los ricos, y eso porque todavía tengo algo de rico. Ahora, por ejemplo, cuánto me gustaría que llegaras en tu auto y me recogieras de esta pocilga, y que me llevaras a un bar limpio y bien iluminado. Afuera llueve y hace frío, gordo, y no voy a ser más que un hombre equivocado que se tambalea hasta su casa. Afuera, sin un trago, todo se va a deteriorar y me voy a sentir como me sentiría si te hubiese pedido plata prestada. Carmen siempre necesita plata y parece que yo cada día gano menos. O debe ser que me emborracho más... Ya te dije que aquí en la calle todo se iba a deteriorar. ¡Ah!, gordo, cuánto menos solo me sentiría si me gustaran las horribles flores de plástico que Carmen ha puesto en la sala de casa, qué feliz sería... Carmen... Ella también tuvo sus ilusiones y a ese nivel debo haberle hecho daño. La sigues deseando, ¿no? Te voy a dar un dato, gordo: a eso de las seis sale cada tarde a pararse en la vereda. Ahí la encuentro cuando llego del trabajo; esperando que pase el carrazo de alguien que sea lo que ella creyó que era yo. Sabes, gordo, preferiría mil veces saber que te la has tirado a que me hayas prestado plata cinco veces. Me habrás ayudado a dar un gran paso, gordo, a ser pobre de una vez por todas. Por supuesto que entonces será Carmen la que te saque la plata. Y sabes, es ella la que más va a sufrir cuando sepa que este año tampoco dejarán venir a tu hijita al santo. Le gusta alternar. Alternar... Ahí tienes otra de sus palabras. Y cuando la usa siento que todavía la quiero. Siento algo muy similar a cuando en vez de tráfico dijo los tráficos...

París, 1972

Florence y *Nós três*

(Todo parece indicar que no soportará este invierno)
A Hélène y Jean-Marie Saint Lu

Cuando conocí a Florence pensé inmediatamente que la vida no podía ser así. Pero ésa no fue la primera vez que la vi. En aquella oportunidad supe cuál era su nombre y que iba a ser mi alumna. Ya la había visto horas antes, en la calle que llevaba hasta la pequeña escuela de madame Beaussart. Yo estaba en el suelo, caído, profundamente avergonzado y solo. Fue entonces cuando noté que, a mi derecha, alguien pasaba esquivándome, sin mirarme, haciéndose simplemente a un lado como quien evita un desagradable obstáculo en su camino. Dos piernas delgadas, muy bellas, y cuando se alejaron pude ver que eran las piernas de una muchachita rubia, con el pelo recogido sobre la cabeza. Se alejaba y luego entraba, metros más allá, por el portón de la misma escuelita en que yo daba clases de castellano. No se me ocurrió que era una nueva alumna.

El invierno malo había empezado en noviembre. Era el tipo de invierno que puede hacerle a uno mucho daño. Oscurecía demasiado pronto y casi todos los días desde una semana atrás llovía con ese viento que arroja el agua por la cara, sobre los anteojos. Hacía un frío gris oscuro, terriblemente triste, y mi padre había muerto semanas atrás en el Perú.

Se puede odiar París en épocas así. Yo, que hacía tiempo me había considerado un hombre con suerte porque había encontrado un cuartucho en el barrio latino, y un trabajo no muy lejos, en el viejo Marais, tendía ahora a no encontrar más que tristeza en un cuarto cuya única iluminación era una claraboya por la que entraba más agua que luz. Me caían gotas de lluvia, me despertaban la humedad y el tactac de las gotas. Detestaba también mi trabajo, porque desde semanas atrás lo que iba sintiendo mientras caminaba hacia la escuelita oscura, helada, de paredes húmedas y desoladas, era como la prolongación del malestar total que diariamente me obligaba a abandonar mi habitación huyendo de algo.

Había perdido interés en todo cuando conocí a Florence. Pero tenía que comer y por eso nunca me planteé el problema de abandonar a madame Beaussart. Ni siquiera cuando pensé en el daño que me iba a hacer otro invierno más metido durante varias horas en sus inhóspitas salas de clase, luchando siempre para que me cambiaran el horario de tal manera que me quedara algo de la calefacción que ella utilizaba durante sus clases, y que apagaba avaramente no bien terminaba su hora. Otro invierno más, pues, diciendo reglas de gramática española y cosas por el estilo sin poderme quitar ni el abrigo ni la bufanda, ni siquiera la boina porque hacía tanto frío. Y los alumnos, los alumnos siempre alejándose del profesor porque, a medida que el radiador de gas se iba enfriando, ellos retrocedían sus sillas y mesas en busca del poco calor que quedaba, allá en el fondo. Los más atrevidos a veces lograron que los dejara escuchar mis clases sentados encima de la calefacción.

Había sido un trabajo fácil, tonto. En todo caso me había permitido descargar un poco de bilis contra el país que me acogía, algo que todo extranjero siente alguna vez ganas de hacer en París. Conocer a fondo la escuela de madame Beaussart, sus increíbles astucias para contratar profesores y hacerlos pasar por alumnos con tal de no declararlos al fisco, me permitía desahogarme diciendo que cualquier escuelita rural de nuestra América Latina funcionaba en mejores condiciones que el oscuro escándalo que la avara directora tenía montado en la rue des Francs-Bourgeois. La vieja era el demonio, nos apagaba el gas, no nos daba seguro social, nos estafaba en las cuentas al pagarnos, y ella misma era capaz de dictar cualquier curso, aun de enseñar un idioma que no conocía, con tal de no tener que contratar un nuevo profesor.

Con los alumnos la cosa era tan mala o peor. Casi todos eran medio tarados, es lo menos que se puede decir; eran *casos*, si se les puede llamar así. Habían fracasado en los liceos, en todas partes, y si estaban allí era porque sus padres no habían encontrado mejor manera de deshacerse de ellos, o porque no habían encontrado otro lugar donde enviarlos para ver si por lo menos terminaban el colegio. Una vez indagué entre los alumnos para ver cuánto pagaban por venir a estudiar en ese antro de cuatro piezas amenazado de demolición. Para mi sorpresa, descubrí que cada uno pagaba suma diferente. Comprendí que la vieja regateaba sus precios y que aceptaba cualquier suma con tal de ganarse un alumno más. Pagaban de acuerdo a sus posibilidades y madame Beaussart se los sacaba en cara cuando les apagaba la luz, diciendo que aún no había oscurecido. Pero allí siempre estuvo oscuro y siempre fue necesario encender la luz. No se podía, sin embargo, porque la vieja cerraba la llave general para evitar que los profesores encendieran. Nadie se quejaba. Imposible hacerlo. Sabíamos muy bien que nuestro empleo dependía de un hilo, que no teníamos ningún tipo de seguridad en nuestros puestos, y que cualquier queja que nos hiciese impopulares ante la vieja nos causaría un inmediato reemplazo por cualquier otro estudiante de facultad, de esos que andan siempre necesitados de dinero. Todos los profesores éramos estudiantes y enseñábamos muchas veces lo mismo que estábamos aprendiendo en la facultad. Yo mismo llegué a ser profesor de alemán un año, y cuando me preguntaban algo que no sabía, contestaba diciendo que eso no tocaba hasta la semana próxima. Me iba a casa y lo estudiaba. En el fondo, por temor a la miseria, todos éramos cómplices de madame Beaussart.

Pero ahora había perdido el sentido del humor, sin lograr encontrar algo con qué reemplazarlo. Me sentía mal, eso es todo, y cuando estaba en mi cuartucho sólo esperaba el momento de partir a la escuela, pero ya, también hacía rato que el trabajo no lograba producirme ningún alivio. Durante algunas semanas la diaria caminata hasta el Marais era la única salvación, pero también eso últimamente había empezado a producirme una extraña tristeza, un horrible malestar.

El invierno hizo el resto. Yo sentía que algo iba a pasar. Tenía miedo mientras avanzaba por las destartaladas calles que llevaban a la escuela. Abundaban por ahí unos hombres pálidos, muy sucios, de terno, corbata y sombrero negros. Eran unos tipos pálidos, muy sucios, con los cuellos de las camisas gastados e inmundos, y yo siempre me preguntaba cómo puede uno salir así por las calles de París sin sentirse mal, muy mal. Iban hacia alguna parte como llevados por un místico afán y no se daban cuenta de que, a su paso, dejaban sobre el disminuido peatón que era yo una indecible propensión al desaliento. No se puede tener fe con una mañana tan oscura, tan horrible y lluviosa, en un barrio cuyas veredas están permanentemente regadas de caca de perro. Pero ellos iban a algún lugar, asquerosos. Era también una época en la que ya no miraba al interior de los cafés que encontraba a mi paso, mediocres, pobres, y en cuyo oscuro interior se tambaleaban, temblando por una copa de vino, las mismas mujeres coloradas y alcohólicas cuya terrible angustia me producía espanto y me perseguía en pesadillas y temores.

Los *clochards* envidiaban y reclamaban mi abrigo, simpatizaban con mi descuidado bigotazo, tal vez también con mi vieja boina negra y con mi desteñida bufanda de lana. Por eso estoy seguro de que cuando Florence me esquivó asépticamente, vivió un poco lo que se vive cuando se esquiva a un borracho que ha caído derrotado en una calle. Eso me hundió mucho, hizo que me fuera particularmente difícil incorporarme. Tenía barro en las rodillas y caca en el zapato derecho, caca que pisé y que me había hecho resbalar. Tres personas me miraron al pasar, tal vez alguna pensó que tan joven y ya en ese estado. Esto más que nada debido a mi abrigo, a su fea vejez, su enormidad, su excesivo peso, la forma en que estaba completamente pasado de moda y en que los hombros se resbalaban hasta llegarme casi a los codos. Mientras me levantaba recordé que allá en Lima yo había sido un joven elegante, ágil, optimista. Ahora en cambio arrancaba la bufanda de mi cuello para secarme las rodillas y luchaba por dejar la caca de un zapato al borde de la vereda, en un trozo de papel mojado, luego. Luchaba y al mismo tiempo esperaba que se me viniera encima la consecuencia de lo que me acababa de ocurrir, algo tenía que ocurrirle a mi estado general. Avancé unos metros y pasé por debajo de unos andamios porque eso trae mala suerte de una vez por todas. De algún tubo, de algún tablón me cayó una pesada gota de agua en la nuca desnuda. Traté de abrigarme con la bufanda, pero imposible seguir a la gota que resbalaba enfriándome enfermizamente la espalda. Sentí que sucumbía al efecto de las mujeres alcohólicas del barrio. Y, sobre todo, sentí que se había producido en mí algo así como un gran venimiento abajo.

También comprendí que era muy tarde para Florence. El invierno se encargaría de ella, y pensar que iba a salir bien de esa prueba habría sido confiarse a un azar con el cual ya no podía contar. Tenía aún las rodillas húmedas cuando me tocó entrar a esa clase de sólo cuatro alumnos y descubrir que había una cara nueva, una cara en que se adivinaban las infinitas posibilidades de la ternura, del cariño sin interés, del amor sin búsqueda ni deseo. Pero sería otra persona la que iba a gozar de eso, un muchacho del pasado sería quien se iba a reír con ella, a bromear a lo largo de semanas y de meses, un muchacho lejano, aquel que yo había sido. Para mí era ya imposible, nunca pude admirar sino de lejos a la niña adolescente, nunca pude más que regalarle sonrisas y bromas con que imitaba al joven que alguna vez fui, era del muchacho de antes de quien copiaba posturas, palabras y actitudes para responder a los frágiles y alegres embates de Florence, a las tiernas y encantadoras malacrianzas de niña demasiado mimada con que iba a agotar las pocas energías que me quedaban, con que iba a entibiar un corazón inalcanzable.

Pero nada para el hombre actual, el que debía enfrentarse diariamente con una preocupación constante al fondo de la cual, desde que apareció Florence, estaba la muerte. Escuchar su historia, relatada a lo largo de nuestro primer encuentro, olvidando por completo y con maldad la mediocridad y la total falta de interés de los demás alumnos, fue caer en una idea fija que logré resumir en unas cuantas palabras que a diario me repetía al regresar por los callejones del invierno hasta mi cuartucho: todo parece indicar que no soportará este invierno.

Tal vez ella también jugaba conmigo imitando los gestos y sonrisas de la niña que hasta poco tiempo atrás había sido. Ahora estaba enferma, no sé cómo, pero estaba delgada y enferma. Yo viví eso. Su enfermedad, su profunda debilidad, la fragilidad de su belleza encerrada entre los húmedos paredones de aquel recinto que juntos tratábamos de alegrar con recuerdos de un pasado que prometió tanto. Florence necesitaba jugar, molestarme, alegrarme la existencia, y desde el primer día adivinó que la historia de su vida era mi cuento preferido.

Nos fuimos por ahí. Por los jardines de su educación anacrónica, por el teatrín de su vida, y cada día había una nueva aventura, algún nuevo episodio con que exorcizar la fealdad del salón de clases, la falta de interés de los demás alumnos, mi creciente preocupación por su debilitada salud. Nada pudo detenerla desde aquel día en que me preguntó si ella era la reina y yo le respondí que sí, para desesperación de sus compañeros que veían cómo le daba las mejores notas y que no pararon hasta protestar ante madame Beaussart, acusándome de tener una debilidad por Florence. Demasiado tarde. Florence pagaba más que los otros, era la única alumna inteligente, venía de una gran familia, y la vieja se sentía orgullosa de tenerla en su asquerosa escuela. Si había alguien que pudiera mantenerla contenta, tanto mejor para la vieja. Teníamos, pues, su aceptación.

Florence no había podido resistir la bulla y el desorden de los liceos. Su defecto a la columna vertebral tampoco le había permitido ser una alumna normal y corriente. La habían educado en casa y era capaz de recitar a Racine, a Corneille, a Molière. Era capaz de hablar como se hablaba en el siglo XVII y nunca, desde que se dio cuenta de que eso a mí me encantaba, dejó de hacerlo para desesperación de sus compañeros. Yo me encargué de ellos. Yo los amenacé con notas desaprobatorias (después de todo las merecían siempre), si es que se metían con Florence. Además, también ellos sucumbieron a su encanto y poco a poco pude notar que la iban queriendo y admirando más. No eran tan tontos para no darse cuenta de que Florence era algo especial, nunca visto, y desde la mañana en que uno de los alumnos dijo que era, en efecto, una reina, el problema quedó resuelto.

Desde entonces nos dedicamos todos a verla pasar el tiempo en el colegio. Se crearon leyes especiales según las cuales Florence decidía cuándo se debía estudiar y cuándo no, cuándo un texto valía la pena de ser estudiado o dejado de lado por otro que ella encontraba más interesante. Pero todo fue perdiendo interés a medida que ella se dedicó a ponernos al día de sus actividades fuera de la escuela. Se hacía de rogar. A veces hasta llegaba tarde porque sabía que nos encontraría ansiosos de noticias, qué había hecho ayer, ¿salió ayer domingo por la tarde a bailar el vals en alguna inaceptable fiesta de disfraces?

Florence se reía de nosotros. Confesaba, imitando gestos de pánico, que si algún día me hubiese encontrado por la calle con mi abrigo y mi bigote habría salido disparada de miedo. Nos lanzaba a la cara la fealdad de nuestras casas en comparación a la suya, un antiguo palacio en el que vivió una vez madame de Sevigné. Allí transcurría su vida con su hermano Fabricio, de quien trajo fotografías sentado al piano, atendido a la mesa por un mayordomo árabe que más parecía el *valet* de algún pequeño príncipe. Nos reprochaba la mediocridad de nuestras vidas, nuestra incapacidad para tocar al piano un concierto de Mozart. Florence era una gran pianista, nadie como ella, según su profesora del conservatorio, para interpretar a Schumann, ahí empezaba el diario concierto, sus manos corrían sobre la mesa, sus dedos se agitaban y yo le pedía que en vez del concierto número diecisiete de Mozart me tocara el *Carnaval* de Schumann, cada uno le pedía algo distinto, ella entonaba e interpretaba, cuántas veces jugamos a lo mismo pero eso tenía que cesar porque se fatigaba mucho, y desde luego pareció cesar esa mañana en que estalló en llanto porque el médico la había encontrado peor de la lesión y tenía que abandonar sus lecciones de piano en casa.

Qué no trató de hacer cuando se dio cuenta de mi desconcierto, de mi preocupación, del deplorable estado en que su llanto me había dejado. La miraba llorar, y la estrechez de sus hombros gimiendo me partía el alma, me impedía encontrar palabras de consuelo, yo no estaba autorizado para acariciarla y tal vez eso era lo único que hubiera podido hacer por ella en medio de la terrible angustia que me producía la idea de su muerte. Su debilidad avanzaba, era visible en la forma en que su frágil espalda se encorvaba no bien sentía alguna fatiga. Pero Florence era incapaz de aceptar que la vida no fuera bella y alegre. Esa mañana, después de llorar, me estuvo volviendo loco, no paró de arrojarme bolitas de papel en su afán de convencerme de que nada había ocurrido.

Al día siguiente vino particularmente nerviosa. Nuevamente empezó a arrojarme bolitas de papel, y cuando yo la amenacé con castigarla, me respondió diciéndome que eso me daría tanta pena que el verdadero castigado sería yo. Le di toda la razón y se quedó encantada. Pero ya yo había notado que estaba muy nerviosa. Varias veces anunció el *Carnaval* de Schumann, pero nunca pasó de poner las manos en posición inicial. Al darse cuenta de que lo estaba observando todo, cambió de táctica y recurrió a sus habituales movimientos de brazos. Los agitaba rítmicamente y contaba mientras tanto uno, dos, tres. Decía que estaba haciendo gimnasia para la columna y que de paso iba a entrar en calor porque como siempre hacía un frío de perros. Un día hizo algo que me entristeció mucho. Se estaba quejando de frío y yo, por fastidiarla, me quité el abrigo y se lo ofrecí. No bien lo tuvo puesto, empezó a imitar a un *clochard* tambaleándose borracho. Se me acercó y me pidió un franco para vino, y un cigarrillo. Eso era yo para Florence. Yo que perdoné su palacio, su costosa educación particular, sus anacrónicas institutrices, sus sirvientes árabes en París. Yo que acepté todo aquello con abierta complicidad, por tratarse de ella. Ésa era la imagen que de mí daba mi abrigo. Y aunque hubiese tenido dinero para cambiarlo, ya era muy tarde. Me había contagiado. Me sentía así con o sin abrigo. Así era yo desde aquella sucia e invernal caída.

A fines de enero nevó y Florence vino a clases muy debilitada. Varias veces se quejó del frío que hacía en el salón y yo siempre le cedí mi abrigo, pero ya nunca me repitió la broma de *clochard* que pedía un franco para vino, y un cigarrillo. Se lo ponía sobre los hombros y pude darme cuenta de que cada vez le costaba más trabajo resistir su peso, constantemente trataba de acomodárselo como si la estorbara. Si no se lo quitaba era sólo por delicadeza hacia mí, porque cada día se preocupaba más de que todo transcurriera de la mejor manera entre nosotros. Tal vez pretendía que no notara nada. Pero yo estaba muy consciente y podía notar que el apacible y frío viento de la muerte la rondaba con mayor certeza ahora que había recrudecido el invierno.

Un día jugamos a que la nieve no era grave. Fue al terminar el día de clases, en la rue des Francs-Bourgeois. Regresábamos cada uno a lo suyo y ella me sorprendió con una bola helada que reventó sobre mi pecho. Yo simulé recoger una inmensa cantidad de nieve y ella simuló correr aterrada. Sólo le arrojé un puñado de nieve y ella a duras penas si dio un paso atrás para evitar que le cayera. Después fingimos estar agotados al cabo de una larga guerra y caminamos uno detrás del otro hasta la esquina en que nuestros caminos se separaban. Era absurdo despedirnos como dos amigos que han estado juntos. Yo era el hombre con el abrigo ése y su padre acababa de alquilar un palacio en Venecia para pasar la primavera. Tampoco era ella mi alumna y yo un profesor. Y teníamos que dialogar para separarnos, teníamos que decirnos algo para decirnos adiós.

—*Monsieur* —me dijo—: Mi honor me impide quedarme con la última bola de nieve. Mañana vendré armada de verdaderas municiones, arcabuces y dardos envenenados, para librar mortal batalla con el agresor extranjero.

—Florence: Como te atreves a arrojarme algo en clase vas a ver conmigo. Estoy harto de tu mala conducta. Es un pésimo ejemplo para tus compañeros. Tienes que empezar a portarte como es debido.

—*Monsieur:* Pero qué quiere que haga, piense que soy sólo una muchacha de quince años.

Sabía muy bien hasta qué punto su frase me había conmovido, hasta qué punto había despertado en mí al muchacho que una vez fui. Aun sabiendo que ya era demasiado tarde, sentí que nunca había estado tan cerca del mundo de Florence. Después, a medida que avanzaba hacia su casa, observé la dificultad con que caminaba sobre la nieve, la debilitada estrechez de sus hombros, la excesiva finura de su espalda, la blanca fragilidad de sus piernas. Y llevaba un pañuelito al cuello. En el palacio de Venecia, en el antiguo palacio de madame de Sevigné, Florence, contrariando a sus padres e institutrices, debía expresarse con afectuosa y poética ternura cuando hablaba de los *clochards*. Pensé en eso y también en que esas ideas tan liberales en ella contenían toda la rebeldía de que Florence era capaz frente a su mundo. Y yo era responsable de tal cosa. Era la parte que me había tocado en su vida. Me fui alejando hacia el barrio latino, y con el frío y la nieve me vinieron otras ideas igualmente tristes y tiernas. Continuaba pensando en Florence, al ritmo impuesto por mi abrigo. Todo parece indicar que no soportará este invierno. Eso me lo repetía siempre.

A fines de marzo, cuando Florence cayó enferma, decidí que me era completamente imposible seguir trabajando. Llamé a madame Beaussart, y le dije que estaba con una fuerte sinusitis y que iba a faltar por lo menos una semana. Ella me dio licencia con la misma bondad con que acogía cualquier ausencia de un profesor: sólo pagaba las horas de clases efectivamente dictadas. Pero qué. Tenía el cuarto pagado y tickets para el restaurante universitario. Con unos cuantos paquetes de cigarrillos todo estaba resuelto hasta que Florence regresara a clases. Si regresaba.

Aproveché para volver a merodear por la cafetería del restaurante de Censier, siempre plagada de estudiantes porque allí el café era más barato y más malo y más frío también. Pero había buena calefacción y todos esos latinoamericanos resolviendo los problemas de sus países, siempre al acecho de alguna estudianta con la que el sexo fuera más fácil que en el Perú o en Bolivia. Era un mundo de abrigos como el mío y un tipo como yo hasta podía tener éxito. Regresé, pues, aunque siempre pensando que al hombre que una vez fui le habría correspondido alguien como Florence, y que mi única oportunidad en la vida de acercarme a ese mundo me había llegado demasiado tarde. Además, Florence debía estar ya muy enferma. Me sentía aislado y solitario. Tal vez una muchacha que tiempo atrás me había interesado anduviese por ahí. Tal vez entonces me acercaría a algo como en la primavera pasada, como antes de que mi cuartucho se convirtiera en la cárcel de las ideas malas. O como antes de que mi padre muriera, tan lejos.

Nicole estaba allí, y un día, no sé cómo, me encontré tratando de pagarle un café. Por supuesto que la ofendí porque las mujeres son seres independientes y pagan lo que consumen. Nicole era más nerviosa de lo que parecía, y hubiera sido inútil tratar de iniciar el diálogo con la idea que se me vino a la cabeza. Pensé hasta que habría podido abofetearme si le decía lo que sentía. Nicole acababa de descubrir la liberación de la mujer o algo así. Un detalle importante era pagarse el café, sobre todo si alguien te lo quiere invitar. Eso estaba bien pero yo hubiera querido decirle que no protestara tan en voz alta porque había algo de nuevo rico en la terquedad con que exhibía su reciente emancipación. Inútil. Preferible recordar a Florence, con quien todo hubiera sido mucho más fácil si hubiera sido mayor y sana, y si yo no hubiese pertenecido al sombrío mundo de mi abrigo.

Pero mi abrigo estaba bien aquí y Nicole acababa de descubrir que yo, en cambio, no estaba nada bien. Era el tipo de cosa que una persona nerviosa nota siempre en otros. No me quedaba más remedio que escucharla, y más ahora que recordaba cuánto me habían atraído una vez sus piernas y su cara tan francesa. Era o inteligente o muy torturada, y con los días lo que decía empezó a interesarme un poco. Una tarde pensé que Nicole me sería imprescindible en el caso de que Florence muriera.

Y fue entonces que dejé de escucharla calladamente y que empecé yo también a tener cosas que decir. Algo me molestaba en ella, sin embargo. Cierta autosuficiencia, cierto orgullo, algo que se ocultaba bajo su deplorable estado de ánimo y que le daba el coraje suficiente para tener piedad de mí. Nos unía el malestar, los momentos en que ya no podíamos más, pero nos separaba un secreto que algún día me iba a confesar para ver si yo era digno de ella, de estar simplemente a su lado. Nicole había llamado a la muerte, se le había acercado mediante una real tentativa de suicidio. Alguien la salvó a tiempo, su madre, creo que dijo, y ahora la supervivencia la premiaba con nuevas angustias y estados. La otra noche, mientras leía mordiéndose las uñas, vio cómo su doble abandonaba el salón y partía hacia la calle como si se fuera a matar de nuevo. Nicole tenía esos poderes, y en un mundo en que uno debía sentirse mal, ella se había sentido peor que nadie, ella se había inclinado al abismo. Por eso era superior a mí.

Otro día lo pude comprobar mejor. Estábamos en la cafetería de Censier, la puerta se abrió, y pude ver que los ojos de Nicole se ilusionaban al ver que una muchacha fea y mal vestida se acercaba a nuestra mesa. Antes de que llegara, Nicole me explicó admirada que se llamaba Danièle y que había sobrevivido al gas. La forma en que se saludaron, en que se comprendieron a fondo en cosa de segundos, me hizo sentirme excluido, mal, incómodo. Traté de pensar en Florence para dar la impresión de estar ausente, preocupado por otras cosas, pero lo único que logré fue recordar una escena allá en Lima. Mi primera enamorada me había regalado una vez un disco de Fafa Lemos. Eran violines y maracas muy suaves. Me parecía estarlos oyendo, y sin embargo me resultó imposible recuperar cualquiera de las melodías. Sólo me vino el título de una canción que empezó a tener una especial significación cuando vi que Nicole y su amiga se disponían a dejarme: *Nós três*. Así lo recordé, en portugués como en el disco, *Nós três*.

No me abandonaban esas dos palabras pero la melodía no me vino nunca, y en el mundo en que vivía ahora tampoco mi primera enamorada habría podido aportarme un caluroso recuerdo. Recurrí a Florence y volví al colegio. Sí estaba, había regresado después de su enfermedad. Lo primero que se me ocurrió fue que había sido una maldad enviarla a clases con ese frío. Vi la palidez de su rostro, la fragilidad de sus hombros, los enormes anteojos oscuros con que ocultaba una fatiga que la hacía bizquear ligeramente. De pronto vi su esqueleto sobre la silla, muy claramente, los huesos de sus caderas, sus costillas, y me costó trabajo notar que me estaba recibiendo con sus aclamaciones habituales, que agitaba jubilosa sus delgados brazos, que reía, que saltaba en su asiento, que exigía que le prestara atención inmediatamente y que la saludara con la parca y ya distante sonrisa que le aceptaba todo. No detuvo sus aspavientos hasta que no la saludé como siempre. Me costó trabajo, y a los otros alumnos como que no los vi. Florence se apretó el pañuelito que llevaba al cuello, y se declaró lista para interpretar a Erik Satie.

—Toca *Nós três* —le dije.

—Erik Satie —suplicó.

—*Nós três*.

—Pero, *monsieur,* yo no conozco eso que usted dice —en voz baja, gruñendo—: Además aquí se hace mi santa gana.

—*Nós três* o nada.

—Dictador latinoamericano, macho y malo.

Su frase me hizo daño. Era el mundo de Florence. Yo había tratado de enseñarle que la vida no era así, pero ahora comprendí que eso lo había sabido siempre y que era inútil que tratara de inculcarle un par de ideas antes de la muerte. Le ofrecí mi abrigo pero nuevamente bromeó, me dijo que estaba sana, requetesana, que yo tenía cara de necesitarlo mucho más que ella. Entonces recurrí a un viejo texto escolar que hacía tiempo tenía guardado. Fue como un último esfuerzo.

—Ven, Florence; ven aquí y lee este párrafo en voz alta, pronunciando bien.

—¿Cuál?

—Éste: Una muchacha hacendosa.

«Una muchacha hacendosa», repitió Florence, cogiendo el libro y burlándose de mí. «Texto de Juan Valera, perteneciente al libro titulado *Juanita la Larga*. Sigo leyendo: Juanita no fue nunca a la amiga, pero su madre le enseñó a coser y bordar primorosamente; y el maestro de escuela, que le tomó mucho cariño, le enseñó a leer y a escribir gratis en sus ratos de ocio.»

Tal vez si la hiciera repetir la última frase, *y el maestro de escuela, que le tomó mucho cariño...* Pero no. Para qué si Florence sólo pensaba en jugar y en reírse. Le dije que estaba bien y que podía sentarse. Alzó los brazos pidiendo una ovación y afirmó que por supuesto que estaba bien y que por supuesto que podía sentarse.

—Ahora sí que voy a tocar Erik Satie —agregó, preparándose.

—*Nós três* —la interrumpí, pensando que Nicole y su amiga estarían tomando un café juntas en Censier.

La vi saltar, reír, agitar los brazos, lanzar los mismos gemidos de impaciencia con que siempre trataba de atraer mi atención. Hasta noté que exageraba, pero yo acababa de ocultar una lágrima con mis anteojos oscuros, *Nós três, Nós três,* pensaba, mi abrigo lo determinaba todo mientras pensaba *Nós três.*

Florence acababa de regresar de Venecia bronceada y con un precioso peinado alto que ella llamaba «la tentación de Casanova», burlándose de sus compañeros. Madame Beaussart no andaba de muy buen humor esa mañana porque había tenido que ceder a las quejas de los alumnos, exigiéndole un nuevo profesor de castellano. Por un momento pensó que podría pasarse hasta fin de año diciéndoles que no encontraba a nadie y que repasaran sus lecciones durante las horas que les quedaban libres. Abrió la puerta forzando una sonrisa, una buena dosis de optimismo, y se decidió a presentarles al flamante señor López, futuro doctor en la Sorbona, con muchos años de experiencia en la enseñanza. El señor López era un muchacho como el otro, unos veintipico años, ropa vieja. Florence lo estuvo estudiando unos minutos y decidió que era fácil ganárselo. No le faltó razón. Un par de semanas más tarde, al igual que a todos los demás profesores, lo recibía agitando los brazos, riendo, saltando, gritando. Y el señor López cedía en todo, muerto de risa.

París, 1972

Pepi Monkey y la educación de su hermana
A Toniquín y Vicente Puchol

Allí vivimos. Allí nos educaron. Allí la amé hasta la locura. Allí la recordaré siempre por más sufrimientos que me cueste, por más mal que me ponga, por más que vuelva mil veces a caer destrozándome entre pizarras que se quiebran al golpearme salvajemente. Que no hay alivio para mí, piensan los médicos, y las enfermeras me tratan con tanto cariño. Sí hay alivio, y yo siento una enorme tranquilidad cuando veo que ella, al menos, salió bien de todo aquello a pesar del fracaso de abuelita. A pesar de mí. Pero yo ya no soy una carga para nadie, ni para ella siquiera que me quiere tanto y que me viene siempre a visitar desde que me trajeron aquí. Es rubia, delgada, y a veces, cuando se va, me parece al alejarse que es aún la misma de entonces, tan frágil, tan callada, con tan buenos modales. Claro que ya no tiene el pelo tan largo y tan cuidado como cuando vivíamos allí. Ella misma no me cree; me mira y yo sé que siente piedad de verme aquí, encerrado, insistiendo cada vez más en lo del salón. Es lo único que me apena todavía. Saber que tengo razón, que soy el único que conoce la verdad, y sin embargo tener que estrellarme con la incredulidad de ella. De su marido, sobre todo.

Porque ella, estoy seguro, en el fondo me cree. Lo que pasa es que sabe que la historia me hace daño y prefiere que piense en otras cosas. Todos quieren que yo piense en otras cosas y que deje de imaginarme que nuestra vida fue así. Pero es la verdad y no puedo evitar pensar en ella y por eso sé que siempre estaré condenado a caerme entre pizarras que se destrozaron a medida que voy golpeando terriblemente. Por eso sé que nunca me iré de aquí. Conozco el pasado y sé lo que me espera en el futuro. Sólo me pregunto por qué caer entre pizarras negras y brillantes de colegio cuando yo nunca fui a un colegio.

Déjenme contarles ahora que no está ella para rogarme que piense en otra cosa. Nosotros vivíamos en el salón del piano. Allí transcurren muchos años. Nosotros éramos muy superiores a los otros niños de Lima. Vivíamos en ese salón con mi abuelita que ahora ya está muerta. Eso era todo. Ésa era toda nuestra familia. Mis padres nunca existieron, y además, por orden de abuelita está terminantemente prohibido hablar de eso. Hoy, como todos los días de trabajo, viene missis Scott, nuestra profesora de idiomas, de historia de la humanidad, de nuestra familia y de urbanidad. Es ella quien me bautizó con Pepi Monkey. En realidad mi nombre es José Martín, pero ya nadie me llama así.

—Missis Scott: A los Josés les llaman Pepe.

—Pepi —dijo ella, porque era inglesa y le costaba trabajo.

—Pepe.

—Pepi... Tú te llamas Pepi Martín y Martín es nombre de mono. A ver, ¿cómo se dice mono en inglés?

—Monkey, missis Scott.

—Ja-ja —se rió Tati—, Pepi Monkey.

Ja-ja, nos reímos todos, Pepi Monkey, pero abuelita nos interrumpió diciendo que en la clase de inglés no debíamos reírnos tanto. Missis Scott le explicó qué había pasado y ella dijo que estaba bien, que era un apodo gracioso y que lo aceptaba siempre y cuando lo pronunciáramos con acento inglés y no de esa asquerosa manera de los yanquis que son todos luteranos.

Pero Tati ha olvidado hasta esos detalles tan graciosos. Tiene miedo de que a ella también le hagan daño y prefiere olvidarlos. No hay olvido posible. Fue maravilloso mientras duró. A mí no me importaba que viviéramos en un solo salón ni me importaba que abuelita tocara el piano horas y horas y que missis Scott llegara de la nada. Claro que abuelita no quiere por ningún motivo que sepamos que antes hubo mucho más que el salón del piano, pero Tati y yo la escuchamos muy bien cuando habla dormida y nos hemos enterado de que en épocas lejanas era una gran casa con siete salones, tres escritorios, enormes corredores, dormitorios para muchos huéspedes y un comedor que abuelita describe siempre como muy superior al de Palacio de Gobierno. Ahora vivimos en el último salón que da por todas partes a la nada y de allí entramos cada mañana para pasar el día cerca al piano y esperar que llegue missis Scott que también viene de ninguna parte y nos enseña a pronunciar con los mejores acentos del mundo. Somos tan felices pero tenemos tanto miedo al mismo tiempo. Hay días en que Tati, que acaba de cumplir doce años, me abraza hasta casi asfixiarme y me jura que matará al príncipe con tal de no dejarme solo en Lima. Pero aún es muy pronto para ocuparse del príncipe y creo que Tati haría bien en pensar en otra cosa y en no tener tanto miedo. Además, tengo mis sospechas. Eso de que abuelita hable de la llegada del príncipe cuando pronunciamos mal en francés o nos equivocamos en el piano me hace pensar que sólo se trata de una historia que ella desempolva para darnos miedo y para que nos esforcemos más. Pero claro, por otro lado, con quién podría casarse Tati si no es con un príncipe.

Tenemos una fuerte tendencia a creer en la próxima llegada del príncipe a medida que va oscureciendo y el techo del salón se va elevando hasta desaparecer. Normalmente el salón tiene setenta metros de alto pero no es muy grande y abuelita debe ya parar de atiborrarlo de recuerdos porque a duras penas queda sitio para caminar. Hay tantos muebles, sobran muebles, pero son tan lindos que costaría trabajo deshacerse de cualquiera de ellos. Son la mayoría dorados y me encanta burlarme de Tati y decirle que su pelo ha desaparecido cuando apoya su cabecita de oro contra el espaldar del sofá y todo es una sola cosa porque sus cabellos se unen y se pierden entre el color del tapiz de seda. Otra cosa que me encanta es la cara del abuelo siempre queriendo tanto a Tati ahí en su retrato al óleo. Él vela por nosotros y es el hombre más valiente del mundo y fue gran amigo de Alfonso XIII de España, un rey que le prometió hace mucho tiempo enviar a su mejor príncipe el día que tuviera una nietecita. Por eso Tati conoce de memoria la vida de Carlos V y ha aprendido a recitar algunos capítulos del *Quijote* que repite todos los sábados de tres a cinco para no olvidarlos. Tati tiene un tesoro que son sus cabellos de oro tan largos. Mama Joaquina se encarga de escarmenárselos todas las mañanas con agua colonia que ella misma trae porque abuelita no puede ocuparse de tantos detalles. Así comienza el día todos los días. Una vez, abuelita dice que fue en 1513 porque pasarán siglos antes de que la perdone, a la mama Joaquina se le chorreó un poco de agua colonia y le entró al ojo a Tati. Fue una mañana amarga y abuelita gritó a la pobre mama Joaquina y le dijo que la culpa de tanta insolencia y descuido la tenía el mariscal Ramón Castilla por haberle dado la libertad de golpe a los esclavos. Abuelita se puso furiosa y nos enseñó que el mariscal Ramón Castilla era un hombre muy malo que le hizo la revolución a nuestro querido José Rufino que le estaba dando poquito a poco la libertad a los negros para que tuvieran tiempo de irse educando mientras tanto. Esa mañana nos enteramos también de que ésa era la razón por la cual no nos habían enviado al colegio. No pisaremos un solo colegio mientras no quiten de los programas nacionales de educación todos los capítulos referentes al mariscal Ramón Castilla y los reemplacen por la verdad sobre el único gran presidente que ha habido en este país. Un verdadero presidente, un verdadero caballero que se encargó de embellecer nuestra ciudad con fiestas y flores y que fletó un barco especial para traer a Lima los primeros claveles que hubo en esta capital. A él le debemos entre mil cosas más que Lima haya sido llamada por numerosos y distinguidos viajeros europeos la ciudad jardín. Además, el mariscal Ramón Castilla fue un hombre del pueblo y cuando viajó a Europa hizo el ridículo delante de todo el mundo, según cuenta un historiador que sólo missis Scott conoce porque ella también detesta los programas nacionales de educación, si no abuelita no la hubiera tomado como institutriz inglesa. Eso debemos saberlo bien. Asimismo debemos saber que no pisaremos las calles de la ciudad mientras no le construyan la estatua más grande de todo el Perú a nuestro querido José Rufino y nos devuelvan lo que fue nuestro, reconociendo al mismo tiempo que la guerra contra Chile no ha terminado y que no terminará mientras nuestro adorado abuelito no regrese a descansar con nosotros después de haber liquidado al último chileno que se pasea por este país.

Missis Scott está profundamente de acuerdo con las ideas de abuelita, y cuando hay alguna novedad toma nota para ampliar sus apuntes y agregarle un capítulo más a su historia general de la humanidad y de nuestra familia. Missis Scott redacta su historia por las noches y luego viene a enseñárnosla por la mañana, no bien mama Joaquina ha terminado de escarmenarle el pelo a Tati. Pero mama Joaquina no está de acuerdo con la realidad. No se necesita tener más de siete años para darse cuenta de que si tuviera el derecho de hablar nos diría algo diferente a abuelita. Muy diferente. Ya la veo mover negativamente la cabeza cuando abuelita narra las hazañas de abuelito con su bastón. Tati y yo soñamos con conocerlo. Tiene que venir el día en que la guerra acabe y en que él regrese al salón para vivir con nosotros. Tiene que venir el día en que ya haya matado a todos los chilenos y no necesite más de su bastón. Mientras tanto, tendremos que resignarnos a las lecciones de historia de missis Scott, en las cuales se van narrando las hazañas de abuelito a medida que van ocurriendo, día a día, y desde que su padre le legó el bastón y la heroica tarea.

Cuenta la historia de missis Scott que un grupo de hidalgos limeños se negó a reconocer que la guerra había terminado con una derrota. Pero, ante la cobarde negativa por parte del gobierno de darles armas y municiones, decidieron, por santa iniciativa de nuestra familia, armarse ellos mismos de unos hermosos bastones en cuyo interior se escondía una filuda espada. Reconocer al enemigo es cosa fácil por su acento extranjero y por la manera en que utilizan con gran frecuencia y facilidad la asquerosa palabra mierda, que tú, Tati, no debes aprender ni usar nunca. En cambio tú, Pepi Monkey, no la olvides hasta la muerte. El último de estos caballeros fue nuestro bisabuelo quien cayó una noche en desigual combate con siete enemigos. Sin embargo, antes de morir tuvo tiempo de hablar con su hijo y de dejarle su bastón para que continuara la lucha. Por eso no tenemos a abuelito con nosotros, y por eso tú, Pepi Monkey, aprenderás a partir del año próximo el arte de la esgrima.

Era tan feliz y ahora tengo tanto miedo. Luchar, yo. Sangre, yo. El bastón, yo. Seguro que esta noche voy a tener un ataque de asma y voy a tener otro de esos sueños tan raros en que se me aparecen pizarras negras de colegio. Esta noche, cuando el techo del salón empiece a elevarse, antes de irnos, Tati va a tener miedo porque el príncipe la va a separar de mí y me va a abrazar hasta casi asfixiarme y yo voy a sentirme tan aliviado y voy a poder dormirme gracias al olor de su agua colonia que es el mejor remedio contra el miedo.

El tiempo pasa y algo se deteriora. Cuánto desearía que mama Joaquina hablara algún día. No sé por qué siento que ella podría decirnos algo y aliviarnos. Estamos sufriendo mucho, Tati, porque corren los años y el príncipe ya viene; yo, por el bastón y la historia. Pero mama Joaquina no habla. Se limita a mover su cabeza negra y canosa cuando missis Scott nos narra las aventuras de abuelito. Mueve y mueve la cabeza, dice no y no y no como si estuviera en desacuerdo con todo. Sólo una vez la he visto mover afirmativamente la cabeza. Fue una tarde en que abuelita se puso a hablar dormida. Insultaba a abuelito, lo llamaba vago, traidor, bígamo, y mama Joaquina nos tenía cogidos por la mano como si quisiera que prestáramos mucha atención. Pero, a partir de ese día nuevas noticias han llegado sobre las hazañas de abuelito y missis Scott ha tenido que agregarle muchos capítulos a su historia. Abuelita no cesa de enterarse de alguna novedad y mama Joaquina ha empezado nuevamente a hacer no y no con la cabeza. Si abuelita o missis Scott la ven, la matan.

Estoy seguro de que mama Joaquina quiere llevarnos a la calle. Hace tiempo que quiere enseñarnos algo y está esperando que venga una de esas tardes en que abuelita se instala en el piano horas y horas. Le hago señas a Tati y ella tiene tantas ganas de salir. Pero es muy peligroso. Afuera hay una guerra, afuera hay tanta maldad. Uno de estos días mama Joaquina no va a poder más y va a hablar.

—Ha llegado un circo alemán. Los llevo.

—¡Sí!, mama.

—No. Yo no puedo salir de noche.

—Te pones tu *paltó*, Pepi Monkey.

—Aunque me den mi *paltó* y mi bufanda. Yo no puedo salir a estas horas. Dormirme tarde me hace daño a la digestión y me produce una fuerte tendencia al asma.

—Pepi Monkey tiene miedo... Pepi Monkey tiene miedo... tra la lá, tra la lá...

—Tú le tienes miedo al príncipe.

—¡No ya! No le tengo miedo y me voy a ir con él y no te voy a llevar conmigo.

—¡No!, Tati, ¡no!

—¡No!, Pepi Monkey. Te juro que no me iré sin ti. Perdóname, Pepi Monkey.

—Tati, tienes que tener más cuidado. Ahora tu hermano se va a sentir mal y va a estar hablando de pizarras. Vamos. Vamos antes que la abuelita se dé cuenta.

—No, mama. La verdad es que prefiero no salir.

Lo has hecho por mí, Tati, y por eso nos vamos a quedar sin saber qué es lo que mama Joaquina nos quiere enseñar. Por eso nos vamos a quedar años más con la duda y sin poder averiguar por qué mueve la cabeza negativamente cuando missis Scott narra las hazañas de abuelito y por qué hace siempre sí y sí cuando abuelita habla dormida de cosas tan contradictorias. Pasaremos largo tiempo sin saber bien qué ocurre, y nos amamos con juegos y promesas entre muebles dorados cuál es la verdad, quién tiene razón. Pero amamos el presente y tu olor, Tati, tu olor a agua colonia. A veces el futuro no va a llegar nunca y dejamos de pensar que un día tú te vas a casar con un príncipe y que también yo tendré que ser un héroe algún día.

Pero ha llegado el momento. La historia de abuelita y de missis Scott es verdad y mama Joaquina no ha tenido más remedio que dejar de mover la cabeza en cualquier sentido. El príncipe ha llegado. Los príncipes de tu educación existen, Tati, y missis Scott ha traído por primera vez periódicos al salón. Los sucios periódicos de antes se han convertido de pronto en el único medio de saber lo que ocurre en el país. Ha llegado tu hora, Tati. Para ello te han educado durante años y te han escarmenado los cabellos de oro dignos sólo de quien va a reinar un día. Abuelita tiene razón. La ha tenido siempre. Los periódicos informan de la llegada del príncipe Juan Carlos de Borbón y de la gran fiesta que la embajada de España va a dar en su honor. Lima se apresta a recibir como es debido a los nobles marinos que acaban de llegar en el *Juan Sebastián Elcano,* buque escuela de la armada española. Ha llegado tu príncipe, Tati. Y también el momento de que cumplas tu promesa: no separarte de mí. Soy sólo un niño de once años, Tati, y no puedes abandonarme en un país en guerra, me van a matar, Tati, por favor llévame contigo. Te voy a obedecer cuando seas una reina, no te voy a molestar, voy a sanar del asma y nunca más voy a soñar con pizarras negras de colegios. Y el príncipe te va a querer tanto, Tati, que no nos va a poder negar nada. Debemos pues llevar a abuelita con nosotros, hagamos planes, no podemos dejarla sola

esperando a abuelito. Hasta a mama Joaquina podemos llevarla, por más que abuelita diga que allá en la corte no faltará
quien te escarmene el cabello...

Tantas cosas y voy a sentirme mal otra vez. No voy a poder llegar nunca al fin de esta historia. Siento que pronto voy a
tener que llamar a la enfermera, me voy a poner tan mal. Y es
precisamente antes de ponerme mal, en ese mismo instante, que
logro ver todo lo que tuviste que sufrir, Tati. La muerte de abuelita. Todo. No me digas que esa noche no duró nueve años.
Cuando regresaste del baile nueve años habían pasado y abuelita
murió y yo me puse tan mal que hubo que traerme aquí. Gritabas al volver del baile nueve años después. Gritabas que no las
habían dejado entrar, que las habían detenido en la puerta, que
abuelita se había arrojado sobre el príncipe diciéndole que ahí
estabas tú, que habían hecho el ridículo, que los policías las
habían metido en un carro y las habían llevado a un lugar llamado la comisaría. Gritabas que la gente se vestía de otra manera
en los bailes y que los príncipes existían, pero que eran hombres
como todos y que nosotros estábamos todos equivocados. Gritabas mientras abuelita se quedó muerta murmurando que jamás
te casarías con un hombre que no fuera príncipe. Gritabas que
todo era un error y que querías vivir como un ser común y
corriente. Eras una mujer de veinticinco años cuando volviste
del baile. Nueve años habían pasado. Yo sé lo que ocurrió, lo sé,
lo sé. ¿Dónde estuviste todos esos años, Tati? No es verdad que
esa noche me trajeron aquí, Tati. No es verdad. Las pizarras,
Tati. Todo va a empezar a hundirse, empezaré a gritar, veré a las
enfermeras corriendo hacia mí, me caeré, Tati, me hundiré una
vez más como esa noche, me golpearé terriblemente, y una vez
más en el fondo de todo esto encontraré la paz, volveré a estar a
tu lado, estarás de visita, te habrán llamado. Una vez más, cuando termine de destrozarme entre pizarras que se quiebran, des-
pertaré aliviado al ver que estás conmigo. Triste al pensar en lo
mucho que sufriste aquella noche en que te vi llegar con el traje
de baile desgarrado, llorando, ofendida, herida, avergonzada.
Nunca me creerás que eso fue nueve años después, que la noche
del baile duró nueve años... las pizarras, Tati, las pizarras...

París, 1972

Dijo que se cagaba en la mar serena

A Marisa y Pepe Villaescusa

Ya en el tren, con una perseguidora terrible, me puse a pensar en todo eso. Las imágenes se me venían incontenibles, volvía al África que era la sala de su casa, al oscuro cabaret que era el vestíbulo, una tras otra me golpeaban las escenas de esa noche y, cuando hacía un esfuerzo por respirar, por descansar, por esquivar las imágenes, no me quedaba más remedio que enfrentarme con la idea fija de que ando por el mundo haciéndoles creer a todos que es verdad lo que iban a hacer un día (que sí, querido amigo, que si no hubiera sido porque te rompiste la pierna antes de ese baile, tú te la habrías conquistado, tú te habrías casado con la que tres meses más tarde fue Miss Universo), haciéndoles creer a todos que es verdad lo que van a hacer un día. Sí, porque cuando la gente te miente un deseo y tú la abrazas en nombre de la fórmula «querer es poder», cuando en vez de «pero», le sueltas un «y qué más», cuando un segundo antes de que te miren con cara de desconcierto, abriendo los ojos enormemente tristes, tú empiezas a llenarle de agua tibia, calentita, agradable, el pozo seco del futuro perfecto, entonces, querido amigo japonés (¿cuál es tu problema más grande que tú?), ya sabes que te has convertido en una especie de misionero contemporáneo, o que has inventado algo así como la caridad moderna. Mentira, nada de esto, jugueteaba con una broma... Lo único que sé es que yo nunca le voy a mentir un deseo a nadie, se ahondaría el problema con la adición de pozos, se me está complicando un poco la cosa para triste.

Como lo de Zaragoza nunca me había ocurrido. Por eso lo cuento. Debió de llenarme de alegría lo de la caridad contemporánea, pero me llenó de angustia, de miedo. Fue demasiado el cumplimiento. Muy total, muy grandazo, se subió a la montaña, lo hizo todo. Yo recién venía con el primer baldecito de agua tibia, calentita, agradable, ni siquiera había llegado al borde del pozo cuando él se me abalanzó, me arrancó el balde, lo vació violentamente y fue por más. Tal vez porque esa montaña quedaba en mi país... No lo sé. Pero inútil seguir pensándolo todo como esa mañana en el tren; ya no arrastro una perseguidora terrible y tal vez con un poco de orden llegue a saber lo que sentí. De lo que él sintió no me cabe la menor duda... Si hasta le quedó viada para llevarme al África, pasando por el cabaret...

No soy de Zaragoza, nunca había estado allí, y si bajé del tren en esa ciudad fue precisamente porque no conocía a nadie y porque andaba medio tristón al cabo de un largo viaje, pueblos, trenes, ciudades, durante el cual noté que la gente andaba soñando a plazos excesivamente breves, cinco amigos, sobre todo. Fue bastante difícil para mí.

Algo que tal vez deba contar es que en Huelva conocí a un gordo feliz e inteligente. Estaba sentado en un café y me metió letra con una facilidad envidiable. Esa noche el gordo deseaba más cerveza de esa misma marca y en el café había un gran stock y él tenía dinero para bebérselo íntegro. Tres horas después de las primeras palabras, ¿de cuál de las ex colonias le viene a usted ese acento, amigo?, ja-ja-ja..., se lo conté todo.

—¿Y tú por qué les llenas el pozo?

—La verdad es que lo hago por temor...

—Temor mezclado con algo de bondad, de cobardía y con una gran capacidad para perder el tiempo.

—Todo puede ser.

El gordo era inteligente y se quedó tan feliz.

En Zaragoza me metí en una pensión, me pegué el duchazo de reglamento y salí en busca del carácter aragonés. Alguien soltó una palabrota impresionante y yo casi grito ¡ya!, y aplaudo, pero me desconcertó un letrero rojo inmenso luminoso de Coca-Cola, se encendía y se apagaba. El tipo de la pensión resultó afeminado y yo estaba a punto de abandonar Zaragoza-Aragón, sin más que la recomendación literaria de un mecánico. En un bar, tuve un instante del gordo de Huelva y le metí letra, acababa de comprarse unos libros de Sender. «Parece que es muy bueno», me dijo, y pagó su cuenta. Fui a la estación y compré billete a Barcelona, para la mañana siguiente. Regresé pensando que era extraordinario el carácter aragonés, fuerte, recio, lleno de empujones, con ese calorazo a cualquier hora del día y esa escasez de agua entre las tres y las seis de la tarde. Tal vez por eso me dejé arrastrar cuando me tomaron del brazo y me metieron al mismo bar en que había estado antes.

—¿Tú quién eres?

—Un turista.

—¿Tú quién eres?... ¿Cómo te llamas?... ¿Cuál de los dos?...

—Me llamo Juan.

—¿Cuál de los dos eres?

Allí todo el mundo lo conocía y a nadie le parecía loco ni nada. Le servían cuando pedía y lo llamaban don Antonio. Entonces se me ocurrió pensar que éramos muchos los que pasábamos por la puerta del bar cuando me cogió, me escogió, mejor dicho, a mí y me arrastró prácticamente. La segunda vez que me preguntó cuál de los dos era, descubrí que la ternura existe en Aragón.

Matizada, porque inmediatamente dijo que se cagaba en la leche.

—¿Me vas a decir quién eres?

—Juan Saldívar... Soy peruano y...

—Eso lo sé. Desde antes que te escuché sé que eres peruano.

—Ah...

—Dos cervezas más... O prefieres otra cosa. ¿Qué bebes? ¿Cerveza? Cerveza. Dos cervezas más.

—Quisiera invitar esta vez.

—Tú aquí no pagas nada... ¿De qué parte del Perú?

—Lima.

—¿Pero conoces Trujillo?

—Sí...

—Entonces sabes que si vienes volando de la selva hay tres cerros antes del aeropuerto. Acabas de atravesar la cordillera y esos tres cerros son los últimos.

—No, no lo sabía. ¿Eres piloto?

—¿Cuál de los dos eres?

Agachó la cabeza al repetir esta pregunta y yo ya sabía que no me tocaba responder, lo sabía, me di cuenta por la ternura con que la hizo, ahí se le iba la extraversión, la reciedumbre, y su cabeza, cuadrada, cuarentona se ladeaba infantilmente, perdía edad al encajarse en algo que sí que le daba pena. Se estaba ladeando más todavía, estaba a punto de repetir su pregunta, cuando de pronto dijo que se cagaba en diez y pidió más cerveza. Me estaba haciendo polvo con una mirada fija, de loco nada, pero algo quería y muy hondo porque dijo que se cagaba en cien y me cogió fuertemente del brazo, sus dedos me pedían algo de tanto que se me clavaban. Me tuvo un rato así, me dolía, y cuatro tipos al lado nuestro, en la barra, estaban siguiendo el asunto desde el comienzo. Más allá, el mozo y cuando volteé porque me dolía mucho y porque además vi cómo se le inflaba una lágrima, noté que una mujer también seguía la escena desde el fondo del bar, sola como una puta en esa mesa porque era un bar barato. Esta vez gritó que se cagaba en los presentes, y cuando miré porque el asunto podía tener consecuencias, comprendí que ahí todos lo conocían muy bien. Me llenó el vaso y esperó a que me lo bebiera. Me lo volvió a llenar y me dijo bebe y yo bebí porque acababa de captar que no quería emborracharme, lo que quería era invitarme y lo otro. La verdad, ya no me costó trabajo beber. Traté de recordar el instante en que ya no me estaba agarrando y sentí sus dedos donde ya no estaban. La realidad se me iba empañando.

—¿Cuál de los dos eres? —me dijo, examinándome los ojos.

—...

—Que no te vea mi madre porque se echa a llorar.

—Mañana me voy —dije, entrando en mi terreno—. Mañana me voy temprano.

La cerveza me ayudaba a cabalgar sobre lo lógico, y había una pregunta que me parecía importante repetirle.

—¿Eres piloto? —me bebí íntegro mi vaso y pedí más. Más para los dos.

—Él era el piloto. Mi hermano.

Se ladeó como si fuera a preguntarme tiernamente cuál de los dos era, pero en ese instante nos acercaron la cerveza y decirle gracias al mozo como que nos enfrentó con lo que se venía: yo retrocedí un paso y él enderezó su cabeza de palo.

—Eres exacto a él. Que no te vea mi madre porque se echa a llorar. ¡En tu país! ¡En tu país, peruano! En tu país, Juan.

En el último de los tres cerros antes del aeropuerto. Si hubiera bajado uno después todavía estaríamos recibiendo sus cartas cada jueves. Pero no. ¡Me cago en tu estampa! Se quedó mi hermano hecho pedazos allá arriba... No pudieron subir por los restos... No llegaron... Mucho hielo... No sé qué coño pasó... Nadie hasta ahora ha podido bajarlo.

Aquí tengo que jurar que la vida es así y que yo sólo he hecho lo posible porque la gente cumpla con su deseo o con lo que no cumplió, mintiéndomelo con la alegría de haberlo cumplido. Tengo que jurar también que aquella noche yo andaba particularmente borracho cuando él colocó la primera mesa. Ni cuenta me había dado de que lo había hecho. Se me acercaba demasiado y yo andaba con el universo reducido a su cara, una especie de caja achinada, y a una aislada pero constante lucha contra una corriente de humo que me estaba haciendo mierda el rabillo del ojo. Fue justamente entonces que empecé a notar que de rato en rato su cara me dejaba un hueco al frente. Me había dejado varios huecos al frente cuando se me ocurrió mirar al fondo y me di con que ya había tres mesas. Ahí fue que vi también al mozo acercando una cuarta mesa y algunas sillas. El tiempo se me había mezclado con el humo que volvía puntiagudo en esa maldita corriente de humo. Un rabillo del ojo me lloraba como loco y yo me lo frotaba con la mano pura nicotina, cerrando el otro ojo, acabando con la realidad y cuando nuevamente miraba al frente, a veces seguía el hueco, a veces no, pero yo ya debía andar muy mal porque no todas las veces que había hueco había otra mesa encima de otra mesa. A esas alturas, si mal no recuerdo, lo de las sillas y las mesas quedó momentáneamente abandonado para discutir las perspectivas de mi instalación definitiva en Zaragoza. El tallercito donde fabricaba los banderines acababa de convertirse en la fábrica de banderines más grande de España, gracias a la necesidad que sentía Antonio y al tono decidido que adquirí yo cuando expuse las condiciones de vida a las que estaba acostumbrado y que requerían un alto sueldo y fuerte participación en las utilidades. Para obtener el efecto deseado me anulé el rabillo del ojo de un aplastón.

Antonio ya no paraba de explicarme. Dijo que se cagaba en la tapa del órgano y, del presupuesto de Banderines de

España, S. A., sacó una partida para la expedición. No muy grande porque aquélla iba a ser una empresa tan arriesgada y solitaria como la conquista del Perú. ¿Te imaginas al dueño de Banderines de España escalando el cerro imposible y rescatando el cadáver de su hermano? ¿Te imaginas eso, peruano? ¿Eh, Juan? Yo ya lo estoy viendo. Y mira la bandera que vamos a poner allá arriba. La bandera de España hecha en mi propia fábrica. ¿Qué me dices de esa fábrica? Banderines y Banderas del Perú y España... Banderas y Banderines de España y del Perú, Sociedad Anónima. ¿Eh, peruano?

Parece que yo llevaba mucho rato sin hablar porque dijo que se cagaba en la puta de oros y perdió el equilibrio como empujado por algo muy fuerte. Yo reaccioné en el acto y le puse todo lo contado al alcance de su mano, recurriendo a cierta experiencia y a otro aplastón que me dejó nuevamente sin rabillo del ojo. Mi lucha contra el humo continuaba y tuve que ir al baño para apagarme definitivamente el rabillo del ojo. Cuando regresé me di con más mesas sobre más mesas, un montón de sillas arriba, otro montón chorreando por los costados, y, en un rincón, diciéndole al mozo quítate o te mato, a Antonio en la actitud de un gladiador que acaba de matar a un león y espera al siguiente. Me miraba jadeante y yo pedí cerveza para todos. Ahí me di cuenta de que los cuatro hombres y la mujer que podía ser una puta se habían marchado ya. Miré hacia afuera y empezaba a amanecer. Estaba mirando hacia el suelo para ver si había aserrín, cuando sentí que me abrazaban por la cintura y que era bien fácil volar. Me hacían cosas rarísimas. Ya estaba en el segundo piso de mesas pero por detrás me seguían empujando para que alcanzara las sillas. De pronto noté que ya no me empujaban. «¡Coño!», gritaron detrás de mí. «Hasta ahí llegaste tú solo.»

Conociéndome, debí haber sido yo, fui yo el que se desparramó sobre las últimas dos sillas, volteando luego a mirar cuánto trabajo le costaba a Antonio llegar hasta allá arriba. No era fácil escalar esa montaña. El mozo tenía que saber que nadie hasta entonces había llegado hasta allá arriba. Tenía que saber, el hijo de puta, que nunca nadie había podido vencer esas cumbres heladas. ¡Nadie! El mozo tenía que dar vivas por la solitaria expedición española. Que no llegaba. Que sí llegaba. El mozo tenía que estar sentado en este bar escuchando la radio, escuchando a la radio española narrar la proeza del héroe solitario, del hermano hasta la muerte, del que nunca olvidó, del propietario de Banderas... Y llegó hasta donde yo lo esperaba incómodo, cuando el mozo se sentó a contemplar en la televisión del bar cómo había llegado a la cumbre el único hombre que había ido junto al cielo para traer a su hermano. Desde un helicóptero se había filmado la bandera del héroe español flameando sobre los Andes.

Permanecí en silencio cuando me puso nuevamente junto a la barra. Jadeaba sonriente y no me hacía el menor caso mientras llenaba su vaso mirándolo con los ojos idos. Después empezó a decir algo en voz muy baja. El mozo no debía tocar para nada la bandera. Alguien que acababa de bajar de allá arriba lo iba a matar si tocaba la bandera española. Antonio avanzó bruscamente y culminó su puñetazo mortal en una caricia que frotó suavemente la mejilla del mozo que hacía rato seguía la escena cargado de respeto. Yo aproveché para acercarme a ver qué decía en el banderín y Antonio se me abalanzó, arrastrándome prácticamente hacia la puerta. El banderín anunciaba unas regatas en el Ebro, pronto.

Pero ahora lo sé todo. Sé, por ejemplo, que yo ya me había convertido en el más generoso de los públicos, todo lo iba creyendo, cada grandeza de Antonio la aumentaba hasta convertirla en una verdad definitiva. Aún no me esperaba lo que se venía pero como que iba preparado para cualquier cosa. Cualquier cosa podía ocurrir desde el momento en que caí sentado en su automóvil, hasta el cual me había arrastrado. Antonio estaba feliz conmigo. Feliz con el mundo, había que verlo correr por las calles de Zaragoza. Éramos los reyes del volante, manejaba como un loco y yo respondía afirmativamente con la cabeza cuando me decía que esa carrera la teníamos ganada de punta a punta. Continué sonriendo afirmativamente cuando un carro blanco, enorme, nos pasó mucho más moderno y más caro, la verdad que el de Antonio era un autito viejísimo, ya casi sin marca, quién diablos sabría de qué modelo era la camionetita ésa, una mierdecita sonora, rechingona, llenecita de crujidos que ni mis gritos ¡dale!, ¡dale!, ¡los últimos serán los primeros!, lograban apagar, pobre Antonio.

Pero yo no se lo demostré. Inventé la mejor de mis sonrisas cuando entramos a la calle de tierra en que resultó que vivía; un edificio entre otros edificios cubiertos de polvo, un acequión desbordado, la vaca al amanecer allá al frente y nosotros dos bajando de la camionetita, yo dándole de empujones al entusiasmo heroico de Antonio porque la verdad es que nos pasaron todos los carros que quisieron pasarnos y ahora estábamos en las sucias afueras de la ciudad, un barrio bastante pobre, para qué. Confieso que ahí tuve que hacer un esfuerzo con lo del entusiasmo. Eran como las cinco de la mañana y ya brillaba el sol y seguro que él también tenía sed y se tambaleaba igual que yo. Qué hacer para mantener vivo el asunto. El entusiasmo era como una pelota que había que mantener en el aire y cada uno se deshacía de ella con el sentimiento de que era la última vez que se pasaba al otro. Bien difícil se puso la cosa, mucho más cuando yo entré primero y abrí una puerta que no era la del ascensor y Antonio me señaló una escalera que yo miré como pensando tiene que haber otra mejor. ¡De puro mármol!, me dije y *avanti*. Segundo piso, y empecé a subir como quien siempre vivió allí. Antonio, atrás. Era bestial correr por la escalera, devolvía el ánimo y todo. Nuevamente era verdad que todo era verdad. Jadear delante de la puerta, mientras Antonio sacaba su llave, también era bestial, como que presagiábamos otra aventura. Yo, al menos, estaba dispuesto para todas las aventuras que le pueden a uno ocurrir en un departamento pobretón. Por eso me lancé adelante en cuanto abrió la puerta y por eso o porque soy yo me puse a buscar a las copetineras con los ojos ansiosos no bien me vi en el oscuro cabaret. Antonio me miraba radiante, me desafiaba a no creerle y yo cuánta verdad le estaba regalando ahí parado, creyéndole al pie de la letra que aquel vestibulín cerrado por cortinas de terciopelo negro, de paredes negras, con dos enormes copas de champán, la del marinero borracho y la otra, la de la rubia semidesnuda que quisieron que se pareciera a Marilyn Monroe, los dos bailaban bebiendo dentro de sus enormes copas pintadas con trazos brillantes sobre las paredes del cabaret de verdad. Felizmente que Antonio, es decir, felizmente que el barman me sirvió una copa rápido. De algo me sirvió.

Pero mucho más me sirvió el grito de Antonio. ¡Al África!, gritó, mientras abandonaba el mostrador y desaparecía entre una de las cortinas negras. Yo corrí detrás. Traté de emparejar el ritmo de mi carrera por ese corredor con un entusiasmo y credulidad y me salió algo así como *juguemos a la ronda mientras que el lobo está*. Y qué quieren que haga: desemboqué en el África. Cuando me vi parado cojudísimo frente a Antonio, en lo que era la sala de su casa, puse una cara que aseguraba que nunca nadie había desembocado tanto en el África. Me bebí íntegra mi copa. Felizmente que Antonio se había traído la botella. Me llenó la copa con violencia, derramando y rugiendo. Lo miré y continuaba rugiendo. ¡África!, grité yo. ¡África!, me contestó, y se sirvió más licor rugiendo y derramando sobre la alfombra que era la piel de un tigre, con su cabeza y todo. Metió el pie entre el hocico del tigre y me miró. Inmediatamente me puse a contar, llegué hasta veintinueve sin que el tigre le hubiera arrancado la pierna. Más allá había una cabeza de bisonte y Antonio volvió a rugir mientras se trababa en mortal lucha con unos cuernos enormes. Mientras tanto yo me conté hasta quince con la pata metida en el hocico del tigre pero no me atreví a más. Antonio puso cara triunfal y brindó por el África, brindó como un torero que ofrece su faena al público. También yo brindé. Giramos, él una vez, yo dos. En la segunda vuelta pude verlo todo: más pieles por el suelo, cortinas que imitaban la piel de una cebra, trofeos de mil cacerías, banderines de dos mil cacerías, sólo que cuando me acerqué no había nada marcado en las copas, ni fechas ni nombres ni nada, y los banderines anunciaban regatas ya pasadas en el Ebro o, por ejemplo, una procesión de la Virgen del Pilar de Zaragoza. Si no me vine abajo en este instante, fue un minuto después, cuando un rugido de Antonio hizo aparecer a una mujer somnolienta por la puerta de un dormitorio. Nos quedamos desconcertados, pero yo vi que Antonio continuaba sonriendo.

—Antonio, ¿dónde has estado? Me quedé dormida esperándote.

—¡Conoce a mi hermano!

—¿Bebiendo otra vez, Antonio?

—Pero mujer...

—Antonio: ya es casi la hora de levantarte para ir al taller. Tu jefe se va a enfadar contigo si no llegas a tiempo.

Dijo que se cagaba en la puta madre, y su esposa lo

siguió mirando con el camisón caído y los senos aún más caídos. A mí me ignoraba por completo. Debió haber sido porque estábamos en el África que no le hicimos más caso, lo cierto es que la mujer como que perdió la esperanza de hacernos entender cualquier cosa y se metió a un cuarto donde algunos niños comenzaban a hacer bulla. El sol caía con violencia sobre la ventana y las cortinas de piel de cebra eran de una tela bastante barata. Yo ya estaba listo para marcharme. Sí, eso: marcharme, pegarme un duchazo en mi pensión, desayuno en cualquier bar y luego el tren a Barcelona. Quise hablar pero me di cuenta de que no debía interrumpir para nada la sonrisa de Antonio. Todavía antes de irme lo vi acercarse sonriente a la ventana, «conoce a mi hermano», repitió, y segundos después, apoyado en la ventana, mirando hacia las torres de la catedral con un aire la mar de satisfecho, dijo que se cagaba en la mar serena.

París, 1971

Baby Schiaffino

A Delia Saravia de Massa

Yo, que tantos hombres he sido,
no he sido nunca Aquel en cuyo
abrazo desfallecía Matilde Urbach.

J. L. BORGES

Bueno, claro, eso... Pero la vida también, hombre, y
para qué negarlo, la vida le andaba dando toda clase de satisfacciones últimamente, para qué negarlo, su primer puesto en
el extranjero, toda clase de satisfacciones, el comienzo de una
brillante carrera diplomática. Y en Buenos Aires nada menos,
pudo haber sido cualquier otra ciudad inferiorísima a Lima,
pero no: nada menos que Buenos Aires y mira la suerte que
hemos tenido de encontrar este departamento, precioso, ¿no?
Media hora más y estaría camino de la Embajada, allá su despacho, su refinada atención a los problemas diarios, una cierta
elegancia en la manera de atender al público, aquel encanto
que se desprende de la belleza muy a la moda de las corbatas
de sus compañeros de trabajo. «Un buen grupo, de lo mejor-
cito que ha salido de la Academia Diplomática», le había dicho él a Ana, al cabo de su primera semana de trabajo. Y no se
equivocaba, «se equivocaba la paloma», sonrió, pensando en
el poema que cantaba Bola de Nieve la otra noche, ves: por
ejemplo eso, el haberlos llevado a una *boîte*, el haberlos querido iniciar en la vida nocturna de Buenos Aires, qué más prueba de la alegre disposición de sus compañeros de trabajo, del
optimismo y la excelente disposición que se adivinaba en sus
corbatas, cualquier pretexto era bueno para salir a divertirse,
se había casado seis meses antes de que lo destacaran a Buenos
Aires y sin embargo ése fue el pretexto que dieron sus compañeros para invitarlos: su reciente, su flamante matrimonio,
casi siete meses hacía de la boda, pero ellos insistieron en llamarlo flamante. Bueno, todo es relativo... ¿relativos también
entonces su bienestar, su alegría actual? Colgó la toalla en
la percha al darse cuenta de que se había estado secando más
de lo necesario, y dudó calato frente al espejo que lo retrataba
de cuerpo entero: barriga en su sitio, ninguna tendencia a la

acumulación de grasa. Lo otro: siempre había sido más bien bajo, una empinadita pero la disimuló con una media vuelta realmente necesaria ya que tenía que coger la caja de talco, volvió a lo del espejo para talquearse la entrepierna, un sector de su cuerpo que siempre lo había dejado ampliamente satisfecho, ¿no...? Silbó para no sentir pena, también en talquearse se estaba demorando más de lo necesario. Bloqueó una idea agradeciéndole a su entrepierna por lo bien que le iba en su matrimonio, la contempló agradecido por la parte que le correspondía en todo eso, sí, su flamante matrimonio con Ana, Baby Schiaffino fue testigo... Abriendo la puerta del baño porque el duchazo caliente había dejado mucho vaho, bloqueó otra idea pero segundos más tarde estaba silbando mientras cogía el peine, para que Ana, allá afuera, lo escuchara silbar en el preciso instante en que volvía a pensar tranquilo: bueno, claro, eso...

Pero nada, hombre: él tenía esa «gran capacidad». Ahora, por ejemplo, acababa de desayunar con Ana, y más de lo que conversaron durante ese desayuno nadie conversa durante el desayuno, ni hablar. Ana le había contado uno por uno sus proyectos para el día y él le había estado hablando de la Embajada, de lo que le esperaba en un día como hoy. Definitivamente, él tenía esa «gran capacidad», y contando con ella partiría esa mañana a su despacho de segundo secretario para realizar su trabajo de inolvidable eficiencia, todo tal como correspondía a la brillante carrera diplomática que estaba iniciando. Sabe Dios por qué su chaleco gris claro le dio un optimismo que no hizo más que aumentar en el instante en que se puso de pie para besar a Ana y partir. Hasta la puerta llegó con la profunda e higiénica satisfacción que le dio el contemplar la impecabilidad de unas uñas que coronaban un par de manos francamente finas y largas para su contextura y estatura. Pero entonces, junto a la puerta, se dio con la mesita en que Ana había depositado la carta para no olvidarla cuando saliera.

Sra. Baby Schiaffino de Boza
Blas Cerdeña 799
San Isidro
Lima, Perú.

Bueno, claro eso... Pero él tenía esa «gran capacidad» y gracias a ella pudo cerrar rápidamente la puerta y partir a la Embajada. Una vez allá, la brillante carrera que estaba empezando captó durante largo rato toda su atención y anduvo de cosa en cosa, de asunto en asunto con una diligencia envidiable. Era despierto, era inteligente, era eficiente, leía en tres idiomas y tenía su cultureta, había sido un buen alumno de la Academia Diplomática, era cortés, hasta fino, y lo cierto es que aunque era más bien bajo, la ropa le quedaba pintada porque tenía un buen sastre y vestía con una elegante discreción. De estas muchas virtudes, algunas las trajo al mundo y otras las aprendió en la vida. Y ahora precisamente estaba sirviéndose de ellas con profunda conciencia de su utilización, tal vez era de eso de lo que consistía su «gran capacidad». O era tal vez de otra cosa, de algo que le volvió a fallar aquella mañana en el instante en que salía del despacho del cónsul: se quedó parado mirando con cara de despiste total a un peruano que andaba esperando por algo de su pasaporte. «¿Por qué mierda le escribí eso a Baby?», murmuró retorciendo desesperado la boca, pero otra llamada del cónsul a su despacho lo salvó recuperándolo para su brillante carrera.

Almorzó con el cónsul y con el encargado de negocios en un restaurante de por ahí cerca y por la tarde empezó a trabajar como cualquier otro día. Pero algo en ese apagón otoñal que pegó el sol, hacia las cuatro, lo entristeció profundamente. Siguió trabajando, claro, pero muy consciente de que para ello se estaba valiendo de la eficiencia que cierta práctica le daba. Interiormente sentía en cambio que continuaba entristeciendo como la tarde, sabía que en poco rato iba a terminar con su trabajo y qué otra alternativa entonces más que la de regresar a casa y comprobar que Ana ya se había llevado la carta. Se estremeció ante la imagen de Baby leyéndola en la cama, llegando a esas ridículas líneas finales, sonriendo al leerlas, *fuiste y serás mi más grande (amo) amiga,* por supuesto que seguro había tachado mal lo de amor en vez de amiga, tremendo lapsus ¿no?, imbécil, *te juro que nuestra amistad perdurará en lo más profundo...,* se crispaba, se encogía todito al recordar, ¡a santo de qué por Dios santo!, Baby le había escrito tres líneas de pésame tres meses después de la muerte de su padre, Baby se cagaba probablemente en el pasado, Baby no era sensible, ni siquiera inteligente, eso no fue más que un mito creado por sus amigos porque era bellísima y en vez de querer casarse muy pronto prefería ir a la universidad y conversaba libremente con los hombres, pura pose, le había escrito tan sólo porque estaba en cama con siete meses de embarazo y se aburría, y él salir con toda esa rimbombancia, *fuiste y serás (amo) amiga te juro amistad perdurará...* «Ridículo», se dijo «por algo te llamaban Taquito, Taquito Carrillo. Taquito Taquito Taquito», se repitió en voz alta, añorando aquellos momentos en que su «gran capacidad»... Selló un documento que definitivamente no debía sellar.

Su «gran capacidad»... Estaba pensando en aquellas palabras y sentía como que iba a pensar en tantas otras cosas, ahora. Ana estaba en casa de Raquelita por lo del bendito té aquél y antes de las ocho no regresaría. Sin querer, encendiendo primero la lámpara al pie del sillón en el que se instaló al llegar, y luego la luz indirecta del bar para servirse un whisky, logró una atmósfera muy propicia para el amor o para el recuerdo, bastante atangada en todo caso, había un resultado cinematográfico en el salón de su departamento. Era realmente un precioso departamento y Ana lo había terminado de decorar con verdadera prolijidad utilizando algunos regalos de matrimonio y otras cosas compradas en Buenos Aires. Pero mientras se servía el whisky, pudo comprobar que la mayor parte de los objetos permanecían en una especie de respetuosa penumbra, lograda sin ninguna determinación precisa. Hizo tintinear los hielos como si estuviera llamando a los ocultos objetos y, al fondo, sobre una pequeña mesa redonda, apareció la cigarrera de plata que Baby Schiaffino le había regalado por su matrimonio. Por lo menos dos veces habría podido impedir que esa carta se enviara. ¿Por qué no lo hizo anoche, por ejemplo, cuando al cerrarla se dio cuenta súbitamente de lo ridícula, de lo extemporánea que era? ¿Por qué no la cogió esta mañana, al partir a la oficina, diciéndole simplemente a Ana que él iba a pasar delante del mismo buzón? «¿Por qué la he mandado?», se preguntó en voz alta, como pidiéndose una explicación. Su respuesta fue un sorbo de whisky cuyo sabor permaneció largo rato en su boca. Le encantaba su departamento, le encantaba contemplarlo desde ahí, apoyado en su bar, bebiendo una copa. No era la primera vez que lo hacía mientras esperaba que Ana regresara de la calle, y no era tampoco la primera vez que se imaginaba que en vez de Ana, era Baby Schiaffino la que llegaba de la calle...

Pero él tenía esa «gran capacidad», y probablemente la había tenido desde que las cosas empezaron a marchar mal en cuarto de media, fue en cuarto de media que tantas cosas cambiaron, en cuarto de media que Rony Schiaffino trajo la fotografía de su hermana al internado causándole una angustia tan distinta a todo lo que había sentido con Carmen... Carmen... Sí... Tantas cosas le ocurrieron aquel año, fue como la inauguración de toda una nueva zona de sus sentimientos, como la falta de todo lo antiguo, tanto más simple, tanto más puro, como si una serie de derrotas a todo nivel y la inauguración del sufrimiento lo hubiesen obligado a un cambio externo, a ese defensivo cambio de carácter que se expresaría en adelante por una actitud sonriente y un hablar más de la cuenta que con el tiempo desembocarían en lo que ya para siempre sería su «gran capacidad». A Carmen la había querido con el amor más puro e increíble que conoció en el mundo, la había querido cogiéndole tan sólo la mano y la había querido sobre todo con una estatura normal. Pero uno tiene catorce, quince, dieciséis años y llega ese tiempo en que entre los compañeros unos crecen más, otros menos, y de repente uno de ellos nada, nada hasta el punto en que un día sales pensativo y triste porque hace dos meses ya que Carmen te puso los cuernos y Carlos Zaldívar inaugura también lo de Taquito Carrillo, Taquito. Casi puede ponerle fecha a cosas que sin embargo sucedieron a lo largo de varios meses. La forma en que había querido a Carmen, por ejemplo, duró mucho tiempo pero sólo un día fue suficiente, pues tuvo que haber un día, un momento, una especie de cataplún en que algo se vino abajo al comprender de golpe que Carmen también había crecido, crecido física y mentalmente, y que teniendo su edad era mayor que él y buscaba otro hombre mayor. Tuvo que haber ese momento en que todo se acabó con Carmen mientras él miraba la fachada del colegio comprendiendo que estaba profundamente solo, sin amigos porque ella le robaba todas las salidas, acaparaba todo su tiempo libre de estudiante interno, gracias a Dios que allí estaba Lucho, esa especie de silencioso entendedor que le sonrió, le conversó, lo invitó, lo presentó a otros amigos, hasta le escribió aquel verano desde su hacienda. Llámalo tu primer gran amigo y recuerda ahora sus cualidades, su nobleza sobre todo... *una amistad que perdurará en lo más profundo...*

Aquello fue otra tarde junto a la piscina. Taquito acababa de fumar un escondido cigarrillo y se acercó optimista al grupo que rodeaba a Rony Schiaffino. Rony era aún un chiquillo y andaba buscando protección porque era algo afeminado y en el colegio lo fregaban duro, le metían la mano y cosas por el estilo. Tenía que atraer la simpatía de la gente y qué mejor medio que conseguirse un cuñado entre los grandes, entre los poderosos, un cuñado tipo Lucho, alguien que te protegiera con sólo su presencia. Por eso trajo la foto al colegio, y acababa de pasar de mano en mano cuando Taquito se acercó al grupo y trató de mirarla de la misma manera en que todos la habían mirado. La foto había sido tomada en la piscina de su hacienda, sobre un pequeño trampolín y ahí estaba Baby sentada, una pierna extendida, la otra recogida, un traje de baño gris en la foto blanco y negro donde la pierna recogida triunfaba muy blanca sobre lo demás, los senos también, todo esto hasta un punto casi desagradable, no, muy agradable, lo desagradable era que poco rato después algunos en ese grupo estarían masturbándose en sus baños y tú, Taquito, tú sentiste por primera vez en tu vida que querías ir también a tu baño, que nunca habías ido también a tu baño, que te pasabas la vida prisionero a una obligación ya antigua, que debía ser agradable, que tenía que sértelo, pero qué desagradable que todo fuera tan público, tan popular, tan fácil y agradable.

No, eso no te gustaba, es verdad. Pero ya no era tampoco la época en que podías quedarte callado cuando algo no te gustaba. Esos tiempos, esos años se parecían tanto a los westerns. Piensa en Lucho, él podía quedarse callado y dejar que sus gestos, sus ojos, sus medidas sonrisas dejaran ampliamente satisfecho a todo el mundo. Exacto a los westerns: Gary Cooper era siempre el más alto, el que menos hablaba y, al final, siempre el que salía matando a más gente. Ése no era tu caso, tú tenías que hablar y ¡cómo habías aprendido a hablar! Pero hablabas vacío de historias y eso era triste. Por supuesto que sólo tú, tal vez Lucho también, sabías que eso era triste, te sentías triste por la noche, en la cama, cuando el día se terminaba en un duro y sincero enfrentamiento con la almohada. Eso era triste pero también es cierto que ya andabas formando tu «gran capacidad». ¡Cuánto sonreías! ¡Qué fácil era! Pedro hablaba de tres baños en una sola tarde, tú contabas que cuatro. Gran competencia entre Carlos y Raúl, quién llegaba más lejos con la lechada, tres metros, eso no es nada, decías tú, te sonreías, yo mandé una a cuatro metros la otra tarde. Se creía o no se creía, qué importaba, lo importante es que había que estar presente, había que contar, había que ser igual si no mejor, eso era lo importante y por eso tú tenías que pasarte la vida inventando proezas para contar en los recreos, en las horas libres antes y después de la comida, ya casi habías creado una costumbre, cosas como el poder exorcizante de la palabra, pero esa tarde después de la foto, después de Baby Schiaffino en ropa de baño, realmente quisiste estar solo en tu baño, estar solo y sentirte enfermo, por una vez en la vida iba a haber un acuerdo entre la realidad y lo contado, y por primera vez en la vida no quisiste contar nada aquella tarde sino que te escondiste entre los árboles nocturnos más allá de la piscina, como si hubieras querido de una vez por todas agarrarte a golpes con la soledad, como si hubieras sabido de antemano que no era necesario repetir esa historia en voz alta para ponerte a llorar.

Una semana después Rony Schiaffino vino a quejarse donde Lucho. Qué podía hacer Lucho más que darle un buen consejo: no se anda enseñando la foto de la hermana en ropa de baño. Le habían robado la foto al pobre Rony. Todos se rieron con el asunto, quién había sido el gran pajero que se la había timplado. Pero la cosa no pasó de ahí, mujeres más calatas aún no faltaban en periódicos y revistas y hasta había la posibilidad de ver la chola del director bañándose desnuda de vez en cuando, eso hasta Lucho lo había intentado. Sólo el padre Manrique supo quién se la había robado y hubo conversaciones, largos diálogos sobre sexo y pecado, a veces parecían inútiles porque Taquito se confesaba una semana un día sí y otro no, a veces llenaban al padre de esperanzas porque Taquito se pasaba tres semanas sin confesarse. Pero lo cierto es que el día en que Taquito conoció a Baby Schiaffino, llevaba contados cuarenta y siete pajazos con su foto colocada sobre la repisa del baño.

Baby Schiaffino lo curó. Lo curó hasta el extremo de que una vez se pasó siete semanas sin confesar ese pecado, y además esa vez fue con una foto de Debra Paget y no fue nunca más con la foto de Baby. ¿Por qué? Demasiada belleza, indudablemente. Demasiada belleza respirando junto a él, hablándole, estudiando con él los sábados por la tarde, sentada falda contra pantalón en una carpeta doble, los sábados por la tarde, y sobre todo, hablándole de libros: literatura, psicología especialmente. No cabe la menor duda de que algo sucedió, de que algo le sucedió desde aquella noche en que a la tercera vuelta al parque Salazar, Rony Schiaffino, más pegajoso que una mosca, le presentó a su hermana. Los dos dijeron mucho gusto y todo eso y en realidad la cosa no estaba saliendo muy bien hasta el momento en que Baby le preguntó si había leído *La agonía del cristianismo.* Taquito bendijo el progresismo del padre Manrique y respondió que sí. Entonces Baby quiso sentarse, eso de dar vueltas como una tonta, dijo, a mí lo que me gusta es sentarme con una persona y conversar. Y allí, conversando, era muchísimo mejor que en la foto. Era muy rubia y había algo espontáneo y terriblemente bello en la forma en que sus cabellos caían sobre sus hombros. Tenía una boca atrevida, tal vez el secreto de su éxito, y cuando hablaba lo hacía clavándote sus dos ojazos verdes, exaltadamente verdes en los cuales estaba contenido, sin sufrimiento alguno, todo lo que era por aquella época: una colegiala demasiado hermosa y grande ya para el uniforme del Villa María, orgullosa hasta el extremo de desearse intocable, preocupada por la existencia de otras mujeres bellas en el mundo hasta el extremo de desear pegarles (pero un día trató de hacerlo y mientras atenazaba a la otra chica sintió tanto placer que aflojó las piernas y se dejó pegar y luego, tirada en el suelo y abandonada, trató sin lograrlo de llorar, para que algo le dijeran también sus sentimientos), respirando a gritos una sensualidad que dominaba feliz y que sin embargo parecía siempre a punto de desbocarse. Pero no: no porque Baby Schiaffino acababa de descubrir las posibilidades muy particulares de la conversación y estaba convirtiéndolas en el arte de agotar a un hombre, no con argumentos y razones sino con palabras y gestos cargados de muslo, de senos, de labios y dientes, de la inquietud de unas piernas que no cesaba de volver a cruzar, fatigándose también ella para poder dormir después tranquila, pero siempre menos, fatigándose siempre menos. Y en eso consistía su estilo y su triunfo.

Ésa fue la muchacha que Taquito Carrillo conoció una noche de mayo, y que en pocos meses logró alejarlo definitivamente del abandono de los baños escolares. El padre Manrique no podía creerlo, de la misma manera como no podía creer, o más bien comprender, que su penitente alumno se encontrara muchas veces más preocupado que antes, como si el descubrimiento de una muchacha que insistía en calificar de ideal lo hubiera lanzado sin embargo a otra empresa marcada por la soledad y el desasosiego.

—Padre Manrique —trató de explicarle un día—, hay algo que me preocupa seriamente: Cada vez que salgo con Baby Schiaffino termino agotado, casi deshecho, y sin embargo siempre quiero volverla a ver.

Y cómo no iba a querer verla, frecuentar con ella las plateas de los cines a los cuales sus compañeros asistían también con sus primeras enamoradas. Verla y ser visto con ella, exhibirse con Baby, poder contar después en el colegio los plancitos que tiraban en el sofá de su casa, claro que esto último nunca fue verdad, pero a quién le constaba, quién lo iba a poner en duda si por todas partes él y Baby aparecían juntos, interesadísimos el uno en el otro. Baby había encontrado el compañero ideal, hablador, alegoso como él solo, pero siempre dispuesto a callar y darle la razón al fin. Compañero ideal, inteligente y lector, con él se podía hablar de cosas serias, discutir la quinta sinfonía de Beethoven y la existencia de Dios, que siempre, por lo demás, terminaba existiendo, con él se podía intercambiar libros y estudiar los sábados por la tarde, el resto qué importaba, qué importaba por ejemplo que la gente empezara a decir que eran enamorados a punto de tanto andar juntos sábados y domingos, cada vez que él salía del internado. Baby estaba dispuesta a convertirse en una mujer interesante y qué más interesante que saber que la gente hablaba de ella a sus espaldas, qué cosa más interesante que ser alta y guapísima y darse el lujo de tener un enamorado bajito y con fama de medio pesadote, Baby Schiaffino tiene personalidad, eso iba a decir la gente, sí, eso. Por lo demás Taquito no era su enamorado y si con el tiempo podría llegar a serlo fue un problema que Baby simplemente nunca se planteó.

Taquito en cambio como loco: soy su enamorado pero por el momento que nadie lo sepa porque es a escondidas de sus padres, amores prohibidos, comprende, hermano, y no le digas a nadie, como loco Taquito y lleno de confianza porque en el colegio seguía contando lo de los plancitos en el sofá, siempre con la esperanza de que las voces no llegaran hasta donde Baby. Y si llegaban qué diablos, Baby comprendería, las malas lenguas, la envidia de unos cuantos resentidos, enemigos nunca faltan, no, nada pasaría nunca. Mientras tanto él preparaba su camino, todo era cuestión de saber esperar, de saber encontrar el momento, de seguir viendo a Baby hasta que un día, por cualquier motivo, la conversación derivaría hacia algún tema parecido al amor y entonces él empezaría diciendo Baby, gracias a ti he olvidado a Carmen.

Pero había problemas que superar. El primero fue el asunto ése del baile. Sucedió, tenía que suceder: ya él lo había probado mil veces pero por más que trataba no lograba cogerle el ritmo a nada, ni al bolero siquiera, al merengue ni hablar, simplemente no podía, no había nacido para bailar y los esfuerzos de Baby iban a resultar inútiles. Pero cómo decirle, cómo negarse a tan generoso ofrecimiento, Baby estaba dispuesta a enseñarle a bailar y, como siempre, él no tuvo más que aceptar. Para qué, fue humillante, muy humillante. Sábado tras sábado Baby lo tuvo en sus brazos, lo apretó, lo movió, le dio vueltas como a un muñeco. Y nada, él no respondía, a duras penas si logró aprender a bailar mal el bolero con ella. Pero la poca satisfacción que eso pudo causarle se derrumbó ante la evidencia de una cosa que sí que lo molestaba: aquella intimidad del salón oscureciendo en casa de Baby y él que nunca supo sacar partido de la situación, nunca se atrevió a nada, a pegársela un poquito más, a apretarla un poquito, tenía los senos, los brazos, las maravillosas caderas de Baby prácticamente entre sus manos, y sin embargo siempre esa sensación de fatiga, no, de fatiga no, de desasosiego, peor todavía, de nostalgia y de pena, de pena y de algo que nunca quiso aceptar, la abrupta soledad de aquella tarde en que sintió que estaba ante una inalcanzable dimensión de la belleza.

Pero eso los sábados y/o domingos. Otra cosa eran el lunes, el martes, allá en el colegio: se la había bailado riquísimo en su casa, apenas una lamparita encendida y sus padres en vermouth, el mayordomo, la cocinera, la chola, todo el mundo en la cocina y ellos solitos en el salón, había tal lujo de detalles en las descripciones de Taquito que hasta el mismo Lucho empezó a escucharlo con atención, por lo pronto salía con ella siempre y eso ya era algo. Algo también eran los encuentros de Taquito con su almohada, a veces hasta le daba manotazos para que se callara, para que no jodiera, déjame dormir tranquilo, le decía casi, al apagar la luz, y la verdad es que con el tiempo Taquito Carrillo empezó a dormirse sonriente, plagado de aventuras con Baby Schiaffino, como si él fuera el mayor embaucado en aquel oscuro negocio de su carácter que con el tiempo se iba transformando en su «gran capacidad».

«Gran capacidad de asimilación», había señalado un cronista deportivo, refiriéndose a la resistencia a los golpes que poseía Archie Town, un boxeador norteamericano que andaba por entonces en Lima. Y Taquito había sentido que eso se le parecía aunque en su caso era también algo más, era contar una mentira alegre y sentir la alegría de la verdad, y era sobre todo sonreír cuando las cosas le salían mal como si en alguna región ignorada del alma le estuvieran saliendo bien, sonreír sonreír, sonreírle siempre a la vida porque la vida no está a la altura de lo que uno espera, la vida es en el fondo triste pero existía felizmente la vida con la gente, mentira y sonrisas, sonrisa y mentiras. Y eso tenía que ser verdad, Taquito lo sabía, lo sentía hasta tal extremo que una tarde un alfiler de la inteligencia le incrustó la convicción de que tanto besuqueo tumultuoso con Baby Schiaffino, tanto feroz manoseo en el sofá de su casa lo estaban convirtiendo en un hombre experimentado en la vida y en el amor.

Y sin embargo no eran épocas fáciles. Los dos, Baby y él, estaban por terminar el colegio y pronto arrancaría todo el asunto de las fiestas de promoción. Por supuesto que Baby aceptó encantada ir con él, pero en cambio no le dijo ni pío de invitarlo a la suya. Qué pasaba. No lo entendía muy bien. Lo lógico era que Baby lo llevara de pareja, aunque claro, por supuesto, él no sabía bailar, seguro que por eso Baby no lo iba a escoger, a ella le gustaba bailar y ya bastante se había sacrificado pasándose noches enteras sentada conversando con él, él sólo la sacaba cuando tocaban un bolero. La fiesta de promoción era otra cosa, allí todo el mundo era enamorado o iba a divertirse como loco. Y eso de divertirse y de bailar frenéticamente a Baby le encantaba, tenía el ritmo en la sangre, se movía como negra, casi daba vergüenza verla cuando alguien los interrumpía en plena conversación y la sacaba a bailar un calypso, un mambo, un rock. Baby se volvía loca, a una aguda quebrada de cintura del tipo una agudísima de Baby, le pedía que qué con la cara, los ojos, la boca, se despeinaba, se hacía ver grandaza en el centro de la pista, prácticamente se abría campo a caderazos, sólo Taquito sabía que tanta locura era calculada, bastaba ver la tranquilidad con que luego volvía y continuaba hablándole de *La rebelión de las masas,* por ejemplo.

No lo invitaría, pues, y en efecto no lo invitó. Sonrisas y una nueva mentira y llegó la noche de la promoción de Baby y Taquito estuvo genial, eso sí que era tener lo que se llama clase. A las ocho en punto ya estaba donde Baby conversando con todo el mundo y listo a recibir con bromas y comentarios al suertudo de Cuqui Suero, tercer año de agronomía, un tipazo y de los pintones además, hasta lo abrazó como a viejo amigo al verlo entrar a la casa, medio muñequeado el pobre frente a los padres de Baby, crecido ante las circunstancias, él con esa familia estaba como en su casa, y ni hablar de que fue el primero en gritar ¡guapísima!, no bien apareció Baby en la escalera. Pero ahí cambiaron las cosas, él bajó los ojos y Cuqui los mantuvo fijos: era más que obvio que, bajo el escotado traje color turquesa, Baby, agrandadísima, había dejado sus senos en completa libertad. Bueno, había llegado la hora de partir, no correr mucho en el auto, que no volvieran muy tarde, y Taquito sonriendo como si al mismo tiempo dijera consejos de madre, tonteras de la vieja, y tiene usted toda la razón señora. Pero cuando la pareja desapareció las cosas se deterioraron momentáneamente, algo así como qué diablos hago yo aquí, y ahora qué. Eso sólo un instante sin embargo, al minuto ya estaba de nuevo feliz porque el padre de Baby le acababa de ofrecer un whisky, tenía su encanto lo de quedarse conversando con los viejos, demostraba madurez, aunque claro, mucho no podía durar. Y poco rato después Taquito tuvo que enfrentarse con la calle vacía, a las nueve de la noche de una maravillosa noche de diciembre. Inmediatamente supo que iba a hacerlo, ni siquiera se preguntó si era alegre o triste, sólo sintió que iba a hacerlo porque así se le había ocurrido y porque era más fuerte que él. Carro no le faltaría porque acababa de aprobar con muy buenas notas todos sus exámenes y su padre le prestaría el suyo siempre que se lo pidiera. Comió pues con sus viejos y luego subió a su dormitorio contándose la mentira de que iba a probarse el smoking. Después de todo, por qué no, dentro de tres días era su fiesta de promoción y por qué no. Pero a escondidas se lo quedó puesto y a escondidas partió en el auto y casi a escondidas estuvo dando vueltas por Lima hasta que, a las dos de la mañana, ya era hora.

—Pepe —dijo, apoyándose matador en la barra del Ed's Bar—, sírveme una menta, por favor. Vengo de la promoción del Villa María y estoy agotado —luego se desanudó la corbata de lazo para mostrar fatiga y para conversar mejor, quería comentar la fiesta con Pepe.

Tres días después hizo exactamente lo mismo terminada su fiesta de promoción. Y entonces sí que más que nunca lo de la fiesta de Baby le supo a verdad, acababa de vivirlo, ¿no?

Algo muy positivo ocurrió luego: Cuqui Suero no volvió, él había temido lo contrario, hasta había preparado toda una historia acerca de su ruptura con Baby, pero no fue necesario, el asunto no pasó de acompañarla a su fiesta de promoción, claro, él había tenido razón: si Baby lo invitó fue porque era guapo y rubio y mayor, pero sobre todo porque era un gran bailarín. O sea que el asunto podía seguir viento en popa durante el verano, y desde luego iba a ser así porque los dos habían decidido presentarse a la Universidad Católica, primero de Letras, y decidieron estudiar juntos para el examen de ingreso, a fines del verano. Y entre sesión y sesión de estudios, en las que conversaban tanto que él quedaba completamente agotado, playa. Eso mismo, la playa, la Herradura a la hora de almuerzo, el chófer de Baby los llevaba a golpe de una, había que ver a Taquito feliz llegando a las Gaviotas, bajando del carro al lado de ella, internándose en la arena hasta encontrar el lugar apropiado para instalarse. Él iba en camisa y ropa de baño pero Baby nada, a duras penas una toalla cubriendo algo lo mucho que su bikini deja descubierto. Y se la quitaba en la vereda, no bien salida del auto, las escaleras las bajaba ya calatita y todos a mirar: Baby Schiaffino, la gran novedad de la temporada, llegaba a la Herradura, y a su lado, importantísimo, nada despreciado, todo lo contrario, muy atendido en su conversación, Taquito Carrillo, envidia del mundo entero. Al menos él lo creía así, al comienzo, aunque eso tampoco duró mucho. Uno por uno los galifardas, los matadores miraflorinos le echaron ojo. Chany, Danny y Vito aparecieron triunfales en las cercanías con sus trusas chiquititas y sus músculos tipo academia de los hermanos Rodríguez, salud y figura en tres meses. Giraban en torno a la presa y los círculos eran cada vez más pequeños. Baby como si nada, conversa y conversa con Taquito hasta que llegaba el momento en que se metía al agua. Silencio en las Gaviotas, ojos masculinos atentos en aquella elegante sección de la Herradura, tremendo lomazo. Pero ella ni caso, se incorporaba, vamos Taquito, le decía, a veces hasta se desperezaba abriendo estirados los brazos, ajustando las nalgas, un delicioso cuarto de minuto en que sus muslos se endurecían blancos y en que sus senos se alzaban hasta apuntar al sol. Tocaban el agua y sentían frío, Baby daba saltitos torpona, riquísima, y al lado él, juguetón, amenazador, a que te echo agua, íntegras las Gaviotas al acecho, celosas las mujeres, Chany, Danny y Vito musculosísimos, era la vida feliz de Taquito Carrillo.

La corta vida feliz, diría Hemingway, porque una de esas tardes apareció por ahí el Negro Calín, un maldito el zambo, para qué apareció. Pero así es la vida y tanta carga biográfica como la que traía el tal Calín no podía menos que interesar a una mujer interesante, ya Baby había oído hablar de él además, y había intervenido en su favor sin haberlo visto, estaban predestinados a conocerse, ella simplemente tenía que salvarlo. Y es que así no podía continuar Calín, malo no podía ser, en el fondo seguro que era bueno, lo que pasaba es que había tenido mala suerte en la vida. Claro que todo lo del burdel y lo de que tenía una puta que le daba plata y que no podía acostarse con sus amigos, pero aun eso tenía que ser por falta de cariño, por falta de padres, porque a cualquiera le pasa que un día se roba el carro de su padrino y atropella borracho a una mujer. Baby lo defendió ardorosamente ante sus amigas, habló con coraje y con experiencia de la vida, y ahora que lo tenía ahí en la playa no podía menos que sentir deseos de conocerlo, personalidad no le faltaba.

—Taquito, anda tráelo y preséntamelo.

—Encantado, Baby; ¿sabes que está en segundo de Letras? Nos podrá hablar de la universidad.

—Está repitiendo segundo, anda, apúrate.

Fue un rápido traspaso de poderes y los amores de Baby y Calín, célebres en Miraflores y San Isidro, duraron hasta que Baby llegó a tercero de Letras y Calín siguió repitiendo segundo. Un rápido traspaso de poderes si es que de poderes se podía hablar en el caso de Taquito, pero en algo se parecía el asunto a todo eso porque lo que sí es verdad es que Taquito no cayó en desgracia y que se convirtió más bien en el favorito del favorito. Baby encantada, había encontrado a la horma de su zapato, al malísimo y mal afamado Calín, un tipo que llegaba a la facultad con tufo de pisco, mal dormido, y que sostenía con voz aguardentosa que en esta vida lo importante no es ser rico ni maceteado ni pintón, se trata simplemente de saber cachar. Fue el gran amor, el escándalo, y Taquito, convertido en el más grande admirador de la vida dura, mala, heroica de Calín y, al mismo tiempo, en el más ferviente defensor de la pareja, encontró una especie de nuevo destino en la constante lucha por la reputación de ambos y en un incesante ir y venir del burdel a casa de Baby, buscando mediante recados y mensajes, la siempre deseada reconciliación que seguía a una nueva pelea a muerte de la pareja. No había paz, con las justas aprobaron sus exámenes de ingreso los dos, con Calín había llegado el desorden, el desconcierto, la misma Baby andaba vacilante, su orgullo perdía terreno y no había conversación que terminara con Calín, al día siguiente se presentaba nuevamente a su casa oliendo a licor y la dejaba tirada en su sofá, despeinada, preocupada, agotada. Definitivamente el tipo le estaba haciendo un daño horrible, la estaba corrompiendo, Lima entera tenía que ver con el asunto, ya los padres de Baby no sabían cómo reaccionar, hasta temían que Baby cometiera una locura si le prohibían que continuara viendo al tal Calín. Cambiaron de táctica, le abrieron las puertas de su casa de par en par, lo invitaron a la hacienda, lo recomendaron al padre Manrique para que lo aconsejara, pero todo fue inútil. Innegable que Calín iba por el mal camino, a Baby le podía causar un trauma espantoso, no la dejaba estudiar en paz y en la hacienda la mantuvo como atontada, completamente dominada, era el diablo en persona. Pero eso parecía ser lo que ella quería, al menos así lo pensaba Taquito que mantenía una fidelidad absoluta al nuevo ídolo y al mismo tiempo una total sumisión a cada capricho de Baby. También él partió a la hacienda arriesgando perder más de una semana de clases y para qué sirvió todo eso. Calín en vez de tratar de ganarse a los padres hizo un infierno de la estadía, y de pronto, una noche, todo fue demasiado para Taquito y fue entonces que ocurrieron aquellos tristes sucesos que pusieron punto final a la invitación.

Baby nunca los mencionó, nunca le agradeció su inútil coraje, y en las mil ocasiones que el futuro les dio para hablar con toda sinceridad, nunca hizo la menor alusión a todo aquello. Es muy posible que el ambiente tuviera algo que ver con lo ocurrido, la hacienda con su inmensa casona colonial, sus finísimos alazanes, sus vastos campos de algodón que se extendían hasta aquella hermosa y soleada playa en la que Baby y Calín solían pasar horas enteras completamente solos. Pero había también algo de influencia cinematográfica en el asunto. Una tarde, por ejemplo, Calín y Baby cabalgaron hasta la playa y allí él la obligó a bajarse del caballo y a meterse al mar vestida. Salieron del agua con las ropas empapadas, pegadas al cuerpo, Baby temblando de frío y de miedo porque hacía ya una media hora que Calín se limitaba a darle órdenes y prácticamente no le hablaba. De pronto un beso y mientras la besaba la pierna por detrás, una zancadilla y Baby al suelo con él encima, le dolió, la hizo sufrir pero ella era una mujer orgullosa y nunca iba a hacerle ver que se estaba muriendo de miedo. Las olas que llegaban a la orilla los cubrieron muchas veces entre las pequeñas rocas incrustadas en la arena, y hubo un momento en que hasta el propio Calín sintió que estaba muy cerca del amor, ante una mujer casi tan valiosa como una puta, en todo caso.

Pero si el peor cine mejicano parecía haberse apoderado del alma de Calín, la moderna epopeya del western iba poco a poco enraizando en Taquito. Algo había en el ambiente aquella noche que los dos partieron a tomarse unos tragos en el tambo de la hacienda. La reunión familiar acababa de terminar en la terraza de la casona. Los padres de Baby se habían marchado a acostarse sin lograr romper para nada una tensión que los seguidos estornudos de su hija no hacían más que aumentar, cada estornudo hablaba de gritos de la larga ausencia de la pareja por la tarde y de la aguda preocupación de la señora cuando encontró la ropa de ambos empapada en el baño. Hasta Taquito andaba un poco silencioso esa noche en la terraza, y nunca se logró crear un verdadero diálogo. Baby los acompañó un rato más pero de pronto Calín dijo que la hora de los hombres había llegado y le hizo una seña para que se fuera a la cama. Ella obedeció cansada y silenciosa pero antes de marcharse se acercó donde él para darle un beso. Taquito recordó emocionado a Gary Cooper y se alejó rápidamente en dirección al tambo para que no lo fueran a besar a él también. «Te espero allá», le dijo a Calín, mientras se dirigía hacia la cancha de fútbol bordeada de rancherías. Al fondo, entre la oscuridad total, se podía ver la luz del tambo.

Ahí estaba el negro Coronado y otros negros con quienes ya en noches anteriores habían conversado largo. Dominaban un poco el ambiente, apoyados en el mostrador atendido por una japonesa a la cual era más que obvio que ya Calín le había echado el ojo. Pero eso seguro ocurría aún más tarde de la hora de los hombres, a la hora de los hombres solos y silenciosos, una parte de la noche que Taquito a duras penas si lograba adivinar tirado en su cama, pensando más que nada que estaba arriesgando su año a punto de perder tantas clases en la universidad. Los negros le llamaban Negro a Calín, y entre ellos había surgido una especie de solidaridad que se manifestaba más que nada en un callado desprecio por los cholos que bebían en las dos o tres mesitas dispersas que había en el tambo. Taquito saludó a todo el mundo y anunció la pronta llegada de su amigo. En efecto, al cabo de un momento apareció Calín.

«Cosas se han oído decir», sonrió el negro Coronado, abrazándolo con un estilo bastante gangsteril, una especie de abrazo ritual que sellaba pactos y que ya Taquito había observado en las relaciones de su amigo con otros hombres de su mundo. Luego vinieron copas y copas de pisco, cigarrillos negros, discusiones sobre gallos de pelea, y de pronto sobre algo que Taquito nunca se hubiera imaginado en esas circunstancias: sobre la hija del patrón. «Cosas se han oído decir», repitió el negro Coronado.

Tanta copa de pisco había sido demasiado para Taquito, y al principio no lograba entender muy bien de qué se trataba todo el asunto. Pero un esfuerzo y nuevas copas de pisco lograron darle una lucidez muy especial, la suficiente como para irse enfureciendo de verdad por primera vez en mil años a medida que Calín avanzaba con su cruel historia. Todo terminaba por la tarde, en la playa. Ahí pidió chepa la hijita del patrón y supo para siempre lo que era un hombre, un verdadero hombre y no esos cojuditos con que tanto solía andar en sus fiestas. Había sido sólo cuestión de trabajarla bonito, usted sabe, compadre, no hay mujer imposible sino mal trabajada... No tuvieron tiempo de soltar la carcajada los compadres, fue cosa de un segundo y vino de donde menos se lo esperaban, vino de un Taquito inflado de westerns y de rabia. Pero la sorpresa de Calín duró menos aún, ni siquiera se limpió el pisco que acababan de arrojarle a la cara. También los negros ya habían abierto cancha.

La versión oficial fue que se había torcido un pie y que, al caer, todo el peso de su cuerpo había ido a dar sobre su brazo derecho. El mismo Taquito fue el primero en contarla, a la mañana siguiente, cuando los padres de Baby lo llevaron quejándose de dolor al hospital más cercano y luego a Lima, porque no confiaban en el enyesado del primer médico de pueblo. Pero Baby tenía sus sospechas y no se iba a quedar sin saber la verdad. Por lo pronto a Calín no le dirigió la palabra durante el desayuno y, a eso de las doce, apareció furiosa en el tambo, con sus pantalones de montar, su fuete y todo, y gritó a la japonesa hasta que ésta le confesó que el señor Calín le había sacado la mugre a su amigo.

Y ahí la cosa empezó a parecerse a Chicago con sus gángsters. No más westerns para Taquito y no más cine mejicano del más malo para Calín y Baby. Los tres andaban ahora en época de treguas y conversaciones, sufrían y al mismo tiempo les encantaba, calculaban. Mientras tanto la facultad andaba movida con lo de las elecciones a delegados de año y Baby conversaba con todo el mundo sobre posibles resultados, hasta proponía tachar a un catedrático cada vez que veía a Calín aparecer por los rincones, estaba interesadísima, no cesaba de hablar y discutir. Con Taquito como siempre, cordialidad total, pero sobre lo del brazo enyesado ni una palabra, como si nada hubiera ocurrido. Así hasta que un día llegó el primer mensaje de Calín: no había probado un trago en una semana, juraba nunca más volver a ver a su puta y lo mismo en cuanto al billar ya que éste sólo le servía de antesala mientras abrían el burdel. Quería la paz y pedía por favor que fuera para el veintitrés porque el veintitrés era el día en que murió su madre. No. No habría la tal paz mientras Calín no le pidiera disculpas a Taquito delante de ella. Ésas fueron las condiciones impuestas por Baby. Taquito se puso feliz, nada deseaba más que volver al régimen anterior, no soportaba la actual tensión y la verdad es que de rencoroso él no tenía nada, él sólo deseaba la felicidad de Baby. Pero una tarde, poco antes del día veintitrés, Baby volteó a mirar si Calín estaba mirándola desde el fondo del patio de Letras y de pronto, al verlo, sintió un profundo desencanto. Allá estaba parado conversando con tres más de su collera, pero sin puta, sin burdel, sin billar en la Victoria desde hace varios días, qué aburrido. Y como que lo dejó de querer inmensamente.

Pero no por eso dejó de asistir a la cita del veintitrés. Se sentía obligada, después de todo Calín era muy sentimental y era el día en que murió su madre, esas cosas se respetan y seguro que se parecen tanto a la música que tocan en los prostíbulos. Y además el montaje era genial, la organización perfecta, Baby no podía dejar de aceptar que todo el asunto la intrigaba enormemente y que la hacía sentirse importantísima. Como testigo iba a asistir a la comida en que se sellaría la paz, en que Calín y Taquito se abrazarían delante de los amigos que cada uno había invitado, luego de haberse propuesto los brindis apropiados. Y todo en un chifa del barrio chino, en pleno Capón nocturno, realmente era una situación digna de una mujer como ella, a qué otra muchacha de Lima se le presentaría una ocasión semejante, iba a beber con hombres, entre hombres, de hombre a hombre. La cita era a las nueve de la noche y todos fueron puntualísimos. Taquito llegó en el carro de su papá, trayendo a un compañero de facultad. Al instante, Calín y sus compinches bajaron del carro de su padrino, y a Baby la trajo su chófer que se quedó esperando en la esquina. Minutos después ya estaban sentados en un compartimiento bastante amplio y empezaron a pedir grandes cantidades de cerveza, comida en abundancia, y unos cuantos aperitivos mientras se viene lo bueno. Calín sólo conversaba con los suyos, mientras que Baby, Taquito y el otro compañero formaban grupo aparte. Una guinda sirvió para el primer brindis y fue, como era de esperarse, por la madre de Calín, que en paz descanse. Ni hablar de la bajada de cabeza que pegaron todos, respetuosísimos. Pero luego vino el *impasse* y se jodió la cosa. Uno de los compinches del grupo ofensor sugirió brindar por la belleza y la bondad de Baby y Taquito, ¡claro!, ya iba a alzar su copa pero ahí no más se quedó al ver que ella permanecía fría e inmóvil, eso era chantaje, querían ganarles la mano con adulaciones. Con su silencio Baby dejó muy bien establecido que hasta que no llegara el gran abrazo reconciliador ellos permanecerían alejados. Y este abrazo no podía venir sino de la iniciativa de Calín, el gran ofensor. Y tú, Taquito, ni te muevas hasta que yo no te lo diga, pareció indicarle con la mirada.

Eso se trajo abajo todo el asunto durante una media hora más o menos. Reinaba el silencio mientras comían y cada grupo se servía cerveza de acuerdo a sus necesidades, no compartían ni la sal. Pero el tiempo iba pasando y a Baby la cara de rabia de Calín empezó a gustarle cada vez más, casi como en los viejos tiempos, algo tenía en sus ojos, algo terriblemente atractivo, ni más ni menos que si hubiera vuelto a las andadas, cada vez que él no la veía, ¡paf!, le echaba su miradita. Y eso la hizo pensar y pensar hasta que de pronto se encontró en un callejón sin salida. En efecto, por un lado no podía amistar con Calín si él no le prometía nunca más volver a los billares y a los prostíbulos de la Victoria, pero, ¿acaso el otro día no había sentido que un Calín bueno era poco digno de su amor? Ya sabía: ésa iba a ser su gran noche. No bien se produjera el gran abrazo para el cual se había asistido a esa comida, ella abandonaría la cena diciéndole a Calín que para ella simplemente todo había terminado, que había perdido la fe en él. En ésas andaba Baby cuando Calín propuso un brindis por la única mujer que había amado en su vida, por la única que lo había sabido amar y comprender. Fue igualito que en la ranchera, *con el llanto en los ojos alcé mi copa y brindé por ella.* Y en este caso ella también quiso quedarse cuando vio su tristeza, pero nada. Baby no alzaría una copa más mientras no se desagraviara a Taquito. Fue media hora más ya sin comida pero con ingentes cantidades de cerveza y por último una botella de pisco para el gran brindis. Baby se sintió triunfal. Calín cedía, sin trampas ni astucias ni falsos brindis lo había hecho llegar exactamente al punto en que quería verlo. Y ahora estaba parado y ella lo estaba queriendo menos, casi nada porque estaba de pie, la cabeza gacha, bastante avergonzado porque seguro por primera vez en su vida iba a pedirle perdón a alguien. Taquito se incorporó al escuchar que pronunciaba su nombre y que brindaban por él con palabras de desagravio. Fue en ese instante, Baby lo deduciría después, que Calín la miró un segundo y le entendió los ojos verdes, triunfales, sonrientes. Bajó su copa y dijo que no podía haber brindis sin previo abrazo. Baby lo quiso menos todavía mientras se acercaba a abrazar a Taquito pero ahí acabó tanto desamor, ahí resurgió nuevamente Calín en todo su esplendor y lo que estuvo a punto de ser el gran abrazo se convirtió en fracción de segundo en una especie de gruñido de tigre, raaajjj, un zarpazo terrible, desconcierto general, Taquito se cubría la cara ensangrentada, los compinches de Calín maniataban a su compañero, mientras Baby sentía nuevamente que era inevitable obedecer y se dejaba arrastrar hasta la calle por un hombre que se la podía llevar a cualquier parte aquella noche.

Pero el tiempo que todo lo borra, dice el tango, y en el caso de Calín esta ley pareció cumplirse inexorablemente desde aquel mes de diciembre en que Baby y Taquito aprobaron su segundo año de Letras y él lo volvió a repetir por tercera vez. Todos como que cambiaron, como que maduraron, y Calín simplemente empezó a perder atractivo. Sus prostibularias historias cesaron de interesarles a unos compañeros que también ya habían hecho sus pininos en los burdeles de la ciudad y que, más de una vez, habían amanecido borrachos en las cantinas mal afamadas de Lima. Y ahora todos pasaban a tercero de Letras, a primero de Derecho, todos empezaban a trabajar en el estudio de papá y a tener su carro propio y a soñar con un lujoso porvenir en el que tipos como Calín no tenían ningún lugar, hasta lo empezaron a ver con algo de pordiosero, como a alguien que los incomodaba con sus sentimientos bastante huachafos y sus problemas absurdamente turbios. De pronto no fue más uno de los suyos sino una especie de huérfano empobrecido y sin un porvenir brillante como el de ellos, de golpe un consenso general decidió tácitamente que en sus futuras casas de Miraflores, de San Isidro, de Monterrico un tipo así no tenía cabida. Qué se iba a hacer, se cansaron de los bajos mundos, de sus mediocres leyes, algo mejor los esperaba, y tal vez todo el asunto quedó sellado una mañana en que Raúl Nieto apareció en la facultad diciendo que qué tanto burdel ni malanoche, seguro que Calín se acostaba tempranito como todos y que antes de venir a clases hacía gárgaras de pisco para llegar apestando a licor como si hubiera pegado la gran trasnochada. Risa general, olvido y vacío en torno a un héroe en desgracia que no tuvo más remedio que irse a buscar su nueva clientela entre los que recién ingresaban a la facultad. Y Baby simplemente lo mandó al diablo.

En cambio Taquito era un hombre nuevo, un flamante miembro de la Academia Diplomática, un entusiasta admirador de Baby de siempre, de la antigua compañera con quien tantos buenos momentos había pasado. Y era, sobre todo, un hombre dispuesto a triunfar en la vida, a hacer una brillante carrera y a hablar en adelante con palabras mayores. Una mañana se levantó, se puso su primer terno con chaleco y, parado frente a un espejo, llegó a casa de Baby y pidió su mano. Sus padres se la concedieron encantados.

Pero claro... siempre aquella pequeña diferencia con la realidad. Y la realidad era que Baby había entrado de cabeza en el gran mundo limeño. Para nada lo había excluido, por supuesto, pero por otro lado ahora salía con tres de los solteros más cotizados de la ciudad. El primero buenmocísimo, un escandinávico y rubio arquitecto cuyo nombre aparecía en casi todas las construcciones de los barrios elegantes. El segundo no paraba hasta conde español y, en cuanto al tercero, abogadazo de nota, era la primera vez que Baby salía con un hombre que pasaba los cuarenta y, lo que es más, experimentado hasta las sienes plateadas. A todos los abrazó Taquito en casa de ella, con todos discutió y a todos los vio partir noche tras noche llevándosela a algún restaurante carísimo.

Pero un día sucedió algo que lo convenció definitivamente de que, en el fondo, era a él a quien Baby amaba. Fue una noche en que no tenía nada que hacer. La llamó por teléfono para ver si podía ir a conversar un rato a su casa, y ella le dijo que desgraciadamente había quedado en salir a comer con el conde español. «Espera», agregó, «si quieres lo llamo y le digo que lo dejemos para otra noche». Taquito se quedó cojudo de felicidad, llenecito de esperanzas, y lo único que atinó a decir fue que no tenía un céntimo para invitarla. Pero Baby tenía demasiada clase como para que eso le importara y una hora después estaban comiendo en la Pizzería de Miraflores. De ahí pasaron al Ed's Bar, todo pagado por ella. Taquito la sacó a bailar un slow y le pegó la cara. Media hora más tarde Frank Sinatra estaba cantando *those fingers in my hand,* y Baby le confesó que para ella los hombres más atractivos del mundo eran Frank Sinatra y Antonio Ordóñez.

Menudo problema para Taquito el de parecerse a tremendos tipazos. Pero se vio varias películas de Sinatra y decidió que colocándose un sombrero de lado (con lo cual se convirtió en el hazmerreír de medio Lima), sonriendo de cierta manera y utilizando determinadas expresiones en inglés era posible parecerse al artista, crear un ambiente psicológico parecido al que se desprendía de sus actuaciones en el cine. Esto y whisky porque Sinatra era de los que se tomaban sus buenos tragos no sólo en el cine sino también en la vida real. Faltaba solamente que llegara la ocasión. Whisky, sentimientos latinos, modismos norteamericanos, sombrero ladeado, Baby sucumbiría.

Y qué mejor oportunidad que la que ahora se le presentaba con la fiesta de la Beba Aizcorbe. Ni hablar del peluquero. Él conocía bien esa casa inmensa, de enormes salones archimodernos y ventanales que daban sobre un jardín que seguramente estaría más alumbrado que Beverly Hills para la ocasión. Unos cuantos whiskies antes de la fiesta, justo los necesarios para llegar en forma, para entrar encantado de la vida, saludando a todo el mundo y presentándose finalmente donde Baby con más cancha que Sinatra en *Pal Joey,* cuando apareció en casa de la multimillonaria Rita Hayworth. Perfecto. No podía fallar. Taquito se anduvo entrenando toda la semana, y el sábado a las siete en punto de la noche ya estaba sentado en el Blackout, pidiendo su primer whisky. Ahí hubo un decaimiento. El primer whisky no le hizo el efecto deseado, la verdad es que no le hizo ningún efecto estimulante y el segundo y el tercero lo mismo que el primero, como si nada. Se metió el cuarto a eso de las ocho y otra vez como si fuera agua. El quinto lo mismo y así el sexto y el séptimo, cosa rara en él, pero de pronto el octavo se le trepó hasta el cielo. Tuvo que tener cuidado para no tambalearse al salir pero con un pequeño esfuerzo logró dominarse y utilizar los efectos del licor exactamente para los fines deseados. Entró, pues, a la fiesta tal como lo había planeado, hasta lanzó el sombrero al aire y embocó en una percha, igualito que en el cine, lo único malo es que de repente no supo en qué película estaba y como que se le mezclaron todas. Mejor aún, ése era el verdadero Sinatra, el de todas sus películas, así era el personaje. A Baby la saludó desde lejos haciéndole adiós con la corbata y cuando llegó donde ella le golpeó afectuosamente la mejilla y se echó un poquito para atrás, ni más ni menos que el cantante entonando *Cheek to cheek.* Baby lo miraba entre asombrada y sonriente y sobre la marcha se dio cuenta de que había bebido algo más de la cuenta. Pero él dale con que dónde está el bar, whisky *on the rocks* quería, y tú, *beautiful one,* me vas a acompañar a buscarlo porque no te voy a dejar sola en este barrio mal poblado. Baby lo seguía, lo acompañaba y, por último, le dijo que de acuerdo, que estaba dispuesta a instalarse en uno de los taburetes del bar siempre y cuando hubiese una botella de oporto, porque ella sólo bebía oporto.

Se estaban pegando la gran tranca juntos, por lo menos eso es lo que él creía y dale con servirse otro whisky sin darse cuenta de que Baby aún no pasaba de la primera copa. «Armemos la gran juerga», gritaba Taquito, «*Let's paint the town*», y sentía en lo más profundo de su corazón que estaba igualito a Sinatra cantando *Island of Capri,* hasta le parecía escuchar a la orquesta de Billy May acompañándolo. Media hora más tarde tenía a Baby abrazada, encantada de estar con él, y cada vez que ella le celebraba una de sus salidas en inglés él la traía riéndose hacia su cuerpo y ahí la escondía un ratito contra su hombro. Luego volteaba a mirar hacia la terraza donde tanta gente bailaba pero en una de ésas como que vio doble y casi se viene abajo del taburete. «Un momento», dijo, «no te cases en mi ausencia, Baby». En realidad lo que quiso fue ir en busca de un disco de Sinatra para darle ambiente al asunto, pero en el camino no tuvo más remedio que desviarse violentamente para ir a parar al baño. Se sintió pésimo y, cuando regresó, como que ya no sabía muy bien dónde estaba, se tropezó demasiadas veces antes de llegar donde Baby y una vez a su lado comprendió que le era simplemente imposible volver a subirse al taburete. Pero aceptó feliz el whisky que ella le dio y continuó conversando hasta que de pronto supo que estaba pegándole un rodeo enorme al asunto de la declaración amorosa y que Baby lo escuchaba muy seria. Tuvo la certeza de que Baby le estaba prestando toda la atención del mundo.

Y para siempre guardó la absoluta certeza de que si alguna vez en la vida ella le había hecho caso había sido precisamente esa noche. Pero hasta ahí los recuerdos. Lo demás se le borró desesperadamente y, al despertar el domingo, lo hizo con la total convicción de que algo había sucedido, no necesariamente malo pero sí insuficiente. Sólo Baby podía saber qué había ocurrido, ella le contaría, si ya eran enamorados se dejaría coger de la mano esa tarde, y sin embargo tanto dolor de cabeza y esa espantosa sensación de que lo de anoche no había sido más que un borrón al cual una sensación de inseguridad añadía casi obligatoriamente algo de cuenta nueva.

Fue como se lo esperaba. Vio a Baby, hizo alusión a lo de anoche y, como ella se limitara a sonreír indicando casi que nada había pasado, ya no encontró el coraje para tomarla por la mano y comprobar si algo había pasado. Podían ser dos cosas: que Baby le había dicho que no y que Baby, al comprobar que estaba borracho, había optado por no darle importancia al asunto en cuyo caso qué otra solución quedaba más que la de empezar de nuevo.

La feria de octubre fue la ocasión. Venían toros y toreros españoles y Taquito la invitó a ver las dos corridas del ídolo Ordóñez. Por supuesto que antes se leyó completitas las obras de Gregorio Corrochano y, en lo referente a *La estética de Ordóñez,* prácticamente se la aprendió de paporreta. A Acho llegó con puro y sombrero cordobés lo cual le valió más de un silbidito tipo hojita-de-té, pero qué diablos si Baby sabía compartir a fondo los verdaderos ambientes y eso precisamente era lo que él le estaba creando. La tarde se presentó perfecta.

Ordóñez, con un faenón de dos orejas y rabo, le dio tanto ambiente al asunto como la música de Sinatra le había dado antes a su encarnación del famoso cantante. La gente gritaba en la plaza, olés a granel, flores en el ruedo, pero Taquito, muy entendido, sabía en qué consiste la seriedad de un torero de Ronda y entre toro y toro le explicaba a Baby cuál era la exacta diferencia entre la escuela rondeña y la sevillana. Realmente la llegó a interesar, y terminada la corrida, ella aceptó gustosa seguir escuchándolo mientras tomaban un par de oportos en el bar del Bolívar. El embrujo se había creado, Baby estaba nuevamente cerquísima a él.

Y en la fiesta de Luz María Aguirre, Taquito, con la serenidad y elegancia de una verónica de Ordóñez, con un solo whisky bien saboreado, le iba a hablar definitivamente de sus sentimientos. No había miedo, no había cortedad posible, como en la escuela rondeña con el mínimo de pases el bello animal se aproximaría ya dominado a la hora de la verdad. Frases seguras, palabras bien dichas, una fina atención a sus deseos, un oporto traído a tiempo, una majestuosa calma serían los equivalentes de una breve y grande faena. El lugar era propicio. Se habían instalado al borde de una gran terraza que se elevaba un metro sobre el jardín. Abajo, en el tabladillo, bailaban las parejas y ellos, allí al borde, conversaban tranquilos, casi graves. Taquito hasta se sorprendía de lo bien que Baby se ajustaba a las circunstancias que él iba creando. Así hasta que llegó el momento en que ella tuvo su oporto y él su whisky. No; esta vez no iba a llegar intempestivamente y con la ayuda de copas a lo que quería; esta vez sin confusión ni engaños era él quien iba a encontrar el momento apropiado, con coraje, con hombría. Y ahora es cuando, ahora en que la orquesta estaba tocando un hermoso pasodoble, ahora en que Baby, volteando ligeramente para observar a las parejas, le había mostrado como nunca la desesperante dimensión de su belleza a los veintiún años. Ordóñez-Taquito se apoyó sólidamente sobre el espaldar de su asiento y echó una bocanada de humo antes de empezar a hablar, Baby, ha llegado el momento en que tenemos que ver muy claro en nuestros sentimientos... Eso es lo que estaba diciendo, apoyándose cada vez más en el espaldar para poder seguir el humo que se elevaba ayudándolo a hablar. No se dio cuenta Taquito de que los muebles suelen ser muy livianos en las terrazas y a punta de apoyarse se fue de espaldas, desapareciendo bruscamente de su declaración de amor.

Ésa fue la última tentativa que hizo por acercarse a la verdad, a lo que debía y tenía que ser la verdad. Dos veces se había acercado y las dos veces algo había ocurrido pero también algo había sido dicho. Entonces ¿por qué no reaccionaba Baby? Taquito llegó a pensar que era por insensible o por falta de inteligencia; cualquier otra persona se habría dado cuenta, habría hecho una alusión al asunto, se habría sentido aludida. Pero por esas épocas andaba demasiado embobado como para dar rienda suelta a tan negativos pensamientos. Qué quedaba más que seguir, seguir viendo a Baby, seguir saliendo con ella cuando no tenía cita con alguno de los tres solteros incasables con que salía a cada rato. Volvió a abrazarse con todos, volvió a compartir sus risas y optimismos, habló en público de los «lazos inseparables» que lo unían a Baby, pero en una comida de ex alumnos de su colegio bebió un poco más de la cuenta y extrañó profundamente las épocas en que hablaba a solas con el padre Manrique.

Sin embargo la vida empezó a darle grandes satisfacciones. De la Academia Diplomática se graduó con excelentes notas y dónde se ha visto un diplomático triste. Estaba tan contento con sus ocupaciones que en el fondo a lo mejor ni quería a Baby. La continuaba viendo, eso sí. Con ella iba a todas partes y ella era su compañera infalible cada vez que salía con algún amigo y su novia. Porque por esa época sus amigos empezaron a tener novias, a regalar anillos con brillantes y hasta a casarse. Ya no salían con amigas o enamoradas, ahora el asunto era con la novia, hasta con la esposa. «No, conmigo no es la cosa», dijo un día Taquito, cuando le preguntaron que cuándo iba a sentar cabeza. Lo dijo sin pensar, casi como un reflejo defensivo y de golpe descubrió que su frase le había encantado. Hombre, por qué no. Por qué no ser como el arquitecto y el conde y el abogadazo. Eso. La soltería, la soltería le caía de perilla, estaba perfectamente de acuerdo con su carácter y aquello de convertirse en un soltero cotizado e incasable le pareció una idea muy atractiva. «Sale con Baby pero ése no se casa nunca.» Exactamente. Era justo lo que iba a decir la gente sobre él, y qué mejor que tener fama de hombre de mundo, de solterón inconquistable.

Debutó feliz Taquito en su nuevo personaje. Se mandó hacer cuatro ternos a la medida y con ayuda de su papá hasta se compró su carrito sport. A Baby la llevaba a la playa y era lindo ver sus cabellos volando al viento. Por las noches la invitaba al cine, a un bar de moda, a un restaurante y era realmente cojonudo parecerles a otros algo que hasta entonces otros le habían parecido a él. Cojonudo sentirme medio *playboy*. De humor andaba como nunca, todo lo tomaba a broma si Baby le decía, por ejemplo, esta noche no puedo salir contigo, él sobre la marcha le contestaba cuál de los tres, gringa, ¿el de las sienes plateadas, el arquitecto o el condecito? Pero un día ella le dijo que ninguno de los tres y entonces sí que se quedó desconcertado y triste.

En efecto, era uno nuevo y, lo peor, era el último. También lo saludó aspaventosamente, también lo abrazó cuando le tomó confianza, pero esta vez no era como las otras y muy pronto supo Taquito que el personaje tipo *playboy* acababa de derretirse ante la presencia del hombre que verdaderamente lo iba a apartar de Baby Schiaffino. Sintió de golpe que vivía en un mundo en el que todos habían nacido para casarse y que ahí el único que no iba a casarse nunca era él. Lo de Baby se veía venir, se había enamorado, Taquito se dio cuenta desde el día en que le presentó a Ignacio Boza, un hombre que era la encarnación de la madurez y que se afeitaba dos veces al día. Qué importaba que fuera un tipo con un brillante porvenir político, que añadiera una nueva dimensión a la curiosidad intelectual de Baby. Muchas cosas antes habían despertado su interés pero ahora estaba simple y llanamente enamorada.

Y sin embargo no lo excluyó. Por el contrario, lo llamaba cuando estaba sola, hasta lo invitaba a salir con ellos dos. Taquito encantado. Se hizo íntimo de Ignacio Boza y nunca se sintió de más acompañándolos. Muchos sábados pasaron sentados en la terraza de un club, hablando de política, de libros, y bebiendo la infalible copa de oporto de Baby. Pero una tarde, saliendo del Regatas, a Taquito se le vino a la cabeza una idea de lo más triste, de golpe se le ocurrió que estaban en una tira cómica y que Ignacio lo llevaba a todas partes metido en el bolsillo interior del saco; a veces lo mostraba y otras lo escondía. Esa noche soñó con Baby.

Después, durante el año y medio que transcurrió hasta el matrimonio de Baby, Taquito logró componer la realidad hasta el punto en que sus calladas esperanzas renacieron mezclando su nueva alegría con una sincera aflicción por el trágico destino que aguardaba a Ignacio Boza. En efecto, una noche se durmió con una fe terrible en aquel infarto que en medio de tantos ajetreos políticos sorprendería a su amigo, causándole repentinamente la muerte. Pero nada ocurrió hasta el día en que Baby recibió su flamante anillo de compromiso, quedando fijada la fecha de la boda para unos meses más tarde. Tirado en su cama, otra noche, semanas antes de la celebración, Taquito volvió a inferir en la realidad, aliviándose extrañamente. El avión que llevaba a la pareja en su viaje de luna de miel se estrellaba al aterrizar, dejando un trágico saldo de muertos y heridos. Tiempo más tarde, Baby, desengañada pero joven siempre y con toda una vida por delante, se sobreponía a tan terrible tragedia y encontraba otra vez el calor de la ilusión en el descubrimiento de un viejo afecto, el único real ahora, sólido y sincero como para durar ya para siempre.

En la otra realidad Taquito fue testigo de la novia, despidió con aplausos a la pareja cuando huyó del banquete de bodas, y cenó con ella un mes más tarde, al regreso de la luna de miel en Nassau. Pero en aquella ocasión fueron cuatro y no tres los comensales. Ana, prima por Adán de Baby, acompañaba a Taquito, dejándose coger la mano dulcemente. Todo había sucedido el mismo día del matrimonio cuando él, luego de haber almorzado en la mesa de honor, se lanzó algo turbado por tanto champán en busca de gente con quien comentar la radiante belleza de la novia. A las seis de la tarde la fiesta seguía y Taquito, sin saber muy bien cómo, conversaba encantado de la vida con una muchacha que le confesó haber oído hablar mucho de él, de su vieja amistad con su prima Baby. Horas después ambos cenaban en la Taberna y de ahí pasaban al Mon chéri. Una mezcla de champán, vino y whisky logró que se pareciera increíblemente a su prima y, a eso de las dos de la mañana, Taquito, entre borracho, sentimental y profundamente solo, soltó la más larga y paporreteada declaración de amor. Ana lo escuchó conmovida. Cosas como que algún día sería la esposa del embajador del Perú en Washington le encantaron, aunque de vez en cuando tenía que corregirlo porque él en lugar de Ana le decía Baby.

Taquito amaneció feliz y desasosegado al mismo tiempo. Tenía una enamorada, iba a tener una novia, iba a casarse, todo como todo el mundo. Y sin embargo nada correspondía a su realidad, ni siquiera sabía si quería a Ana. Pero se tomó un par de alkazeltzers por lo de las muchas copas, y de entre las burbujas le fue viniendo el recuerdo de aquel extraño itinerario de sus sentimientos que lo había llevado a amar (porque ahora tenía que amarla) a una muchacha que se parecía a Baby... sólo que menos interesante, rubia, bonita... sólo que más llenita, narigoncita, bajita... Pero esta tarde tenía cita con Ana. Dejó el vaso y se metió a la ducha para cantar a gritos y salir transformado en un personaje feliz, que tenía una enamorada, que iba a tener novia, que iba a casarse, todo como todo el mundo. De la ducha salió corriendo y no paró hasta que dio con una florería y ordenó una docena de rosas rojas para la señorita Ana Vélez. Y corriendo, silbando y tarareando llegó feliz donde su gran amor, a las seis en punto. Tal como habían quedado.

Baby fue testigo de su boda y también él partió a Nassau en viaje de luna de miel. Su próximo nombramiento a Buenos Aires era ya casi seguro pero sólo el día en que vio el documento firmado por el ministro sintió que la vida lo estaba recompensando en todo sentido y que la realidad empezaba a corresponder con total precisión al más exigente de sus deseos. Ana era una esposa ideal... menos interesante rubia bonita, más llenita narigoncita bajita... y con ella... Bastaba ver lo bien que lo acompañaba a las reuniones a que su carrera lo obligaba, bastaba ver lo bien que había arreglado y decorado su flamante departamento, qué bien quedaba la cigarrera que les regaló Baby sobre la mesita...

—Tenías cara de estar pensando en las musarañas —le dijo Ana, acercándose para besarlo.

A Taquito le costó trabajo captar que regresaba del té en casa de Raquelita.

—Estaba pensando en las musarañas —dijo.

—Sigue pensando otro ratito, amor. Sírvete otro whisky si quieres. Tengo que confesarte algo pero prométeme que me perdonarás.

—¿Qué ha pasado?

—Nada. No te asustes; no es nada que no tenga solución inmediata. Me olvidé de echar tu carta para Baby al buzón pero en este instante voy. En cinco minutos estoy de regreso.

—Okay.

Y se quedó parado, como esperando la vergüenza que iba a sentir... *fuiste y serás mi más grande (amo) amiga una amistad que perdurará en lo más profundo...*

Entonces hizo algo muy triste. Se sirvió otro whisky, y sacando una botella que siempre solía tener, le invitó una copa de oporto a Baby.

—Padre Manrique —sollozó, apoyando la cabeza sobre su vaso de whisky—: Hay algo que quisiera explicarle. Yo nunca salí con Baby Schiaffino... No sé bien cómo decirlo. Trate de comprender. Nunca salí con Baby Schiaffino. Nunca salí con ella. Yo salía al lado de Baby Schiaffino...

Después regresó Ana menos interesante bonita rubia más llenita narigoncita bajita y le agradeció que la estuviera esperando con una copa servida porque afuera hacía frío.

—Tienes un marido que piensa en todo —dijo.

Y un rato más tarde ella continuaba muy contenta porque tenía un marido que pensaba en todo y luego comieron y más de lo que conversaron durante esa comida nadie conversa durante la comida. Definitivamente, él tenía esa «gran capacidad».

París, 1972

¡Al agua patos!
A Marcus Cumberlege

Cuántas cosas para que el niño se entretenga había en la casa. Y después, más allá, la casa se extendía libremente hacia un montón de cosas más para que él las mirara algún día preguntando y le llegaron las primeras historias de los picapedreros desde ese espacio sin más límites que las montañas siempre al fondo por donde las miraras, cerrando oscuras el mundo donde se acababa la dicha de los días eternamente soleados, de los días que siempre regresaban porque tía Tati, antes de apagarle la luz, le pedía por favor que le prestara su sol a otros continentes, a niños de otros continentes, sólo así, con tanta generosidad, no tardaba en quedarse dormido. Y a amanecer con el peso del sol sobre las manos que aún no habían tocado nada de este mundo sintiendo el calor saludable al proteger sus ojos dormilones porque tía Tati acababa de abrir las cortinas llenándolo una vez más de confianza en alguna sensación aún no puesta al borde de una palabra como la palabra felicidad con sus cuatro sílabas (sobre todo o por ejemplo) añadidas unas a otras en una suerte de carrera en la que al mismo tiempo hay que guardar el equilibrio y correr y saltar, demasiado que aprender en una distancia que tiene tan sólo cuatro sonidos.

Como todo lo demás, como todos los demás, era bellísimo. Y de aquella época le han quedado al joven que de tiempo en tiempo, con cierta regularidad últimamente (ahora que sabe que tanto ha fallado definitivamente) visita aquel lugar, le han quedado con insistencia palabras, adjetivos, momentos de una falsa encantadora manera de ser bueno, ingenuo cuando de pronto tropieza con algún conocido. Y cuando la gente se engaña él sabe que miente, y cuando la gente no se engaña él sabe que no ha mentido porque le han quedado con insistencia palabras, adjetivos, momentos de nostálgicas mentiras y antiguas perdidas verdades que tía Tati simplemente se olvidó de llevarse consigo en la premura con que desapareció de la gran casa de Chosica para irse al cielo, y que un día, al abrirse la primera hondonada digna de ser momentáneamente cubierta con las palabras duda, desconcierto (entre otras con sonidos que se acaban), cuando se abrió la hondonada que con certeza iba dirigida hacia el peligroso silabeo de otra palabra que él entonces aún no conocía por estarla recién viviendo, el joven se dio cuenta de que lo habían traído al malecón invernal de la adolescencia con los vestidos veraniegos de su niñez en Chosica.

Cuántas cosas para que el niño se entretenga había en la casa. Y es invierno en la ciudad cuando el joven estudiante universitario le pide a su amigo que lo lleve a Chosica. Sol todo el año, le recuerda, y con buenos amigos. Al llegar, uno de ellos, el que conduce, no sabe bien qué hacer. Sí, sol todo el año pero y ahora qué, la cerveza dónde. Pero el otro ha empezado a contarle de esos primeros años en Chosica, los cinco primeros de su vida. Fueron por la salud de mi hermana, los bronquios primero, los pulmones después. Habla con naturalidad, no hay ya ni un tono de voz especial ni un vocabulario escogido para hablar de una hermana muerta hace siglos de niñez, mil años de adolescencia. En cambio sí le interesa indicarle bien el camino, algún día se hartará de traerlo pero así será mejor porque entonces habrá llegado el momento de venir solo y de enfrentarse tal vez por fin a un viejo, ansiado y olvidado descubrimiento. Habrá llegado el momento en que hay que venir solo para ver mucho más que aquella primera vez cuando al llegar sacó el brazo señalando el pedregal y llegaron con la soleada y generosa gratuidad de esas primeras sensaciones los secos y agudos golpes de los picapedreros de siempre. Poco a poco se fueron perdiendo mientras daban la curva para pasar frente a la casa, mientras él se incorporaba apoyándose en el asiento, mientras se inclinaba rápidamente para mirar por entre el timón y el perfil de su amigo que aprovechaba la pista en bajada y dejaba irse demasiado rápido el automóvil. Más abajo pasaron delante de la casa del pelo rubísimo de la niña. No, nada. Pero mientras le pedía otra vuelta, por favor, ya te iré contando, sintió que aquella reciente imagen lo alcanzaba alargándose, prolongándose hasta él, penetrándolo, fue una luz que se enciende y se apaga, algo que le permitió definir lo que a primera vista no había sabido llamar mutilación.

Entonces, mientras terminaban de dar la vuelta a la manzana y volvían, él empezó a tener grandes dificultades para seguir contándole a su amigo la simple historia en la cual ésa había sido la gran casa en que vivió de niño, de muy niño. Y no era que se confundiese, pero se demoraba al hablar y no lograba entretener, mucho menos interesar y hasta hubo aquel instante en que ya no quiso ni entretener ni interesar aunque todavía le quedaban con fuerza palabras del momento anterior que le permitieron insistir convincente y volvieron a pasar y a pasar y a pasar, vueltas nada más, él nunca le pidió a su amigo que se detuviera frente a la casa. Como que no se les ocurrió hacerlo a ninguno de los dos, la calle en bajada se llevaba el automóvil sin necesidad de acelerarlo, uno no quería detenerse y el otro aún no quería detenerse y en una de ésas la pista inclinada volvió a llevarse el automóvil. Esta vez regresaron a Lima, bastante callados al principio, pero luego, cuando el invierno chato de la ciudad empezó a anunciarse entre los cerros, él le contó que hasta ese día nunca había regresado a aquella casa, le fue contando que en el jardín habían construido un colegio, en el pedregal un jardín, un garaje en el amplio corredor por donde una tarde asomó una niña muy rubia que vivía casas más abajo, que se habían llevado el inmenso olmo... Poco a poco se fue callando para poder llamarle mi pedregal al pedregal, para tratar de ubicar el lugar exacto del colegio en el cual tía Tati se fue de bruces al suelo junto al olmo el día mismo en que se fue al cielo, para poder acoger con una sonrisa cada vez más confiada a la niña, es probable que ya hoy no exista tampoco el estanque con los sapos, la palabra croar no le dice absolutamente nada, ni existe ya el muro que separaba su pedregal del corralón del jardinero cuando su hijo pasó volando, tú lo viste volar, se estaba fugando de su casa, y de repente sales a jugar al jardín por la puerta lateral pero eso tiene que ser antes de qué, antes de qué palabras...

El colegio ha terminado, el verano ha terminado, hoy empiezas tu vida de universitario. Ha sido triste levantarte temprano esta mañana y desayunar con tu madre y verla salir por primera vez tan temprano y saber que ha conseguido un trabajo, que va a trabajar. Los dos han caminado juntos hasta el paradero del ómnibus, ella muy nerviosa, tú bastante preocupado. Pues bien, te dices, ya descendiste hasta la categoría en que mamá trabaja para que el hijo estudie. Ya estás en eso. Un escalón más hacia abajo exacto a tantos otros desde que abandonaron Chosica, fue casi innecesario que tu madre te hablara la otra tarde haciendo un último esfuerzo para que tú los perdones si tú nunca los has culpado de nada. Hoy simplemente un escalón más hacia abajo, el último tal vez y piensas inmediatamente en la casa de Chosica. Nunca la has vuelto a ver. Para ellos todo empezó cuando murió tu hermana pero la muerte de tu hermana qué fue para ti más que la prolongación durante largo tiempo de su estadía feliz en Estados Unidos. Ella vivía feliz en Boston y lo único malo es que a ti te faltaba alguien con quien jugar en el estanque, alguien con quien hacerle la vida imposible a los pobres sapos. Por eso fue macanudo que apareciera una tarde la niña ésa tan rubia, igualita a tu hermana, se asomó apenas por el amplio corredor que daba al patio del fondo...

—Tienes que comprender lo que eso fue para tu padre... Ya sabíamos que lo de Rafaela no tenía remedio...

...Apareció el ama preocupada porque la niñita se había metido a una casa ajena pero teníamos un nombre muy importante y sus padres encantados de que me conociera, empezamos a jugar todos los días, a hacerle la vida insoportable a los sapos, a romper los juguetes, a aventurarnos por el pedregal. Teníamos cinco años y semanas después de conocernos éramos inseparables...

—Rafaelita muerta en Boston y la niña ésa con la trenza exacta... A tu pobre papá simplemente le daban ataques de nervios de verla metida mañana y tarde en casa. Fue lo primero que me contó cuando regresé de los Estados Unidos. No podía soportarlo...

...Su ama nos llevaba por el camino que iba a los cerros y nos dejaba ver cómo trabajaban los picapedreros, sin dejar que nos acercáramos mucho por temor a que nos fuera a saltar un trozo de piedra a la cara. Pero nos dejaba hablar con esos hombres, nos dejaba hacerles preguntas, hablaban distinto a nosotros, hablaban parecido al ama...

—Una tarde los vio alejarse con el ama, recuerdo que se iban los tres hacia Chosica vieja. Fue la primera vez... Tu padre se lanzó literalmente sobre la botella de whisky...

...Yo tenía seis años cuando nos mudamos a Lima. Creí que volvíamos al caserón de la avenida Arequipa pero era otra casa mucho más chica, me di perfectamente bien cuenta de que era una casa mucho más chica y menos bonita. Estoy seguro de que pregunté qué era de la otra casa, qué había sido de la casa donde vivíamos antes de mudarnos a Chosica porque Rafaela estaba mal de los bronquios y allá hace sol todo el año...

—Hubo que vender la casa de Chosica y la de Lima. Tu papá las vendió muy mal; necesitaba invertir más dinero en la hacienda y las vendió a cualquier precio...

...Me matricularon en Inmaculado Corazón y me costó mucho trabajo tener amigos. Algo sucedía. Estaba a punto de cumplir ocho años y me acuerdo de que vivía como alguien que quiere ocultarle algo a todo el mundo. Recuerdo claramente que iba al colegio porque no quería estar en la casa y no veía las horas de que sonara la campana porque no quería estar en el colegio...

—Los niños cometen maldades sin darse cuenta; eso que te sucedió en el colegio, por ejemplo. Cuando nos lo contaste, más que el temor a quedarnos en la calle sentí que lo que te había ocurrido era muy similar a lo que debió sentir tu pobre papá cuando te veía jugar con una niña exacta a Rafaelita... como si nada hubiera sucedido...

...A partir de ese día detesté el colegio. Por fin había logrado tener algunos amigos, por fin había logrado integrarme en un equipo de fútbol... Sí, recuerdo que por esa época prefería el colegio a la casa porque en la casa siempre estaba papá gritando y apestando a licor. En cambio en el colegio el fútbol cada día me gustaba más. Hasta que le metí ese faul a Torero, fue sin querer, pero se cayó al suelo y le dolió...

—Sí, hijito; lo que te dijo ese chico era verdad: No sólo estaban a punto de quitarle la hacienda a tu padre, acababan de quitársela...

...Nos mudamos a una casa muy vieja en Barranco. Todo eso lo recuerdo ya como si fuera ayer. Papá dejó de apestar a whisky y empezó a apestar a pisco. Se acostaba tardísimo, llegaba Dios sabe de dónde, y se despertaba en la madrugada dando de alaridos y mamá corría a buscar una farmacia de turno para comprarle calmantes. Luego los líos terribles para despertarlo a las siete porque tenía que ir a trabajar. Uno de sus antiguos amigos le había conseguido un puestecito en su oficina...

—No, no le decían nada si llegaba tarde o si faltaba, pero la verdad es que con ese puesto de favor más que ayudarlo terminaron por matarlo de humillación...

...Ahora sé que pude continuar en el Inmaculado Corazón y luego en el Santa María porque mi tío Carlos se encargó de eso. De otra forma hubiera sido imposible porque lo que siguió hasta la muerte de papá fueron escenas y escenas. Nunca olvidaré la noche en que me persiguió por toda la casa, gritándome que me iba a matar porque mientras Rafaela se estaba muriendo en Estados Unidos yo jugaba feliz con otra niña, ¡la reemplazaste como si fuera un estropajo!, me gritaba, hasta que por fin me agarró y en vez de pegarme me dijo que me adoraba y me juró que nunca más iba a beber una gota de alcohol, volverás a tener una cuna de oro, me lloró tambaleándose. Pero al día siguiente estaba más borracho aún y las escenas continuaron. Mamá resistió todo menos los celos. Yo acababa de entrar a primero de media y regresaba un poco más tarde a la casa. Por esa época papá iba cada vez menos a su trabajo y raro era el día en que no regresara a casa y desde la calle escuchara sus gritos. Pero a mamá nunca la había oído gritar y esa tarde sus gritos se confundían con los de él. Me vieron demasiado tarde, ella salió disparada, pero ya yo había visto que tenía la boca rota y el traje manchado de sangre...

—El último en abandonarnos fue Rogelio; fue el último sirviente que tuvimos y nos acompañó casi hasta el fin pero el pobre hombre tenía razón en irse, no podía seguir trabajando sin ganar un centavo...

—Yo iba a entrar a cuarto de media cuando papá murió. No ha sido el primer miembro de la familia en morir alcohólico después de despilfarrar una fortuna. Por eso mamá tiene tanta fe en mis estudios universitarios y en que vuelva a levantar a la familia. La familia somos ahora ella y yo. Tío Carlos murió hace poco y mamá ha tenido que ponerse a trabajar para que yo pueda ser ingeniero. Comprendo, pues, que haya sentido esta repentina necesidad de contármelo todo, de hacer un dramático recuento de lo que ha sido nuestra desgracia. El problema es que yo me he vuelto algo escéptico y no tengo mayores ambiciones. A menudo me he dicho frases como: «No me importa vivir en la mediocridad porque no me siento mediocre». Esto es grave porque para mamá (y pienso que también para mí), la mediocridad es ausencia de fortuna y yo simplemente no me siento pobre. Algo me sucede... ¿Por qué, por ejemplo, detesto a los ricos que fueron mis antiguos compañeros de colegio y me burlo hasta más no poder de los pobres (bueno, la verdad es que no lo son tanto) que son mis nuevos compañeros de universidad? A veces pienso que no he sufrido lo suficiente y, sin embargo, resulta que hemos sufrido demasiado. Pobre mamá...

—Es preciso que sepas, hijito, que fue la fatalidad la que destrozó la vida de tu padre. No es un secreto para ti que fue el licor lo que lo mató, pero quiero que sepas que fue un caballero hasta el fin: Nunca me puso un dedo encima.

...En momentos así adoro a mamá y me pongo a estudiar como loco para ser el mejor ingeniero del mundo. Pero esto dura apenas dos a tres semanas. Y últimamente se me ha metido una idea en la cabeza y me ha dado por visitar la casa de Chosica. Raúl tiene automóvil y me ha llevado varias veces pero ya se está hartando. Mejor así. Es preciso que vaya solo y que descubra qué ocurrió allá antes de que todo ocurriera. Yo mismo no me entiendo pero siempre he sentido que algo ocurrió allá, algo que nunca nadie ha sabido, algo que ha sido mi vida subterráneamente y que por eso, cuando llegó la tristeza, lo que ha sido nuestra vida después, me encontró ya profundamente triste o marcado o, como diría el escéptico de hoy: «preparado».

Cuántas cosas para que el niño se entretenga había en la casa. Esta mañana el muchacho no fue a la facultad. Tomó en cambio un colectivo y, a eso de las diez, ya estaba merodeando por la casa mutilada, comprobando una vez más cuánto había envejecido, hasta qué punto se hallaba abandonada, cómo sus actuales propietarios habían vendido parte del enorme jardín en que él jugó para que edificaran un colegio. Hacia la una de la tarde abandonó esa calle y se dirigió a Chosica baja en busca de

algo que comer. Su almuerzo se limitó a un sándwich y dos cervezas en una cantina de mala muerte. Luego fue a la estación de
los colectivos, pero no regresó hasta Lima. Como había traído
su ropa de baño, se bajó en Huampaní y se dirigió a la piscina.
Justo en el momento en que se iba a meter al agua se dio cuenta
de que una señora con sus dos hijitos se acercaban al borde de la
piscina. El muchacho estaba pensando que no valía la pena continuar yendo a Chosica y, al mismo tiempo, miraba cómo la
señora insistía para que los niños se decidieran a meterse. La vio
retroceder y darle un empujón a cada uno, ella se lanzó inmediatamente después, gritando «¡al agua patos!». Cuando él cayó al agua, ya lo sabía todo.

      Largo rato después continuaba flotando como un muerto. Había extendido brazos y piernas y el sol lo obligaba a cerrar
los ojos igual que cuando amanecía con el peso del sol sobre las
manos sintiendo el calor saludable al proteger sus ojos dormilones porque tía Tati acababa de abrir las cortinas llenándolo una
vez más de confianza en alguna sensación aún no puesta al borde
de una palabra como la palabra felicidad... Tati tenía la costumbre de asistir a mi baño de las seis de la tarde. Siempre llegaba
en el momento en que Pancha estaba a punto de meterme a la
tina, ¡al agua patos!, decía tarde tras tarde, ¡al agua patos!
Cómo puede habérseme borrado esa frase si la pronunció siempre, aun el día en que me arroparon demasiado para que me
quedara levantado hasta más tarde y pudiera despedirme de
Rafaela que se iba de viaje a los Estados Unidos. Puedo ver el
ambiente de lámparas arrinconadas que había en la sala y ahora
puedo también imaginarme la tristeza que reinaba en esa habitación en la que seguro nadie quería mirarse a los ojos pero yo
sólo recuerdo el calor que sentía y cuánto me molestaba, Rafaela y mamá se marchaban pero para volver cargadas de regalos o
sea que yo no estuve en la tristeza de esa noche. Cómo giraba
todo en torno a nosotros, en torno a mí solamente desde aquel
día, ahí está papá bajando del automóvil y Federico el chófer
sosteniendo la bolsa con el patito de a verdad que yo había pedido como nuevo juguete, ese día logré que me dieran permiso
para que lo del baño fuera más tarde porque quería seguir jugando más rato con el patito. Y hasta puedo ver la mirada del
animalito amarillo escapándose de la pequeña palangana y yo

preocupado porque estaba temblando, cada vez que lo meto al agua tiembla más y se sale inmediatamente y lo vuelvo a meter y se empieza a achicar todito y se vuelve a salir temblando, yo también siento frío y oscurece cuando el bultito amarillo se cae de costado sobre la loseta roja pero tía Tati siempre ha dicho que los patos al agua, lo vuelvo a meter y queda flotando de costado y de pronto en la oscuridad como que empiezo a sentirme listo para algo, algo malo, es la primera vez que me han dejado solo de noche en el patio y falta mucho para que mamá regrese con mis regalos y papá está en Lima y estoy cerca de la puerta de la cocina donde anda Juana que castiga a su hijo acercándole la mano al fuego de la hornilla, es ella...

—¡Lo mataste! ¡Lo mataste! ¡No se te pudo ocurrir otra cosa más que matar al pobre animalito! ¡Pancha!, ¡venga rápido a ver lo que ha hecho esta criatura del demonio!

—¡Cómo se te ocurre hacer eso! ¡Has matado al pobre animalito! Mire, usted, Olga.

La lavandera se acerca seguida por uno de los mayordomos.

—¿Así también no destroza todos sus juguetes?

—Está muerto... será de ahogo, de frío, ¿de qué será?

—Agárrelo usted, Pancha, y bótelo a la basura... Y llévese a este niño a bañarse.

Esa noche tía Tati no vino a ver cómo me bañaba y nadie se atrevió a decir «¡Al agua patos!». Pancha me apuraba porque yo no me dejaba jabonar tranquilamente y es que sentía frío...

El muchacho se descubrió flotando medio encogido y de costado y recordó a Pancha diciéndole que en esa postura no lo podía jabonar bien. «al agua patos», dijo, y nadó hasta el borde de la piscina.

Le ha ido como esperaba. Ni bien ni mal. Trabaja con una compañía de ingenieros, lo cual le ha permitido casarse, tener dos hijos y mantener a su madre sin que ella tenga necesidad de seguir trabajando. Vive tranquilo, que es lo único que le interesa y, a veces, cuando entra a la ducha dice «¡al agua patos!». Últimamente ha estado varias veces a punto de explicarle a su esposa lo que esa frase significa, la verdad es que la quiere bastante y que ella se merece una explicación y no esas rotundas negativas que recibe cada vez que le pide alquilar una casa en Chosica. Forman una buena pareja y todo marcharía a la perfección si no fuera por este asunto de la humedad del invierno de Lima y la ligera asma de Claudia, realmente la afecta. La verdad es que Chosica sería la solución. Hoy, por fin, ha decidido explicarle su negativa. Pero Miguelito irrumpe jugando y él lo toma entre sus brazos «¿Hasta qué palabra has vivido ya?», le pregunta, sin abrir la boca, acariciándolo solamente, sintiendo cómo quiere marcharse para seguir jugando. Entonces él destapa una cerveza y decide no explicar nada, irán a Chosica, alquilarán la casa, me convenciste, mujer. Ella está feliz, mil veces había insistido, ella lo está abrazando, lo está besando. Él responde a todo eso con una sonrisa vaga, está pensando: «Después de todo Chosica es algo tan personal como inevitable y es posible que a Claudia sí le haga algún bien...».

París, 1971

Antes de la cita con los Linares
A Mercedes y Antonio, siempre

—No, no, doctor psiquiatra, usted no me logra entender; no se trata de eso, doctor psiquiatra; se trata más bien de insomnios, de sueños raros... rarísimos...

—Pesadillas...

—No me interrumpa, doctor psiquiatra; se trata de sueños rarísimos pero no de pesadillas; las pesadillas dan miedo y yo no tengo miedo, bueno sí, un poco de miedo pero más bien antes de acostarme y mientras me duermo, después vienen los sueños, esos que usted llama pesadillas, doctor psiquiatra, pero ya le digo que no son pesadillas porque no me asustan, son más bien graciosos, sí, eso exactamente: Sueños graciosos, doctor psiquiatra...

—Sebastián, no me llames doctor psiquiatra; es casi como si me llamaras señor míster Juan Luna; llámame doctor, llámame Juan si te acomoda más...

—Sí, doctor psiquiatra, son unos sueños realmente graciosos, la más vieja de mis tías en calzones, mi abuelita en patinete, y esta noche usted cagando, seguramente, doctor psiquiatra... no puedo prescindir de la palabra psiquiatra, doctor... psiquiatra... ya lo estoy viendo, ya está usted cag...

—Vamos, vamos, Sebastián. Un poco de orden en las ideas; un poco de control; al grano; venga la historia desde atrás, desde el comienzo del viaje...

—Sí, doctor psiquiatra... «cagando».

—Ya te lo había dicho: Un café no es lugar apropiado para una consulta: A cada rato volteas a mirar a los que entran, debió ser en mi consultorio...

—No, no, no; nada en el consultorio; no hay que tomar este asunto tan en serio; entiéndame: Una cita con el psiquiatra en su consultorio y tengo miedo a la que le dije; aquí en el café todo parece menos importante, aquí no puede usted cerrar las persianas ni hacerme recostar en un sofá, aquí entre cafecito y cafecito, doctor psiquiatra, porque si usted no me quita esto, doctor psiquiatra, perdóneme, no puedo dejar de llamarlo así, si usted no me quita esto, es mejor que lo siga viendo cagar, perdóneme... pero es así y todo es así, el otro día, por ejemplo, he aquí un sueño de los graciosos, el otro día un ejército enorme iba a invadir un país, no sé cuál, podría ser cualquiera, y justo antes de llegar todos se pusieron a montar en patinete, como mi abuelita, y a tirarse baldazos de agua como en carnaval, y después arrancó, en el sueño, el carnaval de Río hasta que me desperté casi contento... Lo único malo es que aún eran las cinco de la mañana... Como ve, no llegan a ser pesadillas o qué sé yo... ·

—Un poco de orden, Sebastián. Empieza desde que saliste de París.

Había terminado de arreglar su maleta tres días antes del viaje porque era precavido, maniático y metódico. Había alquilado su cuarto del barrio latino durante los tres meses de verano porque era un estudiante más bien pobre. Había decidido pasar el verano en España porque allá tenía amigos, porque veneraba al *Quijote* y porque quería ver torear al Viti; tal vez también por todo lo que allá le iba a pasar.

Le había alquilado su cuarto a un español que venía a preparar una tesis durante el verano. El español llegó dos días antes de lo acordado y tuvieron que dormir juntos. Conversaron. Como el español no lo conocía muy bien aún, le habló de cosas superficiales, sin mayor importancia; o tal vez no:

—Si dices que has perdido seis kilos, ya verás como allá los recuperas; allá se come bien y barato.

—Odio los trenes. No veo la hora de estar en Barcelona.

—¡Hombre!, un viaje en tren en esta época puede ser muy entretenido. Ya verás: O te toca viajar con algunas suecas o alemanas y en ese caso, como tú hablas español, nada más fácil que sacar provecho de la situación; o de lo contrario te encontrarás con obreros españoles que regresan a su país de vacaciones y entonces pan, vino, chorizo, transistores, una semijuerga que te acorta el viaje; no hay pierde.

El español no lo acompañó a tomar ese maldito tren. Sebastián detestaba los trenes y se había levantado tempranísimo para encontrar su asiento reservado de segunda, para que nadie se le sentara en su sitio, y porque, maniático, él estaba seguro de que el conductor del tren lo odiaba y que para fastidiarlo partiría, sólo ese día, antes de lo establecido por el horario. Fue el primero en subir al tren. El primero en ubicar su asiento, en acomodar su equipaje. Como al cabo de tres minutos el vagón continuaba vacío, Sebastián se puso de pie y salió a comprobar que en ese tren no hubiese ningún otro vagón con el mismo número ni, ya de regreso a su coche, ningún otro asiento con su número. Esto último lo hizo corriendo, porque temía que ya alguien se hubiese sentado en su sitio y entonces tenía que tener tiempo para ir a buscar al hombre de la compañía, uno nunca sabe con quién tendrá que pelear, para que éste desalojara al usurpante. Desocupado. Su asiento continuaba desocupado y Sebastián lo insultó por no estar al lado de la ventana, por estar al centro y por eso de que ahora, como en el cine, nadie sabrá jamás en cuál de los dos brazos le tocaría apoyar el codo y eso podría ser causa de odios en el compartimiento. Pero tal vez no porque ya no tardaban en llegar dos obreros andaluces, con él tres hombres, con el vino, el chorizo y los transistores, y luego las tres suecas, tres contra tres, con sus piernas largas, sus cabelleras rubias, listas a morir de insolación en alguna playa de Málaga. Él empezaría hablando de Ingmar Bergman, los españoles invitando vino, todos hablarían a los diez minutos pero media hora después él ya sólo hablaría con la muchacha sueca con que se iba a casar, ya no volveré más a mi patria, con que se iba a instalar para siempre en Estocolmo, y que era incompatible con la dulce chiquilla vasca que lo haría radicarse en Guipúzcoa, un caserío en el monte y poemas poemas poemas, tan incompatible con los ojos negros inmensos enamorados de Soledad, la guapa andaluza que lo llevó a los toros, tan incompatible con, que lo adoró mientras el Viti les brindaba el toro, tan incompatible con, triunfal Santiago Martín El Viti... Todo, todo le iba a suceder, pero antes, antes, porque después, después volvería a estudiar a París.

Las cinco sacaron el rosario y empezaron a rezar. Las cinco. No bien partió el tren, las cinco sacaron el rosario y empezaron a rezar. Él no tenía un revólver para matarlas y además no lograba odiarlas. Iban limpísimas las cinco monjitas y lo habían saludado al entrar al compartimento. Entonces el viaje empezó a durar ocho horas hasta la frontera; sesenta minutos cada hora hasta la frontera; ocho mil horas hasta la frontera y las cinco monjitas viajarían inmóviles hasta la frontera y él cómo haría para no orinar hasta la frontera porque tenía a una limpiecita entre él y la puerta y no le podía decir «madre, por favor, quiero ir al baño», mientras ella a lo mejor estaba rezando por él. Tampoco podía apoyar los codos; tampoco podía leer su libro, cómo iba a leer al marqués de Sade ése que traía en el bolsillo delante de ellas, cómo iba a decirle a la que había puesto su maleta encima de la suya: «Madre, por favor, ¿podría sacar su maleta de encima de la mía? Quisiera buscar un libro que tengo allí adentro». Se sentía tan malo, tan infernal entre las monjitas. «Madrecita regáleme una estampita», pensó, y en ese instante se le vino a la cabeza esa imagen tan absurda, las monjitas contando frijoles negros, luego otra, las monjitas en patinete hasta la frontera, y entonces como que se sacudió para despejar su mente de tales ideas y para ver si algo líquido se movía en sus riñones y comprobar si ya tenía ganas de orinar para empezar a aguantarse hasta la frontera.

—Y cuando me quedé dormido, doctor psiquiatra, no debe haber sido más de media hora, doctor psiquiatra, estoy seguro, tome nota porque ésa fue la primera vez que soñé cosas raras, esos sueños graciosos, las monjitas en patinete, en batalla campal, arrojándose frijoles en la cara. Creo que hasta me desperté porque me cayó un frijolazo en el ojo.

—¿Estás seguro de que ésa fue la primera vez, Sebastián?

—Sí, sí, seguro, completamente seguro. Y la segunda vez fue mientras dormitaba en esa banca en Irún, esperando el tren para Barcelona. Llovía a cántaros y se me mojaron los pies; por eso cogí ese maldito resfriado... Maldita lluvia.

—¿Y las religiosas?

—Las monjitas tomaron otro tren con dirección a Madrid. Yo las ayudé a cargar y a subir sus maletas; si supiera usted cómo me lo agradecieron; cuando me despedí de ellas pensé que podría llorar, en fin, que podrían llenárseme los ojos de lágrimas; se fueron con sus rosarios... limpísimas... Si viera usted la meada que pegué en Irún...

—¿Los sueños de Irún fueron los mismos que los del tren?

—Sí, doctor psiquiatra, exactos, ninguna diferencia, sólo que al fin yo las ayudé a cargar sus patinetes hasta el otro tren. En el tren a Barcelona también soñé lo mismo en principio, pero esa vez también estaban las suecas y los obreros andaluces y no nos atrevíamos a hablarles porque uno no le mete letra a una sueca delante de una monja que está rezando el rosario...

Llegó a Barcelona en la noche del veintisiete de julio y llovía. Bajó del tren y al ver en su reloj que eran las once de la noche, se convenció de que tendría que dormir en la calle. Al salir de la estación, empezaron a aparecer ante sus ojos los letreros que anunciaban las pensiones, los hostales, los albergues. Se dijo: «No hay habitación para usted», en la puerta de cuatro pensiones, pero se arrojó valientemente sobre la escalera que conducía a la quinta pensión que encontró. Perdió y volvió a encontrar su pasaporte antes de entrar, y luego avanzó hasta una especie de mostrador donde un recepcionista lo podría estar confundiendo con un contrabandista. Quería, de rodillas, un cuarto para varios días porque en Barcelona se iba a encontrar con los Linares, porque estaba muy resfriado y porque tenía que dormir bien esa noche. El recepcionista le contó que él era el propietario de esa pensión, el dueño de todos los cuartos de esa pensión, de todas las mesas del comedor de esa pensión y después le dijo que no había nada para él, que sólo había un cuarto con dos camas para dos personas. Sebastián inició la más grande requisitoria contra todas las pensiones del mundo: a él que era un estudiante extranjero, a él que estaba enfermo, resfriado, cansado de tanto viajar, a él que tenía su pasaporte en regla (lo perdió y lo volvió a encontrar), a él que venía en busca de descanso, de sol y del *Quijote*, se le recibía con lluvia y se le obligaba a dormir en la intemperie. «Calma, calma, señor», dijo el propietario-recepcionista, «no se desespere, déjeme terminar: voy a llamar a otra pensión y le voy a conseguir un cuarto».

Pero alguien estaba subiendo la escalera; unos pasos en la escalera, fuertes, optimistas, definitivos, impidieron que el propietario-recepcionista marcara el número de la otra pensión en el teléfono, y desviaron la mirada de Sebastián hacia la puerta de la recepción. Ahí se había detenido y ellos casi lo aplauden porque representaba todas las virtudes de la juventud mundial. Estaba sano, sanísimo, y cuando se sonrió, Sebastián leyó claramente en las letras que se dibujaban en cada uno de sus dientes: «Me los lavo todos los días; tres veces al día». Llevaba puestos unos botines inmensos, una llanta de tractor por suelas, en donde Sebastián sólo lograría meter los pies mediante falsas caricias y engaños y despidiéndose de ellos para siempre. Llevaba, además, colgada a la espalda, una enorme mochila verde oliva, y estaba dispuesto, si alguien se lo pedía, a sacar de adentro una casa de campo y a armarla en el comedor de la pensión (o donde fuera) en exactamente tres minutos y medio. Tenía menos de veinticuatro años y vestía pantalón corto y camisa militar. Era rubio y colorado y sus piernas, cubiertas de vellos rubios y enroscados, podrían causarle un complejo de inferioridad por superioridad.

Hizo una venia y habló: «Haben Sie ein Zimmer?». El propietario-recepcionista sonrió burlonamente y dijo: «Nein». Pero entonces Sebastián decidió que el dios Tor y él podían tomar el cuarto de dos camas por esa noche. Fue una gran idea porque el propietario-recepcionista aceptó y les pidió que mostraran sus documentos y llenaran estos papelitos de reglamento. Sebastián no encontraba su lápiz pero Tor, sonriente, sacó dos, obligándolo a inventar su cara de confraternidad y a decidirse, en monólogo interior, a mostrarle en el mapa que Tor sacaría de la casa de campo que traía en la mochila, dónde exactamente quedaba su país, a lo mejor le interesaba y mañana se iba caminando hasta allá.

Se llamaba Sigfrido, no Tor, y Sebastián, ya con pulmonía, le entregó su mano para que se la hiciera añicos, obligándolo a cargar su maleta con la mano izquierda y a seguirlo mientras desfilaba enorme hasta la habitación bastante buena, con ducha y todo. Sebastián estornudó tres veces mientras se ponía el pijama y, cuando al cabo de unos minutos, vio a Tor desnudo meterse a la ducha fría, luego lo escuchó cantar y dar porrazos, no sabía bien si en la pared o en su pecho vikingo, decidió cubrirse bien con la frazada porque esa noche se iba a morir de pulmonía. «Tara-la-la-la-la-la-la; trra-la-la-la-la-la-la; Jijoanito Panano, Jijoanito Panano...»

—Estoy seguro, doctor psiquiatra, de que venía de dar la vuelta al mundo con la mochila en la espalda y los zapatones ésos que eran un peligro para la seguridad, para los pies públicos. Y todavía podía cantar con una voz de coro de la armada rusa y bañarse en agua fría, sólo teníamos agua fría y no hubo la menor variación en el tono de voz cuando abrió el caño; nada, absolutamente nada: Siguió cantando como si nada y yo ahí muriéndome de frío y pulmonía en la cama...

—Sebastián, yo creo que exageras un poco; cómo va a ser posible que un simple resfriado se convierta en pulmonía en cosa de minutos; te sentías mal, cansado, deprimido...

—A eso voy, doctor psiquiatra; a eso iba hace un rato cuando lo empecé a ver a usted cag...

—Ya te dije que había sido un error tener la cita en un café; constantemente volteas a mirar a la gente que entra...

—No, doctor psiquiatra; no es eso; los sacudones que doy con la cabeza hacia todos lados son para borrármelo a usted de la mente cag...

—Escucha, Sebastián...

—Escuche usted, doctor psiquiatra, y no se amargue si lo veo en esa postura porque si usted no es capaz de comprender que un resfriado puede transformarse en pulmonía en un segundo por culpa de un tipo como Tor, entonces es mejor que lo vea siempre cagando, doctor psiquiatra...

—...

—¿No comprende, usted? ¿No se da cuenta de que venía de dar la vuelta al mundo como si nada? ¿No se lo imagina usted con la casa de campo en la espalda y luego desnudo y colorado bajo la ducha fría, preparándose para dormir sin pastillas y sin problemas las horas necesarias para partir a dar otra vuelta al mundo?

—¿Cómo acabó todo eso, Sebastián?

—Fue terrible, doctor; fue una noche terrible; se durmió inmediatamente y estoy seguro de que no roncó por cortesía; yo me pasé horas esperando que empezara a roncar, pero nada: No empezó nunca; dormía como un niño mientras yo empapaba todo con el sudor y clamaba por un termómetro; nunca he sudado tanto en mi vida y ¡cómo me ardía la garganta! Empecé a atragantarme las tabletas ésas de penicilina; me envenené por tomarme todas las que había en el frasco. Fue terrible, doctor psiquiatra, Tor se levantó al alba para afeitarse, lavarse los dientes y partir a dar otra vuelta al mundo; a pie, doctor psiquiatra, las vueltas al mundo las daba a pie, no hacía bulla para no despertarme y yo todavía no me había dormido; ya no sudaba, pero ahora todo estaba mojado y frío en la cama y ya me empezaban las náuseas de tanta penicilina. Tor era perfecto, doctor psiquiatra, estaba sanísimo, y yo no sé para qué me moví: Se dio cuenta de que no dormía y momentos antes de partir se acercó a mi cama a despedirse, dijo cosas en alemán y yo debí ponerle mi cara de náuseas y confraternidad cuando saqué el brazo húmedo de abajo de la frazada y se lo entregué para que se lo llevara a dar la vuelta al mundo, me ahorcó la mano, doctor psiquiatra...

—¿No lograste dormir después que se marchó?

—Sí, doctor psiquiatra, sí logré dormir pero sólo un rato y fue suficiente para que empezaran nuevamente los sueños graciosos; fue increíble porque hasta soñé con las palabras necesarias para que el asunto fuera cómico; sí, sí, la palabra holocausto; soñé que el propietario-recepcionista y yo ofrecíamos un holocausto a Tor, allí, en la entrada de la pensión, los dos con el carnerito, y el otro dale que dale con su «Haben Sie ein Zimmer» y después empezó a regalarme tabletas de penicilina que sacó de un bolsillo numerado de su camisa...

Era domingo y faltaban dos días para el día de la cita. Sebastián fue al comedor y desayunó sin ganas. Había vomitado varias veces pero era mejor empezar el día desayunando, como todo el mundo, y así sentirse también como todo el mundo. Necesitaba sentirse como todo el mundo.

Era un día de sol y por la tarde iría a toros. Por el momento se paseaba cerca del mar y se acercaba al puerto. Se sentía aliviado. Sentía que la penicilina lo había salvado de un fuerte resfrío y que vomitar lo había salvado de la penicilina. Se sentía bien. Optimista. Caminaba hacia el puerto y empezaba a gozar de una atmósfera pacífica y tranquila y que el sol lograba alegrar. Sonreía al pensar en el Sigfrido que él había llamado Tor y se lo imaginaba feliz caminando por los caminos de España. En el puerto se unió a un grupo de personas y con ellas caminó hasta llegar al pie de los dos barcos de guerra. Eran dos barcos de guerra norteamericanos y estaban anclados ahí, delante de él. Sebastián los contemplaba. No sabía qué tipo de barcos eran, pero los llamó «destroyers» porque esos cañones podrían destruir lo que les diera la gana. La gente hacía cola; subía y visitaba los «destroyers» mientras los marinos se paseaban por la cubierta y, desde abajo, Sebastián los veía empequeñecidos; entonces decidió marcharse para que los marinos que lo estaban mirando no lo vieran a él empequeñecido. Eran unos barcos enormes y Sebastián ya se estaba olvidando de ellos, pero entonces vio la carabela.

Ahí estaba, nuevecita, impecable, flotando, anclada, trescientos metros más acá de los «destroyers», no a cualquiera le pasa, la carabela, y Sebastián dejó de comprender. Quiso pero ya no pudo sentirse como después del desayuno y ahora se le enfriaban las manos. Ya no se estaba paseando como todo el mundo por Barcelona y ahora sí que ya no se explicaba bien qué diablos pasaba con todo, tal vez no él sino la realidad tenía la culpa, presentía una teoría, sería cojonudo explicársela a un psiquiatra, una contribución al entendimiento, pero no: nada con la que te dije, nada de «recuéstese allí, jovencito», nada con las persianas del consultorio.

Su carabela seguía flotando como un barco de juguete en una tina, pero inmensa, de verdad y muy bien charolada. Sebastián se escapó, se fue cien metros más allá hasta las «golondrinas». Así les llamaban y eran unos barquitos blancos que se llevaban, cada media hora, a los turistas a darse un paseo no muy lejos del puerto. Ahí mismo vendían los boletos; podía subir y esperar que partiera el próximo; podía sentarse y esperar en la cafetería. No compró un boleto; prefirió meterse a la cafetería y poner algún orden a todo aquello que le hubiera gustado decirle a un psiquiatra, a cualquiera.

No pudo, el pobre, porque al sentarse en su mesa se le vino a la cabeza eso de los niveles. Recién lo captó cuando se le acercó el hombre obligándolo a reconocer que tenía los zapatos sucios, él no hubiera querido que se agachara, yo me los limpio, pero estaban sucios y el hombre seguía a su lado, listo para empezar a molestarse y él dijo sí con la cabeza y con el dedo y para terminar y ahora el hombre ya estaba en cuclillas y ya todo lo de los pies y los marineros de los «destroyers» arriba, sobre los taburetes, delante del mostrador, pidiendo y bebiendo más cerveza. «Yo también quiero una cerveza», dijo, cuando lo atendieron. El mozo también estaba a otro nivel.

Después pensaba que el lustrabotas no tenía una cara. Tenía cara pero no tenía una cara, y cuando se inclinaba para comprobar sólo le veía el pelo planchado, luchando por llenarse de rulos y una frente como cualquier otra; nunca la cara; no tenía una cara porque también cuando se deshacía en perfecciones y dominios lanzando la escobilla, plaff plaff, como suaves bofetadas, de palma a palma de la mano, cada vez más rápido, lustrando, puliendo, sacando brillo con maña, técnica, destreza, casi un arte, un artista, pero no, no porque no era importante, era sólo plaff plaff, arrodillado, y los barquitos, «golondrinas», continuaban partiendo, cada media hora, llenos de turistas, a dar una vuelta, un paseo, no muy lejos del puerto, por el mar.

El lustrabotas le dijo que el zapato tenía una rajadura, él ya lo sabía y no miró; entonces el hombre sin cara le dijo que no era profunda y que se la había salvado, le había salvado el zapato, el par de zapatos; entonces él miró y ahí estaba siempre la rajadura, sólo que ahora además brillaba, obligándolo a apartar la mirada y agradecer, a agradecer infinitamente, a encender el cigarrillo, a beber el enorme trago de cerveza, a mirar al mostrador, a volver a pensar en niveles, a hablar de su adorado zapato, le había costado un dineral, obligándolo a pensar ya en la propina, qué le dijo el español sobre las propinas, qué piensan los Linares sobre los lustrabotas, cuántas monedas tenía, plaff plaff plaff, como suaves bofetadas, casi caricias, qué es la generosidad.

Todavía por la tarde, fue a los toros.

—La peor corrida del mundo, doctor psiquiatra; no se imagina usted; fue la peor corrida del mundo, con lluvia y todo. Puro marinero americano, puro turista; sólo unos cuantos españoles y todos furiosos; todos mandando al cacho a los toreros, pero desistieron, doctor psiquiatra, desistieron y empezaron a tomarlo todo a la broma, doctor psiquiatra; burlas, insultos, carcajadas, almohadonazos; sólo la pobre sueca sufría, la pobre no resistía la sangre de los toros, se tapaba la cara, veía cogidas por todos lados, lloraba, era para casarse con ella, doctor psiquiatra, pero lloraba sobre el hombro de su novio, doctor psiquiatra, desaparecía en el cuello de un grandazo como Tor, doctor psiquiatra, un grandazo como Tor aunque éste no estaba tan sano...

—¿Y tuviste más sueños, Sebastián?

—Ya no tantos, doctor psiquiatra, ya no tantos; sólo soñé con la corrida: Era extraño porque el grandazo de la sueca era y no era Tor al mismo tiempo... Sí, sí, doctor psiquiatra, era y no era porque después yo vi a Tor llegando a una pensión en Egipto y preguntando «Haben Sie ein Zimmer?», aunque eso debió haber sido más tarde, en realidad no recuerdo bien, sólo recuerdo que yo me asusté mucho porque la plaza empezó a balancearse lentamente, se balanceaba como si estuviera flotando y sólo se me quitó el miedo cuando descubrí que las graderías habían adquirido el ritmo de las mandíbulas de los marineros: Eran norteamericanos, doctor psiquiatra, y estaban mascando chicle... Parecían contentos...

No le gustaba jugar a las cartas; no sabía jugar solitario, pero cree que puede hablar de lo que siente un jugador de solitario; cree, por lo que hizo esa mañana, un día antes de la cita con los Linares.

Desayunó como todo el mundo en la pensión, a las nueve de la mañana. Después se sentó en la recepción, conversó con el propietario-recepcionista, evitó los paseos junto al mar y fumó hasta las once de la mañana. Una idea se apoderó entonces de Sebastián: por qué no haberse equivocado en el día de la cita; se habían citado el martes treinta de julio, a la una de la tarde, pero se habían citado con más de un mes de anticipación, y con tanto tiempo de por medio, cualquiera se equivoca en un día. Además le preocupaba no conocer Barcelona; ¿y si se equivocaba de camino y llegaba después de la hora?, ¿y si se perdía y llegaba muy atrasado?, ¿y si ellos se cansaban de esperarlo y decidían marcharse? Bajó corriendo la escalera de la pensión y se volcó a la calle en busca del Café Terminus, esquina del Paseo de Gracia y la calle Aragón. Y ahora caminaba desdoblando ese maldito plano de la ciudad que se le pegaba al cuerpo y se le metía entre las piernas con el viento. «Por aquí a la derecha, por aquí a la izquierda», se decía, y sentía como si ya lo estuvieran esperando en ese maldito café al que nunca llegara. El sol, el calor, el viento, la enormidad del plano que se desdoblaba con dificultad, que nunca jamás se volvería a doblar correctamente, que podía estar equivocado, ser anticuado... No, no; parado en esa esquina, la más calurosa del mundo, sin un heladero a la vista, no, él ya nunca más volvería a ver a los Linares.

Y después no pudo preguntarle al policía ése porque el propietario-recepcionista se había quedado con su pasaporte, su único documento de identidad, ¿y si había vencido ya su certificado de vacuna?, a ese otro sí podía preguntarle: peatón, transeúnte, hágame el favor, señor, y luego lo odió cuando le dijo que el Terminus estaba allá, en la próxima esquina, y él comprobó que faltaba aún una hora para la cita, además la cita era mañana.

Realmente ese mozo del Terminus tenía paciencia, no le preguntaba qué deseaba, aunque no debía seguirlo con la mirada. ¿Qué podía estar haciendo ese señor? ¿Por qué se sentó primero en el interior y después en la terraza? ¿Por qué se trasladó del lado izquierdo de la terraza, al lado derecho? ¿Que busca ese señor? ¿Está loco? ¿Por qué no cesa de mirarme? Me va a volver loco; ¿no se le ocurre comprender? Y así Sebastián estudiaba todas las posibilidades, se ubicaba en todos los ángulos, estudiaba todos los accesos al café, para que no se le escaparan los Linares. Escogería la mejor mesa, aquélla desde donde se dominaban ambas calles, desde donde se dominaban todas las entradas al café. La dejaría señalada y mañana vendría, con horas de anticipación, a esperar a los Linares. Pero ahora también los esperó bastante, por si acaso.

La noche antes de la cita también soñó, pero era diferente. Por la mañana se despertó muy temprano, pero se despertó alegre y desayunó sintiéndose mejor que todo el mundo. También caminó hasta el Café Terminus, pero ahora ya conocía el camino y no traía el plano de la ciudad. Llevó ropa ligera y anteojos de sol, pero el sol estaba agradable y no quemaba demasiado. Una vez en el café, encontró su mesa vacía y el mozo ya no lo miraba desesperantemente; se limitó a traerle la cerveza que él pidió, y luego lo dejó en paz con el cuaderno y el lápiz que había traído para escribir, porque aún faltaban horas para la hora de la cita. Y escribía; escribía velozmente, y durante las primeras dos horas sólo levantaba la cabeza cada diez minutos, para ver si ya llegaban los Linares; luego ya sólo faltaba una hora, y entonces levantaba la cabeza cada cinco minutos, cada tres, cada dos minutos porque ya no tardaban en llegar, pero escribía siempre, escribía y levantaba la cabeza, escribía y miraba...

—Dices que eran unos sueños diferentes, Sebastián...
—Sí, doctor, completamente diferentes; eran unos sueños alegres, ahí estaban todos mis amigos, todos me hablaban, los Linares llegaban constantemente, no se cansaban de llegar, llegaban y llegaban; eran unos sueños preciosos y si usted me fuera a dar pastillas, yo sólo quisiera pastillas contra los otros sueños, para estos sueños nada, doctor, nada para estos sueños de los amigos y de los Linares llegando...

¿Cuál de los dos está más bronceado? ¿Él o ella? ¿Cuál lleva los anteojos para el sol? ¿Quién sonríe más? Maldito camión que no los deja atravesar. Y el semáforo todavía. Ponte de pie para abrazarlos. No derrames la cerveza. No manches el cuento. No patees la mesa. Luz verde. Cuál de los dos está más bronceado. A quién el primer abrazo. Las sonrisas. Los Linares. Las primeras preguntas. Los primeros comentarios a las primeras respuestas.
—¡Hombre!, ¡Sebastián!, pero si estás estupendo.
—Sí, sí. Y ustedes ¡bronceadísimos! Ya hace más de un mes.
—¡Hombre!, mes y medio bajo el sol; ya es bastante. ¿Y no ves lo guapa que se ha puesto ella?
—Y ahora, Sebastián, a Gerona con nosotros.
—¿Tres cervezas?
—Sí, sí. Asiento, asiento.
—¿Y esto qué es, Sebastián?
—Ah, un cuento; me puse a escribir mientras los esperaba; tendrán que soplárselo.
—¡Vamos!, ¡vamos!, ¡arranca!
—No, ahora no; tendría que corregirlo.
—¿Y el título?
—Aún no lo sé; había pensado llamarlo *Doctor psiquiatra*, pero dadas las circunstancias, creo que le voy a poner *Antes de la cita, con ustedes, con los Linares*.

París, 1967

Un poco a la limeña

A Peggy Bell

Me gusta la gente, me gusta su compañía, conversar con ella, que alguien me cuente cosas y fume y haya una botella de algo ahí con nosotros. Por eso me imagino que estaba destinado a caerme muy bien, a hacer de mí un espectador de sus largas noches conversadas, sinceramente debo decir que lo que logró es convertirme en un gran admirador suyo porque había hecho un género, un estilo de vida de aquello que a mí tanto me gustaba.

Vivía conversando, vivía rodeado de todas aquellas personas que le interesaban y utilizaba el diálogo como una manera de atravesar la noche y desembocar en las lánguidas madrugadas de Lima. Cuando yo lo conocí acababan de cerrar un pequeño local donde él solía comer pollo antes de irse a dormir. Era un pequeño negocio y había quebrado. Fue entonces que hizo la primera cosa que me encantó: compró el pequeño negocio a riesgo de perder una fuerte suma mensual, pero desde entonces supo que, a dos cuadras del Ed's Bar, encontraría siempre su pollo listo a cualquier hora de la madrugada.

Coleccionaba conversaciones como se coleccionan estampillas o bichos raros. A quién no conocí gracias a él. Hubo, por ejemplo, tres bomberos que hablaron de incendios famosos y explicaron todo sobre los riesgos de ese oficio y lo mucho de noble que había en él. A Mauro Mina lo trajo una noche cuando acababa de clasificarse campeón sudamericano de box. Cantinflas y William Holden fueron los actores de cine más famosos que conocí gracias a él. Uno a uno fueron dejando su biografía sobre la barra del Ed's Bar. Tenía un estilo de hacerlo, una manera de interesar a su interlocutor de esa noche que poco a poco fui descubriendo. No que fuera muy difícil, pero había que saberlo hacer. A un catchascanista chileno, por ejemplo, le contaba del Inca peruano, famoso por sus hazañas en los cuadriláteros parisinos (también había estado en París, sentado en un

bar y conversando). Sabía mucho de toros, y a Antonio Ordóñez lo tuvo una vez horas hablando de por qué Paco Camino
podía ser su único sucesor. Era bestial. Había siempre una
pequeña atmósfera que era la de nuestro grupo, algo que nos
pertenecía ahí en el Ed's Bar. Nosotros nada teníamos que
hacer con la música ni con la gente que bailaba ni con la gente
que se emborrachaba. Nosotros nos sentábamos siempre en un
rincón, de espaldas al resto de la barra y hablábamos horas y
horas. El bar cerraba y el barman nos dejaba seguir conversando. Pepe era también un gran conversador. Con él aprendimos
todo sobre los cócteles afrodisíacos.

Una mujer era un elemento importantísimo de su estilo. De ella no se esperaba mucha conversación sino tan sólo
una presencia que sirviera casi de adorno. No exactamente de
adorno. Algo más. Tenía que ser muy bella pero también
tenía que interesarse por cada persona que venía a conversar y
sobre todo no debía tener ningún prejuicio, ya que el *entrevistado* de la noche podía ser maricón o negro o bailarina cubana,
una noche tuvimos a Tongolele con nosotros.

Por supuesto que nunca logré graduarme de abogado.
En los años que conozco a Ezequiel nunca he logrado llegar a
tiempo a la Facultad de Derecho. Nos acostábamos tardísimo
puesto que las noches conversadas se prolongaban hasta las
mil y quinientas y todavía después había que acompañar a
Ezequiel a comer su pollo y a dejar a su novia, probablemente
una de las pocas niñas bien de Lima que sus padres dejaban
salir hasta tan tarde. La verdad es que ya no era tan niña y
estoy completamente seguro de que si sus padres le daban
mucha libertad era porque Ezequiel de la Torre es de los pocos
descendientes de virrey que conservan una de esas fortunas
que han hecho célebres a la oligarquía limeña. Nosotros la llamábamos Terry y recuerdo que yo me sentí muy contento
cuando Ezequiel empezó a traerla noche tras noche al Ed's
Bar. Una noche pidieron champán y se besaron y ella nos
explicó que Ezequiel acababa de pedir su mano. Me paré
detrás de un campeón argentino de cien metros libres y de
Pelé y esperé mi turno para felicitarlos.

Luego siguieron años felices en que conocí a medio
mundo y no logré avanzar mucho en mi carrera. Para Ezequiel,

en cambio, no había mayor problema. Trabajaba por las tardes en un banco de su familia y, según lo que decía, había ido reduciendo esta labor cada vez más hasta convertirse en una especie de jefe de Relaciones Públicas, título que él utilizaba para esconder su única actividad: organizar cócteles y recibir a hombres de negocios que, más de una vez, trajo al Ed's Bar.

Pero una noche sucedió algo que mi sexto sentido captó como muy mal signo. Ezequiel pasó a buscarme en su Alfa Romeo y me dijo que lo acompañara a casa de Terry porque iban a celebrar el cuarto aniversario de la pedida de mano. Clarito escuché que el padre de Terry decía «van cuatro y serán diez», cuando estábamos por tocar el timbre, pero Ezequiel, en todo caso, no parecía haber oído nada. Yo, por mi parte, capté por primera vez que cuatro años habían transcurrido ya desde que brindamos con champán en el Ed's Bar, y cuando entramos lo primero que vi fue una patita de gallo junto al ojo izquierdo de Terry y una sonrisa que no era la sonrisa de Ezequiel, cuando le entregó el ramo de flores. No sé por qué pero inmediatamente empecé a pensar que la pobre Terry, con lo bonita que era, estaba predestinada.

Y bien que lo estaba. Dos semanas más tarde fuimos a una fiesta y yo me pasé la noche entera comprendiéndolo todo como si estuviese mirando por los ojos de Ezequiel. He visto estas crueldades antes pero esa noche no sé por qué me sentía especialmente sensible a cada detalle, la manera en que se vieron por primera vez, por ejemplo: la condesita Francesca bailando con su enamorado de diecisiete años con cara de perro, era el gran amor de la fiesta, todo el asunto del primer amor pero giraron y bastó un segundo para que Ezequiel la viera, para que ella lo viera, le quitó la mirada inmediatamente, quería mucho a su enamorado con cara de perro pero probablemente había sentido curiosidad al ver a ese hombre que bailaba con una chica mayor y tan bonita. Ezequiel ya no giró más, se quedó mirándola al mismo tiempo que conversaba animadamente con Terry y cada vez que la condesita Francesca volteaba, otra vez los ojos fijos de Ezequiel y ella le quitaba la mirada inmediatamente porque quería mucho a su enamorado con cara de perro...

Yo nunca bailaba. Me limitaba a conversar con ellos cada vez que una pieza terminaba y esa vez recuerdo que me acerqué en el instante en que Terry le señalaba a la condesita y le decía que era hija de los embajadores de Italia. «Contessina Francesca», dijo Ezequiel, mirándola como si la viera por primera vez, ahora estoy seguro de que en ese instante concibió todo un plan para terminar con cuatro años de noviazgo.

Lo cierto es que, a la mañana siguiente, Terry me llamó casi llorando para decirme que Ezequiel estaba muy enfermo, había tenido algo como un infarto y no se debía ni mover. Corrí a su casa y lo encontré tirado en un diván. Lo vi muy pálido. «No he tenido fuerzas ni para peinarme», me dijo. Sí, era el corazón, y la semana siguiente hubo una reunión privada en casa de los padres de Terry. Fue entonces que se supo todo, a la madre de Ezequiel le tocó dar la triste y desagradable noticia: su hijo no podía casarse; dada la lesión que tenía en el corazón, la vida matrimonial podía matarlo. Por el bien de Terry había que romper el compromiso. Pero Terry lloró y gritó y dijo que seguiría siendo la compañera de Ezequiel toda la vida, ella siempre lo había querido y nada podría separarla de él. La madre de Ezequiel abrazó a Terry y Terry lloró más y quedó como una mujer sacrificada. Su madre también lloraba y su padre no sabía exactamente qué hacer, en el fondo deseaba tal vez que Ezequiel se muriera, no había esperado cuatro años para eso.

Allí fue cuando mi carrera de Derecho se fue al diablo. Ezequiel abandonó el trabajo y me pidió que lo acompañara también por las tardes o sea que ya no volví a pisar la facultad después del almuerzo. Pensé, sin embargo, que ya no habría más salidas al Ed's Bar por las noches, lo cual me permitiría levantarme temprano e ir a la facultad: para mi asombro, tres noches después de la reunión privada, Ezequiel me pidió que lo acompañara al Ed's Bar y nos quedamos conversando hasta las cinco de la mañana. A esa hora fue y se comió un pollo con tal hambre que me dio miedo. Hablamos un poco de su enfermedad y me dijo que le habían prohibido los lugares de mucho humo. No me atreví a replicar porque uno no le replica a una persona que está gravemente enferma, pero más humo que en el Ed's Bar difícilmente, y más cigarrillos que los que se fumó Ezequiel esa noche, casi nadie. En nombre de la amistad, decidí no volver a acompañar a Ezequiel por las noches, para ver si así salía menos. Cuál no sería mi sorpresa cuando, al día siguiente, su madre me llamó y me pidió por favor que le manejara el auto a su hijo porque manejar le podía hacer mucho daño.

O sea que dejó de trabajar por las tardes y yo dejé de asistir a mis cursos mañana y tarde. Pasábamos horas enteras paseando por todo Lima en su automóvil y Ezequiel continuaba comprando flores y enviándoselas a alguien que yo, por entonces, no dudaba era Terry. Seguía viendo a Terry todos los días y continuaba llevándola al Ed's Bar y Terry salía cada noche más elegante y se portaba como toda una mujer, no daba la menor muestra de sufrimiento ni de preocupación. Un día, mientras Ezequiel conversaba con Didí, ella me cogió la mano y me dijo que tenía grandes esperanzas. La besé y volteé a mirar a mi amigo con alegría, pero algo amarillento en sus uñas me dio la impresión de que estaba sufriendo un agudo proceso de envenenamiento. Volví a besar a Terry y pedí otro whisky para los dos.

Terry era una muchacha encantadora. Había rezado, se había puesto un hábito del Señor de los Milagros y había escrito mil cartas a Boston. Finalmente encontró al médico que se necesitaba y apareció feliz con la noticia y todos bebimos champán en el Ed's Bar, aunque el color amarillento que yo veía ahora en el rostro de Ezequiel me preocupaba más y más.

Hubo otra reunión privada y el resultado fue que Ezequiel partía lo más pronto posible a los Estados Unidos. Todos fuimos al aeropuerto, hasta Pepe el barman vino a despedirlo. Miré fijamente a Ezequiel y lo encontré muy mal, pero Pepe hizo una serie de bromas y finalmente se logró crear un ambiente bastante alegre antes de la despedida. La última cosa que le dije, antes de subir al avión, fue si quería que le continuara enviando las flores a Terry, en su nombre. Ezequiel me puso cara de pena.

—No... no —dijo, abrazándome—. Yo mismo se las enviaré desde los Estados Unidos... Así sabrá que estoy vivo.

Volvió muy mal, y Terry lloró en el aeropuerto. Había poco o nada que hacer. La única esperanza era que se pusiese en uso una droga cuyas posibilidades recién se estaban investigando. Eso lo explicó Ezequiel mismo con asombrosa tranquilidad. Yo lo vi pésimo. Tenía los dedos y las uñas más amarillos que nunca, estaba flaco y algo gibado. Pero su ánimo era el mismo de siempre: después de abrazar sonriente a su madre, pidió que lo llevaran a una florería porque tenía que enviarle un ramo a una señora que había sido muy amable durante el viaje. Traté de decirle que yo lo haría, que se fuera a descansar, pero insistió diciendo que era cosa de cinco minutos y a mí y a todos su madre nos había encargado que no le diéramos la contra en nada.

Nunca vi a Terry tan bonita y tan alegre como en esos días. Estaba haciendo un esfuerzo sobrehumano por mostrarse natural y había noches en que nuestro ambiente de siempre volvía a reinar y en las que uno se olvidaba que Ezequiel, riéndose y conversando con un codo apoyado en la barra, era un hombre que podía morirse en cualquier momento. Terry misma parecía olvidarlo y reía con su risa inconfundible y conversaba y hasta interrumpía a Ezequiel para corregirlo en algún detalle sobre la vida de algún personaje. Una noche, mientras Ezequiel conversaba con Pepe, Terry me besó y me dijo que había una nueva y muy grande esperanza. Pero esta vez no brindamos porque al besarla yo sentí algo de pena, sentí como que la iba a perder. Si esta vez las cosas salían mal, Ezequiel quedaría desahuciado y lo más probable es que Terry se casara pronto con otro. Sentí como que yo había sido demasiado amigo de ella y de él para empezar de pronto a sentir que mi compasión se transformaba en otra cosa.

Pero todas estas preocupaciones las dejé de lado cuando Terry anunció que había un Congreso Mundial de Cardiología en México y que, con enormes influencias, había logrado que Ezequiel fuera el caso a tratarse. Eso quería decir que Ezequiel iba a ser examinado por los mejores especialistas del mundo. Terry se volvió a poner su hábito del Señor de los Milagros y hubo otra reunión privada con la madre de Ezequiel. La señora aceptó y yo pensé que por lo menos tenían la suerte de ser inmensamente ricos. Dos días después todo estaba listo y fui yo mismo quien manejó el carro hasta el aeropuerto. Allí Terry rió y abrazó a Ezequiel hasta que subió al avión. Luego se arrojó a llorar en los brazos de la madre de Ezequiel y yo me sentí algo frustrado e inútil. Ese llanto me correspondía a mí.

Todos estaban rezando, me imagino. Yo no; yo seguía sentado cada noche bebiendo en el Ed's Bar y conversando con Pepe. Por las tardes iba a visitar a Terry y me instalaba a ver televisión con ella y con su familia. Su madre parecía quererme pero no su padre. Siempre que lo saludaba me parecía escuchar esa frase que una noche, con seguridad, le oí pronunciar: «Van cuatro y serán diez». Estoy seguro de que había llegado a odiarnos a Ezequiel y a mí, pero qué podía hacer el pobre señor, definitivamente no podía acusar de nada a un hombre que no se casaba con su hija porque estaba gravemente enfermo. Pero se veía que estaba malhumorado, malhumorado y no triste como los demás, malhumorado como si no aceptara la verdad de lo que le estaba ocurriendo a Ezequiel. Fue entonces que mi sexto sentido empezó a actuar nuevamente, algo extraño había en el ambiente. Por qué, por ejemplo, si Ezequiel era tan amigo de mandarle flores a Terry, nunca mientras estuvo en México llegó un ramo; tarde tras tarde iba a acompañar a Terry y a sus padres a ver televisión y nunca llegó un ramo de flores.

La noche en que escuchamos la noticia del accidente en Acapulco, comprendí que estaba destinado a cumplir un triste rol secundario en toda la historia. Me largaron de la casa como si fuera Ezequiel y yo no hice nada por evitarlo. Terry misma me largó gritando al mismo tiempo que su padre, hasta trató de abofetearme como si yo tuviera alguna culpa. Hoy comprendo muy bien por qué decidió tan rápido que yo siempre estaría del lado de Ezequiel, pero esa noche sentí que había sido terriblemente injusta conmigo y hasta me quedé sentado en el automóvil delante de su puerta, esperando que saliera a pedirme disculpas, a llorar en mis brazos, le hubiera dicho que creía estar enamorado de ella, qué no le habría dicho. Pero no salió y yo estuve ahí sentado como media hora reviviendo toda la escena del noticiero de las ocho: «El ciudadano peruano Ezequiel de la Torre se estrelló en Acapulco, en un jeep rosado, pocos minutos después de abandonar una fiesta en la residencia de Mario Moreno Cantinflas. Viajaba acompañado de la actriz Catita Morelos y del actor Javier Rotondo...». La madre de Terry saltó de su asiento para apagar el televisor pero el señor se lo impidió gritando ¡no!, ¡vamos a enterarnos de todo de una vez por todas! Ezequiel y sus amigos habían resultado ilesos pero habían sido trasladados a una comisaría por hallarse en completo estado etílico. Felicité a mi sexto sentido y puse el Alfa Romeo de Ezequiel en marcha.

Dos semanas más tarde acompañé a la madre de Ezequiel a recogerlo al aeropuerto. Bajó la escalinata del avión sonriente y nos hizo adiós desde allá abajo. Luego salió por la puerta de los pasajeros y nos abrazó afectuosamente. Mientras lo acompañábamos a recoger su equipaje noté que tenía los dedos y las uñas bastante amarillentos y que estaba algo flaco y gibado. Sí, estaba algo flaco y un poquito gibado, como había sido siempre, y completamente sano. Lo demás había sido sugestión mía. No dijimos ni una sola palabra sobre lo de Acapulco mientras regresábamos a la ciudad. Tampoco mencionamos a Terry para nada, pero me imagino que la madre de Ezequiel quería que la ayudara a divulgar la versión oficial de lo que había ocurrido en el Congreso Mundial de Cardiología. ¿Qué había pasado, Ezequiel?, ¿qué habían dicho los médicos? Puse gran atención porque no quería que se me escapara ningún detalle. Esa misma noche se lo iba a contar todo a Pepe, Pepe a otras personas, y la señora, por su lado, a sus amigas. Nada había ocurrido. Todo había sido un error. Ezequiel no tenía absolutamente nada serio: al segundo día del Congreso un médico sueco le había dicho que su corazón funcionaba normalmente y que podía casarse con siete mujeres si quería. En Miraflores nos detuvimos para que Ezequiel enviara unas flores. Como ya estaba al tanto de todo, me bajé a acompañarlo para decirle qué tal sinvergüenza había sido, y, al mismo tiempo, darle una palmada en la espalda y reírme. O sea que todas esas flores desde Estados Unidos y probablemente también desde México habían sido para la condesita Francesca... Un ramo cada día... Aun hoy... ¡Qué tal sexto sentido el mío! Pero esta vez mi sexto sentido falló: para mi asombro, Ezequiel compró un precioso ramo de flores y, cuando yo creía que iba a dar el nombre de la condesita, dio el nombre de Terry.

Estoy sentado en la entrada de la casa de Francesca. Ezequiel y yo la llamamos *contessina* Francesca y debo decir que en mi vida he conocido una muchacha tan dulce y tan bella. Lleva la inteligencia puesta, habla con un delicioso acento italiano y se entusiasma por la menor cosa, sobre todo si tiene algo que ver con Ezequiel. Debe haber sido muy cruel con su enamorado, el de la cara de perro, pero en sus rasgos no ha quedado la menor huella de esa crueldad. Simplemente parece haber pasado de una etapa en que se quiere a otro muchacho de la misma edad, a una etapa en que se ama a un hombre mayor (Ezequiel la lleva quince años), y se lucha porque fume menos y porque se acueste un poco más temprano y no sea tan bohemio, como dice *contessina* Francesca. Ella quisiera que Ezequiel trabajara como todos los hombres y que no se pasara las noches conversando conmigo y con Pepe hasta las mil y quinientas. Pero al mismo tiempo sueña con el mes de mayo porque en mayo cumple dieciocho años y sus padres la van a dejar salir por las noches con nosotros. Va a ser macanudo cuando llevemos a *contessina* Francesca a la barra del Ed's Bar. Pepe va a estar feliz y estoy seguro que con el entusiasmo de ella por todo le van a encantar los personajes que, noche a noche, Ezequiel sigue invitando. Va a ser macanudo.

Sé dónde está Ezequiel y *contessina* Francesca también lo sabe o, cuando menos, lo sospecha. No está muy lejos, está en el barrio, ya que *contessina* Francesca vive también en San Isidro, como Terry. Ezequiel está parado bajo el balcón de Terry con el trío criollo, y me imagino que va a seguir con lo mismo hasta mayo, cuando pida la mano de la *contessina* y cuando también podamos salir de noche. Va a seguir con lo mismo y nosotros dos aquí sentados, esperándolo siempre. Cada noche llega más tarde porque cada noche insiste más bajo el balcón de Terry. Me parece estar oyendo el vals que le está cantando. Tiene que ser ése porque lo silba todo el día sin parar...

> *Llora guitarra porque eres mi voz de dolor*
> *grita su nombre de nuevo si no te escuchó*
> *y dile que aún la quiero que aún espero que vuelva*
> *que si no viene mi amor no tiene consuelo*
> *que solitario sin su cariño me muero...*

¿Qué necesidad tiene de que Terry crea que sufre por ella? No lo comprendo. Ni siquiera su madre, que lo ha ayudado tanto, debe comprenderlo. Claro que la señora debe estar feliz de que se case con una noble, pero no creo que esté de acuerdo con que se gaste una fortuna en contratar al trío criollo ése todas las noches. Y lo único que va a lograr es que *contessina* Francesca se enferme de tanta pena. Pobrecita, por fin acaba de recostar su cabeza en mi hombro y se ha puesto a llorar como una niña. Por lo menos ahora no me siento ni inútil ni frustrado. Este llanto me corresponde a mí.

París, 1972

Muerte de Sevilla en Madrid
A Alida y Julio Ramón Ribeyro

La compañía venía dispuesta a instalarse con todas las de la ley. Para empezar, mucha simpatía sobre todo. Bien estudiado el mercado, bien estudiadas las características de los limeños que gastan, se había decidido que lo conveniente era una publicidad, un trato, unas *public relations* bastante cargadas a lo norteamericano pero con profundos toques hispanizantes, tal como éstos pueden ser imaginados desde lejos, en resumen una mezcla de Jacqueline Kennedy con el Cordobés. Y ya iban marchando las cosas, ya estaban instaladas las modernas oficinas en modernos edificios de la Lima de hoy, tú entrabas y la temperatura era ideal, las señoritas que atienden encantadoras, ni hablar de los sillones y de los afiches anunciando vuelos a Madrid y a otras ciudades europeas desde ciudades tan distintas como Lima y Tokio. Tu vista se paseaba por lo que ibas aceptando como la oficina ideal, tu vista descubría por fin aquella elegante puerta, al fondo, a la derecha, GERENTE.

Para gerente de una compañía de aviación que entraba a Lima como española, vinieran de donde vinieran los capitales, nada mejor que un conde español. No fue muy difícil encontrarlo además, y no era el primer solterón noblearruinado que aterrizaba por Lima, llenando de esperanzas el corazón de alguna rica fea. Ya habían llegado otros antes, parece que se pasaban la voz. Lima no estaba del todo mal. Acogedora como pocas capitales y todo el mundo te invita. Como era su obligación, el conde de la Avenida llegó bronceado, con varios ternos impecables y un buen surtido de camisas de seda. El título de conde lo llevaba sobre todo en la nariz antigua, tan aguileña en su angosta cara cuarentona (cuarenta y siete años, exactamente) que en su tercer almuerzo en el Club de los Cóndores, aceptó sonriente el apodo que ya desde meses antes le habían dado silenciosamente en un club playero sureño: el Águila Imperial.

Con tal apodo el mundo limeño que obligatoriamente iría circundándolo se puso más curioso todavía y las invitaciones se triplicaron. El conde de la Avenida, para sus amigotes el Águila Imperial, debutó en grande. La oficina de Lima se abrió puntualmente, y para el vuelo inaugural, el Lima-Madrid, puso en marcha el famoso sorteo que terminaría con su breve y brillante carrera de ejecutivo.

Pudo haber sido otro el resultado, pudo haber sido todo muy diferente porque en realidad Sevilla ni se enteró de lo del sorteo. Y aun habiéndose enterado, jamás se habría atrevido a participar. Él había triunfado una vez en Huancayo, antes de que muriera Salvador Escalante, y desde entonces había vivido triste y tranquilo con el recuerdo de aquel gran futbolista escolar.

Miraflores ya había empezado a llenarse de avenidas modernas y de avisos luminosos en la época en que Sevilla partió rumbo al colegio Santa María, donde sus tías, con gran esfuerzo, habían logrado matricularlo. Se lo repetían todo el tiempo, ellas no eran más que dos viejas pobres, ¡ah!, si tus padres vivieran, pero a sus padres Dios los tenía en su gloria, y a Sevilla sus tías lo tenían en casa con la esperanza de que los frutos de una buena educación, en uno de los mejores colegios de Lima, lo sacaran adelante en la vida. Abogado, médico, aviador, lo que fuera pero adelante en la vida.

No fue así. La tía más vieja se murió cuando el pobre entraba al último año de secundaria, y la pensión de la otra viejita con las justas si dio para que Sevilla terminara el colegio. Tuvo que ponerse a trabajar inmediatamente. Todos sus compañeros de clase se fueron a alguna universidad, peruana o norteamericana, todos andaban con el problema del ingreso. Sevilla no, pero la verdad es que esta apertura hacia lo bajo, hacia un puestecito en alguna oficina pública no lo entristeció demasiado. Ya hacía tiempo que él había notado la diferencia. La falta de dinero hasta para comprar chocolates a la hora del recreo, día tras día, lo fue preparando para todo lo demás. Para lo de las chicas del Villa María, por ejemplo. Él no se sentía con derecho a aspirar a una chica del Villa María. Las pocas que veía a veces por las calles de Miraflores eran para Salvador

Escalante. Él se las habría conquistado una por una, él habría tenido un carro mejor que los bólidos que sus compañeros de clase manejaban los sábados o, por las tardes, al salir del colegio. Eran todavía el carro de papá o de mamá y lo manejaba siempre un chófer, pero cuando llegaban a recoger a sus compañeros de clase, éstos le decían al cholo con gorra hazte a un lado, y partían como locos a seguir al ómnibus del Villa María. Sevilla no. Él partía a pie y, mientras avanzaba por la Diagonal para dirigirse hacia un sector antiguo de Miraflores, se cruzaba con las chicas que bajaban del ómnibus del Villa María o que bajaban de sus automóviles para entrar a una tienda en Larco o en la Diagonal. En los últimos meses de colegio empezó a mirarlas, trató de descubrir a una, una que fuera extraordinariamente bella, una que sonriera aunque sea al vacío mientras él pasaba. Si una hubiese sonreído con sencillez, con dulzura, Sevilla habría podido encontrar por fin a la futura esposa de Salvador Escalante.

Buscaba con avidez. Casi podría decirse que ésta fue la etapa sexual (aunque sublimada) de la vida del joven estudiante. A pesar de que Salvador Escalante había muerto años atrás, él continuaba buscándole la esposa ideal. Lo de la dulce sonrisa y el pelo rubio parecían interesarlo particularmente, y hasta hubo unos días en que se demoró en llegar a casa; se quedaba en las grandes avenidas miraflorinas, se arrinconaba para buscar sin que se notara, pero la gente tenía la maldita costumbre de pasar y pasar. Cada vez que Sevilla veía venir a una muchacha, alguien pasaba, se la tapaba, se quedaba sin verla. Siempre se le interponía alguien, la cosa realmente empezaba a tomar caracteres alarmantes, por nada del mundo lograba ver a una chica, la mujer para Salvador Escalante podría haber pasado ya ante sus ojos mil veces y siempre un tipo le impedía verla, siempre una espaldota en su campo visual.

Así hasta que decidió que por la Diagonal y Larco era inútil. Por su casa tal vez. Claro que había que consultarlo con Salvador Escalante. Fueron varios días de meditación, varios días en que el recuerdo del gran futbolista escolar que le hizo caso, que no se fijó que en sexto de primaria a Sevilla ya se le caían unos pelos grasosos, varios días en que el recuerdo del amigo mayor, el del momento triunfal en Huancayo creció hasta

mantener a Sevilla en perenne estado de alerta. La gran Miraflores, Larco, Diagonal, esas avenidas eran inútiles. Quedaba
lo que Sevilla había sentido ser el pequeño Miraflores. Pocos
captaban esa diferencia como él. Pero en efecto existía todo un
sector de casas de barro con rejas de madera, casas amarillentas y viejas como la de Sevilla. Las chicas que vivían en esas
casas no iban al Villa María pero a veces eran rubias y Sevilla
sabía por qué. La cosa venía de lejos, de principios de siglo y,
ahora que lo pensaba, ahora que lo consultaba con Salvador Escalante, Sevilla deseaba profundamente que todo hubiera ocurrido
a principios de siglo cuando de esas casas recién construidas
salían rubias hijas de ingleses. Qué pasó con esos ingleses era
lo que Sevilla no sabía muy bien cómo explicarle a Salvador
Escalante. Por qué tantos inmigrantes se enriquecieron en el
Perú y en cambio esos ingleses envejecieron bebiendo gin y
trabajando en una oficina. Ahora sólo algunas de sus descendientes tenían el pelo rubio pero esto era todo lo que quedaba
del viejo encanto británico que pudo haber producido una
esposa ideal para Salvador Escalante. Para qué mentirle a Salvador Escalante, además. Bien sabía Sevilla que con pelo rubio o castaño o negro esas chicas iban a otros colegios, terminaban de secretarias y se morían por subir pecaminosamente a
carros modernos de colores contrastantes. Todo un lío. Todo
un lío y una sola esperanza: la llegada triunfal del gran futbolista escolar, convertido ya en flamante ingeniero agrónomo.
Una tarde, después de romperle el alma a todo aquel que llegara por esos barrios con afán de encontrar una medio pelo,
Salvador Escalante vendría a llevarse a la muchacha que Sevilla le iba a encontrar, Salvador Escalante tenía las haciendas, la
herencia, el lujoso automóvil, la chica era buena y en una de
esas viejas casonas amarillentas algún viejo hijo de ingleses,
pobremente educado en Inglaterra, extraviado entre el gin y
la nostalgia, volvería a sonreír. Valía la pena. Salvador Escalante aceptaba, después de todo siempre jugó fútbol limpia-
mente, sin despreciar a los de los colegios nacionales, después
de todo siempre comulgó seriamente los primeros viernes.
Instalado en su vetusto balcón, Sevilla vio avanzar por la calle
a la que, vista de más cerca, podría llegar a ser la esposa de Salvador Escalante. Se dio tiempo mientras la dejaba venir para

vivir el momento triunfal en Huancayo, fue feliz pero entonces un automóvil frenó y siete muchachos se arrojaron por las puertas y Sevilla se quedó sin ver a la muchacha, imaginando eso sí que sonreía rodeada por sus siete compañeros de clase. Sintió que era el fin muy profundo de una etapa que había vivido casi sin darse cuenta, pero lo que más le molestaba, lo que más lo entristecía no era el haberse convencido de que le era imposible lograr ver a una mujer hermosa, lo que más le molestaba era el haberse quedado momentáneamente sin proyectos para Salvador Escalante.

Porque desde tiempo atrás el gran futbolista escolar había quedado para siempre presente en la vida de Sevilla. Con él resistió el asedio sufrido durante los últimos años de colegio. Lo del pelo, por ejemplo. Se le seguía cayendo y siempre era uno solo y sobre alguna superficie en que resaltaba lo grasoso que era. Caía un pelo ancho y grasoso y la clase entera tenía que ver con el asunto pero Sevilla llamaba silenciosamente a Salvador Escalante porque con él no había sufrimiento posible. Sólo un triste aguantar, una tranquila tristeza limpia de complejos de inferioridad. Un solo estado de ánimo siempre. Un solo silencio ante toda situación. Por ejemplo la tarde aquella en que los siete que le impidieron ver a la última mujer que miró en su vida llegaron a su casa. Sevilla estaba en la cocina ayudando a su tía, estaban haciendo unos dulcecitos cuando sonó el timbre. Salió a abrir pensando que eran ellos porque lo habían amenazado con pedirle prestada una carpeta de trabajo para copiársela porque andaban atrasados. Abrió y le llovieron escupitajos disparados entre carcajadas. Al día siguiente, toda la clase se mataba de risa con lo de Sevilla con el mandilito de mujer. No era mentira, era el mandilito que se ponía cuando ayudaba a su tía y era de mujer pero también era cada vez más fácil fijar la mirada en un punto determinado de la pared: Salvador Escalante surgía siempre.

Y ahora que trabajaba en un oscuro rincón de la Municipalidad de Lima, perdido en una habitación dedicada al papeleo, lo único que había cambiado era aquel punto determinado de la pared. Sevilla encontraba a Salvador Escalante con sólo mirar a un agujero del escritorio que alguien, antes que él, había abierto laboriosamente con la uña. Eso era todo.

Lo demás seguía igual, una tranquila tristeza, un pelo grasoso sobre cada papel que llegaba a sus manos y una puntualidad que desgraciadamente nadie notaba. Y esto más que nada porque Sevilla tenía jefe pero el jefe no tenía a Sevilla. No le importaba tenerlo, en todo caso. La vida que se vivía en aquella oficina llegaba hasta él convertida en un papel que se le acercaba a medida que pasaba de mano en mano. La última mano le hablaba, le decía Sevillita, pero Sevillita no había logrado integrarse aquí tampoco. Aquí triunfaban un criollismo algo amargado, los apodos eran muy certeros y se vivía a la espera de un sábado que siempre volvía a llegar. Salían todos y cruzaban un par de calles hasta llegar a un bar cercano. Sábado de trago y trago, cervezas una tras otra y unas batidas terribles al que se marchaba porque marcharse quería decir que en tu casa tu esposa te tenía pisado. Gozaban los solteros burlándose de los casados, luego siempre algún soltero se casaba y tenía que irse temprano quitándose como fuera el tufo y los solteros repetían las mismas bromas aunque con mayor entusiasmo porque se trataba de un recién casado. Sevillita nunca participó, nunca fue al bar y nunca nadie le pidió que viniera. Se le batía rápidamente a la hora de salida pero de unas cuantas bromas no pasaba la cosa, luego lo dejaban marcharse. A los matrimonios asistía un ratito.

Un día se le tiraron encima los compañeros de trabajo y el jefe sonrió. Sevilla fue comprendiendo poco a poco que una flamante compañía de aviación iba a realizar su vuelo inicial Lima-Madrid, y que para mayor publicidad había organizado un sorteo. Entre todo peruano que llevara de apellido el nombre de una ciudad española, un ganador viajaría a Madrid, ida y vuelta, todo pagado. La cosa era en grande, con fotografías en los periódicos, declaraciones, etc. Sevilla miró profundamente al agujero por donde llegaba hasta Salvador Escalante, pero la imagen de su vieja tía lo interrumpió bruscamente.

Por lo pronto a su tía le costó mucho más trabajo comprender de qué se trataba todo el asunto. Por fin tuvo una idea general de las cosas y aunque atribuyó inmediatamente el resultado a la voluntad de Dios, lo del avión la aterrorizó. Ya era muy tarde en su vida para aceptar que su sobrino, su único sustento, pudiera subir a un monstruo de plata que volaba. En la vida no había más que un Viaje Verdadero, un Último Viaje que para ella ya estaba cercano y para el cual desde que murieron sus padres había estado preparando a Sevilla.

—No viajarás, hijito. Creo que el Señor lo prefiere así.

Estaba bien, no iba a viajar. La oscuridad de aquel viejo salón, la destartalada antigüedad de cada mueble iba reforzando cada frase de la anciana tía, cargándola de razón. No viajaría. Bastaba pues con armarse de valor y con presentarse a las oficinas de la Compañía de Aviación para anunciar que no podía viajar. Le daba miedo hacerlo pero lo haría. Llamar por teléfono era lo más fácil; sí, llamaría por teléfono y diría que le era imposible viajar por motivos de salud. Pero algo muy extraño le sucedió momentos después. Salvador Escalante le aconsejó viajar mientras estaba rezando el rosario con su tía, y por primera vez en años no pudo rezar tranquilo. Su tía no notaba nada pero él simplemente no podía rezar tranquilo, no podía continuar, hasta empezó a moverse inquieto en el sillón como tratando de ahuyentar la indescriptible nostalgia que de pronto empezaba a invadir a borbotones la apacible tristeza que era su vida. Mil veces había revivido los días en Huancayo con Salvador Escalante pero todo dentro de una cotidianidad tranquila, esto de ahora era una irrupción demasiado violenta para él.

Tampoco cenó tranquilo, y por primera vez en años se acostó con la idea de que no se iba a dormir muy pronto. Cuántas veces había pensado en sus recuerdos, pero esta noche en vez de traerlos a su memoria era él quien retrocedía hacia ellos, dejándose caer, resbalándose por sectores de su vida pasada que lo recibían con nuevas y angustiosas sensaciones. Volvía a vivir quinto, sexto de primaria cuando empezaron los preparativos para el viaje a Huancayo. Tía Matilde vivía aún y dominaba un poco a tía Angélica, pero en este caso las dos estaban de acuerdo en que debía asistir: el Congreso Eucarístico de Huancayo era un acontecimiento que ningún niño católico debía perder. Qué buena idea de los padres del colegio la de llevarlos. Una reunión de católicos fervientes y un enviado especial del Papa para presidir las ceremonias. Por primera vez en su vida Sevilla se acostó con la idea de que no se iba a dormir muy pronto. Como ahora, en que volvió también a encender la lamparita de la mesa de

noche y a salirse de la cama con la misma curiosidad de entonces, el mismo miedo, los mismos nervios, por qué como que
caía al presente de sus recuerdos, por qué años después volvía a
atravesar el dormitorio en busca del Diccionario Enciclopédico
para averiguar temeroso cómo era la ciudad a la que iba a viajar
con unos compañeros entre los cuales no tenía un solo amigo.
El mismo viejo Diccionario Enciclopédico Ilustrado que ya
entonces había heredado de sus padres. Lo trajo hasta su cama
recordando que era una edición de 1934. Leyó lo que decía
sobre Huancayo, pensando nuevamente que ahora tenía que ser
mucho mayor el número de habitantes...

«Huancayo, Geogr. Prov. del dep. de Junín, en el
Perú. 5.244 km²; 120.000 h. (Pero ahora tenían que
ser más que entonces.) Comprende 15 distr. Cap. homónima. Coca, caña, cereales; ganadería; minas de plata,
cobre y sal; quesos, cocinas, curtidos, tejidos, sombre-
ros de lana. 2 Distr. de esta prov. 11.000 hab. cap.
homónima. 3 C. del Perú, cab. de este distr. y cap. de
la provincia antedicha. 8.000 h. Minas.»

No pudo ocultar una cierta satisfacción cuando Salvador
Escalante le convidó un chicle. Salvador Escalante era un ídolo,
el mejor futbolista del colegio y estaba en el último año de
secundario. Viajaba para acompañar al hermano Francisco y
ayudarlo en la tarea de cuidarlos. El ómnibus subía dando curvas y curvas y, cuando llegaron a Huancayo, Huancayo resultó
ser completamente diferente a lo que decía el diccionario. Lo
que decía el diccionario podía ser ciento por ciento verdad pero
faltaba en su descripción aquella sensación de haber llegado a
un lugar tan distinto a la costa, faltaba definitivamente todo lo
que lo iba impresionando a medida que recorría esas calles pobladas de otra raza, esas calles de casas bastante deterioradas pero que resultaban atractivas por sus techos de doble agua, sus
tejas, sí, sus tejas. Techos y techos de tejas rojas y un aire frío que
los obligaba a llevar sus pijamas de franela. Sevilla nunca pensó
que los pijamas pudieran ser tan distintos. Dormían en un largo
corredor de un moderno convento y realmente cada compañero
de clase tenía un pijama novedoso. Definitivamente el de San-

tisteban parecía todo menos un pijama y el de Álvarez Calderón sólo en una película china. No le importó mucho tener el único vulgar pijama de franela porque, además, ya había habido toda esa larga conversación con Salvador Escalante durante el viaje. Él nunca trató de hablarle, Salvador Escalante le hablaba.

Lo mismo fue al día siguiente. Ayudaba al hermano Francisco con lo de la disciplina, pero a la hora del almuerzo se sentó a su lado y volvió a hablarle. Sevilla se moría de ganas de agregarle algo a sus monosílabos y fue en uno de esos esfuerzos que sintió de golpe que Salvador Escalante lo quería. Fue como pasar del frío serrano que tanto molestaba en los lugares sombreados a uno de esos espacios abiertos donde el sol cae y calienta agradablemente. Fue macanudo. Fue el fin de su inquietud ante todos esos pijamas tan caros, tan distintos, tan poco humildes como el suyo.

Claro que mientras asistían a las ceremonias del Congreso, Sevilla era uno más del montón, un solitario alumno del Santa María, aquel que no podía olvidar que para sus tías todo este viaje había representado un gasto extra, el que no metía vicio ni se burlaba de los indios, el más beato de todos por supuesto. Las apariciones del enviado especial del Papa le causaban verdaderos escalofríos de cristiana humildad.

Pero había los momentos libres y Salvador Escalante podía disponer de ellos solo, haciendo lo que le viniera en gana. El hermano Francisco lo dejaba irse a deambular por la ciudad, sin uniforme, con ese saco sport marrón de alpaca y la camisa verde. Sevilla lo vio partir una, dos veces, jamás se le ocurrió que, a la tercera, Salvador Escalante le iba a decir vamos a huevear un rato, ya le dije al hermano Francisco que te venías conmigo.

Simplemente caminaban. Vagaban por la ciudad y todas las chicas que iban a los mejores colegios de Huancayo se disforzaban, se ponían como locas, perdían completamente los papeles cuando pasaba Salvador Escalante. Tenían un estilo de disforzarse muy distinto al de las limeñas, algo que se debatía entre más bonito, más huachafo y más antiguo. Por ejemplo, de más de un balcón cayó una flor y también hubo esa vez en que una dejó caer un pañuelo que Sevilla, sin comprender bien el jueguito, recogió ante la mirada socarrona de su ídolo. La chica siguió de largo y Sevilla se quedó para siempre con el pañuelo. Porque Salvador Escalante simplemente caminaba. Avanzaba por calles donde siempre había un grupo de muchachas para sonreírle. Sevilla se cortaba, se quedaba atrás, pegaba una carrerita y volvía a instalarse a su lado.

Una tarde Salvador Escalante se detuvo a contemplar los afiches de *Quo Vadis, los mártires del cristianismo.* «Una buena película para estos días», pensó Sevilla, mientras recibía un chicle de manos del ídolo. «Entramos», dijo Salvador Escalante, y él como que no comprendió, en todo caso se quedó atrás contemplando cómo boletera, controladora y acomodadora se agrupaban para admirar la entrada de su amigo. Fue cosa de un instante, una especie de rápido pacto entre las tres cholitas guapas y el rubio joven de Lima. Salvador Escalante pasó de frente, no pagó, no le pidieron que pagara, lo dejaron entrar regalando al aire su sonrisa de siempre, mientras Sevilla sentía de golpe la profunda tristeza de haber quedado abandonado en la calle.

Y desde entonces revivió hasta la muerte el momento en que Salvador Escalante no lo olvidó. Ya estaba en la entrada a la sala, él en la vereda allá afuera, cuando volteó y le hizo la seña aquélla, entra, significaba, y Sevilla se encogió todito y cerró los ojos, logrando pasar horroroso frente a las tres señoritas del cine. Fue una especie de breve vuelo, un instante de timorato coraje que, sólo cuando abrió los ojos y descubrió a Salvador Escalante esperándolo sonriente, se convirtió en el instante más feliz de su vida. Entró gratis, gratis, gratis. Por unos segundos había compartido a fondo la vida triunfal de Salvador Escalante. Salvador Escalante no le falló nunca, y cuando volvieron a Lima continuó preguntándole por sus notas en el colegio, aconsejándole hacer deporte y tres veces más ese año le regaló un chicle.

Luego se marchó. Terminó su quinto de media y se marchó a seguir estudios de agronomía, con lo cual Sevilla empezó a seleccionar sus recuerdos. Lo del cine en Huancayo lo recordaba como un breve vuelo por encima de tres cholitas y hacia un destino muy seguro y feliz. Había sido todo tan rápido, su indecisión, su entrada, que sólo podía recordarlo como un breve vuelo, una ligera elevación, no recordaba haber dado pasos, recordaba haber estado solo en la vereda y luego, instantes después, muy confortable junto a Salvador Escalante. Y era tan agradable pensar en todo eso mientras caminaba por las canchas de fútbol donde Salvador Escalante había metido tantos goles. Sevilla ya no le pedía absolutamente nada más al Santa María. Sus compañeros de clase podían burlarse de él hasta la muerte: nada, no sufría. Los pelos grasosos podían continuar cayendo sobre las páginas blancas de los cuadernos: nada, Sevilla había entrado a la tranquila tristeza que era su vida sin Salvador Escalante, había entrado a una etapa de selección de sus recuerdos, eso era todo para él, necesitaba ordenar definitivamente su soledad.

Pero Salvador Escalante volvió. Vino como ex alumno y jugó fútbol y metió dos goles y caminó desde el campo de fútbol hasta los camerinos con Sevilla al lado. Volvió también a jugar baloncesto, alumnos contra ex alumnos, y hablaba de agronomía y allí estaba Sevilla, a un ladito, escuchándolo. O sea que la vida podía volver a tener interés en el Santa María. Sevilla comprendió que Salvador Escalante era un ex alumno fiel a su colegio, uno de esos que volvían siempre, sólo bastaba con estar atento a toda actividad que concerniera a los ex alumnos: Salvador Escalante volvería a caminar por el colegio como caminaba por Huancayo cuando caían pañuelos, sonrisas y flores.

No duró mucho, sin embargo. Salvador Escalante era hijo de ricos propietarios de tierras, pertenecía a una de las grandes familias de Lima y los periódicos se ocuparon bastante de su muerte. Debió ocurrir de noche (el automóvil no fue localizado hasta la madrugada por unos pastores). El joven y malogrado estudiante de agronomía regresaba de una hacienda en Huancayo, víctima del sueño perdió probablemente el control de su vehículo y fue a caer a un barranco, perdiendo de inmediato la vida. Sevilla compró todos los periódicos que narraban el triste suceso, recortó los artículos y las fotografías (creía reconocer el saco marrón de alpaca), todo lo guardó cuidadosamente. Pensó que, de una manera u otra, la vida lo habría alejado para siempre de Salvador Escalante, lo de los ex alumnos fieles no podía durar eternamente. Con apacible tristeza volvió a ordenar aquellos maravillosos recuerdos que las cálidas reapariciones de Salvador Escalante por el Santa María habían interrumpido momentáneamente.

La vida limeña había tratado al conde de la Avenida como a un águila imperial. Volaba alto, volaba con elegancia y dentro de tres años, al cumplir los cincuenta, todo estaba calculado, iba a caer sobre su ya divisada presa. Anunciata Valverde de Ibargüengoitia, treinta y nueve años muy bien llevados, un desafortunado matrimonio, un sonado y olvidado divorcio, la más hermosa casa frente al mar en Barranco y esa sólida fortuna sobre la cual al caballero español ya no le quedaba duda alguna. Eso, dentro de tres años. O sea que quedaba tiempo para continuar disfrutando de los tres clubs de los cuales ya era socio: el Golf, los Cóndores, para el bronceo invernal. La Esmeralda para los coctelitos conversados que precedían al baño de mar o de piscina y al almuerzote rodeado de amigos. Y para la intimidad o para las invitaciones correspondiendo a invitaciones, el *penthouse* en el moderno edificio de la avenida Dos de Mayo, San Isidro. Lo había decorado con gusto y tenía sobre todo el suntuoso baño ése, plagado de repisas y lavandas, se levantaba cada mañana y se deslizaba por una alfombra que le iba acariciando los pies, calentándoselos mientras se acercaba al primer espejo del día, estaba listo para afeitarse, pero se demoraba siempre un poco en empezar porque le gustaba observar desde allí aquella monumental águila de plata ubicada sobre una mesa especial en el dormitorio, un águila con las alas abriéndose, a punto de iniciar vuelo, algo tan parecido a todo lo que él estaba haciendo desde que llegó a Lima.

Y Lima realmente lo seguía tratando bien, muy bien, ni una sola queja. En ciertos asuntos ya era toda una autoridad. En su *penthouse*, por ejemplo (y en otros cócteles), alabó los vinos de La Rioja alavesa como complemento indispensable para acompañar determinada cocina española, hasta convertirlos en obligatorios dentro de todo un círculo de amistades. Gregorio de la Torre produjo una noche siete botellas de Marqués de Riscal, *but...* No, no mi amigo; ni siquiera Marqués de Riscal. El Águila Imperial prefería los de don Agustín. Sí, señores, don Agustín. Don Agustín, un hombre tan generoso como sus vinos y que tiene sus bodegas en Laserna, un lugar cercano a Laguardia, ¡ah!, ¡Laguardia!, ¡pueblo inolvidable! Dios sabe cómo fue a caer él por Laserna una noche, semanas antes de partir al Perú. El trato quedó cerrado poco rato después: don Agustín le enviaría mensualmente aquel delicioso vino casero que hasta el propio Juan Lucas y su adorable esposa Susan alabaron con adjetivos novedosos. Para vinos, desde entonces, había que consultar con el conde de la Avenida. Y había que invitarlo mucho. Mucho.

Bebía lo justo y fumaba lo aconsejable y en las agencias todo estaba listo para poner en marcha la compañía. Desde ayer el famoso sorteo tenía un ganador y hoy, a las once de la mañana, la oficina principal se llenaría de periodistas, champán a diestra y siniestra, ésa era la culminación de una brillante campaña publicitaria. El conde de la Avenida se estaba afeitando. Lo de anoche había sido gracioso con la cholita tan guapa. Lo habían invitado a casa de uno de esos limeños que les da por lo autóctono y resultó que había nada menos que una soprano de coloratura. Eran canciones bonitas pero ella dale que dale con agregarles bajos bajísimos y altos altísimos, toda clase de pitos y alaridos, hacía lo que le daba la gana con la garganta. «Esto es lo indígena», le explicaron por ahí, pero eso a él le interesaba muy poco, la verdad que a él sólo le interesaba la cholita en sí. «Cómo demonios se aborda a este tipo de gente», se preguntaba el Águila Imperial.

Debió hacerlo muy mal porque por toda respuesta obtuvo una frase de lo más divertida: «Esta noche parto de viaje con el Presidente de la República y con todos sus ministros». Había dos ministros en la reunión y ninguno de los dos tenía pinta de partir de gira ni mucho menos. Simplemente la soprano de coloratura no había captado quién era él, la distancia era muy grande, es verdad, pero el conde de la Avenida había optado por acortarla al máximo: le mostró su tarjeta de visita y le habló inmediatamente de tres cabarets famosísimos en Madrid. Se estaba terminando de afeitar cuando la soprano de coloratura vino a despedirse, tengo que grabar, te llamo el jueves, dejándolo con una deliciosa sensación de fortaleza física. Se sentía bien, excesivamente bien, tanto que trajo el águila de plata al baño y le fue arrojando agua mientras se duchaba, ey, Francisco Pizarro, le dijo, de pronto, *how are you feeling today?*

Mientras tanto el pobre Sevilla había hecho su diario recorrido Miraflores-Lima en su diario Expreso de Miraflores, pero hoy no se sentía como siempre. Hoy se sentía algo distinto. Por lo general no sentía nada, iba al trabajo y eso era todo. Pero esta vez la noche la había pasado mal: si dormía era casi despierto y con una mezcolanza de recuerdos sobre el Santa María, sobre Salvador Escalante; si despertaba seguía medio dormido y se enfrentaba al problema del viaje que el ídolo escolar tanto le recomendaba. «No viajarás, hijito. Creo que el Señor lo prefiere así.» Cómo iba a hacer para decirle a los de la Compañía de Aviación que no iba a viajar y cómo iba a hacer para decirle a su tía Angélica que sí iba a viajar. Además tenía que pedirle permiso al jefe para usar uno de los teléfonos de la oficina. Y tenía que mentir diciendo que por motivos de salud no iba a viajar y mentir era pecado. Tenía que hablar por teléfono con un hombre al que no conocía para mentirle convincentemente un pecado y Salvador Escalante que se había pasado toda la noche aconsejándole el viaje, cómo le iba a decir a su tía que sí iba a viajar. Lo último que sintió al llegar a la oficina fue un ligero malestar estomacal y un inevitable pedo que se le venía. Se detuvo un ratito para tirarse el pedo antes de entrar y resulta que fueron dos pedos.

Al levantar la cara para seguir avanzando, y mientras comprobaba que el estómago le molestaba aún, reconoció al impecable joven que, justo en ese instante, estaba pensando: «Me lo temía; tenía que ser éste Sevilla». Pero un brillante jefe de relaciones públicas nunca debe temerse nada y Sevilla fue recibido con un entusiasmo que aumentó su malestar estomacal. Cucho Santisteban lo había escupido un día, la tarde aquélla del mandilito de mujer, y ahora venía en nombre de la Compañía de Aviación, ya estaba todo arreglado en la oficina, ya estaba todo listo, Cucho Santisteban venía a llevárselo al cóctel publicitario. Sevilla quiso hablar pero Cucho Santisteban venía a llevárselo simple y llanamente. Desde el jefe hasta el penúltimo del fondo, el que le alcanzaba los papeles a Sevillita, todos dejaron sonrientes que Cucho Santisteban se lo llevara.

Y quiso hablar todo el tiempo, es decir que quiso decir a cada momento, entre cada fotografía, entre cada flash que le era imposible abandonar a su tía Angélica, vieja enferma sola incapaz de quedarse sola durante tantos días. En cambio los periodistas anotaban que se sentía feliz con el resultado del sor-

teo, que estaba orgulloso de poder volar en los modernos apara-
tos de la compañía, que era la oportunidad de su vida, sí sí, tal
vez la única oportunidad de conocer el Madrid que cantó Agustín Lara. Todo esto mientras Cucho Santisteban le colocaba
copas de champán en la mano, pensando que si Sevilla había
sido feo en el colegio ahora era un monstruo. *But Public Relations* tenía que embellecer el asunto como fuera, sonrisas, muchas sonrisas, cada flash anulaba la realidad, cada flash desdibu-
jaba el pelo ralo y grasoso de Sevilla, sus cayentes y estrechos
hombritos, la barriga fofa y sobre todo las caderas chiquitas
como todo lo demás pero muy anchas en ese cuerpo, tristemente eunucoides. Y la ausencia total de culo. *Public Relations* había
cumplido su tarea, sólo esperaba que Sevilla tuviera cuando
menos un terno y una camisa mejor para el viaje. Cucho Santisteban podía volver a cagarse en la noticia, ahora las firmas y for-
malidades con el Águila Imperial. Pero un repentino e incómodo sentimiento empezó a molestarlo. La vida lo estaba tratando
magníficamente bien, pero por un instante ni su perenne sonrisa disimuló una súbita rabia: Sevilla seguía siendo escupible y
sin embargo llega una época en la vida en que algo, algo, ¡maldita sea!, nos impide escupir.

Lo anunciaron y, ahí dentro, en la gerencia, se interrumpió un tararear. Al Águila Imperial se le había pegado
una de las canciones de la soprano de coloratura y se sentía de
lo más bien repitiéndola. Su optimismo tenía una canción
más que tararear y era tan agradable andar tarareando en esa
oficina de gruesa alfombra, con los aditamentos ésos para que
nada suene, impidiendo todo ruido que no fuera el de su voz,
su sana voz hispánica. Entonces apareció. Sevilla como que
cayó de algún sitio y apareció paradito en la alfombrota, ahí,
delante de él. El conde de la Avenida pensó en la soprano de
coloratura y sintió una ausencia casi angustiosa. Volteó buscando la mesa con el águila de plata y no estaba ahí, Anunciata Valverde de Ibargüengoitia se esfumó desesperantemente
de sus proyectos definitivos, ni los tres años de vida de soltero
noble e interesante que tenía por delante fueron algo que lle-
nara su pecho de alguna energía, definitivamente la palabra
optimismo envejeció, inmediatamente ocurrió lo mismo con
la palabra ejecutivo, Madrid *by night* era una estupidez depri-

mente. Y Sevilla paradito ahí, horrible, negando toda la escala de valores por la que el conde de la Avenida venía subiendo desde que llegó a Lima, destrozando su fe en aquel libro *Life begins at forty,* envejeciéndolo, envejeciéndolo dolorosamente. Sevilla paradito ahí. «Un deterioro momentáneo», pensó el Águila Imperial... «algo como atropellar a un mendigo entre los Cóndores y el Golf... Sí, un deterioro momentáneo; eso es todo». Pero la palabra momentáneo empezó a durar con la sensación de que iba a durar ya para siempre.

Con un gran esfuerzo el Águila Imperial decidió imitarse, se imaginó actuando ayer y empezó a copiarse igualito. «Siéntese, jovencito... Ante todo mis felicitaciones», pero la materia imitable se le acababa se le acababa, tenía que abreviar: «Firme usted estos documentos». Ésa fue la continuación del fin, de algo que había empezado cuando la cotidiana deformidad de Sevilla sobre la alfombra roja, cuando los numerosos signos de decrepitud en un hombre veinte años menor que él destrozaron un sistema de vida cuya base eran lujo y belleza día y noche. «¡No puede ser!», gritó angustiado. Sevilla palideció y la sombra de su barba se puso más sucia todavía. El conde ejecutivo se incorporó, fue hasta la amplia ventana de su despacho, corrió luego hasta el espejo de su baño privado, por fin allí se detuvo y, abriendo grandazos los ojos, declamó:

soprano de coloratura
vinos de don Agustín
Playboy
life begins at forty
green golf and beauties
rioja alavesa
nariz aguileña
Águila Imperial
Anunciata Valverde de Ibargüengoitia

Este último nombre lo había asociado varias veces con unos versos de Antonio Machado, logró decirlos

Y repintar los blasones/hablar de las tradiciones

pero al final ya casi no pudo, le temblaba la voz, Machado había envejecido y había muerto y ahí estaba su cara en el espejo, transformada, transformándose, la nariz aguileña sobre todo aumentando hasta romper su borde habitual, su justo límite imperial y él siempre había tenido los ojos hundidos pero no estos de ahora, dos ojos hundidísimos entre arrugas y sin embargo saltados, saltones, dos huevos duros hundidos y salientes al mismo tiempo.

Aún le quedaban la franela inglesa de su terno y la seda de su camisa. Con eso tenía tal vez para volver a su escritorio, sí sí, sentarse, imitarse anteayer, ayer ya no le quedaba, que Sevilla firme rápido, la última esperanza, un último esfuerzo...

—Firme aquí, jovencit...

Pero Sevilla estaba desconcertado con la forma en que cada rasgo en esa cara decaía, se acentuaba entristeciendo. Sevilla estaba tímidamente asustado y no atinó a sacar un lapicero. Hubo entonces otro último esfuerzo del conde: alcanzarle el suyo para que firme rápido. Tan rápido que el conde dejó el brazo extendido para que se lo devolviera, sobresalía el puño de seda de su camisa con el gemelo de oro y él lo miraba fijamente, el sol brilla sobre la paz de un campo de nieve... Pero sobre el puño de seda de su camisa con el gemelo de oro cayó el pelo grasoso cuando Sevilla inclinó un poquito la cabeza para devolverle el lapicero.

Tres semanas más tarde, un avión de la flamante compañía abandonaba la primavera limeña rumbo a España, mientras que otro avión abandonaba el otoño madrileño rumbo al Perú. En el primero viajaba, definitivamente acabado, el conde de la Avenida; en el segundo traían el cadáver de Sevilla. Casi podría decirse que se cruzaron. Y que Lima ha olvidado por completo al Águila Imperial, y que lo del suicidio de Sevilla, si bien dio lugar a conjeturas e investigaciones, fue también rápidamente olvidado por todos, salvo quién sabe por la vieja tía Angélica, hundida para siempre en la palabra resignación. Es cierto que la compañía hizo más de un esfuerzo por recuperar al conde, por volverlo a tener al frente de sus oficinas, pero muy pronto los tres psiquiatras que lo trataron en los días posteriores al primer ataque de angustia optaron por darle gusto, es decir, optaron por enviarlo de regreso a España. Era lo único que quería, un deseo de enfermo, de hombre que sufre terriblemente, y por qué no concedérselo si era tan obvio que se trataba de un hombre inútil, de una persona que sólo deseaba seguir envejeciendo y morir de tristeza en un sanatorio de España. Se le trasladó, pues, a su país, se puso a otro brillante ejecutivo al frente de la compañía y a esto se debe, tal vez, que en Lima se le olvidara tan pronto; en todo caso a este traslado se debe que nunca más se supiera de su suerte, del tiempo que su cuerpo resistió vivir así, soportando esa repentina invasión de la nada, del decaimiento y, como él solía tratar de explicarle a los médicos, del «deterioro».

«Resignación», era la palabra de la vieja tía Angélica, y la pronunciaba cada vez que algo no estaba de acuerdo con sus deseos. La pronunciaba despacio, en voz baja, mirando siempre hacia arriba, como quien ha encontrado una manera de comunicarse con Dios y no pretende ocultarla. También por ella hizo algunos esfuerzos la compañía, pero cuando vinieron a contarle lo ocurrido, a entrar en detalles, a hablar de indemnizaciones y cosas por el estilo, fue otra su reacción. Claro que aún le quedaban los meses o los años de vida que el Señor le mandara, y habría además que ir al mercadito y comprar que comer, pero esta vez la tía Angélica rechazó todo contacto con las voces humanas, con las cifras que eran el monto de la indemnización: la tía Angélica se sentó en uno de sus vetustos sillones, alzó el brazo con la mano extendida en señal de «basta, basta de detalles, basta ya», y cortó para siempre con los hombres. Iba a pronunciar la palabra «resignación» con fuerza, como si hubiese descubierto su definitivo y último significado, pero sintió que los brazos de su sillón la envolvían llevándosela un poco. A su derecha, sobre una mesa, estaba su grueso misal cargado de palabras católicas, palabras como la que acababa de estar a punto de pronunciar. Tantas palabras y recién a los ochenta años ser una de ellas. «Basta, basta de detalles, basta ya», les indicaba con la mano en alto. El imbécil de Cucho Santisteban insistía en hablar y ella le hizo las últimas señas, pensando al mismo tiempo «Aléjense que ya yo estoy lejos». Acababa de hundirse en un significado, su palabra de siempre la había llamado esta vez, se sentía más cerca de Algo en su resignación de ahora, quizá porque todos recorremos un camino en profundidad con los significados de las palabras, éstas no son las mismas con el transcurso del tiempo, la tía Angélica sin duda había recorrido su camino pero hasta traspasar los límites humanos de su vieja y católica palabra.

«Resignación», dijo la tía Angélica, cuando Sevilla le contó que no le quedaba más remedio que viajar, que lo habían entrevistado, que lo habían fotografiado, que no lo habían dejado explicarles que, en el fondo, prefería no partir. Algo le dijo también sobre el gerente de la Compañía de Aviación, el señor parecía estar muy enfermo, tía, pero la viejita continuaba aún mirando hacia arriba, comunicándose con otro Señor, y no le prestó mayor atención. Sevilla andaba preocupado, ante sus ojos había ocurrido un fenómeno bastante extraño, pero todo lo olvidó cuando volvió a sentir que definitivamente lo del estómago lo molestaba cada vez más.

Así fue el primer día antes del viaje, silencio y silencio mientras tía y sobrino dejaban que el destino se filtrara en ellos, a ver qué pasaba luego. Pero el segundo día todo empezó a cambiar. Por lo pronto, la tía se llenó de ideas acerca de lo que era un viaje y de lo que era un hotel. Un hotel, por ejemplo, era un lugar donde centenares de personas se acuestan en la misma cama y utilizan las mismas sábanas, sabe Dios qué infecciones puede tener esa gente. No, él no podía utilizar las mismas sábanas que otra persona por más lavadas que estén, nunca se sabe, hijito. Ella se encargaría de darle un par con su correspondiente funda de almohada. Y la misa. ¿Cómo hacer para enterarse dónde quedaba la parroquia más cercana al hotel y a qué horas había misa? Ése era otro problema, el más grave de todos. Lo aconsejable era llamar al padre Joaquín, que era español, explicarle la ubicación del hotel y que él les dijera cuál era la iglesia más cercana. Total que, poco a poco, el viaje empezó a llenar la mente de la tía Angélica y nuevamente se la vio desplazándose de un extremo a otro de la casa, muy ocupada, muy preocupada, como si caminar y caminar y subir y bajar escaleras la ayudara a encontrar una solución para cada uno de los mil detalles que era indispensable resolver antes de la partida.

Sevilla lo aceptaba todo como cosa necesaria, dejaba que su tía se encargara de cada pormenor, en el fondo le parecía que ella tenía razón en preocuparse tanto pero había algo que, a medida que pasaban los días, empezaba realmente a atormentarlo. El estómago. Durante cuatro días no durmió muy bien pensando cómo iba a hacer para cambiar las sábanas sin que la persona encargada de hacerle la cama se diera cuenta. Tendría que remplazarlas por las suyas cada noche antes de acostarse pero el verdadero problema estaba en reponer las del hotel cada mañana. Tendría que arrugarlas como si hubiera dormido con ellas y tendría que esconder las suyas, todo esto corriendo el riesgo de que la persona encargada de la limpieza las encontrara arrinconadas en algún armario o algo así. En esta preocupación se le encajó otra y el quinto día durmió pésimo: para el primer domingo en España había excursión prevista a Toledo y en el prospecto no se hablaba de misa para nada. Esto era mejor ocultárselo a su tía. Pero lo otro, lo del estómago, continuaba también atormentándolo. Normalmente iba al baño todas las mañanas, a las seis en punto, pero al día siguiente al cóctel publicitario se despertó a las cinco y no tuvo más remedio que ir al baño en el acto. Trató de ir de nuevo a las seis por lo de la costumbre, pero nada. Nada tampoco una semana después, nada a las cinco y nada a las seis, y se fue al trabajo sin ir al baño. De pronto el asunto fue a las tres de la tarde y dos días antes de la partida fue a las ocho de la noche, algo flojo el estómago, además. Fue otra cosa que le ocultó a su tía. Por fin la víspera del viaje, por la tarde, estando ya la maleta lista con sus sábanas, sus medallitas, su ropa, en fin con todo menos con el misal y el rosario que aún tenía que usar, Sevilla decidió acudir donde un antiguo profesor del Santa María y pedirle permiso para viajar. Iba a viajar de todas maneras, mañana a las once en punto venía Cucho Santisteban a recogerlo para acompañarlo al aeropuerto, en nombre de la compañía (habría más fotos y todo eso), pero Sevilla decidió visitar el consultorio de su antiguo profesor de anatomía, que era médico también, y pedirle permiso para viajar. No le contó lo del estómago. Simplemente se sentó tiesecito y con las manos juntas sobre sus rodillas en una postura que cada día era más la postura de Sevilla, como si tuviera su misal cogido entre ambas manos. Allí estuvo sentado unos quince minutos contando en voz muy baja todo lo que le había ocurrido en los últimos diez o doce días y el ex profesor lo escuchaba mirándolo sonriente. Lo dejaba hablar y sonreía. Sólo se puso serio cuando Sevilla le dijo que partía mañana por la mañana, y en seguida le preguntó si le aconsejaba o no viajar.

—Profesor —agregó—, quiero que me dé usted permiso para viajar.

—Viaje usted no más —le dijo el ex profesor—; y si le va bien no se olvide usted de traerme uno de esos puñalitos de Toledo. Uno pequeño. Vea usted, años que tengo este consultorio y me falta un cortaplumas.

Del consultorio fue a despedirse de sus compañeros de trabajo pero llegó tarde y ya se habían ido. De allí regresó a Miraflores, directamente a la parroquia para confesarse con el padre Joaquín. La penitencia, casi nada, tuvo que terminarla en el baño mientras su tía Angélica esperaba impaciente para lo del rosario. El estómago un poco flojo otra vez y hacia las siete y media de la noche.

No se le ocurrió preguntarse cómo habría sido todo un viaje dialogando feliz y tímido con Salvador Escalante, en compañía de Salvador Escalante. Cuando al señor de enfrente se le antojó cambiar de sitio y se instaló en el asiento donde empezaba a viajar Salvador Escalante, Sevilla aceptó esta repentina invasión de las cosas de la vida como años antes, al desbarrancarse el automóvil del ídolo escolar, había aceptado la repentina invasión de la muerte. Lo único distinto a su habitual, tranquila tristeza fue una especie de angustiosa sensación, sintió por un instante como si estuviera haciéndole adiós a un pasado cálido y emocionante. Todo esto había sido cosa de minutos, todo había ocurrido mientras el avión se aprestaba a despegar y una aeromoza les daba las instrucciones de siempre y les deseaba feliz viaje con un tono de voz digno de Salvador Escalante. Por fin estaba en el avión, por fin había terminado toda la alharaca del vuelo inaugural y el champán y los viajeros invitados, allí en el gran hall del aeropuerto, más lo del ganador del sorteo, Sevilla fotografiado mil veces arrinconándose horrible. Cucho Santisteban se dirigía a su automóvil con las mejillas adoloridas de tanta sonrisa a diestra y siniestra, y una aeromoza cerró la puerta del avión. Sevilla se santiguó dispuesto a rezarle a San Cristóbal, patrón de los automovilistas, a falta de un santo que se ocupara de la gente que vuela (tía Angélica había buscado aunque sea un beato que se ocupara de este moderno tipo de viajeros, pero en su gastado santoral no figuraba ninguno y no hubo más remedio que recurrir a San Cristóbal, haciendo extensivas sus funciones a las grandes alturas azules y a las nubes). Y en ésas andaba Sevilla, medio escondiendo el medallón de San Cristóbal del pecador que tenía sentado a su derecha (llevaba un ejemplar de *Playboy* para entretenerse), cuando captó que el asiento de su izquierda estaba vacío y que, además, los asientos se parecían en lo del espaldar alto con su cojincito para apoyar la cabeza, a los del ómnibus interprovincial en el cual años atrás había viajado a Huancayo con Salvador Escalante. De golpe Sevilla se sintió bien, muy bien, y si no sonrió de alegría, mostrando en su mandíbula saliente el tablero saliente que eran sus dientes inferiores fue por miedo a que el pecador de la derecha lo creyera loco o se metiera con él. El asiento de su izquierda estaba vacío y, aunque sintió una brusca timidez, fue una sorpresa muy agradable que Salvador Escalante le dirigiera la palabra, siendo tan mayor, sobre todo: «Toma un chicle», le dijo; «es muy bueno para la altura porque impide que se te tapen los oídos. La subida a Huancayo es muy brusca. ¿Cómo te llamas...?». Pero un señor que ocupaba el asiento de enfrente decidió cambiarse y se le instaló a su izquierda, justo allí donde estaba su conversación. Sevilla se dio cuenta entonces de que se le había caído el San Cristóbal, pero se demoró un ratito en agacharse a recogerlo porque empezó a sentir la angustiosa sensación de estarle haciendo adiós a un viejo ómnibus que subía, curva tras curva, rumbo a Huancayo.

En el aeropuerto de Madrid, además de los periodistas y sus flashes, lo recibió un Cucho Santisteban español y también lo felicitó un gerente muy elegante y con algo de águila en la cara, bastante parecido al señor tan raro que lo había atendido en forma por demás extraña en Lima, tan parecido que Sevilla se quedó un poco pensativo al verlo marcharse rapidísimo. Pero no había tiempo para pensar, no había un minuto que perder y para eso estaba allí esta nueva versión de Cucho Santisteban. Por lo pronto presentarle a Sevilla a los otros ganadores del sorteo que habían venido en el mismo vuelo. Uno había subido cuando el avión hizo escala en Quito y se llamaba Murcia (23 años), y el venezolano, un tal Segovia (25 años), había subido en la escala en Caracas. Los otros dos ganadores ya estaban en el hotel, esperándolos. Al hotel, pues, en el microbús que la compañía había puesto a su disposición. En el trayecto el *Public Relations* español les fue explicando quiénes eran los otros dos ganadores. Un norteamericano de sesenta y tres años, míster Alford, de San Francisco, y un muchacho japonés, un tal Achikawa, que todo parecía encontrarlo comiquísimo. Claro que en el caso de ellos, habían ganado un sorteo establecido sobre otras bases ya que a nadie se le iba a ocurrir encontrar de apellido el nombre de una ciudad española, en Tokio sobre todo. Pero también habían llegado a Madrid en un vuelo inaugural de la flamante compañía.

No bien entraron al hotel, Achikawa estalló en una extraña, nerviosa carcajada, pero Sevilla no logró verlo de inmediato porque un flash lo cegó súbitamente. Pensó que eran los periodistas otra vez, era Achikawa y fue Achikawa tres veces más mientras Sevilla seguía al Cucho Santisteban español rumbo a la recepción, lugar al cual llegó completamente ciego y sin lograr ver al culpable de su estado. Sólo oía sus carcajadas. Eran carcajadas breves, muy breves, y fijándose bien, tenían algo de llanto. Por fin Sevilla pudo llenar los papeles de reglamento y enterarse, por la tarjeta que le dieron, que estaba en el Hotel Residencia Capitol, en la avenida José Antonio, número 41, y que le tocaba la habitación 710. Lo último que vio escrito, en la parte inferior de la tarjeta, fue una inscripción que decía «CIERRE LA PUERTA AL SALIR PULSANDO EL BOTÓN DEL POMO». Se le hizo un mundo lo del «botón del pomo», qué diablos era el «pomo», pero justo en ese instante vio que un botones iba a coger su maleta y sintió terror por lo de las sábanas. Hasta el ascensor llegó a tientas porque el japonés lo volvió a fotografiar, quiso hacer lo mismo con el venezolano y con el ecuatoriano pero ambos lo mandaron cortésmente a la mierda y se metieron también al ascensor donde, entre miradas y breves frases, dejaron establecido que formaban un dúo capaz de llevarse muy bien y que a Sevilla, con su cara de cojudo, no le quedaba más que juntarse con los otros.

Todo esto se confirmó en la cena. La cena en realidad fue rápida porque los cinco ganadores del concurso tenían que estar cansados del viaje y era preciso acostarse temprano. «Mañana», les anunció el Cucho Santisteban español, «empezamos con

nuestros itinerarios madrileños, que durarán tres días. Empezamos con el itinerario artístico que comprende la visita del Palacio Real y, a continuación, la visita del Museo del Prado. Empe-
zaremos a las once de la mañana y terminaremos hacia las seis
de la tarde». Murcia y Segovia pusieron cara de aburrimiento y
Sevilla no supo dónde meterse. En cuanto a míster Alford, lo
único que dijo (en inglés, siempre) durante toda la comida fue
que quería más cerveza. Achikawa lo fotografió tres veces, la cuarta fotografía se quedó en «mira el pajarito» porque un gesto de
míster Alford dejó definitivamente establecido que odiaba a
muerte a los japoneses. Achikawa soltó una brevísima carcajada, tembló íntegro y prácticamente se metió la máquina al
culo. Al final allí el único sonriente era Relaciones Públicas que
no cesaba de darles instrucciones, de traducirlas inmediatamente
al inglés para Achikawa, que por suerte hablaba muy bien este
idioma, y para míster Alford. Sevilla pudo comprobar que del
inglés que le habían enseñado en el Santa María casi no le quedaba una palabra. Al terminar la comida, a la cual sólo la perenne sonrisa del nuevo Santisteban daba alguna unidad, quedó
muy claramente establecido que el grupo de cinco se había
dividido ya por lo menos en dos subgrupos: el de Murcia y Segovia, a quienes los otros tres les importaban tan poco como el
itinerario artístico, y el de míster Alford quien, llevado por su
pearlharboriano odio a Achikawa y su desinterés e ignorancia
por todo lo que ocurría al sur del Río Grande se mantuvo fiel a
su fiel compañera, la cerveza.

El tercer subgrupo se veía venir. A pesar de la incomunica-
ción casi total al nivel del lenguaje, Sevilla parecía ser el único capaz de soportar el asedio fotográfico del nipón y ya una vez durante
la cena le había mostrado el tablerito saliente en la mandíbula saliente, que era su sonrisa. Claro que Achikawa nunca llegaría a
saber las terribles repercusiones que, entre otras cosas, su bien in-
tencionado aunque implacable flash acabaría por tener en el estómago de Sevilla. El domingo, por ejemplo, cuando la visita a la
iglesia de Santo Tomé en Toledo concluyó en el instante en que
empezaba la misa con Sevilla sin misa aún, la aplicación casi sos-
tenida del flash delante de la fachada fue realmente inoportuna.
Sevilla volvió a ensuciarse, pero Achikawa ignoró por completo que
algo semejante había ocurrido y en parte por su culpa, además.

También esa primera noche ignoró que Sevilla, luego de ir dos veces al baño, se había acostado pensando en él. Cambió sus sábanas, escondió en el armario las del hotel, rezó, recordó a su tía Angélica y se metió a la cama pensando en Achikawa. Murcia y Segovia habían hablado de putas, el señor Alford bebía en exceso, el encargado español del grupo mucha sonrisa pero a él lo había pisado y no le había pedido disculpas, lo amedrentaba lo amedrentaba... Achikawa era el que más daño podía causarle con esos súbitos e inmotivados ataques de risa, entre flashes y carcajadas prácticamente lo embestía, pero algo de bondad había en esas embestidas, algo para lo cual no encontraba la palabra o es que aún no sabía lo que era... Achikawa es peligroso. Es japonés... Y entonces Sevilla recordó las películas de guerra que había visto: siempre los japoneses eran malos y traidores y en plena selva tupida le clavaban un cuchillo por la espalda al pobre actor secundario que se había quedado rezagado unos metros, al íntimo amigo de Erroll Flynn, con las justas no mata a Erroll Flynn John Wayne Montgomery Clift Burt Lancaster Dana Andrews... al pobre Allan Ladd que había dejado a Veronica Lake en Michigan...

Esa noche se durmió por primera vez en su vida a las tres de la mañana, ignorando que era un buen fruto de todo un cine norteamericano e ignorando también que algo en las breves y dramáticas carcajadas de Achikawa le habían abierto el camino de una solitaria, inútil y, en su caso, totalmente innecesaria rebelión. Todo quedaba aún en una especie de simpática tiniebla que tampoco el sueño que tuvo esa madrugada logró aclarar. En una playa desconocida estaban Achikawa, él y Salvador Escalante. Una muchacha para Salvador Escalante apareció en la playa (una playa que Sevilla murió sin saber cuál era), y casi lo echa a perder todo porque Sevilla fue el primero en divisarla, a lo lejos, y quiso señalársela a Salvador Escalante pero Achikawa se le interpuso. No pudo verla y la muchacha se esfumó, dejándolos a los tres echados tranquilamente en la arena. Achikawa se metió al mar y Sevilla siguió conversando con su amigo horas y horas. «Mira», le dijo Salvador Escalante, señalando a Achikawa que por fin regresaba hacia donde estaban ellos. «¿Te has fijado en el cuerpo del japonés?». Se lo estuvo describiendo mientras el otro se acercaba lentamente. Después continuaron conversa y conversa y había mucha paz en esa playa bordeada de árboles frondosos que anunciaban una selva tupida.

Estaba despierto cuando llamaron a despertarlo y rápidamente procedió al cambio de sábanas. Luego se vistió y tomó el desayuno que le trajeron a la habitación. Estaba terminando cuando apareció Achikawa con su cámara fotográfica. Se mató de risa de verlo sentadito desayunando, quizá por lo de la servilleta incrustada como babero en el cuello de la camisa. Lo cierto es que también Sevilla le respondió con alegría, se le asomó el tablerito dental en la mandíbula saliente al ver a Achikawa saliendo del mar... «Vaya con el japonés para chato y chueco. Tiene las rodillas a la altura de los tobillos y los muslos a la altura de las rodillas, el torso es desproporcionadamente grande y ni hablar de la cabezota cuadrada que lo corona todo. De la cintura para arriba parece enorme y sin embargo el resultado es chiquitito...»

En el hall del hotel esperaba el Cucho Santisteban. Sevilla y Achikawa fueron los primeros en bajar. Murcia y Segovia se hicieron esperar sus buenos minutos, pero el más tardón de todos fue míster Alford quien, en vez de aparecer en el ascensor, entró por la puerta principal diciendo que tenía el reloj un poco atrasado y que había estado en la cafetería de la esquina. Olía a cerveza, cosa que Sevilla encontró deplorable en un invitado, y que aumentó en algo el mal humor del jefe de grupo, mal humor debido al cambio de funciones, a verse transformado de especialista en relaciones públicas en una especie de guía turística.

Algo en el clima de esa mañana de finales de octubre sorprendió a Sevilla mientras se dirigían al microbús. Era algo agradable, casi cómodo y estaba esperando que influyera beneficiosamente sobre su malestar estomacal, cuando un porrazo de la nostalgia lo trasladó a las soleadas veredas de Huancayo y a los fríos espacios serranos donde no cae el sol. Igualito...

La visita al Palacio Real transcurrió apaciblemente y les tomó el resto de la mañana. Un guía les habló de la magnificencia de sus pinturas y de sus tapices y de sus cerámicas y etcétera, etcétera, traduciendo al inglés y todo, pero se estrelló contra la silenciosa y absoluta indiferencia de Segovia y de Murcia, y contra la tardía e inesperada obstinación de míster Alford, quien declaró con una solemnidad interrumpida por un cervecero eructo, que no estaba dispuesto a abandonar el palacio hasta que no le mostraran las habitaciones privadas de los reyes. Se puso insoportable el gringo, gritó que había trampa en la visita, a Achikawa le dijo *son of a bitch* porque soltó tres carcajadas al hilo, y sólo los argumentos muy sabios del Jefe de Grupo (argumentos en los que de cada tres palabras dos eran «cerveza») lograron convencerlo de que las visitas a esas habitaciones estaban realmente prohibidas y que ya era hora de marcharse. Sevilla se había mantenido pegadito al guía para no perder un solo detalle de la cultura de ese señor, hasta que el sol que penetraba por un gran ventanal le produjo por segunda vez un efecto de lo más extraño. Calentaba igualito al de Huancayo y, por más que hizo por concentrarse en las palabras que iba diciendo el guía, desde ese momento las cerámicas y las alfombras, sobre todo, por ratitos pertenecían al Palacio Real y por ratitos él las estaba viendo expuestas sobre la vereda en la Feria Dominical de Huancayo. Lo peor fue cuando vio una vasija de barro un instante en un espejo pero era el enorme florero de porcelana sobre esa consola, en la pared de enfrente. Por suerte el estómago no lo había fastidiado.

El almuerzo sí que le cayó pésimo y, cuando les obsequiaron los planos de las tres plantas del Museo del Prado, lo primero que hizo fue ubicar en cada una de ellas la redondelita que significaba SERVICIOS LAVABOS Y W.C. *Public Relations* les dijo que era imposible verlo todo en una tarde, que cada uno podía visitar las salas que deseaba, pero que él les recomendaba ver sobre todo los cuadros de los pintores españoles más famosos. Les mencionó a El Greco, a Velázquez, a Murillo y a Goya, pero míster Alford ya había terminado con la sala número I y se perdió en busca de la cafetería. Murcia le dijo a Segovia que Rubens pintaba mujeres desnudas y se fueron a escondidas en busca de Rubens. Sevilla se fue en busca de El Greco, Velázquez, Murillo y Goya, seguido por Achikawa muerto de risa con las fotos que acababa de entregarle. Eran las del almuerzo (la cámara de Achikawa era una de esas que te entrega la foto un ratito después), y a Sevilla le cayeron pésimo, ni más ni menos que si volviera a empezar con toda esa comilona típica, con todo ese aceite y tardísimo además.

Aún había sol y se filtraba por algunas ventanas, al extremo de que Sevilla se repitió tres veces en voz baja que en

Huancayo no había visitado ningún museo. Pero otra realidad menos confusa y mucho más urgente lo instaló angustiado en plena pinacoteca y nada menos que en la sala XI (El Greco), es decir, lejísimos de la sala XXXIX, al lado de la cual se hallaba la redondelita que significaba SERVICIOS, LAVABOS Y W.C. Allí estuvo debatiéndose entre su devota admiración por el *Cristo abrazado a la cruz* («Obsérvese la expresión del rostro de Jesús y lo ingrávido de la cruz que apenas sostienen unas delicadas manos», le dijo casi al oído un guardián que se le acercó de puro amable), y su necesidad de acercarse a la sala XXX donde había más *grecos* a la vez que se estaba algo más cerca de la ansiada redondelita. Se equivocó Sevilla. Miró a su plano y la sala XXX estaba al lado de la XI y de pronto Achikawa soltó una carcajada porque descubrió que, retrocediendo un poco, se llegaba a la sala X donde había más *grecos* todavía. Sevilla se sintió perdido, miraba un cuadro y miraba a su compañero y miraba al plano y calculaba cuánto tiempo más podría aguantar. Muy poco a juzgar por lo que sentía, dolores, retortijones, acuosos derrumbes interiores. Con lágrimas en los ojos se detuvo ante *La Sagrada Familia, El Salvador, La Santa Faz* (sala XI), y ante *La Crucifixión, El bautismo de Cristo* y *San Francisco de Asís* (sala XXX). Fue entonces que Achikawa lo notó tan conmovido, tan profundamente emocionado de encontrarse frente a tanto lienzo católico, que soltó una carcajada feliz al descubrir que un poquito más atrás había otra sala con más cuadros del mismo pintor. Prácticamente lo arrastró hasta la sala X, donde Sevilla lloró y emitió toda clase de extraños sonidos ante *San Antonio de Padua y San Benito* y ante *El capitán Julián Romero con San Luis Rey de Francia*.

La carcajada que soltó Achikawa al ver que la desaforada carrera de Sevilla por todo el museo había concluido en el baño, le impidió escuchar hasta qué punto andaba mal del estómago su amigo peruano. Sevilla reapareció minutos después con el rostro demacrado pero con las mejillas secas. Empleó un tono de voz convaleciente al silabearle Ve-láz-quez, a su compañero, y con un dedo tembleque le señaló las salas XII, XIII, XIV, XIV-A y XV. Nuevamente había que alejarse bastante de la redondelita.

Pero a Velázquez pudo verlo tranquilamente, sala por sala, cuadro por cuadro. Sólo el asunto de *Las Meninas* resultó un poco desagradable e incómodo. Él quería apreciar el cuadro y había adoptado una postura casi reverente, las manos recogidas sobre el vientre como un sacerdote que se acerca al púlpito con sus evangelios. También quería comprender la exacta utilidad del espejo colocado al otro extremo de la sala pero Achikawa parece que ya empezaba a cansarse de tanto arte occidental y lo arrastró hasta el espejo para que viera la cantidad de morisquetas que era capaz de hacer por segundo. «Ahora te toca a ti», le dijo con señas y japonés, con algo que tenía su poco de sordomudesca comunicación. Sevilla accedió, accedió por temor a que el asunto tomara mayores proporciones y sonrió. Ver en el espejo el tablerito dental en la mandíbula saliente le encantó al de Tokio. Soltó una extraña mezcla de carcajada y llanto que atrajo a un guardián de por ahí y que dejó a Sevilla un poco pensativo. El guardián les puso mala cara y Sevilla, abandonando su preocupación acerca de la utilidad del espejo, le señaló a Achikawa en el plano de la planta baja, la sala LXI, «Mu-ri-llo», le silabeó, contando para sus adentros uno, dos, tres, cuatro... Estaba a cinco salas de la redondelita. La historia volvió a repetirse. A dos salas de distancia tuvo que salir disparado rumbo al baño, pero esta vez Achikawa no lo siguió. Achikawa se quedó haciendo unos movimientos tan raros con la cabeza, algo así como unos «no» rotundos, rapidísimos e inclinados a la izquierda, que el guardián estuvo a punto de apretar un botón de alarma.

Con lo de Goya las cosas empeoraron notablemente. Sevilla, recién salido del baño, estudió y comprobó, no sin cierta satisfacción, que los cuadros del pintor «sordo y atormentado», como decía en su guía, se hallaban en la planta baja. Lo de la satisfacción provenía de que, habiendo visto los cuadros de Goya, habrían cumplido con lo que el jefe de grupo les indicó, sin necesidad de subir para nada a la planta alta donde, según el plano, no había redondelita por ninguna parte. Con el estómago momentáneamente tranquilo, lo más sensato era empezar por la sala más alejada del baño e ir acercándose poco a poco a la redondelita. A Achikawa lo encontró en una sala en que había tres guardianes, contemplando tranquilamente un cuadro llamado *La Sagrada Familia del Pajarito*. Con un dedo tembleque le señaló la sala LVI-A. «Pinturas negras», decía entre paréntesis, y Sevilla buscó en su guía y pudo leer mientras llegaban eso de «El sueño de la razón produce monstruos». La frase lo asustó, lo desconcertó, le corrió subterráneamente por el cuerpo, y cuando llegaron a la sala sintió que había cometido un lamentable error. Achikawa se puso nerviosísimo, sus carcajadas ante cada cuadro se repetían y cada vez más un elemento de llanto se mezclaba en ellas, la gente protestaba, la falta de respeto del japonés, la insolencia, joven, dígale usted a su amigo que a ver si se calla. Un guardián intervino pero sólo sirvió para que Achikawa se riera más todavía, no lograba contenerse, Sevilla hundía la quijada en el pecho, se moría de vergüenza, «ssshii ssshiii», le hizo a su compañero, pero éste nada de callarse y lo del estómago. No era posible irse dejando a Achikawa en tal estado de disfuerzo, además lo de Achikawa no parecía ser tan sólo disfuerzo... Qué hacía... Sevilla no pudo contenerse: estaba buscando el camino más corto hasta la redondelita cuando sintió que empezaba a escapársele caca incontrolablemente.

Por suerte lo de Achikawa se limitó a esa sala y nadie más se enteró de lo ocurrido. Eran ya casi las seis y el señor de la compañía les había dado cita a las seis. Cuando llegaron a la puerta Murcia y Segovia tenían cara de haber estado esperando hace mil horas. El Cucho Santisteban apareció y les recalcó una y mil veces lo importante de la visita que acababan de realizar. En cuanto a míster Alford, nunca se sabrá en qué cafetería anduvo metido, lo cierto es que llegó diciendo que tenía el reloj atrasado y con un fuerte tufo a cerveza.

—Bien —dijo el jefe de grupo—, ahora al hotel a descansar un poco, y a las diez en punto cita en el hall principal para ir a cenar. Para esta noche se les ha preparado cocina típica filipina.

—Yo no podré —se descubrió diciendo Sevilla. Se armó de mayor coraje y agregó tímidamente—: Tengo diarrea...

—De eso no se muere nadie, mi querido amigo. Usted lo que necesita es una buena cena filipina, luego una buena taza de té, y mañana como nuevo.

En el microbús, rumbo al hotel, el silencio fue absoluto. El jefe de grupo abrió la ventana por lo del tufo de míster Alford y míster Alford abrió la ventana porque este vehículo huele a mierda.

Nada pudo la taza de té contra la comida filipina y, al día siguiente, Sevilla estaba peor aún. De todo lo de anoche, y de todo lo que en los días sucesivos le iría ocurriendo, Achikawa iba entregándole un fiel testimonio: las mil y una fotografías instantáneamente reveladas. Anoche le había aplicado el flash hasta el cansancio, hasta se le había metido a la habitación para fotografiarlo sentado sobre la cama, retardando así el oculto cambio de sábanas y el oculto lavado del calzoncillo que no se había atrevido a dejar para que lo lavasen en el hotel. Y hoy día tocaba la visita panorámica de la ciudad. Partieron en el micro-bús a eso de las once (míster Alford llegó de la calle diciendo que tenía el reloj atrasado y apestando a cerveza). Achikawa fotografió a Sevilla en la plaza de la Moncloa, en el Arco del Triunfo, en la Ciudad Universitaria, en el Parque del Oeste, en el Paseo de Rosales, en la Plaza de Oriente (delante del edificio del Palacio y del Teatro Real), tres veces durante el almuerzo (en una de ellas aparecía Sevilla de espaldas, corriendo hacia el baño). Por la tarde lo fotografió en la Puerta de Toledo, en la Plaza de Atocha, en el Paseo del Prado, en el parque del Retiro (frente al lago, y al pie del monumento a Alfonso XII), en calle de O'Donnell, en la plaza de toros, en la avenida del Generalísi-mo y, por último, en la Plaza de Colón, al pie del monumento al descubridor de América. El paseo terminó a las mil y quinien-tas y con el jefe de grupo furioso porque ni la mitad de las para-das estaban previstas. Unas veces fue porque Sevilla necesitaba ir al baño y otras (las más) porque míster Alford «tenía sed». En fin, mañana día libre para todos, aventura personal, podían efectuar sus compras y pasearse tranquilamente por la ciudad. Mañana sábado la cita era recién a las nueve de la noche por lo del Madrid de noche, Madrid *by night*.

Como en los días anteriores, Sevilla ya estaba despierto cuando llamaron a despertarlo, ya había efectuado el rápido cam-bio de sábanas. Acababa de esconderlas cuando le trajeron el desayuno y se lo dejaron en la mesa aquélla al pie de la ventana. La altura de su habitación le impedía ver las calles y casas, abajo, sin asomarse, pero en cambio la ausencia de grandes edificios por ese lado del hotel permitía que un agradable sol otoñal ilu-minara un buen sector de la amplia habitación. De todo lo que había en el azafate Sevilla tomó tan sólo la taza de té y, mientras lo hacía, decidió que a la una tomaría otra taza de té en la cafete-ría de la esquina, luego escribirle una carta a la tía, y en seguida darse un paseo solo hasta el Museo del Prado para comprar unas postales de El Greco que ayer le fue imposible comprar por la forma en que sucedieron las cosas. Hacia las cuatro o cinco estaría de regreso en el hotel para descansar un buen rato antes de lo de la noche. Terminada la taza de té, se incorporó y fue al baño para afeitarse. Definitivamente se sentía mucho mejor al pie de la ventana que en el baño, tal vez porque hasta allí no llegaba el sol, no lo sabía muy bien, pero algo como un imán lo atrajo de nuevo hacia la mesa del desayuno. Volvió a sentarse como si fuera a desayunar y la verdad es que allí se sentía muchísimo mejor. Le costó trabajo abandonar las cercanías de la ventana cuando vino la persona encargada de arreglar la habitación.

El día transcurrió más o menos como lo había planeado, con excepción de la diarrea que, a pesar de té y nada más, continuó atormentándolo, y del incidente de la Plaza Callao, donde un automóvil dio una curva sobre un charco de agua y le empapó zapatos, medias y pantalón, las tres cosas pertenecientes a la indumentaria prevista para la noche. Es decir, los mejores zapatos, las mejores medias y el pantalón del mejor terno. No hubo pues reposo previo al Madrid *by night* sino un estar frota que frota en la habitación para que sus cosas estuvieran listas a las nueve de la noche.

Pudo haberse tomado mucho más tiempo porque míster Alford llegó tambaleándose ligeramente a eso de las diez, diciendo como siempre que tenía el reloj un poco atrasado. Murcia y Segovia furiosos porque para ellos éste prometía ser el mejor de todos los programas, había cabaret en perspectiva. Nuevamente convertido en guía muy a pesar suyo, el jefe de grupo los llevó hasta el corazón del Madrid del siglo XVI. El itinerario continuó con la visita de un local de cante y baile flamenco y con una comilona que a Sevilla le anuló cualquier buen efecto logrado en todo un día a punta de té y nada más. Por fin aterrizaron en un cabaret. Hubo niñas en plumas a granel, para Murcia y Segovia, cerveza en cantidades para míster Alford y las carcajadas verdaderamente exasperantes de Achikawa. Sevilla soportó todo el espectáculo pensando que mañana Dios no lo olvidaría y que en alguna de las iglesias que iban a visitar en Toledo habría misa y confesión. Por ahí andaba su mente cuando de pronto se dio cuenta de que alguien lo había cogido del brazo, era míster Alford, y que de todas las mesas lo aplaudían entre risas y exclamaciones. Recién entonces captó que minutos atrás un hombre con un monito en guardapolvo y con una especie de media bicicleta habían aparecido en el escenario. Eran de lo más divertidos y hasta Murcia y Segovia parecían haber olvidado momentáneamente a las calatayús. El hombre se montó sobre la rueda con sus pedales y su asientito encima y estuvo dando vueltas y vueltas y haciendo de pronto como que se caía, se cae, no se caía. Luego el monito se trepó hasta llegar al asiento y fue la misma cosa, vueltas y vueltas y nada de caerse. Después todo sucedió muy rápido, el hombre pidiendo un voluntario de entre el público, Sevilla pensando en los horarios de las misas en Toledo, y míster Alford levantándole el brazo. Del resto se encargaron Murcia y Segovia, vamos vamos, hombre, también el Cucho Santisteban hispánico, a divertirse, amigo, claro que lo de gilipollas no lo podía decir. La carcajada de Achikawa brilló por su ausencia.

Pero no la del público. Sevilla subió al escenario con el misal invisible entre las manos recogidas sobre el vientre. En el último escalón se tropezó y ahí hubo inmediatamente una carcajada. Otra cuando trató de hablar ante el micro y no le salieron las palabras. «Cuéntemelo a mí», le dijo el animador, «después yo se lo cuento al respetable». Se agachó para pegarle el oído a la boca: «Cuéntemelo a mí». Sevilla logró hablar y salió todo lo del sorteo y lo de la flamante Compañía de Aviación, aplausos y aplausos del público, y ahora había llegado el momento de hacer lo que hasta un mono puede hacer. Murcia, Segovia y el Cucho Santisteban intercambiaron coincidentes y sinceras opiniones sobre Sevilla, míster Alford como si nada, sonriente pero mirando a su cerveza, y Achikawa de pronto igualito que ayer frente a las pinturas negras de Goya. Por fin a la tercera caída de Sevilla, público y animador se dieron por vencidos, sobre todo este último que pensó que el mono se le había cagado en plena función, pero no, era el peruano.

No quedó testimonio fotográfico de este asunto. Achikawa se abstuvo por completo de tomar fotografías, y no bien llegaron al hotel subió y se encerró en su cuarto. Murcia y Segovia, siguiendo algunas indicaciones secretas del jefe del grupo, se fueron en busca de lo que habían estado buscando desde que llegaron a Madrid, y míster Alford se tambaleó hasta el ascensor y luego por los corredores que llevaban a su habitación. Sevilla fue el último en subir porque tuvo una nueva urgencia. Minutos más tarde una voz lo llamó cuando se dirigía por fin a dormir. Míster Alford se había olvidado de cerrar su puerta, *Sivila,* lo volvió a llamar.

Estaba sentado en uno de los sillones junto a la mesa del desayuno, y a su lado tenía una caja llena de botellas de cerveza. Sevilla pensó que eran más de las dos de la mañana y que la cita para lo de Toledo era a las diez en punto. Recordó la palabra en inglés que necesitaba, *sleep,* pero el gringo nada de dormir y lo obligó a tomar asiento frente a él. Una hora más tarde la misma canción seguía sonando en la grabadora míster Alford y ya no quedaba la menor duda de que era la única que había en la cinta...

I lost my heart in San Francisco

...En San Francisco había perdido también a su esposa, a sus padres (hacía veintisiete años), y a sus hijos que eran unos hijos de puta que lo habían mandado a la mierda diciendo que Lyndon B. Johnson era un farsante y que se largaban a hacer el amor y no la guerra y que no había nada más falso y caduco en el mundo entero que su escala de valores... Había perdido a su esposa y hacía veintisiete años a sus padres y lo que ambos necesitaban ahora era otra cerveza y a Sevilla se lo iba acercando cada vez más (había cogido el sillón de Sevilla por el brazo y se lo iba acercando, haciéndolo girar poco a poco alrededor de la mesa). A las cinco de la mañana lloraba que daba pena y a las siete continuaba profundamente dormido sobre el hombro de Sevilla que, aparte de Lyndon B. Johnson, Vietnam y alguna que otra palabra como *mother* y *wife,* no había entendido ni jota de la historia que míster Alford le repitió mil veces mientras sonaba lo de...

I lost my heart in San Francisco

Lo estaban llamando para despertarlo cuando entró a su habitación y luego, minutos más tarde, el encargado del desayuno tocó y entró en el momento en que Sevilla se dirigía al armario a esconder una de sus sábanas. La dobló, la arrugó como pudo, se introdujo un trozo en el cuello de la camisa y se sentó a desayunar con la enorme servilleta colgándole hasta los pies. Era un hotel de primera o sea que el mozo se limitó a mirar hacia la cama, y a dejarle el azafate con la taza, la tetera, las tostadas, la mermelada y la mantequilla. La servilleta la colocó al borde de la mesa y se marchó.

Ese día Sevilla no se afeitó. No tuvo ni tiempo ni fuerzas. Estuvo en el baño frente al espejo pero no había dormido en toda la noche y en su agotamiento sentía que el lugar ése, al pie de la ventana, lo atraía realmente con la fuerza de un imán. Volvió a su sillón, dejó que el sol que también hoy se filtraba por entre los visillos lo relajara, y esperó que fueran las diez de la mañana para bajar al hall. Esperó pensando que en Toledo también el sol tendría un benéfico efecto sobre su persona.

No fue así. Es decir, no fue así y fue así porque allá en Toledo el sol calentaba casi como en Huancayo y en los lugares sombreados el frío era penetrante y serrano. Sevilla, agotado por la noche en blanco, aterrorizado por lo de la sábana y con la sensación de que en cualquier momento iba a necesitar un baño, se dejaba empujar hacia una realidad que le era menos dañina y, aparte de lo de la misa que continuaba siendo una preocupación toledana, se entregó por completo a los efectos de este sol y sombra, dejándose arrastrar por los lisos corredores de su memoria hasta llegar a un pasado mejor. Sin embargo el bienestar no era tan grande como aquel que experimentaba sentado al pie de su ventana, en ninguna parte se estaba como en aquel sillón al pie de su ventana... No, no: lo de Toledo no era lo mismo, era tan sólo una confusión por momentos agradable de lugares y épocas entre las cuales él navegaba casi a la deriva. En una tienda en que vendían objetos de acero, por ejemplo, compró tres cosas: el puñalito-cortaplumas que le había encargado su ex profesor del Santa María, un crucifijo para su tía Angélica y un segundo puñalito para Salvador Escalante. Y hubo otro momento en que pensó en lo sola que se había quedado su pobre tía, pero la visión de sus tías Matilde y Angélica, rezando el rosario juntas, lo consoló inmediatamente.

Pero también había sucedido ya lo de la misa. En la catedral, por más joya gótica que fuera, nadie estaba celebrando misa. A Santa María la Blanca llegaron en plena comunión, demasiado tarde pues. La única esperanza era la iglesia de Santo Tomé, pero la visita se limitó a estar un rato contemplando el cuadro de *El entierro del conde de Orgaz* y terminó en el instante en que Sevilla vio que un sacerdote seguido por dos acólitos se aprestaba a dar comienzo al santo sacrificio. Se arrodilló, pero el Cucho Santisteban hispánico lo tomó del brazo y le dijo que aún faltaba visitar esta mañana la Casa y Museo de El Greco y que tenían mesa reservada para una hora fija en un restaurante. Sevilla insistió agarrándose bien del reclinatorio, pero entre la simpatía del jefe de grupo y la fatiga de Murcia y Segovia, que anoche habían encontrado lo que siempre habían buscado, lo sacaron prácticamente arrodillado en el aire hasta el atrio. «Una vez al año no hace daño», fue la explicación que le dieron allí afuera, cuando intentó una protesta, mientras Achikawa y su cámara fotográfica iban dejando gráfico testimonio de lo que allí ocurría, de una cara impregnada a fondo de retortijones, primero, de una cara que se aliviaba preocupada, instantes después. En el hotel iban a pensar que nunca se cambiaba de calzoncillo pero éste tampoco se atrevería a darlo a lavar, nuevamente sería él quien se encargaría de hacerlo a escondidas.

La comida del mesón no hizo más que empeorar las cosas. El Cucho Santisteban español se animó porque uno de los platos era su plato favorito y estuvo habla que habla con Murcia y Segovia, traduciéndoles de vez en cuando a Achikawa y a míster Alford con su cerveza, lo de mañana sí que sería cosa seria, ya iban a ver lo que era el lechón asado del Mesón de Cándido en Segovia, ya iban a ver lo que era el cocido de los lunes en Casa Anselmo, allí cenarían de regreso a Madrid. Los efectos del futuro revelado fueron fatales para el presente cada vez más insoportable de Sevilla. Darle té y unas pastillas fue la única respuesta a sus quejas. Nadie le hacía caso, nadie le daba importancia, estaba tan feo, tan demacrado, se le habían caído tantos pelos sobre tantos manteles que en el grupo ya nadie lo consideraba parte del grupo. Los seguía horrible, en eso se había convertido su viaje a España.

Los seguía sin que nadie supiera que, hacia las cuatro de la tarde, su único deseo en este mundo era regresar al hotel y sentarse en el sillón al pie de la ventana. Pero tuvo todavía que soportar la visita de «un impresionante monumento judío», según les dijo el jefe de grupo. Había faltado a misa por primera vez en su vida, y los remordimientos que sintió mientras visitaba la Sinagoga del Tránsito crecieron sofocándolo como si de golpe su culpa lo hubiese acercado a las fronteras del infierno.

Madrid era la ciudad del hotel y de la ventana y tenían horas libres para descansar, tenía tres horas libres para cambiarse de calzoncillo, lavarlo a escondidas, y sentarse al pie de su ventana. Sevilla avanzaba por el corredor que llevaba a su habitación y no lograba explicarse lo que ocurría. Toda una cola de muchachos delante de su puerta abierta. Algún malentendido, sin duda, pero él así no podía entrar, no había cómo además porque los que esperaban su turno podían y definitivamente iban a protestar. Eran norteamericanos y acababan de regresar de una excursión a Aranjuez y se les habían helado los pies allá en los famosos jardines. Lo cierto es que decidieron meterse a orinar al primer baño que encontraron y la puerta de esa habitación estaba abierta, y además la habitación parecía desocupada porque la mujer de la limpieza se estaba llevando las sábanas. En realidad las estaba cambiando con algún retraso porque su compañera se había enfermado. De puro buena gente dijo sí, cuando los de la excursión le preguntaron algo en inglés, algo que ella por supuesto no entendió. Querían saber si podían usar ese baño los norteamericanos, y allí estaban pues en fila de a uno y Sevilla no tuvo más remedio que ponerse al final, después de todo también tenía necesidad de ir al baño. Pero las cosas no salieron como él esperaba. Él creyó que con ponerse al fin de la cola sería el último en entrar a su habitación, cierro la puerta y ya está. Se equivocó lamentablemente porque llegaron más excursionistas y se le colocaron detrás, de tal manera que no le quedó más remedio que entrar, orinar y no cagar, porque si te demorabas había bromas y protestas, y volver a salir. Permaneció en el corredor hasta que vino la encargada de la limpieza con las nuevas sábanas y lo encontró paradito ahí, cabizbajo hasta más no poder. ¿Qué ha ocurrío...? ¿Por qué deja usté que esto sucea, señor...? Cada uno de esto jóvene tiene su habitació... No tiene el menó derecho de entrá a la de usté... Mientras la mujer, con la mejor voluntad del mundo, armaba un lío a la andaluza, el último de la cola terminó de orinar y Sevilla pudo entrar a su habitación sin preguntarse siquiera cómo se había producido el malentendido.

Y es que ya era demasiado tarde para todo y una sobrehumana fatiga se había apoderado de él. Trabajo, gran trabajo le costó levantarse de su sillón cuando llegó la hora de la cita para cenar. Y cuando regresó, no recordaba haber cenado en ninguna parte ni haber ido al baño dos veces ni haber soportado el flash de Achikawa incesantemente. Tampoco leyó el papelito que, con tanto cuidado, Achikawa había hecho traducir al castellano para entregárselo como explicación, como disculpa casi por su extraña y fatigante conducta. El propietario del restaurante había tenido la amabilidad de traducirle unas cuantas frases, y al llegar al hotel, él le había entregado el papelito a Sevilla pero éste se limitó a ponerlo como una estampa entre las páginas de su misal y esa noche ni siquiera cambió sus sábanas. Se olvidó de hacerlo o es que ya... La atracción de la ventana fue definitiva esta vez. Sevilla se instaló junto a la mesa del desayuno y ahí pasó toda la noche como si estuviera esperando algo. A medida que un cierto alivio lo invadía, fue convenciéndose de que en su sillón se descansaba mejor que en la cama. Podía por lo tanto dejar allí encima el inmenso crucifijo y los desmesurados puñales toledanos. Recordaba vagamente haberlos dejado bastante más pequeños cuando salió a cenar, en cambio ahora los mangos de los puñales reposaban sobre su almohada y las puntas sobresalían por los pies de la cama. La idea de que sería imposible transportarlos a Lima lo estuvo preocupando durante un rato, pero con el alivio y las horas esta idea fue disminuyendo hasta convertirse tan sólo en un problema de exceso de equipaje. Hacia el amanecer era un asunto que no lo concernía en absoluto.

Lo demás fue cosa de segundos y sucedió a eso de las nueve de la mañana. Su visión, al asomarse finalmente a la ventana, fue la misma que, meses más tarde, durante el verano, tuvieron otros dos peruanos, el escritor Bryce Echenique y su esposa, a quienes, por pura coincidencia, les tocó la misma habitación.

—Mira, Alfredo —dijo Maggie, abriendo la ventana—; esta vista me hace recordar en algo a la sierra del Perú...

—Parece Huancayo... Me hace recordar a algunos barrios de Huancayo...

Achikawa irrumpió en la habitación y empezó a tomar miles de fotos de su amigo parado de espaldas, delante de la ventana abierta. Estaba a punto de soltar su primera carcajada del día, pero en ese instante Sevilla se encogió todito y cerró los ojos, logrando pasar horroroso frente a las tres señoritas del cine. Fue una especie de breve vuelo, un instante de timorato coraje que, sólo cuando abrió los ojos y descubrió a Salvador Escalante esperándolo sonriente, se convirtió en el instante más feliz de su vida.

El alarido de Achikawa se escuchó hasta los bajos del hotel. Minutos más tarde la habitación estaba repleta de gente que hacía toda clase de conjeturas, cómo podía haberse caído, qué había estado tratando de hacer. Las cosas se fueron aclarando poco a poco.

—El señor era muy raro —dijo el encargado del desayuno; ayer lo encontré cambiando de sábanas...

—No usaba las del hotel —intervino la encargada de la limpieza—; usaba unas que había traído y que de día escondía en aquel armario...

Momentos más tarde había ya gente de la policía; también el Cucho Santisteban había llegado, listo a acompañarlos a Segovia. Achikawa, haciendo unos gestos rarísimos con la cabeza, les entregó la última fotografía de Sevilla.

—No cabe la menor duda: se ha suicidado —dijo el administrador del hotel.

A esa prueba se añadió una última. Fue uno de los investigadores el que la encontró mientras revisaba algunos efectos personales de Sevilla. De su misal cayó el papelito que le había entregado anoche Achikawa.

—Miren esto, señores —dijo. Y leyó:

Le ruego por favor disculpe mi conducta. Me siento sumamente nervioso. A veces siento que ya no puedo más.

Achikawa hizo sí sí con la cabeza desesperada y pronunció algunas palabras en japonés.

Claro que es demasiado pronto para hablar de una buena marcha de la Compañía de Aviación, pero lo menos que se puede decir es que los aviones van y vienen de distintas ciudades, Madrid y Lima, por ejemplo, y que lo hacen generalmente llenos o bastante llenos de pasajeros. Lima fue la plaza en la que hubo que superar el mayor número de contratiempos pero ya las cosas desagradables empiezan a caer en el olvido. No fue precisamente otro conde el que remplazó al conde de la Avenida pero, entre la gente de la ciudad, el nuevo ejecutivo español, don José Luis de las Morenas y Sánchez-Heredero, ha caído muy bien. A la gente le encanta su nombre. Cucho Santisteban espera tan sólo salir del asunto Sevilla para volver a sonreír ininterrumpidamente, lo malo es que es casi imposible entenderse con la vieja de mierda ésa.

—Se negaba a escucharnos, don José Luis; no nos dejaba hablar...

—Está más en el otro mundo que en éste —confirma el abogado.

—Bueno —dice el gerente—; habrá que encontrar la manera de hacerle llegar una indemnización... Pobre vieja; no es nada gracioso tener que quedarse completamente sola a esa edad.

—Qué se va a hacer —añade Cucho Santisteban—. Tendrá que resignarse...

París, 1971

**Magdalena peruana
y otros cuentos**

Anorexia y tijerita

A Ana María Dueñas y Michel Delmotte

> «Menos mal que siempre viene luego la noche para poner las cosas en su sitio.»
>
> RAFAEL CONTE

No era, ni había pretendido ser, lo que se llama precisamente un hombre con escrúpulos, y mucho menos cuando las cosas le salían bien. Y las cosas le habían estado saliendo muy bien, hasta lo del maldito caso Scamarone, o sea que se había convertido en un hombre totalmente desprovisto de escrúpulos. Esta idea, esta conclusión, más bien, ya no le gustó tanto a Joaquín Bermejo, por lo que dejó de jabonarse el brazo derecho, empezó con el izquierdo, y una vez más constató fastidiado que el hombre se enfrenta con su almohada, de noche, o con el espejo, cada mañana cuando se afeita, mientras que él era una especie de excepción a la regla porque siempre se enfrentaba con sus cosas bajo el sonoro chorro de la ducha.

Maldijo a Raquelita, entonces, porque ella y su anorexia como que dormían demasiado cerca para que él se atreviera a confiarle secreto alguno a su almohada, y porque *flaca, fané, y descangallada,* purita anorexia ya, Raquelita y su detestable y exasperante anorexia eran muy capaces de metérsele distraídas al baño, muy capaces de sorprenderlo mientras él andaba afeitándole algún trapo sucio al espejo.

Pero cuando soltó lo de enferma de mierda, hija de tu padre y de tu madre, pensar que todavía tengo que meterte tu polvo de vez en cuando, entre pellejo y huesos, cuando ideas y constataciones se le enredaron con los peores insultos, fue en el instante en que hasta ayer ministro de Trabajo y Obras Públicas, con chófer, carrazo, guardaespaldas y patrulleros cuidándole la casa, de pronto se sintió abyectamente solo, en pelotas y solo, ex ministro calato y solo y completamente distinto al común de los mortales porque el común de los mortales se enfrenta con su almohada o el espejo y en cambio yo, nadie más que yo, nadie que yo sepa, en todo caso, termina usando el chorro de la ducha de almohada o espejo.

Por último dijo la puta que los parió, pero esto fue al pensar en el caso Scamarone y en que su partido en las próximas elecciones, cero, o sea que nunca más volvería a ser ministro de nada ni el Señor Ministro ni a sentirse Ministro ni el Señor Ministro ni nada. La puta que los parió.

Abrió al máximo los caños de agua caliente y fría y se vio regresando ex ministro a su estudio de abogado y con las elecciones tan perdidas dentro de dos meses que nuevamente se vio regresando ex ministro al estudio pero su desagrado fue mucho mayor esta vez por lo de las elecciones y porque tenía momentos así en que lo del caso Scamarone realmente le preocupaba. Nuevamente era abogado, un abogado más, y en un par de meses su partido iba a estar tan lejos del poder que él sí que ya no podría estar más lejos del poder. La puta que los parió. Como si nunca hubiese estado en el poder y encima de todo lo del caso Scamarone.

Empezó a jabonarse la pierna derecha pensando que en tres años de ministro tal vez no había sacado una tajada tan grande como la que pudo. ¿O sí? En el fondo, sí, aunque si la prensa amarilla no lo hubiese asustado con esos titulares en primera página tal vez habría podido sacarle mejor partido a... Al caso Scamarone, como le llama la prensa amarilla. Trasladó ambas manos y el jabón a la pierna derecha. La puta que los parió. Seguían con lo del caso Scamarone, ¿cuándo se iban a hartar?, ¿cuándo encontrarán algo mejor?, ¿cuándo me dejarán en paz...? Son capaces de seguir... Son muy capaces de seguir y el próximo Gobierno... Joaquín Bermejo soltó otro la puta que los parió y empezó a enjuagarse con el próximo Gobierno...

O sea que ni hablar del viaje a Europa con Vicky. Ni hablar del encuentro en México y la semana en Acapulco para luego seguir juntos por toda Europa y así nadie se enterará. EX MINISTRO BERMEJO SE FUGA. Lo estaba viendo, lo estaba leyendo, o sea que ni hablar del viaje. El amargón que se iba a pegar Vicky. Bueno, la calmaría con un regalazo, explicándole entre besos que por el momento era imposible, ten en cuenta, Vicky, son sólo unos mesecitos, deja que se enfríe el asunto, por favor ten en cuenta. Al final la calmaría entre besos, pero entre esos besos se encontraría con los ojitos socarrones, penetrantes, una miradita de Vicky a su ex ministro, ¿tan asustado te tienen, Joaqui...? La muy hija de...

En cambio Raquelita se tragaría sus explicaciones, apenas tendría que explicarle, apenas inventarle algún pretexto para postergar ese largo y urgente viaje de negocios. Raquelita se lo tragaría todo con la misma facilidad con que se tragaba siempre todo, todo menos los tres melocotones de su anorexia. Tampoco tendría que hacerle un regalote, tampoco lo llamaba Joaqui entre besos, Raquelita llamándolo Joaqui entre besos, qué horror, por Dios...

Ahí sí que Joaquín Bermejo, cerrando ambos caños con violencia, soltó íntegro: La muy hija de la gran pepa. Y se quemó porque terminó de cerrar antes el agua fría, me cago. Se había quemado sólo porque ya no era ministro, no, no sólo por eso, también se había quemado porque la muy hija de la gran pepa de la Raquelita ni siquiera sabía lo que era la prensa amarilla, y también se había quemado, además de todo, porque su raquítica esposa, la madre de sus tres hijos, la heredera y dueña de todo lo que tenían hasta que él llegó a ministro, la del apellidote, Raquelita y su anorexia, en fin, de haber sabido que existía la prensa amarilla, ¿qué habría dicho? Joaquín Bermejo la oyó decir es gente de la ínfima, Joaquín, mientras de un solo tirón abría la cortina de la ducha para descubrirse menos ministro que nunca y en un baño que era como si le hubieran cambiado de baño...

La corbata. Los chicos ya se habían ido al colegio, y, en el comedor, como siempre, aunque ahora sin patrulleros en la puerta, Raquelita (una taza de café, ni una gota de leche, y el melocotón de la anorexia), Raquelita y su primer desayuno sin el chófer del ministerio esperándole afuera. Era verdad, ya alguien se lo había dicho, medio en broma medio en serio, vas a extrañar el poder, Joaquín, y era verdad. Por ejemplo, al cabo de tres años, no bien terminara las tostadas, el jugo de naranja, y el café con leche, tendría que cambiar de dirección, pasar por la repostería, decirle al mayordomo que le abriera la puerta del garaje y sacar su automóvil. Se incorporó, le importó un pepino dejar a Raquelita luchando con su melocotón, no le dio el beso de las mañanas, ya llamaré si no puedo venir a almorzar, y se puso el saco. Joaquín, le dijo, de pronto, Raquelita. Se detuvo y volteó a mirarla: ¿Qué?

—Que ya no eres ministro, Joaquín. Que a los chicos les encantará verte a la hora del almuerzo.

Joaquín repitió íntegro y exacto el movimiento: volvió a ponerse el saco completamente, y no le quedó más remedio que abrocharse un botón más como parte final del diálogo con Raquelita luchando con su melocotón. Ella había vuelto a bajar la mirada, a concentrarse en su melocotón. Con cuánta finura lo hacía y lo decía todo en esta vida Raquelita, la muy... la muy nada.

—Volveré a tiempo para almorzar con los chicos. Promesa de ministro, Raquelita.

El automóvil. *Que ya no eres ministro, Joaquín. Que a los chicos les encantará verte a la hora del almuerzo.* Raquelita lo había desarmado completamente. ¿Cómo y por qué lo había desarmado tanto Raquelita? En primer lugar, se respondió Joaquín, dejando avanzar lentamente el automóvil hacia el centro de Lima, si hay una persona en el mundo a la que le resbala por completo que yo haya dejado de ser ministro, esa persona es Raquelita. Claro, su padre fue ministro cinco veces, media familia suya ha sido ministro cinco veces, más presidentes, virreyes y hasta un fundador de la ciudad de Lima cinco veces, si eso fuera posible. Y en segundo lugar, o sea en primero para Raquelita, porque me quiere por lo que soy. Joaquín recordó la escena, visitó sin ganas la noche completa de verano y el jardín para decir eso en que le dijo que quería casarse con ella.

Había traído su flamante diploma de abogado.

—¿Me quieres como soy, Raquelita?

—Más, mucho más que eso, Joaquín. Te quiero por lo que eres.

Un semáforo. *Ex ministro se fuga de su casa. Ex ministro abandona esposa e hijos. Implicado en caso Scamarone se fuga con su amante.* La que se puede armar. La que se va a armar si el próximo Gobierno realmente decide investigar. Él, nada menos que él, convertido en chivo expiatorio, en objeto predilecto de los ataques y burlas de la prensa amarilla. *Ex ministro Bermejo metido hasta las narices...* ¿Qué estarían pensando sus cuatro socios en el estudio?

Luz verde y Raquelita diciendo es gente de la ínfima, explicándoles a los chicos que los de esos periódicos, los de esas revistas y los del nuevo Gobierno, en fin, que todos eran gente de la ínfima. ¿Por qué no había besado a Raquelita antes de par-

tir? ¿Por qué no le di el beso del desayuno? Joaquín Bermejo se
llenó de preguntas y de rapidísimas respuestas. La había querido muchísimo, la quería siempre muchísimo, Vicky terminaría
dejándolo plantado, metido hasta el cogote en el caso Scamarone. Raquelita, en cambio, jamás, cómo lo iba a abandonar por
cosas de gente de la ínfima. ¿Y los chicos, Raquelita? ¿Cómo les
explicamos a los chicos? Luz roja. Los chicos, Joaquín, saben
perfectamente que son cosas de gente de la ínfima.

Luz verde. Gracias a Raquelita no pasaría absolutamente
nada y él siempre podría decirles a los chicos todo lo que tienen en la vida se lo deben a su padre, muchachos, aprendan de
mí, puro pulso, muchachos, pulso y cráneo, nada más que cráneo y mucho pulso, aprendan eso de su padre.

Llegó al estudio con la imperiosa necesidad de decirles
a sus hijos que todo había sido a punta de pulso y cráneo,
mucho cráneo, y muchísimo pulso, muchachos. Increíble: ni
cuenta se había dado, había entrado en su despacho saludando
apenas a las secretarias, apenas un hola a los practicantes, del
ex ministro no quedaba más que la prensa amarilla y un poco
de caso Scamarone. Lo primero que hizo fue marcar el número, besar a Raquelita por teléfono y pedirle que les dijera a los
chicos que llegaría a tiempo para almorzar con ellos, contigo
también Raquelita. Y terminó preguntándole si había terminado ya el melocotón de su desayuno. Eso dijo, sí: el melocotón de tu desayuno y no el melocotón del desayuno de tu anorexia. Y no sintió ganas de matarla cuando ella le respondió
que no. Increíble.

Sí, increíble, y algo horrible, de golpe, también ahora,
pero tuvo que contestar porque la secretaria le estaba anunciando la llamada de la señorita Vicky con acentito.

—Joaqui, ¿ya leíste *La Verdad?*

—Hasta cuándo te voy a repetir que yo no leo esos
pasquines, Vicky.

—Pero aquí tu chinita linda se los lee enteritos, Joaqui.

—Te llamo a eso de las ocho y media, Vicky. El presidente me ha citado a las siete. Te llamo esta noche al salir de
palacio.

Le diría que la cita en palacio duró hasta las mil y quinientas, cuando ella lo volviera a llamar, mañana por la maña-

na. Porque hoy quería un día diferente, porque lo que realmente necesitaba hoy era sentirse en una noche como aquella del jardín, en esa misma noche con su jardín y ese verano, sentirse en todo momento en aquella noche lejanísima del jardín irrepetible...

—¿Me quieres como soy, Raquelita?

—Mucho más que eso, Joaquín. Te quiero por lo que eres.

Pidió que no le pasaran más llamadas que las de palacio. Las de palacio y las de mi esposa, agregó, con las justas, porque ya estaban ahí, porque ya nada podría detenerlos, porque qué ministro no había robado pero sólo a él le había caído lo del caso Scamarone... ¿Para qué, si no, lo había citado el presidente en palacio...? Y ahora ya estaban ahí y era tan feroz el relampaguear de las cámaras fotográficas como su necesidad de confesar por fin el peor de sus delitos. ¡EX MINISTRO TAMBIÉN PLANEABA ASESINAR A ESPOSA! ¡TODO SUCEDIÓ EN LA DUCHA! ¡TIJERITA DE ORO IMPIDE QUE EX MINISTRO MATE A ESPOSA!

Sollozando, con la cabeza siempre entre los brazos, aunque ya algo más tranquilo, Joaquín Bermejo continuaba preguntándose qué había sido antes, si el huevo o la gallina. Cronológicamente, casi todo estaba en orden. Y sin embargo... Bueno, braguetazo o no, él también pertenecía a una buena familia y se había casado muy enamorado y con la enorme suerte de que Raquelita, además de todo, perteneciera a una excelente y riquísima familia, cosa que siempre había deseado pero que poco o nada tuvo que ver con que se hubiera casado por amor y con suerte, como en lo del huevo y la gallina. Y así nacieron Carlos, Germancito, y Dianita, fruto del amor que lo unía a Raquelita y fruto del amor que lo había unido a Raquelita, como todo en esta vida, por lo del huevo y la gallina. Que a su suegro le debiera los doce mejores clientes del estudio era algo tan lógico y natural como lo del huevo y la gallina. Y lo mismo habría que decir de la casa que heredó del huevo y la gallina, porque fue el regalo de bodas de su suegro y de su suegra. Pero, entonces, ¿qué vino antes: la anorexia de Raquelita o el culo que era Vicky? Entonces, se respondió Joaquín Bermejo, rebuscando sinceridad en lo más hondo de su ser, entonces vino lo del huevo y la gallina...

...Mucho más fácil le resultó establecer el orden de lo que vino después y una tras otra fue recordando sus escapadas

de amor con Vicky, sus constantes mensajes del ministerio a
su casa, señorita por favor pregunte por la señora Raquelita,
señorita, por favor llame a mi casa y avísele a mi esposa que
una reunión esta noche... Y Vicky en la otra línea, Vicky exigiéndole cada día más en la otra línea, bueno, la verdad es que
mejor no le podían estar saliendo las cosas desde que llegó al
ministerio, y qué mejor recompensa que el tremendo culo que
era Vicky, al ministerio sí que había llegado por sus propios
méritos, y qué más podía desear Raquelita que un hombre
que era el orgullo de sus hijos, ahora sí que podía decirles a
puro pulso y puro cráneo, muchachos, sí, ahora sí que sí...
Aunque claro, lo de la recompensa no se lo entenderían, jamás
comprenderían que él necesitaba al menos *eso* contra Raquelita, porque su madre, muchachos, cómo explicarles... Bueno,
pero a qué santos tanta explicación, quién era él para tener
que andar rindiéndole cuentas a sus hijos, no había llegado a
ministro para ponerse a pensar en lo del huevo y la gallina. O
sea que esta noche él con Vicky en su *suite* del Crillón y ellos
en casita y acompañando a mamacita con el melocotón de su
anorexia, la muy...

   Sí, la muy digna hija de su padre y de su madre, porque
no sólo había que ser anoréxica sino caída del palto, además,
para creer que con una tijerita podía sentirse segura en una ciudad como Lima. ¿Te imaginas una cojudez igual, Vicky...?

   —¿Un be*chito,* mi ministrito?

   ...Primero fue la locura de la anorexia y uno de estos
días se muere de puro flaca. Y ahora, de golpe, me sale con la
vaina esta increíble de la tijerita, además. Como para que uno
de estos días me la maten de puro cojuda...

   —¿Otro be*chito,* mi amo*sshito?*

   ...Realmente hay que ser caída del palto, además de
loca, para andarse creyendo que en Lima, hoy, nada menos que
hoy en Lima y tal como están las cosas... Imagínate, Vicky, yo
que le tengo la casa rodeada de patrulleros y ella confiando en
una tijerita de uñas para protegerse...

   —Be*chito* be*chito...*

   ...Que si la tijerita es de oro, que si es de un millón de
quilates, que si con ella se cortó las uñas la virreina, que si su
bisabuela y su abuelita, después, que si su mamá se la regaló

porque es una joya de familia, en fin. Pero ahí recién empieza la cosa, porque además resulta que algo muy profundo, algo en lo más hondo de su ser le anda diciendo ahora que si alguien se mete con ella en esta ciudad plagada de gente de la ínfima...

—¿Gente de la qué, Joaqui?

—De la ínfima, mi amor...

—¿Y eso cómo se come, mi amo*sshito?*

—Eso pregúntaselo a ella, que a cada rato usa la bendita palabra...

—O *chea* que la muy cojuda se cree la divina pomada...

—Lo que la muy cojuda se cree no es cosa que te incumba, Vicky...

—¿*Che* amargó, mi amo*sshito? ¿Che* me va?

—No pienso moverme de aquí esta noche, Vicky. Que eso, al menos, quede bien claro de una vez por todas. Lo demás es la historia del huevo y la gallina y no tengo por qué explicársela ni a mis hijos ni a ti ni a nadie...

—Se puso muy *cher*io mi ministrito...

—Nada de eso, Vicky, palabra de hombre, de hombre y de ministro. Lo que pasa es que la muy idiota se cree invulnerable con su tijerita. Es como si sólo creyera en Dios y en su tijerita, y se mete sola por todas partes, cuando yo le tengo terminantemente prohibido salir sin el chófer y un patrullero para que los siga... Pero ésta es capaz de creerse que Dios le ha puesto esta tijerita entre las manos... Nada menos que la tijerita de su familia entre sus manos... Esta cretina es capaz de creerse que Dios...

—Nos la matan y nos vamos pa'Acapulco, mi amo*sshito.*

—De la madre de mis hijos me encargo yo, Vicky. Que eso también quede bien claro de una vez por todas...

Las noches de amor con Amo*sshito* siguieron, semana y semana, meses y meses, y pronto serían tres años y Vicky cada vez le exigía más y el caso Scamarone acababa de estallar y a Raquelita no la habían matado ni los tres melocotones de su anorexia ni el andar metiéndose sola por todas partes con la imbecilidad esa de Dios y su tijerita. Como si con Dios, su anorexia, y una tijerita de oro, formaran un escuadrón indestructible. Como si entre su fe en Dios y lo de ser gente decente, gente de lo mejor, y vete tú a saber qué vainas más de ésas... Increíble... Más loca no podía estar la muy cretina... Como si por su linda cara, sus tres melocotones al día, y una tijerita heredada de un fundador de la ciudad de Lima, además, novedad con la cual le salió una tarde, la muy anoréxica, se hubiera convertido en el enemigo mortal, nada menos que en el terror de la ínfima.

El terror de la ínfima, se repitió una mañana Joaquín Bermejo, abriendo al máximo los caños de agua caliente y fría. Bien encerrado en su baño, bien protegido por la cortina de la ducha, necesitaba sin embargo que el chorro de agua sonara como nunca para continuar sin peligro el deleite de andar pensando esas cosas tan inesperadas como incontenibles. El terror de la ínfima, se repetía una y otra vez y sonriente y feliz, como si de pronto hubiera encontrado la solución definitiva al problema más viejo y complicado de su vida. ¿Podría contarle a Vicky lo que se le estaba ocurriendo? ¿Contarle que, en vez de una escapada a México y Europa, podrían seguir juntos el resto de la vida, casarnos, Vicky? No lo sabía, pero continuaba gozando bajo el chorro de la ducha, cantaba mientras Raquelita, completamente Raquelita, caminaba tranquilísima por una oscura calle limeña, una calle que él sólo lograba identificar por la muerte de Raquelita al llegar a la esquina. Ahí, en esa esquina, su visión de los hechos, Raquelita sacando su tijerita de la cartera y un negro hampón, inmenso, tranquilo, pagado y preparado, ahí su visión de los hechos era muy rápida pero muy precisa, tan rápida y precisa como la eficacia y la rapidez del inmenso negro huyendo absolutamente profesional... Era sólo cuestión de pensarlo todo hasta el último detalle... Un negro como ése sería facilísimo de conseguir... Lima estaba plagada de negros como ése y Lima estaba plagada de ministros como él...

Fueron los duchazos más felices en la vida de Joaquín Bermejo, y a menudo gozaba diciéndose que, de haber sido un tipo de esos que se ducha sólo una vez a la semana, ya se habría convertido en un tipo que se pasa el día en la ducha. Cerraba la cortina, abría los dos caños, y a cantar se dijo mientras iba dejando ultimado hasta el más mínimo detalle. No había tiempo que perder: con lo del caso Scamarone era posible que tuviera que renunciar al ministerio y Vicky cada día le exigía más y él quería darle todo y de todo porque le salía del forro de los cojones, carajo: Raquelita era ya cadáver junto a un charco de sangre y hasta la tijerita de oro había desaparecido, qué tal negro pa'conchesumadre, alzó hasta con la tijerita.

Joaquín Bermejo no sabía por qué nunca se acordaba de contarle sus planes a Vicky. Tampoco sabía por qué éstos desaparecían no bien empezaba a cerrar los caños de la ducha. ¿Tenía eso algo que ver con lo de la almohada y el espejo? Fastidiado, constató una vez más que el hombre se enfrenta con su almohada, de noche, o con el espejo, cada mañana cuando se afeita, mientras que él era una especie de excepción a la regla porque siempre se enfrentaba con sus cosas bajo el sonoro chorro de la ducha.

Y fue así como una mañana, bajo el chorro de la ducha, Joaquín Bermejo decidió dejarse de aguas tibias, y empezó a cerrar el caño de agua caliente mientras le iba contando a Vicky que un negro inmenso le había enfriado a Raquelita de un sólo navajazo y ahora todos vamos a descansar en paz. Vicky se quedó fría con la noticia pero él nada de abrir el caño de agua caliente porque durante varias semanas tendremos que actuar así, yo, al menos, tendré que actuar con la más calculada frialdad. Joaquín Bermejo se mantuvo firme bajo el chorro de agua fría mientras le explicaba que, en cambio, lo mejor era que ella se hiciera humo hasta que él la volviera a llamar. Eso será cuando todo haya vuelto a la normalidad, Vicky, le dijo, mientras iba cerrando el agua fría y abriendo hasta quemarse el agua caliente para que Vicky pudiera hacerse humo...

El pellejo que duerme a mi lado es inmortal, se dijo, aterrado y hasta respetuoso, Joaquín Bermejo, abriendo rapidísimo, al máximo los caños de agua caliente y fría, la mañana atroz en que supo lo que era despertarse de dos sueños al mismo tiempo. No se explicaba cómo había podido pasarse días y días acariciando la idea de ver a su esposa asesinada. Inmortal de mierda, añadió, porque acababa de saltar de la cama en el instante en que Raquelita, completamente Raquelita, pero completamente Raquelita en un sueño, porque resultó que Raquelita era un esqueleto, guardaba su tijerita de oro mientras un inmenso negro herido huía despavorido...

La corbata. El desayuno. El rápido beso con que se despidió de Raquelita. Su despacho de ministro. Joaquín Bermejo empezó a sentir un gran alivio. No le había contado nada a Vicky, felizmente que no le había contado nada. Por la noche sólo tomó dos copas con ella. Necesitaba regresar temprano a su casa. Necesitaba hacer el amor con Raquelita y que ella se diera cuenta de esa necesidad. O sea que esa noche Raquelita se encontró con un esposo rarísimo. Una especie de Joaquín Bermejo que le recordaba al Joaquín Bermejo de su luna de miel. Después lo contempló mientras se le quedaba dormido pegado a su almohada y no quiso despertarlo cuando en un sueño intranquilo y de palabras deshilvanadas, lo único que dijo claramente fue déjeme en paz Scamarone. Lo dijo tres veces.

De palacio llamaron a las doce para decirle que El Señor Presidente prefería verlo una hora antes, esa tarde, o sea a las seis, y Joaquín Bermejo pensó que con suerte la reunión terminaría también una hora antes de lo previsto. Acto seguido, y de una vez por todas, decidió ponerle punto final a lo del huevo y la gallina, que para estupideces tenía más que suficiente con las de Raquelita, ídem con el caso Scamarone: punto final para siempre, por qué no, a la larga todo se arregla en este país de mierda. Haría, en cambio, una escala en el Club, por qué no, se tomaría el whisky de la reconciliación nacional, por qué no, y juácate, un telefonazo a Vicky Bechito. ¿Por qué no, Joaquín Bermejo? Joaquín Bermejo y Vicky Bechito, *why not?* Claro que sí, como que dos y dos son cuatro, Joaquín Bermejo, chupa y di que es menta. Eso mismo, exacto, dos y dos son cuatro en Lima y en la Cochinchina. Pero de palacio volvieron a llamar media hora más tarde. El Señor Presidente le hacía saber que la cita sería a las cinco. Cinco en punto, agregó la persona que llamó de palacio, o sea que la secretaria del doctor Bermejo también agregó a las cinco en punto, doctor.

Joaquín Bermejo pensó que su retorno al ejercicio del Derecho había sido todo menos suyo, se despidió de los practicantes y secretarias de tal manera que sin despedirse de nadie se había despedido de todos, se dio cuenta de golpe que ninguno de sus cuatro socios había salido a darle la bienvenida, les mandó decir que sin falta mañana entraría a saludarlos en sus respectivos despachos, y abandonó la elegancia de su estudio como un extraño. Los practicantes se miraron entre ellos, entonces las secretarias se atrevieron a mirarse también entre ellas, todos se miraron, por fin, y como quien cuenta a la una, a las dos, y a las tres, exclamaron: ¡Mamita, el caso Scamarone! ¡La que se va a armar, mamita linda!

Entonces sí salieron los cuatro socios de Joaquín Bermejo. Habían estado muy ocupados, a cuál más ocupado en su respectivo despacho, pero ahora, de golpe, como si los cuatro hubieran nacido en Fuente Ovejuna, todos a una en lo concerniente al caso Scamarone, y como si los cuatro hubieran nacido durante la guerra de Troya en lo concerniente a la que se iba a armar. Porque, como el caballo de Troya, el caso Scamarone ocultaba el caso Banco de Finanzas, dentro de éste andaba metido lo de «S»., y hasta dentro de la S. A. hay gato encerrado, según parece, señores. Parecían una caja china chismosa los doctores Muñoz Álvarez, Gutiérrez Landa, Mejía Ibáñez, y sobre todo el doctor Morales Bermejo, porque su Bermejo le venía por parte de madre, pero a mamá el parentesco con los Bermejo de Joaquín le viene por Adán, o sea que cualquier parecido con la realidad es pura coincidencia, mis queridos colegas, y qué tal si lo seguimos hablando todo un poquito en el Club, ustedes qué piensan, porque alguna precaución habrá que tomar.

En cambio a Joaquín Bermejo le era imposible tomar precaución alguna. Sentado ahí, en el aparatoso comedor de su casa, con Raquelita al frente, Carlos y Germancito a su izquierda y Dianita a su derecha, presidía como siempre la mesa, y le preguntaba como siempre al mayordomo qué hay de almuerzo. Pero esta vez no encontró las fuerzas para agregar su eterna broma:

—¿Qué hay además del melocotón de la anorexia de la señora?

Había descubierto el desamparo de presidir para nada y estaba viviendo el vacío interminable de seguir sentado ahí sin poder decir mucho pulso y mucho cráneo, muchachos. Había llegado cuando Raquelita y los chicos se encontraban ya en el comedor y ahora el mayordomo estaba ahí con la fuente de la entrada y acababa de estar ahí con la fuentecita y el melocotón de la señora, y qué difícil se le hacía hablar de cualquier cosa con el mayordomo entra y sale y sus hijos comiendo lo más rápido posible por los horarios del colegio y Raquelita con la serenidad de cristal que sólo Raquelita. Y por qué, si eso siempre había sido así, sentía que eso nunca había sido así, o era que ahí todos sospechaban algo ya. No, eso sí que no, eso sí que no podía ser. Y para que no pudiera ser, para que en los ojos de Raquelita y sus hijos no apareciera la sombra de una sospecha, habló ministro:

—El presidente de la República me citó esta tarde, a las siete. Después, me citó a las seis, y por fin ha terminado citándome a las cinco. En vista de lo cual, señoras y señores, yo pienso llegar a las ocho. ¿Qué les parece?

—En el colegio dicen que el presidente está rayado —anunció Carlos.

—Se pasó de revoluciones, papá —comentó Germancito.

—Lo que es, es un plomo —concluyó Dianita.

Joaquín Bermejo los miró sonriente. Los miró como si les estuviera dando la razón a los tres, pero de nuevo como que se quedó presidiendo para nada, al cabo de un instante. Ahí estaba, estaba en su lugar de siempre, y así debían haberlo mirado sus hijos, pero de nada le habían servido sus comentarios contra el desamparo de presidir para nada y el vacío interminable que era no poderles decir nunca jamás lo que en tres años de ministro les había estado queriendo decir: Mírenme bien a la cara, hijos, a los ojos, mírenme bien y vean cómo su padre se ha convertido en ministro y cómo se puede convertir en presidente de la República, también, si algún día le da la gana. Y en un presidente mejor que cualquiera de los que me eche la familia de su madre, a ver, nómbrame uno, Raquelita. Y Raquelita, sonriente, y él, ahora, ahora sí, por fin: ¿Y quieren saber cómo ha sido? ¿Quieres saber, Carlos? Tú, Germancito, ¿quieres saber? Porque claro que tú también quieres saber, ¿no es cierto, Dianita? ¡Pues pulso! ¡Cráneo! ¡Pulso y cráneo! ¡Y con el sudor de mi frente! ¡Con el sudor...!

Ahí, en plena palabra *sudor,* arrojó la esponja Joaquín Bermejo. Se había agotado y no había dicho una sola palabra. Sudaba frío y se había agotado y eso era lo único que le quedaba del sudor de su frente y todo por culpa de la maldita palabra sudor. Eso y algo peor, algo que era como un comentario a las palabras que, de puro desamparo, ni siquiera había logrado decir. Algo que descubrió al mirar perdido a Raquelita.

Como en lo del huevo y la gallina, con su manera de comer siempre un melocotón, sólo con eso, con comer así un melocotón, Raquelita le estaba diciendo: No, mi querido Joaquín, mi pobre Joaquín, el sudor de la frente no, no entre nosotros, Joaquín. Pulso, si quieres, sí, aunque di más bien esfuerzo, constancia, perseverancia. En cambio eso que tú llamas cráneo, en vez de inteligencia, sí, eso sí, dilo siempre, pero dilo en primer lugar. Ahora bien, Joaquín, nunca se te ocurra volverles a hablar a mis hijos del sudor de la frente y de cosas así de la ínfima. Recuerda siempre que son mis hijos y que de ahora en adelante lo serán más que nunca, Joaquín. O sea que nunca jamás se te ocurra mencionar cosas como el sudor de tu frente, y sobre todo en la mesa. Ni una sola palabra que tenga que ver con el sudor. No se suda, Joaquín, en esta casa no se suda, y menos delante de estos tres chicos...

Entonces Joaquín Bermejo descubrió su gran error, el momento que siempre creyó ser una cosa y que en realidad era esto: que nunca había odiado tanto a Raquelita como en el jardín de aquella maldita noche de calor en que le preguntó si lo quería como él era. Y en medio de tanto odio se encontró con que él también se estaba odiando aquella noche. ¿Me quieres como soy, Raquelita? También él. La verdadera e insoportable respuesta de Raquelita, por último, ahora:

—Te quiero por lo que eres.

Joaquín Bermejo regresó al aplastante boato de su comedor de pronto tan diferente, al trabajo que le estaba costando disimular ante sus hijos, ante el mayordomo, ante el enorme espejo de la consola, ante Raquelita... Ante Raquelita, que sabía mucho más que él, enormemente más que él, y desde muchísimo antes que él, cosas y más cosas sobre el huevo y la gallina.

—Me voy a hablar con mi padre, Joaquín. Ya sabes que detesta el teléfono y que está pescando en Cerro Azul. O sea que, por favor, no te preocupes si llego tarde.

—Te ruego que vayas con el chófer.

—Imposible, Joaquín. El chófer se va a las nueve de la noche y yo a esa hora recién estaré regresando de Cerro Azul. Sólo te pido...

Raquelita dejó su frase interrumpida, para que los chicos no se fueran a dar cuenta de que algo grave estaba ocurriendo. Y se limitó a agregar:

—Voy con mi tijerita, Joaquín.

Desde el otro extremo de la mesa, Joaquín Bermejo la miraba incrédulo, pasivo, como resignado. Observaba silenciosamente cómo ella le sonreía desde el otro extremo del mundo.

—Anda con Dios, hija mía —dijo, de pronto—, y los chicos no se dieron cuenta de nada porque papá, con tal de soltar frases así, la del melocotón de la anorexia, por ejemplo, y porque en ese instante Carlos y Germancito se estaban incorporando, ya era hora de salir corriendo al colegio.

Fue la noche con el rabo entre las piernas de Joaquín Bermejo. De palacio había salido casi a las ocho, con el rabo entre las piernas, porque habría caso Scamarone y chivo expiatorio. A las once, con el rabo nuevamente entre las piernas, se sopló media hora de gritos de su suegro, aunque merecía ser chivo expiatorio, no habría caso Scamarone. Todo había quedado arreglado con el presidente y varios ministros y no habría caso Scamarone pero es usted un canalla, Bermejo. Si no fuera porque es usted esposo de mi hija y padre de mis nietos. Otro gallo cantaría, Bermejo, otro gallo. Déle usted gracias al cielo. Déle usted gracias a su esposa. Déle usted gracias a su suegro. Déle usted gracias al presidente de la República. Déle usted gracias a los señores ministros de. Déle usted gracias al cielo, Bermejo. Fueron tales los gritos de su suegro en el teléfono que Joaquín Bermejo no se atrevió a preguntarle a qué hora había partido Raquelita de Cerro Azul. Seguía con el rabo entre las piernas cuando decidió llamar a la comisaría del distrito porque su esposa no aparecía y ya era cerca de la una de la mañana. Se desmoronó cuando le avisaron que el automóvil se hallaba abandonado a la altura de Villa El Salvador.

Así lo había encontrado Raquelita cuando entró feliz y, en vez de decirle mi papá te va a matar, lo va a arreglar todo pero te va a matar, le sonrió feliz, encendió todas las luces, lo invitó a sentarse un rato con ella en la sala, y le dijo que se iba a quedar con el rabo entre las piernas cuando le contara.

—He llamado a la comisaría... ¿Qué ha pasado, Raquelita? ¿Qué te ha pasado?

—Vuelve a llamar a la comisaría y di que tu esposa está perfectamente. Anda, llama de una vez y ven para que te cuente. Te vas a quedar con el rabo entre las piernas. Tú que tanto te burlabas de ella.

Ella era la tijerita y Joaquín Bermejo volvió a desmoronarse con el rabo entre las piernas cuando Raquelita empezó a contarle que el automóvil se le había parado en un lugar atroz. La verdad, Joaquín, no sé cómo no bombardean esos lugares. Gentuza. Gente de la ínfima que la miraba indiferente mientras ella les daba instrucciones para que hicieran algo más que estarla mirando con esas caras de idiotas. Pobre país, qué gente Joaquín. Flojos, vagos, insolentes hasta cuando se trata de ayudar a una señora. ¿Tú crees que movieron un dedo? Nada, no tuve más remedio que echarme a andar por la autopista. Por supuesto que a nadie se le ocurrió parar a ayudarme, tampoco. Si vieras qué asco de sitio.

—Es una barriada. Villa El Salvador.

—Lo que es, es un asco, una vergüenza para una ciudad como Lima.

—¿Cómo has llegado, Raquelita?

—Tú que tanto te burlabas de ella. ¿Qué habría sido de mí sin ella? Si no fuera por ella, en este instante estarías lamentando la muerte de tu esposa. Pensar que mis pobres hijos...

—¿Cómo has llegado, Raquelita?

—Y tú que tanto te burlabas de ella. Deberías estar con el rabo entre las piernas, Joaquín. Me pudo haber costado la vida subirme en ese microbús. Qué horror, ni una sola luz y la gente colgando por las ventanas. No sé cómo logré ver el letrero. No había otra solución. Era la única manera de acercarme a casa. ¿Y qué crees tú que pasó, no bien subí? ¡Cómo es esa gente, Joaquín! ¡Qué país! No había pasado ni un minuto y ya me habían robado el reloj de los diamantes. Quién podía ser más que el negro inmenso que tenía parado a mi izquierda. Se creyó que porque era una señora decente. Se creyó que porque en esa oscuridad no se veía nada. Pero no bien me di cuenta de que mi reloj había desaparecido me dije te llegó el momento, Raquelita. No se veía nada en esa oscuridad o sea que aproveché para meter la mano tranquilamente en la cartera. Ahí mismito di con ella. Y la saqué. Si vieras, Joaquín, qué maravilla. Le pegué un hincón en las costillas. Se lo pegué con toda el alma, Joaquín, y ya ves tú, que tanto te burlabas de mí, tú que creías que me había vuelto loca y que me podían matar. Tú que... Pobre diablo. No bien le pedí el reloj me lo devolvió. No hice más que decirle póngalo usted en mi cartera. Bien bajito por si acaso tuviera cómplices. Cobarde. Negro asqueroso. Ya, señora, me dijo, pero ni tonta. Esta gente cree que una va a ser tan bruta como para soltar y guardar su tijerita. Eso es lo que él se creyó pero yo no le saqué la tijerita de entre las costillas hasta que me bajé. ¡Ay qué asco, Joaquín! Límpiamela, por favor. Está toda manchada de sangre.

—No lo puedo creer, Raquelita. Ese hombre te ha podido matar...

—¿Ese tipo de la ínfima?

—Vamos a acostarnos, Raquelita.

—¿A que no te sientes con el rabo entre las piernas, Joaquín...? Ya verás, algún día aprenderás que mientras yo lleve mi tijerita...

—Vamos a acostarnos, Raquelita.

—Primero límpiame la tijerita. No olvides que mañana es otro día y que Lima está plagada de esa gente. ¡Qué horror! ¡Qué gentuza! ¡Gente de la ínfima! Desinféctame la tijerita, por favor.

Cuando Raquelita se durmió, sonriente, feliz, después de una verdadera hazaña, Joaquín continuaba defendiendo al inmenso negro. Lo imaginaba llegando a su casa con una buena herida en el costado y despavorido. Con el mundo al revés. Había intentado explicarle a Raquelita que podía tratarse de un hombre honrado volviendo de su trabajo. Nada. Era un tipo de la ínfima. Se lo había imaginado honrado y obrero y llegando a su casa sabe Dios dónde y se había imaginado una negra y unos negritos escuchándolo entre aterrados e incrédulos. Nada. Era un tipo de la ínfima. Raquelita, le había dicho, yo te pido perdón por lo del caso Scamarone pero reconoce que tú te has equivocado esta vez. Nada. Era un tipo de la ínfima. Y había estado a punto de decirle el tipo de la ínfima, en ese caso, sería yo, pero de nada le había valido. El tipo de la ínfima era el negro.

Y ahora Raquelita dormía plácidamente y Joaquín se decía que ése era el secreto. Ése. Cuando no se sabe, como en el caso del huevo y la gallina, se opta. Y Raquelita había optado. Ése era su secreto. Y era demoledora la fuerza de una tijerita. Claro. Demoledora. Por eso tanta indiferencia cuando al

entrar encendieron la luz del dormitorio y el reloj de los diamantes se le había olvidado sobre el tocador.

—¡Raquelita! ¡Fíjate qué reloj tienes en la cartera!

Fornells, Menorca, 1985

En ausencia de los dioses

A Silvie Giardi y Jean-François Berenguel

> «Sobre el cuerpo de la luna
> nadie pone su calor.»
>
> DANIEL HERNÁNDEZ

Saint Regis Hotel. Su buen bar. Un paso de la Quinta Avenida. Años que lo conocía y que alguien le dijo que ese bar había sido frecuentado por Fitzgerald. No estaba completamente seguro de ello, pero, pensándolo bien, el bar lo parecía... El bar parecía... El bar parecía haber sido... O es que yo... Se pasó la mano por la cara inclinada, como quien intenta borrar una triste y desagradable comprobación, volvió a pasarse la mano por la cara inclinada. Eso lo hizo reaccionar y poner la cabeza bien en alto porque Daughter no tardaba en llegar para uno de esos encuentros de copas y cena en lugares elegantes a los que él la invitaba cuando el dinero...

En el fondo —lo había leído mil años atrás en *Playboy*—, lo que hacía con Daughter era aplicar la barata y estúpida filosofía del *unexpected moment*, o más sencillamente la filosofía de una revista que siempre le resultó desagradable. ¿Quieres mantener tu fama de *playboy* inagotable? ¿Quieres mantener tu stock como repuestos que nunca se agotan? ¿Fama de que la máquina está siempre cargada? Entonces, acude al *unexpected moment*. Es decir, en el momento más inesperado te le apareces y mandas tu silbidito. Señales de humo. Se avecina la guerra. Ella se está duchando y pensando en su mamá. Tiene que visitarla en seguida, por lo de papá, pero apareces tú con tu silbidito y corres la cortina de la ducha y adivina adivinanza... *And that's the unexpected moment*. O sea que cuando tenía dinero...

Como ahora en que, una vez más, había llamado por teléfono a Lima. Daughter estaba en casa y una vez más partía inesperadamente a una gran ciudad o al lago Maggiore, sí, la vez pasada fue en el lago Maggiore y su padre sólo bebió Nebbiolo d'Alba. Ahora era Nueva York, tan inesperadamente como siempre y Daughter estaba haciendo sus maletas y su madre muy fastidiada porque una vez más iba a faltar a la Universidad. Porque su padre había llamado. Porque su padre era así. Porque la hacían feliz las llamadas de su padre. Porque la llamaba Daughter, menos una vez que llamó muy borracho y preguntó por Pureza y se mató explicando que Pureza era Daughter y que Daughter era Pureza, pero ella no quiso oír más tonterías y fue a llamar a la chica. Siempre partía feliz. ¿Hasta cuándo duraría eso? Siempre sería lo mismo. Cada vez que él tenga dinero...

Se pasó nuevamente la mano por la cara y luego cerró fuerte el puño, el codo sobre la mesa, y el mentón sobre el puño para que Daughter le encontrara con la cabeza en alto. Diez minutos. Le costaba trabajo. *The unexpected moment.* Pero en su caso tenía el encanto de unos medios empleados para un fin completamente distinto. Sublimación de una vulgar filosofía... ja. ¿Y por qué no? Gracias a esas llamadas tan inesperadas hacía feliz a Daughter, le mostraba lo mejor de sí mismo a Daughter, y de paso jodía a la madre de Daughter. Cuánto seguía amando a esa mujer que carecía por completo de sentido del humor y que había carecido siempre de objetividad para juzgarlo. Y que lo había juzgado. Pero que lo había juzgado. Sólo que él logró convertir ese amor en pensamiento con el único fin de evitar esos duros pensamientos. No pensaba pues en ese amor. Pensaba sólo en Daughter y ésos eran los medios que utilizaba inesperadamente para acercarse a la pureza. Porque Daughter era Pureza. ¿La poca que le quedaba en la vida? ¿La única? ¿Por qué ahora estos pensamientos? No tarda en llegar Daughter. Cuando tengo dinero...

Se descubrió otra vez cabizbajo. El codo había permanecido en su sitio, fuerte sobre el mostrador, y también el puño cerrado y alto. Pero el mentón se le había resbalado y más bien reposaba sobre la muñeca, se resbalaba incómodo a la altura de la muñeca torcida y cediendo, más bien. Ni siquiera se había dado cuenta de esa incomodidad. Pidió otro bourbon y apoyó nuevamente el mentón sobre el puño que temblaba cerrado con fuerza, haciendo fuerza, esforzándose. Daughter hacía su entrada. Pureza, fue lo único que dijo y sonrió desde el puño. Cuando tengo dinero... *The unexpected father.* La inesperada pureza. Y lo más rápido que pudo se las agenció para ya estarle hablando de algo que a Daughter le encantaba: Tiresias, el beodo que se comunicaba con los dioses en la majestuosa civilización griega. En la gran antigüedad. Donde el vino era el más viejo signo de civilización. En la gran tragedia. En la grandeza que fue Grecia. En el esplendor que fue Grecia. Roma sólo fue gloria al lado de Grecia, Daughter...

Daughter era feliz. ¿Cómo estás, Daughter? Porque linda sí que estás, Daughter. Como nunca. Cada vez más. Soy un hombre lleno de orgullo. Inflado, hinchado de orgullo. Me envidian de las mesas. Las cosas que dices, papá. ¿O sea que ya comiste y te alojas donde una amiga? ¿Y se puede saber el teléfono? ¿O sea que cancelo la reserva en el Waldorf? Puso el brazo sobre el hombro de Daughter. De paso le acarició la nuca. Descolgó la mano por el hombro derecho de Daughter. La tenía a su derecha. *Like a lady.* Suerte, sé una dama conmigo esta noche. Una verdadera dama. Supo que Daughter quería a los dioses y la miraba orgulloso y sonriente. Lo bien que se estaba portando su cabeza siempre en alto. La perfección de su pulso imperfecto. Porque si fuera perfecto, qué gracia tendría entonces pedir otro bourbon para tratar de corregirlo. Martini seco para Daughter. Eso era algo que detestaba su madre. Que bebieran juntos. Como si eso fuera beber. Esto es esto y sólo Daughter y yo somos capaces de esto. El amor por la madre de Daughter era sólo pensamientos que él podía y solía evitar. Por eso hablaba de *la madre de Daughter.* Por eso pensaba *madre de Daughter* y solía y podía evitar el pensamiento *esposa* al hablar de su ex esposa. Hablaba, simplemente, de la madre de Daughter. Un amor convertido en pensamientos. Y de haber estado ahí, después de todo, la madre de Daughter les habría arruinado todo eso... Ex esposa simplemente no lo habría permitido... Se dio cuenta, de pronto, de que se había distraído, de que se había como... como ausentado un poquito. Brindó:

—Estaba comunicando con los dioses. ¿Qué mejor manera de decirlo, Daughter?

—Te entiendo perfectamente, papá.

—Allá en Victoria Falls... Cual Tiresias siglo veinte... Comunicando... Comunicando con el *apartheid* hijo de puta. Prueba tú también, Daughter... Ráscate por todas partes y verás como no sientes racismo por ningún lado.

—Me encanta, papá.

—Prueba, prueba y verás...

...Victoria Falls, South Africa 1978... *Apartheid* de mierda, pensaba, con mil bourbons adentro mientras contemplaba la enorme cascada, un montón de cascadas enormes y mantenía el control total de la situación en espera de Cornelius. Se rascaba racismo por todas partes, por joder a la clientela, y cuando vio entrar la altísima y perfecta silueta de su amigo poeta, espigado como un massai, como son los negros en Kenya, aunque en todo Kenya no había un poeta ni un hombre tan grande y bueno y noble como Cornelius. Los líos en que se ha metido este caballero, se dijo, recordando que lo tenía que convencer. Que, desafiando a la inmortalidad, lo iba a sacar de ese país de mierda y que iban a llegar a Mozambique y que literalmente se tenían que cagar de risa ante la presencia de cada patrulla de la policía disparando contra su indomable motocicleta, enorme, roja como el fuego que le latía en las sienes y en cada vena de su organismo. Su emoción era brutal y cuando Cornelius se le acercó se puso de pie para besarlo y decirle que tenían la bendición de los dioses y que si no le creía era porque no había tomado suficiente bourbon. Como Tiresias, Cornelius...

—Estoy listo.

—Ayer terminé con la traducción de tu segundo libro.

—Te he dicho que estoy listo.

—Caballero, acabo de darme cuenta de que, en efecto, lo está usted.

Salieron rugiendo de Victoria Falls con ese optimismo que les daba saber que ya habían arrancado y que por más que la policía les saliera al encuentro mil veces, ya habían arrancado. El bólido rojo tragaba kilómetros y ensordecía la jungla y desaparecía entre la polvareda seca de los caminos. Llamaban la atención por la importantísima cantidad de cortes de mangas —brazos de honor, prefería llamarlos él— y los primeros disparos ni los sorprendieron, aunque uno de ellos agujereó la cantimplora llena de bourbon en el preciso instante en que Cornelius se la estaba dejando en la mano derecha. Reían como locos y Cornelius recogía del equipaje colgado a la derecha del bólido otra cantimplora mientras él pensaba que resultaba injusto que Cornelius no supiera manejar. Le preocupaba. Turnarse habría resultado más justo: Cornelius allá atrás sería un blanco perfecto para los disparos locos que vendrían de la sorprendida vanguardia, convertida rápidamente en retaguardia por la sorpresa de su paso y de sus brazos de honor. Entonces era cuando realmente reaccionaban y cuando disparaban con un fuego intenso de ametralladoras. Ellos no llevaban ningún arma. Las reglas del juego. Los dioses bastaban. Y las carcajadas y los brazos de honor y la seguridad total de que la meta estaba cada vez más cerca...

Se había calentado el bourbon de las cantimploras y se había enfriado la comida pero por Johannesburgo pasaron matándose de risa y decidieron no hacer ni una sola parada. Aunque el bourbon hirviera. La gasolina era cosa de Cornelius. Tenía su sistema para llenar el tanque. En realidad era una motocicleta-bomba. El sistema era peligrosísimo: latas de gasolina metidas entre las enormes bolsas de comida y bebida a ambos lados del inmenso bólido. Peor que el motociclista suicida del circo y era loca la alegría que les producía todo ese ruido infernal y otra vez la carga de metralletas y muy cerca una nueva carga, rifles esta vez, y apenas los habían dejado atrás, otra vez todas las ametralladoras del mundo, esta vez.

Entonces él dejó de temer por la espalda de Cornelius y ya estaban con los dioses, entre los dioses...

Cruzaron Pretoria con la última cantimplora de bourbon y Cornelius le gritó ¡bestia!, ¡teníamos que tirar hacia el este! Y casi se mueren del ataque de risa que les dio el lujo increíble de haber tirado hacia el oeste con poca gasolina ya y días y noches detrás y, me imagino, le gritó él a Cornelius, que también a este *apartheid* de mierda se le están acabando las balas. ¡Los jodieron los dioses, Cornelius! ¡No te lo dije! ¡No me querías creer cuando nos conocimos! ¡Amigo! ¡Poeta! ¡Esto es vivir! ¡Tus libros los traduciré yo y Carlos Barral te los publicará en España! ¡Carlos también cree en los dioses! ¡Los frecuenta! ¡Varias veces he frecuentado a los dioses con Carlos e Ivonne! ¡Son parroquianos...! Literalmente se cagaban de risa. Gritaban. ¡Los dioses! ¡En todo instante han estado de nuestro lado! De pronto, él vio su mano bañada en sangre, sobre el timón del bólido. No quiso decirle nada a Cornelius. La alzó para acercarla a sus anteojos de gruesas lunas y duro caucho negro. Los había robado en un almacén de la aviación, en compañía de los dioses, mientras Cornelius, innecesariamente, le cubría la espalda. No era grave lo de la mano o era que tenía tal cantidad de tierra en los anteojos que no lograba prácticamente ver qué tenía...

—¡Tu mano! —exclamó Cornelius, millas más adelante.

—No es nada. Un descuido de un dios menor.

—Para. Te ruego.

—Mira adelante: ¡Cómo mierda se te ocurre decirme que pare ahora! Adelante un verdadero escuadrón les bloqueaba la pista. Debieron ser un millón de tiros y otros más por detrás. Él sólo recordaba haber gritado ¡Mozambique!, y haberse bañado en lágrimas porque Cornelius allá atrás no gritaba y sí le dieron en la espalda. No habría venganza para ello. Ninguna venganza sería suficiente si a Cornelius... ¡Cornelius! ¿Me oyes? ¡Dime algo! ¡Cualquier cosa! ¡Habla! Lloraba porque en su cintura sentía cómo las manos enormes de Cornelius apretaban cada vez menos. ¡Corneliuuuuuuusssss!

—¡Mozambiqueeeeeee! —se cagó de risa Cornelius—. ¡Vivan todos los dioses!

—Negro de mierda. Hijo de la gran puta.

—¿Y el humor? ¿Y los dioses totales? —Cornelius se mataba de risa.

—Negro de mierda, hijo de la gran puta.

—Gracias, mi hermano.

—Lo hice por la poesía, negro de mierda, hijo de puta.

Se metieron a un bar, sacaron una botella de bourbon, él derramó media botella más sobre su mano. Fue un dios pequeñísimo. Sin importancia. Cantaron horas en la ducha de un hotel y, con alguna que otra intermitencia bourbónica, como le llamaba él, durmieron tres días seguidos en compañía de las diosas.

—¿O sea que no te veré mañana, papá? Me puedo quedar un día más, si lo necesi... si quieres.

—Mañana tú eres una señorita que regresa a América del Sur y yo soy un caballero, tu padre, al fin y al ca... que parte rumbo a Ithaca.

Tres horas desde esas palabras que había tratado de meterse al bolsillo como quien busca guardar algo. La chica se había ido. Se arrepentía y trataba de engañarse y de imaginar que la chica seguía ahí. Tenía una particular dificultad para aceptar que Daughter se hubiese ido. Le estaba resultando muy difícil, esta vez. Pero después de todo, se decía, he sido yo mismo quien le dijo que no se quedara un día más. Entonces recordó lo mismo que recordaba siempre. Se acordó de aquella noche en la barra de un bar en que, de pronto, le había dicho a su novia: «Lo que me encantaría es tener un día una hija tan bella como tú, de tu misma estatura, y que tenga una visión más objetiva de mí. Fíjate que la sacaría conmigo de noche y le diría que me había casado solamente para tenerla a mi lado». Después se iba a reír y le iba a explicar que a su madre no le gustaban esas bromas. Y, en efecto, a su madre no le gustaban nada ese tipo de bromas.

—Y heme aquí —se dijo, con esa voz alta de los borrachos cabizbajos de las barras.

Y Daughter había salido alta y a sus expectativas, porque tenía todo el encanto del mundo y además vivía como ausente de ese encanto, doblemente encantadora, maravillosa, y además se parecía a su madre pero tenía algo que su madre nunca tuvo y era esa manera en que tres horas antes, por ejemplo, le había dicho: «Si quieres me quedo un día más, papá».

—Su madre, en cambio, se quedó toda la vida menos.

Pero ésas eran palabras de cabizbajo de barra y entonces pensó que, como los dioses, su hija nunca lo había juzgado y volvió a pensar que era delgada y muy alta y que tenía las manos muy finas y que siempre se querría quedar un día más. Después recordó a la madre de Daughter y, aunque se pasó rápidamente la mano por la cara, ahí se dijo: «La verdad es que los dioses no están conmigo desde hace tiempo».

Seguía sentado en el bar del Saint Régis, en la barra del bar del Saint Régis, y de rato en rato volteaba a mirar el taburete en que había estado sentada Daughter, el sitio en que Daughter podría haber estado... seguido conversando a esa misma hora. Tres de la mañana... ¡Bah...! Ella le había ofrecido quedarse pero él había pensado que estaba ya lo convenientemente borracho como para lanzarse a su nueva aventura. Le había dicho que no se quedara un día más y le había dado mucho dinero y en la oreja le había dicho que la quería muchísimo. Ella se había aturdido un poco, como siempre que él le decía que la quería muchísimo, acompañando todo ese asunto de importantes sumas de dinero. Después se besaron, buenas noches y nada más, porque los hombres no lloran y sus hijas tampoco, Daughter, y él ignoraba dónde vivía su hija, sólo tenía su teléfono en Nueva York, y su hija hubiera preferido que él no saliera de viaje al día siguiente. De eso estaba seguro y cabizbajo. Entonces, mirando siempre el taburete en que estuvo Daughter, dijo: «Ya sé que lo que tú más temes es la ausencia de los dioses». Y se sintió un poco viejo y con algo de derrota metida en el cuerpo y volvió a mirar a su hija y volvió a mirar a su esposa y pidió un trago más porque quería brindar por la ausencia de su hija y de los dioses. Ya nunca brindaba por la ausencia peruana de su esposa. Después se emborrachó perdidamente.

Tenía ese maldito control que le permitía saber cuándo se había emborrachado malditamente. Era como una manera de saber hasta qué punto se había alejado de Daughter, a quien en estos casos llamaba siempre Pureza. En el fondo de sus más grandes borracheras, Daughter era Pureza y Pureza era Daughter y eso era todo lo que él sabía sobre sí mismo. Le gustaba ser negligente en este punto y le gustaba, sobre todo, que su hija siempre se hubiese ido cuando él llegaba a ese punto. Y ése fue el momento en que decidió subir a acostarse porque tenía ese maldito control sobre sus borracheras. Antes... Antes, cuando no lo tenía, era mucho mejor porque inmediatamente los dioses se ocupaban del asunto. Igualito que ese gran beodo que fue Tiresias en la grandeza que fue Grecia. En cambio, últimamente...

...La odisea... Su odisea... Montescos y Capuletos... Un mundo ya histórico en el que vio la cara blanca y pecosa y la nariz respingada de Cecilia que, como él, tenía trece años, y juntos vieron luna llena para siempre y primavera eterna y fue adoración a primera vista. Pero qué familias las suyas pero eso qué importa pero nosotros nos adoramos aquí en la piscina del Country Club y nadie nunca nos separará y algún día tendremos tres hijos y dos hijas. Daughter, dice él, y no sabe por qué, jamás sabrá por qué a los trece años se podía sentir toda la ternura del mundo con sólo pronunciar la palabra *daughter*... Y piensa que la palabra *daughter* no la ha pronunciado sino que le ha surgido a borbotones desde el fondo del pozo sin peligro alguno de la ternura infinita. Ama eternamente a Cecilia y ella le cuenta que la han abofeteado en su casa de Montescos y él le cuenta que su padre lo ha golpeado brutalmente en su casa de Capuletos y él dice la historia del Perú es una mierda porque, como en Shakespeare, se hizo íntegra para que nuestras familias se odiaran. Y ése es el momento en que él decide cambiar la historia del Perú y esta noche contándole esas cosas a Jaime, su primer, su mejor amigo del Country Club, beben los primeros whiskies de su vida y él ya está listo y se mete descaradamente protegido por los dioses y metiendo toda la bulla y desafío que quieran, se mete crapulosamente a casa de Cecilia y salta balcones y salta terrazas y golpea ventanas semiabiertas de verano y busca y llega a los brazos de Cecilia en su cama y escribiéndole una carta furtiva de Montescos y Capuletos y ella se pone una bata apenas y escapan en el carro que Jaime se ha robado de sus padres y mil gracias Jaime y se preguntan si los dejarán entrar... Todo está permitido para los nocturnos amantes imposibles, les dice Pepe, el barman, y en el Ed's Bar transcurrió su amor maravilloso y nocturno y al alba regresaban a casa de Montesco y descaradamente trepaban y descaradamente bajaba él cada noche y Jaime en la barra diciéndole a Pepe uno de estos días los pescan y los matan y Pepe fue quien por primera vez en la vida empleó eso de los dioses: «No te preocupes, Jaimito, los dioses están con ellos...».

O sea que... Al fin y al cabo el bar del Saint Régis resultaba no ser un buen bar, porque nunca más había logrado regresar ahí desde el bar de Tom. Nunca más había logrado repetir la hazaña de encontrar el bar de Tom completamente borracho y de pasarse una noche entera maldiciendo a Tom, a su bar y a los alrededores de su bar que para él eran ahora, perdido, el resto entero de Manhattan, porque Tom no tenía el maldito acento inglés. Recordaba la noche en que había jodido la paciencia lo suficiente como para que lo botaran del bar con el asunto aquel de que aquí nunca podré venir con Daughter, banda de canallas sin acento. Ésa había sido una noche con los dioses, todo el mundo había festejado la hilaridad del acento británico de aquel latino y todo el mundo había festejado su amor por Daughter, que entonces tenía solamente trece años, como él tenía trece años cuando conoció a la mamá de Daughter. La conoció, en efecto, a esa edad que calificaba de tierna, aduciendo en su defensa inútil que se estaba refiriendo a un lugar común acerca de la edad de los trece años. Ése fue un buen bar, donde acudieron los dioses, y donde también recordó la historia del África del Sur. Les explicaba a los blancos y a los negros de Nueva York, en el bar de Tom, bar de mierda que ahora no podía encontrar, cómo era la vida cuando uno recibe la visita de los dioses y entonces se puso de pie, se puso encima de una motocicleta en seguida, y una vez más en su vida atravesó todas las barreras culturales, raciales, estúpidas, imbéciles, hijas de puta, y la maravilla que eran esos policías disparándoles a Cornelius porque era negro y poeta y a él porque no tenía nada que ver en el asunto. A Daughter le encantaba la historia de su padre, tu padre, Daughter, absolutamente borracho, te lo confieso, con Cornelius, simple y llanamente con Cornelius atravesando South Africa en una motocicleta y las balas y las balas. Daughter siempre le decía: «Te pudieron haber matado, papá». Y él le respondía: «A mí me gustaría más, Daughter, puesto que de tu educación se trata, que me preguntaras qué fue del pobre Cornelius». Daughter lo había admirado y querido por esa historia y a él le gustaba muchísimo la idea de que esa historia fuera una historia que él le había contado a Daughter y que ella había retenido para siempre entre esas manos tan largas y tan finas que parecían hechas a propósito para retener una historia tan bella como la de Cornelius y él.

Ya estaba en su dormitorio e hizo todo lo que hubiese hecho la mañana siguiente, precisamente para poderse imaginar cómo iba a ser la mañana siguiente. Iba a ser el teléfono sonando y todas las ganas que tenía Daughter de que él no partiera a esa expedición. La palabra *expedición* fue la que él usó cuando le dijo: «No te preocupes, Daughter, yo sólo voy en busca de los dioses. Y esa uruguaya tan mala sólo me va a enseñar algo más sobre el género humano, que es ese género que nos interesa a nosotros los escritores, salvo en el caso de que nos ocupemos de animalitos, de perros y gatos y elefantes y leones y tigres, que es cuando queremos enseñarle la moraleja a los seres humanos». Daughter se había reído, y le había dicho por primera vez en la noche, papá, si quieres me quedo un día más. Sintió cierto alivio al recordar el coraje que tuvo al decirle todo eso porque de lo de Cornelius y él en el África del Sur y de lo de Tom y el mal acento inglés de Manhattan, hacía tiempo, y los dioses como que no lo visitaban ahora, por no decir hace tiempo ya, y en cambio esa mujer tan mala lo iba a venir a buscar a la mañana siguiente.

Por eso hizo todo lo que iba a hacer a la mañana siguiente, lo hizo de una vez esa noche para que ella lo encontrara descansado y lleno de fuerzas. Eso, lleno de fuerzas. Le hizo gracia comprobar la situación de ligera superioridad en la cual se hallaba, pues al salir de la ducha comprobó que tenía el bar metido en la habitación y un teléfono en el cual sólo tenía que apretar un botón para que la uruguaya se matara llamándolo desde abajo y el timbre no sonara, sólo una lucecita roja intermitente para avisarle que la uruguaya estaba abajo y esperando y él arriba tendido en su cama y autor de la travesura. La travesura consistía, además, en vestirse tan elegante como si fuera a salir con Daughter, en servirse una copa y varias más, en apoyar el botón que suprimía el teléfono y a la uruguaya, y en pasarse la noche entera esperando que esa hija de puta lo llamara desde la recepción. Se moría de risa tumbado sobre su cama, elegantemente vestido, con la corbata ligeramente desabrochada, justo como para poderle decir dos horas después de que ella hubiese intentado comunicarse desde la recepción: «No me di cuenta de que el teléfono estaba desconectado». Entonces ya tendría el nudo de la corbata en su sitio y las cartas en la mano.

Cuando todo eso sucedió, la uruguaya volvió a tener ese apellido tan horroroso que tenía y él sintió la enorme curiosidad que le había prometido Daughter por emprender ese viaje. Recordó que a esa mujer la había conocido en Montpellier bajo un cielo azul. Él estaba sentado en un bar de la Comédie con unos amigos, mirando pasar a la gente. Entonces apareció la uruguaya y se detuvo y resultó que conocía a los amigos. Resultó que él, al ser presentado al esposo, le dijo: «Mucho gusto, Gary». Eso produjo una hilaridad total porque el marido se llamaba Dick y porque si había algo que detestaba en este mundo era que lo llamaran Gary. Él trató de aducir un parecido con Gary Cooper, pero Dick se mostró sólidamente partidario de llamarse Dick. Fue la última vez que vio a Dick en una posición de solidez. Después, la uruguaya empezó a decirle que era un gran escritor y a festejar que hubiera confundido a su esposo con Gary Cooper. Y de pronto a él le entró ese sentimiento muy fuerte de haber cometido un grave error al llamarle Gary a Dick. Montpellier es probablemente la ciudad más bella del mundo y esa mujer allí definitivamente no era la mujer más bella del mundo y además puso una nota de pésimo gusto al apellidarse Nipsky. El cielo azul de la ciudad, ese cielo que él había visitado con Daughter, le hizo comprender que esa mujer tenía un poder ridículo, un poder que consistía en creer que era una mujer guapa metida en una universidad norteamericana. Probablemente, seguía metida en una universidad norteamericana, puesto que Dick era un profesor de la Universidad de Cornell, en Ithaca, y ella era una alumna posgraduada que, entre gallos y medianoche, empezaba a tener un estatus que debía inclinarse definitivamente a ser esposa de Dick y profesora en los Estados Unidos y apellidarse Nipsky *per vitam eternam* y su pasado era breve como tener un apellido horroroso. Como haber nacido en Montevideo, haber tenido dieciocho años con el mismo apellido en Montevideo, no haber tenido nada más y haber conocido a un gringo llamado Harry que era profesor en Cornell. Tenía también hermanas, pero *eso* lo incorporaría a los Estados Unidos cuando ella lograra incorporarse a los Estados Unidos. Cuando Dick y su esposa se fueron, sus amigos le preguntaron que si no encontraba que la uruguaya era guapa y él sintió una fuerte inclinación a decir que no importaba su opinión acerca de esa mujer. Al día siguiente tomó el tren y regresó a París.

Su trabajo en el libro estaba bastante avanzado y no tenía ganas de responder cartas, cuando llegó la primera carta de esa Nipsky. Volvió a pensar que tenía el apellido más feo de la tierra, siendo el Uruguay tan linda tierra, además, pero recordó también a Dick y que le había llamado Gary en vez de Dick. Probablemente por eso respondió a la carta. Sí, fue por eso que respondió la carta, porque en vez de Dick le había llamado Gary a ese norteamericano en el cual detectó un cierto desequilibrio, ese típico desequilibrio de un hombre que los dioses han dejado de visitar. Los dioses de mala calidad que probablemente lo habían visitado cuando conoció a la joven esposa de un profesor subalterno en el campus de Cornell...

...Bessèges, 1982. Porque los míos son unos dioses de primera clase, Jean-François. Verás, Sylvie, mis dioses viajan en primera por el cielo infinito... Dile a los mexicanos que vengan a ver cómo desafío a la inmortalidad... Diablos, Dulce, Dante, cómo mierda se puede ser mexicano y llamarse Dante y Dulce... Miren, mira, Jean-François, mira cómo mis dioses me permiten desafiar la inmortalidad... No seas loco... ¿Loco yo? Pero es que ustedes no saben nada de los dioses... El peruano lleva media hora echado y bebiendo en una curva cerrada de la carretera y se niega a levantarse... Tres días seguidos apostó a que se echaba tres horas seguidas en la misma curva y no habría carro que pudiese con él... Le mentaron la madre como cincuenta mil veces pero no hubo auto para él y por la noche se pasó todas las noches, los tres días... Seguía contándole Jean-François a su hermana, aterrada, que el tipo realmente había desafiado a la inmortalidad porque en Bessèges nunca nadie se había metido jamás con el *videur,* la bestia esa que la discoteca ha contratado para casos de pelea o de algún borracho metiéndose con alguna chica o algo así y el monstruo ése dicta la ley, aplica brutalmente su ley, para eso lo han contratado, para eso le pagan y el peruano tuvo a toda la discoteca entre risas y terror porque no cesó de desafiar al *videur* a ver quién toma más y el matón como que no se atrevía con tanta popularidad y andaba completamente intimidado y él dale con ofrecerle tomar en su amable compañía, señor, y el matón apenas si logró alzar la cabeza de pura vergüenza y ningún sentido del humor... No, no se trata de eso, Jean-François, lo que pasa es que éste es un diosote de pésima calidad, un Anteíto... Dulce, Dante, Jean-François y Sylvie se matan de risa y también han venido a ver a los padres de Jean-François, ellos los habían invitado a su pueblo y en el camino de Montpellier a Bessèges se detuvieron en casa de la abuela española de la guerra civil de Jean-François y él la hizo llorar de felicidad con canciones de la España de siempre y a la abuela la que más le gusta es *Cuando en la playa la bella Lola, su linda cola luciendo va, los marineros le gritan Lola, y hasta el piloto pierde el timón... Ay qué placer sentía yo,* canta la abuela... *Ah!, ce peruvien...!*

El teléfono llamaba y llamaba con su lucecita roja intermitente, pero a él le encantaba la idea de que la uruguaya se estuviese pagando el desayuno. Después tocaron la puerta. Después pensó en Daughter y se dijo, Daughter, en la que me he metido. Después habló en la intimidad con Daughter y le dijo: «Es probable que de esta aventura salga algo profundamente ridículo. Mira, Daughter», agregó, «en esta aventura no hay policías en Sudáfrica disparando contra la motocicleta en que íbamos Cornelius y yo. Mira, Daughter», añadió otra vez, «ya no logro alcanzar ese vuelo que me permitía encontrar a Tom en un bar de Manhattan y probarle que todo Manhattan habla con un acento que no me gusta porque no es inglés». Entonces, vestido para salir esa noche, comprobó que eran las diez de la mañana y que había estado despierto toda la noche. Le dijo Pureza a Daughter, repitió esa palabra, Pureza, y apretó el botón para que el teléfono empezara a interrumpirlo.

—Ricardo, llevo horas llamándote.

—Creí que no venías. Sé por el parte meteorológico que todo el Estado de Nueva York está helado.

—Sí —le dijo ella—, pero mañana tienes que dar tu conferencia en Cornell y...

—¿Y tú cómo has llegado desde Ithaca?

—Me trajo Bob.

—¿Hope? —dijo él, porque ella era capaz de haber llegado con Bob Hope. O de haber llegado *hasta* con Bob Hope. Y desde Montevideo.

—Ricardo, llevo horas llamándote.

La Nipsky hija de la gran puta pretendió no saber quién era Bob Hope y dijo: «Bob Davidson. Es un profesor muy importante». Entonces él le preguntó: «¿Cómo está Gary?». Y ella le dijo que su ex esposo se llamaba Dick, y que si no lo recordaba, porque siempre cometía el mismo error. Entonces él le preguntó: «¿Y cómo se llamaba tu primer esposo, el que te sacó de Montevideo?». Después pensó en ese pobre primer esposo que no sabía lo que era un apellido tan feo. Después pensó en todo lo que había bebido durante la noche. Después pensó en Daughter, y dijo Pureza y decidió que había llegado el momento de emprender el viaje a Ithaca. Dantesco, fue lo último que dijo.

Apareció en el hall del hotel con un mínimo de equipaje y por supuesto pagó el taxi que los llevó hasta el aeropuerto. Y, por supuesto, también, que de ese aeropuerto no salía nadie porque se había helado el Estado de Nueva York. Le hizo gracia pensar que el hielo lo iba a ayudar, que no llegaría a dar su conferencia. Pero hacía como siglos que esa mujer de apellido Nipsky había hecho un arreglo personal con el hielo, y de ese arreglo dependía el que él llegara a tiempo para la conferencia. En el aeropuerto los norteamericanos de la ciudad cosmopolita empezaron a volverse gente provinciana con gran capacidad para conducir sobre pistas heladas, pistas sobre las cuales todo el mundo declaraba ser un gran piloto, pistas congeladas. Él ya se había metido al bar y había tratado de que lo acompañara también Jeff, el candidato a chófer elegido por Nipsky, pero Jeff parecía estar dispuesto a ocuparse del irresoluble problema de encontrar un automóvil, alquilarlo, dividir los gastos entre los futuros ocupantes, a fin de seguir al pie de la letra las instrucciones de esa uruguaya que, bajo el cielo gris y sobre la nieve total de la ciudad enorme, de pronto él, desde el bar, empezó a encontrar ridícula, arribista y algo más. Recordó cuando la había conocido, en esa avenida preciosa de Montpellier, entre excelentes amigos, y le pareció que no solamente no era una mujer bella sino que, además, era una mujer absolutamente negada para el amor.

Consiguieron un automóvil para las ocho de la noche y Nipsky consiguió también una hermana para entretenerlo, y desde ese momento él empezó a verlo todo más claro que nunca. Esta mujer tan mala, se dijo, ya sacó a una hermana del Uruguay, y como ahora se va a comer al tercer gringo de su carrera universitaria, no puede desperdiciarlo por un pobre escritor de paso, motivo por el cual, siguió pensando, me coloca a la hermana. Encontró profundamente estúpido, cursi, huachafo y toda la cólera del mundo que esa escena tan visiblemente latinoamericana tuviese lugar, estuviese teniendo lugar en el aeropuerto de Nueva York, y sintió definitivamente la ausencia de los dioses. Después se dijo que Daughter ya se habría ido. Después pensó que a lo mejor todavía no se había ido y llamó a casa de la amiga donde había ido a dormir y le dijeron que había partido un par de horas atrás. Entonces él recordó que no había preguntado adónde iba y se interesó enormemente por saber adónde había ido Daughter. Le dijeron que no sabían. Entonces se dijo que en avión no podía haberse ido y que nunca sabía adónde iba Daughter. Después se dijo que Daughter tampoco sabía nunca adónde iba él. Después se dijo que Daughter, bien lo sabía, se iba a América del Sur. Y después se dijo que en ese plan y sin los dioses...

1978. En dirección a Sigüenza. Esteban Pepe le dice que el nuevo obispo se niega a cumplir con la tradición... Él se mata de risa y buscan por todo el camino una mula blanca... Se ve que el whisky ha entrado por fin a España, Esteban Pepe. Tío, es la mejor bebida del mundo... ¡Tío, la mula! Llegan a Sigüenza y avisan pero el obispo se niega definitivamente a cumplir con la tradición. ¿¡Definitivamente!?, exclama Esteban Pepe, mientras se tragan las migas de pan y esperan el cordero de Sigüenza y el vino en la bodega del tío Juanito que se quedó sin pelo de puro sifilítico y por mujeriego y ahora reparte copas entre mesas bellas de mármol de la España de Jovellanos, de Esteban Pepe, de Cervantes. Esteban Pepe goza cuando él le dice tú eres la España profunda, Esteban Pepe, y responde vale, tío, y sus ojos brillan de felicidad y lágrimas y su nariz de espolón, talmúdica, asombra al peruano que ha traído a Sigüenza, al amigo de Esteban Pepe y su nariz de espolón y los ojos más llenos de cariño del mundo y lo talmúdico hace que el peruano lo quiera más, tío, y entonces se van a contemplar la estatua más bella del mundo y ante el Doncel de mármol de la espléndida catedral, Esteban Pepe, con los ojos bañados de lágrimas, toca, acaricia a su Doncel y le pregunta a él: ¿a qué no sabes qué está leyendo el Doncel, tío?, y él sin pensarlo dos veces, con verlo ahí apoyado, casi echado con el libro de mármol, responde: Esteban Pepe, a quién más va estar leyendo, sólo a don Jorge Manrique, y Esteban Pepe orgulloso y chino de felicidad porque el peruano se lo sabe todo y el peruano le dice mira la puerta, la puerta de la sacristía: esto, mi querido Esteban Pepe, tío cojonudo, esto fue regalo del Perú a tu catedral y para que lo colocaran nada menos que en el lugar en que descansa tu Doncel. ¡Qué puerta, tío!, exclama Esteban Pepe, comprobando que en efecto viene del Perú y que ya es hora de lo del obispo. A pedradas lo mandaron subirse a la mula blanca y el obispo ya era un verdadero obispo de Sigüenza, joder, tío, haberse negado a cumplir con la tradición... No quisieron dormir en Sigüenza y se equiparon de whisky para el regreso a El Escorial y qué mierda tuvo que hacer ese árbol, tremendo árbol en su camino. Esteban Pepe encerrado en el automóvil en llamas y lo bien que los trató la Guardia Civil cuando él les dijo señores, se quema vivo mi amigo Cervantes, se quema Jovellanos, señores, pero la España profunda y Esteban Pepe, nada: yo sólo bajo de aquí si me sirven otro whisky, la mejor bebida del mundo, tíos... Los cosieron y los enyesaron en El Escorial pero la fractura de Esteban Pepe era tan importante como su perseguidora, a la mañana siguiente, y tenían que llevarlos a Madrid, pero por favor, señorita, una cerveza, qué resacón, tío, y la enfermera prohibido beber en la clínica, señor Pepe, y Esteban Pepe comprenda, señorita, por favor, qué resacón, tío, y nada que hacer y la fractura de Esteban Pepe es tan importante como el resacón y los trasladan en ambulancia a Madrid, al Hospital Provincial, y Esteban Pepe yace en su camilla y él al lado y qué resacón, peruano, tío, por favor, una cerveza, no hay nada que hacer, Esteban, pero tío... Y entre alarmas y sirenas pasan por delante del automóvil chamuscado, no servirá ni para chatarra, peruano, yo creo que tú sólo te compras esos cochazos para desafiar a la inmortalidad. Y sirenas, alarmas y luces rojas que brillan en mil direcciones: es la ambulancia que cruza Madrid rumbo al Hospital Provincial y Esteban Pepe qué resacón, tío, y él, bueno, Pepe, no hay peor gestión que la que no se hace y le pide, le explica al chófer que apaga sirenas y faros rojos que giran y brillan en mil direcciones y se baja el chófer,

España Mágica, Sagrada, les llena la ambulancia de cerveza y otra vez alarmas y luces y sirenas y él les cuenta de ese turista del libro de Cocteau, *La corrida del 1.º de Mayo,* que al llegar a España cayó fulminado por lo pintoresco y saben por qué escribió Cocteau ese libro, para curarse del todo del infarto que le dio cuando llegó a España y se fue a toros y le brindaron el primero de la tarde... Se matan de risa... El chófer se mata de risa pero al llegar a la clínica se niega a aceptar la propina y por favor, señores, eso sí déjenme las botellas vacías porque me pueden echar del trabajo... Se matan de risa pero recuerdan al chófer... Por lo que se matan de risa es porque Esteban Pepe, señor de la democracia, que anduvo jodiendo la paciencia por el Parlamento la noche del 23-F, había salido del Oliver diciendo que el whisky, tío, era la mejor bebida del mundo y por ahí se enteró de lo que ocurría, con el codo empinadísimo, y fue por la democracia, o sea que, por favor, doctor, no me opere, no, no me opere, doctor, ustedes no sólo matan a sanos, matan a enfermos, también, y el médico gran amigo del Bar Oliver se mata de risa porque Esteban Pepe se está quedando dormido en la misma cama en que estuvo Francisco Franco...

Vinieron a buscarlo al bar esa mujer, que ahora él llamaba esa mujer tan Nipsky y el chófer llamado Jeff, que él ahora llamaba el Holiday on Ice de esa mujer tan fea y tan mala. Pero no los dejó intervenir en ese asunto tan personal que era la manera en que se sentía. Sentirse de esa manera era problema suyo y no los dejó intervenir en el asunto y, pensando en Daughter, dijo Pureza y secó uno tras otro dos vasos de bourbon. Ellos se mantuvieron calculadamente respetuosos de sus pasos y de sus tragos. Mejor dicho, ella se mantuvo así y él se mantuvo así por culpa de ella. Entonces Nipsky habló de su hermana y él le juró que no se movería del bar si la iban a traer.

Dos horas más tarde, asegurado ya todo lo del automóvil para el camino a Ithaca, y habiendo pagado él, por supuesto, el viaje en automóvil hasta Ithaca, y habiendo pensado él, también por supuesto, que los billetes del avión se los haría reembolsar Nipsky y se los guardaría, puesto que ya estaban pagados por la universidad, aparecieron con la famosa hermana. Otra Nipsky, pensó él, al verlos acercarse. Era como de clase muy media y algo menos Nipsky que su hermana, por lo cual encontró plenamente justificado el que hubiera salido de Montevideo en segundo lugar. La segunda de Montevideo se le acercó completamente yanqui y como pasando por alto que él fuera de un país hermano, llamado Perú, que fuera escritor y, lo que es peor, pensó él, que hubiese establecido desde el primer momento una relación absolutamente alcohólica con ella. Él se despidió para siempre de Daughter, de Cornelius, de Tom, de Cecilia y de Esteban Pepe, y luego se dijo también adiós a sí mismo. Pensó en la cantidad de latinoamericanos que, en una circunstancia igual, hubiesen tenido que ser seductores, y en la remota posibilidad de tener que convertirse en amante hasta eso de las siete de la tarde, porque a las ocho, eso sí, salían en automóvil rumbo a Ithaca. A las ocho de la noche, lo que en realidad estaba haciendo era pagar una importante cuenta del almuerzo y numerosas copas en el Hotel Plaza. Nipsky I había dicho que estaba de moda almorzar en el Hotel Plaza. Nipsky II lo había festejado, Holiday on Ice no había dicho nada y él había visto el cielo abierto en el bar del Hotel Plaza.

Ahora ya estaba camino de hielo a Ithaca en automóvil, tras haberse despedido de Nipsky II, al son de una canción que él le había cantado y cuya letra a ella le había encantado y la había hecho rememorar. Cien veces le había tenido que entonar la maldita canción, y cien veces ella la había vuelto a olvidar y le había pedido que la cantara de nuevo. Y lo peor de todo es que la había cantado de nuevo. Para hacerles saber que les había declarado la guerra, para hacerles saber a las hermanitas Nipsky y a ese pobre gringo cuánto podía llegar a despreciarlos, él entonaba la canción, pero también sentía, y eso era lo realmente malo, que ya no había nada que hacer con los dioses. Extrañó a Daughter, pero tampoco, se dijo, tengo derecho a extrañar a Pureza. Entonces encontró, como en el asilo de su propia borrachera, una excusa, y le dijo a Daughter: «Mira, Pureza, lo mejor de todo esto es que tú no me puedes ver así. Mira, Daughter», repitió, «yo estoy obligado a venir a ver cómo salen mal las cosas, como esta mujer no solamente es Nipsky sino que es estúpida, y fea, y es inmoral. Yo estoy obligado a ver, y aquí está el secreto, Daughter, yo estoy obligado a saber y a ver qué fue de sus primeros esposos. Mira, Daughter», concluyó, «yo estoy obligado a tener que contarle a la humanidad acerca de esos pobres yanquis». Después se dijo que ya no sabía si eso era verdad, si la literatura era verdad, y que se había alejado mucho de su primera entrada a un bar con Daughter, el día que cumplió cuarenta años. Ese día le había contado cómo su madre se había molestado muchísimo cuando le dijo quiero tener una hija para que sea linda como tú cuando yo tenga cuarenta años y llevarla a un bar y tomar una copa con ella, que en principio tendrá dieciocho años. Su novia había reaccionado muy mal y esa noche abandonaron el bar como no entendiéndose mucho en muchas cosas.

Sabía que no le iban a dar una sola copa durante el viaje. Sabía que no iban a detenerse hasta que no tuvieran hambre de un buen desayuno, o sea que se esperó hasta que llegara ese momento. Pagó el desayuno, por supuesto. Y un par de horas después ya estaban en casa de Ray, a quien él bautizó con el nombre de Ray Next Husband, traducción al inglés del próximo marido Nipsky. Un par de horas que le habían permitido enterarse, porque la Nipsky se lo dijo, de que entre esos pinos nevados estaban las casas de Harry y de Dick. Él sintió enormes deseos de visitar a Dick, de preguntarle cuánto dinero le pasaba al mes a esa mujer tan miserable, pero ella misma le contó que el alquiler de la casa se lo pagaba Harry, y que acababa de comprar un automóvil con el dinero que le pasaba Dick. Después fue particularmente cuidadosa con el hijo de Next Husband, que acababa de ser abandonado por su esposa. Y después él se imaginó que el tipo terminaría algún día en una casa pequeñita, llena de botellas, con un niño, y que ella habría escalado un puesto más en el escalafón de su cuarto esposo Nipsky. En fin, que en todo caso ella estaría muy cerca ya del corazón de Cornell University. Pidió una copa y Next Husband le hizo saber que ahí no había copas. Finalmente, preguntó que quién lo había invitado a esa maldita universidad y el mismo Next le hizo saber, por toda respuesta, que ahí no había más copas.

Después, cuando cruzó el campus helado de la universidad, resbalándose sobre la nieve mientras Nipsky no se resbalaba nunca y Next caminaba con el aplomo del optimismo, escuchó las explicaciones que se le brindaban como a huésped distinguido. Eso fue cuando Nipsky le contó que era una universidad de gente muy rica, pero que desde ese puentecito sobre el riachuelo helado se batían récords de suicidios anuales.

—Me imagino que contigo aquí los suicidios van a aumentar —le dijo él, en venganza suprema, y se aplaudió como loco. Pero como ésa era una manera de calentarse las manos heladas, ahí nadie se dio cuenta de nada y su venganza se convirtió en hielo entre el hielo.

Después lo llevaron a pasear por la administración y él se iba riendo de oficina en oficina al darse cuenta de que no estaba programado. Su conferencia no estaba programada, y ahí lo único que había programado era que Nipsky dictase sus primeras clases de posgraduada. Había sido alumna de su primer esposo. Se había graduado con Dick, y sus primeras clases las estaba dictando gracias a la benevolencia de Next. En cuanto a su Nipsky II, también gracias a Next, había logrado sacarla del Uruguay y ahora trabajaba en un banco de Nueva York. Lo malo en todo este asunto fue el encuentro con el profesor Harrison. Ahí nadie había calculado el encuentro con el profesor Harrison, y lo último que habría podido imaginar el pobre profesor Harrison pelirrojo era que ese escritor que él creía tan importante y sobre el cual estaba dictando un curso de posgrado, apareciera en ese estado de decadencia física por Ithaca. Pero él mismo se encargó de arreglar el asunto cuando le dijo: «Mire usted, profesor Harrison, yo estoy aquí gracias a una invitación personal de mi amiga, y si a usted no le molesta, puedo improvisar una conferencia. Ya estoy aquí, puedo improvisar una conferencia».

No pudo impedirse una pequeña broma y añadió: «Mire, profesor Harrison, la señorita Nipsky me ha invitado a su casa y yo estoy aprovechando la oportunidad para improvisar una conferencia. Piense usted que es muy importante para un escritor como yo haber improvisado una conferencia en una universidad como ésta. Démosle gracias a los colegas aquí presentes y ahora déjeme, por favor, improvisar una conferencia. Lo que sí le agradecería, profesor Harrison, es que antes de improvisar mi conferencia, gracias a la amable invitación de la señorita Nipsky, que sin duda ha actuado bajo la supervisión del profesor Next Husband, es que usted me invitara una copa o dos o tres, porque la señorita Nipsky no tiene ninguna reserva alcohólica en su casa. Es más, se me ha declarado miembro de alguna secta religiosa que no bebe, cuando la religión en Uruguay es que uno bebe, sobre todo cuando festeja una llegada tan accidentada como la mía. Hemos triunfado sobre la nieve, hemos alquilado un automóvil, hemos pasado delante de las casas de los anteriores profesores Nipsky, y ellos sí deben tener algo que beber y seguro por eso, para que yo pueda improvisar mi conferencia, la señorita no ha querido que nos detengamos en los únicos lugares no accidentados de la carretera».

El profesor Harrison miró con indiferencia por una ventana y siguió pensando en los libros de aquel escritor que era mucho más divertido visto de lejos que de cerca. No tenía más poder que el profesor Next Husband, o sea que la conferencia tendría lugar. Sin embargo, no pudo reprimirse y le dijo a miss Nipsky: «Tenga usted la amabilidad, por favor, la próxima vez, de no improvisar hasta tal punto las cosas». Avanzaron por el corredor, llegaron hasta una sala y ahí él vio un papel escrito a mano que anunciaba el título de su conferencia. Entonces volteó a mirarla y dijo: «O sea que es de esto que tengo que hablar». Y de eso habló, pero no sin que antes el profesor Harrison le pusiera un vaso y una botella de bourbon sobre la mesa de conferenciante. La amena charla duró lo que duró la botella.

Los alumnos aplaudieron calurosamente y después lo llevaron nuevamente a la administración. El profesor Harrison había desaparecido y él seguía pensando que ésa era una situación realmente divertida y que estaba a punto de encontrarse con los dioses nuevamente. Se dijo que si se encontraba con los dioses nuevamente tendría una maravillosa historia para contarle a Daughter. Una de esas historias que justificaban que él hubiese deseado encontrarse con Daughter sólo de vez en cuando y en circunstancias muy especiales.

En una oficina le pagaron finalmente cien dólares y nadie sabía muy bien a título de qué le estaban pagando esa suma de dinero, pero Nipsky como que lo iba dulcificando todo por el camino, y en todo caso la presencia del profesor Next Husband, con quien ella anunciaba próxima boda, hacía que ahí nadie mirara el asunto con malos ojos. Lograron llegar

a tiempo a un banco, pues a Nipsky le entró un desesperado
afán de que él cobrase su cheque lo más rápidamente posible.
Él no lograba imaginar qué tanto interés tenía ella en que viera
los cien dólares convertidos en billetes y preguntó. La respuesta fue que necesitaría cien dólares para gastarlos en un
pequeño comercio que tenía montado la esposa del profesor
Harrison, un pequeño taller donde vendía sus propios cuadros
inspirados muchos de ellos en la flora peruana. Entraron ama-
bilísimos y la señora Harrison les enseñó uno tras otro los
dibujos de plantas exóticas que había acuareleado durante una
intensa visita al Perú. Le contó a él lo intensa que había sido
su visita al Perú, mientras le iba mostrando una tras otra las
plantas que había pintado intensas, con sus nombres escritos
debajo en latín, inglés y castellano. Y Nipsky lo iba alabando
todo y preguntando el precio de cada flor. Cuando sumaron
cien dólares de flores en latín, en inglés y en castellano, él
depositó sus billetes sobre el pequeño mostrador y le dijo a
missis Harrison: «No es necesario que me las ponga usted en
un tubo protector. Átelas con una cuerda, señora, y yo me las
llevo así hasta el Perú». Después bromeó que así podría com-
pararlas con la realidad de las flores peruanas, con sus origina-
les. Y después se despidió sonriendo y pensando que si Daughter estuviese todavía en Nueva York, le habría contado el origen
de las flores peruanas y que se hubiesen matado de risa juntos.
Después pensó que Daughter ya no estaba en Nueva York y se
aferró a sus flores, al rollo de sus flores, como al asilo de su
malestar, y pidió un trago y supo que no se lo iban a dar porque sobrepasaba la suma de cien dólares que la universidad le
había pagado por esa conferencia. Entonces recordó que los
aeropuertos estaban helados y que no podría regresar a Nueva
York. Sabía que tenía que arreglárselas y los obligó, con violencia, a que lo acompañaran al aeropuerto para averiguar de
qué lugar secundario podían intentar despegar. La gran noticia fue que el aeropuerto de Nueva York había sido abierto
nuevamente al tráfico de aviones pero, en cambio, el pequeño
aeropuerto del cual tenía que despegar seguía clausurado. Ajá,
dijo, y sacó un importante fajo de billetes de un bolsillo y le
ordenó a Nipsky: «Mira, guárdate esto porque no todos los escritores son como yo. Y a otros tendrás que comprarles unas

botellas para invitarles. Y este dinero te va a servir a ti para eso y a mí me va a servir para largarme de aquí».

Así fue como logró subir a una avioneta en el aeropuerto de Syracuse. Trató de animarse un poco explicándole la situación a Daughter y contándole cómo había sido testigo de tanta monstruosidad y la avioneta de ocho plazas despegó del helado aeropuerto de Syracuse, llena de norteamericanos grandes de negocios que no cabían en sus asientos y que no se imaginaban qué hacía ese hombre que hablaba en voz alta, ni a qué se refería cuando decía constantemente Daughter, Nipsky me ha traído de contrabando para lucirse ante los alumnos, ante los profesores, ante el pobre Next Husband, sin darse cuenta de que yo vine hasta aquí solamente para visitar a Dick y ahora me estoy escapando porque es imposible visitar a Dick, porque todo es imposible, porque todo está helado, y porque lo único que le puede caer bien a una Nipsky tan frígida es esta cosa helada que se llama Cornell y este cálculo helado que me llamo yo y que ahora, Daughter, está metido en una avioneta con unos gringos enormes de negocios, en un mundo congelado donde una mujer frígida logrará ser el único sobreviviente de tres tragedias: la de su primero y segundo esposo, Daughter, y la de un pobre tonto, divorciado y con un niño, que ella ya empezó a cuidar demasiado. No sé más de Cornell, salvo que es una universidad con un índice muy alto de suicidios y que hasta aquí ha llegado esta mujer, con la esperanza de que algún día todos los profesores que están en rangos superiores se suiciden casándose con ella para poder llegar a invitarme de nuevo. Pero mira, no creo que me invite de nuevo. En esto me equivoqué, me equivoqué otra vez, Daughter. Pero fíjate, de algo sí que me he enterado. Me he enterado de que éste no es un buen viaje. Me he enterado de que tuve que hacerlo porque no quería prolongar tu estancia en ese bar. Porque no podía prolongarla, mi querida Daughter. Pureza... La obra se ha deteriorado y tal vez tu madre tuvo razón cuando me puso una cara de cuatro metros porque le dije que quería tener una hija muy bella y de dieciocho años para tomar una copa con ella en un bar y para que tuviera una visión más objetiva de mi persona.

Del aeropuerto pensó llamar a la casa en que había estado alojada Daughter, pero Pureza ya se había ido y se encontró con una moneda en la mano para llamar por teléfono. Entonces recordó que tenía el número de Nipsky II, del banco en que trabajaba. Llamó y preguntó por ella y, al instante, reconoció la voz alegre y coqueta que le preguntaba cuál era la canción esa que ella nunca lograba recordar y que era tan divertida y que por favor se la entonara. Y una vez más él empezó a cantar:

No puedo tomar café
Porque el café me quita el sueño
Sólo puedo tomar té
Porque tomando té mé duermo.
El doctor que a mí me ve
Exclama con mucha guasa
Que yo sólo sanaré
Cuando té tome en mi casa.
Y en efecto té tomé
Y tan dulce lo sentí
Que estaría todo el día
Que estaría todo el día
Tomando té, tomando té.
Que estaría...

Colgó pero siguió cantando, con la absoluta seguridad de que Nipsky II estaba esperando que la llamara de nuevo porque se había cortado la comunicación. Entonces supo que los dioses se habían ausentado para siempre y supo también que él los seguiría buscando en bares como los del Saint Regis pero que no todos los días tendría la suerte de que Daughter le ofreciera quedarse un día más. Y que le había costado caro saber qué era lo opuesto a la palabra Pureza.

Cap Skyrring, Senegal, 1985

Una carta a Martín Romaña

A Fico, Germán, Julio Ramón y Ricardo,
mi tanda personal de los cuatro.

Quienes hayan leído *La vida exagerada de Martín Romaña* o *El hombre que hablaba de Octavia de Cádiz,* recordarán tal vez que algunos personajes, entre los mencionados por Martín Romaña, desaparecen sin que el lector vuelva a tener noticia alguna de ellos. Y aunque su autor reunió ambos libros bajo un solo título, *Cuadernos de navegación en un sillón Voltaire* (cuaderno azul y cuaderno rojo), con excepción de Octavia de Cádiz, por supuesto, de Julio Ramón Ribeyro, y del propio Martín Romaña, muy pocos son los personajes de la primera novela de los que nos da noticia en la segunda. Paso por alto mi caso, pues creo que a Martín le basta con la sola mención del nombre Alfredo Bryce Echenique, para perder toda objetividad y empezar a escribir con el hígado antes que con la cabeza.

Dicen que la curiosidad hace al ladrón. Y, en efecto, fue la breve mención de Mauricio Martínez en *El hombre que hablaba de Octavia de Cádiz,* la que despertó en mí la malsana curiosidad que me llevó nada menos que a importunar a Octavia de Cádiz en su palaciega mansión de Milán. Mauricio Martínez, aquel actor de teatro cuyos espaguetis a la carbonara dan lugar a un divertido episodio de *La vida exagerada...,* en el que también está presente José Antonio Salas Caballero, alias *El último dandy,* reaparece en el recuerdo de Martín Romaña durante la primera visita que le hace a Octavia en Milán. El esposo de Octavia había preparado unos excelentes carbonara y Martín, en su afán de congraciarse con él, le asegura que son muy superiores a los de su amigo Mauricio Martínez. Luego, arrepentido y aprovechando la momentánea ausencia del joven príncipe Torlatto Fabbrini (primer esposo de Octavia), le escribe una postal a Mauricio, en la que se disculpa por haberlo traicionado en aquel importante asunto de los espaguetis carbonara.

Leyendo esas líneas deduje que Martín debió mantener correspondencia con alguno de los personajes que evoca
en sus libros y recordé inmediatamente una carta de despedida de Carlos Salaverry, alias *El filosófico filósofo,* antes de abandonar el París de mayo del 68. La carta se encuentra en el
capítulo titulado *And that's me with the beautiful legs,* en el que
Martín vive una aventura amorosa bastante absurda con San-
dra Anita Owens, una norteamericana de la que sí nos lo cuenta
todo, hasta un último y ridículo reencuentro en California.
Inés de Romaña (esposa de Martín) ha desaparecido en la ilu-
minada noche de las barricadas y las antorchas, y al filosófico
filósofo Carlos Salaverry lo han abandonado su esposa Teresa y
su hija, Marisa. Martín aloja a su amigo durante algunos días,
hasta que éste decide abandonar París e instalarse en Alemania. Cito aquí un fragmento de la carta que Carlos Salaverry le
escribió a Martín, anunciándole su partida:

> ...Ten la seguridad, Martín, de que cuando no esté con
> Heidegger, con su hermano, o en los brazos de una ma-
> mapancha bávara apachurrando a la miseria de la filo-
> sofía (yo), mientras ésta gira pensando en su infame
> adolescencia, o leyendo y leyendo y leyendo (...), esta-
> ré escribiéndote las cartas que serán, gracias a tus res-
> puestas, aquella hermosísima correspondencia entre
> dos amigos que nada podrá separar...

Creo que basta con las citadas líneas. A mí, en todo caso,
me bastó para que mi curiosidad por conocer algo más sobre el
destino final de Carlos Salaverry (¿llegó a Alemania? ¿Se quedó
allá para siempre? ¿Volvió a saber de su esposa e hija?), me llevara hasta la misma puerta del Palacio Faviani, en Milán, por
ser ésta la ciudad donde Martín Romaña terminó de escribir y
corregir sus dos novelas y, sobre todo, porque cruzando la
calle se encuentra el departamento que Octavia le alquiló para
que pasara los que serían sus últimos meses de vida. Allí tenía
que haber dejado Martín todas sus pertenencias, que eran
muy pocas a juzgar por lo que nos dice en *El hombre que hablaba de Octavia de Cádiz,* acerca de su último y definitivo retorno
a Milán: «A Milán llegué ligero de equipaje...». Si, como es

de todos sabido, los manuscritos vieron la luz debido a la benevolencia de Octavia de Cádiz (las ediciones en varias lenguas de ambos libros fueron costeadas por Octavia como homenaje póstumo a quien ella consideró «el único artista artístico»), lo más probable es que también la correspondencia de Martín Romaña hubiese quedado en manos de la condesa Faviani.

«La vida no es hermosa, pero es original.» Martín Romaña cita esta frase de Italo Svevo en *La vida exagerada...,* y lo curioso es que yo la recordé constantemente durante las horas que duró mi visita al Palacio Faviani. Increíble: por momentos, la visita se me hacía interminable, debido más que nada a los desagradables asuntos que me llevaban a Milán; por momentos, en cambio, sentía el terrible desasosiego de lo efímero e irrepetible. Me preguntaba entonces si esta sensación casi fatal emanaba de la presencia de Octavia y de su manera tan particular de recordar a Martín Romaña. ¿Conoció Martín tan inexplicable desasosiego? ¿Fue eso lo que lo llevó a enloquecer por esa mujer que ahora, sentada con una elegancia tan extrema como ausente y desencantada, parecía la encarnación de la melancolía y al mismo tiempo una persona alegre y práctica y dispuesta a llamarle pan al pan y vino al vino? ¿Por qué, por momentos, la mujer con que hablaba parecía el recuerdo de Octavia de Cádiz? ¿Por qué, por momentos, hasta su propia estatua?

«La vida no es hermosa, pero es original.» El lector recordará tal vez que el verdadero nombre de Octavia era condesa Petronila Faviani. Martín muere sin saberlo y durante la conversación con el príncipe Leopoldo de Croy Solre, posterior a la muerte de ambos, insiste en seguirle llamando Octavia de Cádiz a la condesa Petronila Faviani. Pues bien, nada pude obtener de la condesa Faviani mientras la llamé Petronila. No sólo se mostraba reacia a mostrarme documento alguno de los que conservaba, sino que además se negaba a hablar de Martín Romaña como si nada tuviera que decir o, lo que es peor, como si apenas lo hubiese conocido. Y, por último, se escudaba tras un relato de Henry James *(Los papeles de Aspern),* en el cual, me aseguraba, se habla precisamente del derecho que tiene (o no) una persona (un biógrafo, por ejemplo), de entremeterse en la vida de un artista fallecido. Hasta qué punto tiene derecho ese presunto biógrafo a buscar y rebuscar en lo que fuera la intimidad de un escritor como Martín Romaña. Un lapsus mío le dio un vuelco total a la situación. Increíble: un simple lapsus. En vez de llamarla condesa Faviani le dije Octavia y vi cómo se producía en esa mujer una verdadera transfiguración. De ser casi la estatua de Octavia de Cádiz, su ausencia, o su más pura abstracción, la condesa Faviani se convirtió en el ser más real y concreto y hablantín y alegre que he visto en mi vida. Mención aparte merece la increíble ternura con que se refería a Martín Romaña y las increíbles inflexiones de la delicadeza de su voz (brasileña y no argentina, según Martín), al pronunciar su nombre. «La vida no es bella, pero es original.»

Y, en efecto, Martín Romaña había mantenido una larga correspondencia con su amigo Carlos Salaverry y éste se había reconciliado con su esposa, y con ella y su hija había regresado de Alemania al Perú. Pero lo increíble es que, según la condesa Petronila Faviani, Martín jamás sufrió aquel tormento hemorroidal que nos relata en el capítulo titulado «El vía crucis rectal de Martín Romaña», de su *La vida exagerada...,* sino que lo inventó «gracias a su increíble imaginación y talento» (cito las palabras empleadas por la condesa Faviani convertida en Octavia de Cádiz, por arte de magia o, mejor dicho, por arte de lapsus —el mío—), sí, lo inventó, y a partir de la siguiente carta de Carlos Salaverry, en la que éste le cuenta sus problemas con una próstata que Martín convertiría en hemorroides, deformando la historia y aplicándosela a sí mismo, por decirlo de alguna manera, gracias a ese enorme talento para la ficción y la desbordante imaginación que le atribuye Octavia-Petronila. Aquí las cartas:

Mi querido Martín:
recién hace unos días que se normalizó el correo y casi de inmediato recibí tu carta del 19 de junio. Antes de la huelga había recibido dos cartas tuyas (una del 9 de abril y la otra del 12 de mayo), que puedo contestar ahora confiando en que el laberinto postal no se haga cargo de ésta y vaya a parar a la sórdida oficina de algún triste Bartleby criollo o tal vez francés...

Dejo pasar, por mor de brevedad, un largo trozo en el que Carlos Salaverry hace referencia a un intercambio de paquetes postales que contienen libros y revistas. No menciona títulos, desgraciadamente, pues habría sido interesante saber qué libros leía Martín Romaña en 1980, por coincidir este período con la redacción del primero de sus cuadernos, o sea *La vida exagerada...* La carta contiene, en cambio, una preciosa referencia a José Antonio Salas Caballero, a quien Martín abandona en su novela en un capítulo en que su madre y *El último dandy* se embarcan en Cannes, rumbo a Buenos Aires, para seguir luego viaje a Lima, siempre en barco. Las siguientes líneas nos presentan a *El último dandy,* fuera de temporada, en el balneario de Ancón:

>...Tropecé rápidamente con *El último dandy,* una mañana otoñal en Ancón. Yo caminaba desolado por el desolado malecón y él hacía una aparición somnolienta. Tiene noticias tuyas y anda en bata y sosegado...

Probablemente las páginas anteriores al epílogo de *El hombre que hablaba de Octavia de Cádiz,* en las que Martín Romaña nos da una visión bastante negra de la realidad peruana, sean un lejano eco de estas palabras de Carlos Salaverry (siempre y cuando nos atengamos a la insistencia con que Octavia-Petronila defendía la enorme capacidad de imaginar de Martín):

>...De un lado el Perú se desangra y, de otro, los peruanos ya nos desangramos. Pero lo peor es que Fernando Belaúnde Terry (un hombre con pretensiones de pasar a la Historia, pero que, estoy seguro, no pasará de nuestros manuales escolares de historia) puede ganar las elecciones con una virreinal lampa de oro que está usando en su campaña como quien usa una varita mágica de fabricación norteamericana y post industrial. En este país hasta los comentarios hacen huelga, o sea que huelgan comentarios.

La verdadera sorpresa viene ahora, si nos atenemos a la versión de Octavia-Petronila:

>...De mí te diré que, desde hace meses, soy un solo de próstata. Después de un largo, costoso, e inútil trata-

miento con un urólogo tan buena persona como ineficiente, decidí cambiar de médico, ya que se me estaba yendo una fortuna por el culo. Ahora me está tratando (y tratando de curar) el doctor Del Águila, rey de las próstatas resentidas y príncipe de los meatos entusiastas. El doctor Del Águila, como su nombre lo indica, es urólogo, y todos sabemos que la urología es una rama de la ornitología, razón por la cual lo llaman también rey no coronado de los pájaros. Debo reconocer que me recibió con mucho afecto, pues yo iba recomendado por un ejército de prostáticos ilustres y militantes, cuyos batallones están íntegramente conformados por personas con un *curriculum prostatae* envidiable.

Le expliqué que yo era un viejo prostático y que mi primera crisis la había tenido en 1970, en Heidelberg, habiendo sido curado por el célebre doctor Von Stauffenberg. Al oír ese nombre, el doctor Del Águila se incorporó, sus ojos se llenaron de lágrimas, y me abrazó emocionado. «Señor Salaverry», me dijo, «en la historia de las próstatas universales o, mejor dicho, en la historia universal de la próstata, el doctor Von Stauffenberg ocupa un lugar privilegiado. Fue él quien en su próstata número cinco mil dos, descubrió que el lóbulo derecho estaba a la derecha y que la próstata solía inflamarse por quítame estas pajas. Su artículo *Sobre la necesidad de curar la próstata cuando ésta se enferma,* lo hizo famosísimo. Se paseó por el mundo entero tocando próstatas de reyes, intelectuales, deportistas, mecánicos, niños, japoneses, ejecutivos, mormones, magnates, paralíticos, colombianos, sacerdotes y hasta gente sin empleo conocido. Después de su largo periplo próstato-mundial, se radicó en Heidelberg, donde usted lo vio.»

Le conté que el doctor Von Stauffenberg tenía un castillo adaptado a clínica en las afueras de Heidelberg, en cuyo descomunal jardín había un letrero luminoso: PROSTÁTICOS DEL MUNDO, UNÍOS. En el centro del jardín había un monumento a la próstata: un pedestal de mármol negro y encima una próstata gigantesca que se encendía al atardecer, iluminando el jardín con una intensa luz roja. El doctor Von Stauffenberg llegaba en su automóvil BMW, hecho especialmente para él, y según un diseño suyo pues el auto no era otra cosa que una próstata sobre cuatro ruedas. El doctor Von Stauffenberg salía por su célebre lóbulo derecho y una multitud de frenéticos prostáticos lo recibían cantando el himno ¡Salve, oh próstata!, con música de Pergolesi (célebre prostático), y letra del desesperado poeta prostático alemán Herbert von Chamisso.

El doctor Del Águila lloraba emocionado y me decía que me envidiaba muchísimo porque el célebre doctor Von Stauffenberg me había introducido el dedo y me había tocado (to-ca-do) mi próstata, la próstata que él dentro de unos instantes iba a tener (no sabía si el honor o el placer) que tocar.

Del doctor Von Stauffenberg pasamos a mi próstata. Se la describí de una manera tan convincente que, en un momento dado, miró con tal atención la mesa que nos separaba, que vio (vimos) mi próstata ahí, entre un secante, un bolígrafo, y las hojas de papel que utiliza para sus recetas. A fin de que no hubiera el más mínimo error y para que viera (viéramos) mi próstata, en un arranque de entusiasmo me la saqué y la puse donde antes había estado mi próstata descrita. El doctor Del Águila volvió a abrazarme, gruesas lágrimas se deslizaron por sus mejillas al ver que yo delicadamente la acomodaba sobre un pedazo de papel que tenía el membrete del doctor Von Stauffenberg, pues para que estuviera enterado le había llevado todos y cada uno de los documentos que conforman la biografía de mi próstata. El rey de las próstatas habidas y por haber se emocionó aún más y dulcemente, tiernamente, científicamente, tocó con un dedo y con un aire de admiración mi próstata que, tímida y ruborizada, no logró abrir ninguno de sus lóbulos y sólo pestañeó imperceptiblemente. El doctor Del Águila daba de saltos alrededor de ella y lanzaba unos penetrantes chillidos.

A los pocos instantes llamó a su secretaria y a su enfermera. Aparecieron dos lánguidas y amarillentas mujeres que al mirar mi próstata (que se había acomodado, dándoles la espalda), me pidieron de inmediato mi autógrafo. Cuando se fueron, el doctor Del Águila se puso sus anteojos y miró larga y detenidamente mi próstata (que, intuí, ya tenía frío). La volvió a tocar murmurando: «Qué maravilla, qué maravilla, una próstata que ha sido tocada (to-ca-da) por el doctor Von Stauffenberg de Heidelberg, Alemania».

Al poco rato, me la devolvió diciéndome que podía ponérmela, que todavía servía, y que no tomara ninguna medicina sino que tomara las cosas con calma tres veces al día después de las comidas. Que no dejara de suspirar los jueves a las cuatro de la tarde, y que cada vez que sintiera una punzada en la próstata me aguantara. Si el meato se ponía rojo no era su culpa pues la consulta la estaba pagando en moneda nacional y además no incluía el meato ni los huevos. Si tenía indulgencias (aunque no fueran plenarias), podía pagar con ellas. La consulta costaba 1.875 indulgencias (de las que se pueden canjear en cualquier agencia del Banco Continental). Si quería pagar en dólares, que lo pensara mejor.

Cuando estaba saliendo, me pidió que regresara una tarde para tomarle una foto a mi próstata, pues quería tenerla en su colección fotográfica de prostáticos peruanos. Me advirtió además que no le hiciera caso a su secretaria si ésta me pedía tocar mi próstata un ratito. Que no aceptara así me lo suplicara, ya que esa mujer era una depravada, una corrompida, una prostadicta de la peor especie. Que no le hiciera caso tampoco si me decía que ella, por una especie de milagro conjunto de la naturaleza y la medicina, tenía próstata y que si quería podía tocársela, prometiendo únicamente no meter uno sino dos dedos y mantenerlos allí veinticinco minutos. No, no debía hacerle caso pues esa desgraciada le estaba haciendo una competencia desleal. Ya había varios prostáticos que consultaban con ella, que además no cobraba.

Salí decidido a que la secretaria me metiera lo que quisiera pues yo estaba dispuesto a meterle hasta los dedos de los pies a tan pervertida como buenísima zamba que, además, según el doctor Del Águila, no cobraba, lo cual tal como están las cosas en este país...

La buena mujer ni me miró cuando me acerqué con el ademán de pagar la consulta. O sea que tuve que pagar la consulta y el dinero lo recibió como si nada, y cuando me iba me dijo que mejores próstatas había visto y que sin ir muy lejos un primo suyo tenía una de diecisiete lóbulos, todos izquierdos, y que lo del autógrafo lo había hecho para no perder el trabajo.

Comprenderás, mi querido Martín, que me fui con la próstata entre las piernas. En fin, ya te contaré cómo me va con el tratamiento del doctor Del Águila. Creo que es tiempo de despedirme, pero antes quiero decirte que no dejes de pedirme cualquier libro o revista que necesites del Perú. Ahora que el correo se ha normalizado nuestra correspondencia podrá volver a su normalidad, por lo menos hasta que Belaúnde asuma la presidencia de la República en nuestros manuales escolares.

Me despido enviándote los recuerdos de Teresa y Marisa. Recibe un fuerte abrazo de tu amigo de siempre.

CARLOS SALAVERRY

¿Dijo la verdad la condesa Petronila Faviani en aquellos momentos en que, debido a mi lapsus, sucumbió a una trampa de la nostalgia que la convirtió en Octavia de Cádiz, quizá por última vez en su vida y cuando menos se lo esperaba? ¿Fue Martín quien transformó estas aventuras prostáticas de Carlos Salaverry en unas hemorroides, en un *vía crucis rectal*? ¿O fue por el contrario Carlos Salaverry, quien, enterado de los padecimientos de su amigo, decidió solidarizarse con él y contarle los suyos como una manera de hacerle sentir hasta qué punto lo comprendía? Esos cinco bultitos que Martín Romaña se descubre en el cuello al enterarse del maligno bultito que su amigo Enrique Álvarez de Manzaneda, el de Oviedo, tiene en el cuello, ¿no son también fruto de la necesidad profunda de compartir las dolencias de un amigo? ¿No podría haberse inspirado la solidaridad de Martín con su amigo Enrique en la solidaridad que, en la citada carta, le demuestra Carlos Salaverry? Aunque claro, también podríamos ponernos en el caso de que la próstata de Carlos Salaverry hubiese sido anterior —y también la carta en que habla de ella— al momento en que Martín Romaña redactó su *Vía crucis rectal*. En este caso, volveríamos a la versión de Petronila-Octavia y, además, reforzada por la idea de una solidaridad de Martín con su amigo Carlos Salaverry, semejante a la que antes mostrara con el trágicamente fallecido Enrique Álvarez de Manzaneda. Esta interpretación se vería reforzada, por consiguiente, con el precedente de los cinco bultitos como rasgo importante de la personalidad y el carácter de Martín Romaña. Y Petronila-Octavia tendría doblemente razón. Pero Petronila-Octavia es sólo un nombre que yo he usado para sintetizar la nostálgica actitud de la condesa Petronila Faviani, a quien sólo el azar y la necesidad, unidos a la pasión desbordante de Martín Romaña, convirtieron en la Octavia de Cádiz de una larga ficción.

Dicen que la razón la tenemos entre todos. El lector juzgará.

El gordo más incómodo del mundo
A Françoise y Alain Martin

En 1967, monsieur Ponty sustentó su tesis de Tercer Ciclo, sobre los andaluces de Jaén, aceituneros altivos, el poema de Miguel Hernández, y contrajo matrimonio. De esa unión nacieron Charlotte y Marie-Ange, aunque esta última no estaba programada, porque Charlotte había sido programada en el lugar en que Marie-Ange no fue programada, o sea en lugar de Marie-Ange, que nació sin nombre porque Charlotte había sido programada en segundo lugar o sea después de Christophe, que no nació nunca. Hubo un tercer intento pro-Christophe, entre monsieur y madame Ponty, amparados en la legislación familia-numerosa, que en Francia es a partir de tres, pero Christophe siguió sin nacer nunca, o sea que a la tercera niñita la llamaron Henriette, con tristeza, y al perrito lo llamaron *Christophe,* un año más tarde, con gran alegría del pequeño vecindario, porque era un perrito más en el vecindario, y con gran alegría de Henriette y sus hermanitas, según le contaron monsieur y madame Ponty al pequeño vecindario, porque *Christophe* era un regalito para Henriette, Charlotte y Marie-Ange.

Fueron cinco años sumamente complicados en la vida de monsieur Ponty, o sea que 1972 lo sorprendió sin que hubiese podido hacer nada nuevo por los andaluces de Jaén, aceituneros altivos, ni por Miguel Hernández, a pesar de las interpretaciones que, sobre el asunto muy mal estudiado, según probaría él en su doctorado de Estado, cantaba *(vulgarizaba,* fue la palabra que monsieur Ponty empleó siempre contra estas interpretaciones) Paco Ibáñez por toda Francia.

Desgraciadamente, Charlotte se enfermó poco antes del verano del 73, y monsieur Ponty no pudo ir a España, en busca de más datos, y *Christophe* se enfermó el 74, con el mismo resultado para sus datos. En 1975 se enfermó Franco y monsieur Ponty consideró que lo más prudente era reflexionar sobre tanta enfermedad. En 1976 monsieur Ponty decidió no reflexionar más, porque después de todo su doctorado de Estado era sobre Miguel Hernández y Miguel Hernández no era sobre su doctorado de Estado.

Pero en 1977, la vida de monsieur Ponty, sin duda alguna, cambió, porque apareció en el departamento de Español de la universidad un gordo que, de entrada, dijo que lo llamaran *El Gordo,* que para qué disimular, y que era andaluz de Jaén. También de entrada, El Gordo agregó que deseaba rogarles a sus colegas de departamento que le renovaran su contrato anual, no anal, *mesdames y messieurs*, porque bastante difícil le había resultado transportar su humanidad de ciento setenta kilogramos, desde su altivo pueblo, a decir de Miguel Hernández, con quien él estaba totalmente de acuerdo, hasta ese pueblo de mierda y su universidad, con el único afán de desasnar a la juventud de sexo masculino y ya veremos qué otras oportunidades se presentan con la juventud de sexo masculino y ya veremos qué otras oportunidades se presentan con la juventud de sexo femenino, en estos tiempos que cambian, y olé las manos llenas de dedos y olé los dedos llenos de uñas y olé las uñas llenas de...

—¡Aceituneros altivos! —exclamó monsieur Ponty.

—La que lo parió al monsieur por bruto —comentó El Gordo, y hubo una especie de carcajada general del Departamento de Español, aunque sin carcajada por tratarse de monsieur Ponty, que era un colega, después de todo, mientras El Gordo exclamaba—: ¡Ole las manos llenas de olé ole, tío bruto!

El Gordo causó problemas con tres estudiantes de tercero de Letras, el primer año, el segundo le llamaron la atención porque hizo lo propio, como decía él, con cuatro de segundo de Letras, y el tercer año le dieron a entender que podía quedarse a trabajar para siempre, porque juró que entre él y su guitarra harían lo propio con íntegro el primer año de Letras y si quieren me voy por Farmacia. Después se compró un automóvil que desafiaba al del rector, porque eso rimaba con lector, según explicó, y eso es lo que hace aquí este humilde servidor, y después apareció casado con una norteamericana porque tocaba flamenco con unos dedos que ni monsieur Ponty y a tomar todos por el cu...

Monsieur Ponty irritado ante esta falta de todo, de parte de un andaluz de Jaén, decidió que había llegado el momento, su momento. Abandonando una reunión del departamento, no sin antes pedirle al secretario que levantara acta de su abandono, emprendió el abandono, y sus colegas se pusieron muy serios. Hubo uno, incluso, que se puso medio de pie cuando, ya abandonándolos, y creando un grave problema ideológico, al mismo tiempo, monsieur Ponty exclamó:

—¡Aceitunero y Caudillo! ¡Rescata a este pueblo de Francia, Aceitunero y Caudillo!

Se iba a armar la de Dios es Cristo, cuando El Gordo recogió a monsieur Ponty por la mano, para que no se les fuera así, tan rápido, y le dijo tú te quedas, monsieur, que no andes dando el ejemplo por el mundo entero de eso que es andá siempre sacando a meá a *Christophe*.

Fue como un milagro, porque ahí todos comprendieron que El Gordo era, si no inamovible, indispensable, y si no indispensable, inamovible, o que en todo caso era inamovible por indispensable o indispensable por inamovible. Y aunque el Gobierno decretara, decreto tras decreto, lo que debía durar un lector en su puesto, a este hijo del lucero del alba le renovarían el contrato pa' toda la vida. ¿O no?, preguntó El Gordo tras haberles dicho a los colegas que levantara la mano el toro que había nacido pa' no renovarle el contrato, ¿acaso aquí todo el mundo no me anda invitando con la norteamericana pa' que le armemo la juerga y después me se emborrachan y me piden que no le cuente na' a monsieur el rectó porque es el tipo más estreñido del universo mundo y de noche además le salen los cué... Y miren ahora el susto del lectó de Argentina que anda más deportado que el Che, que en paz descanse y a mucha honra pa' nosotro lo aceitunero de Jaén, por eso de la mare patria, y que no se me asusten tampoco los otros dos latinoamericanos porque yo les voy a arreglá lo del contrato anal de lectó hasta que mi niña crezca, la que he tenido en este pueblo con mi señora esposa con la cual ando muy contento por esa forma que tiene de tocar la guitarra y de tené una hija parecida a mi hermana más bonita que es la que má se parece a mi mare también... O sea, monsieur Ponty, que usté no se me vaya de la mano porque estoy hablando del lucero del alba, que son mi mare y mi hermana, que más bonito no puede andá esta última y la primera también, y en cambio usté con su forma de andá siempre parece que estuviera sacando a *Christophe* a meá, y es que esa manera que tienen los perros de llevarlo a uno corriendito detrá del perro meón nadie la tiene mejor que usté por rapidito... Y ahora, quédese, monsieur Ponty, y respete, como dice el lectó peruano, respete lo presente y siéntese con nosotro que tanto lo queremo y estamo en reunió...

Nunca se supo si eso duró cinco minutos, una hora, toda la vida, o si quedaría en los anales de la universidad. Se supo, eso sí, que la universidad entera se movilizó, que abrió sus puertas, limpiecito, un sindicato nuevo, que en efecto monsieur Ponty caminaba igualito a un hombre que saca a mear a un perro chiquito y desesperado, y que si El Gordo sabía cómo y por qué monsieur Ponty caminaba como un hombre con un perro desesperado y chiquitito, era porque también lo habían invitado monsieur y madame Ponty y que El Gordo lo había visto sacar a *Christophe* a mear, porque en efecto nadie había descrito mejor a *Christophe* sacando a mear a la carrera a monsieur Ponty con su estreñimiento psicosomático.

Total que El Gordo se convirtió definitivamente en un hombre indispensable, aunque no faltó quien, con las peores intenciones, intentara traer a colación aquello de que se había convertido en inamovible, mas no en indispensable, un asunto sobre el cual todos en el departamento de Español, votando a conciencia y en casa, ya se habían puesto de acuerdo, con la urgencia que el caso requirió. El Gordo era, por abrumadora mayoría, como él mismo se encargó de decir, un andaluz universal más. Y con la gringuita que lo acompañaba tan bien en su cante y tan de Jaén y tan encantador. Y tan encantador, una vez más, que ese verano del 82 invitó a todo el departamento de Español a Jaén y todos decidieron ir pero nadie la pasó muy bien cuando, al llegar, El Gordo les dijo que en el próximo autocar, ahora despué, llegan cantidá de las chicas má bonitas de entre las chicas má inteligentes de primer año, porque aquí a mi señora le consta que de las otra no he traído. Despué la pasaron en grande con muchísima sangría y muchísimas tapas y hasta hubo romances entre profesores enloquecidos y alumnas al borde del río y más de una muchacha resultó que ya tenía marido y no faltaron ni muslos para escaparse como peces sorprendidos, locos lorquianos se volvieron los mesieres y el asunto parecía recital nocturno siempre a la orilla del río y a la luz de la luna plateada de Jaén, lo cual hizo que nadie escuchara cuando una noche El Gordo dijo con mucha pena y sentimiento que ese monsieur Ponty por andá sacando a *Christophe* a meá que lo único por lo que no ha venido, y ahora vamo' por peteneras, niña de mi arma, mi esposa, que ahí se ha quedao en Francia el aceitunerito y *un* su *Christophe*, como dice la alumna salvadoreña, que le agrega palabras a tó, porque a mí me explicó que los Estado Unío tenían *un* su presidente Reagan y El Salvador *un* su general Napoleón Duarte y al final uno nunca sabe si le ha puesto un *su* demasiado o un *un* demasiado a lo que está pasando en América Central.

En 1984, El Gordo tuvo un varoncito y lo bautizó con el nombre del pueblo de mierda en que había nacido, y cuando todos le preguntaron si se había vuelto loco, él les dijo que al contrario, que tó era como Descartes, muy razonable, porque de segundo nombre le había puesto Christophe en honó a ese cariño que él le tenía muy enorme a monsieur Ponty, que ahí era el único doctó en andaluces de Jaén, y a ver si caminando tan rapidito llegaba hasta su Jaén natal y dejaba por fin de vivir como quien descansa en paz, o algo así, porque a monsieur Ponty se le había quedado atracá la tesi desde 1967 y eso parecía tené una enorme importancia porque al monsieur le daba por hablarle na' más que de eso cada noche y estaba a punto de matarlo de cansancio porque aunque yo fuera la enciclopedia, la más británica del mundo y parte de Bolivia, a mí me tiene corriendo detrás de cada meada de *Christophe* el suyo, no el mío, y yo le tengo bien dicho que sobre los andaluces de Jaén no hay na' má que decí, que yo soy su amigo y que ponga en su doctorao ese de Estao que to' somo andaluce de Jaén, su *Christophe* y hasta el mío, que tiene nombre de pueblo con universidá, si quiere, que el resto es asunto de probarlo con Descartes pero que en tó caso no se me ponga tan flamenco como pa' decime, que me lo dijo la otra noche, que yo soy la excepción a la regla porque corriendo enano y flaquísimo detrás de su *Christophe,* que mea a intervalos, de a poquitos y tan rapidísimo que ni se ve cuando levanta la patita, porque los perros tienen cuatro pero éste parece que tuviera cuatro mil porque árbol que encuentra y arbusto y planta y hasta el mismo pantalón de uno, siempre hay una patita levantá y todas las demá que ya volvieron a bajá, y así resulta que yo soy la esepsión a la regla porque le dije que sobre los andaluce de Jaén no hay má na' que decí, ni mucho más tampoco, pero él como que le anda buscando tres pie al gato de ese poema y yo ya me he leído su tesi de Tercé Ciclo y la verdad es que no se me ocurre cómo se le puede echá mil páginas má a eso, que es lo que él pretende con una pretensió tan enorme que a su esposa la tiene completamente abandoná y pa' traicioná a los amigos sí que no sirvo yo y ya la otra noche la madame le dijo a mi esposa que nos tocara algo que tuviera en sus notas mucha luna andaluza, bien llena, si era posible, y a mí me dijo siéntate aquí, Gordo, cuando yo realmente má aquí de lo que estaba sentao ya no podía está.

El verano de 1984, El Gordo llegó a su Jaén natal y lo primero que vio, aunque sin darse cuenta, fue íntegra a la familia Ponty. Tratando de bromear, porque realmente no quería darse cuenta de eso, le dijo a su señora que los señores Ponty, sus tres hijas, y el cuarto, que era el perro, habían llegado a Jaén sin darse cuenta. Lo malo, claro, era que su hijo se llamaba como el pueblo de mierda de la Universidad, motivo por el cual tenían que llamarlo siempre Christophe y ahora resultaba que *Christophe* era también un perrito de mierda que tenía a un tal monsieur Ponty corriendo rapidiflaquísimo y muy estreñido de los nervios por todo Jaén tres veces al día para pipí.

—¡Pipí su mare! —exclamó El Gordo.

Y hasta que se acabe el mundo jamás logrará explicarse lo que pasó después, ni por qué pasó, ni cómo ni para qué. Y, al final, todo le resultaría realmente incomprensible, menos el final, desgraciadamente. Él se sacó la entreputa en un automóvil que, andaluces de Jaén, era mejor que el del rectó de la universidad del pueblo que se llama como mi hijo Christophe, que felizmente no estaba en el automóvil, que felizmente estaba con su madre y su hermanita, que felizmente no estaban conmigo. Mientras tanto, madame Ponty había regresado a Francia, por culpa de los microbios del agua hervida de Jaén. Había regresado de una manera perversa, porque a sus tres hijas y a

Christophe se los llevó con ella, la noche en que la Virgen de
Fátima se le apareció en Lourdes y en sueños, derramando a
chorros un agua bendita que a la legua se notaba que estaba
hervida de aceituneros altivos. La prueba definitiva fue que,
cuando se despertó, monsieur Ponty, su esposo de Tercer Ciclo,
seguía tomando nota tras nota y llenando ficha tras ficha para
convertirse en una persona llamada Doctor de Estado. Pegó un
alarido, pero monsieur Ponty le explicó que después, que se
guardara el alarido para después de esa ficha. Desde el otro lado
de Jaén, alguien le gritó ¡y olé!, a su alarido, y madame Ponty lo
único que se olvidó de llevarse de Jaén fue a monsieur Ponty.

O sea que ahí nadie entendía nada y sin duda alguna
por eso se produjo el incidente en torno al accidente. El Gordo estaba intranquilo porque la Mutual que lo aseguraba contra todo riesgo acababa de confirmarle que, en efecto, iba a ser
repatriado. La primera etapa lo llevaría de Jaén a Madrid, la
segunda hasta Barcelona, donde una ambulancia lo trasladaría
del aeropuerto hasta la estación del tren a Francia. Una vez
allá, otra ambulancia lo trasladaría hasta su casa, desde la estación del tren, donde además estaría esperándolo su esposa que
había regresado con sus hijos y con su propio peculio, porque
no habiéndose accidentado con él, ni como él, no tenía por qué ser
repatriada. Repatriar, repitió El Gordo, buscándole una explicación a algo que no fuera todo lo que había pasado en Jaén,
sólo porque monsieur Ponty vino a terminar su tesis. E insistió: Yo quiero, dijo, lenta y castellanamente, yo quiero que a mí
me expliquen por qué si mi señora es norteamericana, según
la ley de su país, española, según la ley del mío, porque se ha
casado conmigo, que también por ahí me han dicho que soy
norteamericano porque me he casado con ella, y eso como que
es irresoluble porque se llama Derecho Internacional Privado,
o sea que debe ser privado en cada país, yo quiero saber por
qué ahora me están repatriando a Francia, que ahí sí que no
me he casado con nadie que sea francés ni mi esposa tampoco.
El funcionario de la Mutual rebuscó entre todos sus papeles y
le dijo que iba a ser repatriado porque ésa era la única palabra
que existía para casos de repatriamiento a Francia.

—Está bien —dijo El Gordo, decidiendo que dormiría hasta llegar a Barcelona—. Todo está muy bien y muy

claro, pero mientras monsieur Ponty no declare lo contrario en su doctorado de Estado, yo aunque no soy aceitunero sino lector, soy de Jaén.

Lo colocaron en el Talgo rumbo a Francia, con gran esfuerzo, y fue enorme su sorpresa al descubrir que, en el asiento de enfrente, viajaba nada menos que monsieur Ponty. Dedujo que el maletín que llevaba fuertemente ajustado entre los brazos era Jaén, lleno de aceituneros altivos y andaluces y capítulos primero, segundo, tercero, cuarto y quinto y sexto, más la conclusión, y le dijo buenos días, monsieur Ponty, mire usté lo repatriado que puede quedá uno después de un accidente. Me partí la pata izquierda en cuatro y de ahí al infinito cuente usté, que es este brazo. Monsieur Ponty miró al techo, porque jamás en la vida había visto a ese tipo, y El Gordo dejó de entender por completo a monsieur Ponty, pero estuvo todas las horas que duró el viaje explicándole por qué no pensaba sacarle la pata enyesada de encima de su pie de codorniz y que por una vez en la vida iba a tener algo que decir sobre lo pesados e incómodos que podían ya llegar a ser los andaluces de Jaén.

Un par de semanas más tarde, las clases empezaron y se anunció la primera reunión del departamento de Español. El Gordo llegó feliz y dándole instrucciones a su esposa para que ésta, a su vez, les diera instrucciones a todas las alumnas que llevaba metidas de muleta debajo de cada sobaco, con mucho cuidado de no tocarme el brazo, criaturas, que este año yo no sé quién las va a divertir a ustedes porque yo vengo malamente herido, aunque no me digan que no es bonito llegar en andas a la universidad, que así, entre ustedes y yo, debemos parecer la procesión. Y ahora, por favó, muchísimo cuidado porque ahí viene monsieur Ponty y tenemos que pisarlo tumultuosa y muchedumbremente, que viene de muchedumbre y del latín aplasten sin miedo.

—¡Pero qué le ha pasado! —exclamó monsieur Ponty, absolutamente sorprendido—. ¡Qué le ha pasado! ¡Por Dios santo! ¡Qué le ha pasado!

—Señor Ponty —dijo El Gordo, explicándole a las chicas que había que detenerse un rato, porque ahora la procesión iba por dentro—. ¿Qué cree usted que me ha pasado, señor Ponty? Dígame, sinceramente, ¿qué cree usted que me ha pasado? Fíjese que aquí también está mi esposa y dígame ahora qué es lo que me ha pasado.

—Yo creo que esto habrá que discutirlo en la reunión del departamento —respondió monsieur Ponty—. A mí ninguno de nuestros colegas me ha informado de su accidente. Y, la verdad, eso me parece una falta de solidaridad con lo que le ha pasado a usted en Jaén.

—¿Con lo que qué, señor Ponty?

—Con... con el yeso que le ha pasado a usted este verano. Yo, precisamente, estuve en Jaén por lo de mi tesis...

—¿Y...?

—Pues ya sólo me falta redactarla... Pero a usted, ¿qué...?

—Mire —lo interrumpió El Gordo—, mire, señor Ponty, digamos que hubo una época en que usté abusó de mi afecto...

—Yo creo, más bien, señor, que un Doctor de Estado tendrá siempre la última palabra sobre un asunto como éste...

—Niñas —preguntó El Gordo—: ¿habrá que aplastar?

En la reunión, monsieur Ponty contó que su tesis seguía paralizada desde 1967, y todo por culpa de un pueblecito ideal en la riviera italiana...

—Un pueblecito que según este gordo altivo e incómodo jamás se llamará Jaén —lo interrumpió El Gordo, y añadió que por favor nunca nadie le fuera a preguntar por qué todos los caminos lo habían llevado siempre a la mierda con muletas y yeso.

Cap Skirring, Senegal, 1985

El Papa Guido Sin Número

A Sophia y Michel Lunéau

—Vengo del pestilente entierro del Papa —dijo mi hermano, por toda excusa. Como siempre, había llegado tarde al almuerzo familiar.

—¿El entierro de quién? —preguntó mi padre, que era siempre el último en escuchar. Y a mi hermano le reventaba tanto que lo interrumpieran cuando se arrancaba con una de sus historias, que un día me dijo—: Definitivamente, Manolo, no hay peor sordo que el que sí quiere oír.

—Esta mañana enterraron al Papa Guido, papá.

—¿Al Papa qué?

—Al Papa Guido Sin Número.

—¿Guido sin qué?

—Carlos, por favor —intervino, por fin, y como siempre, mi madre—, habla más fuerte para que se entere tu padre.

—Lo que estaba diciendo, papá, es que esta mañana enterraron al Papa Guido Sin Número.

—Uno de tus amigotes, sin duda alguna —volvió a interrumpir mi padre, esta vez para desesperación de mi hermano, primero, y de todos, después.

—Déjalo hablar —volvió a intervenir mi madre, eterna protectora de la eterna mala fama de mi hermano Carlos, el mejor de todos nosotros, sin lugar a dudas, y el único que sabía vivir, en casa, precisamente porque casi nunca paraba en casa. Por ello conocía historias de gente como el Papa Guido Sin Número, mientras yo me pasaba la vida con el dedo en la boca y los textos escolares en mi vida.

Por fin, mi padre empezó a convertirse en un sordo que por fin logra oír, y aunque interrumpió varias veces más, por eso de la autoridad paterna, Carlos pudo contarnos la verídica y trágica historia del Papa Guido Sin Número, un cura peruano que colgó los hábitos, como quien arroja la esponja, tras haberle requeteprobado, íntegro al Vaticano, méritos más que suficientes para ser Papa *urbi et orbi,* y que siendo descendiente de italianos, para colmo de males se apellidaba Sangiorgio, por lo cual, como le explicó enésimas veces al Santo Padre de Roma, en Roma, ya desde el apellido tengo algo de santo, Santo Padre.

—No entiendo nada —dijo mi padre.

—Lo vi muerto la primera vez que lo vi —continuó mi hermano.

—¿Lo viste?

—Quiero decir, papá, que la primera vez que lo vi, Pichón de Pato...

—¿Y tú tienes amigos llamados Pichón de Pato? —interrumpió mi padre nuevamente.

—Deja hablar a tu hijo, Fernando.

Mi hermano miró como diciendo es la última interrupción o se quedan sin historia, y prosiguió. Estaba en el Bar Zela (mi padre no se atrevió a condenar a muerte al Bar Zela), y dos golpes seguidos sonaron a mi espalda. El primero, sin duda alguna, había sido un perfecto *uppercut* al mentón, y el otro un tremendo costalazo. Volteé a mirar y, en efecto, Pichón de Pato acababa de entrar en busca de Guido Sangiorgio a quien había estado buscando siete días y sus noches, como a Juan Charrasqueado...

—¿Como a quién? —interrumpió mi padre.

—Mira, papá, tómalo con calma, y créeme que llenaré cada frase de explicaciones innecesarias para que nada se te escape. ¿De acuerdo?

—¿Qué?

—Te contaré, por ejemplo, que Juan Charrasqueado es una ranchera que toda América latina se sabe de paporreta y en la que Juan Charrasqueado, que es Juan Charrasqueado como en la ranchera que lleva su nombre, precisamente, se encuentra bebiendo solo en una cantina y pistola en mano le cayeron de a montón. Esto fue en México, papá, o sea que nada tiene que ver con la reputación, excelente por cierto, según el cristal con que se mire, del Bar Zela. A Juan Zela le cayeron pistola en mano y de a montón y no tuvo tiempo de montar en su caballo, papá, cuando una bala atravesó su corazón. Así, igualito que en la ranchera, papá, Pichón de Pato, rey de la Lima *by night,* a bajo costo, apareció por el Zela y Guido no tuvo tiempo de decir esta boca es mía. Lo dejaron tendido sobre el aserrín de los que mueren en el Zela.

A la legua se notaba que Carlos se había tomado más de una mulita de pisco en aquella mítica chingana frente al Cementerio del Presbítero Mautro, cuyo nombre, Aquí se está mejor que al frente, despertaba en mí ansias de vivir sin el dedo en la boca y sin la eterna condena de los textos escolares *ad vitam eternam.* Nunca envidié a mi hermano Carlos. Ése era mi lado noble. Pero en cambio lo admiré como a un Dios. Ése era mi dedo en la boca.

Mi padre ya no se atrevía a interrumpir, y fue así como mi hermano Carlos descubrió a ese increíble personaje que fue el Papa Guido Sin Número. Lo conoció muerto sobre el aserrín del Zela y, años más tarde, o sea esa misma mañana, antes de entrar a tomarse una mulita de pisco, luego dos y cinco o seis, lo acompañaría hecho una gangrena humana hasta el eterno descanso de su alma terriblemente insatisfecha.

Increíblemente, yo logré ver al Papa Guido una mañana por las calles de París, ciudad en la que continuaba mi vida pero ahora con textos universitarios. Era exacto a Caruso y vestía de Caruso y sus ojos sonreían locura y sus escarpines blancos perfeccionaban a Caruso caminando por las calles de París, hacia el año 67. Eran ya los tiempos de la decadencia y caída del Papado, pero el Papa Guido Sin Número, convertido ahora en Caruso, hacía pasar inadvertida cualquier preocupación de ese tipo. Del aeropuerto de París habían llamado a la Embajada del Perú y habían explicado que no se trataba de delito alguno pero que qué hacían, ¿lo detenían o no? Mientras tanto, el extravagante peruano se dirigía ya a París y que allá en París se encargaran de él. La policía había cumplido con avisar a la Embajada. Y el extravagante peruano pudo seguir avanzando rumbo a París, a ratos a pie, a ratos en taxi, sonriente y con el maletín que contenía decenas de miles de dólares que iba lanzando cual pluma al viento mientras cantaba *La donna è mobile quale piuma al...* E increíblemente apareció todavía con dólares al viento por la rue des Écoles y yo me

pasé a la acera de enfrente de puro dedo en la boca, lo reconozco, aunque también, es cierto, para observar mejor un espectáculo que ahora, escuchando a mi hermano hablar, empezaba
a revelarme su trágico y fantástico contenido.

Cotejé datos con Carlos, y me explicó que en efecto ese
dinero se lo había ganado el Papa Guido Sin Número, en su
fabulosa época de publicista. Si bien era cierto que de una revista muy prestigiosa lo largaron porque su director, al ver que le
llovían anuncios como nunca, investigó las andanzas de Guido,
descubriendo que trabajaba pistola en mano y con la amenaza
de volver pistola en mano por más avisos o disparo, también era
cierto que obtuvo el récord mundial de avisaje para esa revista.
O casi. Bueno, papá, es una manera de contar las cosas. Pero no
me negarás que quien llenó la avenida Arequipa de tubos
encendidos de Kolynos fue el Papa Guido Sin Número. De
Miraflores a Lima colgó tubos en ambas pistas de la avenida, un
tubo iluminado de Kolynos en cada poste de luz.

—¡Conque fue él! Malogró por completo la avenida
Arequipa.

—Pero no negarás, papá, que hasta hoy nos tiene a todos los peruanos lavándonos los dientes con Kolynos, a pesar
de que la televisión se mata anunciando otros dentífricos.

—Yo me sigo lavando con pasta inglesa —jodió el
asunto, una vez más, mi padre. Y agregó que llevaba cincuenta
años de lavanda y talco Yardley y pasta de dientes inglesa y que
para algo había trabajado como una bestia toda la...

La vida del Papa Guido Sin Número, lo interrumpió mi
hermano, esta vez, fue la de una muy temprana vocación sacer-
dotal. Empezó por una infancia de sacristán precoz, de acólito
permanente, y de niño cantor de Viena, o algo por el estilo, en
cuanto coro sagrado necesitara coro cualquiera de cualquier iglesia de Lima. Nunca se limpiaba los zapatos porque, según decía
él, ya a los cinco años, la limpieza se la debo a Dios y por ello
sólo me ocupo de limpiar altares. Y en esto llegó hasta el feti-
chismo porque prefirió siempre los altares en los que se acababa
de celebrar la santa misa. Huelen a Dios, explicó, y a los once
años cumpliditos partió a su primer convento, cosa que a sus
padres en un primer momento y convento no les preocupó, porque estaban seguros de que regresaría a casa al cumplir los once

años y una semana, pues ya a los diez había intentado violarse a la lavandera y a la cocinera, y a las dos al mismo tiempo, papá.

—Sigue, sigue...

—Pero no volvió más y a Roma llegó a la temprana edad de diecisiete años, con los ojos abiertos inmensos y dulzones debido a la maravilla divina y la proximidad vaticana. Nunca se descubrió que se había metido de polizonte en tres cónclaves seguidos...

—¿Se había metido de qué?

—Se zampó a tres cónclaves, papá, y vio de cerquísima cada secreto de la elección de tres presidentes...

—Querrás decir de tres papas —lo interrumpió nuevamente mi padre, aunque feliz esta vez porque tenía todita la razón.

Y mi hermano, que sin duda alguna se había metido como mil mulitas de pisco, en Aquí se está mejor que al frente, dijo que con las causas perdidas era imposible, pero inmediatamente agregó que se estaba refiriendo a nuestro Papa, para evitar que lo botaran de la mesa. Y contó que, en efecto, aunque nunca se le logró probar nada, a Guido se le atribuían horas y horas de atentísimas lecturas, subrayando frases claves, de la vida de los Borgia, los Médicis, y *El príncipe* de Maquiavelo, añadiendo, por todo comentario, que eso nuestro futuro Papa lo llevaba en la sangre, para que cada uno de nosotros juzgara a su manera. Lo cierto es que, al cumplir los cuarenta, Guido, nuestro futuro Guido Sin Número se hartó de forzar entrevistas con importantísimos cardenales influyentísimos, representantes de tres congregaciones representantes de tres multinacionales y la Banca suiza, se aburrió de aprobar exámenes que no existían (pero que él logró que le impusieran), de sabiduría divina, humana, e informática, y así poquito a poco y con paciencia de santo logró probar que había nacido para ser Papa, ni un poquito menos, ante todita la curia romana, íntegro el Vaticano, y ante el mismísimo Papa en ejercicio, perdón, pero para la historia de las fechas y nombres nunca fui bueno, para eso tienen a Manolo que se sabe los catorce incas y cuenta papas cada noche para dormirse. En fin, un Pío de esos en ejercicio fue quien organizó la secreta patraña de nombrarlo Papa honorario con el nombre de Guido Sin Número, y nada menos que en la Basílica

de San Pedro, aunque en un rinconcito y de noche, eso sí, y todo
esto, según le explicó el Papa al Papa Guido, papá, *tutto questo,
collega Guido Senza Numero, carissimo figlio mio* (Guido ya estaba
pensando *figlio di puttana*, perdón papá), en fin, todo esto porque siempre fue, era, es y será demasiado pronto para que un
peruano pueda aspirar a Papa, por más vocación y *curriculum
vitae* que tenga, Guido, y ahora no te me vayas a volver cura
obrero, por favor, pero *pasarán más de mil años, muchos más, yo no sé
si tenga amor, la eternidad...*

—¡Santo Padre! —exclamó Guido—, ¡no me venga
usted ahora con letras de bolero! ¡Qué estafa! ¡Qué escándalo!
¡Ay...! ¡Hay...! *¡Hay golpes en la vida... yo no sé!*

—¡Y tú no me vengas con versos de Vallejo!

—Está bien —dijo Guido, realmente anonadado—. Está
bien. La Iglesia, y no el diablo, me aleja para siempre de Dios. El
Santo Padre de Roma, y no Satanás, me acerca para siempre al
infierno. *Io capito... Tutto... Bene... Benissimo...* No me dejaron ser el
mejor entre los mejores... Pues seré el peor entre los peores...

—Sujétenlo —ordenó el Santo Padre—: Éste es capaz
de armar la de Dios es Cristo.

Pero Guido no armó nada y más bien el resto de su vida
fue un exhaustivo e intenso andar desarmándose. A Lima llegó
ya sin sotana y explotando al máximo su gran parecido a Caruso. Bastón, zapatos de charol, chaleco de fantasía, corbata de
lazo y seda azul, enorme y gruesa leontina de oro, clavel en el
ojal, sombrero exacto al de Caruso y ladeado como Caruso. Un
año más tarde era el hombre más conocido por las muchachas
en flor que salían del colegio Belén, a las doce del día y a las
cinco de la tarde. Sus bombones llegaron a ser el pan nuestro de
cada día de cinco adolescentes y Guido visitó la cárcel por primera vez en su vida. Durante los meses que duró su reclusión,
leyó incesantemente *El diablo* de Giovanni Papini, un poco por
no olvidar nada y otro poco por recordarlo todo, según explicaba en el perfecto latín que desde entonces usó siempre para
dirigirse a la policía peruana. No le entendían ni papa.

—Pero la cárcel lo marcó —explicó mi hermano, haciendo exacto el gesto del que se toma una mulita de pisco
seco y voltea'o.

—Borracho, además de todo —sentenció mi padre.

—Y de los buenos —continuó mi hermano—. Borracho de esos que logran sobrevivir a noventa grados bajo corcho. Cada borrachera del pobre Guido era un verdadero descenso del trono vaticano hasta el mismo infierno. Podía empezar en el Ritz, en París, y seguro que ésa fue la vez en que lo viste arrojando oro y más oro por París, Manolo; podía empezar en los casinos de Las Vegas, jugándose íntegra una de esas fortunas que hacía de la noche a la mañana y deshacía en los seis meses que tardaba en llegar al infierno de los muladares, pasando de un país a otro, decayendo de bar en bar, esperando que el diablo se le metiera en el cuerpo y lo fuera llenando de esas llagas asquerosas que día a día apestaban más, a medida que se iban extendiendo por todo su cuerpo, obligándolo a rascarse, a desangrarse sin sentirlo, anestesiado por meses de alcohol que empezaba siendo champán en Maxim's y terminaba siendo mezcal o tequila en alguna taberna de Tijuana, de donde otros borrachos lo largaban a patadas porque nadie soportaba la pestilencia de esas llagas sangrantes entre la ropa hecha jirones por la manera feroz en que se rascaba. Lo rescataban en los muladares, a veces cuando los gallinazos ya habían empezado a picoteárselo. Lo rescataba la policía sin entender ni papa de lo que andaba diciendo en latín, pero las monjas de la Caridad, que tantas veces lo recibieron en sus hospicios, afirmaban que no parecía mentir cuando narraba delirantes historias en las que había sido Papa, nada menos que Papa, y en las que ahora era el diablo, nada menos que el diablo, y todo por culpa del Papa de Roma. Se conocía hasta el más mínimo detalle de la vida cotidiana en el Vaticano, agregaban a menudo las monjitas espantadas y algunas hasta tuvieron problemas porque una vez en Quito sorprendieron a tres besándole las llagas. Las tres se desmayaron *ipso facto* y otra que vino y las encontró tiradas al pie de la cama gritó ¡Milagro!, y se desmayó también y después vino otra y lo mismo y una medio histérica que entró a ver qué pasaba chilló que era el Señor de los Desmayos antes de ahogarse en su propio alarido y de ahí al milagro, comprenderán ustedes...

—¿Pero no dijiste que apestaba horrores? —intervino mi padre.

—Yo qué sé, papá. A lo mejor en eso estaba precisamente lo milagroso: en que las monjitas le besaron las llagas porque no sentían el olor y...

—Anda, hombre...

—Bueno, lo cierto es que lo curaban hasta dejarlo fresco como una rosa, lozano e italiano como Caruso porque él mismo les diseñaba, entre amables sonrisas de convaleciente de mártir, porque lo suyo había sido un verdadero martirologio, según afirmaban y confirmaban las monjitas, él mismo les diseñaba su nueva ropa de Caruso a la medida y volvía a salir al mundo en busca de una nueva vida, que era siempre la misma, dicho sea de paso. Negocios geniales, intensas jornadas con mil llamadas a la Bolsa de Nueva York, por ejemplo, presencia obligada, con deliciosas cajas de bombones, en todos los colegios de chicas, cambiando siempre de colegio para despistar a la policía, y un día la cumbre: una nueva fortuna, fruto del negocio más genial o de estafas como las que le pegó a Pichón de Pato siete días antes de que lo conociera yo noqueado sobre el aserrín del Bar Zela. De la cumbre a la primera gran borrachera, derrochando, rodeado de gloria y muchachitas en los cabarets más famosos. Eso podía durar días y hasta semanas. Duraba hasta que le salía la primera llaguita. Alguien detectaba el hedor en un fino cabaret. Cuatro, cinco meses después, patadas de asco como a un leproso de mierda y el pobre Guido con las justas lograba comprarse las últimas botellas de cualquier aguardiente, aquellas que se llevaba entre pedradas cuando la ciudad lo expulsaba hasta obligarlo a confundirse con sus propios muladares, ya convertidos en escoria humana.

—No son historias para contar en la mesa, asqueroso —intervino mi padre, por eso de la autoridad paterna.

—Bueno —dijo mi hermano que, a pesar de las copas, veía a través del alquitrán y además conocía perfectamente bien a mi padre—. Bueno —repitió—, entonces no cuento más. Y perdona, por favor, papá.

—No, no, termina; ya que empezaste termina —dijo, casi suplicante, mi padre. Y esforzándose, como quien intenta salir de su propia trampa, agregó secamente—: Termina pero sin olor.

—Imposible, papá.

—Cómo que imposible.

—Sin pestilencia no puedo terminar, papá.

—¡Me puedes decir qué estás esperando para terminar, muchacho del diablo!

—Que me des permiso para que apeste —le respondió mi hermano, tragándose una buena carcajada, al ver que mi padre caía una y otra vez en las trampas de la autoridad paterna.

—Termina, por favor —intervino mi madre, al ver los apuros en que se había metido la autoridad paterna.

—Bueno —empezó mi hermano, con voz pausada, deleitándose—, imagínense ustedes el muladar más asqueroso de Calculta, pero aquí en Lima, lo cual, la verdad, no es nada difícil. Ubicación exacta: barriadas del Agustino o, mejor dicho, muladares de las barriadas del Agustino. Allí donde no entran ni los perros sarnosos. Y sin embargo, desde hace algunos días hay algo que apesta más de lo que apesta el muladar. No, no son los gallinazos los que anuncian tanta pestilencia porque ahí hay gallinazos *night and day*. El muladar apesta como nunca. Apesta tanto a sabe Dios qué tipo de mierda reconcentrada, perdón, papá, a sabe Dios qué tipo de mierda reconcentrada, que los mendigos, los leprosos, los orates, los calatos de hoy y de ayer y demás tipos de locos y excrementos humanos empiezan a salir disparados, a quejarse, y hasta hay uno que se convierte como la gente que se convierte de golpe al catolicismo o algo así, sí, uno que era orate y calato y leproso y sólo le pedía ya a los chanchos para comer y hacer el amor. Pues nada menos que ése fue el que se convirtió, llevado por tremebunda pestilencia. Tal como oyen. Tocó la puerta donde unos Testigos de Jehová y contó, como nadie más que él habría podido hacerlo, exactamente lo que había olido, agregando que quería confesarse con agua caliente y jabón. Testigos fueron nada menos que los Testigos de Jehová, quienes a su vez sentaron olorosa denuncia en la comisaría más cercana. Un teniente llamó a los bomberos y éstos acudieron como siempre con sus sirenas, pero a medida que se iban acercando entre perros sarnosos que huían, leprosos sarnosos que los seguían, despavoridos orates y demás tipos de calatos, aunque no faltaba algún loco que aún conservaba sus harapos, cual recuerdo de mejores tiempos y olores, a medida que se iban acercando los bomberos con sus máscaras y sus sirenas, éstas iban enmudeciendo debido sin duda a la pestilencia, ya ni sonaban las pobres sirenas entre tamaña pestilencia y los pobres bomberos daban abnegados alaridos de asco en el cumplimiento de sus abnegadas labores de acercamiento al cráter y por fin uno gritó que era el de siempre, sólo que peor que nunca esta vez, y que ahí estaba y hablando como siempre en latín.

—Yo sería partidario de terminar con el problema de las barriadas mediante un bombardeo —intervino mi padre, en un súbito aunque esperado y temido arrebato de justicia social—. Esa gente arruina la ciudad, y cuando no enloquece, los agitadores comunistas los convierten en delincuentes y hasta en comunistas, en los peores casos. Un buen bombardeo...

—¿Puedo acabar, papá?

—Pero si ya todos sabemos que a ese pobre diablo lo volvieron a meter donde las monjas de la caridad y que éstas lo volvieron a curar con lo que uno da de limosna o paga de impuestos y que volvió a salir y terminar en la mugre. ¡Ah...! Lo que es yo, yo con unas cuantas bombas...

—El Papa Guido Sin Número murió anoche y fue enterrado esta mañana, papá, por si te interesa.

—Entonces ya qué interés puede tener.

—Asistió el cardenal Landázuri, por si te interesa, papá.

—O está chocho o ya se volvió comunista.

—Asistió el Presidente de la República, por si te interesa, papá.

—Un mentecato. Nos equivocamos votando por él. No ha sido capaz de bombardear una sola barriada en los dos años que lleva...

De golpe sentí una pena horrible al comprender que mi hermano no lograría terminar su historia, pero él estaba dispuesto a seguir luchando y por eso se tiró un pedo, dijo perdón papá, se tiró otro, y, ya sin decir perdón, dijo fue el tacu tacu que me tragué anoche con un apanado y siete huevos y qué se iba a hacer del cuerpo, lo cual en buen cristiano ya sabes lo que quiere decir, papá, y desapareció antes que mi padre pudiera largarlo de la mesa por grosero. Al cabo de un rato me llamó y ése fue el día en que al mismo tiempo como que crecí y me hice hombre o me saqué el dedo de la boca o algo así. Mi hermano estaba sentado sobre su cama y dudó un momento antes de extenderme la copa de pisco con que nos hicimos amigos, al menos por unas horas, porque yo, claro... Pero en fin, eso vino después.

—¿Qué te pasa, Carlos?

—Me pasa que tuve que inventar todo lo del cardenal y el presidente pero ni así logré enterrar al Papa Guido como se lo merecía.

—Perdona... No... no te entiendo bien, Carlos.

—Que al entierro no fueron más que Pichón de Pato, un par de fotógrafos y cuatro curiosos. Yo, entre ellos...

—¿Y entonces por qué...?

—Porque por culpa de papá, de sus interrupciones y del desprecio que noté en sus ojos, le fui agarrando cariño a Guido y, al final, cuando lo de los bombardeos, hasta empecé a sentirme culpable de haber asistido a su entierro sólo por curiosidad... ¿Entiendes ahora? Entonces quise inventarle un entierro de Papa pero papá dale y dale con sus bombas de mierda y yo no sé cómo diablos se entierra a los papas y no supe qué más agregar para joder a papá, ¿entiendes ahora?

—Carlos, seamos amigos... ¿Por qué no me llevas a esa cantina que se llama Aquí se está mejor que al frente?

—Salud —me dijo mirándome fijo y sonriente.

—Salud —le dije, horas más tarde, cayéndome de aguardiente y cariño, allá en Aquí se está mejor que al frente.

Entonces supe que el Papa Guido Sin Número, interrogado por el sacerdote que vino a darle la extremaunción, había confesado ser legionario de los ejércitos de Julio César y que se hallaba perdido y que todo lo había probado con lujo de detalles y en perfecto latín y que le había metido el dedo al mundo entero y que Carlos no iba a volver más a casa por culpa de papá y que después dicen que es por culpa del comunismo internacional y que yo con el tiempo lo entendería siempre y cuando no le creyera tanto a los libros y que ya era hora de que volviera a casa y al colegio donde me mandaba papá y donde mamá y donde mis mayordomos y mis cocineras y mis uniformes y mi brillante porvenir pero que no me preocupara por eso ni por él tampoco y que me agradecía porque lo importante es haber encontrado aunque sea un amigo en esa familia de mierda y aunque sea sólo por unas horas. Manolo...

Londres y Les Barils (Normandía), 1985

A veces te quiero mucho siempre

A mis hermanos Eduardo, Elena y Nelson

> «...y no hallé en qué poner los ojos
> que no fuese recuerdo de la muerte.»
>
> FRANCISCO DE QUEVEDO

Había amarrado la lancha pero se había quedado sentado en el pequeño embarcadero y desde ahí continuaba contemplando la casa al atardecer. Sintió que el mayordomo lo estorbaba, cuando se le acercó a preguntarle si estaba satisfecho con su día de pesca y si deseaba que se fuera llevando las cosas. Últimamente había notado lo mucho que le molestaba que Andrés fuera un mayordomo tan solícito y que apareciera a cada rato a ofrecerle su ayuda. Y detestaba que se interesara tanto por el resultado de sus días de pesca. La familiaridad de Andrés, que él mismo había buscado, al comienzo, empezaba a irritarlo, pero qué culpa podía tener el pobre hombre. Además, se dijo, Andrés es un excelente cocinero y esta noche podré tomar esa sopa de pescado que nadie prepara tan bien como él. Alzó la cabeza e hizo un esfuerzo para sonreírle.

—Hoy no he tenido muy buena suerte con los pescados —le dijo—, pero hay suficiente para una buena sopa. Llévate todo menos las botellas y el cubo de hielo. Y de paso sírveme otra ginebra. Mucha ginebra, mucho hielo, y poca tónica.

Andrés siguió al pie de la letra las instrucciones, le preguntó si no deseaba nada más, pero él no le contestó. Ya lleva varios días así don Felipe, pensó, mientras se alejaba por el embarcadero con ambas manos cargadas, comprobando que hoy tampoco había tocado las cosas que le puso para que almorzara en la lancha. Desde que le ordenó decirle a cualquiera que llamara por teléfono que se había ausentado indefinidamente, don Felipe se contentaba con el café del desayuno y después no probaba bocado hasta la noche. Y por la noche sólo tomaba la sopa de pescado, con una botella de vino blanco. En cambio la ginebra... El mayordomo sacudió lenta y tristemente la cabeza. Cruzó el enorme jardín y desapareció por una puerta lateral de la casa.

Felipe lo había observado, desde el embarcadero. Me pregunto qué cara pondría éste si Alicia apareciera aquí en Pollensa, pensó, sería capaz de pensar que se trata de una hija que nunca le he mencionado. Bebió un trago largo y pensó que podría haber brindado por Alicia. Después se dijo que Alicia era un nombre importante en su vida. A los diecisiete años había amado por primera vez, se había enamorado duro de una muchacha llamada Alicia, durante un verano en Piura. En la playa de Colán, ante unas puestas de sol que jamás volvería a ver, el tiempo se detuvo para que la felicidad de besarla se tragara ese treinta de marzo en que se acababan las vacaciones y llegaba el día inexistente del imposible regreso a Lima, y a los detestables estudios. Recordaba cartas de Alicia, desde Piura, pero ahora, en su increíble casa de Bahía de Pollensa, se sentía completamente incapaz de recordar cuánto tiempo duró esa correspondencia ni qué hizo al final con las fotografías que, a menudo, ella le enviaba en esos sobres gordos de páginas. Recordaba, eso sí, la voz ronca de un cantante llamado Urquijo, al que siempre se había imaginado como un maloso de burdel, por la voz tan ronca y tan hombre, precisamente. *Acuérdate de Alicia,* cantó Urquijo, una madrugada, en la radiola del burdel de Rudy. Él estaba bailándose a una buena zamba y tratando de bajarle el precio. Ya no se acordaba de Alicia y se lo hizo saber de la manera más fácil. No le contestó más sus cartas a la pobre Alicia. Así debía ser Urquijo en la vida real, y con esa voz.

Fui todo un hombre, se dijo Felipe, sonriendo. Pero esta vez sí brindó por Alicia, antes de llevarse el vaso a los labios. Esta Alicia tenía apenas tres años más que la muchacha de Colán y estaba empezando sus estudios de Bellas Artes en la Universidad Católica. Y desde Lima, le escribía también cartas gordas de páginas que él respondía sin saber muy bien por qué. A veces relacionaba el asunto con su última visita al Perú, que había sido bastante agradable, pero le era imposible recordar el nombre del café de Barranco en que Alicia se le acercó con el pretexto de que lo había visto la noche anterior en la televisión. Felipe sonrió cuando ella le dijo que venía de su exposición y que estudiaba Bellas Artes en la Católica, mientras aprovechaba para sentarse a su lado sin preguntarle siquiera si estaba esperando a otra persona. Tomaron varias copas y Alicia no cesó de hablarle de sus cuadros, de alabarle cada vez más sus cuadros, hasta que por fin terminó diciéndole que era un trome porque exponía en París, en Tokio, y en Nueva York.

—¿Y tú cómo sabes tantas cosas? —le preguntó Felipe.

—Sé todo de ti, Felipe —le respondió ella, cogiéndole ambas manos y mirándolo fijamente.

—Entonces debes saber mucho más de mí que yo —le dijo él, divertido ante la insistencia nerviosa e intensa con que ella tenía los ojos negros y húmedos clavados en los suyos.

—Lo sé todo, Felipe.

—No me digas que esto va a durar toda la vida...

—¿Qué va a durar toda la vida?

—Esos ojos así.

Alicia dio un pequeño respingo en su silla y le acercó aún más la cara. Felipe le hizo creer que se daba por vencido y la invitó a comer a su hotel. No estaba vestida para ese comedor y debía de tener unos treinta años menos que él, pero el asunto como que se volvió más divertido, gracias a eso, precisamente. Alicia con su pantalón gastado de terciopelo rojo, con su chompa roja de cuello alto y que le quedaba enorme, y con una casaca de cuero negro que debía ser de su hermano mayor. El pelo largo, muy negro, y lacio, se metía en la conversación a cada rato y ella lo arrojaba nerviosamente detrás de sus hombros, mirando hacia ambos lados como si les estuviera diciendo quédense quietos, allí es donde deben estar, pelos del diablo. Su belleza no era extraordinaria, pero podía llegar a serlo, en ciertos movimientos, y sus ojos negros, cada vez más húmedos, definitivamente hablaban como locos. A Felipe le hacía gracia que ella ni cuenta se hubiera dado de dónde estaban, ni de que ese comedor andaluz y recargado estuviera lleno de gente que lo conocía y que era imposible empezar a comer hasta que ella no le soltara las manos.

—Lo sé todo de ti, Felipe.

—Ésa parece ser tu frase favorita —le dijo él, sonriendo—. Y ahora, si no te importa mucho, nos soltamos las manitas y comemos algo.

Estuvieron en el bar del hotel hasta las tres de la mañana, y el pianista era tan viejo como él, por lo menos, porque les tocó y cantó *Acuérdate de Alicia,* a pedido del caballero. Esta Alicia era limeña, y a eso de las seis de la mañana le juró que algún día se iría a Mallorca, a su casa de Bahía de Pollensa, a darle el encuentro y a vivir con él. Felipe se había arrepentido de haberla hecho subir a su cuarto, pero ahí seguían tendidos y desnudos sobre la cama cuando él le dijo que todo eso era un error y ella le cayó encima con todo su peso, para preguntarle de qué error estaba hablando. Felipe la puso suavemente a su lado, le dijo sé una niña buena, mira que ya van a ser las seis. Alicia se hizo la que rebotaba, y de un salto llegó hasta la silla en que se hallaba su ropa. Se vistió como pudo, lo besó, y desapareció sin que él supiera ni dónde vivía. Y a las dos de la tarde, cuando Felipe bajó de su habitación para salir a almorzar con su hermano, lo primero que vio fue a Alicia sentadita junto a la recepción.

—Atrévete a decirme que no te asustaste —fue el saludo de Alicia.

A Felipe le hizo gracia confesarle que, en efecto, había temido no verla más, y la invitó a almorzar con su hermano. Se habían citado en La Costa Verde. En un segundo estamos ahí, le dijo Alicia. He venido con mi Volkswagen y en un segundito estamos ahí. Manejó como una loca, pero él se limitó a observarla de reojo mientras pensaba qué explicación le iba a dar a su hermano sobre esa chiquilla de chompa y pantalón rojos, casaca negra, y desbordante entusiasmo. Le había dicho a Carlos que quería almorzar en La Costa Verde, pero afuera, en la terraza, lo más cerca del mar, aunque fuera pleno invierno.

—Me imagino que la chica es un regalo de tus noches bohemias —le dijo su hermano, mientras se abrazaban.

—Carlos —se descubrió diciendo él—: Alicia es mi acompañante oficial.

Luego los presentó jurando que, en efecto, eso era todo lo que sabía de Alicia, pero que en cambio ella lo sabía todo de él. El *maître* se acercó y Felipe le dijo que lo único que deseaba era excederse en el pisco souer y en el ceviche. A Carlos eso le pareció una excelente idea y Alicia dijo a mí también pero también quiero vinito blanco chileno, no seas malo, por favor, Felipe.

—Vinito blanco chileno también —le repitió Felipe al *maître.*

Dos horas más tarde, Carlos se despidió diciendo que insistía en que esa casa era una monstruosidad, que había arruinado la Bahía de Pollensa, que sólo a un pintor loco y botarate se le podía ocurrir construirse las ruinas de Puruchuco en Mallorca, y que cuánto habría tenido que pagarle a las autoridades para que le permitieran edificar un templo incaico bajo el sol de las Baleares. La verdad, concluyó, mientras se ponía de pie, la verdad es que he sentido vergüenza de estar en ese lugar sabiendo que mi hermano... La verdad es que no vuelvo a poner los pies en España porque me da vergüenza... Tal como lo oyes, Alicia, me da realmente vergüenza que alguien en España se entere de que soy hermano del dueño del Puruchuco balear. Y todo por una promesa que este hermanito mío le hizo a un viejo chocho en París... Pero eso que te lo cuente Felipe. Anda, dile que te lo cuente. Ya verás como al instante dejas de ser su acompañante oficial... Carlos le guiñó el ojo a Alicia y desapareció.

—Cuéntame cómo fue, Felipe —le dijo ella, apretándole fuertemente ambas manos y acercándole la cara. Tenía los ojos más húmedos que nunca, más brillantes e intensos y nerviosos que nunca.

—¿Cómo, tú no eras la que lo sabía todo de mí? —se burló Felipe.

Alicia le soltó las manos y se dejó caer sobre el espaldar de su silla. Felipe aprovechó para hacer lo mismo y de golpe se dio cuenta de que había bebido demasiado. Recordó al viejo chocho, como le había llamado Carlos, y recordó a Charlie Sugar y a Mario. Miró a Alicia pero Alicia estaba mirando el mar. Entonces decidió que no iba a hablar una sola palabra más. He bebido demasiado, se repitió, y además soy un sentimental de mierda. El día gris y triste de la costa peruana empezó a ponerse gris oscuro y horas más tarde el mar era como un sonido constante que venía de ese lugar inmenso en que todo se había puesto negro. Sólo por el sonido se sabía que el mar estaba muy cerca. Alicia y Felipe continuaban mudos y orgullosos en su mesa. Sin saberlo, los dos se habían prometido, al mismo tiempo, no ser el primero en hablar. Y así seguían en la noche demasiado húmeda y sin una sola estrella donde posar la vista para aguantar tanto frío sin hablar, sin decir me muero de frío.

Empezaron a encenderse luces verdes y los dos voltearon a mirar hacia el interior del restaurante. En unos minutos,
todo estaría listo para la comida y pronto empezarían a llegar
las primeras personas. Los mozos esperaban la llegada de las
primeras personas. Alicia se dio por vencida.

—Tienes razón, Felipe —dijo—; hay muchísimas cosas que no sé de ti.

—Treinta años de cosas, más o menos, aunque eso no
es lo peor. Lo peor es... No... Eso tampoco es lo peor... Lo peor
no es que en una sola tarde no se puedan contar treinta años de
cosas. Lo peor es que uno pueda pasarse horas aguantando
tanto frío y todo porque no se debe hablar cuando se ha bebido más de la cuenta y eso por una sencilla razón: porque se
han perdido las ganas de hablar.

—No te creo —dijo Alicia.

—Yo tampoco me creía, hasta hace un rato.

—Entonces ya no podrás pintar como hasta ahora.

Felipe soltó la risa, pero inmediatamente se disculpó. Una
cosa es no tener ganas de hablar, pensó, y otra, muy diferente, es
herir a Alicia. Aunque no sepa ni quiera saber quién es. Aunque
no sepa ni siquiera dónde vive ni de dónde ha salido. Después
recordó que Carlos, bromeando, se había referido a ella como un
regalo de sus noches bohemias. Y volvió a reírse y volvió a discul-
parse inmediatamente. Entonces le dijo que no se iba a volver a
reír más en la vida, porque se reía de puro bruto, sin saber realmente por qué, ni de qué, y que lo mejor era que se fueran a tomar
una copa al hotel, si a ella le provocaba, y que después podrían
comer juntos en el comedor andaluz, si a ella le provocaba, claro.

Alicia manejó como una loca, hasta el hotel, y él no
logró encontrar una buena razón para quejarse. Tres días después fue la única persona en acompañarlo al aeropuerto y
ahora habían pasado dos años de eso pero ella seguía escribiéndole cartas gordas de páginas en que le hablaba siempre
de su sueño dorado de irse a vivir con él a Mallorca, de acompañarlo para siempre en su casa de Bahía de Pollensa, de ese
sueño que se repetía en cada una de esas cartas que Felipe respondía sin saber muy bien por qué.

Esta vez, sin embargo, todo era diferente, porque Alicia estaba lista para venirse a España ya y porque esta vez él

sabía perfectamente bien por qué no lograba responder a esa carta. Alicia sueña tercamente, se dijo, recordando que llevaba un mes sin atreverse a escribirle, y que ella le había rogado que le respondiera inmediatamente, a vuelta de correo, no seas malo, no me hagas esperar, por favor, Felipe.

La casa empezó a iluminarse, al fondo del jardín, y Felipe decidió abandonar el embarcadero. Prefería regresar porque Andrés no tardaba en venir a llamarlo y a preguntarle a qué hora deseaba que le tuviera lista su sopa. Cada día era lo mismo y a él cada día le costaba más trabajo soportar tanta solicitud. Varias veces desde que recibió la carta, Felipe se había imaginado a Alicia muerta de risa al llegar a su casa increíble y encontrarlo con un mayordomo que empezaba a cuidarlo como si fuera un viejo. La idea le resultaba insoportable, pero hoy, por primera vez, la asoció con las dos últimas visitas que había recibido. Recordó la ilusión con que había esperado a esas personas y cómo, de golpe, por algún ridículo detalle, su presencia se convirtió en algo realmente insoportable. Trató de pensar en otra cosa, al entrar a la casa, y le pidió a Andrés que le sirviera la sopa, no bien estuviera lista.

Acababa de ducharse cuando Andrés se acercó a la puerta de su dormitorio. Ya podía pasar al comedor. Haciendo un esfuerzo, le dijo al mayordomo que la sopa había estado como nunca, y que ahora, por favor, le llevara hielo, tónica, y una botella de ginebra al escritorio.

Y estuvo horas encerrado con los treinta años de cosas que quería contarle a Alicia. Pero después se dijo que así nomás no se metían treinta años en un sobre y se detuvo en los años del viejo chocho, como le había llamado su hermano a don Raúl de Verneuil, dos años atrás, en presencia de Alicia. A Raúl, a Mario y a Charlie Sugar, los conocí el 60 en París, Alicia, lo que no sé es si te hubieras divertido con ellos ni qué cara habrías puesto cada vez que Raúl empezaba a hablar de la guerra y nosotros teníamos que decirle, por favor, Raúl, a cuál de las dos guerras mundiales te estás refiriendo. Siempre tuvo más de ochenta años, muchos más, y cada noche, a las once en punto, un mozo se encargaba de desalojarle su mesa en el Deux Magots. Era alto, gordo, algo mulato, y sumamente elegante. En París, para nosotros, el verano había llegado cuando Raúl aparecía en el café con su terno de hilo blanco, su corbata de lazo azul y blanca, a rayas, y una sarita que se quitaba sonriéndole a la vida. Cada noche en la puerta del café, Mario, Charlie Sugar y yo, lo esperábamos encantados, pero yo no sé si te hubieses divertido con nosotros ni qué cara habrías puesto cada vez que Raúl empezaba a hablar de César Vallejo y se ponía furioso porque él había sido su gran amigo y sólo ocho personas habían asistido al entierro del Cholo y él tenía por lo menos treinta libros en que unos imbéciles que se decían críticos habían escrito babosada tras babosada sobre la vida y obra del Cholo y aseguraban haber asistido a su entierro. ¡Oiga usted, señor obispo!, exclamaba Raúl, y sacaba por enésima vez la fotografía del entierro de Vallejo y eran sólo ocho las personas que asistieron y éste soy yo y el de mi derecha es André Breton, que ése sí que fue un caballero, ¡oiga usted, señor obispo! Y Vallejo no había sido un hombre triste, sino enamoradizo y muy vivo, y a la hija del panadero de su calle se la había conquistado y cada mañana iba a verla y a recoger su pan. Y Vallejo era un dandi, además, y siempre le andaba dando consejos a uno. Nunca había que bajar del Metro hasta que no hubiera parado del todo, porque eso gastaba inútilmente las suelas de los zapatos. Y había que sentarse lo menos posible porque eso le sacaba brillo a los fondillos del pantalón. ¿Y saben cómo hizo Picasso los dibujos de Vallejo? ¿Esos dibujos que están en el museo de Barcelona? La gente dice que fueron amigos, pero mentira, jamás fueron amigos. Lo que pasa es que éramos dos peñas, en La Coupole, la de los latinoamericanos y la de los españoles, pero entonces ni Picasso era Picasso ni el Cholo era nadie tampoco. Fue cuando se murió el Cholo que Picasso notó la ausencia de esa cara, porque una cara así no era frecuente en París y es cierto que el Cholo tenía unos rasgos muy especiales. Un español de la otra mesa se nos acercó y nos preguntó por el de la cara tan especial, que era la del Cholo, y nosotros le explicamos que era peruano y poeta y que acababa de fallecer. Entonces el español fue a su mesa y les contó a sus compatriotas, que nos miraron con simpatía y afecto, y ahí fue cuando Picasso dibujó la ausencia de Vallejo, ¡oiga usted, señor obispo!

Pero yo no sé si todas estas cosas te hubieran divertido, Alicia. Y no puedo imaginarte noche tras noche en el café con

Raúl de Verneuil, con don Raúl de Verneuil, como le llamábamos nosotros. Un hombre que jamás en su vida trabajó y que en 1946 regresó al Perú por última vez. Vivía en París desde principios de siglo y era hijo de un francés que llegó a crear la Bolsa de Lima y se casó con una hermana de González Prada, ¡oiga usted, señor obispo!, exclamaba siempre Raúl, cuando hablaba de González Prada, mi tío fue el más grande anticlericalista del mundo, ¡oiga usted, señor obispo! Y gran amigo del genial poeta Eguren, que vivió toda su vida detrás de una cortinita y rodeado de las viejas beatas de sus hermanas. Había que verlas cada vez que aparecía por ahí González Prada. Desaparecían en menos de lo que canta un gallo y no bien se iba mi tío llamaban al obispo para que viniera a confesar al pobre Eguren y a echar agua bendita por toda la casa, ¡oiga usted, señor obispo!

Si vieras, Alicia, hasta qué punto detestaba don Raúl el año 46. Fue el año en que le dijo adiós para siempre a Lima, a su tierra natal. Él llegó de Buenos Aires, donde había estado pasando la guerra, la Segunda Guerra Mundial, no se hagan los tontos, muchachos. Llegó a Lima para estrenar su primera sinfonía. Raúl era músico, Alicia... Ya ves... Cansa tenerte que estar aclarando todo a cada rato... O se ha conocido a don Raúl de Verneuil o no se le ha conocido, ¿me entiendes, Alicia? Y además, yo no sé, la verdad, si todo esto te puede interesar. El año 46, tú ni soñabas en nacer y don Raúl estrenó *Puruchuco,* su primera sinfonía, en el Teatro Municipal de Lima. El público fue abandonando la sala, durante el concierto, y al día siguiente un crítico escribió que nunca se supo en qué momento había cesado de afinar la orquesta y en qué momento había empezado la sinfonía. Nosotros, Alicia, nos matábamos de risa, pero él agitaba los brazos y gritaba ¡país de analfabetos, ése!, ¡oiga usted, señor obispo! Sólo una gordita suiza supo decir lo que era mi sinfonía, lo que era *Puruchuco,* y a mí me dio pena dejarla en ese país de analfabetos y me la rapté del periódico en que trabajaba y me casé con ella, con Greta, pero eso sí, caballeros, a Greta la mandé muy pronto a vivir a Suiza porque me cuidaba demasiado. A los caballeros nadie los cuida, ¡oiga usted, señor obispo!

Resulta, Alicia, que don Raúl de Verneuil era un gran cocinero y el más grande comilón que he visto en mi vida. Le

encantaba invitar gente joven y que de su casa nadie se moviera
hasta la hora del desayuno. El que entra en mi casa no se va hasta
mañana, le decía Raúl a los invitados y ay de ti si te querías ir
antes del desayuno, Raúl había cerrado la puerta con llave y te
mandaba a dormir en un diván que tenía para los que no saben
vivir, ¡oiga usted, señor obispo! Y ahora me acuerdo cuando,
durante una de esas parrandas, lo fregó a Chávez, un gran amigo
pintor que vivía en París por esos años. Chávez empezó a burlarse de una estatuita africana de pacotilla que tenía Raúl. Una de
esas que venden miles de negros en el metro de París. ¿Cómo
puede usted tener una mierda así, don Raúl?, le preguntaba Chávez. ¿No tiene nada mejor con que decorar su casita? Mira, muchacho, le dijo Raúl, don Raúl, como le llamábamos nosotros,
déjame esa estatuita en paz porque me la ha regalado mi vecina
que es una muchachita de dieciocho abriles y hay que verla,
¡oiga usted, señor obispo! Pero Chávez se siguió burlando y don
Raúl le dijo que él podía ser un gran pintor surrealista y todo lo
que tú quieras, muchacho, pero yo fui amigo de Breton y si me
tocas la estatuita ya vas a ver, yo te voy a enseñar lo que es el
surrealismo. ¿Y si le rompo su mierdecita, don Raúl? ¿No me
diga usted que se va a amargar porque le rompa esa mierdecita?
Mira, Chávez, lo que yo te he dicho es que esa mierdecita me la
ha regalado una muchacha de dieciocho abriles y que eso no se
toca. Así siguieron un buen rato, Alicia, y por fin Chávez le hizo
pedazos la estatuita. La que se armó. Don Raúl sacó el catálogo
de la última exposición de Chávez, un verdadero libro lleno de
formidables láminas en colores, y realmente lo hizo añicos
mientras el pobre Chávez le decía pero no, don Raúl, pero si eso
se lo he regalado yo con todo cariño. Te avisé, muchacho, le dijo
don Raúl, te dije que yo te iba a enseñar lo que era el surrealismo. Tú me has roto mi estatuita y yo he hecho añicos tu surrealismo. Te advertí, te dije que yo fui gran amigo de Breton, de
André Breton, ¡oiga usted, señor obispo!

Para don Raúl, Alicia, nunca hubo un problema en la
vida. Se levantaba a las doce del día y jamás se acostó antes de
las cuatro de la mañana. Nada era urgente. Nada lo sorprendía y jamás pudo concebir que alguno de nosotros tuviera problemas económicos. Recuerdo a Mario, la tarde en que llegó a
su casa y le dijo don Raúl, estoy sin un centavo. ¿Sabes lo que le

contestó él? Apúrate muchacho, apúrate que a las cinco cierran los bancos. Genial fue también cuando dos argentinos confundieron a Charlie Sugar y a Mario con un contacto que tenían que establecer en París. Charlie y Mario andaban sin un centavo y estaban esperando que alguien pasara por el café para pagarles la copa de vino que habían pedido, cuando aparecieron esos dos tipos, los saludaron, se sentaron y empezaron a invitarles whisky tras whisky, y los otros felices porque llevaban siglos sin tomar un whisky. Pero resulta que los argentinos se habían equivocado, resulta que venían en busca de otros dos latinoamericanos con los cuales tenían que negociar el asesinato de Perón, que entonces vivía en Madrid y tenía pretensiones de regresar a la Argentina y presentarse a elecciones. Al principio, con tal de beber gratis, Charlie y Mario les siguieron la cuerda pero poco a poco el asunto se les fue poniendo feo. Por fin, Charlie, realmente asustado, optó por una nueva mentira, y les dijo que el jefe llegaba a las once. Y a las once, en efecto, apareció Raúl y los encontró muertos de miedo. Charlie le contó todo, como si Raúl estuviera al tanto de todo, e inmediatamente Raúl los invitó a cambiarse de mesa porque la suya era la del rincón, junto a la ventana que daba al bulevar, por favor, caballeros. Ahí pidió que le resumieran lo ya hablado, y luego, cuando uno de los argentinos empezó a precisarle una serie de datos, don Raúl, tranquilísimo, le dijo que él no se ocupaba del aspecto técnico sino del aspecto intelectual del asunto. En cuanto al bazooka al que se han referido ustedes, agregó, me parece un detalle insignificante. No hay nada más fácil que meter un bazooka a otro país. Charlie, dijo, entonces, explícale a estos caballeros cómo piensan meter ustedes el bazooka en España. Sólo el miedo, Alicia, hizo que a Charlie se le ocurriera cómo meter un bazooka de contrabando en España. Pidió otro whisky, para darse ánimos, y dijo que él había realizado esa operación en otras oportunidades y que lo mejor era colocarlo debajo de un automóvil, para que pareciera el tubo de escape. Después, don Raúl les preguntó a los argentinos de cuánto dinero disponían para la operación. Los escuchó decir la cifra, tranquilamente, les agradeció por tan generosa invitación, y les dijo que, al día siguiente, a las once en punto, les entregaría un informe detallado de todos los gastos. Los argentinos pagaron, se despidieron satisfechos, y no bien se alejaron Raúl soltó uno de sus infalibles ¡oiga usted, señor obispo! Charlie y Mario le preguntaron cómo pensaba hacer, al día siguiente, y Raúl les dijo pero ustedes son brutos o qué, muchachos, ¿no se les ha ocurrido que lo difícil es matar a Perón, pero que en cambio no hay nada más fácil en el mundo que hacer un plan para matar a ese señor? Para empezar, lo que se necesita es comprar un departamento que quede enfrente de la casa de Perón. Y eso, muchachos, puede costar mucho más de lo que estos pobres diablos pueden ofrecernos. ¿No se dan cuenta, muchachos? Y, en efecto, el contacto se rompió cuando los argentinos aparecieron la noche siguiente a las once y don Raúl les explicó que lo sentía mucho por sus amigos, que andaban realmente necesitados de dinero, pero que la suma, por más vueltas que le había dado al asunto, tenía que ser el doble o nada. Un dólar menos y nos exponemos a un fracaso total. Los argentinos no volvieron a aparecer por el café.

¿Y, Alicia? ¿Qué te parece todo esto? ¿No te da pena pensar que Mario murió en El Salvador y que Charlie se arrojó al metro y que don Raúl murió en su ley y que nadie ha vuelto a saber nada de Greta? ¿Y por qué demonios te va a dar pena si no los conociste? ¿Y por qué demonios tendrías que haberlos conocido? ¿Y cómo demonios los habrías podido conocer si eras todavía una colegiala cuando el último de ellos murió? ¿Sabes por qué se arrojó al metro Charlie? ¿Te interesa saber cómo era Charlie y cómo sólo un tipo como él se pudo tirar al metro por una cosa así? ¿Sabes acaso que era chileno y que decía soy, señores, el único pobre en el mundo que posee una villa *in the French Riviera?* ¿Sabes acaso que, por más borracho que estuviera, jamás contó cómo y por qué tenía la villa *in the French Riviera?* ¿Sabes que, habiéndola podido vender, jamás puso los pies en la villa? Charlie... Fue Mario el que me contó de los amores que tuvo con una millonaria norteamericana mucho mayor, y que al morir le dejó esa villa maravillosa. Se la dejó con la promesa de que a diario, mientras la siguiera amando, fuera a misa de siete a rezar por la salvación de su alma. Pobre Charlie, a veces le daban las cuatro con un vaso de whisky en la mano porque como él decía, como sólo él podía decir, yo soy un caballero, señores, y reconozco que lo único que sé hacer bien en la vida es tener un vaso de whisky en la mano. Y al pobre le daban muchas veces las cuatro y todos nos íbamos a acostar pero él no podía. Temo, señores, decía, no llegar a la misa de siete. Y Charlie era la única persona a la cual Raúl, don Raúl, Alicia, en esas comilonas con desayuno que organizaba, le abría la puerta a las seis y media en punto para que no fallara a su misa de siete. Charlie...

`...Que yo sepa, Alicia, es el único hombre en el mundo que se ha suicidado por dos mujeres. Por la norteamericana de la misa de siete y por la muchacha de tu edad, que lo obligó a fallar una vez a misa de siete. Charlie... Sólo cuando fuimos a reconocer el cadáver entendimos por qué, desde hacía unas semanas, a cada rato repetía las mismas palabras. Señores, decía, me ha pasado otra vez, pero al revés. Ahora es ella la de veintiún años y yo el de sesenta. Confieso que me ha pasado sólo una vez en la vida pero aun así es demasiado. ¡Oiga usted, señor obispo!, exclamó Raúl.

Nunca preguntas por Greta, Alicia. Ya ves cómo, por más que hagas, esta historia nunca te podrá interesar. ¿Cómo, si no la compartiste entonces conmigo, la podrás compartir ahora? Greta era la esposa de Raúl, pero tú hasta ahora no me has preguntado qué más hizo Raúl con la gorda, aparte de mandarla a Suiza porque a los caballeros no se les debe cuidar demasiado. Greta era profesora en Zúrich y sólo se veían dos veces al año. Quince días en Navidad y Año Nuevo, y el mes de agosto que pasaban juntos en Mallorca. Por Raúl conocí yo Mallorca, Alicia, y para mí que Raúl fue el primer veraneante extranjero que llegó a Mallorca. Fue el mejor, en todo caso, el más elegante y el más caballero. Eso fue en 1921, y en 1975 Raúl y Greta seguían ignorando que se podía llegar a Mallorca en avión. Los pobres gordos se pegaban una paliza tremenda. Una noche de tren, primero, hasta Barcelona, y luego todo un día de barco hasta Mallorca. Un día, al ver a Greta tan gorda, porque la verdad es que cada año llegaba más gorda y al final tenía que sentarse en dos sillas, en el café... increíble... Al verla así, Mario y yo le dijimos madame, porque a Greta siempre le dijimos madame, nunca Greta, nosotros pensamos, madame, que tanto usted como don Raúl deberían ir a Mallorca en avión. Raúl protestó, porque los caballeros siempre habían viajado en tren o en barco, pero al final, con la ayuda de Greta, logramos convencerlos y quedamos en ocuparnos de todo y en acompañarlos al aeropuerto.

¡Habráse visto lugar más feo!, exclamó Raúl, no bien llegamos al aeropuerto, ¡oiga usted, señor obispo! Y en seguida nos dijo que quería ver los aviones y lo acompañamos y Mario y yo soltamos la carcajada cuando dijo cómo diablos voy a saber cuál es el mío, si todos son igualitos. Le explicamos que a los pasajeros los llamaban por los altoparlantes y que luego pasaban por el control y que después tenían que llegar hasta una puerta, la que correspondía al avión que iban a tomar. Nos íbamos muertos de risa, Mario y yo, pensando que Raúl y Greta ya estarían acomodándose en sus asientos, cuando lo escuchamos gritar ¡Muchachos, muchachos! ¿Pero Raúl? Jadeaba, apenas podía hablar, se había regresado corriendo desde el avión, atropellando a medio mundo, apenas podía hablar. Muchachos, nos preguntó, ahogándose casi, ¿y a esas señoritas tan guapas y elegantes que lo atienden a uno en el avión, se les da propina?

Raúl... Greta y Raúl... Nosotros nunca quisimos a Greta porque no le dejaba comer ni beber en paz, porque lo volvía loco cuidándolo. La verdad, Alicia, no bien Raúl nos anunciaba la llegada de Greta, apenas si caíamos una noche por el café y eso de pura cortesía. Con Greta, Raúl perdía casi todo su encanto, aunque como decía Charlie, con toda razón, desde que a Raúl se le fueron acabando sus rentas, era ella quien lo mantenía desde Suiza, y eso era quererlo mucho y realmente creer en él como músico, porque Raúl no había vuelto a dar un solo concierto desde el 46 y a ninguno de nosotros le constaba que siguiera componiendo, aunque el pianito que tenía en su casa estaba siempre abierto, con un cuaderno de música encima y algunas notas dibujadas con un lápiz tembleque. La verdad, Alicia, es que sólo después de su muerte logré que Greta me prestara la partitura de *Puruchuco* y pude consultar con el director de la Orquesta Sinfónica de Bruselas. Mire usted, señor, me dijo, su amigo habría necesitado llamarse Beethoven para que una obra así se pudiese interpretar. El último movimiento, sólo el último movimiento, requiere de un coro formado por quinientas princesas del Imperio incaico. Le devolví la partitura a Greta, por correo, y nunca más volví a saber de ella.

Pobre gorda, lo feliz que era flotando como una ballena. Le encantaba Mallorca porque decía que era el sitio en el mundo en que mejor se flotaba. Lo descubrió en 1921, cuando se metió por primera vez al mar, ahí, y me imagino que se pasaba el año en Zúrich soñando con el mes de agosto que le esperaba en Mallorca. Un verano, aparecimos Charlie, Mario y yo, y a diario contemplábamos la misma escena. Un taxista, que debía de tener la edad de Raúl, o casi, los venía a buscar desde siempre y les cobraba la misma tarifa del año en que los conoció. Un caballero español, decía Raúl. Y sentado en la terraza de un bar, al borde del mar, tomaba vino blanco y muy seco mientras ella flotaba feliz y le hacía adiós a cada rato. Es feliz, decía Raúl, aunque jamás respondía a los saludos que Greta le enviaba desde el agua. Y no bien empezaba a sentir hambre, se ponía de pie, y aunque estaba en una isla, el grito era siempre el mismo: ¡Greta, abandona inmediatamente el océano y regresa al continente! La escena se repitió exacta, cada mes de agosto, desde 1921 hasta 1977. Después regresaba el taxista y los llevaba a la misma vieja casona de Palma que alquilaron siempre. Y por el mismo precio de siempre, nos contó Raúl, un día. Porque muchachos, en este caso, se trata también de un caballero español.

Raúl tenía noventa y dos años cuando murió, Alicia. ¿Te importa? ¿Te interesa saber lo hermoso y triste que es que un hombre muera en su ley? ¿Te interesa saber cómo murió Raúl y cómo yo no podía creer que ese hombre había muerto? Se acerca el fin de todo y de todos, Alicia.

El fin empezó en el cumpleaños de Mario. Lo celebró en grande, como siempre, y nos emborrachamos también como siempre, y recordamos que hacía dos años que Charlie nos había abandonado. Yo, Alicia, sentí por primera vez que era muy injusto ser mucho menor que ellos, detesté tanta fama y tanto dinero y tanto viaje a Nueva York y a Tokio y a Milán y a Amberes y a Zúrich y a Francfort, y por ese lado me seguí emborrachando. Más tarde empecé a decirme que jamás me había casado y que mi casa eran doce hoteles en doce ciudades diferentes. Y estaba pensando en el suicidio, por primera vez en mi vida, cuando Raúl exclamó ¡oiga usted, señor obispo! No sé quién le había hablado del año 46 en Lima y Raúl se había puesto de pie para decir que los limeños eran todos unos mazamorreros de mierda. Que sólo sabían comer mazamorra y que no se merecían tener cerca de Lima unas ruinas como las de Puruchuco y que en la vida tendrían otra oportunidad de escuchar una sinfonía suya, y mucho menos la llamada *Puruchuco,* porque así lo tenía ya dispuesto él en su testamento. ¿Y tú volverías a Lima?, le preguntó Mario, de pronto. ¡Quisiera, muchacho!, le respondió Raúl. ¡Pero sólo por ver Puruchuco! ¡Ahí jugué yo de niño! Y no sé, Alicia, no sé cómo me descubrí haciéndole la promesa de construir Puruchuco, exacto y nuevecito, en Mallorca. ¡Oiga usted, señor obispo!, exclamó Raúl, volteando a mirarme. ¡Hay un lugar llamado Bahía Pollensa! ¡Tú construye, muchacho, que para eso tienes fama y dinero! ¡Pero eso sí, el que estrena soy yo! ¡Una frijolada monstruo! ¡Frijoles bien negros que encargamos chez Fochon! ¡Que ellos se ocupen de trasladarlos hasta Bahía de Pollensa! ¡Yo, señores, me encargo de conseguir veinte negras de esas que lo pasean a uno en culo! ¡Y las lavamos en Puruchuco y con esa agua hacemos hervir los frijoles! ¡Oiga usted, señor obispo!

En septiembre, Greta llamó a todos los amigos de Raúl para avisarles que había muerto y que lo había enterrado en Mallorca, porque así lo había dispuesto en su testamento. Mario y yo fuimos a verla juntos y ella fue la que terminó consolándonos. Suiza de mierda, dijo Mario, no bien salimos, apenas si supo contarnos que murió en su ley, lo cual para ella, por supuesto, fue una temeridad más de Raúl. Murió veinte días después de su cumpleaños, celebrando su salida de la clínica. Un infarto lo tumbó el día de su cumpleaños, y mientras lo trasladaban a la clínica abrió los ojos y dijo: Pero no se me rompió la copa, oiga usted, señor obispo. Y veinte días después insistió en celebrar su total restablecimiento y a Greta la trató de suiza de mierda cuando ella le dijo que eso era una locura. Tú vete a flotar, si quieres, pero yo esto lo celebro o no me llamo don Raúl de Verneuil. Un bárbaro, nos había dicho Greta. Lo que él quería era no romper la copa y salió con la suya y fue de lo más fastidioso tenerlo que enterrar en Mallorca. Don Raúl de Verneuil, Alicia, murió dejando sesenta sinfonías. Todas dedicadas a madame Greta de Verneuil.

Y hace cuatro años, Alicia, que Mario me llamó a mi hotel, en Nueva York, y me dijo pensar, viejo, que estamos en la misma ciudad y que no podemos tomarnos un trago juntos. ¿Por qué?, le pregunté. Pues mira, viejo, por qué va a ser. Resulta que estoy jodido y me voy a El Salvador para morirme allá. Pero Mario... Ni modo, Felipe, si ya me están llamando para el embarque. O sea, Alicia, que *Puruchuco* nunca se estrenó y aquí vivo y aquí pinto y aquí pesco y aquí soporto cada día menos las perfecciones de mi mayordomo Andrés o las visitas de mi secretario y las llamadas de mi *marchand*. Y ahora te voy a leer una cosa que escribí el día que recibí tu carta. No sé por qué lo puse en tercera persona. En fin, tal vez para darme la ilusión de que ese tipo no era yo, pero ese tipo sí era yo, o sea que para la oreja, Alicia.

«Se había vuelto un viejo cascarrabias, antes de tiempo, o por lo menos poco a poco se estaba convirtiendo en eso, a pesar de que solía pintar como si no lo fuera, tal vez para darse la ilusión de que no lo era y nada más. Su única nobleza, en todo caso, consistía en no querer envolver a nadie en sus rabietas de solitario, en cumplir con su trabajo, y en una cierta delicadeza que lo llevaba, a menudo, a ser muy cortés con la gente que estaba de paso y hasta a tomarles un secreto cariño que sólo se confesaba cuando ya era demasiado tarde porque ya se habían ido. Entonces se sentía bien un par de horas y en eso consistía su moral.»

Dejó el papel a un lado, cogió otra hoja, y empezó a escribir: «Querida Alicia, sin duda alguna, una chica como tú habría disfrutado en un lugar como éste». Dejó la pluma a un lado, y estuvo largo tiempo contemplando el mar en la noche llena de estrellas que le permitía ver la gran ventana de su escritorio. Volvió a coger la pluma, de golpe, y escribió: «A veces te quiero mucho siempre». Después pronunció el nombre de Alicia y decidió que era mejor dejar la carta para el día en que viniera el secretario. Prefería dictar.

Cap Skirring, Senegal, 1985

Apples

A María Eugenia y François Mujica

Hay viajes, ni siquiera viajes, porque son simples recorridos por la ciudad, por un barrio de la ciudad, y que sin embargo resultan interminables, dolorosas aventuras de condensación, de descubrimiento. Y hay descubrimientos que no son más que el enorme resumen de todos nuestros problemas, Juan. Las flores que aquí te traigo, me digo, me lo repito ansiosa de llegar a tu departamento, luchando con las esquinas, todas aquellas esquinas por las que puedo torcer a la derecha, a la izquierda, y nunca llevarte nada. Y aquella esquina definitiva por la que he deseado irme a veces para siempre. He tratado de hacerlo, pero ya sé, ya sé, tu amor gana, como todas las veces aquellas en que huí y te fui dejando huellas para que me encontraras. Nunca he amado así, tampoco, pero también a eso le tengo miedo.

Contigo no hay pasado, contigo sólo hay presente, y contigo no hay futuro porque yo no quiero que haya futuro contigo. Y por eso, claro, es por eso que sólo hay este interminable presente. Ya te llevé las flores, ahí las encontrarás ante tu puerta, pero yo sigo andando y repitiéndome las flores que aquí te traigo, y me duele horriblemente. Hoy he querido matarte. Te puse las manzanas medio podridas junto a las flores, y tomé conciencia de que con ellas podía matarte. Tomé conciencia sólo entonces. Hasta entonces eran un regalo porque te gustan así, medio podridas, para prepararte tus compotas. Ahí me vino la idea, encontrará las flores tan bellas, tan frescas; bellas, frescas y jóvenes como yo. Y como es un tipo demasiado sensible, como es un tipo que parece viejo junto a mí, mucho mayor que yo, verá el ramo de flores que soy yo, verá al llegar a su puerta las manzanas que son él, y comprenderá que he querido matarlo. Y eso lo matará. Lo matará. Aunque sea poco a poco. Cuando sepa que yo he pensado así, que he imaginado eso, que sabiendo todo eso no he retirado las manzanas, eso lo matará.

Y nada es culpa tuya, Juan. En el presente inmenso camino con las flores que aquí te traigo y quiero entregárselas a tanta gente. Juan, hay un tipo de muchacha, sobre todo, que me aterroriza. Bastó con que empezara a llevarte las flores para que empezaran a surgir en mi camino. Es tu cumpleaños y amanecí sonriente, amándote tanto. Te imaginé amaneciendo en tu departamento plagado de objetos, de cuadros, tu viejo departamento parisino donde si hubiera futuro quisiera perderme y que el miedo jamás me volviera a encontrar.

Tu piano, tu pasión por la música, tu pasión por algo, tus horas de estudio, la grandeza con que callado te enfrentas al trabajo mientras yo corro y quiero huir y huyo dejándote huellas para que me encuentres. Perdóname, Juan. Perdonarte qué, me preguntas siempre, mientras encuentras, siempre, también, la palabra más apropiada para que jamás se note que he intentado herirte. Tu piano, tus horas de estudio, tu departamento plagado de cuadernos de música, de tantos cuadros y de tantos objetos. Yo no puedo pintar los cuadros. Yo no te he obsequiado esos objetos. Perdóname, Juan. Perdonar qué. Y mil veces, una palabra en inglés con la que en vez de descubrir la falla, la escondes, la evitas para siempre, con tanto amor, con tanta ternura, con toda la bondad del mundo. Me entrego a tus brazos cuando encuentras la palabra en inglés que embellece hasta el olvido lo que soy y eres capaz de convertir mis tentativas de huir en la travesura de una niña con futuro.

Pero todo es presente y hoy es tu cumpleaños y desperté soñando ya con tu departamento y con estas flores que aquí te traigo. Le voy a comprar a Juan el más lindo ramo de flores que encuentre. Iré a comprarle las manzanas más podridas que se vendan en el mercado y, esta noche, cuando regrese de su viaje, tras haber triunfado en su concierto de Bruselas, encontrará las flores y podrá prepararse una compota. Juan, esto era todo mi programa para el día. Juan, esto es todo lo que tengo para todo el día. Nada más que hacer. Bueno, tal vez encontrarme con uno de los muchachos que odio, uno de los chicos con quien te engaño, y sobrevalorarme diciendo que Juan regresa esta noche de otro triunfo en Bruselas ocultando siempre que hoy cumples otra vez muchos años más que yo.

Tenía lágrimas en los ojos cuando me desperté soñando con un día tan lindo, con tu retorno, con la sorpresa que te iba a

dar. Las flores. Tu compota. Era como si acabaras de pronunciar
una palabra en inglés con respecto al resto de mi día, a la idea que
ya empezaba a metérseme de encontrar a alguno de los chicos
con que te engaño para vanagloriarme. Pero no estabas. No estabas y no había palabra tuya que me convirtiera en una niña muy
traviesa. Y recordaba tus largas horas de trabajo, tu fuerza de
voluntad, la forma en que puedes practicar horas y horas tu piano
y amarme y saberlo todo. Sí, lo sabes todo. Quisiera matarte.

Juan, hay un tipo de muchacha, sobre todo, que me aterroriza. Las flores que aquí te traigo, lo repito y lo repito, pero ya
han aparecido dos de esas muchachas y he querido obsequiarles
tus flores. Son muchachas más altas que yo, más jóvenes que yo,
y sobre todo son de un tipo terriblemente deportivo. Cruzan las
esquinas fácilmente, Juan. Tienen algo que hacer, Juan. No les
importaría tu piano, Juan, ni que andes siempre pasado de
moda, ni que tengas también muchos años más que ellas. Juan,
no las mires nunca, por favor. Pero tú, además, ni siquiera las
ves. Adoro tu bondad. Esas muchachas son, Juan, son para mi
mal. No sé qué son, no las soporto y quiero inclinarme, no sé si
deseo que me peguen o hacer el amor con ellas. En todo caso
quiero quitarles al muchacho que va con ellas. Aunque vayan
solas quiero quitarles siempre al muchacho que va con ellas.
Juan, tú y yo lo sabemos, y no hay palabra tuya en inglés que me
convierta en una niña traviesa cuando me tropiezo con esas chicas tan lindas. Me dijiste que yo era *a queen.* Otro día me encon-
traste *most charming,* otro día citaste el más maravilloso verso de
Yeats. Te sonreí. Y tú sabes de tu fracaso, no lograste encontrar
una palabra y odio tu piano. Te mentí una sonrisa y lo sabes
también. Juan, debes sufrir mucho por mí.

Las flores que aquí te traigo, lo repito y lo repito, pero
he mirado a una de esas muchachas con descaro. Qué fácil caminan. Qué bien les queda la ropa. Qué tranquilas y qué tranquilamente caminan. Sus ojos, sus cabellos, las piernas, los muslos,
las nalgas. Quise arrodillarme y entregarles las flores. Una, dos
muchachas así llevo ya encontradas en mi camino con las flores
que aquí te traigo. Qué trabajo me cuesta llegar a tu departamento. Y me falta el ataque de angustia en tu ascensor, todavía.
Es todo lo que he aprendido en la vida, estos ataques de angustia
en silencio, sin que nadie los note. Hasta me gustan porque

parece que es entonces cuando se me abren enormes los ojos y miro sin ver y la gente me baja la mirada y me siento fuerte, casi tanto como para causarle miedo a la gente, a lo mejor hasta para causarle miedo a esas muchachas terriblemente deportivas. Por qué, Dios mío, por qué, si soy tan bonita, tan joven, si te quiero tanto, si me quieres tanto, si no necesito para nada de esos muchachos terriblemente deportivos, adolescentes de aspecto, tranquilos de andada, serenos en los inquietos vagones del metro. Ya sé que la vida no es así, me lo explicaste con amor, pacientemente, pero tal vez si en lugar de esas lágrimas que te saltaron a los ojos, tal vez si en su lugar hubieses encontrado algunas palabras en inglés... No lo lograste. Y desde entonces te quiero matar.

He regresado a la derrota de mi vida. El camino hasta aquí lo hice destrozando este día de tu cumpleaños en que amanecí soñando con tus flores y tus manzanas. Con cuánta ternura las busqué, con cuánta ternura las compré, escogiéndolas una por una, para ti, mi amor, por tu cumpleaños. Esta búsqueda, esta compra, esta selección, han sido mi día, eran para ti, Juan, eran para ti, que por la noche regresabas de Bruselas. Y ahora, la caminata hasta tu departamento me ha traído hasta este lecho donde yazgo. Sigue el presente, Juan. Estoy desesperada, tan sola, tan triste, tan inútilmente bella. Le he robado a una de esas muchachas este muchacho. Ya hicimos el amor y ya le conté que acababa de matar a un pianista llamado Juan. No me entendía bien, al principio, o sea que le conté que había sido primero un regalo de cumpleaños, una sorpresa para tu retorno, y, luego, después, de pronto, un crimen premeditado, un perfecto crimen por telepatía. Por fin, me entendió: tras haberte dejado mi regalo, las flores se convirtieron en mí, las manzanas en ti. Yo soy las flores, tú eres las manzanas, viejo, podrido, muerto.

Sigo sola, Juan, sigo huyendo, qué horrible resulta huir sin haberte dejado huellas. Estoy sentada en una estación de tren y no sé cuál tren tomar. Regresar a París... No me atrevo, no me atrevo sin haberte llamado antes. Y ahí está el teléfono pero no me atrevo, esta vez no me atreveré a llamarte. Y tú, ¿cómo podrías llamarme?, si no te he dejado huellas esta vez. Pobre, Juan, cuántas horas al día estarás tocando tu piano mientras yo regreso. No merezco regresar, Juan. No te olvides que te he matado.

Juan, hay una oportunidad en un millón de que me salve. Y todo depende de ti. Estoy loca, estoy completamente loca, pero de pronto estoy alegre y optimista porque todo depende de ti. Juan, tienes que llamarme aquí, no es imposible, no es imposible, estoy en la estación de Marsella, tienes que adivinarlo, ¿recuerdas que aquí nos conocimos? Y cuando hablemos, agradéceme las flores, Juan, y no hables de manzanas. Llámalas *apples,* agradéceme *the apples,* por favor, Juan. Hay siempre un futuro para una niña traviesa. No te olvides: *apples,* Juan, por favor, gracias en Marsella...

París, 1979

El breve retorno de Florence este otoño
A Lizbeth Schaudin y Hermann Braun

No podía creerlo. No podía creerlo y me preguntaba si
en el fondo no había esperado siempre que algo así me ocurriera
con Florence. El recuerdo que había guardado de ella era el de
horas de ésas felices, pero felices a mi modo, como a mí me gustan. Y tal vez el trozo de soñador que aún queda en mí había
creído firmemente, intermitentemente, puede ser, qué importa,
que de todos modos algún día la volvería a encontrar. Reconozco
haber pasado largas temporadas sin recordarla conscientemen-
te, sin pensar en aquello como algo realmente necesario, pero
también recuerdo decenas de caminatas por aquella calle, dete-
niéndome largo rato ante su casa, ante aquel palacio que fuera
residencia de madame de Sevigné, y que por los años del destartalado colegito en que conocí a Florence, era ya el museo Carna-
velet, pero también, en un sector, la residencia de Florence y de
su familia. En 1967, cuando mi madre vino a verme a París, la
llevé a visitar ese museo, y juntos nos detuvimos ante una escalera que llevaba al sector habitado, mientras yo le hablaba un
poco de Florence, de los años en que fui su profesor, de cómo
jugábamos en la nieve, y como mi madre iba entendiendo, le
hablé también de todas esas cosas que en el fondo no eran nada
más que cosas mías.

Pero de ahí no pasó el asunto, principalmente porque yo
ya estaba bastante grandecito para subir a tocarle la puerta a una
muchacha que se había quedado detenida casi como una niña,
en mis recuerdos de adulto. Y sin embargo... Y sin embargo no
sé qué, no sé qué pero yo seguí creyendo muchos años más en un
nuevo encuentro con Florence. Y ahora que lo pienso, tal vez
por eso escribí sobre ella guardando muchos datos, el lugar, mi
nacionalidad, nuestros juegos preferidos, y hasta nombres de
personas que ella podría reconocer muy fácilmente. Sí, a lo
mejor escribí aquel cuento llevado por la vaga esperanza de que

algún día lo leyera y me buscara por todo lo que sobre ella decía en él, a lo mejor lo escribí, en efecto, como una manera vaga, improbable, pero sutil, de llamarla, de buscarla, en el caso de que siguiera siendo la misma Florence de entonces, la bromista, la alegre, la pianista, la hipersensible. No puedo afirmarlo categóricamente pero la idea me encanta: Un hombre no se atreve a buscar a una persona que recuerda con pasión. Han pasado demasiados años desde que dejaron de verse y teme que haya cambiado. En realidad le teme más a eso que a las diferencias de edad, fortuna, etc. Escribe un cuento, lo publica en un libro, lo lanza al mar con una botella que contiene otra botella que contiene otra botella que... Si Florence ve el libro y se detiene ante él, es porque reconoce el nombre de su autor. Si Florence compra el libro es porque recuerda al autor y le da curiosidad. Si Florence lee el cuento y me llama es porque se ha dado el trabajo de buscar mi nombre y mi dirección, porque me recuerda mucho, y porque el cuento puede seguir, pero aquí en mi casa, esta vez. La idea es genial, posee su gota de maquiavelismo, *ma contenutissimo, pas d'ofense, Florence,* aunque tiene también su lado *andante ma non troppo,* ten paciencia, Hortensia. La idea es, en todo caso, literaria, y está profundamente de acuerdo con el trozo de soñador que queda en mí, me encanta. Salud, James Bond. Pero a James Bond no le habría conmovido, chaleco antibalas, tecnócrata, etc. Cambio de intención, y brindo por el inspector Philip Marlowe. Y como él, me siento a morirme de aburrimiento en el destartalado chesterfield de mi oficina, pensando en los años que llevo sin ver a Florence, porque ello me ayuda a llevar la cuenta de los años que llevo sin ver alegría mayor alguna entrar por mi puerta. No más James Bond, no más Philip Marlowe, *El viejo y el mar* es el hombre.

Un día sucedió todo. Y de todo. Qué sé yo. No podía creerlo y tardé un instante en comprender, en captar, en reconocer la fingida voz ronca con que me estaba resondrando por ser yo tan estúpido, por no haberla reconocido desde el primer instante. Finalmente Florence me gritó que su casa estaba llena de botellas. Le grité ¡Escritora!, ¡premio Nobel!, y terminamos convertidos, telefónicamente, en los personajes de esta historia.

Después, claro, a la vida le dio por joder otra vez, aunque yo le anduve haciendo quite tras quite. Ella también, es la verdad. Por eso seguirá siendo siempre Florence W. y Florence. En voz baja, y con tono desencantado, debo decir ahora que Florence se había casado. Y debo añadir, aunque ya no sé en qué tono, que la boda fue hace un mes, tras un brevísimo romance a primera vista, o sea que hace unos tres meses, digamos... No, no digamos nada. La boda fue hace un mes y punto. El afortunado esposo (podría llamarlo simplemente «el suertudo», pero la cursilería esa de afortunado esposo es la que mejor le cae a esta raza de energúmenos cuya única justificación es la de saber llegar a tiempo) es un hombre mucho más joven que yo, médico, deportista y sumamente inteligente. La verdad, le tomé cariño y respeto, y con más tiempo pudimos llegar a ser amigos, pero no hubo mucho más tiempo porque yo me fui antes de que la historia empezara a perder ángel o duende o como sea que se le llame a eso que le quita todo encanto a las historias. En el amor como en la guerra... En fin, *me fui como quien se desangra.* No había sido nunca mi intención ese cariño que sentí brotar por Florence, aquella noche en su casa; ni siquiera cuando me llamó por teléfono, creo. Si deseé tantos años un nuevo encuentro fue porque me gusta apostar que hay gente que no cambia nunca. Gané, claro, pero acabé yéndome así, como dijo el gaucho.

Bueno, pero démosle marcha atrás a la historia, que eso sí se puede hacer en los cuentos. Aquí estoy todavía, dando de saltos en el departamento, y sin importarme un pepino que Florence se acaba de casar hace un mes. Su ronquera me hacía reír a carcajadas. ¡Ah!, Florence no cambiaría nunca. Como no entendía de parte de qué Florence era, fingió esa ronquera para darme de gritos por teléfono y acusarme de todo, de falta de optimismo, de falta de fantasía, de todo. ¡Florence no había cambiado! Me esperaba mañana, no, mañana no, ¡esta misma noche te espero porque estoy temblando de ganas de verte! ¡Hasta mañana no aguanto! ¡No puede ser verdad! ¡Pero es verdad y yo también he soñado con volver a verte! ¿Te acuerdas del colegio? ¿Te acuerdas cuando se suicidó mi hermana? ¡Creo que gracias a ti se nos fue quitando la pena en casa! ¡Diario llegaba yo y les contaba todo lo que tú contabas! ¡En casa empezaron a reír de nuevo...! ¡Otro día..., mañana, mañana mismo, así nos vemos hoy y mañana te llevo a ver a mis padres! ¡Siempre quisieron conocerte! ¡Van a estar felices cuando sepan que todavía andas por acá! ¡Ya vas a ver! ¡Te van a invitar mil veces! ¡Pero más todavía te vamos a invitar Pierre y yo! ¡He tratado de traducirle el cuento a Pierre! ¡Lo inquieta, no logra entender, es imposible que logre entender! ¡Es como si fuera algo sólo nuestro! ¡Me has hecho vivir de nuevo esos años y estoy feliz! ¡Es muy explicable que Pierre no entienda! ¡Fueron *cosa nostra* esos años! ¡Pero no te preocupes por lo de Pierre! ¡Yo lo adoro y tú vas a quererlo también! ¡Le voy a decir a Pierre que no me reconociste en el teléfono! ¡Sí, pero tardaste! ¡Te mato la próxima vez! ¡Bueno, yo siempre soy tan debilucha pero Pierre te mata la próxima vez!

Yo seguía saltando horas después. Claro, lo de Pierre no era como para tanto salto, pero al mismo tiempo qué me hacía con Pierre si paraba de saltar. Además, Florence era la misma, sólo a ella se le hubiese ocurrido fingir esa ronquera para darme de gritos por no haberla reconocido en el acto. Y ahora que recuerdo mejor, fue por eso que dejé de dar brincos como un imbécil. ¿Y yo? ¿Seguía siendo el mismo? Eran diez años sin verla. Diez años también sin que ella me viera a mí. Y en el cuento me había descrito visto por ella, como ella me vio entonces. Un tipo destartalado, con un abrigo destartalado, que vivía en un mundo destartalado. ¿Y cómo la vi yo a ella? A pesar de los contactos, que fueron tan breves como tiernos, Florence era una adolescente inaccesible, casi una niña aún, un ser inaccesible que regresaba cada día al palacio de madame de Sevigné. Había llegado, pues, el momento para una gran fantasía. Yo deseaba ser feliz, y ya por entonces había aprendido a conformarme con que esas cosas no duran mucho. Me vestí para un palacio.

Total que el que aterrizó esa noche ante el departamento de Florence era una especie de todo esto, encorbatado al máximo, y oculto el rostro tras un sorprendente ramo de flores, a ver qué pasaba cuando le abrieran y sacara la carota de ahí atrás. Estaba viviendo una situación exagerada, pero yo ya sé que de eso moriré algún día. Lúcido, eso sí, como esa noche ante el departamento de Florence y notando ciertos desperfectos. El barrio no tenía nada que ver con el barrio en que vivía antes. La calle tampoco, el edificio mucho menos, y ni qué decir de la escalera... Por esa escalera jamás había subido un tipo tan elegante como yo, y yo no era más que una visión corregida, al máximo eso sí, pero corregida, del individuo de mi cuento anterior. ¿Qué demonios estaba ocurriendo? ¿Qué había fallado? No podía saberlo sin tocar antes. Pero en todo caso yo seguía temblando oculto tras las flores como si no pasara nada. Es lo que se llama tener fe.

Y así hasta que ya fue demasiado tarde para todo. Si las flores que traía eran precisamente las que Florence detestaba, ya las tenía en una mano y la otra en el timbre. Si el nudo de la corbata se me había caído al suelo, ya tenía una mano ocupada con las flores y la otra en el timbre. Si Florence me iba a encontrar absolutamente ridículo, ya tenía las flores en la derecha y la izquierda en el timbre. Lo mismo si Florence se había casado con Pierre: la derecha en las flores, la izquierda en el timbre. Abrió. Estuvo no sé cuánto rato no pasando nada cuando me abrió. Yo había puesto la cara a un lado de las flores para que me viera de una vez por todas, y al verla me pregunté qué habría sido del elegantísimo mayordomo árabe de mi cuento anterior. Increíble, seguía notando desperfectos y seguía también lleno de fe, aunque Florence no se sacaba el cigarrillo barato de la comisura de los labios por nada de este mundo y ni por asombro era Florence. Hasta que me equivoqué. Y todo, realmente todo empezó a funcionar cuando apareció su sonrisa y me preguntó si había hecho un pacto con el diablo o qué. Soltamos la risa al comprender juntos que ella ya no era la chica de quince años sino una mujer de veinticinco y que yo ya no era el viejo profesor de veinticinco años sino un hombre metido hasta el enredo en una situación exagerada. Por ahí, por el fondo, por donde tenía que aparecer, empezó a aparecer Pierre. No sé si Florence, pero yo sí comprendí que nos quedaban sólo segundos.

—Carga esto que pesa mucho —le dije, entregándole el ramo.

Y ahora era Florence la que estaba oculta tras las flores.

—Entra —me dijo—, no te vas a quedar ahí parado el resto de la vida.

Quise abrazar a Pierre, pero claro, todavía no lo conocía, y los franceses son más bien parcos en estas situaciones. No quise pues pecar de sentimental, y me limité a darle la mano, mostrando eso sí un enorme interés por todas las ramas de la medicina que practicaba. Aún no practicaba ninguna, se acababa de graduar de médico y ni siquiera tenía consultorio todavía. Pero practicarás, le dije, practicarás, y ya verás como todo en adelante, como todo en adelante... Cambié a deportes. Florence me había dicho que Pierre era muy deportista, o sea que cambié a deportes y me interesé profundamente por todas las ramas del deporte que practicaba. Me dijo que sólo tenis, y últimamente muy de vez en cuando, era muy difícil en París, no había tiempo para nada, y además con la tesis de medicina. Practicarás, le dije, practicarás, y ya verás como todo en adelante, como todo en adelante...

—¡Tiene una raqueta de tenis y una tesis de medicina! —gritó Florence, en un esfuerzo desesperado por aliviarme tanto sufrimiento.

Quedó agotada, y el cigarrillo barato empezó a notársele más que nunca en la comisura de los labios. Además, la ronquera que fingió en el teléfono resultó ser su voz a los veinticinco años. El grito me convenció, era algo que yo no había querido aceptar. Y sin embargo, ahora... ¡Ah!, si tuviera que seguir escribiendo toda la vida sobre Florence... Ya no podría ser más que con la voz con que te quedaste agotada tras el grito, Florence. Bueno, le tocaba a Pierre.

—¿Por qué no se sientan? —nos dijo—, descansen un poco mientras les traigo algo de beber.

Casi lo abrazo, pero preferí obedecerlo como a un médico, y sentarme como en un consultorio. Florence cayó en el mismo sofá, fumando como una loca. Pierre se fue a buscar vasos, hielo, y una jarra de sangría a la cocina, porque todo esto ya no tenía nada que ver con el palacio de madame de Sevigné. No sé si Florence, pero yo sí comprendí que nos quedaban sólo segundos.

—¡Grita de nuevo! —le grité.

—¡Cállate! —me gritó.

—Niños, esténse quietos —dijo Pierre, desde la cocina.

—¡Cállate! —le gritó Florence.

—¿No pueden estarse quietos un momento?

Eso fue el hijo de puta de Pierre, otra vez. Florence se agarró toda la cabellera larga, rubia, rizada, y se la trajo a la cara, para desaparecer. Me preocupaba mucho pensar que el cigarrillo seguía ardiendo ahí abajo, y empecé a obrar en ese sentido, acercándome bomberamente, y alejándome no bien me di cuenta de que me estaba acercando a Florence. Opté por la palabra.

—Regresa —le dije, con voz que no se oyera hasta la cocina—. Tengo miedo de que te quemes el pelo.

—Aquí se ha apagado todo con mis lágrimas —dijo Florence, riéndose con una risa nerviosa que no se oyera hasta la cocina.

—¿Emocionada?, ¿emocionada, Florence? —pregunté, puesto que había optado por la palabra.

Confieso que ésta es la frase más estúpida que he pronunciado en mi vida. No supe qué hacer con ella, hasta ahora no sé qué hacer con ella, pero la incluyo porque me la tengo merecida. Optar por la palabra. Mira a lo que lleva. ¿Emocionada?, ¿emocionada, Florence? Me la tengo merecida. Tremendo manganzón. ¿Emocionada?, ¿emocionada, Florence? Pensar que sólo con tres palabras, de las cuales una, Florence, se puede decir una estupidez semejante. Pues eso hice yo, y cuando nos quedaban sólo segundos.

Lo que sigue se lo dejo al psicoanálisis. ¿De dónde se me ocurrió una cosa así? ¿A quién se le ocurre? Hasta me había olvidado del asunto cuando Pierre nos dijo que nos sentáramos, que nos iba a traer un trago, pero no bien empecé a sentir algo frío en la nalga izquierda, recordé con horror que me había traído la petaca llena, mi petaquita finísima de Gucci, que hace juego con mi portadocumentos y mi billetera, la botellita forrada en cuero y que contiene trago sólo para dos. Para la interpretación de los sueños, el asunto. Sólo a mí se me ocurre. Y sólo a mí me ocurre que se empiece a vaciar en el bolsillo. La tapé mal, me dije, moviendo ligeramente el culo, lo cual sólo sirvió para que me mojara un poquito más. Total que cuando Pierre regresó de la cocina ya no debía quedar más que un trago en la petaquita.

—Mira, Pierre —le dije—: Tenía en casa un poco de whisky sensacional. Esto sólo se consigue en Escocia —y saqué como pude la petaca chorreada del bolsillo.

—¡A beberlo! —gritó Florence.

—Es que sólo me quedaba para uno —dije—. Y lo he traído con la intención de que lo pruebe Pierre.

—¿Y no se te ocurrió que a mí también me podría interesar? —gruñó Florence, resentidísima.

Me hubiera gustado que nos quedaran sólo segundos, para explicarle lo inexplicable, pero ahí estaba Pierre, y ya se había apropiado de la petaca. Me lo agradeció mucho, el muy imbécil, y empezó a servirse.

—Aquí hay más de una dosis. Aquí hay dosis y media.

—Bébetela toda —dijo Florence—. Nosotros tomaremos la sangría. Tenemos lo suficiente para emborracharnos mientras el muy egoísta de Pierre se toma tu whisky.

Esto último lo dijo mirándome fijamente, y agarrándose de nuevo la cabellera, ya bastante desgreñada, para traérsela a la cara. Pero sólo un poco, esta vez, para desaparecer un poco solamente. Pierre le dio un beso donde pudo, Florence dio un beso donde pudo, porque Pierre ya se estaba sentando en el sillón de enfrente, y yo alcé mi copa y dije: ¡Salud!, pensando palomos, tórtolos de mierda.

—¡Salud! —dijo Florence, alzando demasiado su copa.

—Salud —repetí yo, alzando demasiado mi copa.

—Salud —dijo Pierre, alzando mi whisky, y añadiendo—: Paren ya de temblar, relájense, se les va a derramar todo.

—En mi caso —dije, dejando establecido—, se trata de la enfermedad de Parkinson. Nací con la enfermedad de Parkinson.

Florence emitió un gemido y salió disparada a la cocina. Yo dije que se le estaba quemando algo, Pierre me sonrió afirmativamente, y yo repetí que a Florence se le estaba quemando algo, a ver si me volvía a sonreír afirmativamente. Me dijo que mi whisky estaba excelente.

Pierre tenía, por lo menos, diez años menos que yo. Eso lo capté de pronto, y de pronto también empecé a sentir la necesidad de confesarle algo, necesitaba decirle que en la petaca había habido whisky para dos, whisky para los dos, no para ti, Pierre. Me sentí indefenso, no encontraba odio por ninguna parte, y lo peor de todo era que Florence me estaba llamando desde la cocina. Opté por no escucharla, puse cara de no estar escuchando nada, empecé a beber más y más sangría, le serví sangría a Pierre para cuando acabara su whisky, seguí poniendo cara de no estar escuchando nada, y casi digo que si me estaba llamando era porque se le estaba quemando algo, a ver si Pierre me volvía a sonreír afirmativamente. Porque Florence realmente me estaba llamando a gritos desde la cocina.

—Llévale su vaso —me dijo, sonriendo afirmativamente.

Estuve a punto de decirle ¿y qué va a ser de ti, mientras tanto?, pero el aventurero que hay en mí optó por el silencio. Desgarrado, y con la petaca vacía nuevamente en el bolsillo mojado, me dirigí a la cocina con dos vasos llenos de sangría. Entré como soy, por eso no podré saber nunca qué cara tenía cuando entré a la cocina con dos tragos tembleques. Sólo sé que conmigo venían también el soñador y el observador que hay en mí, aunque recordaré siempre que este último le cedió definitivamente el paso a aquél, al llegar a la puerta y encontrar a Florence con un cucharón en la mano. Llevaba siglos esperándome, y esta vez sí es verdad que tenía lágrimas en los ojos.

—¿Qué es lo que se ha quemado? —le pregunté, con voz que se oyera hasta donde estaba Pierre.

—Nada, no se ha quemado nada, y todo está requetelisto.

—Hay que avisarle a Pierre que no se ha quemado nada.

Florence me pidió que le entregara los dos vasos, los puso sobre la mesa, y se acercó para abrazarme. No, no hubo besos ni nada de eso. Yo lo único que sentía eran sus brazos, con fuerza, y sus mejillas húmedas, y me imagino que ella también eso era lo único que sentía. Tampoco sé cuánto duró pero perdimos el equilibrio varias veces y sólo una vez logramos decir algo cuando tratamos de decir algo.

—Mira —me dijo—, quiero que sepas que pase lo que pase, que por más tonterías que diga, que por más que meta la pata, que por más que parezca que esta noche se derrumba...

Apreté fuertísimo.

—Aquí lo único que se derrumba soy yo, Florence. Pierre es un santo.

Florence apretó lo más fuerte que pudo al oírme hablar tan bien de Pierre.

Y, por supuesto, ahora le tocaba a Pierre. Nos llegó su voz desde el otro lado.

—A ver si comemos algo, Florence. Me muero de hambre.

—Florence, ¿por qué no le dices al Papa que pare ya de bendecir? Se pasa la vida bendiciéndonos el tipo.

Soltamos.

Durante la comida me fui enterando de que Florence me había preparado sus platos especiales, y de que a Pierre le gustaba tanto el vino como a mí. De otra manera no podría explicarse que comiéramos y bebiéramos tanto, esa noche. Me enteré también de que la ronquera de Florence se perdía en los años en que había empezado a fumar dos paquetes diarios de tabaco barato, negro, y sin filtro, y que lo del piano se había ido quedando relegado a muy de tarde en tarde. Florence ya no era una pianista como en el cuento que yo había escrito sobre ella. En realidad, no sé qué quedaba ya de Florence, ni ella misma hubiera podido decir qué quedaba ya de Florence. Y sin embargo seguí comiendo y bebiendo como un burro y con la absoluta seguridad de haberle ganado mi apuesta a la realidad. Y es que no hubo un solo instante en que Florence hubiese cambiado, ni siquiera sentada en esa mesa y en ese departamento medio destartalados.

Pero ¿qué había sido del palacio?, ¿qué demonios hacía viviendo con Pierre en un departamento así? No sé en qué momento logré hacer esas preguntas que tanta risa le dieron a Florence, pero lo cierto es que Pierre, que era el encargado de la lógica esa noche, y que hasta permitió que ella y yo nos declaráramos la guerra a servilletazos, imitando nuestras peleas en el colegio de mi cuento, Pierre, que también permitió que Florence me tocara música de Erik Satie y de Fafa Lemos sobre el mantel, mientras que yo le corregía la posición de las manos, porque así no tocaba una buena pianista, y ella las volvía a poner mal para que yo se las volviera a corregir, Pierre, Pierre, no hay otra cosa que decir sobre Pierre, Pierre se encargó de aclararlo todo.

—No vamos a seguir viviendo a costa de sus padres, ¿no? Yo acabo de graduarme y no gano casi nada, por el momento. Hemos alquilado este departamento hasta que encuentre un trabajo estable. Mi idea es encontrar con el tiempo un departamento mucho más grande, donde pueda también abrir mi consultorio.

—Ya ves, no quiere perderme de vista un solo instante.

—Hace bien, Florence.

Pierre bendijo ese par de idioteces, pero ya Florence y yo habíamos quedado en que la noche no se derrumbaba por nada de este mundo. Hasta habíamos comentado mi frase inmortal: ¿Emocionada?, ¿emocionada, Florence? Florence me dijo que sí, que en efecto se había muerto de vergüenza ajena al oírmela decir, y aprovechó la oportunidad para soltar la carcajada que se había tragado entonces. Peleamos a muerte, pero Pierre nos hizo amistar. Al pobre Pierre lo estábamos metiendo de cabeza en mi cuento anterior, lo estábamos metiendo en asuntos que no le concernían en lo más mínimo. Yo había llegado al punto de confesar lo de mi petaquita, tratando, eso sí, de aclarar que había sido sin segunda intención, que había sido psicoanalítico en todo caso, y narrando con lujo de detalles lo mal que la pasé mientras se me iba derramando en el bolsillo. ¡Felizmente!, gritó Florence, mirándome y soltando la carcajada, confesando que ella también las había pasado pésimo al ver la mancha en el sofá, había creído que se trataba de otra cosa. ¡Felizmente!, volvió a gritar, sin poder contener la risa. Por fin, hacia el postre, confesé que me había vestido para cenar con madame de Sevigné, y Pierre a su vez confesó que ellos se habían vestido para comer con el profesor de mi cuento, algo más destartalado sin duda ahora por diez años más de penurias en París.

—La idea fue de Florence —siguió confesando Pierre—. A mí me dijo que me pusiera la ropa que uso cuando arreglo mi motocicleta.

Se ganó un manotazo de Florence. Yo, en cambio, me gané las dos manos de Florence apretando fuertísimo el antebrazo de terciopelo negro de mi saco, mientras me clavaba los ojos de cuando nos quedaban sólo segundos.

Y cuando terminamos de comer, Florence decidió que había llegado el momento de que le leyera el cuento, quería escuchar el cuento leído por mí. Fue a traerlo, mientras yo volvía a sentarme sobre mi mancha en el sofá, y Pierre en el sillón de enfrente, cada uno con su copa de vino en la mano. Había algo extraño en el ambiente cuando Florence regresó apretando con ambas manos el libro contra su pecho. Yo, en todo caso, empecé a sentirme bastante mal y tuve la impresión de que la mirada siempre sonriente de Pierre no bastaba esta vez para que todo pareciera normal. Florence estaba temblando, pero de pronto como que decidió que ahí no pasaba nada y me entregó el cuento. Empieza a leer, me dijo, tirándose sobre la alfombra, de tal manera que su cabeza y sus brazos llegaban hasta mis rodillas, mientras que con los pies podía darle siempre pataditas a Pierre para que se quedara tranquilo. Pero ahí nadie se quedaba tranquilo.

Leer fue como si nos quedaran nuevamente sólo segundos. Pero por última vez, ahora. Sí, fue la última vez, y los dos estuvimos muy conscientes de eso. Leer fue escuchar a Florence y reír y juguetear como en ese cuento, como en éste, también, ahora que lo escribo. Fue escuchar sus aplausos y recibir las caricias que me hacía en las rodillas, cada vez que en mi lectura me refería a ella como a un ser inolvidable. Fue recibir sus golpes y castigos cada vez que me refería a ella como a un ser insoportable. A Pierre le seguían lloviendo paraditas, y eso me tranquilizaba, pero hacia el final, al acercarme al desenlace, Florence estuvo escuchando unos instantes inmóvil. Apoyó la cabeza sobre mis rodillas, cogió mi mano derecha entre las suyas, y permaneció inmóvil hasta que terminé de leer.

—Ahora dedícamelo —dijo. Seguía sin moverse—. Dedícamelo, por favor.

—Bueno, pero vas a tener que soltarle la mano porque no creo que sea zurdo —dijo Pierre.

Me soltó la mano, mirándome con demasiada tristeza, con algo de agotamiento, como si estuviera regresando, como si le costara trabajo regresar de algún lugar lejano y cómodo. Entonces yo le cogí las manos, pero solté, y ella también me las volvió a coger un instante y también soltó de nuevo. Todo pésimamente mal hecho, con la habitación dándome vueltas por todas partes, y de pronto con Pierre más que nunca en el sillón de enfrente. Florence sacudió la cabeza con toda el alma, y se fue gateando a buscarlo. Le tocaba a Pierre que, por supuesto, ya tenía listo el bolígrafo con que yo iba a dedicarle el cuento a Florence. Terminó emborrachándome el desgraciado con su sangre fría. Y cuando me arrojó suave, bombeadito, el bolígrafo, desde el sillón de enfrente, donde Florence le abrazaba las piernas, a mí llegó un bolígrafo que, eso sí, mi honor emparó perfecto, desde un sillón a mi derecha y otro sillón a mi izquierda y un montón de sillones más donde Florence también le abrazaba las piernas.

Seguía dedicándole el libro a Florence cuando me desperté el día siguiente, tardísimo, y recordando que estuve horas y horas dedicando y dedicando por todos los espacios en blanco que tenía el libro, hasta en la cubierta del libro dediqué algo. Creo, no, no creo, estoy seguro de que cada una de las mil frases que escribí estuvo a la altura de mi frase inmortal. ¿Emociona-da?, ¿emocionada... Florence? Y tenía un dolor de cabeza exage-rado hasta para quien le ha tocado vivir una situación exagerada, aunque aquello no impidió que me diera desesperados cabezazos contra la almohada. ¿Emocionada?, ¿emocionada, Florence? Pa-sé a la historia, sentía que había pasado a la historia, estaba sin-tiendo que había pasado a la historia, cuando sonó el teléfono. Florence, por supuesto, para decirme que no había pasado nada, y para quedarse callada luego un rato largo. Casi le aseguro que en todo caso yo no me acordaba de nada, pero ella no había cam-biado y ahora era ya una mujer y también maravillosa.

—¿Quieres que cuelgue primero? —le dije, y colgué.

París, 1979

Desorden en la casita

A Bárbara Jacobs y Augusto Monterroso

Fue por la radio. Él no tenía entonces discos ni tocadiscos, o sea que fue por la radio que Los Churumbeles de España lo hirieron tanto con esa canción que hoy ha saltado a su vista mientras busca discos viejos en una tienda de México. Sonríe mientras recuerda perfectamente bien la letra y música: *En una casita chiquita y muy blanca, camino del Puerto de Santa María, habita una vieja muy buena y muy santa, muy buena y muy santa, que es la madre mía. Y maldigo hasta la hora en que yo la abandoné, a pesar de sus consejos, no me quise convencer...* Se acerca a la caja y compra el disco, luego regresa al Gran Hotel y cancela todas sus citas.

Tumbado sobre la cama contempla la fotografía de Los Churumbeles de España. Debe ser de por el año cincuenta y lo que no se explica es cómo siendo un niño entonces, sí, su hermano menor nació cuando él tenía siete años, cómo y por qué siendo un niño entonces pudo haberlo herido tanto que su madre fuera una vieja muy buena y muy santa, su madre era entonces aquella mujer joven y alegre que por esos días había dejado la amplia blusa amarilla de sus recuerdos por el traje de maternidad con que se la llevaron una noche a dar a luz a José, su hermano menor.

Lo de la casita chiquita y muy blanca resulta mucho más explicable porque él estaba construyendo una casita de cemento en un rincón del jardín y pensaba pintarla de blanco. Cuando en las noches, tumbado en su cama, la imaginaba terminada y mucho más hermosa que la casa que estaban edificando decenas de albañiles al lado de la suya, la casita era blanca, chiquita y muy blanca, y a él le habían dicho que no bien terminara sus estudios primarios con las monjitas pasaría a un colegio de hombres grandes y fuertes, el Santa María, donde lo educarían unos sacerdotes norteamericanos muy grandes y muy fuertes. Entonces él decidió no escribirle más que una sola carta a Albert Robles y concibió un plan para que Albert Robles nunca más le volviera a escribir.

Trabajó hasta muy tarde en la casita y se marchó satisfecho, pues le habían quedado muy bien las estructuras para el techado del primer piso. Después tendría que pensar en la pintura de la fachada, chiquita y muy blanca, y después en la pintura de diferentes colores para las habitaciones de los altos y los bajos. Su dormitorio sería muy chiquito y muy blanco. Tan chiquito que de ninguna manera habría sitio en él para su hermano menor. Su hermano menor no existía. No tenía por qué existir. Aún no existía, y mientras estuviera a su alcance él haría todo lo posible para que nunca existiera.

Le alegraba pensar lo bonitos que iban a quedar el dormitorio de su papá y mamá, el de sus hermanas Silvina y Matilde, el de tiíta Lalita, la pobre, con mucho espacio para su reclinatorio y sus santos, los de los mayordomos y Amparo y la cocinera, y uno muy bonito también, entre nuestros dormitorios y los de los sirvientes, para nani Charlotte, porque nani Charlotte era francesa y era su nani y no comía en el comedor del servicio pero tampoco en nuestro comedor. O sea, pues, que algo a medio camino y tal vez de color rosado. Felizmente tenía ya resuelto ese problema en el plano de la casita porque a su papá no le gustaba que madame Charlotte siguiera durmiendo con Pablín y decía que esa señora necesitaba un dormitorio propio y que hacía tiempo que pensaba en ello, algún día les iba a dar una sorpresa: madame Charlotte tendría su propio dormitorio y José, porque él quería otro hombrecito, dormiría en el cuarto con su hermano Pablín, ¿qué te parece, Pablín?

Pablín decidió resolver el problema lo más pronto posible, porque no quería sorpresa ninguna de su padre y consideraba que su mamá lo ofendía y lo traicionaba y que se burlaba de él cada vez que le rogaba a papi que le revelara su sorpresa, cuéntanos, papi, por favor, entonces sólo a mí, papi, por favor. Pero su padre siempre respondía ya verán—ya verán y ya verás—ya verás, y él se ponía furioso cuando le decía ya verás, mi amor, a su madre, porque mami también era su amor, lo que pasa es que papi es un amarrete y siempre se lo agarra todo para él. Bien hecho: yo ya vi la construcción de al lado y tengo un sitio especial para nani Charlotte. Abro una puerta en el descanso de la escalera y, en el corredor que lleva a las habitaciones de servicio, pero sin acercarme mucho, ahí pongo a nani pero sin acercarme mucho a los dormitorios de Amparo y la cocinera y además con un baño sólo para nani Charlotte porque ella no come ni con nosotros ni con los sirvientes y así estará contenta porque no tendrá que compartir el baño con ellos ni nosotros tampoco con ella. Lo gané a papá. He tenido que cambiar el plano de la casita pero ya lo gané a papá. Tengo un plano nuevo y cuando nazca José no habrá sitio en ninguna parte para él. No nacerá porque no habrá sitio en ninguna parte para él.

Mamá entraba a ver los planos de la casita y lo acariciaba cuando él le enseñaba cómo había resuelto el problema. Y lo besaba con la ternura de mami pero no podía evitar reírse de mí. Y me decía tantas cosas *y maldigo hasta la hora en que yo la abandoné, a pesar de sus consejos, no me quise convencer.* Y además voy a escribirle una carta, la única, a Albert Robles, en Tucson, Arizona, para que nunca me vuelva a escribir. Y además nunca voy a ir a un colegio de hombres grandes y fuertes camino del Puerto de Santa María porque yo soy el hijo menor de mami y José nunca nacerá en mi casita.

Pero mami vuelve a entrar cada tarde a ver cómo progresa el plano de la casita ahora que he cambiado algunas cosas y todo eso que me dice con tanta ternura pero riéndose como si se burlara de mí, no seas tan loquito, Pablín, todas esas palabras que me dice y que antes me encantaba oír resulta que se llaman consejos. Mamá me da consejos, mami me aconseja que no sea así pero se está burlando de mí y no voy a seguir sus consejos porque tiíta Lalita, la pobre, dice que los consejos son unas cosas que se siguen o no. Seguiré construyendo mi casita como la he dibujado y José no nacerá y Albert Robles no me volverá a escribir nunca más. Felizmente que en esto mami sí dice que está de acuerdo porque ha visto la foto de Albert Robles, en Tucson, Arizona, y cree que las monjitas del colegio se han equivocado y me han escogido un corresponsal mayor que yo en los Estados Unidos.

Lo difícil que ha sido enseñarle a tiíta Lalita, la pobre, a tomar fotos. Siempre tarda un montón en levantarse de su reclinatorio porque papá dice que uno se demora mucho en volver del cielo. Y el cielo debe quedar lejísimos porque tiíta Lalita, la pobre, ha tardado muchísimo en bajar esta tarde.

Pobrecita, pero cansa el miedo que le da y por eso ha tenido que jalarla y jalarla de la manga porque con el miedo que le da y con el rosario y todas sus estampitas por nada del mundo quiere soltarse y se queda horas agarrada al reclinatorio por miedo a caerse antes de aterrizar. Ha sido muy difícil esta tarde porque yo estaba apurado y ella no quería soltar y tuve que jalarla hasta que se me cayó, felizmente que me dijo no me ha pasado nada felizmente, y alabado sea el Señor. Pero un poco más distraída que de costumbre sí que estaba y gracias a eso ni cuenta se dio de que me había puesto collar y aretes y el lápiz de labios de mami, con las justas alcancé a su repisa y ahora tengo que darle las fotos al chófer para que las lleve a desarrollar con mi propina. Papá ya sabe que tengo que mandarle unas fotos a Albert Robles, el corresponsal que las monjitas del colegio me han puesto en Tucson, Arizona, *in the south and in the west of the United States of America which is* NOT *the United Kingdom,* Pablín.

Gané. Pasan las semanas y Albert Robles no me ha vuelto a escribir. Él mismo me dio la idea. Era mucho más alto y más fuerte que yo y se hizo fotografiar con pantalones largos y un perro enorme a su lado. Igualito que si ya fumara, me dijeron Silvina y Matilde, y mami se rió mucho al darles la razón. Gané. Albert Robles no me volverá a escribir nunca y la casita avanza mucho más rápido que la construcción de al lado y mami sigue sin usar los vestidos de maternidad, no de ma*tre*nidad, Pablín, de ma*ter*nidad, y además se pone la blusa amarilla todos los días si yo se lo pido mientras me da consejos y no nos ponemos de acuerdo como cuando tiíta Lalita, la pobre, me dijo que no la gritara porque no lograba tomarme las fotos, es que una mano no se me pone de acuerdo con la otra, Pablín, aunque Silvina y Matilde dicen que a tiíta Lalita, la pobre, nada se le pone de acuerdo con nada, nunca, porque es la hermana tonta de abuelito, será por eso que papá dijo una palabra rarísima un día de mal humor, dijo que qué Lalita la pobre ni ocho cuartos, que lo que habían hecho con Lalita era *endilgárse* y *la,* pero después se puso más furioso todavía porque Silvina y Matilde también lo oyeron y todos vimos a mami llorar muy buena y muy santa y mis hermanas dijeron que tiíta Lalita era tontonaza y papi les gritó que estaba terminantemente prohibido, como casi todo lo que yo hago, terminantemente prohibido, ¿me oyen?,

volver a repetir esa palabra mientras él viva, y un día todos salimos corriendo a ver si papá no se había muerto porque a Silvina
se le escapó la palabra y felizmente que no, o sea que tiíta es
Lalita la pobre terminantemente prohibido.

Estaba ganando como nunca y todavía podía ganar
del todo cuando tiíta Lalita, la pobre, abrió la puerta que daba del
comedor al jardín y le gritó: ¡Ha nacido Pepito! ¡Tienes un
hermanito! Él la miró desconfiado, desde su rincón, pensando
que la cigüeña no llegaba tan rápido porque venía de París y
no de los Estados Unidos. Tumbado en la cama del Gran Hotel sonríe mientras piensa que el colmo habría sido que le
mandaran un hermano del tamaño de Albert Robles, de Tucson, Arizona, además de todo. Después voltea y mira sobre la
mesa de noche la fotografía en colores de su madre con la blusa
amarilla. Hoy ya sería muy vieja y muy santa. Tararea la canción y recuerda el espanto con que lo llevaron a empezar sus
estudios secundarios camino del Puerto de Santa María: a pesar de sus consejos, no me quise convencer.

Pero todavía puede ganar y da las últimas capas de pintura blanca y cuando mami regrese verá que no estamos de
acuerdo porque no hay sitio en mi cuarto para José Pepito
porque yo soy el hermano menor y ya ven cómo Albert Robles
nunca me volvió a escribir, yo sé por qué, y así también tampoco habrá sitio para José Pepito y mi hermano menor no ha
vuelto ni volverá a existir.

Contempla la fotografía en colores de su madre con la
blusa amarilla y le duele aún el día de su doble derrota atroz,
la tarde en que aprendió la atroz palabra atroz, cuando tiíta
Lalita, la pobre, abría todas las puertas de la casa y desembo-
caba en el jardín gritando ¡atroz!, ¡atroz!, ¡atroz!, y ¡alabado
sea el Señor!, hasta que se desmayó para siempre mientras él
se incorporaba y lo hacían entrar y se daba cuenta de que la
casa tenía muchas más puertas que su casita chiquita y muy
blanca y que de pronto todo se había llenado de gente vestida
de negro y de unos adornos negros y tristes como la gente que
iba y venía. Déjenlo así, déjenlo ahí, le ha dicho su padre a
nani Charlotte, calma, calma, por favor, calma, dice también a
cada rato y desaparece vestido de negro y él regresa corriendo
a la casita porque su cuarto, tenía razón, era tan chiquito que

José Pepito nunca volverá a existir pero en cambio sobra el cuarto tan grande para el reclinatorio y los santos de tiíta Lalita, la pobre. No sabía qué hacer, mamá, le dice a la fotografía alegre de la blusa amarilla, sobre la mesa de noche, Gran Hotel, ya era muy tarde para empezar la casita de nuevo y además ese cuarto podía servir para los parientes de Buenos Aires que siempre nos visitan, o sea que me limité a seguir con mis inútiles brochazos de pintura blanca para que la casita fuera muy, muy blanca.

Y ahora duerme con su hermano Pepito y, a veces, como en las películas, planea el asesinato. Pero cuando ya no le importa tanto no ser el menor de todo el mundo, entonces, siempre, quiere *suicidar* y *se,* y maldice hasta la hora en que yo la abandoné. Pero ahora seguirá durmiendo para siempre con su hermano Pepito porque papá no quiso cambiar por nada de sorpresa y ya viven en esa casa tan grande y tan lejos de su casita y sobran cuartos y camas por todos lados porque nani Charlotte regresó a Francia y tiíta Lalita, la pobre, se fue con sus santos en su reclinatorio y Tere, su primer amor, le dio su primer beso a los trece años cuando él le contó el último arreglo al que había querido llegar con su padre: Papi, le dijo, para que no sobre su cama yo duermo en su cama y tú te pasas a mi cama y su papá no entendió nada y le sonrió muy triste y lo acarició muy triste y le explicó muy triste que ya todo era inútil porque siempre seguiría sobrando una cama y ya ven, ya ven, él le estaba hablando de su casita chiquita y muy blanca porque allá había una sola cama en cada cuarto porque la cama de nani Charlotte se la habían llevado al cuarto de la nueva nani que no tardaba en llegar y nada habría pasado, nada habría pasado, ya ven, ya ven, si me dejan terminar mi casita sin tanto desorden.

Barcelona, 1986

Una tajada de vida
A Marcia y Balo Sánchez León

Era el sol sucio de Lima o era en todo caso el sucio sol de esa polvorienta tarde limeña en plena feria del Cristo moreno con dejo andaluz y sabor a negro mandinga de hábito color morado y descendiente de nuestros esclavos; era esa tarde de semana de procesiones y domingo de toros en plena feria del Señor de los Milagros y la Plaza de Acho la había construido el virrey don Manuel Amat y Junyent, el de la Perricholi y el puente y la alameda, déjame que te cuente limeño, déjame que te diga del palacio de la virreyna de Barcelona, la llamaban la Pompadour peruana, limeña, carajo, Micaela Villegas, la Pompadour limeña y algún culto ahí sabía además que sobre esa despampanante criolla que lo tuvo en jaque al virrey viejo y enamorado o enchuchado mejor dicho, perra chola le quería decir el virrey pero era catalán y sólo le salía lo de Perricholi cuando ella le ponía cuernos y le entraba el ataque de rabia, no por nada fue Mariscal de Campo en España, gobernador de Chile y virrey estupendo del Perú, si sobre la Perricholi había escrito Offenbach una célebre opereta que aún se pone en escena en el teatro Châtelet de París y Luis Mariano...

... Y ahora todo eso en medio del polvo y las chozas chatas y el sol sucio en esa especie de autopista que los llevaba del dichoso y blanquiñoso San Isidro, ¡viva el lujo y quien lo trujo!, hacia la Lima de antaño, como quien se va en circunvalación al mundo del callejón de un solo caño y jaranas de media mampara, mediopelín y bajo pueblo, la ínfima, carajo, y el Presidente de la República, ¿presidente ése?, de qué, hermano, tócamelas por favor, el generalote es un chino cholo pata en el suelo y soldado raso que nos ha impuesto la reforma agraria y, peor todavía, whisky nacional, pero ahora tomamos de contrabando, ni cojudos, y estuvo bueno el pisco sauer del almuerzo criollo y picante y hoy se decide lo del Escapulario de oro, que si se lo lleva José Mari Manzanares, que si Paquirri...

...Y por enésima vez, medio borrachos ya, le habían reprochado la mariconada de una palabra que se le escapó en francés pero en realidad lo que le estaban reprochando en ese almuerzo de viejos compañeros de oligarquía colegio y universidad era que había apoyado la reforma agraria, huevón, ¿y las tierras de tu familia?, ¿y la hacienda de Huacho?, ¿acaso no te han jodido a ti también o es que en París te has vuelto masoco, hermano...?

...La palabra *hermano* dicha con el cariño de una anécdota escolar, *for old times sake,* salvaba siempre la situación pero por la especie de autopista esa con el sol sucio y porque se les hacía tarde y la feria había sido una de las peores en años porque el chino de mierda ese que dice que nos gobierna pero en realidad está jodiendo al país, por esa bestia el país ya no tiene ni dólares con que traer buenos toros de las Españas y a los toreros hay que pagarles con platería peruana, manyas hasta qué punto estamos hasta el perno, hermano, de pura vergüenza yo me largo de este país, hermano, y tú con que era indispensable una reforma agraria, y dices que por el bien del país, ¿han oído lo que ha dicho Javier, señores?, tómate otro trago, por favor, Javier, y haz como que te emborrachas, de a verdad, primito...

...Que se hace tarde, que se hace tarde, que sube y vamos, que mira cómo está esto todo hecho una mierda, mira qué asco, hermanón, sales de San Isidro y empieza el asco, hermanito, construyes una carretera y te la llenan de chozas y mira a los cholos de mierda estos que no saben ni cómo atravesar y se tiran a la pista y métele fierro a fondo, Lucho, que vamos con las justas y hay que estacionar todavía, pero para qué sueltas el acelerador, métele pata a fondo, mándale el carro al auquénido ése, atropéllalo, aplástalo, refórmamelo agrariamente, compadre, vas a ver cómo le sale mierda en vez de sangre, pásame la bota hermano, acelérale, hermano, la piel de un indio no cuesta caro, eso lo escribió un tal Ribeyro, vive en París como tú, Javier, ¡pum!, ¡te lo volaste, hermanón!, volteen, señores, nada, cobarde, lo rozaste apenas, auquénido de mierda, mira cómo se revuelca, fierro a fondo, mete la pata sin miedo que todavía hay que estacionar y nos perdemos el paseo, yo quiero ver toros y no llamas, huevón, *somos los niños más conocidos en esta bella y muy noble ciudad, nosotros somos los engreídos, por nuestra gracia y vivacidad,* pásame la bota hermano, angurriento que eres, carajo, ¿pero qué mierda te pasa, Javier?, Javier, no seas huevón, por favor, déjate de cojudeces, por favor Javier, bueno, bájate, pues, mierda, allá tú... *De las jaranas, somos señores, y hacemos flores con el cajón, y si se ofrece tirar trompadas, puñete y patadas, también tenemos disposición,* bájate de una vez por todas, mierda...

... Y cuando se acercó al cholito apenas si le salía sangre por la nariz y pensó *felizmente* al verlo incorporarse y salir disparado por miedo a mí...

Casi nadie lo fue a despedir, como siempre, a veces una muchacha como un regalo de Lima la horrible, casi nadie lo había venido a recibir, como siempre, a veces uno de sus hermanos, y nadie lo espera en el aeropuerto de París. Taxi. En su departamento, olor de encierro y regreso, el vacío de un mundo abandonado ya para siempre y el desasosiego de un mundo nunca encontrado. Eso que llaman desarraigo, con el cansancio del viaje se volvió peor cuando contempló algunos objetos que Nadine había olvidado cuando se despidieron en... Ni siquiera se acordaba dónde se había despedido de Nadine, siete meses atrás, porque a cada rato se había despedido para largo o para siempre de Nadine por esos problemas que ella tenía como de múltiple personalidad y frigidez y miedo a la vida y un pasado que como que la condenaba siendo tan joven, bastante menor que él. Nadine con sus cartas incongruentes, sus silencios y olvidos, le había destrozado esos siete meses en Lima y él que había partido a Lima sólo para buscarle un trabajo de profesora de tenis y buscarse un trabajo de lo que fuera, porque, en efecto, también él se había jodido con la reforma agraria y ahora lo que tenía que hacer, no te queda más remedio, Javier, le dijo su hermano, es buscarte un trabajo de lo que sea en París o en Lima, en fin, eso depende de dónde quieras quedarte, los contactos te los doy yo todos, pero la tal Nadine como que no cabe en nuestra familia, o sea que mejor allá en París, Javier.

El teléfono sonó equivocado pero él reconoció lo torpe que era Nadine hasta para equivocarse en el teléfono y ponerse a tartamudear de emoción o de vergüenza. Nadine que lo quería querer y debía estar llamando desde hace días, calculando su llegada, arrepentida de no haber soportado, de haberse portado pésimo con el hombre que se fue al Perú a buscarle un trabajo de profesora de tenis para empezar una vida nueva, una vida sin ese pasado que a veces lograban borrar regresando a una playa en Huelva para volver a nadar desnudos buscando la ternura, ya no el amor aunque se querían tanto, y algo en común, algo que no siempre fuera el deseo de empezar de nuevo a fojas cero con un enorme olvido perdonadizo, a lo mejor lo que les faltaba para poder vivir juntos era una total y eterna amnesia del día de ayer. Sonó el teléfono equivocado porque sólo tartamudeó de vergüenza y emoción. Pobre Nadine.

Se sirvió un whisky largo para no contestar varias veces y sentir pena porque ya van como diez veces que no contesto y durmió como siempre después de estos viajes, esperando la noche para meterse un buen somnífero y empezar a enfrentarse con lo del *jet lag.* Contestó al tercer whisky bebido con la paciencia del cansancio y la impaciencia de escuchar su voz. ¿Por qué le gustaba tanto la voz metálica de una mujer que ni siquiera lograba vocalizar y cuando lo lograba era la tartamudez del miedo y la vergüenza o la emoción, según el caso? Una manifestación de la ternura, aunque a veces pensaba que era más bien una manifestación de su piedad por una mujer bonita que le tenía miedo a todo y que hubiese deseado, necesitado, más bien, porque Nadine era cobarde y estaba en la calle, amarlo. Hablaron mal. Ella, por el miedo, la vergüenza y la emoción. Él, al principio, porque le daba como flojera empezar de nuevo sobre siete meses de ruinas y por el cansancio del viaje que cada vez se notaba más. Al final, por la emoción tan grande. Iría. Lo sabía desde que allá en Lima metió los regalos en la maleta. Desde antes, desde que decidió meterlos. Desde antes, desde que empezó a comprarlos. Desde antes, desde que decidió ir a comprarle regalos. Desde antes, desde siempre. Nadine vendría a Le Mans, a la estación; el tren, ya lo había averiguado, salía a las diez de la mañana, sí, gare de Montparnasse, unas tres horas. Ella lo esperaría en la estación y lo llevaría sesenta kilómetros más allá hasta la granja de unos amigos.

Besos y abrazos, pobre Nadine, como que lo admiraba y él sería sin duda el héroe en la granja porque había estado en el Perú, sólo por eso, pobre gente, tendría que inventarle historias mejores que la oligarquía peruana sin tierras, mucho Cuzco y Machu Picchu, más bien, la cocaína y qué más... La selva y alucinógenos. Algún brujo como don Juanito el de Castañeda, *la petite fumée du diable*. Y soltar regalos por doquier porque en la granja también había niños en estado natural o en contacto directo con la naturaleza y fuera del sistema o como mierda fuera eso. Lo horrible, se dijo Javier, es saberlo todo de antemano.

Por eso había llevado vino y whisky. Porque ahí se consumía hasch pero no se bebía. Y ahora que ya había soltado regalos pudo empezar a beber su vino y aceptar el hasch. Cualquier cosa. Además todavía estaba cansado del avión y una noche de esas de después del Atlántico más el viaje en tren hasta Le Mans y los sesenta kilómetros nevados en un carro que se caía a pedazos. Hacia las seis de la tarde, ya con las velas encendidas, empezó a contar cosas. Felizmente que a las siete lo interrumpió un tipo con cara de camello, delgado, alto, moreno con algo de árabe, nariz aguileña, marcas de viruela, muy sucio, más sucio todavía cuando se quitó un impermeable largo verde oliva. Nadine empezó a estar menos cariñosa con Javier cuando el tipo fue a mear y Jakie, el único simpático ahí, un hombrón de pelo largo, dijo que venía perseguido. Drogas. De la India. También joyas.

O sea que todo empezó cuando Nadine le enseñó, se llamaba Ives, el collar con la enorme piedra verde que le habían traído del Perú. Ives le preguntó a Javier si tenía contactos en Brasil y Javier le respondió que sólo tres haciendas en el Mato Grosso. Celos. Otra vez, carajo. ¿O piedad? Otra vez, carajo, en todo caso. ¿Se luchaba o no se luchaba? Si se luchaba, entonces era piedad.

Luchó un rato y para ello empleó unas cassettes que había traído de Lima para hablarle a Nadine de las cosas vividas allá, ¿del auquénido y la corrida de toros a la que nunca llegó?, ¿del precioso departamento en que se había instalado su madre al enviudar?, ¿de lo duro que era llevarle flores a la tumba de su padre y llegar a Lima sin padre por primera vez porque no había podido, no, no había querido, llegar a su muerte? Lo mejor era traducirle las letras de las cassettes y acariciar el cuerpo desnudo de Nadine que, de rato en rato, todavía se acordaba de acariciarlo y hacía unos esfuerzos que él sabía feroces por quedarse con él, quedarse con él esta vez, quedarse con él una vez porque a lo mejor si lo lograba una sola vez... No irse. No írsele la cabeza.

De pronto Nadine le contó que había visto una película y que le había gustado mucho y que lo había extrañado muchísimo durante toda la película y que había sido algo muy fuerte. Y que después, resulta, a sus amigos no les había gustado la película, porque sí, y que entonces ella se había quedado sin opinión propia. Sufro mucho, Javier, le dijo, con este problema. No tengo personalidad o qué. Es terrible no tener una opinión propia. Ése es mi problema, Javier, que quisiera tener una opinión propia como tú. Él dejó de acariciarla cuando terminó una cassette y le dio flojera o es que no valía la pena poner el otro lado del Perú siete meses. Intentó acariciarla una vez más, lo intentó realmente, piedad, pero empezó a reinar una terrible mediocridad. Y apagó la vela para que ella pudiera irse a enseñarle su cuerpo desnudo al otro. Para que pudiera irse más fácil porque no tenía opinión.

A la hora concertada, iba pensando Javier en el tren de regreso, aunque lo único concertado ahí fue que iría a ver a Nadine a la granja del contacto con la naturaleza, a la hora concertada el baño de la granja quedaba al lado del dormitorio sobre cuya cama, a la hora concertada, Nadine yacía desnuda y tiesa mientras él esperaba la hora concertada. No tardaba en llegar el momento porque Ives con su pelo de cerdas negras doblemente rizadas por la suciedad, se estaba preparando un baño. Se escuchaba el chorro de agua que, como un reloj de arena, iba llenando el vacío de la tina y el vacío terrible que iba sintiendo Javier al ver perdido al pobre héroe peruano de las batallas de Machu Picchu, el Cuzco, cocaína y un precioso collar de plata con la enorme piedra verde. Batallas, todas, finalmente perdidas ante la inmensa superioridad de la hora concertada. El cuerpo desnudo de Nadine se puso de pie sobre la cama, evitó pisarlo, abrió la puerta del baño, entró un poco de luz, y volvió la oscuridad al dormitorio cuando cerró la puerta detrás de ella. No era el momento de pensar que siete meses en Lima buscándole un trabajo que les permitiera empezar una nueva vida desembocaría en algo sabido de antemano. Javier sólo pensó que la nueva vida habría sido sólo para Nadine, porque la suya hacía rato que era vieja, la misma vieja vida de siempre.

Conversaban ahí al lado, en el baño, pero a él no le interesaba saber de qué, y unos instantes después volvió a haber un trozo de luz en el dormitorio cuando Nadine abrió la puerta en el momento en que él se estaba tomando el somnífero de la piedad. Ives le había dicho que le preguntara si la piedra del collar era legítima o la había comprado en una tienda de ésas para turistas.

—Dile —le respondió Javier—, dile que en el Perú sólo los peruanos que saben y los turistas muy ricos compran artesanía y cosas por el estilo en las tiendas oficiales de turismo. Los de mochila al hombro, los desharrapados de siempre, en fin, los que viajan en chárter y se creen aventureros compran las piedras falsas que venden los contrabandistas de lo auténtico. Y dile que es verdad, además.

Nadine cerró la puerta del dormitorio y en el baño repitió lo más textualmente que pudo las instrucciones recibidas porque no tenía una opinión propia. Y poco rato después Javier se quedó profundamente dormido, piedad, y probablemente lo último que le pasó por la mente fue que en algún libro había leído que la piedad es una de las pasiones más terribles en las que puede caer un ser humano. Oyó ruidos de desayuno al despertarse y le dio asco bañarse en el mismo sitio en que se había bañado Ives. Nadine parecía haber pasado otra vez por la cama, había señales de un regreso desnudo y furtivo en la noche y probablemente ahí se había despertado y su voz se escuchaba ahora entre los del desayuno. Javier se levantó, preparó sus cosas para regresar a París, y mientras cerraba el maletín de los regalos vio más nieve que nunca por la ventana. Eso dificultó enormemente el recorrido desde la granja hasta la estación de Le Mans en el automóvil destartalado y horroroso en que no quiso ser malo porque Nadine no tenía una opinión propia y no le preguntó por qué, cuando después del desayuno y la hora concertada para la partida fue al dormitorio a recoger sus cosas, había aparecido la enorme piedra verde del collar partida en dos, cómo y por qué. Después fue el lío de que no habían previsto tanta nieve, la llegada con las justas a la estación, él subiéndose a un tren atiborrado de gente mientras Nadine le compraba el billete de primera clase y corría después para alcanzárselo con el tren ya en marcha. Nadine le había dicho que sólo en primera clase viajaría más o menos cómodo y había mostrado un gran sentido práctico en organizar la apresurada partida y fue la hermosa muchacha que corrió hasta donde pudo para seguirle haciendo adiós con todos sus besos volados porque quería quererlo tanto.

Javier llegó varias veces, bueno, tres, por lo menos, unas tres veces llegó destrozado y cansado y abatido a la estación de Montparnasse, París. Quería sonreír probándose que había vivido la teoría de la relatividad en carne propia, más una derrota de siete meses en Lima con un honorable tratado de paz firmado en una granja para derrotados por ahí por Le Mans, y hasta se dijo que todos los generales son inteligentes cuando termina una batalla, ya que todos los tontos han muerto al final. Se dijo además, como una especie de premio de consuelo, que siempre se era el auquénido de alguien pero el incidente en el tren seguía siendo detestable.

Él estaba de pie y pensando en todo el asunto de la hora concertada, cuando alguien advirtió que acababa de entrar al vagón de primera clase el controlador de billetes. Una mujer se puso de pie porque su billete era de segunda y la persona que había advertido preguntó que quién ahí tenía un billete de primera. Había tanta gente de pie y de segunda clase que Javier ni siquiera ató cabos. Pero se seguía insistiendo en el asunto hasta que por fin él se sintió concernido y recordó lo de su billete de primera y que en primera se viajaba siempre con asiento reservado y dedujo que el asiento abandonado por la mujer era suyo. Le dijo no se preocupe, señora, a mí me da lo mismo, pero el controlador escuchó todo y dijo que los de primera sentados y en primera y por favor, damas y caballeros, aunque más bien dijo cabadamas por esa economía que se permiten ciertos idiomas, sí, cabadamas, los de segunda a segunda y usted también, señora, vamos, rápido que no tengo tiempo que perder. Controló el billete de Javier y le dijo que ése era su asiento y que lo utilizara porque había pagado por él. Javier ni siquiera agradeció porque ya lo estaba mirando de esa manera toda la gente que había volteado a ver el incidente que él atribuyó a su distracción con respecto a las reservas de primera y al haber estado pensando en la hora concertada.

Pero un hombre se puso de pie, como si fuera otra vez la hora concertada, y le ofreció su asiento a la señora que había usurpado el de la distracción de Javier. Tres hombres más hicieron lo mismo pero el controlador insistió en que los de segunda a segunda, por favor, señora, y volvió a insistir y controlador y señora avanzaron hacia el siguiente vagón y ahí arrancó esa especie de monólogo en coro de los cuatro caballeros que le habían ofrecido su asiento con rabia a la mujer, más los comentarios rápidos, breves y ágiles de los que no le habían cedido su asiento a nadie, y por último lo que Javier llamaría momentos después el silencio de la mayoría silenciosa. Se trataba, a gritos mezclados con breves y ágiles comentarios aseverativos, cosas casi de apuntador, de que hubo una época de trenes con vagones de tercera para la gente de tercera categoría pero que ahora ya no estamos en casa, en Francia, porque de cuándo acá los extranjeros también en primera clase, no, ya no estamos en casa en Francia, cabadamas, ya no estamos en casa en Francia. En fin, fundamentalmente se trataba de eso y de la mayoría silenciosa y del auquénido al que sólo cuatro días atrás Lucho le había metido el carro y él no pudo más y se bajó y el auquénido salió disparado por miedo a mí con sangre en la nariz. Instintivamente, Javier se llevó la mano a la nariz como en un recuerdo y en un susto.

Y ahora avanzaba por el andén de la estación de Montparnasse y los caballeros opinantes y los apuntadores que tampoco estaban ya en casa, en Francia, pasaban a su lado uno tras otro con esas miradas. Javier pensó: Ustedes son los niños más conocidos, en esta bella y muy noble ciudad, ustedes son los engreídos, por vuestra gracia y vivacidad. Pero sintió que París no se merecía eso y que era la maravillosa ciudad en la que Sylvie y él se habían amado tan jóvenes, tan lindamente, tan privilegiadamente, con risas, lágrimas y palabras de amantes inmortales, sí, así fue, lo malo es que entonces Lima tampoco se merecía a los que fueron sus amigos queridos de oligarquía colegio y universidad y, aunque por ahí divisó un matiz en su asociación-conclusión, ya era muy tarde y en el Perú, en Lima, en el balneario viejo de Barranco, allá arriba del puente de Los Suspiros, en El Embrujo, su hermano había detenido la conversación para reírse con las cosas del presentador cuando anunciaba a la Limeñita y Ascoy, Rosita y Alejandro, que nos han honrado, señores, dejando su sarcófago de inmortales, para volver a estar con nosotros, como siempre, como desde hace siglos, porque Rosita y Alejandro, damas y caballeros, ya debían seis meses de alquiler cuando Dios dijo *fiat lux.*

Y mientras la Limeñita y Ascoy seguían despidiéndo-
lo de Lima con *Luis Pardo,* el vals del famoso bandolero, *sepan
de mis hazañas, que no son más que rencores,* mientras Luis Pardo
le pedía a sus enemigos que lo mataran de frente, su hermano
Manuel le iba diciendo que se buscara un trabajo cualquiera y
mejor en París, Javier, perdona, pero para esa mujer no hay
sitio en nuestra familia. Javier empezó a aplaudir y no pudo
contenerse, pronto se iría de Lima y se puso de pie y atravesó
el comedor para darle un beso a Rosita, para contarle que en
París tenía todos sus discos y que siempre los escuchaba.
Rosita aceptó su beso y le dijo con emoción y esa finura como
mortal: Que Dios lo bendiga, caballero.

Barcelona, 1986

Cómo y por qué odié los libros para niños

A Marita y Alfredo Ruiz Rosas; a Cinthia Capriata
y Emilio Rodríguez Larraín

Creo que pocos niños habrán odiado tanto como yo los libros. Eran, además, objeto de mi terror. Cuando se acercaba la Navidad o el día de mi cumpleaños, empezaba a vivir el terrible desasosiego que representaba imaginarme a algún amigo de mis padres llegando a visitarme con una sonrisa en los labios y un libro de Julio Verne, por ejemplo, en las manos. Era mi regalo y tenía que agradecérselo, cosa que siempre hice, por no arruinarle la fiesta a los demás, en lo cual había una gran injusticia, creo yo, porque la fiesta era para mí, para que la gente me dejara feliz con un regalito, y en cambio a mí me dejaban profundamente infeliz, y lo que es peor, con la obligación de deshacerme en agradecimientos para que el aguafiestas de turno pudiera despedirse tan satisfecho y sonriente como llegó.

El colmo fue cuando asesinaron al padre de uno de los amigos más queridos que tuve en mi colegio de monjas norteamericanas para niñitos peruanos con cuenta bancaria en el extranjero, por decirlo de alguna manera. La noticia me puso en un estado de sufrimiento tal, que sólo podría atribuírsele a un niño pobre, dentro de la escala de valores en la que iba siendo educado, por lo que se optó por ponerme en cuarentena hasta que terminara de sufrir de esa manera tan espantosa. Me metieron a la cama y me mandaron a una de esas tías que siempre están al alcance de la mano cuando ocurre alguna desgracia, y a la pobre no se le ocurrió nada menos que traerme un libro que un tal D'Amicis, creo, escribió para que los niños lloraran de una vez por todas, también creo.

Regresé al colegio con el corazón hecho pedazos, por lo cual ahora me parece recordar que el libro se llamaba *Corazón*. Y cuando llegó la primera comunión y, con ella, la primera confesión que la precede, el primer pecado que le solté a un curita norteamericano preparado sólo para confesión de niños (a juzgar por el lío que se le hizo al pobre tener que juzgar divinamente y con penitencia, además, un pecado de niño tan complejo), fue que, por culpa de un libro, yo me había olvidado de un crimen y de mi huérfano amigo y, a pesar de los remordimientos y del combate interior con el demonio, había terminado llorando como loco por un personaje de esos que no existen, padre, porque los llaman de ficción.

—¿Cómo fue el combate con el demonio? —me preguntó el pobre curita, totalmente desbordado por mi confesión.

—Fue debajo de la sábana, padre, para que no me viera el demonio.

—¡Para que no te viera quién!

—El demonio, padre. Es una tía vieja que mi papá llama solterona y que según he oído decir siempre aparece cuando algo malo sucede o está a punto de suceder. Yo me escondí bajo la sábana para que ella no se diera cuenta de que había cambiado el llanto de mi amigo por el del libro.

El padrecito me dio la absolución lo más rápido que pudo, para que no me fuera a arrancar con otro pecado tan raro, y logré hacer una primera comunión bastante tembleque. Años después me enteré por mi madre que el curita la había convocado inmediatamente después de mi extraña confesión, y que le había dado una opinión bastante norteamericana y simplista de mi persona, sin duda alguna porque era de Texas y tenía un acento horripilante. Según mi madre, el curita le dijo que yo había nacido muy poco competitivo, que no había en mí ni el más mínimo asomo de líder nato, y que si no me educaban de una manera menos sensible podía llegar incluso a convertirme en lo que en la tierra de Washington, Jefferson y John Wayne, se llamaba un perdedor nato. Mis padres decidieron cambiarme inmediatamente a un colegio inglés, porque un guía espiritual con ese acento podría arruinar para toda la vida mi formación en inglés.

Con los años se logró que mejorara mi acento, pero mi problema con los libros no se resolvió hasta que llegué al penúltimo año de secundaria, en un internado británico. Un profesor, que siempre tenía razón, porque era el más loco de todos, en el disparatado y anacrónico refrito inglés que era aquel colegio, nos puso en fila a todos, un día, y nos empezó a decir qué carrera debíamos seguir y cuál era la vocación de cada uno y, también, quiénes eran los que ahí no tenían vocación alguna y quiénes, a pesar de tener vocación, debían abandonar toda tentativa de ingreso a una universidad, porque a la entrada de la Universidad de Salamanca, en España, hay un letrero que dice: *Quod Natura non dat, Salmantica non praestat.* Un buen porcentaje de alumnos entró en esta categoría, por llamarla de alguna manera, pero, sin duda, el que se llevó la mayor sorpresa fui yo, cuando me dijo que iba a ser escritor o que, mejor dicho, ya lo era. Le pedí una cita especial, porque seguía considerando que mi odio por los libros era algo muy especial, y entonces, por fin, a fuerza de analizar y analizar mil recuerdos, logramos dar con la clave del problema.

Según él, lo que me había ocurrido era que, desde niño, a punta de regalarme libros para niños, me habían interrumpido constantemente mi propia creación literaria de la vida. En efecto, recordé, y así se lo dije, que de niño yo me pasaba horas y horas tumbado en una cama, como quien se va a quedar así para siempre, y construyendo mis propias historias, muy tristes a veces, muy alegres otras, pues en ellas participaban mis amigos más queridos (y también mis enemigos acérrimos, por eso de la maldad infantil), y que yo con eso era capaz de llorar y reír solito, de llorar a mares y reírme a carcajadas, cosa que preocupaba terriblemente a mis padres. «Ahí está otra vez el chico ese haciendo unos ruidos rarísimos sobre la cama», era una frase que a menudo les oí decir. El profesor me dijo que eso era, precisamente, literatura, pura literatura, que no es lo mismo que literatura pura, y que mi odio a los libros se debía a que, de pronto, un objeto real, un libro de cuya realidad yo no necesitaba para nada en ese momento, había venido a interrumpir mi realidad literaria. En ese mismo instante, recuerdo, se me aclaró aquel problema que, aterrado, había creído ser un grave pecado cometido justo antes de mi primera comunión. Aquel pecado que tanto espantó al curita norteamericano y sobre el cual dio una explicación que, según mi madre, tomando su té a las cinco y leyendo a Oscar Wilde, sólo podía compararse con su acento tejano.

Claro, aquel libro lo había tenido que escuchar (los otros, generalmente, los arrojaba a la basura). Y ahora que lo recuerdo y lo entiendo todo, lo había tenido que escuchar mientras yo estaba recreando, en forma personalizada, o sea necesaria, el asesinato del padre de mi excelente amigo de infancia norteamericana. Me encontraba, seguro, muy al comienzo de una historia que iba a imaginar en el lejano Oeste y muy triste, particularmente dura y triste, puesto que se trataba de ese amigo y ese colegio. Y cuando la lectura de mi tía, cogiéndome desprevenido y desarmado, por lo poco elaborada que estaba aún mi narración, impuso la tristeza del libro sobre la mía, yo viví aquello como una cruel traición a un amigo. Y ése fue el pecado que le llevé al curita tejano.

Desde entonces, desde que dejé de leer libros que otros me daban, empecé a gozar y Dios sabe cuánto me ayuda hoy la literatura de los demás en la elaboración de mis propias ficciones. Cuando escribo, en efecto, es cuando más leo... Pero, eso sí, algo quedó de aquel trauma infantil y es ese pánico por los libros que, autores absolutamente desconocidos, me han hecho llegar por correo o me han entregado sin que en mí hubiese brotado ese sentimiento de apertura, curiosidad, y simpatía total que me guía cuando leo el libro de un escritor que acabo de conocer y con el cual he simpatizado.

Cuando me mandan un manuscrito o un libro a quemarropa siento, en cambio, la terrible tentación de reaccionar como el duque de Albufera, cuando Proust le envió un libro y luego lo llamó para ver si lo había recibido. El propio Proust narra con desenfado su conversación con su amigo Luigi:

—Mi querido Luigi, ¿has recibido mi último libro?

—¿Libro, Marcel? ¿Tú has escrito un libro?

—Claro, Luigi; y además te lo he enviado.

—¡Ah!, mi querido Marcel, si me lo has enviado, de más está decirte que sí lo he leído. Lo malo es que no estoy muy seguro de haberlo recibido.

Fornells, Menorca, 1985

Magdalena peruana
A José Durand

Don Eduardo siempre tuvo sus rarezas, contaba mi abuelo; las tuvo como todos los Rosell de Albornoz. En cambio los
Rosell y López Aldana, que son nuestros parientes por Goyeneche, porque Rosalía, la mayor de las hermanas López Aldana y Rosell, que eran primas hermanas dobles de los Rosell y
López Aldana, se casó con mi tío Juan Pedro de Goyeneche y no
de Goyoneche, como le ha dado por pronunciar ahora a la gente,
de la misma manera en que ahora se dice voy a Lima, estando en
Lima, porque Lima es todo pero la gente cree que es sólo el centro y dice voy a Lima en vez de decir voy al centro de Lima... Eso
es algo que no se ve ni en Buenos Aires, a pesar de los inmigrantes italianos y de lo inútil que resulta todo esfuerzo por hacerles
decir plátano, en vez de banana, a los argentinos... No sé, tal vez
si fuera en Panamá, o en una ciudad como Barquisimeto, no cho-
caría tanto que la gente pidiera bananas y no plátanos, pero en
una ciudad como Buenos Aires... En vano me pasé los siete años
que estuve allá a la cabeza del Banco de Londres y del Río de la
Plata, diciéndoles a los mozos de los restaurantes que por favor
me trajeran un plátano, una de esas frutas que *ustedes* llaman
bananas... Fue inútil...

Los Rosell y López Aldana son gente tan sencilla que ni
siquiera parecen Rosell y López Aldana, y eso que Lima entera
cree todavía que su fortuna sigue estando entre las primeras del
país. Es una fortuna importante, por supuesto, pero desde chico
recuerdo haberle escuchado decir a mi padre que era una fortuna
ya muy dividida... Los raros han sido siempre los Rosell de
Albornoz, aunque esto nada tiene que ver con su importante
fortuna. Ahora bien, traten de quitarles lo de intachables: *im*posible. Será la gente más rara del mundo pero lo de intachables
no se lo quita nadie. Y como buen Rosell de Albornoz, don

Eduardo era tan intachable como raro y no cejó. No, no cejó. Y nunca mejor empleada la expresión: A don Eduardo Rosell de Albornoz se le había metido entre ceja y ceja lo de irse para siempre a Francia y realmente no cejó. Nunca mejor empleada la expresión, en efecto...

... Creo que soy su mejor amigo y no sé por qué siempre he pensado que ni doña Paquita, su esposa, ni sus hijas Carmela y Elenita, que eran aún menores de edad, supieron por qué a don Eduardo se le había antojado abandonar una ciudad en la que, a pesar de sus rarezas, era querido y respetado por todos... Porque don Eduardo podía ser a veces tan, pero tan raro que me lo imagino muy capaz de haberles anunciado la partida a Francia a último momento. Me parece verlo diciéndoles que prepararan todas sus cosas. Todas, pero todas sus cosas. Y no se vayan a olvidar de un solo alfiler porque mañana nos vamos a Francia y la casa queda cerrada para siempre... Sí, aunque me duela decirlo, don Eduardo fue siempre el más raro de todos los Rosell de Albornoz. A quién sino a él se le podía ocurrir dejar para siempre Lima y no despedirse de nadie. A mí mismo me lo avisó unas horas antes. Me avisó cuando ya era muy tarde para intentar detenerlo. Y sus últimas palabras, al subir al barco, fueron tan raras como dignas de él:

—Rafael, ¿qué edad le calculas tú a Felipe Alzamora?

—La verdad, Eduardo, es que Felipe Alzamora es un hombre muy honorable, pero...

—*Por favor,* Rafael, ¿qué *edad* le calculas tú a Felipe Alzamora?

—Pues a eso iba, Eduardo; lo que quería decirte es precisamente que Felipe Alzamora, con ser un hombre muy honorable, es una de esas personas que no tienen edad. ¿No te has fijado? Como que no tiene edad... Hay gente así, Eduardo... Como sin edad... Gente que realmente no tiene edad por más que uno se la busque. Pero, ¿por qué...?

—¡País de mierda!

—¡Eduardo, por favor, cómo puedes hablar así del Perú! ¡Del suelo que te ha visto nacer!

—¡Me voy! ¡Paquita, Carmela, Elenita, suban inmediatamente al barco! ¡A Francia! ¡A París! ¡Para siempre! ¡Maldita sea mi suerte!

Muy a menudo, durante los veinte años que vivieron en París, doña Paquita Taboada y Lemos de Rosell de Albornoz y sus hijas Carmela y Elenita, le escucharon decir a don Eduardo:

—Pensar que la culpa de todo la tiene nuestro mejor amigo.

—Eduardo —le decía su esposa—, no hables así de don Rafael de Goyoneche.

—¡De Goyeneche! ¡Cómo te atreves a deformar el buen nombre de nuestro mejor amigo!

Y, muy a menudo también, durante los quince años que Carmela y Elenita de Rosell y Albornoz vivieron en Madrid, porque las rentas peruanas de su padre no daban ya para una vida en París, le escucharon decir a don Eduardo, viudo ya y viejo y por momentos realmente desconsolado:

—Pensar que la culpa de todo la tiene nuestro mejor amigo.

—Pero, papá —le decían, casi turnándose, Carmela y Elenita, solteronas bellas y finísimas, y profesoras de francés, la primera, y de piano, la segunda—: Pero, papá, si don Rafael de Goyoneche...

—¡De Goyeneche! ¡Cómo se atreven a deformar el buen nombre de nuestro mejor amigo!

Y un día, por fin, don Eduardo siguió hablando. Don Rafael de Goyeneche, y no de Goyoneche, les contó, fue siempre un hombre muy raro. Reconozco que a él le debemos el haber podido vivir todos estos años en París y en Madrid. Reconozco que nadie en Lima habría sido capaz de administrar nuestras menguantes rentas con tanto desprendimiento. Y reconozco que no me ha aceptado ni siquiera un regalo. Pero eso no quita que don Rafael de Goyeneche haya sido siempre un hombre rarísimo. Me presentó a los hermanos Barreda, por ejemplo, y al jorobado Caso...

—Pero, papá —dijo Carmela—, los señores Barreda han sido casi tan buenos amigos tuyos como don Rafael.

—Y tú mismo reconoces que nadie te ha escrito tantas y tan hermosas cartas como el jorobado Caso —añadió Elenita.

—Eso no tiene nada que ver en el asunto. Yo a los Barreda no los conocía y no sé para qué tuvo que presentármelos don

Rafael. Le dije que no lo hiciera. Estábamos en la laguna de Huacachina, sentados en una banca y conversando tranquilamente, cuando vi venir a los Barreda y le pedí que no me los presentara. Recuerdo bien que hasta grité: ¡No me los vayas a presentar! ¡No me los vayas a presentar, por favor, Rafael! Pero a él le daba de lo fuerte por ponerse de pie y saludar a la gente y, lo que es peor, siempre terminaba presentándosela a uno. Ya les digo, don Rafael de Goyeneche, y no de Goyoneche, fue una de las personas más raras de toda la familia Goyeneche.

—Pero, papá —intervino Carmela—: ¿Acaso no ha sido una gran satisfacción en tu vida haber tenido amigos como los señores Barreda?

—¡Y eso qué tiene que ver! ¡Tampoco quise que me presentara al jorobado Caso y me lo presentó!

—Pero, papá —intervino Elenita—: El señor Caso...

—¡Qué tiene que ver eso con que don Rafael de Goyeneche me lo presentara! ¡Don Rafael de Goyeneche me presentó a los Barreda y al jorobado Caso porque era el hombre más raro del mundo y basta! ¡Que no se hable más del asunto, por favor!

Pasaron treinta y cinco años antes de que don Eduardo regresara muy venido a menos al Perú. Había convertido su gran casona de Barranco en una especie de quinta, reservándose el jardín del fondo y habilitando con el exquisito gusto de sus hijas el sector que antaño había pertenecido a la servidumbre. El resto lo alquila todo, Carmela da clases de francés y Elenita de piano. La verdad, Carmela y Elenita son también bastante raritas, pero yo las quiero muchísimo porque soy un Goyeneche, no un Goyoneche, por Dios santo, y porque ellas son purito Rosell de Albornoz y siempre se ponen rojas como un tomate cuando llego y soy de sexo masculino y como que les da un ataque de nervios cada vez que les entrego el sobre con el dinero porque soy nieto de don Rafael y me dan clases de piano y francés y me cobran aunque sea nieto de don Rafael porque de otra manera don Rafael no permitiría que me dieran clases de nada por nada de este mundo y resulta terrible decirlo pero lo cierto es que hasta hoy no sé de cuál de las dos estoy más profundamente enamorado, por no serle infiel a la otra, y porque las dos son de sexo femenino y juntas me llevan como sesenta años de solteronas y fin de raza, aunque a veces todos pegamos un saltito como unísono porque todos ahí dejamos de ser todo y porque ninguna de las dos sabe cuál de las dos está más profundamente enamorada de mí, por no serle infiel a la otra, y porque no está nada mal tampoco que entre los tres seamos el colmo, pero lo que se dice el *colmo,* de la delicadeza.

Lo que sí, últimamente he notado que don Eduardo como que quisiera hablarme a pesar de ser tan raro. Pobre don Eduardo. Cultiva su jardín viejo y tristón y con cuánto amor cuida las rosas de su pequeño mundo antiguo. Se nota, a la legua se nota que fue un mundo muy grande y el único que había a principios de siglo y es lógico, perfectamente lógico, que el pelo se le haya puesto así de blanco y de largo y que se descuide el bigote y ande con una barba de tres días cuando Carmela y Elenita lo logran pescar para afeitarlo. Ahora, que entre eso y echarle la culpa de todo a mi abuelo, francamente, no sé. Y lo más triste es que ni siquiera se hablan. Murieron los hermanos Barreda, el jorobado Caso, todos los amigos de juventud y principios de siglo, sólo quedan ellos dos, y es una verdadera lástima saber que de un día a otro se van a morir conversando cada uno con el aroma de sus rosas.

Porque mi abuelo también cultiva su jardín aunque todavía hace gimnasia sueca, para estar menos impresentable que don Eduardo, lo cual, según mi pobre abuela, nada tiene de bueno porque la otra mañana, figúrate tú, tu abuelito se olvidó de hacer sus ejercicios y se tomó íntegro el desayuno y después se olvidó de que acababa de tomar un desayuno y casi le da un colapso por hacer su gimnasia sueca. Pobre Rafael. Debió sentirse a la muerte porque hasta empezó a decir sus últimas palabras. Soñando las empieza a decir a cada rato, pero hasta ahora nunca las había empezado porque se iba a morir.

—Mujer —me dijo el pobrecito—, qué culpa tengo yo de que Felipe Alzamora...

Pero, igualito que cuando sueña, no pudo acabar del colerón que le entró en medio de todo al pobrecito. Imagínate lo desgraciado que hubiera sido. Morirse sin poder ni siquiera terminar de decir sus últimas palabras. No, no hay derecho para que don Eduardo Rosell de Albornoz sea un hombre tan raro.

Ya casi resulta perverso de lo raro que es. Dios no quiera que se nos vaya al infierno de puro raro, pero la verdad es que hay que ser un hombre rarísimo para echarle la culpa de todo a tu abuelito. Y con lo mucho que lo quiere siempre el pobrecito, a pesar de lo de Madrid. Sí, es verdad que en cada viaje que hicimos a París, primero, y a Madrid, después, para ver a don Eduardo y su familia, él le preguntaba qué edad tenía Felipe Alzamora y tu abuelito le respondía siempre lo mismo.

—La verdad, Eduardo, es que Felipe Alzamora es un hombre muy honorable pero...

Y también es verdad que don Eduardo se impacienta mucho.

—*Por favor,* Rafael, qué *edad* le calculas tú a Felipe Alzamora.

Pero es innegable asimismo que tu abuelito le respondió siempre lo mejor que pudo.

—Pues a eso iba, Eduardo; lo que quería decirte es precisamente que Felipe Alzamora, con ser un hombre muy honorable, es una de esas personas que no tienen edad. ¿No recuerdas? Como que no tenía edad cuando tú te viniste a Europa y la verdad es que sigue igual. Hay gente así, Eduardo... Como sin edad... Gente que realmente no tiene edad, por más que uno se la busque. Pero, ¿por qué...?

—¡Vida de mierda!

—¡Eduardo, por favor, cómo puedes hablar así! Estoy haciendo milagros para que tus ya menguantes rentas...

E incluso durante el viaje de 1950, en que tuvimos que pasar dos veces por Madrid porque *El Comercio* se equivocó y publicó en sus notas sociales que don Rafael de Goyeneche (felizmente que lo escribieron bien porque si no a tu abuelito le arruinan el viaje) y su señora esposa, doña Herminia Taboada y Lemos de Goyeneche, habían partido con rumbo a Madrid, París, Roma y Londres, cuando en realidad esa vez nosotros pensábamos volver directamente de Roma a Lima y ni se nos había ocurrido ir a Londres, pero tuvimos que ir porque *El Comercio* lo decía y después la gente, ya tú sabes. Lo cierto es que eso nos obligó a pasar de nuevo por Madrid, donde acababan de inaugurar un restaurante peruano, y a don Eduardo se le antojó invitarnos y la comida, sería la falta de costumbre o qué sé yo, le cayó pesadísima...

Ésta es la parte en que mi abuelita exclama: ¡Y el pedo, y el pedo de don Eduardo!, y aparece siempre mi abuelo y le da de alaridos porque está terminantemente prohibido mencionar el nombre de ese señor en su casa mientras él viva y ella lo sobreviva, o sea, que no hay manera de averiguar qué tuvo que ver esa ventosidad con la amistad de toda una vida, ni hay manera tampoco de enterarse cuáles son las últimas palabras completas de mi abuelo porque el colerón lo interrumpe cuando las sueña y lo mismo le pasó medio muerto cuando lo de la gimnasia sueca y el desayuno y no, no queda más remedio que esperar a que a alguno de los viejos le dé un colapso completo y entren en una larga agonía con la suficiente dosis de inconsciencia como para que se les rompa la barrera del orgullo y de lo raro y de una vez por todas cuenten lo que pasó.

Pero como he seguido notando que don Eduardo como que quisiera hablarme, he cambiado el horario de mis clases y ya no vengo un día sí y un día no para mis horas de piano y francés. No, ahora vengo a diario y los días pares tengo además doble francés, y los impares doble piano porque así hay cuádruples probabilidades de estar presente cuando pase lo que pase, pase lo que pase, o mejor dicho cuando pase lo que Dios quiera, porque cada día está peor el pobre don Eduardo y, para empezar, ya el jueves perdió por lo menos el reconocimiento porque en vez de cortar una rosa cortó un rosal y cómo lloró el viejito y en medio de todo y del jardín, en mi vida me he sentido tan profundamente enamorado o de Carmela o de Elenita.

—¡Dios mío! —exclamé—. ¡Cuándo nos moriremos aquí todos para que cesemos por fin de no entender!

Nadie me entendió, por supuesto, aunque de pronto, mientras tratábamos de calmarle la llantina del rosal a don Eduardo y yo dudaba entre Carmela o Elenita, por no serle infiel a la otra, noté que al viejito se le encendía una lucecita en el fondo del alma, porque clarito se le veía en el fondo de ojo de ambos ojos que son el espejo del alma, como todos sabemos, porque aunque eran las once de la mañana y brillaba un sol de verano increíble, don Eduardo como que necesitaba más luz y pidió que le encendieran todos los focos del jardín y sus hijas se aterraron a punta de no entender nada, pero como Carmela y Elenita están profundamente enamoradas de mí, las dos lo encendieron todo no bien les dije enciendan todo aunque no entiendan nada y por fin se hizo la luz y los tres entramos en ese largo y merecido trance que da el haber alcanzado el súmmum de la delicadeza por no ser infiel a la otra multidireccionalmente.

Y en ésas andábamos cuando nos dimos cuenta de que también don Eduardo, por su cuenta y riesgo, había entrado en trance, en un trance muy personal, paralelo al nuestro, y que se había dejado más derramar que caer sobre el césped, se había puesto boca abajo, y con las manos se traía del culo a la nariz un olor que parecía estarlo colmando de satisfacciones y al que, muerto de una risita como muy íntima, muy suya, muy para él solito, y muy como ji-ji-jí-qué-rico, calificó, según nos pareció escuchar, aunque aquello fue más bien oler, de magdalena peruana, palabras éstas que nada querían decir en medio de semejante olor, salvo que don Eduardo anduviese ya totalmente inconsciente, lo cual resultaba bastante incompatible con la manera en que se nos estaba desternillando ahí de risa con la felicidad que le producían sus pedos, y luego, para obtener un rendimiento máximo en el regodeo y, a pesar de que Carmela y Elenita ya no sabían hacia dónde oler de vergüenza, don Eduardo se nos contorsionó cual gimnasta de país comunista, logrando colocar la nariz en el culo con tal precisión de ojete que yo en otras circunstancias realmente habría aplaudido.

Pero más importante en ese momento era tratar de enterarse de lo que iba diciendo, pues aunque todo era rarísimo, se trataba sin duda de sus últimas palabras y de su muerte, debido precisamente a lo raro que había sido en vida, y con toda seguridad no tardaba en enviarle un postrer mensaje de afecto a mi abuelo o de explicar por qué diablos dejaron de hablarse para siempre, a raíz de aquel famoso pedo madrileño. Carmela y Elenita no habían asistido a la comida aquella del restaurante peruano, o sea que me acompañaron en la difícil empresa de abandonar nuestra delicadeza súmmum para intentar penetrar en el secreto profundo de aquel olor. Inútil: don Eduardo se regodeaba con un hilito de voz que se ahogaba en su incesante pedorreo y ninguno de los tres logró pegar la oreja por culpa de la nariz.

O sea que sólo Dios lograba escucharlo y sólo Él sabe que a don Eduardo le había caído muy pesada la comida de aquel restaurante peruano de Madrid, en el que pidió anticuchos, ceviche, y ají de gallina, y de postre picarones y suspiros a la limeña. Demasiado para un hombre de su edad, pero era la silenciosa y orgullosa nostalgia de la patria lejana y querida, que luego, al materializarse en una ventosidad cuyo olor a juventud y principios de siglo en Lima era lógico resultado de los ingredientes peruanos de la comida, muy en especial del ají y las otras especias, se convirtió en la flor de la canela y aroma de mixtura que en el pelo llevaba y lo transportaron del puente a la Alameda y en esta última se cruzó nada menos que con Felipe Alzamora, quien, según acababa de contarle mi abuelo, a su regreso de un viaje a Londres que hizo debido a un error de las notas sociales del diario *El Comercio* de Lima, aunque lo importante es que escribieron bien Goyeneche, Eduardo, acababa de fallecer justo cuando don Eduardo descubría que se había equivocado por completo con don Felipe Alzamora porque de golpe, como esos monstruos de maldad que esconden riquezas mil de ternura por un gatito, don Felipe Alzamora pudo y debió haber sido su mejor amigo y él probablemente hubiese descubierto esa maravillosa verdad si es que el cretino de Rafael de Goyeneche no le hubiera dicho siempre que don Felipe Alzamora, su entrañable y difunto amigo, era un hombre sin edad, motivo por el cual él había exclamado ¡País de mierda!, al abandonar el Perú, y ¡Vida de mierda!, cada vez que el perverso Rafael de Goyeneche, sin duda alguna su peor enemigo, sí, sí, todo en ese pedo se lo decía: el enemigo malo, el diablo en patinete, Rafael de Goyeneche le había hecho creer que don Felipe Alzamora, su llorado y aromático amigo, era un hombre sin edad, por lo cual él, equivocado hasta ese momento, había postergado treinta y cinco años su regreso al Perú y se había ido arruinando en una Europa demasiado cara ya para sus viejas rentas, y todo, sí, todo por temor a cruzarse en la calle con Felipe Alzamora, su maravilloso, su difunto, su ventoso, su mejor amigo, aroma de mixtura y afecto que el viento trae y se lleva para siempre, al mismo tiempo, su entrañable compañero de esta noche de pedo peruano y trágico despertar.

Y sólo Dios sabe que don Eduardo Rosell de Albornoz le envió la más insultante e hiriente carta al señor Rafael de GoYOneche. Y que ni siquiera le dio una explicación cabal del olor y la significación del olor de tan sorprendente descubrimiento, el que le abriría, el que ahora le abría las puertas del amargo retorno al dulce país sin más principios de siglos ni, ya para siempre, don Felipe Alzamora tampoco. Culpable: el cretino de Rafael GoYOneche y su mentira canalla. Don Felipe Alzamora sí tenía edad y ha muerto tan viejo como me estoy muriendo yo.

Y sólo Dios sabe que, habiendo leído atentamente a Marcel Proust, el delicado escritor francés perfecto y olfativo que introdujo una magdalena en su infusión calentita, la sacó, la olió, y recuperó íntegro lo que el viento se llevó y demás trozos de olvidos imperdonables en la maravilla empapadita y aromática de su bizcochito íntimo, don Eduardo comía anticuchos y ceviche y ají de gallina y de postre picarones y suspiros a la limeña, cada jueves, a pesar de su edad, a pesar de sus hijas, y a pesar de todo, con la esperanza de un nuevo pedo, en busca del tiempo perdido o del viento perdido, más bien, en su caso, con el más tierno deseo de un tiempo recobrado como único medio de volver a encontrarse con su viejo amigo don Felipe Alzamora en el ventarrón aquel de aroma denso e intenso que ni las rosas de su jardín podrían darle jamás. Hasta que lo encontró y, en agradecimiento a Proust por la genial idea que le había dado, le llamó magdalena peruana a ese último pedorreo, ya que por su edad, por el atracón que se había pegado, y porque se estaba muriendo, Dios le pagó con creces y hasta con heces.

Carmela y Elenita habían salido disparadas a llamar un médico y yo llevaba varios minutos ahí, mirando los espasmos de don Eduardo. Se nos estaba muriendo, sin duda alguna, pero la verdad es que se le veía tan contento que a mi juicio realmente valía la pena dejarlo morir. Desde luego, nos había ocultado sus últimas palabras soltando un verdadero e interminable rosario de pedos y, de pronto, ahora, una verdadera e interminable andanada más, porque raro como era tuvo que ocultarnos sus últimas palabras como un calamar que se esconde soltando su negra tinta. Y todo esto entre ji ji jís, hasta que por fin se puso boca arriba y siguió soltando sus últimas palabras que ya ni sonido tenían pero que eran muchísimas a juzgar por lo rápido que movía los labios, parecía estarse viviendo una vida entera, don Eduardo, con una expresión radiante que nunca le había visto, y así hasta que con una nueva y rotunda ventosidad inhaló muy hondo, se estiró del todo y también como quien se estira de una vez por todas.

O sea que ya estaba muerto de felicidad cuando llegó el médico y para consolar a Carmela y Elenita les dijo que bastaba con mirar la cara de su papacito para saber que había fallecido sin el menor sufrimiento. Estuve a punto de agregar que hasta había fallecido en olor a ventosidad, pero en ese instante Carmela y Elenita me preguntaron al mismo tiempo si por fin había logrado entender algo de lo que su papacito dijo mientras fueron a llamar al doctor, y yo también les contesté a las dos al mismo tiempo, para no serle infiel a la otra, que se había llevado una enorme cantidad de últimas palabras a la tumba, desgraciadamente, porque ahora cómo íbamos a hacer con mi abuelo que tanto había hecho por su amigo don Eduardo, a cuyo entierro finalmente no asistiría, pero no porque le siguiera guardando rencor más allá de la muerte sino porque él también tuvo que asistir a su entierro el mismo día, y como dijo mi abuelita: Tenía que suceder; era la tercera vez que se tomaba la gimnasia sueca después del desayuno y el pobrecito ni siquiera llegó a decir sus últimas palabras completas porque le dio un ataque de cólera fulminante en medio de todo.

Yo no procedí de otra manera, cuando mi abuelita, cumpliendo con la voluntad de mi abuelo más allá de la muerte, se negó a pronunciar el nombre de don Eduardo Rosell de Albornoz tal cantidad de veces cuando traté de seguir averiguando sobre el misterioso pedo en Madrid, que por fin un día, porque para algo soy un Goyeneche, no un Goyoneche, por Dios santo, me dio el ataque de rabia que la estranguló. Y desde entonces vivo en esta cárcel y Carmela y Elenita vienen a verme siempre, por lo cual jamás sabré de cuál de las dos estoy más profundamente enamorado ni ellas tampoco sabrán jamás cuál de las dos lo está de mí, por no serle nunca pero nunca jamás infiel a la otra multidireccionalmente y para alcanzar estados súmmum los días de visita en que Carmela logra darme las clases de francés pero en cambio a Elenita no la han dejado traerme su piano, lo cual no impide que yo les siga dando el mismo sobre a las dos y que todos demos un saltito como unísono y que al mismo tiempo siga exigiendo que me permitan tener un piano en mi celda aunque lo único que saco es que me digan en qué siglo cree usted que vive, Goyoneche, pero yo jamás me cansaré de repetirles que soy un Goyeneche, por Dios santo.

Barcelona, 1986

Feliz viaje, hermano Antonio

A Luz María y Manuel Bryce Moncloa

Mucho faltaba para que cerraran el zoológico y, en sus jaulas, los animales se portaban como si les quedaran todavía varias horas de oficina. Comían, a ratos, daban una que otra vuelta por ahí adentro, se sentaban, se incorporaban, rezongaban, se portaban bien con un niño y con su ama, comían lo que les daban, bebían agua con mucha gracia y metían un ruido atronador y hasta peligroso o amenazante cuando eran feroces. Pero, en fin, se dejaban ver por todo el mundo y actuaban de acuerdo al manual de zoología (aquél de segundo de media). Ya Susana y Pablo habían visto al león y al elefante y ahora estaban parados frente a la jirafa y la muchacha se había enternecido, se había cogido del brazo de Pablo y le estaba diciendo, entre besos en el cuello, «qué linda, con su cuello tan largo, qué linda y qué...».

...El hermano Antonio tenía pescuezo de jirafa y colmillos de elefante. Y andaba por los dos metros largos y nadie ahí en el colegio lograba precisar si, además de gigantesco y como mal empaquetado, era o no un hombre muy flaco también. La cabeza la tenía muy chica, eso sí, y el pescuezo larguísimo empeoraba las cosas porque visto en su conjunto, con esos hombros enclenques y tan caídos, hacía que allá encima de todo ahora sí que la cabeza le resultara ya francamente enana. Después como que iba engordando desde los hombros muy angostos hasta convertirse en caderón y como adiposo, y por ambos lados del cuerpo los brazos más largos y flacos del mundo continuaban su rumbo mucho más abajo de la cintura, en franca competencia con unas piernas que eran todo lo contrario del torso porque arrancaban gordas por los muslos y a los pies llegaban ya listas para albergar unos zapatitos de vergüenza.

La verdad, el hermano Antonio parecía un jirafón con colmillos de elefante, aunque en todo este asunto maxilofacial ni el profesor de anatomía pudo aclarar qué le protuberaba más al pobre hermano: tal vez todo, tal vez juntos los maxilares y la mandíbula y los nervios desesperados con que apretaba los dientes cuando estaba loco. Porque se volvía loco el hermano Antonio y el cuello se le alargaba más y entonces le enseñaba a la clase sus colmillos de elefante tenso, muy muy tenso. Ramírez, de la sección B, contó. Dijo que Flores estaba metiendo vicio y que le había roto la boca de un puñetazo. Primero lo ahorcó durante un rato. Era una bestia. Estaba loco el hermano Antonio. Todos decían que sí y Ramírez contaba. Todos decían que a López una vez le sacó la mugre. Otra vez hizo llorar de cincuenta bofetadas al matón, a ése. Y en abril a Rodríguez, recién empezadas las clases, alargó el cuello, todos vimos por primera vez sus colmillos, apretó las manos, siempre las apretaba y se moría de nervios, se abrochó el saco, siempre se lo abotonaba antes, muy cuidadosamente, a Rodríguez. Y Rodríguez lloraba, hizo llorar a Rodríguez. Ramírez contó.

Dijo que ése no tenía vocación religiosa. Su madre se había fugado con otro hombre. Debió ponerse muy mal, escuchó Pablo, porque su madre era una puta. Por eso había enloquecido y se había hecho religioso sin vocación, antes seguro no tenía así el cuello ni los colmillos. Pero Rodríguez contradijo. Contó que su padre también era loco, que por eso él era así y lo de las leyes de la herencia que ellos no entendieron muy bien porque tenían diez, once años y porque sonó el timbre llamándolos como siempre a clase. Sólo que ahora fueron con más miedo que nunca y le miraban constantemente las manos mientras escribía en la pizarra...

Siempre en el zoológico, Susana y Pablo continuaban parados frente a la jaula de la jirafa. Ella le besaba el cuello una y otra vez y él no apartaba la mirada del animal.

...Un día, o ese día, el hermano Antonio rompió la tiza entre los dedos mientras escribía en la pizarra.

Era un lío eso de quedarse en el colegio hasta que su hermano mayor viniera a recogerlo. Su hermano venía cada día más tarde; venía al oscurecer y si no hubiera sido por la pelota esa de básquet que le prestaban los de tercero, Pablo, completamente solo, se hubiera aburrido a morir. En cambio ahora podía matar el tiempo tratando de encestar miles de veces, desde todos los ángulos, al mismo aro, en el mismo tablero. Y así pasaba las tardes, hasta casi las siete, ya a oscuras, cuando por fin llegaba su hermano, siempre de la manita de la misma muchacha.

Y mientras él se entretenía lanzando, encestando o no, recogiendo la pelota, los curas tomaban té y luego iban a la capilla a rezar. Pablo escuchaba sus oraciones y sus cantos. Terminaban a eso de las seis y entonces, tal vez, se iban a sus dormitorios a rezar más o a estudiar. Lo cierto es que desaparecían. Parece que a esa hora no podían salir.

Pablo estaba lanzando y recogiendo la pelota cuando apareció con otra igualita. La tenía agarrada con una sola mano, enorme. No estaba vestido de negro. Llevaba camisa blanca de manga corta y pantalón celeste, viejo y sucio. Sí tenía cuello de jirafa y además era realmente caderón y tenía los hombros en bajada, muy caídos y demasiado estrechos para ese cuerpo inmenso. Pablo estaba paralizado, esperaba una cólera feroz, pero el hermano Antonio lanzó un gemido, arrancó a correr, lanzó desde unos mil metros de distancia y encestó limpiecito. Recogió su pelota, volteó, ya con los colmillos enormes, y avanzó en dirección de Pablo, que ya no podía más de miedo. «Esto me hace bien», le dijo, «y voy a jugar todas las tardes». A Pablo le pareció extraño porque en la capilla los demás curas estaban cantando.

Poco a poco se fue acostumbrando. Corría demasiado rápido y él temía que lo matara de un empellón, pero hasta le fue perdiendo el miedo. Era cierto que, a medida que lanzaba más y más al cesto, los colmillos le crecían también más y más. Y emitía como siempre gemidos, unos soniditos como quejidos, pero tenía los dientes tan blancos, sonrisa de bebé, y cómo se mordía los labios y las uñas. Y cuando Pablo se iba, él también se iba, sin saludar a su hermano ni darse por enterado de la existencia de la chica que venía con él. Simplemente recogía su pelota y la de Pablo y las embocaba en la ventana de tercero de primaria, allá arriba, en el cuarto piso. Pablo temía que en una de ésas rompiera un vidrio y además estaba terminantemente prohibido lanzar y guardar las pelotas así.

Le enseñó a lanzar desde todas las distancias y en todas las posiciones. Le enseñó a coger la pelota como un profesional y le decía que lo estaba preparando para que formara parte del equipo del colegio cuando fuera más grande. A veces realmente se divertían porque Pablo ya le había perdido el miedo completamente, se había acostumbrado a sus sonidos, y lograban encestar desde ángulos dificilísimos. Y ni cuenta se daba Pablo de que temblaba íntegro cuando se reía o es que ya sabía que se reía con toda el alma y gozaba cuando él trataba de igualarlo en puntos, un lanzamiento cada uno, a veces casi lo alcanzaba. El hermano Antonio traía siempre una tiza en el bolsillo y anotaba cada punto nuevo en el suelo. Una tarde otro hermano salió de la capilla y cruzó la cancha delante de ellos. El hermano Antonio no lo saludó, ni siquiera lo miró, pero Pablo notó que ya ese día no se rió más. Y fue la única vez que logró superarlo en el puntaje...

Susana lo estaba jalando del brazo. Pablo debió darse cuenta al tercer tirón.

—¿Qué te pasa? —le dijo—, estás en las nubes. ¿Por qué no me contestas?

—Estaba distraído.

—Bueno, ¿quieres ir a ver a los tigres o no?

—Sí, amor, sí.

—Has estado horas con los ojos clavados en la jirafa y todavía sigues igualito. Pareces tonto.

—No, amor, no es eso.

—¿Pero qué te pasa, entonces?

—Estaba pensando en un cura del colegio, hace mil años. Parecía una jirafa con colmillos de elefante.

—Debe haber sido un tipo horrible, entonces.

—Todos decían que estaba loco y contaban miles de historias sobre él. Me gustaría saber si alguna era verdad. Lo único que me consta es que cuando se molestaba con alguien le pegaba como un loco.

—¿A ti te pegó alguna vez?

—En eso precisamente estaba pensando. Seguía una especie de ritual cada vez que iba a pegarle a alguien: se abrochaba muy cuidadosamente el saco, se mordía los labios, estiraba al máximo el pescuezo, mostraba los colmillos y se lanzaba como una tromba a romperte el alma. Una vez yo eructé en clase; te juro que fue queriendo y sin querer. Quería eructar por los demás alumnos pero no por él...

—¿Y qué te hizo?

—A eso iba... Porque no me hizo nada. En esos días el hermano Antonio se iba a no sé dónde y ya te puedes imaginar la cantidad de historias que se inventaron sobre su viaje: que se lo llevaban a un manicomio, que lo habían expulsado, en fin, ya ni me acuerdo porque es la edad en que se inventan millones de historias... Yo jugaba básquet con él, pero bueno, ésa es otra historia. Lo cierto es que sentí que me iba a matar: Abotonó su saco, rechinó los dientes, apretó las manos, se mordió bárbaramente los labios, estiró el pescuezo como esta jirafa, mostró como nunca los colmillos, en fin, todo el ritual, pero se quedó estático. Y sólo emitió un gemido, como cuando lanzó su pelota la primera vez que apareció en la cancha y me encontró jugando...

—¿Su pelota?

—Una que sacaba él cada tarde aunque yo tuviese otra... Pero bueno, no me tocó y ya después, no sé, como que nunca tuvimos oportunidad de hablar... Recuerdo clarito el día que se fue: Estaba parado en uno de los corredores, cerca de la dirección del colegio y nadie se acercó a despedirse. Yo quise que Ramírez, uno que siempre paraba conmigo, me acompañara para decirle algo. Pero Ramírez no quiso y tuve que vencer el miedo y me acerqué solo pero no me salió nada, sólo le dije alguna tontería sobre los viajes, lo que se dice siempre...

—Bueno, vamos ya, Pablo. Quiero ver los tigres y se hace tarde.

Por un instante Pablo se aferró a la reja, miró a la jirafa enjaulada y sabe Dios cómo lo asoció todo con un largo encierro, con un manicomio. «Feliz viaje, hermano Antonio», murmuró, y siguió a Susana que lo estaba llevando de la mano hacia donde estaban los tigres.

Madrid, 19 de septiembre de 1993

Tiempo y contratiempo

—*Pronto* —dijo la voz de Giuliana.

—Bueno, no tan pronto —bromeó, muy nervioso, Ricardo—. Han pasado casi veinte años...

—*Ma, chi parla?, chi sei?*

—*Sono* Ricardo... Ricardo Santies...

—¡Ricardo! *Ma sei tu...!* ¡Eres tú, Ricardo! ¡Dónde estás! ¡De dónde llamas!

—Te llamo de Roma, Giuliana.

—¡Roma! ¡Qué maravilla!

—La verdad es que acabo de llegar y todavía no he visto nada.

—Pero, ¿de dónde sales? ¿De dónde vienes?

—De mi lejano país.

—¿Desde el otro lado del Atlántico? ¡Qué maravilla! ¡Y estás en Roma! ¡Tenemos que vernos! ¡Tenemos que vernos, Ricardo!

—De eso, precisamente, te quería hablar, Giuliana.

—Sí. Dime. Dime, Ricardo.

—Mira; llegué esta mañana y no tengo que trabajar hasta el lunes.

—¿Entonces es un viaje de negocios?

—Llámalo como quieras, Giuliana. A nosotros eso qué nos importa. Lo importante ahora es que mañana es domingo y puedo tomar el tren esta noche.

—¡Claro! ¡Claro! ¡Maravilloso! ¡Tenía que ver a unos amigos, pero qué importa! ¡Qué importa, Ricardo! *Io...!* ¡Los puedo ver cualquier otro día!

—Gracias, Giuliana. Mil gracias. Me encantará verte...

—¡A *mí* me encantará verte, Ricardo!

—Entonces, óyeme bien. Esta noche tomo el tren y...

—Iré a esperarte a la estación y tomaremos desayuno juntos. ¡Qué maravilla, Ricardo!

—Bueno, pero para esperarme en la estación, primero tienes que saber a qué hora llega mi tren...

—¡A qué hora! ¡A qué hora!

—Acabo de averiguarlo. A las siete de la mañana estoy en Milán.

—¡Estaré en la estación, Ricardo!

—¿No te parece demasiado temprano para un domingo por la mañana?

—Escúchame. Será maravilloso tomar desayuno juntos en la estación. Hace tantos años...

—Prácticamente veinte, Giuliana.

—Pero tendremos todo el día para nosotros.

—Hasta las once de la noche. A esa hora sale el tren en que tengo que regresar a Roma.

—¿Y los billetes? ¿Tienes los billetes?

—Ya averigüé aquí en el hotel. Sobra sitio. Pero quería llamarte antes para saber si estabas en Milán. Nunca se sabe, un fin de semana... Y casi veinte años después...

—¡Ricardo! ¡Ricardo! ¡No sabes el gusto que me dará verte!

—«El gusto será todo mío», Giuliana, como dice la gente.

—*E anche* todo mío —se rió alegre, realmente muy contenta, Giuliana.

Ricardo se despidió, bajó un momento a comprar los billetes, y regresó a su habitación. Ni siquiera había abierto la maleta, todavía. Se rió al pensar que había estado a punto de abrirla, pero que había decidido llamar antes a Giuliana. Giuliana... Casi veinte años sin verla y diez, por lo menos, sin saber gran cosa de ella. La recordaba, por supuesto que la recordaba a veces. Incluso debía haber soñado con ella más de una vez. Era natural que hubiera soñado con Giuliana alguna noche, aunque era también natural que por la mañana no se hubiese acordado de nada. ¿Qué importancia podía tener acordarse o no, además? Era lo normal, lo más lógico. El Atlántico, el tiempo, el ritmo de vida, el hogar, su país... La vida, finalmente. La vida, como se suele decir.

Pero ahora acababa de llegar a Roma, de subir a la habitación de un hotel, y la vida había hecho que no abriera su maleta. Y que recordara la frase de Henry James que, más que olvidado, creía haber sepultado para siempre. James era la persona que mejor había descrito a Giuliana en este mundo. Lo cual no estaba nada mal, aunque había algo más. «Algo más que s», pensó Ricardo, maldiciendo un poco haber llegado recién a Roma y encontrarse ya en ese estado de fragilidad. Pero si Giuliana... No, nada de Giuliana. Esa mujer no había hecho absolutamente nada. No lo había hecho todavía, en todo caso, y sólo podría hacer algo si él la llamaba por teléfono y le contaba que acababa de llegar a Roma y que tenía un día disponible para ir a verla a Milán. Giuliana... Henry James la había descrito como nadie en el mundo.

¿Y qué culpa tenía Giuliana de eso? ¿Qué culpa de que él hubiera recordado esas palabras de novela y ahora estuviera desenterrándolas lenta y dolorosamente? Con anhelos de ansiedad, con creciente excitación. «Ah», se dijo Ricardo, «yo que siempre he odiado viajar. Ahora lo que parezco es un turista de película llegando a Roma. Y que lee a James, además. Una solterona norteamericana es lo que parezco, parado aquí delante de una maleta cerrada». Tampoco Giuliana había vuelto a saber gran cosa de él, durante muchos años, pero debía recordarlo con cariño de vez en cuando. E incluso debía soñar también con él y no acordarse de nada por la mañana, con cariño. Sí, con cariño, claro, aunque del sueño en sí no recordara absolutamente nada. En fin, igual que él, parado ahora delante de su maleta y pensando en Henry James. Pero, ¿por qué igual que él, si Giuliana ignoraba por completo que había llegado a Roma...?

Ricardo sintió que se encontraba en una situación de ligera desventaja y decidió que lo mejor era llamar por teléfono a Giuliana, darle una sorpresa de casi veinte años de duración, y colocarla así en una situación de ligera desventaja, también a ella. Bueno, ya estaba pensado. Pero... ¿Y si Giuliana se había mudado nuevamente? ¿O simplemente había cambiado el último número de teléfono que le envió hace siglos? «Tengo que actuar», se dijo Ricardo. «Tengo que actuar y rápido. Cada instante que paso parado delante de esta maleta está jugando en mi contra. Giuliana empieza a llevarme ya casi veinte años de ventaja.» Ricardo se sintió completamente perdido mientras marcaba el número en el teléfono.

—*Pronto* —dijo la voz de Giuliana.

—Bueno, no tan pronto... Ya son casi veinte años...

—*Ma, chi parla?, chi sei?*

—*Sono Ricardo...* Ricardo Santies...

—¡Ricardo! *Ma sei tu...!* ¡Eres tú, Ricardo! ¡Dónde estás! ¡De dónde llamas!

Ya estaban empatados y Ricardo suspiró aliviado. Ahora sí podía contarle todo lo demás. Que estaba en Roma, que hasta el lunes no tenía nada que hacer, y que por ser domingo, mañana, podía tomar un tren a Milán esta misma noche. El gusto, como suele decir la gente, sería todo suyo. Un nuevo empate se produjo minutos más tarde, cuando Ricardo pensó que había tenido que sacar algunas cosas de la maleta y meterlas a un maletín, para no cargar con todo su equipaje hasta Milán. Bueno, pero había sido justo lo necesario para un día, y de cualquier modo habría tenido que abrir la maleta para dejarlo todo en el armario de su habitación. No contaba, por consiguiente. Pero sí contaba, en cambio, el viaje en tren. Toda una noche de ida y toda una noche de vuelta. Enorme desventaja que sólo con un penal de último minuto había logrado igualar: «Para tomar desayuno conmigo, Giuliana tendrá que pegarse el madrugón de su vida. Con lo dormilona que fue siempre. Y un domingo, además».

Bien. El mundo se salva por las formas, y Ricardo de eso entendía mucho. El espejo, por lo pronto, acababa de devolverle una imagen ampliamente satisfactoria de su persona. Un informe completo sobre su persona, física y psíquicamente. Había logrado hacer consigo mismo una mezcla perfecta de *dapper dandy sport* y de *gentleman farmer* brasileño, a pesar de la crisis (o gracias a la crisis, tal vez, porque con Giuliana nunca se sabía). Y a pesar, también, de no ser brasileño. Esto le encantaba. Ese *to be or not to be brazilian,* le daba un aire de despiste divertido y casi fatal, al mismo tiempo. Un toque un poquito más allá de lo estrictamente romántico y conmovedor. Ricardo mismo no lograba explicarse en qué, exactamente, consistía la elegancia de su aturdimiento nacional, justo ahora que acababa de bajar de un vuelo internacional. ¿Cosmopolitismo habitual y distraído? Lo parecía. Sí, el espejo tenía toda la razón. Lo parecía y mucho.

A todo esto se añadía, además, justo la indispensable cantidad de canas que, con seguridad, Giuliana, si las tenía, las teñía. Llevaba, pues, un cómodo punto de ventaja que, con una buena cena en el tren y un *jet lag* bien dormido, lo haría despertarse a tiempo, o sea un poco antes de tiempo. Y nunca mejor dicho, porque realmente iba a necesitar un buen café, previo al desayuno con Giuliana, y una buena media hora para añadirle a su actual mezcolanza una ñizca de descuido dominical y de lejano país. Sí, porque viéndolo bien, estaba demasiado brasileño. Críticamente brasileño, ya casi magnate visto en Río por la Metro Goldwyn Mayer. Y le quedaba aún demasiado Atlántico debajo de los ojos.

Esto último, sobre todo esto último, tenía que sacárselo del cuerpo y del sistema nervioso a como diera lugar. Llegar atlánticamente ojeroso donde Giuliana era regalarle un millón de puntos de ventaja. Era cursi y melodramático. Una exageración completamente innecesaria, dada la exquisita e inolvidable sencillez de Giuliana. Y un chantaje, también. Prácticamente veinte años de chantaje bajando de un tren, o sea algo ruin y del peor gusto. No, de ninguna manera. Lo que tenía que hacer era bajar del tren sin ser visto, sorprender luego a Giuliana, y que fuera ella la que se llevaba veinte años de sorpresa de un solo golpe, de un solo abrazo, de un solo beso. Giuliana sabría hacerlo con la sobriedad y la sencillez, con la alegría y la enternecedora sensibilidad con que vino al mundo.

Ricardo contó la cantidad de moneda nacional que ya había invertido en ese viaje, teléfono incluido, y se quedó francamente anonadado. Más desayuno, almuerzo y comida, en Milán. Arrojó la calculadora de bolsillo a una papelera y maldijo el día que las inventaron. Maldijo también su falta de elegancia ante la adversidad nacional, y maldijo por último que Giuliana jamás se fuese a enterar del alto porcentaje de sacrificio que había en su rápida ida y vuelta a Milán. Su esfuerzo económico, que había empezado con una llamada interurbana y un billete de coche cama digno de ella, era indudablemente el aspecto más melancólico de su visita. Ricardo dudaba. «¿Debe o no reflejarse en algo?», se preguntó. «Debería pero no debe», fue la respuesta que se dio, con enorme coraje ante la adversidad y dominio absoluto de las formas que salvan a este mundo.

Pero ahora, ¿para quién era ese millón de puntos de ventaja que él acababa de gastar en moneda nacional? ¿Para Giuliana? Pues sí. ¿Para él? Pues sí, también. Y para Henry James, por supuesto. Él había descrito como nadie a Giuliana. ¡Qué sencillez para describir a esa mujer! (esa muchacha, entonces). Una sencillez tan grande que Ricardo se preguntaba a veces qué había sido antes y qué después. ¿Giuliana, o su lectura de Giuliana descrita, contada realmente por ese escritor extraordinario? Y en noches de desamparo, muchos años atrás, había llegado a preguntarse si Giuliana habría existido sin Henry James. Y se había consolado con la pregunta hecha al revés, y su respuesta: Henry James no habría existido, al menos para él, sin Giuliana.

Ah, aquellos años, aquellos verdes años, como se suele decir. Habían empezado en una carretera, en las afueras de Milán. Una adolescente sin gasolina y una Vespa. Él había detenido su automóvil inmediatamente y se había ofrecido a ayudarla. Terminaron comiendo juntos y empezó lo que parecía ser una buena amistad de estudiantes. A él le quedaba un buen año en la universidad, antes de regresar a su país y empezar una carrera de asegurador. Ella acababa de ingresar a la Facultad de Arquitectura y tenía un novio simpático pero demasiado celoso. No de Ricardo, claro, porque él la había ayudado desinteresadamente la noche aquella de la carretera. Pero bueno, tampoco era como para que Ricardo la llamara con tanta frecuencia y hasta le llegara a contar que se sentía un poquito solo en Milán.

Pero Ricardo terminó sus estudios y se quedó casi tres años más en Milán. Era obvio que se había quedado por Giuliana y era obvio que Federico, el novio celoso, llegara a considerar que Ricardo ya se estaba pasando de amigo. Un día, Federico empezó a salir con otra muchacha y Giuliana empezó a salir de la mano con Ricardo. La alegría, en los meses que siguieron, fue absoluta, aunque ella decía siempre que a eso no se le podía llamar felicidad porque la felicidad, siempre, sin excepción alguna, Ricardo, es algo que sólo existe después. Él insistía en lo contrario, y a menudo peleaban a muerte a la salida de una excelente película, de la Scala, o de un restaurante en que los vecinos de mesa empezaban a mirarlos indiscretamente. Pero luego hacían las paces, a muerte también, en el departamento cada vez más abandonado y deteriorado de Ricardo. Dos veces, Ricardo tuvo dificultades para pagar la renta y, como en la carretera, la noche en que se conocieron, Giuliana vino en su auxilio con total desinterés.

Era la época en que Giuliana tenía ya un automóvil formidable y Ricardo la vieja Vespa que Giuliana le vendió cuando él tuvo que rematar su automóvil. Lo reclamaban de su lejano país y su familia le había cortado el gas. Ricardo empezó a dar clases particulares de castellano pero, la verdad, no abundaba la gente que se interesaba por ese idioma en Milán. Giuliana, por su parte, estudiaba cada día con mayor interés y entusiasmo y la vida empezó a ser ligeramente cruel con Ricardo. Las batallas por la existencia o no de la felicidad adquirieron, de pronto, una nueva dimensión. Se reconciliaban siempre, con palabras de amor, pero algo quedaba y hería. Además, se había vuelto realmente dramático que pelearan por un disparate semejante en un restaurante. Antes, los restaurantes abundaban y noche tras noche Ricardo se los había ido enseñando uno por uno a Giuliana. Ella escogió el que más le gustaba, lo bautizó *El Favorito,* y Ricardo estuvo profundamente de acuerdo con el nombre y con todo.

Pero, a medida que el departamento de Ricardo se deterioraba y adquiría ese aspecto de abandono, El Favorito, que seguía siendo un lugar más bien barato pero muy acogedor, empezó a ser el único restaurante que Giuliana y Ricardo podían frecuentar en toda la semana. Y de acogedor, pasó a ser sobrecogedor el día en que Giuliana pagó la cuenta sin la menor dificultad. Ricardo aceptó, pero con una condición: media botella más de vino tinto, pero pagada por él, ahora. Giuliana aceptó encantada y Ricardo se juró que esa misma noche la haría reconocer que la felicidad sí existía. Y desde antes. Desde la noche aquella de la carretera, ahora y siempre. Entre ellos dos, eso existía. Tenía que existir. Giuliana le sonrió, le cogió fuertemente las manos, y le preguntó que cómo.

—Tal como lo describe Henry James, Giuliana.

—Lees y lees y lees —le dijo ella.

—Y tú estudias arquitectura, Giuliana. ¿Qué hay de malo, pues, en que yo lea todo el día? También doy clases de castellano, ¿no?

—Yo te adoro, Ricardo. Te adoro. Realmente te adoro, ¿me entiendes?

—Entonces, Giuliana, explícame cómo diablos te atreves a negar la existencia de la felicidad.

—No la niego del todo, Ricardo.

—Bueno, ¿ya ves? Vamos progresando, ¿no?

—Ricardo...

—Mírate, obsérvate a ti misma descrita por Henry James. Es la mejor descripción que nadie jamás ha hecho de tu persona. Mejor, todavía: Es la mejor descripción que nadie me ha hecho ni me hará jamás de tu persona. Debería estar celoso de James, Giuliana. Y te confieso que no lo estoy sólo porque James está muerto y ya no te puede volver a mirar.

—Tú estás loco, Ricardo.

—Completamente loco por ti, Giuliana.

—¿Puedes prometerme una cosa?

—Dala por prometida.

—Esta noche, te ruego, por favor te ruego que no peleemos por la felicidad.

—Para qué, Giuliana, si está aquí con nosotros. ¿O sigues insistiendo en que la felicidad es algo que sólo existe después, cuando ya ha pasado, cuando ya ha existido...?

—Ricardo, tú me has prometido que esta noche...

Pelearon a muerte, pero después, en el departamento de Ricardo, volvieron a reconciliarse como siempre y Giuliana llegó a aceptar por primera y última vez, que bueno, que sí, que la felicidad sí existía pero con puntos suspensivos. Tomaron un café largo y negro, en el desayuno, y quedaron en verse por la tarde, después de la facultad. Se veían siempre por la tarde, después de la facultad. Nunca se veían después de que él hubiera terminado con sus clases particulares de castellano ni con nada. Y ya eran los meses en que Ricardo buscaba trabajo y visitaba, una por una, todas las compañías de seguros que había en Milán. No tenía suerte, pero buscaba también en los periódicos. De un viernes a otro, El Favorito se iba convirtiendo en un lugar cada vez más cruel y sobrecogedor.

Y así hasta el día en que se hicieron humo los puntos de ventaja que Ricardo le llevaba a Giuliana en esta vida. La noche de la Vespa en la carretera se convirtió en un recuerdo que para qué mencionar. Los días en que Federico había empezado a tener celos también de él, mejor ni nombrarlos. El día en que Giuliana le quiso regalar su Vespa porque su padre acababa de regalarle un automóvil formidable, mejor olvidarlo para siempre. Para qué recordar que él la había obligado a venderle la Vespa. ¿No era acaso recordar que él acababa de vender su automóvil, cómo y por qué? Los restaurantes muy caros a los que él la había llevado antes de descubrir que una simple trattoria sería, ya para siempre, su restaurante favorito, qué mal gusto mencionarlos ahora.

Pocas cosas quedaban en la vida con tantos puntos en contra de Ricardo: Giuliana mirándolo llegar cada tarde a buscarla a la facultad. Giuliana se alborotaba, ni siquiera se despedía de los compañeros que la rodeaban por ser tan increíblemente bella, sencilla y alegre. Quedaba también El Favorito, que a veces era un campo de batalla muy cruel, pero que otras veces era la única posibilidad que Ricardo tenía de ver a Giuliana descrita, contada por Henry James. Y el tiempo. Quedaba tanto tiempo por delante. A esto último se aferró Ricardo hasta convencerse de que, lo más prudente, era optar por una retirada estratégica. Desaparecer cruelmente. Cruzar el Atlántico. Regresar a su lejano país por un buen tiempo.

¿Qué sabía Giuliana de su lejano país? Nada. Y esto era un punto a su favor. El primero, al cabo de tanto tiempo. Lo desconocido produce inquietud, celos. La distancia acrecienta la inquietud y los celos. «Tiempo, tiempo, bendito y maldito tiempo», se repetía Ricardo, la noche en que le anunció a Giuliana que le había llegado el momento de desaparecer. Giuliana sonreía y le acariciaba fuertemente las manos. Y lloró por primera vez en la vida de Ricardo, la noche del aeropuerto. Él la tranquilizó con caricias y sonrisas, con su versión de un tiempo que jugaba a favor de los dos, y con la promesa de un retorno en circunstancias absolutamente favorables.

—Sólo una cosa te pido, Giuliana. Que creas en nuestro restaurante y que lo cuides mucho.

De regreso a su lejano país, Ricardo descubrió lo lejos que quedaba Milán y lo cerca que había estado siempre de él su ciudad natal. En pocos meses, recuperó desde el primero hasta el último amigo olvidado, y terminó metido en seguros, con una buena cartera, y más tarde en reaseguros. Giuliana, por su parte, se graduó, atravesó el Atlántico, y se casó en Boston. Dos años después se casó Ricardo y en su despedida de soltero, con algunas copas de más, cansó a todos sus amigos con la historia totalmente incoherente de un empate.

Giuliana se divorció cuatro años después y regresó a Milán. Ricardo tuvo el pésimo gusto de escribirle insistiendo, estúpidamente además, en que el tiempo continuaba jugando a favor de los dos. Sin embargo, ésa era la carta que a Giuliana más le gustaba leer en la clínica, cuando le amputaron la pierna derecha a raíz de un accidente en la carretera. De todas las interminables cartas que le había escrito Ricardo, ésa era la única que la hacía llorar, reír, y pensar. El accidente había ocurrido en el lugar exacto en el que, años atrás, él detuvo su automóvil porque la Vespa se había quedado sin gasolina. *La* Vespa. Giuliana pensaba en esa motoneta como si fuera la única Vespa del mundo. Y eso la hacía llorar, reír, y pensar. Después, las cartas de Ricardo empezaron a ser cada vez menos frecuentes, América volvió a su lugar, para Giuliana, e Italia se quedó inmóvil para Ricardo. Sólo la infalible felicitación de año nuevo traía breves noticias del país lejano en el tiempo.

Pero todo podía volver a empezar ahora. Aferrado a esa esperanza, Ricardo subió al tren esa noche. Durmió profundamente, gracias a un cóctel de rohipnol y fenergán, y gracias al desajuste del vuelo trasatlántico se despertó a tiempo para asearse, vestirse, tomar un café, y luego mirarse detenida y calculadamente en el espejo de su compartimento. Esas horas de sueño profundo lo habían dejado calculadamente nuevo, tal y como había deseado verse a sí mismo la noche anterior, en Roma. Por supuesto, Giuliana no sabía en qué vagón viajaba, y la sorpresa de casi veinte años que le iba a dar quedaba descontada. La realidad del momento esperado, largos años anhelado, imposible ya, desbordó sin embargo la inmensa fuerza de voluntad con que Ricardo había emprendido aquel viaje de reencuentro con la mujer descrita por Henry James en un pasado con puntos suspensivos.

Las muletas de Giuliana impidieron, o evitaron, que Ricardo la sorprendiera tantos años después. No fue a buscarla allá donde estaba sino que esperó que ella, tranquilamente, terminara por encontrarlo parado en el andén, mirando de un lado a otro, como si no la hubiera visto todavía. Giuliana terminaría por encontrarlo antes de que Ricardo la hubiese visto. Luego, se le acercaría sonriente, ayudada por dos muletas y la pierna ortopédica. Y así fue. Ricardo se dejó sorprender y realmente fue maravilloso que se quisieran tanto todavía. Giuliana no había cambiado. No había pasado un solo día por ella, no tenía canas, no se teñía el pelo, era siempre tan alegre y tan vital. Hasta manejaba un automóvil formidable, especialmente acondicionado para ella, y con un permiso de conducir que, gracias a la intervención de su padre, alguien muy arriba le había otorgado muy especialmente. Giuliana lo contaba todo con la misma alegría de siempre. Trabajaba en un taller de arquitectura que, lógicamente, era el mejor de Milán. No, El Favorito no existía ya. Lo traspasaron mientras ella vivía en Estados Unidos. No, jamás en su vida habría permitido que eso sucediera, de haberlo sabido a tiempo.

Milán no importaba nada, por consiguiente, y Giuliana y Ricardo desayunaron en la estación y luego fueron a encerrarse todo el día en el maravilloso departamento que ella misma se había decorado. Ahí almorzaron y ahí comieron bastante temprano, por lo del tren. Y entre el almuerzo y la comida se quedaron horas sentados en la mesa del comedor, conversa y conversa contra el tiempo. Ricardo no podía, no lograba sobreponerse al efecto que le producía ver a Giuliana sentada así. Sentada así, como antes en las mesas de mil restaurantes, primero, y sólo del *Favorito,* después. Giuliana no necesitaba muletas. Las muletas que estaban apoyadas en el sofá eran de otra persona. Alguien se había olvidado de un par de muletas en el departamento de Giuliana.

Y los brazos de Giuliana, con la camisa sport recogida como siempre, justo encima de los codos. Ricardo se sintió totalmente perturbado por la sensualidad brutal y morena de la parte inferior de esos antebrazos. Su fuerza de voluntad estaba realmente hecha pedazos y la pelota en su tejado. Nunca tanto como ahora había estado la pelota en su tejado. Y no pudo hacerlo poco a poco, sino que lo hizo como antes: de golpe, atraído por algo irresistible, exactamente de la misma manera en que por fin se había atrevido a hacerlo la primera vez, casi veinte años atrás. Giuliana sonrió y se dejó acariciar los brazos, dejó que las manos de Ricardo subieran bajo las mangas y que sus caricias le llegaran hasta los hombros. Se dejó también abrir la blusa y por último dejó que Ricardo se pusiera de pie y empezara a besarla como siempre la había besado.

—La felicidad existe —le dijo, por fin, Ricardo—. Existe, Giuliana. Y déjate de puntos suspensivos.

Pelearon a muerte, pero Giuliana se apoyó en el hombro de Ricardo para avanzar con él hasta un dormitorio de leyenda. Ahí lloraron y se reconciliaron a muerte. Él quería perder el tren, pero Giuliana se lo impidió. Los dos tenían que trabajar mañana lunes y en distintas ciudades. Giuliana... Giuliana... Giuliana siempre había sido más realista que él, y por eso ahora Ricardo se sentía totalmente incapaz de hablarle del tiempo pasado, presente, o futuro.

La estación estaba prácticamente vacía cuando llegaron a último minuto. Era mejor que Giuliana no bajara del automóvil. Ricardo tenía que correr. Siempre ha sido mejor despedirse corriendo, casi sin despedirse. Ricardo cogió su maletín y salió disparado rumbo al andén. Era una noche de invierno y la estación parecía estar abandonada, desierta. Bueno, pero ya estaba en su asiento y el cóctel de rohipnol y fenergán se lo había tomado en casa de Giuliana, antes de salir hacia la estación. No tardaba en hacerle efecto. Ricardo se desvistió rápidamente, no esperó a que nadie viniera a controlar su billete, se metió a la cama y apagó la luz. Despertó cuando el tren ya había llegado a Roma, y realmente le costó un trabajo atroz asumir que tenía que correr al hotel, pegarse un buen duchazo, ponerse terno y corbata, y dirigirse a la compañía de seguros y reaseguros con la que tenía que llegar a algunos acuerdos internacionales.

Algo lo sorprendió al bajar del tren. «Qué raro», se dijo, «nunca me había fijado que esta estación se pareciera tanto a la de Milán. Más que parecerse, son exactas». Y entonces fue cuando vio un letrero y se dio cuenta de que estaba en Milán, en una estación prácticamente desierta. Preguntó. Había huelga desde ayer por la mañana, justo después de su llegada. Era absurdo. Más absurdo no podía ser. Era ridículo, pero sobre todo, era demasiado triste. ¿Qué podía hacer ahora con semejante contratiempo? Tendría que llamar a Roma y explicarlo todo claramente. Bueno, eso no era ningún problema. Pero Giuliana, ¿qué podía hacer con Giuliana? Sin duda alguna, estaba durmiendo todavía, y se iba a despertar muerta de risa si la llamaba para contarle lo que le había pasado. Después, lo invitaría a desayunar o vendría a buscarlo. Y volverían a almorzar y a comer juntos y ella pondría nuevamente los codos sobre la mesa, entre plato y plato, con las mangas de la camisa sport recogidas... Giuliana... Giuliana... ¿Podía él, ahora, en ese estado, hablar de la felicidad con Giuliana? ¿Podía repetirle que quería perder el tren para quedarse con ella? ¿Podía hablarle del tiempo que seguía corriendo a favor de ellos, o ya sólo podía hablarle de tiempos pasados? Porque el futuro realmente acababa de empezar y Ricardo seguía sin saber qué hacerse con él. La huelga nadie sabía cuándo la iban a desconvocar. Ya era hora de que pensara en tomar el primer avión a Roma.

Casi veinte años atrás, Ricardo había tomado su primero y único vuelo en Milán, para regresar a su lejano país. No podía arriesgarse a tomar otro, ahora. La historia de Giuliana estaba cerrada. Pertenecía ya al libro en que Henry James había descrito a una mujer. ¿Cuántos años llevaba él sin leer una sola página de ese gran escritor? Ni siquiera *The ambassadors:* «Era una mujer que, entre dos platos, podía ser graciosa con los codos apoyados sobre la mesa». La mujer de la que hablaba James no se llamaba Giuliana, pero el escritor ya no existía y en cambio Giuliana sí.

Giuliana existía a pesar de ese imaginario contratiempo. Existía porque él ni siquiera se había atrevido a llamarla por teléfono y porque ella había tenido razón acerca de la felicidad. Fue muy generosa al ceder un día y hablarle de unos sorprendentes puntos suspensivos... Ricardo se levantó de la cama, recuperó la calculadora de bolsillo que había arrojado a la papelera, y sintió la pena inmensa de tener que aceptar que mañana domingo tendría todo el día para vagar por Roma y para no llamar jamás a Giuliana. «La verdad», se dijo, cobardemente, «tampoco a ella le habría gustado que yo la viera así».

Madrid, mayo de 1990

Pasalacqua y la libertad

El de Pasalacqua volando es uno de los primerísimos recuerdos de mi idea de la libertad y de la forma alegre y mágica —o cuando menos sumamente aérea— en que me enfrenté a un nuevo estreno del mundo. Y no creo que vaya a tener que rastrear mucho en mi infancia para encontrar las razones que hacen de ese recuerdo visual una de las cosas más extrañables e inolvidables de mi vida.

De mi vida infantil decía mi madre dos adorables medias verdades que me la hacían realmente adorable... Además, mamá debía ser muy joven y guapachosa, por aquellos años en que uno aún no entiende de esas cosas, por más que tienda a tocar esas cositas; en todo caso, cuando debuté de lleno en la adolescencia y *la force des choses* me obligó a comparar sus blusas, chompas o escotes, con las chompas, blusas o escotes de Hollywood, Cinecittà y la Lima de entonces, mamá quedó francamente bien, para mi desvergüenza y para mi gran vergüenza pudibundamente católica, que así es de sutil y complicada la vida...

Adorable, mamá decía estas dos grandes y adorables verdades acerca de mí en mi infancia: 1) Nadie se enferma tan adorablemente como él. 2) Nadie es tan adorable como mi hijo Alfredo cuando decide dejar de ser la pata de Judas y pide que lo amarren. Al decir la primera de estas dos cosas, mi madre se refería a lo dócil y simpático que me ponía yo cada vez que me enfermaba, y eso que dos de los grandes males de mi infancia fueron una dolorosa otitis, que desapareció solita al alcanzar yo la mayoría de edad, y un tremendo y frecuente dolor en la boca del estómago, de origen nervioso sin duda, como tantos males en mí.

Ese dolor desapareció al llegar la adolescencia y, aunque parece que nunca pasó de la boca del estómago, lo recuerdo como atroz. Y desde entonces, creo, he tratado de encontrar a alguien en este mundo a quien también le duela o haya dolido la boca del estómago, pero ya estoy bastante convencido que no han existido más dolores que el mío, con ese nombre, o que mi mamá se equivocó con mi anatomía, o que quiso quitarle realce y prestancia a determinados sufrimientos míos, dejándolos en la boca del, o, más bien, en la puerta del horno, como un pan que se nos quema, o como si mi máxima aspiración infantil hubiera sido sufrir aún más para mostrarle lo dócil y simpático que podía llegar a ser —al comparárseme por ejemplo con mi hermana Clementina, mujer de mucho carácter, y una fiera, no bien se sentía mal— cada vez que me enfermaba y a pesar del cólico y todo.

Con su segunda media verdad adorable mi madre se refería a lo insoportable y agotador que llegaba a ser yo cuando ponía en funcionamiento mi conducta ante la adversidad y a la forma en que, de pronto, como que tomaba conciencia de ello, me autoarrestaba y me entregaba solito a las autoridades. No era, precisamente, que yo pidiera ser amarrado a la pata de una cama (un verano, en La Punta, cuando La Punta era aún un balneario chic, lo pasé casi todo amarrado a la pata de mi propia cama, bastante feliz y hasta cómodo o satisfecho de mí mismo, me parece recordar), como decía mi madre. Creo que más bien era que yo le mostraba mi más profundo acuerdo a mi madre, cuando me miraba exclamando: ¡La pata de Judas! (esto sí que es enteramente cierto: me lo *exclamaba* a cada rato), y afirmaba exasperada que no le quedaba más remedio que amarrarme.

Mi madre, paradójica como en todo, encarnaba como pocos seres de mi entorno esa terrible incapacidad familiar para enfrentarse con la realidad, para convivir con ella, sobrevivir en ella, para responderle con realismo, y para no hacer de la vida misma una huida tan inmensa como irreal y por consiguiente muy dolorosa. Esto, por un lado, ya que por el otro solía reaccionar con un tan expeditivo como increíble sentido práctico. A la soledad que siguió al despertar angustioso de las primeras borracheras de mi vida, respondió con el envío inmediato de mis perros más queridos a mi dormitorio. Ella sabía que me cuidarían y acompañarían mejor que nadie en esos trances, sin criticarme sobre todo. También me clavó, sin avisarme ni nada y más de una vez, una inyección calmante a través del pantalón, al ver que ni los perros bastaban. Y, encontrándose gravísima, en una oportunidad, se dio tiempo para calmar al médico y decirle paso a paso todo lo que debía hacer para salvarle la vida, dejándolo realmente turulato. Nunca vi a un ser tan nervioso calmar a tanta gente.

En fin. Yo creo que la idea de amarrarme, a pesar de mi autoinculpación, autoarresto y entrega voluntaria y tembleque, se debía a que mi madre creyó siempre en la posibilidad de contraataque de mis estados de rabia o excitación nerviosa. Estoy seguro que ella pensaba que yo siempre podía volver a las andadas y sorprender a la familia entera con una nueva respuesta totalmente desproporcionada a un agravio o a la realidad de una mañana en La Punta en que había viento norte y nadie se podía bañar en el mar, por la cantidad de inmundicias que éste le devolvía al verano o le traía desde los barcos de la Marina del Perú y los que iban o venían por el horizonte nublado. Como la leña verde, yo era muy difícil de encender y una persona o la simple realidad podían volverme loco o abusar de mí durante horas, sin que reaccionara. Hasta que, como la leña verde, también, por fin me encendía y entonces sí que era muy bueno para arder y dificilísimo de apagar.

Y el incendio, curiosamente, fue la respuesta favorita de mi infancia a la rabia, a la impotencia y al abuso. Y mi madre me amarraba porque desconfiaba de mí más que de la leña verde, una vez que el mundo y yo empezábamos a arder. Por eso me amarraba, claro, y a lo mejor por eso también me dejaba amarrar yo, tan fácilmente. Pero no era porque se lo pedía, en todo caso. Lo que sí, una vez amarrado, devenía en el mismo ser dócil y supersimpático que era cuando estaba enfermo, como si ya limitada al máximo mi capacidad de contraataque, las aplastantes aguas de la realidad volvieran solas a su cauce, o como si yo poseyera en esta vida una gran capacidad para el autocontrol, siempre y cuando se me diera una ayudita antes.

Aún hoy siento que, el haber pasado muchísimas horas de la infancia simpáticamente amarrado, según mis recuerdos de aquellos años al este del paraíso, da una idea de la frecuencia con que los mejores diálogos entre mi madre y yo tuvieron lugar durante esas numerosas pero nunca largas horas de cautiverio gentil (el tiempo, ya se sabe, es algo muy subjetivo). Como siempre, a mí me parecía que el medio sí se correspondía con el fin, con el origen, con la causa y con todo. Y a mi madre le parecía que no. Pero, muy a menudo, ella estaba dispuesta a aceptar que todo podía ser una cuestión de matices o de puntos de vista, siempre y cuando yo continuara amarrado unas horas más. Claro que ella volvería a visitarme siempre, a la pata de la cama, siempre dentro de un rato.

O sea que yo podía tener razón en haber querido incendiar la casa de invierno de Chosica, aquella vez, pero siempre y cuando permaneciera amarrado unas horas más. Estoy seguro que ése es el secreto de lo bien que soportaba estar amarrado. El fin justificaba los medios, y estar simpática y dócilmente amarrado era la mejor manera de haber tenido razón en intentar incendiar la casa, por ejemplo.

Como la vez aquella de la casa de invierno de Chosica, en que me engañaron como a un niño cuando quise unirme a la expedición familiar que partía a subir un cerro. La encabezaba «la mama Maña», al cuidado del grupo integrado por mi hermano Eduardo, mi primo Pepe García Gastañeta, y Peter Harriman, el hijo de un gran amigo inglés de la familia. No bien entendí que se habían escapado, que ya eran inalcanzables y que ya podían haber atravesado el gran pedregal por el que se llegaba a la falda de los cerros, sentí la profunda humillación de haber sido inútilmente engañado, sobre todo en vista de que luego, cuando me explicaron las razones del engaño, las encontré totalmente inútiles. De habérmelo explicado razonablemente, yo habría aceptado que aún no estaba en edad de trepar un cerro tan grande.

Me hirió ese engaño, pues, y corrí en silencio a incendiar la casa por la parte de atrás, la más fácil para empezar un incendio del tamaño de mi rabia. Pero después, como siempre, pensé en lo mucho que trabajaba mi padre para darnos de todo y otras sensiblerías típicas de mi carácter y consideré que con haber arruinado ya la puerta del dormitorio de Juana, la cocinera, tendría que resignarme. Mi madre me ató, como casi siempre, cuando me presenté ante ella ya del todo autoarrestado.

Algo hay pues en mí de excelente marinero en tierra, cuando menos, o de sereno pez fuera del agua. Quiero decir que puedo soportar tranquilamente estar bastante tiempo amarrado a algo. O a lo mejor esto de dejarse amarrar o aplastar tanto rato, por las buenas, es una resignada y católica manera de saberla pasar en este valle de lágrimas. En cambio, en el aire sí que no me ataría nadie y desde muy niño me di cuenta de que la imaginación que yo poseía era aérea. Siempre me ha encantado que me dejen solo con mis ideas, que por lo demás no he querido imponerle a nadie, precisamente porque pienso que no sirven para la tierra sino para el aire, que no sirven para andar sino para volar como voló aquella tarde Víctor Pasalacqua en el estadio nacional de la Lima de mi infancia, pequeño, de mucha madera, como de pueblo o de club pobre, y que tenía, creo, hasta tribunas que al Perú le regalaron otros países o la colonia inglesa de Lima o algo así, en algún gran festejo tipo centenario de la independencia.

Algo hay de cierto en todo esto del estadio, estoy seguro, pero tampoco voy a insistir mucho en ello ni en verificarlo ni nada porque se trata de un recuerdo terrenal, o de tierra, en todo caso. No se trata, de ningún modo, de un recuerdo aéreo y volador, libre, entrañable e inolvidable como aquellos ratos en que se me deja darle rienda suelta a la imaginación y escribir en paz, por ejemplo, como aquellos ratos en que nada ni nadie me interrumpe mientras escribo y siento que voy a seguir escribiendo más allá de la muerte.

Así, inmenso y lleno de aire y de libertad o del aire de la libertad de inventar y crear por encima de toda amarra, así es el recuerdo de Pasalacqua, el arquero del Ciclista Lima Association aquella tarde de mi infancia en que Carlitos Iturrino, hijo de amigos de mi familia, mucho mayor que yo, me llevó por primera vez al estadio y, no bien llegué a la tribuna de Occidente de entonces, vi a un hombre volando.

Juro que al empezar estas páginas no recordaba que Pasalacqua —un apellido que me suena a Acquaviva y a lleno de vida e imaginación, creo que sólo porque me da la gana— se llamaba Víctor. Y juro también que nunca me importó que fuera Ganoza, otro gran arquero, trágicamente fallecido, el que se quedaba con el apodo de Pez Volador. Pasalacqua era

hombre y volaba, en todo caso. Y del gran Ganoza puedo seguir escribiendo horas y horas sin que su nombre regrese jamás a mi memoria. Tendría que verificarlo, como sucede con
el recuerdo terrestre del estadio nacional. Ganoza volaba y era
pez, o sea que no me importa tanto como Víctor Pasalacqua
que volaba y era hombre.

También estoy seguro de que aquella tarde, después
del fútbol, regresé a mi casa más dispuesto que nunca a permanecer, dócilmente, simpáticamente, atado durante unas
horas, cada vez que mi madre me lo impusiera. Y también cada vez que la vida, gracias a Pasalacqua, por supuesto, me lo
impusiera. Y es que aquella tarde el Ciclista Lima Association
fue derrotado, como si a fuerza de volar su mágico arquero
hubiera desaparecido del estadio...

Después, cuando yo ya era más grandecito e iba solo al
estadio, vi también cómo mi equipo desaparecía de primera
división, luego de segunda, y así sucesivamente hasta que,
nada menos que un gran amigo, el poeta, novelista y sociólo-
go Abelardo Sánchez León, afirmó que yo era hincha de otro
equipo peruano, como si el Ciclista Lima Association y yo jamás hubiésemos existido uno para el otro... ¡Qué grave error,
mi querido Abelardo! Desaparecieron el estadio nacional
aquel y tantas cosas más. Pero... ¿El Ciclista Lima Association
desaparecer del fútbol peruano y de mi corazón...?

Y tú mismo lo reconoces, querido Abelardo, cuando
rectificas aquella equivocada aseveración y escribes que el
Ciclista Lima Association ha reaparecido décadas después en el
fútbol de toda la vida, exacto que antaño, lleno de *sportmen* que
juegan sin cometer faltas, ajenos al aire enrarecido de las tribunas, pidiendo disculpas por ganar, escéptico y sin ambiciones,
como yo, sin barra gritona y chillona y malera y maleada, asu-
miendo como toda la vida su papel de decano del fútbol peruano y con ese uniforme que el Juventus italiano le copió, según
te aseguré la tarde en que Pasalacqua, mi equipo, y yo, volvi-
mos a volar juntitos, para ti aquella vez, y ahora en que lo cuento con la palabra Víctor ya también en libertad...

Sinatra y violetas
para tus pieles

A Jenny Woodman y Karim Danniery, en el suelo y fotografiando, en el jardín, en la tarde, y en el Underground; a Germán Arestizábal, en mi sur profundo y chileno; y a Frank Sinatra, en sus 80 años y en mi tocadiscos, aquí, esta noche sin extraños...

Old blue eyes cantaba esa noche en París para *le tout París*, sobre todo, y Jenny debía recogerme en casa con su arrolladora y sensitiva juventud. Grace Kelly vivía aún y medio Mónaco y algunas testas coronadas más estarían presentes en el concierto del teatro Olimpia. Jenny me había invitado porque el precio de la entrada más barata era muy caro para mí, porque yo de testa coronada, lo que se dice, nada, y porque sabía de mis andanzas con Sinatra desde los quince años, más o menos. Todo había empezado con un disco de funda violeta y con la canción aquella, *Violets for your furs,* en que te traje violetas para tus pieles y fue, por un momento, abril en aquel diciembre, primavera en aquel invierno, recuerda...

Y ahora era diciembre en París y al concierto del Olimpia iba a asistir gente con pieles o, mejor dicho, porque así lo estaba sintiendo yo, gente *de* pieles. Pero yo no había comprado violetas. Yo no tenía violetas ni tenía tampoco la menor idea de dónde podría haber una florería con violetas por ahí, por la parte pobre del barrio latino en que vivía. Las únicas flores de mi vida, entonces, eran algo así como californiano-hippies y yo las estaba mirando para ponerme al día acerca de mi pasado inmediato. El revolucionario español de quien María y yo habíamos heredado el inquilinato del departamento en que se suicidó la viuda de Modigliani, nos había dejado, mugrientas, grasosas, unas paredes empapeladas y había regresado a su país a hacer una revolución con el FRAP que, tengo entendido, terminó en algo así como *peppermint frappé.*

El español también había heredado el departamento de otro inquilino y éste de otro que lo heredó de otro y así sucesivamente hacia atrás o en caja china hasta llegar al siglo pasado, probablemente, en que el empapelamiento de las paredes, ahora lleno de polvo engrasado y hollín de chimenea, fue limpísimo, nuevecito y hasta *chillandé*. Ya resignada al marido que le había tocado, o sea yo, creo que a María le había resultado medianamente fácil resignarse también a que la ducha fuera una especie de teatrín que había que armar sobre una inmensa palangana en la cocina, sacando varios taburetes y arrimando la refrigeradora y todo lo demás, de la misma forma en que podía no ver la suciedad de las cuatro paredes en que vivíamos en aquel séptimo piso, escalera.

Pero Molly y Antonio Solís odiaban nuestras paredes sucias y siempre andaban tratando de convencerme de la necesidad de hacer algo, de empapelar toda aquella sensación de asco y miseria en la que yo había resignado a vivir a la pobre María. Molly era más discreta porque era de California, pero Antonio era un andaluzote que imponía en voz muy alta su fuerte acento extrovertido y simple y llanamente no podía soportar un día más venir a gorrear comida a casa, porque ellos eran aún más pobres que nosotros, y tener que comer entre esas paredes. Entonces María se contagiaba, se entusiasmaba, y yo quedaba en minoría total. Hasta que por fin cedí:

—Miren —les dije—, se largan los tres y compran el empapelamiento que les dé la gana, pero, eso sí, yo desaparezco el día que vengan a colocarlo o lo que por diablos y demonios se haga con esos rollos de papel florido de los que me hablan.

Jenny debía estar estacionando su automóvil en el lugar prohibido de siempre, o sea que aún me quedaba tiempo para mirar mis cálidas paredes. Así las encontró de floridas, coloridas y tirando a californiano-hippies, la propietaria del departamento, el día en que vino a inspeccionar el hecho consumado de las mejoras introducidas en el empapelamiento de su heredada propiedad y de paso me cobró *cash* el alquiler no declarado al fisco.

—Estas paredes resultan bastante chocantes para mi edad, *monsieur* —me dijo, contemplando con elevada nariz el flamante florecimiento—. Pero, en fin, admitiré por una sola vez en mi vida que han quedado bastante cálidas.

Muy pronto habría de quedarme triste, solitario, y final, con mis cálidas paredes por todo consuelo y hacienda del alma. Molly y Antonio se fueron a vivir muchísimo mejor en los Estados Unidos y María, siempre tan bonita y reservada, me anunció con su voz dulce y serena que habíamos naufragado y que, de acuerdo a las leyes del machismo de siempre y el feminismo de moda, yo era, yo tenía que ser el capitán del barco y permanecer en él hasta mi muerte o extravío final, porque en todo caso ella regresaba a vivir muchísimo mejor en el Perú, como Molly y Antonio Solís en los Estados Unidos. Nuestro matrimonio había fracasado y, de regalo de separación, María me pidió que le comprara un tocadiscos nuevo y que le permitiera llevarse toda nuestra discoteca, menos Sinatra.

Cumplí con acompañarla hasta el aeropuerto y María cumplió con el deseo tan grande que tenía de dejarme íntegro a Sinatra y sobre todo el disco de la funda violeta y también, claro, por supuesto, y por encima de todas las cosas de este mundo, en el tercer surco del lado A de ese disco que ya me tiene hasta la coronilla, *Violets for your furs*. Yo era libre para oírlo *Night and day* y ella también era libre y se sentía aliviadísima de no tener que volver a oír a Sinatra en las noches y días del resto de su vida, por siempre jamás. Conociéndola, además, ni siquiera se acordaría de las violetas el día en que se comprara su primer abrigo de visón en Lima, para viajar cinco estrellas a Europa tras haber regresado al Perú y hecho la América. El que debió ser nuestro disco, nuestro cantante, nuestra violeta simbólica y nuestra piel de gallina, no sólo no nos había unido sino que había sido, creo yo, el factótum de nuestra separación.

Jenny debe estar palabrabreándose al policía que diariamente no le pone la multa en el sitio PROHIBIDO ESTACIONARSE y, como es realmente coquetísima, me queda tiempo de sobra para rememorar también lo que iba a ser mi futuro durante unos veinte años, más o menos. Ello me permite llegar a la conclusión de que hay gente que no soporta vivir con Sinatra pero que al que abandona es a mí. También hay gente que se va para siempre con Sinatra y con mis discos de Francesco Alberto Sinatra, cuando ya les he contado todo sobre este hombre nacido en Hoboken, New Jersey, de padres que no nacieron en los USA, pero que tomaron todas las precauciones del mundo para que Frankie sí naciera en USA, *democracy is America to me*, cantaba él, aunque fuera en algún Little Italy vecino de algún Little Central America, malditos hispanos y qué le vamos a hacer y ya Frankie, nacido en el sueño americano, nos sacará de aquí algún día, mujer.

Y mientras seguimos escuchando a Sinatra no he parado de contar que Frankie Boy devino Viejo Ojos Azules o que en Australia le llamaban Bocaza, por grosero e insultón con la prensa, y Huesos, le llamaban en la Paramount Films, o que a punta de whisky, cerveza, vino y champán, pero sobre todo a punta de pizzas, devino, varios años de pizzas más tarde, un viejo gordo y calvo, especialista en casarse con la viuda de Groucho Marx, por ejemplo, y que también su voz y él fueron llamados LA VOZ, así, con mayúsculas y *only him*, y devinieron graves, profundos y atabacados, para después llegar a lo que son hoy en que ya anda por los ochenta e insiste en cantar *New York, New York* con la ayuda de Liza Minnelli, que aparece entre el público por sorpresa y sube aplaudidísima al escenario, especialmente invitada para la salvación...

Hay seres queridos por ahí que ya perdieron todo interés en Sinatra, en su música, en mí y en mi circunstancia Sinatra. Hay golpes, en cambio, tan de suerte, en esta vida, yo no sé, que de pronto uno llega a Chiloé, allá bien al sur de Chile, a visitar a su amigo Germán Arestizábal y lo encuentra en plena forma desde que por andar tan borracho se cayó de una nube y se deshizo el codo derecho y es pintor y yo tampoco bebo ya nada, Germán, pero si a Bogart y a Ingrid Bergman siempre les queda París, en *Casablanca*, a nosotros nos queda siempre...

—¡Sinatra! —exclamamos Germán y yo, brindando con agua.

Pero también hay golpes de los de Vallejo, de los tan fuertes en la vida, como por ejemplo la vez aquella en que Lilian Long, a pesar de su nombre de actriz 1950, mancó. Sinatra fue demasiado para ella porque su gallo era trotskista y le arreó tamaña pateadura por su imperialismo *Extraños en la noche.* Y Lilian mancó por la ventana de mis paredes calurosas, mancó, pobrecita, justo en la meta, como el caballo de Leguizamo que cantaba Gardel, que justo en la meta afloja al llegar y que al regresar, parece decir, vos sabés, hermano, lo mejor no hay que apostar... Trosko de mierda, justo cuando yo la estaba convenciendo de que iba a encontrar esa violeta aunque ella tampoco tuviera esa piel...

Sinatra se vestía bien y podía usar, flaco, esos pantalonazos anchotes que hoy nadie sabe usar y se arrugan ni siquiera a lo Domínguez, el modisto español de «la arruga es bella», sino fundilludos, rodilludos, todo caídos y sin la impecable raya porque «ya no se lleva» usar sanos y comodísimos tirantes ni tener personalidad. «Se lleva» ser unidimensional, unipersonalidad difusa y confusa y estar marcado por una marca de ropa en la ropa...

Bueno, pero ahora ya estoy en mi presente, o sea hace unos veintipico años, porque Jenny está subiendo la escalera y yo estoy abriéndole la puerta y ella lleva sus mejores pieles. Yo ando con mi veintiúnico terno, que tiene chaleco, eso sí, y ella me está trayendo una corbata linda para alegrar hasta lo caluroso y florido, con toques violeta, el color negro del veintiúnico, y sobre todo lo de los puños de la camisa. María se olvidó de la tijerita de uñas y yo anduve podando un poco las hilachitas de vejez de mi fina pero ya fatigada camisa Old England. Por fin, me pongo la corbata y vivo, como César Vallejo en su vida y obra.

Sinatra se ofrece de tiempo en tiempo una pequeña recompensa en vaso de cristal etiqueta negra y fuma y se va recuperando hasta ser La Voz en el Olimpia de París. Hasta ahí nadie sabe cómo llegó pero a París llegó en su *jet* privado y del aeropuerto en un helicóptero hasta el techo de la Radio y TV de Francia. Viejo ojos azules... ¡Cómo te burlabas de Grace Kelly entre canción y canción pero siempre para rematar respeto con un par de palabras o con el título de tu próxima canción de amor! En el entreacto, le cuento a Jenny que la persona que mejor conoce a Sinatra es una viejita que le carga por el mundo el maletín con sus sesenta peluquines...

Tengo mucho pelo, o sea que Jenny no se lo toma a mal, a lo mucho mayor que soy yo que ella y además separado de María y además... Más la oposición de su familia, brutal... No es el momento para eso, no, y nos reímos observando a las chicas Grimaldi de Mónaco.

Hoy hace mil años que murió Grace Kelly y las chicas Grimaldi crecieron con tendencia a la papada de papá y el príncipe heredero de Rainiero, y Claudia Schiffer, *top model*. También hace mil años que después fuimos a pasear por el Sena, a mirar tanto el Sena que no fuimos ni a cenar y nos quedamos ahí para siempre mirando el río... Había funcionado lo de la hilacha grande del puño derecho de mi camisa que no podé para saber si a Jenny le gustaba oír a Sinatra conmigo. En *Violets for your furs*, ella empezó a rebuscar la hilacha en la oscuridad de la platea y la luz única sobre el blanco y negro del escenario y La Voz en logrado claroscuro y por momentos brillaba el micro o el vaso de cristal de la pequeña recompensa sin hielo. Después, por un momento, ahí al borde del Sena, fue abril en aquel diciembre y Jenny no se iba a ir con Sinatra ni se iba a ir tampoco con mis discos de Sinatra...

Pero una canción de mi pasado abre uno de los más recientes compactos de Sinatra y es ahora mi presente, mi maravilloso presente, aunque aún me hace recordar, con nudo en la garganta y todo, que Jenny terminó comprándose sus propios Sinatras. La oposición de su familia de testa terriblemente coronada fue brutal y terminó por arrasarlo todo, dejándome otra vez triste, solitario, y final, entre mis paredes calurosas. Fueron años caminando detrás de ella, porque esa canción narra su boda y todo lo demás.

Esa canción cuenta cómo voy caminando detrás de Jenny, el día de su matrimonio, y cómo escucho cuando le promete a su esposo amor y obediencia. Después le digo que aunque me olvide, ella estará siempre presente para mí y que no tiene más que mirar por encima de su hombro: Yo sigo allá atrás, caminando por si acaso. Y si las cosas te salen mal y el destino es ingrato contigo, Jenny, mira por encima de tu hombro, aquí estoy yo detrás... «¡Qué Sinatrazo, Dios mío!»... Claro que en inglés resulta mucho mejor, de la misma manera en que el *anyway* resulta tan superior, en el aparte-resumen-cambio de tema-o nuevo matiz, que el *como quiera que sea*, que se parece tanto a una carrera de obstáculos...

Seguimos celebrando felices aniversarios de boda con Karim, pero siempre recordamos que el primero fue en Nueva York. *Love's been good to me* canta Sinatra acerca de un tipo que al cabo de años de piedra y de camino... Pero *anyway*, seguimos paseando por la ciudad que a Karim más le gusta en el mundo y llevamos un año más de casados y el muy coquetón del Sena realmente está cumpliendo con su deber. Es abril en diciembre y el día el 9 y le estoy habla que te habla de que Sinatra, hace casi sesenta años, con la orquesta de Harry James, era sólo una voz bonita, lo que entonces se llamaba un *crooner*, Karim, y que las calcetineras... Quince años más tarde, cuando cantó *Violets for your furs*, y después *These foolish things*, era el único hombre de su edad que no estaba en la Segunda Guerra Mundial porque ya había arrancado el gran período en que, por la radio, era su voz lo que necesitaba la paz...

Y de Tommy Dorsey había aprendido el fraseo único, inesperado, seductor y cómplice del seducido. Cada uno cantaba con él y él cantaba para todos y para ti... Y, por un químico darwinismo, el amor se había reducido su voz, cantara lo que cantara. De Billie Holiday había aprendido que el ritmo del acompañamiento debe remolcar a la voz, abriendo cada frase de la canción antes que la voz, logrando que la música se convierta también en historia cantada y contada. Inexplicablemente, trató de cantar uno que otro de Stevie Wonder, tal vez porque se estaba sintiendo viejo y las décadas pasaban y lo peor de todo fue que esas metidas de voz funcionaron entre un público que no se merecía a Sinatra...

Y ya ahora, por fin, acepta y dice: «Hoy ya nadie compone canciones para mí», aunque no le fue tan mal tomando prestado en Brasil. Y está acabado pero qué se puede hacer con él y yo apuesto que hoy el sexo de sus canciones es la memoria del sexo. Y mañana, cuando ya no pueda atravesar una octava cantará apasionadamente canciones que requieren menos de una octava porque hace siglos, Karim, que de Bing Crosby aprendió a seducir también al micro y a implicar los suspiros...

—Sí, Karim, lo sé. Podría llegar a ser muy mal educado, pero uno no necesita ser vecino de un artista ni invitarlo a comer...

Nos hemos quedado detenidos en un beso y es el Sena el que se pasea ahora al borde de nuestro nuevo aniversario, maravilloso en esta noche, haciéndonos un bajo continuo, también un solo de trompeta...

—¡Está tan bello el río! —exclama Karim—. ¡Está tan bello, mi amor, que ya sólo le falta la corbata...!

Actué con rapidez y amor y allá fue, río abajo mi calurosa y vieja corbata florida, con sus toques violetas...

Este libro
se terminó de imprimir
en los Talleres Gráficos
de Gráfica Internacional, S. A.
Madrid
en el mes de octubre de 1995